SUSANNE POPP

Der Weg der Teehändlerin

Die Ronnefeldt-Saga

FISCHER Taschenbuch

Aus Verantwortung für die Umwelt hat sich der S. Fischer Verlag zu einer nachhaltigen Buchproduktion verpflichtet. Der bewusste Umgang mit unseren Ressourcen, der Schutz unseres Klimas und der Natur gehören zu unseren obersten Unternehmenszielen.

Gemeinsam mit unseren Partnern und Lieferanten setzen wir uns für eine klimaneutrale Buchproduktion ein, die den Erwerb von Klimazertifikaten zur Kompensation des CO_2-Ausstoßes einschließt.

Weitere Informationen finden Sie unter: www.klimaneutralerverlag.de

FSC
www.fsc.org
MIX
Papier aus verantwortungsvollen Quellen
FSC® C014496

Originalausgabe
Erschienen bei FISCHER Taschenbuch
Frankfurt am Main, April 2022

Dieses Werk wurde vermittelt durch
die Literaturagentur Hille & Schmidt, Berlin

Redaktion: Silke Reutler

Satz: Fotosatz Amann, Memmingen
Druck und Bindung: GGP Media GmbH, Pößneck
Printed in Germany
ISBN 978-3-596-70604-4

Für C.

Figurenverzeichnis

Familienmitglieder

FRIEDERIKE RONNEFELDT, **1807, Witwe des Kaufmanns* TOBIAS RONNEFELDT, **1794 †1845*

ELISE, *1832; CARLCHEN (CARL), *1833; WILHELM, *1835; MINCHEN (WILHELMINE), *1836; FRITZ (FRIEDRICH), *1838 – Friederikes Kinder

KÄTHCHEN KLUGE, *1803; MINA KLUGE, *1815; WILHELMINE KLUGE, *1780 – die unverheirateten Schwestern und die Mutter von Friederike

NICOLAUS RONNEFELDT, *1790, Schwager von Friederike, Möbelschreiner

Auswahl weiterer Personen aus dem Bekannten- und Freundeskreis der Ronnefeldts in alphabetischer Reihenfolge

Frankfurt

FRIEDRICH BESTHORN, *1788, Prokurist bei Ronnefeldt **

PAUL BIRKHOLZ, *1807, ein alter Freund von Friederike **

HERBERT DÖBEL, *1816, Brauereibesitzer und Konrad Fritschs Patron **

KARL GEORG ENSLEN, *1792, Reise- und Panoramamaler

KONRAD FRITSCH, *1826, Bierbrauergeselle mit unklarer Herkunft und Geschichte **

PETER KREBS, *1815, Kaufmann und ehemaliger Lehrling von Tobias Ronnefeldt **

LEOPOLD SONNEMANN, *1831, Kaufmann mit politischen Ambitionen

Hamburg

ANTON BERGER, *1833, Kollege und Mitbewohner von Carl **

RICHARD VON MAHLSTEDT, *1830, Volontär im Kontor Overweg **

OTTO WESTPHAL, *1798, Inhaber eines Handelshauses

LUDWIG WESTPHAL, *1830, und CARL-WILHELM WESTPHAL, *1824 – Otto Westphals Söhne

CHARLOTTE VON ZITZEWITZ, *1836, Tochter eines Landgutbesitzers **

Baden-Baden

JOHANN MESSMER, *1780, Besitzer des *Maison Messmer* in Baden-Baden und ein alter Freund von Tobias Ronnefeldt

EDUARD MESSMER, *1824, Kaufmann mit eigenem Feinkostgeschäft in Baden-Baden

ADÈLE DE PIERRE, *1800, Gast im *Maison Messmer*

Bonn

CAROLINE MEYER, *1804, Freundin von Käthchen Kluge, verheiratet mit Theodor Meyer, Theologiedozent **

AMBROSIUS MEYER, *1840, Pflegesohn der Meyers **

Die Namen und Lebensdaten der Familie Ronnefeldt und vieler weiterer Personen sind an reale Biographien angelehnt. Fiktive Personen sind mit ** gekennzeichnet

TEIL I

1853

Das Wasser kommt

Frankfurt, 14. Februar 1853

»Das Eis bricht. Die Fischer sagen, heute Abend noch bricht das Eis«, rief Friedrich. Die Ladenglocke bimmelte laut, als er die Tür aufriss und sie so heftig hinter sich ins Schloss fallen ließ, dass die Schaufenster klirrten. Friederike, die im Laden hinter der Theke stand und gerade dabei war, die Tageseinnahmen ins Kassenbuch zu übertragen, ließ die Feder sinken.

»Bist du sicher?«, fragte sie ihren Sohn ungläubig. »Vor kurzem sind die Leute doch noch Schlittschuh gelaufen.«

»Ja, aber das sei leichtsinnig gewesen, sagen jetzt alle. Und dass es heute Nachmittag zwölf Grad warm war.«

Das stimmte natürlich, heute war es wirklich außergewöhnlich warm gewesen für einen Tag Mitte Februar. Das regnerische und dabei sehr milde Wetter war auf eine wochenlang andauernde Kälteperiode gefolgt. Der Main war so dick zugefroren wie schon lange nicht mehr – und ein Aufbrechen des Eises konnte durchaus, das wussten die Frankfurter aus leidvoller Erfahrung, Hochwasser mit sich bringen.

Sollte es in diesem Jahr wirklich wieder so weit sein? Friederike hatte es nicht wahrhaben wollen. Sie hatte jeden Gedanken daran weit von sich geschoben, dass ihre Lager im Saalhof unten am Main und im Haus Limpurg am Römer in Gefahr sein könnten, doch nun konnte sie es nicht länger ignorieren. Sie verstaute das Kassenbuch unter der Theke, war aber immer noch ein bisschen zögerlich, und das nicht nur aus Furcht vor dem, was ihnen möglicherweise bevorstand. Es war erst halb fünf, eigentlich zu früh, um den Laden zu schließen.

Ihr Prokurist Herr Besthorn kam gedankenversunken aus dem Kontor nach vorne in den Laden. Er war ziemlich schwerhörig und hatte noch gar nicht bemerkt, dass draußen etwas vor sich ging.

»Fritz sagt, der Main geht auf«, wandte Friederike sich dem Prokuristen zu, wobei sie die Worte betont deutlich aussprach, aber dennoch keine Reaktion bekam.

»Der Main, Herr Besthorn. Die Fischer sagen, heute geht er auf«, rief nun auch Friedrich.

Jetzt hatte Besthorn verstanden, doch er winkte ab. »Ach was, die Fischer reden viel, wenn der Tag lang ist. Die wollen sich nur wichtigmachen.«

»Das glaub ich nicht. Die haben alle große Angst um ihre Boote.«

»Vielleicht sind ja die Boote in Gefahr. Aber uns macht das wenig. Wozu hat man wohl die Ufer höhergelegt? Der Stadtbaumeister hat mir erst vor ein paar Tagen versichert, dass ein Hochwasser sehr unwahrscheinlich ist. Mit dem Abreißen des Fahrtors und dem Aufbau der neuen Befestigungen hat man mindestens fünf Fuß an Höhe gewonnen. Das sollte doch wohl ausreichend sein.«

Aber Friedrich ließ sich davon nicht beeindrucken. »Komm mit, Mama, und schau es dir selbst an«, wandte er sich nun wieder an seine Mutter. »Dieses Knacken und Knirschen und Gurgeln ist gruselig. So was hab ich noch nie gehört.«

Bestürzt betrachtete Friederike ihren vierzehnjährigen Sohn, der mit geröteten Wangen vor ihr stand. Er musste vom Main bis hierherauf gerannt sein, er war noch immer außer Atem. Entschlossen zog sie sich die Schürze aus.

»Du hast recht, Friedrich, ich werde es mir selbst ansehen. Herr Besthorn, behalten Sie bitte den Laden im Blick? Und falls wir unser Lager im Saalhof wirklich ausräumen müssen, darf ich doch gewiss auf Sie zählen?«

»Selbstverständlich«, erwiderte Besthorn. Der Prokurist war jetzt Mitte sechzig und hatte sein schlohweißes Haar auf dem Oberkopf zu einer Art Hahnenkamm frisiert, der sich nun zusammen mit seiner gesamten Figur aufzurichten schien. »Aber ich glaube wirklich nicht, dass das nötig sein wird, Frau Ronnefeldt. Immerhin hat die Aufschüttung und Verbreiterung des Mainufers das Stadtsäckel um Tausende erleichtert. Tausende! Die werden ja wohl nicht umsonst gewesen sein.«

»Das Eis ist in diesem Jahr wirklich außergewöhnlich dick«, erinnerte Friederike ihn. Sie hatte ihren Mantel geholt, schlüpfte hinein und band in aller Eile ihre Schute fest. Friedrich stand in der geöffneten Ladentür. Er sah sich ungeduldig nach ihr um.

Draußen auf der Neuen Kräme war inzwischen eine regelrechte Völkerwanderung in Gange. Trotz des schon wieder einsetzenden Regens strebten zahlreiche Menschen zum Main hinunter, und mindestens ebenso viele eilten in die entgegengesetzte Richtung. Ans Einkaufen dachte offenbar ohnehin niemand mehr.

Friederike fand diese hektische Betriebsamkeit höchst beunruhigend. Und ausgerechnet heute waren ihre zwei Kontorsgehilfen in Darmstadt. Sie hatte ja gleich kein gutes Gefühl dabei gehabt, beide auf einmal fahren zu lassen. Herr Besthorn mit seinen Hüftbeschwerden war nämlich nicht mehr gut zu Fuß. Aber vielleicht konnte er sich ja trotzdem nützlich machen.

»Wollen Sie nicht doch lieber gleich mitkommen, Herr Besthorn? Ich mache mir schon große Sorgen um unser Teegewölbe«, sagte sie.

Besthorn kratzte sich am Kopf. »Also gut, Frau Ronnefeldt. Ich werde nur zuvor meinen angefangenen Brief noch zu Ende bringen. Aber Sie werden sowieso sehen, dass ich recht habe. So arg kommt es nicht.«

»Und du, Friedrich, geh gleich hinauf und gib deinen Geschwistern Bescheid. Elise und Minchen wollten Carlchen beim Packen helfen, und vielleicht ist Wilhelm ja sogar auch da. Sie sollen alle so rasch als möglich hinunter zum Main kommen. Wir treffen uns am Ufer vor dem Saalhof.«

Eine Viertelstunde später war die Familie am Mainufer versammelt. Friederike war erleichtert, auch Wilhelm zu sehen. Ihr zweitältester Sohn, der im Januar achtzehn Jahre alt geworden war, hatte die Angewohnheit, gelegentlich für Stunden zu verschwinden, ohne zu verraten, wohin. Schon oft hatte Friederike sich gefragt, ob sie ihm wohl zu viele Freiheiten zugestanden hatte. Oder ob sie womöglich Carlchen hätte bremsen müssen, der mit seinem Bruder selten einer Meinung war und seinen Kopf durchzusetzen verstand, so dass der eher gutmütige und weit weniger ehrgeizige Wilhelm sich mehr und mehr von der Familie und aus dem Geschäft zurückgezogen hatte. Er ging aus, wie es ihm gefiel, und hatte Bekanntschaften und Freunde, die sie noch nie gesehen hatte.

Doch mit der vielen Freizeit war es nun ohnehin für Wilhelm vorbei. Sie würde auf den jüngeren der beiden Brüder angewiesen sein, jetzt wo Carlchen – oder besser Carl, da er sich neuerdings strengstens verbat, mit der verniedlichenden Form angesprochen zu werden – nach Hamburg ging. Wilhelm würde als dritter Gehilfe im Kontor seinen Platz einnehmen müssen.

Die sechs Ronnefeldts standen nebeneinander auf dem belebten Kai und blickten auf den vereisten Main hinaus. Die untergehende Sonne war hinter trübem Dunst und Regenschleiern verborgen, so dass nicht das kleinste Glitzern oder Funkeln der Eiskristalle den bedrohlichen Eindruck abmildern konnte. Gleich dem Rücken eines schlafenden Drachen bedeckte das Eis schwer und grau den gesamten Fluss und zeigte an manchen Stellen in Ufernähe wulstige Verwerfungen.

Das war bis vor ein paar Tagen noch anders gewesen. Spaziergänge auf der weiten ebenen Eisfläche, mit Schlittschuhen oder ohne, waren zu einem beliebten Freizeitvergnügen avanciert. Die Frankfurter genossen den ungewohnten Blick, den sie von der Mitte des Flusses aus auf die Stadt hatten, auf den Dom mit seiner kappenförmigen Turmspitze und der Laterne obenauf, auf die großen Mietshäuser und die prächtigen Bürgervillen, die das Frankfurter Ufer säumten, oder auf das stattliche Gebäude des Deutschordenshauses auf der Sachsenhäuser Seite. Findige Gastwirte hatten sogar Buden auf dem Eis aufgestellt, wo sie Punsch und heißen Saft verkauften, und nicht nur Familien hatten sich dafür begeistert, sondern auch Vereine und Lesekränzchen aus der Umgebung hatten ihre Ausflüge zu dem Naturschauspiel gemacht. Doch das alles würde nun bald ein Ende haben – und der Preis, der dafür zu zahlen wäre, würde womöglich hoch ausfallen.

Dutzende Schaulustige hatten sich inzwischen auf dem Kai vor dem Saalhof versammelt, und ganz wie Friedrich gesagt hatte, hörte man vom Fluss her ein Knarzen. Gelegentlich ertönten auch hellere Geräusche, deren Echo sich geisterhaft über die Eisfläche hinweg ausbreitete, als würde man ein Dutzend Sägen singen lassen. Friederike hatte den Impuls, fortzulaufen, nur weg vom Fluss. Doch sie war wie erstarrt und hatte keine Kraft mehr in den Beinen. Sie warf einen Blick auf Carlchens ernste Miene. In manchen Momenten sah ihr Ältester seinem Vater so unglaublich ähnlich. Sein Profil, seine Haltung, selbst die Art, wie ihm das Haar in die Stirn fiel, alles erinnerte sie an Tobias.

Elise, die zwischen ihren Brüdern stand, war sehr blass. Vielleicht dachte ja auch sie an jene unglückliche Nacht. Zwölf Jahre alt war ihre Älteste gewesen, und auch wenn sie noch nicht selbst mit angepackt, sondern die Stunden bei ihren Großeltern verbracht hatte, so hatte sie doch die ganze Aufregung mitbekommen. Vor allem hatte sie die schwere Krankheit ihres Vaters bewusst miterlebt, die auf dem Fuße der Ereignisse gefolgt war. Ihr tapferes kleines Mädchen. Elise war ihr in allem eine Stütze gewesen. Und nun war sie eine junge Frau und lebte längst nicht mehr bei ihr, sondern im Haus ihrer Großeltern in der Schnurgasse. Friederike überkam nicht zum ersten Mal das traurige Gefühl, ihre Tochter gar nicht mehr richtig zu kennen.

Friederikes Blick wanderte weiter zu Friedrich. Er hatte immer noch erhitzte Wangen und schien das Geschehen eher zu genießen. Genau wie Minchen blickte er mit leuchtenden Augen aufs Eis. Friederike schluckte beklommen. Ihre beiden Jüngsten waren doch noch richtige Kinder. Nun sehnte sie sich so sehr nach Tobias, dass es schmerzte.

Wieder wandte sie ihre Aufmerksamkeit der bedrohlichen Szenerie zu, die vor ihr lag, das graue Band des zugefrorenen Mains. Acht Jahre waren seit dem Hochwasser von 1845 vergangen, aber obwohl sie die Details zeitweise recht erfolgreich verdrängt hatte, erinnerte sie sich nun wieder lebhaft daran. Sie klammerte sich an die Unterschiede: Damals war es Ende März gewesen und nicht schon Mitte Februar, versuchte sie sich zu beruhigen. Der Winter hatte also wesentlich länger gedauert, über zwölf Wochen hinweg hatte es Minusgrade gegeben. Außerdem – und das war womöglich das Wichtigste – war das *vor* dem Umbau und der Erhöhung des Kais gewesen. Herr Besthorn vertrat immerhin die Auffassung, dass damit alle Gefahr gebannt war.

Männer, dachte Friederike. Männer gaben sich immer so selbstbewusst. Dabei wusste sie leider nur zu genau, wie oft sie sich irrten. Dieser Gedanke und die Regentropfen, die ihr nun heftiger ins Gesicht sprühten, holten sie in die Wirklichkeit zurück. Es regnete schon seit Tagen, genau wie 1845, und damals wie heute war es sehr plötzlich warm geworden.

Friederike hatte für einen Moment die Augen geschlossen und zwang sich nun, sie wieder zu öffnen. Der Anblick war unverändert – obwohl, war da nicht ein Riss im Eis? Und dort noch einer. Plötzlich glaubte sie, überall Spalte und Risse zu sehen, die vorher nicht da gewesen waren. Jetzt hörte sie auch das Gurgeln und Rauschen von Wasser und dann wieder diesen singenden Ton, sehr fremdartig und darum so bedrohlich. Und dann, mit einem Male, ertönte ein besonders lautes, langgezogenes Knirschen.

Das war eindeutig. Es ergab einfach keinen Sinn, die Gefahr zu leugnen. Die Menschen, die wie sie abwartend am Kai gestanden hatten, schienen das ebenso zu sehen. Bewegung kam in die Menge. Stimmen erhoben sich, die Leute riefen einander etwas zu, aber Friederike war zu sehr mit sich beschäftigt, als dass sie die Worte verstanden hätte. Wieder sah sie zu Carlchen, und ihr Blick blieb am spärlichen Bartwuchs über seiner Oberlippe hängen. So ähnlich er seinem Vater auch sah – er war doch noch schrecklich jung.

»Was meinst du dazu, Carl? Was sollen wir machen?«, fragte sie und hoffte, dass er das Zaghafte in ihrer Stimme nicht hörte. Sie war sich bewusst, dass sie jetzt stark sein musste. Ihren Kindern zuliebe. Dem Geschäft zuliebe. Und Tobias zuliebe.

Ihr Sohn zuckte die Achseln. Sie sah Unsicherheit in seinem Blick, doch dann schien er sich zu besinnen und sagte mit fester Stimme: »Ich bin für Ausräumen. Aber wir brauchen mehr Leute. Ein paar Männer, die uns helfen. Vielleicht weiß ja Onkel Nicolaus Rat.«

Er hatte recht, dachte Friederike. Sie brauchten Hilfe. Sie musste etwas tun. Es war ihre Aufgabe. Ihre Verantwortung. Friederike öffnete den Mund, um etwas zu sagen, brachte jedoch keinen Ton heraus.

Carl hatte gar nicht bemerkt, dass ihr die Worte fehlten. Er war schon mit der weiteren Planung beschäftigt. »Das Beste wird sein, wenn Minchen und Elise rasch zum Onkel in die Werkstatt laufen und ihn fragen, ob er uns beistehen und von seinen Leuten jemanden entbehren kann.«

»Onkel Nicolaus' Werkstatt ist bei einem Hochwasser auch gefährdet. Die Fahrgasse liegt kaum höher als der Saalhof«, wandte Elise ein. »Aber wir sollten auf jeden Fall zu ihm gehen, und sei es nur, um ihn zu warnen.«

»Ich? Warum muss ich gehen? Ich will auch sehen, wie das Eis aufgeht«, protestierte Minchen.

»Keiner von uns wird sehen, wie das Eis aufgeht, weil wir damit beschäftigt sein werden, das Teegewölbe auszuräumen«, sagte Carl.

Mein Gott, dachte Friederike, die sich darauf konzentrierte, ruhig zu atmen, und doch nicht verhindern konnte, dass ihr Herz immer schneller schlug. Die Erinnerungen überwältigten sie. Sie hatte Angst. Nicht um ihr eigenes Wohl war ihr bang, aber was, wenn einem ihrer Kinder dasselbe Schicksal widerfuhr wie damals Tobias und sie es nicht beschützen konnte? Plötzlich wurde ihr schwindlig. Blut rauschte in ihren Ohren.

»Gute Idee, Carlchen, aber Minchen soll allein zur Werkstatt laufen. Ich komme mit euch mit und helfe tragen«, hörte sie Elise wie aus weiter Ferne sagen.

»Was denn, willst du etwa Kisten schleppen wie ein Arbeiter?«, maulte Minchen.

»Nicht nur ich. Du auch, wenn du erst wieder zurück bist«, entgegnete Elise ungeduldig. »Nun mach schon, Minchen, wir haben nicht mehr viel Zeit.«

Friederike hörte die Stimmen ihrer Kinder nur noch gedämpft. Sie hielt sich an dem metallenen Geländer fest, das an dieser Stelle den Kai säumte, und ihre Benommenheit hinderte sie daran, ihre jüngere Tochter aufzuhalten. Am liebsten wollte sie alle ihre Kinder einfach nur in Sicherheit wissen, irgendwo im Warmen und Trockenen, doch daran war natürlich nicht zu denken. Sie würden jede helfende Hand brauchen, da hatte Carlchen schon recht. Minchen setzte sich in Bewegung und war kurz darauf zwischen den Menschen, die den Kai bevölkerten, verschwunden. Wieder knirschte das Eis. Ein Ächzen und Stöhnen wie von einem großen sterbenden Tier. Friederike erholte sich ein wenig, das Schwindelgefühl verging. Sie sah über die Brüstung nach unten. Das Wasser musste gestiegen sein. An manchen Stellen wölbte sich das Eis sogar über die Mauer. War das eben auch schon so gewesen? Womöglich wurde der Fluss von der kalten Masse noch gerade so zurückgehalten.

»Kommst du, Mutter?«, fragte Carl ungeduldig. Friederike löste sich vom beklemmenden Anblick des vereisten Flusses und ging hinter ihren Kindern her, erleichtert darüber, dass ihre Beine ihr wieder gehorchten. Der Regen war stärker geworden, doch sie nahm die Nässe kaum wahr. Vor dem Eingangsportal des Saalhofs standen zwei Fuhrwerke. Andere Kaufleute hatten offenbar bereits damit begonnen, ihre Waren aus den Gewölbekellern nach oben zu tragen. Besthorn allerdings war noch nicht eingetroffen.

Sie eilten durch die Halle und die Treppen hinab. Das Lager der Firma J. T. Ronnefeldt befand sich am Ende eines etwa dreißig Fuß langen Ganges, aber die meisten der Laternen, die sonst an den Wänden zur Verwendung bereithingen, fehlten. Ein einziges Licht konnten sie finden. Friedrich nahm es, zündete es an und beleuchtete die Tür. Friederikes Hände zitterten, und sie brauchte mehrere Anläufe, um den Schlüssel ins Schloss zu stecken und herumzudrehen. Sie bemerkte eine Bewegung hinter sich. Carl stand direkt hinter ihnen und atmete ungeduldig aus, doch da hatte sie es geschafft.

Ein warmer Duft nach Tee und Tabak schlug ihnen entgegen. Das Lager, das Tobias einst das »Teegewölbe« getauft hatte, war etwa einhundertfünfzig auf einhundertfünfzig Fuß groß. Friedrich ging hinein und leuchtete umher, so dass man sehen konnte, dass es bis unter die Decke mit Ballen und Kisten gefüllt war. Hier wurden hauptsächlich Tee, Tabak und Kaffee aufbewahrt, aber auch Porzellan, Keramik und Lackarbeiten waren in den Kisten zu finden. »Und wohin bringen wir die ganzen Sachen? Wir haben doch nicht einmal einen Wagen«, sagte Friedrich.

Alle Blicke wandten sich Friederike zu. Ihr Jüngster hatte natürlich recht, wieso hatte sie daran nur nicht gedacht? Es war jetzt auf die Schnelle auch unmöglich, einen Wagen zu besorgen, abgesehen davon würde ein einzelner ohnehin nicht ausreichen. Dann kam ihr glücklicherweise ein Gedanke. »Wie wäre es, wenn wir die Sachen im großen Saal im ersten Stock unterstellen?«

»So machen wir es. So hoch wird das Wasser sicher nicht steigen«, sagte Carl, der dabei war, einige Talglichter zu entzünden, die er in einem Korb in der Ecke gefunden hatte. »Und wenn wir hier fertig sind, müssen wir ins Haus Limpurg. Das Lager dort ist auch nicht sicher.«

Friederike nickte, doch sie sagte nichts und versuchte, möglichst keine Regung zu zeigen, um ihre Kinder nicht noch mehr zu verunsichern. Sie fürchtete sich davor, auch noch in jenen Keller hinabsteigen zu müssen. So sehr sie sich bemühte, Haltung zu bewahren, spürte sie, dass die Lähmung von eben schon wieder drohte von ihr Besitz zu ergreifen. Am liebsten wäre sie sofort geflohen.

»Waren, die den Umsatz für ein ganzes Jahr sichern sollen, könnten zerstört werden«, fuhr Carl fort, das drohende Unglück in den düstersten Farben zu malen. »Selbst wenn Minchen noch jemanden mitbringen kann, wird das kaum reichen. Der Weg bis hinauf in den Saal ist weit. Wilhelm, warum schaffst du uns nicht ein paar von deinen Freunden her, die sonst immer deine kostbare Zeit beanspruchen?«

Es war ein unpassender Moment für einen solch bissigen Seitenhieb. Normalerweise waren Bemerkungen dieser Art ein sicherer Anlass für Streit zwischen den Brüdern, aber zum Glück ließ Wilhelm sich nicht provozieren. Er stemmte die Hände in die Seiten und schüttelte den Kopf. »Das habe ich auch schon überlegt, aber die wohnen ja alle in Bornheim oder in Sachsenhausen.« Dann erhellte sich sein Gesicht. Offenbar war ihm doch noch jemand eingefallen. Er schickte sich an, hinauszueilen.

»Was ist, wo willst du hin, Wilhelm?«, rief Friederike ihm hinterher. Er drehte sich noch einmal zu ihr um.

»Du hast Carlchen doch gehört«, sagte er, doch dann bemerkte er ihr entsetztes Gesicht, kam zurück, umfasste ihre Schultern und gab ihr einen Kuss auf die Wange: »Keine Sorge, Mama, gemeinsam schaffen wir das. Ich bin bald wieder da.«

Besorgt sah Friederike ihm nach. Jetzt waren ihr nur noch Carlchen, Friedrich und Elise geblieben, aber es half nichts, sie mussten sich an die Arbeit machen. Sie ging hinauf, den Portier zu suchen, und stellte fest, dass die Türen zum Saal bereits weit offen standen. Andere Kaufleute hatten augenscheinlich denselben Einfall gehabt wie sie, aber der Platz sollte reichen, um alles unterzustellen. Zum Glück erschien kurz darauf doch noch Herr Besthorn, und auch Wilhelm hielt sein Versprechen. Schon bald stieß er mit drei Helfern wieder zu ihnen. Zwei von ihnen waren junge Männer in Arbeitskluft, der dritte, auch er noch jung, kaum älter als Carl, hatte gelocktes dunkles Haar und steckte in einem schwarzen, für seine schmale Figur etwas zu weiten Anzug. Er war eine auffällige Erscheinung, und Friederike kannte ihn vom Sehen, denn er war der Sohn eines Kaufmanns. Doch sie hatte keine Ahnung gehabt, dass Wilhelm mit ihm befreundet war.

»Das ist Herr Sonnemann, Mama. Er wird uns helfen«, rief Wilhelm ihr entgegen, als sie sich auf der Treppe begegneten.

»Frau Ronnefeldt«, sagte der junge Mann mit einer kleinen Verbeugung.

»Sehr erfreut, Herr Sonnemann. Es ist sehr großzügig, dass Sie uns Ihre Arbeitskraft zur Verfügung stellen wollen«, brachte Friederike heraus.

»Es ist mir eine Ehre. Ich bin froh, dass ich endlich die Gelegenheit bekomme, Ihrem Sohn zu danken und meine Schuld abzutragen.«

Seine Schuld? Friederike hatte keine Ahnung, welche Schuld das sein sollte. Wilhelm hatte Sonnemann nie erwähnt. »Das sind Konrad und Max«, stellte Sonnemann nun auch seine Begleiter vor. Der größere der beiden, ein intelligent aussehender Mann mit offenem Gesicht, grüßte höflich, während er schon dabei war, seine Jacke auszuziehen, um sich besser bewegen zu können. Der andere drehte seine Mütze verlegen in den Händen und nickte knapp.

Wilhelm schob sichtlich zufrieden die Ärmel hoch und griff sich eine Kiste, die auf dem Boden stand – und zehn Minuten später stieß auch Minchen wieder zu ihnen. Allerdings hatte sie nur einen einzigen Mann mitgebracht. Wie von Elise befürchtet, musste Nicolaus sein eigenes Inventar in Sicherheit bringen.

Draußen wurde es mittlerweile dunkel. Friedrich, der noch einmal hinunter zum Mainufer gelaufen war, überbrachte die Nachricht, dass die Kälte trotz der einbrechenden Nacht nicht anzog – und dass man inzwischen allgemein mit einem Eisbruch noch vor Mitternacht rechnete.

In den nächsten zwei Stunden kam die Helferschar kaum zum Verschnaufen. Selbst Minchen ließ sich vom allgemeinen Eifer anstecken. Friederikes Töchter steckten die oberen Röcke an der Taille fest und liefen mit den Männern die Treppenstufen hinauf und hinunter. Es ging zu wie in einem Ameisenbau. Besthorn konnte nicht so gut Treppen steigen und blieb im Keller, und sie selbst übernahm die Aufgabe, im großen Saal für Ordnung zu sorgen, wo der Portier ihnen eine bestimmte Fläche zugewiesen hatte. Alle arbeiteten hoch konzentriert. Vor allem jedoch erwies sich der Mann, der ihnen als Konrad vorgestellt worden war, als große Hilfe. Er machte nach einer Weile den Vorschlag, eine Kette zu bilden und die Kisten und Gegenstände vom einen zum anderen weiterzureichen, wobei Elise und Minchen zu zweit arbeiten sollten, da sie weniger schwer heben konnten. Dies erwies sich als sehr effektiv, weil sie sich nun weniger gegenseitig behinderten.

Friederike, die aus den Fenstern im ersten Stock immer wieder einen Blick hinaus in die Dunkelheit warf, wo sich in einiger Entfernung die unheimliche Eisfläche abzeichnete, hätte erleichtert sein müssen, dass alles so gut und zügig lief, doch dafür war sie viel zu verstört. Sie hatte gehofft, dass die Arbeit sie ablenken würde, aber statt an Mut zu gewinnen, wurde sie immer verzagter. Die Erinnerung an Tobias' Ende ließ sie einfach nicht los. Er war schon länger nicht ganz gesund gewesen, doch er hatte sich mit seiner Krankheit arrangiert. Gewiss hätte er noch viele gute Jahre haben können. Letztlich war es jene Hochwassernacht gewesen, die ihm zum Verhängnis geworden war. Am folgenden Tag war er krank geworden, und sein Überlebenskampf war schrecklich gewesen. Das zähe pfeifende Geräusch, das seine Lungen machten, wenn er nach Luft rang, und die Furcht in seinem Blick verfolgten Friederike seitdem in ihren Albträumen. Drei Wochen nach dem Hochwasser war Tobias an einer schweren Lungenentzündung gestorben. Die Erinnerungen strömten nun ungehindert auf sie ein. Friederike hatte Angst. Einzig die Erkenntnis, dass sie sich in diesem Augenblick keine Schwäche erlauben durfte, hielt sie aufrecht.

Endlich war es geschafft. Das Teegewölbe war ausgeräumt. Carlchen trieb zur Eile an. Als sie am Mainufer vorüberkamen, sahen sie, dass Teile des Kais bereits überflutet waren. An immer mehr Stellen quoll dunkles Wasser an die Oberfläche.

Im Haus Limpurg am Römer war die Lage wesentlich schwieriger als im Saalhof. Nicht nur die schmaleren Treppen waren ein Problem, sie hatten auch Mühe, in den oberen Stockwerken überhaupt Platz für ihre Waren zu finden, da andere Kaufleute schon alles belegt hatten. Trotzdem begannen die jüngeren Leute sofort damit, Ballen und Kisten hinaufzuschaffen. Carl, Wilhelm und Friedrich und sogar ihre Töchter, die die schwere Arbeit doch so wenig gewöhnt waren, wirkten energiegeladen, als treibe die Gefahr sie zur Höchstform an. Friederike selbst hingegen hatte das Gefühl, sich kaum mehr auf den Beinen halten zu können.

Doch als sie mit dem Räumen kaum begonnen hatten, waren von draußen Rufe und Geschrei zu hören:

»Das Eis bricht! Das Eiiiis briiiicht!«

Ein paar Sekunden verharrten sie alle wie gebannt, als habe eine übergeordnete Macht ihnen befohlen, still zu stehen. Friederike blickte vom Treppenabsatz im ersten Stock in die matt von einer einzelnen Laterne beleuchtete Eingangshalle hinunter. Draußen vor der geöffneten Tür rannten in beide Richtungen Menschen vorbei, und die Hektik unterstrich die gespenstische Ruhe, die in dem Gebäude eingekehrt war. Etwa zweihundert Schritt waren sie hier vom Main entfernt, und trotzdem hörte man das Bersten des Eises. Friederike glaubte sogar, die Vibration unter ihren Füßen zu spüren. Sobald das Eis an den ersten Stellen gebrochen war und die Schollen in Bewegung gerieten, setzte sich eine Kettenreaktion in Gang, und nichts hielt mehr die Wucht des fließenden Wassers zurück. Die treibenden Eisschollen würden auf die Uferanlagen prallen, Brücken und Schiffen rammen und verheerende Schäden reißen. Für die Stadt und ihre Bewohner bedeutete jedoch das flutende Wasser die größte Gefahr. So wie damals. So wie 1845.

Friederikes schlimmste Albträume waren wahr geworden. Immerhin gelang es ihr, sich im Angesicht der Gefahr endlich aus ihrer Erstarrung zu lösen. Sie wusste, es würde höchstens fünf oder zehn Minuten dauern, bis das Wasser sie erreicht hatte. Alles war wieder wie in jener Nacht. Wie sehr hatte sie Tobias angefleht, sich in Sicherheit zu bringen. »Lass es bleiben, das ist es nicht wert. Komm mit mir, Tobias«, hatte sie gebettelt.

Aber er hatte sich geweigert und sie fortgeschickt. »Geh zu deinen Eltern und warte dort mit den Kindern auf mich. Ich komme zu euch, sobald ich hier fertig bin. Mach dir keine Sorgen um mich. Alles wird gut.«

Widerstrebend hatte Friederike sich gefügt, und als er zwei Stunden später bei ihnen aufgetaucht war, völlig durchnässt und durchfroren, war er immer noch der Überzeugung gewesen, richtig gehandelt zu haben. Die Bewegung habe ihn warm gehalten, hatte er behauptet, und sich mit klappernden Zähnen aus den eiskalten Kleidungsstücken helfen lassen. Immer wieder unterbrochen von heftigen Hustenanfällen, hatte er ihr erzählt, wie er ein ums andere Mal in die schmutzigen Fluten gestiegen war, um weitere Kisten zu retten. Zwei Drittel des Lagers, hatte er stolz berichtet, seien nun im Trockenen. Später war ihr klargeworden, dass diese Verbissenheit sein Todesurteil besiegelt hatte. Noch in der derselben Nacht hatte er Fieber bekommen. Auf gar keinen Fall würde Friederike zulassen, dass sich das alles noch einmal wiederholte. Sie würde kein zweites Mal einen geliebten Menschen auf diese Weise verlieren.

Entschlossen schob Friederike ihre Erinnerungen beiseite und lief, so schnell sie konnte, die Treppe hinunter. »Halt! Hört auf. Lasst alles stehen und liegen. Wir müssen von hier fort«, rief sie ins Halbdunkel des Kellers hinein.

»Kommt gar nicht in Frage, Mama«, gab Carl zur Antwort. »Wir machen weiter, solange es geht.«

»Nein. Es ist zu gefährlich«, beharrte Friederike. »Das Wasser kommt. Und ich lasse nicht zu, dass irgendwem etwas passiert.«

»Dann nimm die Mädchen mit und geh. Wilhelm, Fritz und ich bleiben und machen weiter.«

»Nein, Carl. Ich verbiete es. Es ist zu gefährlich.«

»Nur keine Sorge, Mama. Das Wasser ist doch noch gar nicht hier.«

»Aber sobald es da ist, wird es zu spät sein.«

»Mama hat recht, Carlchen«, mischte sich nun auch Elise ein. »Hast du denn ganz vergessen, wie es mit Papa gewesen ist?«

Friederike warf Elise einen dankbaren Blick zu, froh über die Unterstützung. Carl schüttelte jedoch immer noch unwillig den Kopf.

»Ich verbiete dir, hierzubleiben, Carl«, sagte Friederike, der Verzweiflung nahe.

Carl griff stur nach der nächsten Kiste – aber da hörten sie von oben eine Männerstimme rufen: »Noch jemand unten? Wir schließen die Tür. Wir dichten jetzt alles ab.«

»Da hörst du es.« Friederike atmete erleichtert auf. Das musste ihren Sohn doch zur Vernunft bringen. In dem Moment kamen auch ihre übrigen Helfer herbei.

»Es hat keinen Sinn mehr, wir müssen abbrechen«, sagte Herr Besthorn. Er atmete schwer. Der Abend hatte ihm das Äußerste abverlangt.

»Also gut.« Carlchen gab nach, war aber sichtlich verärgert. Unsanft setzte er die Kiste wieder ab, die er in den Händen hielt.

Als sie nach oben kamen und vor die Tür traten, wären sie beinahe von den Menschen umgerissen worden, die an ihnen vorbei in Richtung Liebfrauenberg rannten. »Das Wasser kooommmt«, rief jemand. »Das Wasser koooommmt«, echoten andere.

Und sämtliche Kirchenglocken der Stadt begannen zu läuten.

Und wo ist der Haken?

Frankfurt, 18. Juni 1853

Friederike ließ Carls Brief sinken und sah aus dem Fenster. Es war ein Samstagnachmittag, von der Straße drangen die Stimmen von Passanten und gelegentlich das Geräusch eines Wagens herauf ins Wohnzimmer.

»Was ist, warum liest du nicht weiter vor?«, fragte Käthchen, die ihrer Schwester gegenübersaß, wie immer eine Handarbeit vor sich. »Was ist eigentlich mit Elise? Sie macht sich so rar, ich dachte, sie würde heute mit dir herkommen.«

»Sie wollte noch eine Besorgung machen. Sie kommt nach.«

»Schön«, sagte Friederike, doch ihre bedrückte Stimmung ließ sich nicht abschütteln. Es war still bei ihr geworden, seitdem die Kinder kaum noch zu Hause waren. Elise war schon vor Jahren zu ihren Tanten und zur Großmutter in die Schnurgasse gezogen. Fritz ging zwar noch zur Schule, verbrachte aber die Nachmittage meistens bei seinem Onkel Nicolaus in der Werkstatt. Und Wilhelm ließ sich ohnehin nur noch zu den Mahlzeiten blicken. Sie stand auf, schenkte sich und ihrer älteren Schwester Tee ein und gab Milch dazu.

»Einen oder zwei Löffel Zucker?«, fragte sie.

»Zwei«, sagte Käthchen, die gerade an der Hülle für ein Zierkissen stickte, die sie in einen Holzrahmen eingespannt hatte. Dabei stieß sie beinahe mit der Nase gegen den Stoff.

»Hast du deine Brille vergessen?«, fragte Friederike, während sie sich wieder hinsetzte.

»Die Brille taugt nichts«, sagte Käthchen und stichelte weiter. »Ohne komme ich besser zurecht.«

»Sieht aber nicht so aus.«

»Jetzt lies schon weiter«, Käthchen blickte kurz hoch und deutete mit dem Kinn zum Brief, den Friederike auf das Teetischchen gelegt hatte.

»Warte, ich muss rasch die richtige Stelle wiederfinden«, sagte Friederike, nahm einen Schluck Tee, den sie lieber ohne Zucker trank, rückte ihre Brille auf der Nase zurecht und nahm sich Carls Brief wieder vor. Sie plagte, was ihn betraf, das schlechte Gewissen. Ihr Ältester war erst im Mai nach Hamburg gereist, um dort seine Stelle anzutreten, beinahe drei Monate später als ursprünglich geplant – und es war ihre Schuld. Sie war nämlich nach dem Hochwasser krank geworden und hatte wochenlang mit hohem Fieber im Bett gelegen. Carl hatte sie vertreten müssen und war aus dem Kontor gar nicht mehr herausgekommen. Als es ihr endlich ein wenig besser gegangen war, hatte sie ihn mit seinem Arbeitseifer sogar gegenüber Wilhelm verteidigen müssen. Dem jüngeren Bruder hatte es nämlich gar nicht gefallen, dass Carl sich so wenig Zeit für seine kranke Mutter genommen hatte. Sie hatte ihren Ältesten nur morgens und abends kurz zu Gesicht bekommen, während Wilhelm kaum von ihrer Seite gewichen war. Von allen fünf Kindern hatte er die meiste Zeit mit ihr verbracht, sogar mehr als Elise und sowieso mehr als Minchen oder Fritz.

»Was ist nun mit dem Brief?«, fragte Käthchen.

Friederike überflog noch einmal die Zeilen, in denen Carl über seine neue Stelle schrieb. Ursprünglich war er davon ausgegangen, beim Teehandelskontor G. W. A. Westphal eine ordentliche Stelle als Junior-Kommis antreten zu können. Immerhin hatte er ja schon bei Herrn Besthorn zwei Jahre gelernt, und Herr Westphal hatte sich, was die Verzögerung seiner Ankunft betraf, sehr verständnisvoll gezeigt. Doch am Ende war die Stelle bereits besetzt gewesen – und nun war Carl nicht Kommis bei Westphal, wie gedacht, sondern Volontär im Handelskontor eines Herrn Overweg.

»Also, die Stellung ist ganz in Ordnung, schreibt er, und dass er im Hinterhaus mit einem gewissen Anton Berger zusammenwohnt. Die meisten Angestellten haben wohl dort ihre Wohnungen.«

»Wie praktisch. Dass das überhaupt geht! Das muss ja ein riesiges Haus sein«, sagte Käthchen kopfschüttelnd.

»Und hier steht noch etwas über die Familie Overweg.«

»Wolltest du mir etwa das Spannendste vorenthalten?«

»Natürlich nicht. Also hör zu:

Overweg ist, soweit ich das beurteilen kann, ein rechtschaffener Kaufmann und ein ordentlicher Patron. Dabei ist er gar nicht alt, vielleicht Anfang dreißig. Er ist allerdings nicht oft im Kontor, sondern meistens auswärts unterwegs und übrigens ledig. Den Haushalt führen seine beiden Schwestern, die Fräuleins Henriette und Therese Overweg. Sie sind Waisen. Das jüngere Fräulein (Therese) hat die Eltern wohl nie kennengelernt, die Mutter starb bei der Geburt. Das muss ungefähr fünfzehn Jahre her sein.«

»Ob er Interesse an ihnen hat?«, unterbrach Käthchen Friederikes Lektüre.

»Das glaube ich kaum.« Friederike sah ihre Schwester über den Rand ihrer Brille hinweg an. »Carl hat doch auch hier in Frankfurt kaum nach den Mädchen geschaut. Er hat anderes im Kopf.«

»Aber er ist doch ein junger Mann. Und immerhin erwähnt er diese Mädchen in seinem Brief.«

»Die Schwestern seines Patrons? So dumm ist Carl nicht. Das gibt doch nur Ärger.«

»Du und dein Carl«, sagte Käthchen kopfschüttelnd.

Friederike tat so, als hätte sie den Einwurf gar nicht gehört, und fuhr fort:

»Alles, was ich wissen muss, bekomme ich von Anton erklärt, der sich sehr gut auskennt und überhaupt ein gutes Verhältnis zu jedermann zu haben scheint. Jeden Freitag essen alle gemeinsam oben im Speisezimmer. Ich war bis jetzt zwei Mal dabei. Die Wohnung ist mindestens so groß wie die von Westphals, ebenso prächtig und befindet sich im zweiten Stock. Es gibt ein riesiges Entree mit lauter Türen, von denen ich gar nicht weiß, wo sie alle hinführen, und ein Speisezimmer wie ein Tanzsaal, aber sonst würden auch gar nicht alle hineinpassen, das Kontor hat nämlich neun Angestellte. Also wenn man nur die kaufmännischen zählt. Die anderen, die Auflader und so weiter, sind natürlich nicht eingerechnet und auch nicht bei den Essen dabei. Es ist schick eingerichtet mit schönen Möbeln, Bildern an den Wänden und so weiter. Es gibt auch ein paar chinesische Stücke – Wilhelm hätte seine Freude.
Aber von außen ahnt man das gar nicht, da ist alles ganz schlicht. Es gibt den großen Hof, auf dem immer irgendein Fuhrwerk steht. Das ganze Erdgeschoss ist Lager, im ersten Stock sind die Kontorräume, im dritten und vierten wieder Lager. Und dann gibt es auch noch das Hinterhaus mit Wohnungen und Zimmern für die Angestellten, da wohne ich mit Anton oben unterm Dach. Die anderen haben zum Teil richtige Wohnungen.
So, genug für heute. Heute Abend ist geselliges Beisammensein bei Herrn Wiese, das ist einer der Kommis, da will ich nicht fehlen. Grüße Onkel Nicolaus und die Tanten von mir …

… und die Schwestern und so weiter und so fort.« Friederike faltete die Briefbögen zusammen, steckte sie ineinander und dann zurück in den Umschlag. »Mit Carlchen hat er unterschrieben, nicht mit

Carl«, sagte sie lächelnd und nahm die Brille ab. »Ich glaube, er hat Heimweh.«

»Sicher besser so. Besser als wenn ihm die ganze Pracht zu Kopf steigt. Nicht dass er die Frankfurter Verhältnisse aus dem Blick verliert.«

»Carlchen doch nicht. Er wäre am liebsten gleich ganz hiergeblieben. Er macht sich solche Sorgen um das Geschäft und um alles. Ich wünschte, er hätte es einfacher.«

»Und ich wünschte, *du* hättest es einfacher«, sagte ihre Schwester.

»Was meinst du damit?«

»Ich habe den Eindruck, Herr Besthorn ist noch schwerhöriger geworden. Man muss ihn ja regelrecht anschreien, damit er einen versteht.«

»Da ist was dran«, gab Friederike seufzend zu.

»Vielleicht wäre es sogar besser für dich, wenn er in Rente ginge.«

»Besthorn denkt ganz bestimmt nicht daran.«

Käthchen sah kurz auf und musterte sie nachdenklich. »Entlassen kannst du ihn jedenfalls kaum. Nach allem, was er für dich und das Geschäft getan hat.«

Friederike nickte stumm. Käthchen schaffte es immer wieder, den Finger in Wunden zu legen, an die sie nicht gerne erinnert wurde. Der alte Prokurist war tatsächlich ein Problem, doch heute wollte sie sich nicht damit beschäftigen, ihr war etwas anderes wichtiger. Schon lange hatte sie ihre Schwester etwas fragen wollen und es immer wieder aufgeschoben. Doch irgendwann musste es sein. Jetzt schien ihr der richtige Zeitpunkt gekommen.

»Noch mal zu Carl. Er macht sich so seine Gedanken um seine Schwestern. Vor allem um Elise. Du und Mina, ihr seht sie ja inzwischen häufiger als ich. Hat sie eigentlich einen Verehrer?«

»Ob sie einen …? Ach, darum geht es.« Käthchen lachte. »Nein, nicht das ich wüsste. Mir kommt es eher so vor, als ob sie gar nicht heiraten möchte.«

Friederike nickte. »So kommt es mir auch vor.«

»Eher könntest du sie dafür gewinnen, mit in euer Geschäft einzusteigen. Frag sie doch mal, ob sie die Buchhaltung machen will. Wahrscheinlich würde sie nicht ablehnen.«

Es klang spitz.

»Nicht dass ich es befürworten würde«, fuhr Käthchen fort. »Aber sie könnte es. Elise ist im Rechnen genauso gut wie du oder ich. Außerdem kann sie Französisch, und auch ihr Englisch ist ausgezeichnet.«

»Ich weiß. Clotilde Kochs Konversationskurs zeitigt eindeutige Erfolge. Die Grammatik hat sie sich selbst beigebracht.«

»Sie liest ja sogar englische Literatur im Original. Es wundert mich nicht, wenn ihr das zu Kopf steigt.«

»Willst du damit sagen, dass es ihre Sprachkenntnisse sind, die sie vom Heiraten abhalten?«, fragte Friederike, die den kritischen Unterton in Käthchens Stimme nicht länger ignorieren konnte.

Käthchen zuckte die Achseln. »Keine Ahnung. Ich weiß nur, dass es ihr nichts nützt. Außer sie heiratet einen Engländer. Oder einen Amerikaner.«

»Oder einen Kaufmann mit einem Importgeschäft«, ergänzte Friederike. »Womit wir wieder beim Thema wären. Also, einen Verehrer gibt es deiner Meinung nach nicht? Es ist mir ja fatal, dass ich dich so etwas fragen muss, aber seitdem ich wieder gesund bin, macht sich Elise ziemlich rar bei mir. Carl will sie jedenfalls verheiratet sehen, lieber heute als morgen.«

»Carl.« Käthchen schüttelte missbilligend den Kopf. »Wieso ist es an ihm, das zu entscheiden? Familienoberhaupt bist ja wohl immer noch du.«

»Ich habe lange darüber nachgedacht, aber in dieser Sache muss ich ihm zustimmen. Du hast doch vorhin die Frankfurter Verhältnisse angesprochen.« Friederike sah auf den Briefumschlag, den sie noch immer in der Hand hielt. »Der Verlust, den wir durch das Hochwasser erlitten haben, ist erheblich.« Sie zögerte. Das Teegewölbe im Saalhof hatten sie zwar rechtzeitig ausräumen können, das zweite Lager, jenes im Haus Limpurg, war jedoch voll Wasser gelaufen.

»Wie hoch ist euer Verlust eigentlich? Das hast du nie gesagt«, fragte Käthchen, als sie nicht weitersprach.

»Siebentausend Gulden.«

»Siebentausend? Mein Gott.« Überrascht ließ Käthchen ihre Handarbeit sinken.

»Ich muss die Ersparnisse angreifen, um das Loch zu stopfen.«

»Du könntest einen Kredit aufnehmen. Das Hochwasser ist schließlich nicht euer eigenes Verschulden. Das machen andere doch gewiss auch so.«

»Ein Kredit wäre wieder eine weitere langfristige Belastung, und wenn irgend möglich, will ich das vermeiden. Zum Glück ist unser Tee vom Hochwasser weitgehend verschont geblieben, und der wirft inzwischen die größten Gewinne ab. Ich habe einiges gespart, aber seitdem Vater tot ist …«

Sie brachte den Satz nicht zu Ende. Das war auch nicht nötig, denn Käthchen wusste selbst, dass Friederike die alte Mutter finanziell unterstützte, damit diese weiterhin so gut leben konnte wie bisher. Käthchen und Mina, beide ohne Ehemann, konnten nämlich nicht viel dazu beitragen. Eigentlich überhaupt nichts. Im Gegenteil, sie waren selbst auf Unterstützung angewiesen.

Käthchens Wangen röteten sich.

»Und eben darum frage ich. Elise ist einundzwanzig«, fuhr Friederike fort. »Wenn sie heiraten würde, wäre sie versorgt. Die Mitgift wird unter den gegebenen Umständen ja nicht allzu üppig ausfallen. Aber vielleicht finde ich einen Ehemann für sie, der ihre Qualitäten hoch genug schätzt, dass er darauf keinen großen Wert legt. Immerhin ist Elise hübsch *und* tüchtig. Anders als, na ja, du weißt schon, wen ich meine.«

Friederikes bitteres Lächeln, als sie auf Minchen, die jüngere ihrer beiden Töchter, anspielte, konnte Käthchen kaum entgehen. »Hast du denn einen Kandidaten im Auge?«, fragte sie.

»Das habe ich tatsächlich. Er ist Kaufmann und hat letztes Jahr einen Kolonialwarenladen eröffnet. In Baden-Baden.«

Friederike stand auf, ging zu ihrem Sekretär, legte Carlchens Brief zurück und holte einen anderen Stapel Briefe hervor. »Erinnerst du dich an Herrn Messmer? Johann Messmer war ein guter Freund von Tobias. Er hat ein Hotel in Baden-Baden.«

»Meinst du etwa das *Maison Messmer*?«

»Kennst du es?«

»Nur dem Namen nach. Es ist berühmt. Prinz Wilhelm und seine Frau Augusta steigen regelmäßig dort ab.«

»Messmer hat zwei Söhne. Wilhelm und Eduard. Wilhelm ist siebzehn oder achtzehn.«

»Und der andere?«

»Ende zwanzig.«

»Eduard, Ende zwanzig, Kaufmann«, fasste Käthchen zusammen. »Gut situiert, nehme ich mal an. Und wo ist der Haken? Du siehst nicht glücklich aus.«

Friederike seufzte. »Johann Messmer ist Witwer. Vor fünf Jahren hat er mir einen Antrag gemacht. Doch ich habe abgelehnt. Tobias war erst seit drei Jahren tot und – ach, es war mir einfach zu viel. Ich wollte nicht einmal darüber sprechen.«

»Verstehe«, sagte Käthchen langsam und zog die Augenbrauen hoch. »Johann Messmer wollte die Mutter – und nun soll Eduard Messmer die Tochter nehmen. Warum eigentlich nicht?«

»Meinst du?«, fragte Friederike hoffnungsvoll.

»Ich weiß ja nicht, wie nachtragend Herr Messmer senior ist. Hat er deinen Korb persönlich genommen?«

Friederike hatte einen Brief aus dem Stapel genommen und zog nun den Bogen aus dem Umschlag. Das Schreiben war erst zwei Monate alt. »Herr Messmer hat seine Einladung nach Baden-Baden jedes Jahr erneuert. Auch nachdem ich seinen Antrag abgelehnt habe.«

Sie überflog die Zeilen und las Käthchen den ein oder anderen Satz vor. In seinen Briefen hielt Herr Messmer Tobias' Andenken hoch. Aufrichtige Verbundenheit war aus seinen Worten zu lesen.

Die Schwestern schwiegen eine Weile. »Schön und gut, Friederike«, sagte Käthchen dann. »Aber am Ende wirst du doch Elise entscheiden lassen müssen. Und wenn du ihr deinen Plan so präsentierst wie mir gerade eben, garantiere ich dir, dass sie ablehnen wird.«

»Und wenn wir es so einrichten, dass sie ihn erst einmal kennenlernt? Sie vergräbt sich ja geradezu in der Schnurgasse. Wenn das so weitergeht, bekomme ich sie nie wieder dort raus.«

Carl hatte mit seinen Forderungen nach Elises Verheiratung einen wunden Punkt getroffen, und Friederike hatte ein schlechtes Gewissen, weil sie ihre älteste Tochter aus dem Blick verloren hatte. Was sollte aus ihr werden, wenn sie keinen Ehemann fand? Als warnendes Beispiel hatte sie ihre eigenen Schwestern vor Augen. Weder Mina noch Käthchen waren unverheiratet glücklich geworden. Mina entwickelte neuerdings einen unguten Hang zur Frömmelei. Ständig lief sie in die Kirche, und seitdem ihr Vater tot war, liebäugelte sie sogar offen mit dem Katholizismus. Und Käthchen? Die hatte zwar ihre Handarbeiten, aber abgesehen davon ihre ganz eigenen Probleme.

Plötzlich kamen Friederike ihre Pläne für ihre Älteste vermessen vor. Das alles war ja ohnehin Wunschdenken. Selbst *wenn* Elise Eduard Messmer kennenlernte und selbst *wenn* er ihr gefiele, war ja noch längst nicht gesagt, dass er auch an ihr Interesse hatte. Wie machten andere Eltern das nur? Die waren zu zweit, dachte sie, hatten den Rückhalt aneinander. Tobias fehlte ihr so sehr …

Ihr Blick fiel wieder auf Käthchen, die sie mit ihren kurzsichtigen Augen beobachtete. »Jetzt schau mich nicht so an.« Friederike stand auf und legte die Briefe auf die Platte ihres Sekretärs. »Ja, ich habe überlegt, die Einladung anzunehmen und mit Elise nach Baden-Baden zu fahren, aber ich kann hier ohnehin nicht fort. Gar nicht mal nur wegen des Geschäfts. Die Frühjahrsmesse ist ja vorbei, und Wilhelm ist auch noch da. Aber ich kann Minchen nicht allein lassen.«

Sie dachte nicht gerne daran, aber Minchen machte ihr von all ihren Kindern die größten Sorgen. Ihre neueste Idee war es, Schauspielerin zu werden. Sie hatte eine Statistenrolle beim Theater ergattert und probte nun mit bei *Der Kalif von Bagdad*. Friederike hatte versucht, es ihr zu verbieten, dann aber nicht die Kraft dazu gehabt und sich von Minchen überreden lassen. Ihre Tochter hatte all die angesehenen Menschen aufgezählt, die an dem Stück beteiligt waren, darunter sogar Damen der ersten Gesellschaft. Eine Tochter ihrer Freundin Clotilde Koch war ebenfalls mit dabei. Das hatte schließlich den Ausschlag gegeben, und Friederike hatte zugestimmt. Froh war sie nicht darüber. Was man nämlich einem Fräulein Koch nachsah, stand einem Fräulein Ronnefeldt noch lange nicht gut zu Gesicht. Die Kochs waren reich. Nicht dass sie selbst arm waren, doch die Verhältnisse waren andere. Sie hatten keine Gesellschaftsräume, kein Kristall für jeden Tag und kein Meißner-Service für zwölf Personen.

»Wegen dieser verflixten Theatersache wird sie sich weigern, mitzukommen«, erklärte Friederike ihrer Schwester. »Wenn ich sie dennoch dazu zwinge, wird sie so schlecht gelaunt sein, dass es nicht zu ertragen ist. Oder sie wird sich danebenbenehmen und alles zerstören.«

»Ich kümmere mich um sie«, sagte Käthchen in entschiedenem Ton. »Ich ziehe hier ein und übernehme Minchen – Fritz und Wilhelm natürlich auch. Du fährst zur Kur nach Baden-Baden, du bist ja immer noch ganz blass um die Nase, und weil du nicht allein reisen kannst, wird Elise dich begleiten. Das hört sich vollkommen vernünftig an. Kein Mensch wird auf die Idee kommen, dass du noch eine weitere Absicht damit verfolgen könntest. Ich gebe dir völlig recht, Elise muss mal raus. Mina schafft die Pflege von Mama auch allein, sie hat genug Hilfe.«

Friederike sah ihre Schwester dankbar an, obwohl sie sich nicht sicher war, ob Käthchen wirklich mit allem fertigwerden würde. Käthchen hatte ihre Handarbeit wieder vor die Augen gehoben und stichelte angestrengt.

»Hast du eigentlich schon Antwort von Meyers wegen des Angebots für Ambrosius?«, fragte Friederike und wechselte damit das Thema – weg von ihren eigenen Sorgen hin zu Käthchens. Über Baden-Baden würde sie später noch einmal in Ruhe nachdenken.

»Nein, bis jetzt nicht. Ich vermute, Caroline hat zu viel zu tun.« Käthchens Gesichtsausdruck wurde weicher.

Ambrosius war Käthchens Sohn. Er wurde bald dreizehn – und außer ihr selbst und Friederike wusste niemand in Frankfurt von seiner Existenz. Nicht einmal ihre Mutter oder ihre Schwester Mina. Nur Tobias hatte Friederike damals eingeweiht, und sie war sich sicher, dass er es nie jemandem erzählt hatte.

Der Vater des Knaben, Ambrosius Körner – Käthchen hatte ihren Sohn nach ihm benannt –, war noch vor der Geburt des Kindes an den Folgen eines Reitunfalls gestorben. Er war katholisch gewesen, was einer Ehe zwischen den beiden im Wege gestanden hatte, denn Käthchen und ihre Schwestern kamen aus streng protestantischen Verhältnissen, und damals hatte ja auch ihr Vater noch gelebt. Ob eine Konversion zum anderen Glauben oder eine Mischehe – keine der beiden Familien wäre einverstanden gewesen. Ambrosius hätte mit seinem Vater brechen und auf sein Erbe verzichten müssen, was Käthchen immer abgelehnt hatte.

Ambrosius Körners Tod hatte Käthchen dann vor vollendete Tatsachen gestellt. Sie war gezwungen gewesen, ihren unehelichen Sohn heimlich zur Welt zu bringen, in Bonn, bei ihren Freunden, den Pfarrersleuten Meyer – dort, wo sie ihren Geliebten kennengelernt hatte. Das Unglück, Ambrosius verloren zu haben und den Sohn weggeben zu müssen, hätte sie fast um den Verstand gebracht. Doch Käthchen hatte sich tapfer ins Leben zurückgekämpft. Und sie hatte es geschafft. Hauptsächlich dank ihrer Freunde, die ihr beigestanden hatten, ohne sie wegen ihrer misslichen Lage zu verurteilen.

Doch auch die Meyers konnten keine Wunder bewirken, und für Käthchen war es unmöglich, das Kind zu behalten. Sie ließ es bei Meyers. Offiziell galt ihr Sohn als Waisenknabe. Dort, im Pfarrershaushalt mit drei Geschwistern, trug er die Kleidung des älteren Bruders auf und lebte, wenn auch kein reiches Leben, so doch ein geborgenes.

Das Angebot, auf das Friederike anspielte, betraf Ambrosius' Ausbildung. Bei so vielen Kindern war es den Meyers nicht möglich, allen eine höhere Schulbildung zu bezahlen. Und Käthchen selbst hatte keine finanziellen Mittel. Jeden Kreuzer, den sie mit ihrer Stickerei verdiente, sandte sie ja schon nach Bonn. Auch Friederike steckte ihr für das Kind regelmäßig Geld zu. Trotzdem reichte es hinten und vorne nicht. Friederike hatte ihrer Schwester darum vorgeschlagen, Ambrosius für seine Ausbildung zu ihnen nach Frankfurt zu holen. Er könne nach seiner Einsegnung als Lehrling bei ihnen anfangen, hatte sie gesagt.

Käthchen hatte vor Freude rote Flecken im Gesicht bekommen. Sie hatte ihren Sohn schon seit zwei Jahren nicht mehr gesehen. Mitzuerleben, wie er zu einem jungen Mann heranreifte, war ihr größter Wunsch. Sie hatte gedacht, dass er niemals in Erfüllung gehen würde.

»Caroline schrieb mir übrigens in ihrem letzten Brief, dass der alte Herr Körner immer noch lebt.«

»Ach wirklich? Ich dachte, er wäre so krank.«

»Er ist teilweise gelähmt, aber abgesehen davon geht es ihm wohl gut. Geistig, meine ich. Und ich habe darüber nachgedacht, es ihm zu sagen.«

»Was hast du?«

Friederike erschrak. Sie stand auf, setzte sich neben ihre Schwester und suchte ihren Blick. Doch die wich ihr aus und sah auf ihre Hände hinab, an denen die Knöchel weiß hervortraten. Friederike legte ihr tröstend die Hand auf den Arm. Sie wusste, dass Käthchen insgeheim Ambrosius' Vater für den Tod seines Sohnes mitverantwortlich machte. Das Verhältnis zwischen den beiden war nie gut gewesen. Ambrosius hatte sich stets bemüht, den Ansprüchen seines Vaters gerecht zu werden, und hatte sich trotzdem von ihm nie geliebt und anerkannt gefühlt. Dabei hatte er sich so danach gesehnt.

»Hast du dir das gut überlegt?«, fragte Friederike und schalt sich gleich darauf für die alberne Frage. Natürlich dachte Käthchen an kaum etwas anderes. Aber wie kam nur dieser Meinungswandel zustande?

»Ich glaube einfach, dass ich nicht das Recht habe, es Herrn Körner *nicht* zu sagen. Wie kann ich ihm verschweigen, dass er einen Enkel hat? Und wie kann ich meinem Sohn verschweigen, dass er einen Großvater hat?«

»Und eine Mutter! Denk doch auch einmal an dich, Käthchen.

Wir haben schon so oft darüber gesprochen. Du hast es ihm bisher nicht gesagt – und das mit gutem Grund. Selbst wenn er seinen Enkel anerkennen sollte …«

»… wird er mich verjagen«, setzte Käthchen den angefangenen Satz fort. »Ich weiß. Aber denk doch, was es für Ambrosius bedeuten würde! Es könnte sein gesamtes Leben verändern. Vielleicht würde Körner ihn sogar zu seinem Erben machen.«

»Vielleicht«, wiederholte Friederike skeptisch. »Aber zu welchem Preis? Am Ende beansprucht er ihn ganz und gar für sich, und du darfst ihn nicht mehr wiedersehen.«

Das war es nämlich, was Friederike am allermeisten befürchtete, weshalb sie so unbedingt dagegen war, das Geheimnis aufzudecken: Käthchen würde es nicht verkraften, wenn der Großvater dem Enkel den Kontakt zu ihr verböte. Oder wenn der Sohn von der Mutter nichts mehr wissen wollte. Im Moment war sie eine Nenntante für ihn – und sie war seine Patin. Sie hatten einen liebevollen, ungetrübten Umgang miteinander. Mehr durfte Käthchen nicht erwarten. Wenn Ambrosius jedoch erfuhr, dass sie seine Mutter war, würde er ihr das womöglich nicht vergeben können.

»Ich bitte dich herzlich. Warte wenigstens bis nach seiner Einsegnung. Lass ihn erst einmal hierherkommen und seine Lehre machen. Dann könnt ihr euch besser kennenlernen. Ich bitte dich, überstürze bloß nichts.«

Wovor versteckst du dich eigentlich?

Frankfurt, 18. Juni 1853

Elise hörte die Stimmen ihrer Mutter und ihrer Tante durch die geschlossene Tür hindurch, ging jedoch nicht zu ihnen hinein, sondern entschied, zuerst nach ihrem Bruder zu sehen. Seit Carlchens Abreise hatten sie und Wilhelm nicht mehr miteinander gesprochen. Sie wusste, dass er den älteren Bruder mit gemischten Gefühlen hatte fahren sehen. Immerhin hatte Carlchen den größten Teil der Verantwortung geschultert, die ihre Brüder zu tragen hatten. Denn Fritz zählte noch nicht. Der Jüngste der fünf Geschwister würde womöglich gar nicht ins Kaufmannsgeschäft einsteigen. Ihn zog es mehr in die Schreinerwerkstatt von Onkel Nicolaus.

Sie stieg die Stufen zum zweiten Stock hinauf, sah in Minchens verwaistes Zimmer, wo verschiedene Kleidungsstücke übereinander auf dem Bett lagen, und warf dann einen Blick in das Zimmer von Fritz und Wilhelm. Hier war auch niemand.

Nachdenklich betrachtete sie die leeren Betten und dachte über ihre Brüder nach. Fritz verstand sich bestens darauf, sich aus allem herauszuhalten. Wilhelm und Carlchen hatten sich allerdings zuletzt überhaupt nicht mehr gut verstanden. Sie waren so verschieden, die beiden. Während Wilhelm sich den ganzen Tag um ihre Mutter gekümmert hatte, hatte Carlchen so getan, als könne er keine freie Minute für sie erübrigen. Natürlich war das ein Vorwand gewesen, aber sie verstand ihn gut. Was solche Dinge betraf, war er längst nicht so stark wie Wilhelm. Sie hatten alle große Angst gehabt. Immerhin hatten sie befürchten müssen, nach dem Vater nun auch noch die Mutter zu verlieren. Doch keines der Kinder hatte die Vorstellung mehr geängstigt als Carlchen. Er war der Älteste. Er spürte die Last der Verantwortung auf seinen Schultern. Und Krankendienste zu verrichten, hatte er nicht fertiggebracht, so sehr war es ihn angegangen.

Elise verließ das Zimmer, kletterte eine weitere schmale Stiege hinauf und betrat den Raum, der zuvor Carlchens Reich gewesen war. Wilhelm saß am Tisch.

»Hier steckst du«, sagte sie und sah sich um. Dieses war zwar nicht das größte der drei Kinderzimmer, die sie sich, als sie noch Dreikäsehochs gewesen waren, zu fünft geteilt hatten, dafür aber das schönste. Ursprünglich hatten sie den Raum gemeinsam als eine Art Spielzimmer genutzt, bis Carlchen ihn als Ältester für sich beansprucht hatte. Weil nur ein Bett darin stand, blieb sogar Platz für einen Tisch und einen Sessel. Doch ohne Carls Sachen wirkte das Zimmer ziemlich leer und schmucklos. Nur ein Stickbild mit dem Spruch »Die Wahrheit wird euch frei machen« hing noch immer ein wenig verloren über dem Bett. Elise mochte das Zimmer, weil es Fenster nach zwei Seiten hatte und dadurch sehr hell war. Der Raum schwebte nämlich merkwürdig unentschlossen in einem angebauten Winkel des Hauses, den man von der Straße aus nicht sah. Er gehörte halb zur dritten Etage und halb zum Dach. Von hier aus konnte man über die Dächer der Nachbarhäuser hinweg bis zum Dom schauen.

»Hat Carlchen dir das erlaubt?«

»Ich habe ihn nicht gefragt. Schließlich ist er fort«, sagte Wilhelm, der bei ihrem Eintreten den Blick hob. »Hier habe ich mehr Platz und meine Ruhe – so dachte ich jedenfalls.« Er versuchte, irgendetwas vor ihr zu verbergen. Sie trat näher, setzte sich auf die Armlehne des Sessels und tat, als hätte sie es nicht bemerkt.

»Hast ja recht. Der Fritz wird sich freuen, dass er dich los ist. Was hast du denn da?«

Elise beugte sich vor und schob mit einer raschen Handbewegung das Blatt Papier beiseite, das Wilhelm so auffällig mitten auf der Tischplatte platziert hatte. Darunter kam eine Rötelzeichnung zum Vorschein. Sie zeigte eine Frauengestalt in einfacher Kleidung, eine Bäuerin vermutlich, die einen Korb voller Salatköpfe neben sich stehen hatte. Einen zweiten Korb trug sie auf dem Kopf. Die Szene war mit wenigen Strichen nur angedeutet. Trotzdem erkannte man alles ganz genau: die Schürze der Frau, das Tuch, das sie sich um den Kopf gewunden hatte, die Holzschuhe, die geflochtenen Körbe. Sogar den Gesichtsausdruck der Frau hatte Wilhelm eingefangen. Sie sah erschöpft aus.

»Hast du das gemacht?«, fragte Elise überrascht. Wilhelm hatte früher viel gezeichnet, aber sie hatte schon lange keine Bilder mehr von ihm gesehen. Sie hatte nicht einmal gewusst, dass er überhaupt noch malte. »Darf ich mal sehen?«

»Jetzt warte doch mal«, widersprach Wilhelm, aber Elise hatte das Blatt schon in der Hand. Darunter kam eine Zeichnung der Nikolaikirche zum Vorschein mit dem charakteristischen spitzen Turm und dem hohen schrägen Dach. Das nächste Bild, das sie aufdeckte, zeigte den Herkulesbrunnen. Darunter lag ein Porträt ihrer Mutter. Elise nahm das Blatt in die Hand. Mama lag schlafend im Bett. Sie sah zart und schwach aus auf diesem Bild, ganz so wie in der ärgsten Phase ihrer Krankheit.

Der Anblick traf sie unvorbereitet.

»Warum versteckst du die Zeichnungen?«, fragte sie, nachdem sie sich wieder gefangen hatte.

Ihr Bruder zuckte die Achseln, nahm ihr das Bild ab und legte es zurück zu den anderen. »Weil sie nichts Besonderes sind. Das interessiert keinen.«

»Bist du verrückt? Mich interessieren sie. Hat Mama die gesehen?«

»Nein. Jetzt lass doch endlich.« Ungehalten wollte Wilhelm die Blätter zurück in eine Mappe schieben, die ebenfalls auf dem Tisch lag. Als er sie aufklappte, kam ein weiteres Bild zum Vorschein. Es war nicht mit dem Rötelstift gemalt, sondern mit Graphit und zeigte eine junge Frau. Hier hatte Wilhelm sich mit den Details sogar noch mehr Mühe gegeben. Das Kleid war nur angedeutet, doch das Gesicht mit den großen dunklen Augen dafür umso ausdrucksstärker. Die Frau trug eine modische kleine Haube. Locken links und rechts der Schläfen umrahmten das ovale Gesicht.

»Wer ist das?« Neugierig sah Elise ihren Bruder an.

»Ich weiß nicht. Niemand.«

»Du brauchst diese Bilder doch nicht zu verstecken.«

»Sagt wer?«

»Du bist ein Künstler, Wilhelm.«

»Ich bin ein Kaufmann.« Eine missmutige Falte erschien über Wilhelms Nasenwurzel. Er betrachtete die Zeichnung noch für einen Moment, bevor er die Mappe zuschlug. »Jedenfalls beinahe.«

»Dann bist du eben ein Künstler und ein Kaufmann. Du könntest Unterricht nehmen. Das Handwerk von der Pike auf erlernen«, beharrte sie.

»Und warum sollte ich das tun?«

»Weil du gut darin bist. Du hast Talent.«

Wilhelm lehnte sich im Stuhl zurück und verschränkte die Arme vor der Brust. »Das sagst du. Aber du weißt doch, wie es ist: Schmetterlinge sammeln, experimentieren, musizieren, alles gut. Aber malen? Kein Ronnefeldt malt!«

»Das ist nicht wahr. Papa konnte sogar sehr gut zeichnen. Zeig doch deine Zeichnungen mal Tante Käthchen. Sie versteht eine Menge davon. Früher hat sie selbst sehr viel gemalt. Sie könnte dir womöglich ein paar Tipps geben. Oder ein paar Farben, ich bin sicher, sie hat noch welche.«

»Tante Käthchen? Dein Ernst?«

Elise wusste genau, was ihr Bruder dachte. »Du tust ihr unrecht, wenn du sie für eine langweilige Alte hältst. So ist sie nicht. Außerdem würdest du ihr eine große Freude damit machen.«

»Na, du musst es ja wissen. Wie lange willst du eigentlich noch bei den Tanten wohnen bleiben? Ich kann ja nicht verstehen, wie du es dort aushältst. Wovor versteckst du dich eigentlich?«

Wilhelm klang plötzlich barsch. Es war offensichtlich, dass er von sich und seinen Zeichnungen ablenken wollte, aber er erreichte sein Ziel, denn Elise bekam sofort das Gefühl, sich verteidigen zu müssen.

»Ich verstecke mich doch nicht«, sagte sie. Sie hatte ihre Gründe, warum sie damals in die Schnurgasse gezogen war, doch darüber wollte sie jetzt nicht reden.

Aber Wilhelm ließ nicht locker. »Mal im Ernst. Mir gibst du gute Ratschläge, dabei weißt du doch selbst nicht, was du mit deinem Leben anfangen sollst.«

»Das weiß ich schon. Ich habe eben meine eigenen Pläne.«

»Und die wären?«

Elise überlegte. In den letzten Wochen hatte eine Idee in ihrem Kopf Gestalt angenommen, doch bis jetzt hatte sie sie nie laut ausgesprochen. Wilhelm war zwar manchmal ein Kindskopf, aber bösartig war er nicht. Sie vertraute ihm. Er würde sie nicht hintergehen.

»Also gut«, sagte Elise zögernd. »Ich sag es dir. Aber nur, wenn du mir versprichst, es für dich zu behalten und vor allem Mama nichts zu erzählen. Das mache ich selbst, sobald die Zeit dafür gekommen ist.«

»Einverstanden.«

»Und wenn du mir versprichst, nicht mit dem Malen aufzuhören.«

»Einverstanden.« Ein Lächeln umspielte Wilhelms Mund. Das hatte er offenbar ohnehin nicht vorgehabt.

»Und deine Bilder Tante Käthchen zu zeigen«, fuhr Elise fort.

»Das kannst du nicht von mir verlangen.«

»Überleg es dir. Jedenfalls«, Elise richtete sich ein wenig auf, bevor sie weitersprach, denn sie brauchte Mut, um sich dazu zu bekennen, »ich möchte Lehrerin werden.«

»Wie bitte?« Die Überraschung stand Wilhelm ins Gesicht geschrieben. »Was? Ja, aber, gibt es das überhaupt? Frauen als Lehrer?«

»Ja, stell dir vor, sogar in Frankfurt. Du weißt doch, dass ich auch schon an der Armenschule ausgeholfen habe. Genau wie Tante Mina früher.«

»Zehnjährigen Mädchen ein bisschen aus dem Katechismus vorlesen und ihnen das Strümpfestricken beibringen. Das zählt doch nicht.«

Es klang abfällig, aber Elise gab ihm insgeheim recht. Es war nicht das, was sie sich erträumte. Sie wollte höher hinaus. »Es gibt ein Seminar, das dem Damenstift im großen Hirschgraben angeschlossen ist. Eine gewisse Louise Bickel leitet es. Und sie bildet neuerdings Lehrerinnen aus.«

»Meinst du etwa das Pensionat im Weißen Hirschen? Aber das ist doch ziemlich teuer, oder nicht?«

»Ich muss ja nicht im Pensionat wohnen. Das hoffe ich jedenfalls.« Elise biss sich auf die Unterlippe. Jetzt kam der heikle Teil ihres Plans, die größte Hürde, die es zu überwinden galt. »Ich wollte Mama bitten, mir das Geld aus meiner Mitgift zu geben. Zumindest ein bisschen was davon. Damit könnte ich vielleicht die Schule besuchen. Ich muss nur noch herausfinden, wie viel die genau kostet.«

»Deine Mitgift?«, wiederholte Wilhelm verblüfft. Im nächsten Moment sah er geradezu amüsiert aus.

»Meine Mitgift«, bestätigte Elise. »Was ist denn dabei? Du siehst aus, als hätte ich dir erzählt, ich wolle katholisch werden und ins Kloster gehen.«

»Mein Gott, Elise, was du da vorhast! Vergiss es. Mama wird niemals einverstanden sein.«

»Und warum nicht? Sie hat Minchen und mich ja immerhin auch länger in die Schule geschickt. Und ich habe danach noch Stunden nehmen dürfen.« Die Reaktion ihres Bruders ärgerte und ängstigte sie zugleich. War ihr Ansinnen wirklich so unmöglich?

»Ihr durftet auf die Schule gehen, weil ihr Kaufleute heiraten sollt. Sie hat Papa unterstützt – und ihr sollt eure Ehemänner unterstützen.«

»Sie hat Papa nicht nur unterstützt«, widersprach Elise. »Sie hat das Geschäft ganz allein geführt. Carlchen war erst zwölf, als Papa starb. Was glaubst du denn, wer den Laden geschmissen hat?«

»Herr Besthorn?«

»Schon, er ist der Prokurist. Aber vom Tee versteht Mama trotzdem mehr als er, auch wenn er das vielleicht nicht gerne hört. Und die Tee-Boutique in Wiesbaden, das war ganz allein ihre Idee. Sie weiß doch selbst am besten, wozu Frauen in der Lage sind.«

»Dann frag sie doch einfach, wenn du dir so sicher bist. Frag sie, ob sie dir das Geld gibt, um Lehrerin zu werden«, sagte Wilhelm achselzuckend. »Wo im Moment ja sowieso nicht genug Geld da ist. Für nichts.«

»Was soll das denn nun wieder heißen?«

»Das Hochwasser hat ein ordentliches Loch gerissen.«

»Meinst du, es ist so schlimm?«

»Was dachtest du denn? Du warst doch dabei!«

»Natürlich. Trotzdem dachte ich nicht, dass Mama nun die Ersparnisse angreifen muss.«

»Das wäre auch nicht unbedingt nötig. Sie könnte einen Kredit aufnehmen. Aber das wird sie nicht tun. Carlchen ist ebenfalls dagegen.«

»Carlchen?« Elise war so verblüfft, dass sie gar nicht sofort begriff. »Was hat der denn damit zu schaffen?«

»Mama hört auf ihn.«

»Carlchen ist doch in Hamburg.«

»Trotzdem. Es gibt ja die Post.«

»Aber – seit wann denn das? Mama hatte doch sonst immer das letzte Wort. Und Carlchen ist gerade erst aus der Schule draußen. Hat gerade mal zwei Jahre bei Besthorn gelernt. Ausgerechnet bei Besthorn!«

Wilhelm schüttelte den Kopf. »Du hast ja wirklich nicht viel mitbekommen. Aber wie auch, du bist ja nie hier.«

»Das ist nicht wahr! Als Mama krank war, bin ich jeden Tag hier gewesen.«

»Fürs Geschäft interessierst du dich jedenfalls nicht.«

»Ach nein? Du vergisst, dass ich schon mehr Zeit hinter der Ladentheke verbracht habe als du! Während du dir noch den Hintern auf der Schulbank platt gedrückt und *nichts* gelernt hast, habe ich Tee verkauft. Aber von *dir* wird erwartet, dass du eines Tages den Laden übernimmst, nicht von mir. Obwohl – wahrscheinlich wäre es andersherum besser.«

»So? Dann mach doch. Kannst ja selbst in Mamas Fußstapfen treten.«

»Das hättest du wohl gerne, aber den Gefallen tue ich dir nicht. Du kannst dich mit Carlchen auseinandersetzen. Ich will lieber Lehrerin werden.«

Wilhelm schüttelte seufzend den Kopf. Er sah jetzt aus wie ein Lehrer, der alle Hoffnung aufgegeben hatte, bei seinem widerspenstigen Schüler etwas zu bewirken.

»Ist mir schon klar, dass dir das vorkommen muss wie der Gipfel der Unvernunft. Du hast ja nie gerne gelernt. Ich aber schon«, fuhr Elise erregt fort.

»Schon gut, Elise. Ich glaube dir ja. Und ich bin sicher, dass du das auch gut machen würdest.«

»Was?«, fragte Elise und verschränkte die Arme vor der Brust.

»Lehrerin. Du wärst wahrscheinlich eine gute Lehrerin. Bitte, lass uns aufhören zu streiten.«

Elise wandte sich gereizt von ihm ab. Doch ihr Widerstand bröckelte bereits. Sie konnte Wilhelm nie lange böse sein.

»Ich habe da nämlich eine Idee«, sagte ihr Bruder.

»Was denn für eine Idee? Wie ich ohne Geld aufs Seminar komme?« Sie stand am Fenster und blickte über die Dächer. Hier oben war der perfekte Ort zum Malen, dachte sie plötzlich. Ein richtiges Atelier.

»Nein, natürlich nicht. Das ist vollkommen verrückt, dafür weiß ich keine Lösung.«

»Dann habe ich kein Interesse an deiner Idee.«

Wilhelm ließ sich nicht beirren. »Vielleicht doch. Ich hätte nämlich womöglich einen Schüler für dich.«

»Einen Schüler? Was für einen Schüler? Mach dich nicht lächerlich.«

»Einen Schüler eben. Er will Englisch lernen.«

Elises Interesse war geweckt, sie wollte es sich aber nicht anmerken lassen und schwieg.

»Und du bist doch sehr gut in Englisch«, fuhr Wilhelm fort.

Elise zuckte kaum merklich die Schultern. Sie wusste genau, dass sie gut war. Sie hatte ein Talent für Sprachen und ließ keine Gelegenheit aus, sie zu üben.

»Es hat im weitesten Sinne etwas mit Herrn Sonnemann zu tun. Du weißt doch, der uns im Februar geholfen hat.«

»Ich erinnere mich.« Endlich wandte sie sich ihrem Bruder wieder zu und zog dabei skeptisch die Augenbrauen hoch. Ihr war dieser Herr suspekt, und das lag vor allem daran, dass sie sich fragte, was er mit ihrem kleinen Bruder zu schaffen hatte. Es schien, als würde er ihn protegieren. »Sonnemann will Englisch lernen?«, fragte sie, da es ihr schwerfiel, weiter Desinteresse zu heucheln.

»Nein, natürlich nicht. Er kann Englisch. Es geht nicht direkt um ihn, sondern um einen gemeinsamen Bekannten.«

»Was denn nun?«

»Ich erzähle es dir ja. Wenn du mir mal zuhören willst!« Wilhelm schien plötzlich nervös. »Also, vielleicht erinnerst du dich sogar an ihn. Du kennst ihn nämlich. Er war zusammen mit Sonnemann dabei in jener Nacht im Keller. Du weißt schon, der große Blonde.«

Natürlich. Ein Gesicht erschien vor ihrem inneren Auge. Sie hatte ein paar Mal seinen Blick aufgefangen: blaue Augen unter einem Schopf blonder Haare. Und seine Stimme. Ein warmer Bariton.

»Was ist mit ihm?« Elise setzte eine gleichmütige Miene auf. Wilhelm brauchte nicht zu merken, wie gut sie sich erinnerte.

»Tja, weißt du, ich kenne ihn ja auch nur über Sonnemann. Leo hatte mich neulich eingeladen. Ich werde vielleicht Mitglied in seinem demokratischen Bildungsverein.«

»Du?« Elise lachte ungläubig. »Seit wann interessierst du dich für Politik?« *Oder für Bildung*, lag ihr auf der Zunge, sie verkniff es sich aber.

»Ich interessiere mich fürs Vaterland, Elise«, sagte Wilhelm. Plötzlich lag großer Ernst in seiner Stimme.

»Weiß Mama davon?«

»Nein, ich habe ihr nichts erzählt. Ich bin mir nicht sicher, ob es ihr gefallen würde, dass ich da mitmische.«

»Gegen Bildung wird sie nichts einzuwenden haben. Jedenfalls nicht, wenn es um ihre Söhne geht.«

»Schon richtig. Aber nicht jeder ist der Meinung, dass es klug ist, die einfacheren Leute und die Landbevölkerung aufzuklären, aber darum geht es dabei. Sonnemann plant einen Bildungsverein für Arbeiter, Gesellen und Bauern. Und er ist dafür, den alten Protektionismus, der in der Stadt herrscht, aufzugeben. Vielen Bürgern, gerade solchen, die in der Stadt ihr eigenes Geschäft haben, ist das gar nicht recht. Sie fürchten die Konkurrenz und haben nicht das geringste Interesse daran, dass der Gewerbefreiheit weiter Vorschub geleistet wird. Durch Bildung bekommen die weniger Privilegierten eine Stimme. Sie könnten an Einfluss gewinnen.«

»Hast du mal mit Onkel Nicolaus darüber gesprochen? Er ist doch ein Demokrat. Und er hat in der Schule in Offenbach Handwerker unterrichtet.«

»Der Konflikt geht mittendurch, Onkel Nicolaus ist ein gutes Beispiel dafür. Er setzt sich für mehr Bildung ein, der Zunft- und Gewerbefreiheit steht er aber trotzdem skeptisch gegenüber. Die Kaufleute wollen, dass die Beschränkungen aufgehoben werden, damit sich mehr Fabriken in Frankfurt ansiedeln können. Die Handwerksmeister haben wiederum Angst davor, dass man ihnen ihre Zunftprivilegien wegnimmt. Und darum ist das, was Sonnemann vorhat, so politisch.« Wilhelm schüttelte den Kopf. »Er ist unglaublich. Als Nächstes will er eine Bank gründen.«

»Ich dachte, er sei Tuchhändler.«

»Sein Vater hatte einen Tuchhandel, doch er will eine Bank daraus machen. Übrigens sind auch Frauen an dieser Unternehmung beteiligt.«

»An der Bank?«

»Nein, nicht an der Bank. An diesem Bildungsverein. Sie sind damit sozusagen assoziiert. Sonnemanns Verlobte Fräulein Schüler und seine Cousine Fräulein Meier zum Beispiel.«

Etwas an der Art, wie Wilhelm das sagte, ließ Elise aufhorchen. »Sind sie hübsch?«, fragte sie und beobachtete aufmerksam die Reaktion in Wilhelms Gesicht.

Er wurde rot. Ihr Bruder wurde tatsächlich rot!

»Fräulein Schüler ist mit Sonnemann verlobt.«

»Das Fräulein Meier aber nicht. Er wird ja kaum zwei Verlobte haben.« Plötzlich ging ihr ein Licht auf. »Ach so! Dann ist sie also …« Sie zeigte auf die Mappe und erkannte an Wilhelms Gesichtsausdruck, dass sie ins Schwarze getroffen hatte.

Ihr Bruder stieß die Luft geräuschvoll aus, bevor er weitersprach. »Keine Sorge. Fanny – Fräulein Meier – ist drei Jahre älter als ich. Was soll sie mit einem Wicht wie mir anfangen? Einem Zweitgeborenen.«

Er klang jetzt so bedrückt, dass er Elise leidtat. »Du bist doch kein Wicht«, sagte sie. Wieder einmal wurde ihr bewusst, dass Wilhelm in der Familie derjenige war, der am meisten um Anerkennung kämpfen musste. Anders als Carlchen hatte er seine Rolle noch nicht gefunden. Eigentlich wäre es nur folgerichtig, wenn Wilhelm sich ein völlig neues Betätigungsfeld suchen würde. Eines, auf dem er sich Carlchen überlegen fühlen konnte. Die Malerei konnte so etwas sein. Elise beschloss, Wilhelm vorerst nicht mehr mit jener Dame aufzuziehen. Fanny Meier.

»Also. Was hat es denn nun auf sich mit diesem Englischschüler? Was hast du mit ihm zu schaffen?«, fragte sie, als ihr Bruder nicht weitersprach.

»Ich gebe ihm Unterricht.«

»Wie bitte?« Elise unterdrückte ein Lachen. »*Du* gibst Englischunterricht?« Nun prustete sie doch los. »Entschuldige, aber das ist zu komisch.«

»Ich weiß«, gab Wilhelm kleinlaut zu. »Da habe ich mich in etwas reingeritten. Sonnemann hatte mich darum gebeten, und ich habe zugesagt. Das ist ja der Punkt.«

»Aha.«

»Genau. Ich wollte dich fragen, ob du mir bei dieser Sache zur Hand gehen könntest.«

»Du meinst also, ich soll das machen?«

»Du kannst es doch.«

»Ja, schon. Aber was hat *dich* denn um Himmels willen auf die Idee gebracht, diese Aufgabe zu übernehmen?«

Wilhelm sah sie mit einem bittenden Lächeln an. Er beherrschte es wirklich ausgezeichnet, sich mit seinem Charme bei ihr einzuschmeicheln. Nur bei Carlchen verfing das nicht. Da erreichte er immer nur das Gegenteil.

»Hat womöglich jenes Fräulein Meier etwas damit zu tun? Du wolltest ihr imponieren, und der Schuss ist nach hinten losgegangen.« Elises Vorsatz, Wilhelm nicht mit dem Fräulein aufzuziehen, war schon wieder dahin. Doch Wilhelm ließ sich nicht auf die Provokation ein.

»Du müsstest selbstverständlich nicht mit ihm alleine sein. Ich wäre immer dabei.«

»Na, da danke ich auch schön«, erwiderte Elise, als könne sie sein Ansinnen nicht ernst nehmen, doch in Wahrheit hatte sie sich längst entschieden. Es wäre eine neue Herausforderung. Genau das, worauf sie gehofft hatte.

Wieder dachte sie an den intensiven Blick des jungen Mannes. Er hatte an jenem Abend eine unverzagte Ruhe ausgestrahlt. Seine Statur und die kräftigen Arme fielen ihr ein. Ein Kaufmann war er vermutlich nicht.

»Was macht er eigentlich beruflich?«

»Er ist Bierbrauer. Ein Geselle.«

Bierbrauer also. Elise brauchte einen Moment, um diese Nachricht zu verdauen. Wenigstens war er kein Metzger, die waren ihr nämlich wirklich zuwider. Doch im Grunde konnte es ihr gleichgültig sein. An der Armenschule hatte sie immer nur Kinder unterrichtet. Es wäre auf jeden Fall eine Abwechslung.

In was für einer Welt lebt der denn?

Hamburg, 23. Juni 1853

Es war Carls dritte Woche bei der Firma J. F. Overweg, und er war von der Vielzahl an neuartigen Begriffen und Gepflogenheiten überwältigt. Gerade hatte er die zweite Kopie eines Konnossements angefertigt. Drei weitere musste er noch schreiben, denn dieses wichtige Dokument, so hatte man ihm eingebläut, existierte immer in fünffacher Ausfertigung. Er hatte zuvor nie von der Existenz eines solchen Papiers gehört. In Frankfurt gab es das nicht, für Hamburg und die Schifffahrt hingegen war es typisch. Das Konnossement wurde stellvertretend für die Ware ausgehändigt und war für den Besitzer ebenso wertvoll wie die Ware selbst.

»Ein bisschen Beeilung, wenn ich bitten darf. Der Bote der Reederei wartet unten an der Tür«, hörte er eine näselnde Stimme sagen.

Carl blickte auf. Vor ihm stand Herr Haas und schüttelte tadelnd den Kopf. Carl fühlte, wie ihm bei der Ermahnung warm wurde. Wegen eines Tintenflecks hatte er eine der Abschriften ein zweites Mal anfertigen müssen und war dadurch in Verzug geraten. Unter den Argusaugen des Herrn Haas wollten ihm jetzt die einfachsten Dinge nicht gelingen, ungelenk schrieb er eine Acht. Haas verzog sich wieder an sein Pult. Carl musste sich beherrschen, ihm keinen bösen Blick hinterherzuwerfen. Starr sah er auf das Blatt vor sich und bewegte mechanisch die Feder. Niemand sollte merken, wie ihm die ganze Situation missfiel. Nicht nur die überhebliche Art von Herrn Haas, sondern alles. Die Stellung, das Kontor, die Kollegen. So sehr konzentrierte er sich, nicht nach links und rechts zu schauen, dass er den nächsten Angriff auf seine Person gar nicht kommen sah. Er spürte einen Luftzug, und ein weiterer Stapel Papier landete vor ihm auf dem Pult.

»Und wenn Sie fertig sind, Herr Ronnefeldt, schreiben Sie die hier ab«, sagte Haas.

»Selbstverständlich.« Carl beugte sich wieder über sein Schriftstück. Der Vorgesetzte entfernte sich, und Carl warf ihm nun doch einen verstohlenen Blick hinterher.

Anton Berger, der ihm gegenüberstand, bemerkte es. Seine eigentümlich türkisfarbenen Augen mit dem blassen Wimpernkranz ruhten auf ihm, als Carl sich wieder seiner Arbeit zuwandte, und ein kaum merkliches Lächeln umspielte seine Lippen. Er war Kaufmannslehrling und der Jüngste unter den Kontormitarbeitern. Carl wurde nicht recht schlau aus ihm. Vielleicht gerade weil Anton so freundlich zu ihm war.

Sie teilten sich eine Schlafstube. Carl hätte das an Antons Stelle gar nicht gefallen, doch der hatte ihm sofort das Du angeboten und ihm Platz in seinem Reich im obersten Stock des Hinterhauses gemacht, über das er zuvor allein geherrscht hatte. Luxuriös war es nicht, Carl musste sich ebenso wie Anton mit einer schmalen Pritsche begnügen. Doch natürlich beschwerte er sich nicht. Auch in seinem ersten Brief, den er von Hamburg aus in die Heimat geschickt hatte, standen nur die freundlichsten Dinge über den Ort, die Kollegen, das Haus und die Arbeit. Was die Stadt selbst betraf, hatte er sich noch kein rechtes Bild machen können. Am Sonntag wollte er sich endlich Zeit für eine ausgiebige Stadtbesichtigung nehmen. Doch heute war erst Donnerstag, und der freie Tag lag in schier unerreichbarer Ferne.

Die Wanduhr schnarrte und schlug neun Mal, im selben Moment öffnete sich die Tür, und ein Hamburger Kaufmann in einem doppelreihig geknöpften Überzieher mit abgewetztem rotem Kragen, der entfernt an eine Militäruniform erinnerte, trat ein. Er grüßte knapp und steuerte auf den Verschlag von Herrn Siemssen zu. Carl kannte das mittlerweile schon. Der Buchhalter Siemssen in seiner zusätzlichen Funktion als Kassier zog das meiste Publikum an. Er arbeitete, umgeben von eisernen Geldkästen und schweren Geldschränken, an einem Tisch mit Steinplatte, auf welchem Wachsstock und Petschaft ihren Platz hatten. Jeweils am Morgen zwischen neun und zehn Uhr hallte das Kontor vom Geräusch der Taler wider, dann kamen die Krämer der Umgebung und bezahlten bei ihm ihre Waren in bar.

Doch Carl fehlte die Zeit für müßige Beobachtungen. Er konzentrierte sich darauf, keinen Fehler mehr zu machen. Fünf Minuten später hatte er es geschafft. Er streute Sand auf das letzte Dokument und beeilte sich, seinem Vorgesetzten die Papiere zu bringen, der sie mit kritischem Blick prüfte, nickte und ihn gnädig wieder entließ.

Die nächsten Stunden verliefen ereignislos. Carl betätigte sich als Kopist und haderte mit dem Schicksal, das ihn hierher verschlagen hatte. Vor seiner Abreise nach Hamburg war er noch davon ausgegangen, beim Teehandelskontor G. W. A. Westphal, einer Firma, zu der schon sein Vater enge Beziehungen gepflegt hatte, eine Stelle als Junior-Kommis anzutreten. Doch dann war er wegen der Erkrankung seiner Mutter beinahe drei Monate später als geplant in Hamburg angekommen. Das Frankfurter Geschäft in solch einer Krise alleine zu lassen, wäre ihm niemals in den Sinn gekommen, obwohl es schwer für ihn gewesen war. Ihm wurde immer noch ganz schlecht, wenn er daran dachte, wie Mama dagelegen hatte, so blass und dem toten Vater näher als ihnen. Diese Angst, sie zu verlieren, die Furcht, plötzlich mit seinen Geschwistern und dem Laden allein dazustehen – mit nur neunzehn Jahren –, hatte ihm schier den Verstand geraubt. Er hatte es in ihrer Nähe nicht ausgehalten und sich stattdessen in die Arbeit gestürzt. Herr Westphal hatte sich zwar in seinen Briefen verständnisvoll gezeigt und höchst besorgt um das Wohlergehen der Frau Mama – doch dann hatte er ihn trotzdem nicht eingestellt und ihn stattdessen zu Overweg geschickt.

Und jetzt war er hier.

Carl ärgerte sich darüber sehr. Er war überzeugt davon, dass es ihm bei Westphal besser ergangen wäre als hier im Kontor Overweg, wo er ein Niemand war. Die Kollegen waren zwar freundlich zu ihm, aber er traute ihren gutherzigen Mienen nicht. Und ausgerechnet sein Ausbilder Herr Haas war so ein Wichtigtuer. Dabei war das Handelshaus Overweg nicht klein. Neben dem Prinzipal gab es neun kaufmännische Angestellte und dazu mindestens zwanzig Auflader, Lagerarbeiter, Laufburschen und was nicht noch alles. Doch die Umstände missfielen ihm – und er war auch von sich selbst enttäuscht. Denn wenn er ehrlich mit sich war, musste er zugeben, dass er mit seinem kaufmännischen Wissen bei Overweg wirklich als Neuling zu gelten hatte. Hamburg war so groß, und die Mengen und die Vielfalt an Waren, die im Hafen umgeschlagen wurden, übertrafen seine kühnsten Vorstellungen.

Wieder holte die Wanduhr bedächtig aus und schlug zwölf Mal. Mittagspause. Heute war Donnerstag, und er würde die Pause zusammen mit Anton am Jungfernstieg verbringen. Erleichtert ging er neben seinem Kollegen die Treppe hinunter und trat ins Freie.

»Nächste Woche wird auch Mahlstedt endlich wieder da sein. Dann kennst du sie alle«, sagte Anton, während sie die Großen Bleichen in Richtung Alsterbecken hinuntergingen.

»Was ist seine Funktion noch gleich?«, fragte Carl. Er hatte mehr neue Menschen innerhalb einer Woche kennengelernt, als zuvor in Frankfurt in einem halben Jahr. Es war gar nicht so einfach, sich alle Namen und Gesichter zu merken.

»Er ist Volontär wie du.«

»Volontär«, wiederholte Carl seufzend und kickte ein Steinchen fort, das ihm im Weg lag. Er wurde nicht gerne daran erinnert, dass er als Volontär galt, denn diese Funktion behagte ihm nicht. Sie war weder Fisch noch Fleisch.

Was sein Vater wohl von alledem halten würde? Mehr als einmal schon hatte er seit seiner Ankunft daran denken müssen. Wie anders die Situation für ihn wohl aussähe, wenn der ihn hätte begleiten können? Wenn er ihm persönlich die wichtigsten Leute vorgestellt und ein gutes Wort für ihn eingelegt hätte? Carl erinnerte sich genau genommen nur dunkel an ihn. Er war elf gewesen, als sein Vater gestorben war, und manchmal hatte er das Gefühl, dass ihm selbst seine wenigen Erinnerungen abhandenkamen. Wie sollte er in die Fußstapfen von jemandem treten, von dem er nur ein vages Bild hatte? Sein Vater hatte nicht viel Zeit für seine Kinder gehabt. Einen großen Teil eines jeden Jahres war er auf Reisen gewesen. London, Rotterdam, Hamburg – sogar China hatte er bereist. Im Grunde vermisste Carl einen Menschen, den er kaum gekannt hatte. Oder hatte er einfach nur alles vergessen? Seine Schwester Elise, so sein Eindruck, trug ein festes Bild ihres Vaters in ihrem Herzen, dabei war sie nur ein Jahr älter als er. Schon oft hatte er sie darum beneidet.

»Was ist los, Ronnefeldt? Wo bist du nur mit deinen Gedanken?« Anton lachte und stieß ihn mit dem Ellenbogen in die Seite. »Ich rede mir hier den Mund fusselig, und du hörst mir gar nicht zu.«

»Bitte entschuldige«, sagte Carl und bemühte sich, seine Melancholie abzuschütteln. Anton war bis jetzt sein einziger Freund, mit ihm wollte er es sich nicht verderben. »Ich bin ja froh, dass du dich überhaupt mit mir abgibst. Die anderen haben bisher kaum ein Wort mit mir gewechselt.«

»Nur Geduld, die sind gar nicht so verkehrt.«

»Sie halten mich wahrscheinlich für einen Trottel aus der Provinz«, sagte Carl seufzend. »Und sie haben recht. Ich bin wirklich völlig ahnungslos. Zum Beispiel weiß ich nicht einmal, was der Krummbiegel mit seinem großen Pinsel auf die Ballen malt.«

Die Szenerie, die er bei seiner Ankunft erlebt hatte, hatte Carl schwer beeindruckt. Ganz allein und ein wenig verloren war er auf der Suche nach seinem künftigen Lehrherrn in den Overweg'schen Hof getreten und als Erstes beinahe von einem Fass überrollt worden. Selten war er sich so fehl am Platze vorgekommen wie in diesem Moment. Im Hof herrschte ein hektisches Kommen und Gehen. Vor der Tür zum Lager stand ein großer Frachtwagen, der mit Fässern und Ballen beladen war. Breitschultrige Männer mit Lederschürzen und kurzen Haken am Gürtel trugen Leiterbäume herbei, klirrten mit Ketten, rollten Fässer und schnürten dicke Stricke mit gekonnten Knoten zusammen. Dazwischen eilten mit wichtigen Mienen die Kaufleute umher, eine Feder in der Hand oder hinterm Ohr, und nahmen Papiere, Ballen und Fässer in Empfang. Und über all das herrschte Meister Krummbiegel mit seinem Pinsel und einem Topf weißer Farbe und malte Hieroglyphen auf die Ware.

Anton zuckte mit den Schultern. »Das ist unterschiedlich«, sagte er ein wenig gelangweilt. »Sie bezeichnen den Inhalt, den Lagerort oder auch den Kunden, der die Ware bestellt hat. Da ist jedenfalls nichts Geheimnisvolles dabei.«

»Für dich vielleicht nicht«, seufzte Carl. »Aber diese riesigen Lager, und dann auch noch in der halben Stadt verteilt – ich habe keine Ahnung, wie man da den Überblick behalten soll.« Kurz dachte er an die Nacht des Hochwassers und ihre beiden kümmerlichen Keller. Sie waren ihm groß erschienen, doch im Vergleich zu dem, was er hier vorgefunden hatte, waren die Ronnefeldts ein kleines Licht. Einen Verlust in der Größenordnung, wie sie ihn in Frankfurt erlebt hatten – etwas, von dem sich ihr Geschäft vermutlich für den Rest des Jahres nicht erholen würde –, steckten Unternehmen wie Westphal oder Overweg locker weg.

»Überblick ist das A und O«, bestätigte Anton in einem näselnden Ton, der so täuschend echt nach Haas klang, dass Carl trotz allem lachen musste. »Lass dich von dem nur nicht verrückt machen«, fuhr Anton fort. »Mich kann er auch nicht leiden. Der mag niemanden. Seitdem Overweg ihm den Schröter vor die Nase gesetzt hat, ist es besonders schlimm.«

Mittlerweile waren sie am Ende der Großen Bleichen angekommen. An *Sillem's Bazar* blieben sie kurz stehen und warfen einen Blick durch die hohen bogenförmigen Eingänge. Die Ladenpassage aus Glas und Marmor, sie beherbergte zweiundzwanzig Läden und ein Restaurant, war das prächtigste Gebäude, das Carl je gesehen hatte. Zumindest nach dem zu urteilen, was man von außen erkennen konnte. Die livrierten Portiers hielten nämlich nicht nur die Türen auf, sondern verlangten auch fünf Schilling Eintritt. So wehrte man erfolgreich das Gesinde ab – oder eben kleine Angestellte wie ihn und Anton, dachte Carl bitter.

Allerdings gab es, auch ohne Eintritt zu zahlen, genug am Jungfernstieg zu sehen. Anton und Carl schlenderten quer über die belebte Fahrstraße bis zur Promenade am Alsterbecken. Die neu angepflanzten Alleebäume waren noch jung und daher ein wenig kümmerlich, doch abgesehen davon war der Eindruck überwältigend. Egal wo man hinsah, gab es etwas Schönes. Das blaue Becken der Alster mit ein paar Booten darauf, das Wasser so leuchtend blau wie der Hamburger Himmel, der sich darüber wölbte, die Reihe stattlicher Häuser und Hotels, vor denen schicke Kutschen hielten, oder Männer und Frauen, die allesamt nach der neuesten Mode gekleidet waren. Selbst die Schoßhunde – und von denen sah man eine Menge – waren frisiert. Einfach alles, was er sah, kam Carl in Hamburg eleganter vor als zu Hause.

Sie wandten sich nach links, umrundeten das Becken, fanden am neuen Jungfernstieg Platz auf einer Bank in der Sonne und packten ihre mitgebrachten Butterbrote aus, die sie sich am Morgen in der Küche hatten geben lassen. Eigentlich konnten die Angestellten in der Küche ein warmes Mittagessen bekommen, aber Anton hatte vorgeschlagen, lieber den sonnigen Mittag draußen zu verbringen und sich abends eine warme Mahlzeit abzuholen. Das sei überhaupt kein Problem, weil er der Liebling der Köchin wäre.

Das wiederum wunderte Carl kein bisschen. Anton war ein charmanter und hübscher Kerl, zumindest soweit er das beurteilen konnte. Sein Freund trug das halblange hellblonde Haar hinter die Ohren geklemmt – und er hatte von seinem Wesen her Ähnlichkeit mit Wilhelm. Beide strahlten eine gewisse Unbekümmertheit aus. Allerdings fand Carl diese Eigenschaft an seinem Bruder nur anstrengend, da sie mit Nachlässigkeit einherging. Anton hingegen war ihm aus ebendiesem Grunde sympathisch. Es war ein Widerspruch, den er sich nicht recht erklären konnte.

Hier in der Sonne entspannte sich Carl ein wenig und streckte die Beine von sich. »So lässt es sich aushalten«, sagte er, während er zwei junge Damen beobachtete, die mit ihrer Gesellschafterin im Schlepptau an ihnen vorbeiflanierten.

»Bist du auf der Suche?«, fragte Anton, der seinem Blick gefolgt war.

»Aber nein«, wehrte Carl ab. Er fühlte sich ertappt, dabei stand ihm der Sinn wirklich nicht nach einer Damenbekanntschaft. Er hatte auch so schon genug Neues zu verarbeiten. »Ich habe mehr so das Ganze gemeint. Die angenehme Wärme, die frische Luft – und kein meckernder Haas …«

»Die Aussicht nicht zu vergessen«, ergänzte Anton trocken.

»Die ist ja auch famos«, verteidigte sich Carl lachend. »Ich habe allein vier Hotels gezählt, kann das sein? *St. Petersburg, Russie, Victoria* und *Zum Kronprinzen.*«

Anton nickte. »Hast du dir gut gemerkt.«

»Und alle Häuser sehen so neu aus.«

»Das sind sie auch, zumindest die dort drüben.« Anton deutete mit dem Kinn in die Richtung des alten Jungfernstiegs und biss wieder in sein Brot.

»Dann wurden die also nach dem Brand gebaut?« Carl betrachtete Anton neugierig von der Seite. »Warst du eigentlich dabei? Ich meine, hast du das Feuer selbst erlebt?«

Der große Brand, der die halbe Hamburger Innenstadt zerstört hatte, war jetzt elf Jahre her. Sein Kollege musste damals ein kleiner Junge gewesen sein.

Anton kaute sorgfältig zu Ende und wischte sich umständlich den Mund ab.

»Klar«, erwiderte Anton nun, hatte jedoch offenbar keine Lust, auf Carls Frage einzugehen.

»Das war doch sicher schrecklich. Ging das nicht tagelang?«, hakte Carl nach.

Aber Anton antwortete nicht. Als habe er ihn gar nicht gehört, stand er auf und kippte die Krümel aus seiner Brotdose auf den Boden, wo sich sofort ein paar Möwen darüber hermachten. Das Thema Brand behagte seinem neuen Freund offenbar gar nicht. Das machte Carl zwar erst recht neugierig, aber er wollte ihn nicht verärgern. »Und was ist nun mit diesem Mahlstedt, dem Volontär?«, fragte er, um das Thema zu wechseln. Er trat neben Anton und warf einer Ente, die sich unter die Möwen gemischt hatte, den letzten Brocken Brot zu, den sie gierig verschlang. »Ist er wirklich adelig? Siemssen hat mal so etwas erwähnt.«

»Eigentlich heißt er *von* Mahlstedt, das stimmt. Aber du kannst Mahlstedt zu ihm sagen, das machen alle so. Die Hamburger haben es ja nicht so mit den Adelsleuten, sie sind sich selbst Patrizier genug. Ach, da kommt er ja.«

»Wer?«, fragte Carl verwirrt. Er blickte in die Richtung, in die Anton deutete. Von dort näherte sich ein Mann in Reitkleidung, der überhaupt nicht aussah wie ein Kaufmann. Er mochte Anfang oder Mitte zwanzig sein. Seine Beinkleider steckten in hohen Stulpenstiefeln, das Hemd unter dem auf Figur geschnittenen Jackett stand ein wenig offen und die Halsbinde flatterte lose im Wind.

»Mahlstedt«, sagte Anton.

»Das ist Mahlstedt?«, fragte Carl ungläubig.

»Genau der.«

Der junge Mann war inzwischen bei ihnen angekommen und blieb grinsend vor ihnen stehen.

»Der junge Herr Berger. Guten Tag«, sagte er und tippte mit dem Finger an seine Mütze.

»Guten Tag, Herr Mahlstedt. Ich dachte, Sie seien in Bremen?«

»Richtig, richtig, da war ich auch«, bestätigte Mahlstedt. »Doch mein Vater konnte mich früher als gedacht wieder entbehren, und nun …« Er schlug lässig mit den Handschuhen, die er in der Rechten trug, auf die Handfläche seiner Linken. »Sie brauchen es ja nicht zu erwähnen. Herr Haas nimmt so etwas immer so persönlich.« Er zwinkerte verschwörerisch und blickte dabei auch Carl an.

»Und Sie sind …?«, fragte er dann an ihn gewandt.

»Ronnefeldt. Seit Montag Volontär bei Overweg. Sehr erfreut.« Carl reichte Mahlstedt die Hand. Plötzlich schien ihm seine Berufsbezeichnung gar nicht mehr so unmöglich zu sein. »Volontär«, das klang doch sogar ein bisschen großstädtisch.

»Ein neuer Kollege, soso«, sagte Mahlstedt, ihn ungeniert von oben bis unten musternd. »Sehr ordentlich. Reiten Sie?«

»Gelegentlich.« Carl versuchte, sich seine Verunsicherung nicht anmerken zu lassen. Dieser junge Herr mit seinem schneidigen

Auftreten verwirrte ihn. Ein Ausritt zum Vergnügen war das Letzte, woran Carl dachte. Er hatte kein Pferd, und eines zu leihen, konnte er sich nicht im Entferntesten leisten.

Anton schien seine Verlegenheit zu bemerken. »Herr Mahlstedt gehört eigentlich nur halb in unser Geschäft«, sagte er, als sei das eine Erklärung für dessen großspuriges Benehmen.

Mahlstedt schien Anton die flapsige Bemerkung nicht krummzunehmen. Im Gegenteil.

»Mein Vater hat mich aus New York abgezogen und hierher versandt, damit ich vernünftig werde«, bestätigte er lachend.

Mit einem Mal dämmerte es Carl. »Ihr Vater? In Bremen? Dann sind Sie, ich meine, dann gehört Ihrem Vater die Firma Mahlstedt?« Er musste aufpassen, nicht vor Ehrfurcht zu erstarren. Das Vermögen dieser Sippe war unermesslich groß. Er hatte nie im Leben damit gerechnet, dass es sich um einen von *diesen* Mahlstedts handeln könnte. Sie waren Adlige, gewiss, vor allem jedoch waren sie eine der reichsten hanseatischen Familien überhaupt.

»Jaja. Erbe des größten Tranvorrats der Welt und so weiter und so fort. Vergessen Sie es. Es langweilt mich. Erzählen Sie von sich. Woher kommen Sie?«

»Aus Frankfurt. Ronnefeldt. Tee und ostindische Manufakturwaren.«

»Sprechen Sie Englisch?«, fragte Mahlstedt.

»Leidlich«, erwiderte Carl.

»Englisch werden Sie brauchen. Ich könnte Ihnen einen guten Sprachlehrer empfehlen.«

»Danke. Ich meine, zu einem späteren Zeitpunkt vielleicht.«

»Gut. Sehr gut. Also dann, bis Montag. Die Pflicht ruft, nicht wahr?«, sagte der Jockey, schlug noch einmal wie zum Abschied mit den Handschuhen auf seine Handfläche und setzte dann gemächlich seinen Weg fort.

Verblüfft blickte Carl ihm hinterher. »Was war denn das?«, entfuhr es ihm.

»So ist er eben«, sagte Anton achselzuckend. »Ich glaube, er kann dich gut leiden.«

»Ich ihn aber nicht«, sagte Carl mit gerunzelter Stirn. *»Reiten Sie? Ich kann Ihnen einen guten Sprachlehrer empfehlen«*, wiederholte er Mahlstedts Worte. »In was für einer Welt lebt der denn?«

»In seiner eigenen. Aber er ist im Grunde harmlos, und das Wichtigste ist, im Kontor ist es viel angenehmer, wenn er da ist. Er zieht die gesamte Aufmerksamkeit von Haas auf sich, und wie du dir denken kannst, ist das eine gute Sache. Warst du eigentlich schon am Hafen, Ronnefeldt?«, fragte Anton, während sie sich zum Gehen wandten.

»Nein, war ich nicht. Aber haben wir denn dafür noch Zeit?«

»Natürlich nicht, du Dösbaddel.«

»Dösbaddel?«

»Egal. Wenn du willst, kriegst du irgendwann eine Führung von mir. Am Hafen kenne ich mich aus.«

Ihr Bruder hat mir viel von Ihnen erzählt

Frankfurt, 26. Juni 1853

Elise stand vor dem dunklen Eingangsportal des Weißen Hirschen. Das imposante Gebäude lag am Großen Hirschgraben nördlich des Weißfrauenklosters. Dahinter breitete sich ein parkähnlicher Garten aus. Elise hatte schon öfters über die Mauer gelugt und die Stiftsdamen in ihren blauen Kleidern darin spazieren gehen sehen. Die höhere Töchterschule gab es seit beinahe zwanzig Jahren. Trotzdem kannte sie keine, die sie besucht hätte. Die meisten der jungen Frauen, die hier unterrichtet wurden, kamen von weiter her und waren Töchter von Gutsbesitzern, die auf ihre Rolle als Ehefrauen vorbereitet wurden. Dass mittlerweile auch Lehrerinnen im Weißen Hirschen ausgebildet wurden, erzählte man sich in Frankfurt nur hinter vorgehaltener Hand. Viele fanden dies nämlich zu modern.

Elise nahm ihren ganzen Mut zusammen und betätigte die große Glocke, die am Eingang hing. Ein Dienstmädchen mit gestärkter Schürze öffnete.

»Sie wünschen?«

»Guten Tag. Ist Frau Bickel zu sprechen?«

»In welcher Angelegenheit?«

»In der Angelegenheit, dass ich gerne Näheres über die Schule erfahren würde«, sagte Elise mit möglichst fester Stimme.

»Warten Sie.«

Das Mädchen machte Elise die Tür vor der Nase zu. Einige Zeit später wurde sie wieder geöffnet, und ein ältliches Fräulein mit spitzer Nase und verkniffenem Mund stand vor ihr. Elise sank bei ihrem Anblick der Mut.

»Guten Tag. Elise Ronnefeldt mein Name. Habe ich die Ehre mit Frau Bickel?«

»*Fräulein* Bickel. Nein. Ich bin die Hausdame, Fräulein Angst. Fräulein Bickel hat keine Zeit.«

»Könnte ich vielleicht warten?«

»Das kann aber dauern. Sie unterrichtet.«

»Es macht mir nichts aus.«

Das Fräulein musterte sie kurz, nickte und führte sie dann ins Haus. Kurz darauf saß Elise auf einer unbequemen Holzbank am Fuße einer großen Treppe. Sie saß lange dort, ohne dass etwas passierte. Das Ticken einer großen Standuhr steigerte Elises Nervosität. Plötzlich erschien eine junge blonde Frau im typischen blauen Stiftsdamenkleid, die eine Leiter unter dem Arm trug. Vor einer doppelflügeligen Tür blieb sie stehen, und Elise sprang auf, um sie ihr aufzuhalten. Vorsichtig bugsierte sie die Leiter hindurch.

»Danke«, sagte sie lächelnd.

»Gern geschehen.« Elise sah in den Raum hinein. Es handelte sich um eine Bibliothek mit raumhohen Regalen.

»Warten Sie auf jemanden?«, fragte die junge Frau, während sie die Leiter aufstellte.

»Auf Fräulein Bickel.«

»Das kann dauern«, wiederholte die junge Frau die Worte von Fräulein Angst. »Vielleicht könnten Sie mir kurz helfen? Ich muss die Bücher dort einsortieren.«

Sie wies auf einen Stapel, der auf dem Tisch lag.

»Gerne«, sagte Elise nach kurzem Zögern und einem Blick zur Tür.

»Wir merken schon rechtzeitig, wenn jemand kommt«, sagte die junge Frau beruhigend. »Ich bin übrigens Marlies Stöckle.«

»Elise Ronnefeldt.«

»Ronnefeldt wie der Teeladen in der Neuen Kräme?«

Elise nickte. »Er gehört meiner Mutter. Und Sie sind Schülerin hier am Institut?« Elise hatte schnell Vertrauen zu diesem Fräulein Stöckle gefasst, es war eine gute Gelegenheit, ein bisschen mehr über die Schule zu erfahren.

»Ganz richtig. Seit einem Jahr schon«, sagte Fräulein Stöckle mit einem Seufzer und verdrehte theatralisch die Augen, was Elise an ihre Schwester Minchen erinnerte. Sie stützte sich auf die Leiter. »Was wünschen Sie denn von Fräulein Bickel?«, fragte sie neugierig.

»Ich wollte mich nach dem Unterricht erkundigen.«

»Ganz allein?«

»Meine Mutter weiß gar nicht, dass ich hier bin. Ich will Lehrerin werden und muss sie noch überzeugen.«

»Lehrerin? Gott bewahre!«

»Sie also nicht?«

Fräulein Stöckle schüttelte heftig den Kopf und lachte. »Bestimmt nicht. Ich habe keine Lust, verzogenen Gören wie mir Handarbeiten oder Rechnen beizubringen. Ich will lieber so schnell wie möglich heiraten.«

»Ich glaube, mir würde das Unterrichten Spaß machen«, sagte Elise. »Ich habe schon gelegentlich an der Armenschule ausgeholfen.«

»Ach, Sie sind eine von denen!«, stellte Marlies fest.

»Von denen?«

»Eine Idealistin«, sagte sie grinsend. »Moment, da hab ich was für Sie.«

Sie durchsuchte den Bücherstapel, zog dann ein Buch hervor und reichte es Elise.

Elise las den Titel, der auf der ersten Innenseite aufgedruckt war: »*Memoiren einer Idealistin* von Malwida von Meysenbug.«

»Die hier sind alle so, und darum sollen sie da oben hin.« Fräulein Stöckle wies auf den Stapel und dann auf das alleroberste Regal.

»Alle so? Was soll das heißen?«, fragte Elise.

»Alle von Frauen geschrieben und mehr oder weniger politisch: Louise Otto, Louise Dittmar, Ida Hahn-Hahn, Louise Aston.« Sie zog die Bücher einzeln vom Stapel, während sie die Namen der Autorinnen nannte. »So etwas darf heute nicht mehr publiziert werden.«

Sie sagte es so leichthin, dass es Elise einen Stich gab.

»Interessiert es Sie? Nehmen Sie es doch einfach mit.« Fräulein Stöckle wies auf das Buch in Elises Hand.

Was für ein verlockender Gedanke! Doch Elise zögerte. »Das kann ich doch nicht tun!«

»Merkt ohnehin keiner, wenn eines fehlt. Die kommen ins oberste Regal, und ich habe die Anordnung, die Leiter sofort wieder zu entfernen«, sagte die junge Frau achselzuckend. »Sie können es wiederbringen, wenn Sie es gelesen haben, und ich sortiere es bei Gelegenheit wieder ein.«

»Wirklich?«

»Na klar! Ich bin hier die Hilfsbibliothekarin. Allerdings lese ich lieber Romane. Reichen Sie mir die Bücher bitte hoch?«

Sie kletterte auf die Leiter. Eines nach dem anderen reichte Elise ihr die Bücher hinauf. Bei den *Memoiren* zögerte sie, und Fräulein Stöckle winkte ab. »Wie gesagt. Behalten Sie es einfach.«

Eine Stunde später hatte Elise endlich Gelegenheit, mit Fräulein Bickel zu sprechen, wobei sie die ganze Zeit über an das Buch denken musste. Es fühlte sich an, als stecke ein heißer Stein in ihrer Rocktasche.

»Nein. Ein Besuch des Seminars ist für Externe leider nicht möglich, und da gibt es auch keine Ausnahmen«, erklärte ihr Fräulein

Bickel. Sie sah ihrer Hausdame Fräulein Angst ziemlich ähnlich, nur dass der Mund etwas weniger verkniffen wirkte. »Alle unsere Damen wohnen im Stift. Das Stiftleben ist ein wichtiger Bestandteil des Curriculums. Darüber hinaus sind Französischkenntnisse eine Voraussetzung für die Aufnahme. Sprechen Sie Französisch?«

Elise nickte. »Französisch und Englisch. Und ich spiele Klavier und Geige.«

»Sehr gut.« Fräulein Bickel hob anerkennend eine Augenbraue. »Welche Schule haben Sie besucht?«

»Die Musterschule, bis ich fünfzehn war. Danach habe ich, bis ich achtzehn war, Stunden bekommen in Sprachen und in Musik. Handarbeiten und Zeichnen habe ich von meiner Tante gelernt.«

»Und wie alt sind Sie jetzt?«

»Einundzwanzig. Ist das zu alt?«

»Nein, im Prinzip nicht. Wir haben hier Stiftbewohnerinnen zwischen fünfzehn und fünfundzwanzig. Eine Geburtsurkunde und einen Taufschein haben Sie ja gewiss. Natürlich müsste Ihr Vater Sie anmelden.«

»Er lebt nicht mehr.«

»Das tut mir leid. Dann Ihr Vormund.«

»Offiziell ist das mein Onkel. Aber meine Mutter regelt alles, was meine Geschwister und mich betrifft.«

»In dem Falle brauchen wir das Einverständnis von beiden. Ein Eintritt wäre frühestens zum Herbst möglich, allerdings gibt es eine Warteliste, ich kann daher nichts versprechen. Die Ausbildung zur Lehrerin dauert zwei Jahre. Die Prüfung ist staatlich allerdings nicht anerkannt, wie Sie sich gewiss denken können. Trotzdem öffnet Ihnen ein Zeugnis unseres Instituts die Türen zu den besten Einrichtungen und in die besten Familien. Ein Ausscheiden bei Heirat ist selbstverständlich jederzeit möglich.«

»Und wie hoch sind die Gebühren?«

»Vierhundertachtzig Gulden im Jahr, zahlbar immer zu Quartalsbeginn.«

Das war viel, viel mehr, als sie geglaubt hatte. Elise fühlte, wie sie blass wurde.

Fräulein Bickel schien es auch bemerkt zu haben. »Wir haben auch ein paar wenige Plätze für Stipendiatinnen. Besonders begabte junge Damen, die ohne eigenes Verschulden in prekäre Verhältnisse geraten sind. Allerdings dürften Sie kaum dazugehören, nehme ich an?«

Elise merkte, wie sie noch gründlicher gemustert und in eine Schublade gesteckt wurde. Kleid, Schute, Schuhe. Fräulein Bickel sah gewiss, dass alles von guter Qualität war.

»Nein. Da haben Sie recht. Ich rede mit meiner Mutter.«

»Tun Sie das, Fräulein Ronnefeldt.«

Enttäuscht über die Auskunft, die sie erhalten hatte, und ziemlich in Eile, weil es wegen der Warterei so lange gedauert hatte, trat Elise ihren Heimweg an. In der Schuppengasse wurde es eng. Vor der Brauerei Döbel versperrte ein mit Getreidesäcken beladener Pritschenwagen den Weg. Elise schob sich vorsichtig, um die schmutzige Hauswand nicht zu berühren, daran vorbei. Normalerweise mied sie die Schuppengasse, doch heute wollte sie, da sie spät dran war, keinen Umweg gehen. Der Brauereibesitzer war zum Glück nirgends zu sehen. Als Elise siebzehn gewesen war, also vor vier Jahren, hatte Herr Döbel bei ihrer Mutter um ihre Hand angehalten, offenbar in der festen Überzeugung, dass die zusagen würde. Doch ihre Mutter hatte gar nicht daran gedacht. Sie fand Elise noch zu jung, und im Übrigen kam für ihre Töchter nur ein Kaufmann oder ein Schreiner in Frage. Und ganz gewiss kein Mensch wie Döbel, den sie schrecklich unsympathisch fand. Dabei war er sehr wohlhabend. Er besaß sogar ein Haus am Untermainkai, und niemand konnte sich recht erklären, woher er das Geld dafür genommen hatte.

Elise war gerade am Wagen vorbei, als jemand sie plötzlich am Arm packte und zur Seite zog. Neben ihr platschte, von oben kommend, der Inhalt eines Eimers auf den Boden. Fäkalienbrocken gesellten sich im Rinnstein zu weiterem Unrat.

»Uh«, machte Elise erleichtert. Das war gerade noch einmal gutgegangen. Sie sah auf, um sich bei ihrem Retter zu bedanken, und stockte, als sie in tiefblaue Augen blickte. Es war der Mann, der ihnen während des Hochwassers geholfen hatte. Der Bierbrauergeselle, von dem Wilhelm gesprochen hatte. Wilhelm hatte nicht erwähnt, dass er für Döbel arbeitete.

»Das war knapp«, sagte er grinsend. »Immer schön die Fenster im Blick behalten.«

»Ja, sehr knapp. Danke«, sagte Elise und ärgerte sich insgeheim über die Bemerkung. Wenn der Wagen den Weg nicht blockiert hätte, hätte sie auch besser aufpassen können. Oder wenn sie nicht so damit beschäftigt gewesen wäre, den Kopf gesenkt zu halten, damit Döbel sie nicht sah.

Er nickte ihr noch einmal kurz zu, griff nach einem der Getreidesäcke und lud ihn sich mit einer geschmeidigen Bewegung auf die Schulter. Elise sah, wie er im Hof der Brauerei verschwand. Offenbar hatte sie in jener Nacht keinen bleibenden Eindruck bei ihm hinterlassen, denn er hatte sie nicht wiedererkannt.

»Kann ich so gehen?«, fragte Elise, nestelte die Schleife ihrer Schute zurecht und streifte sich die Schlaufe ihres Retiküls übers Handgelenk.

»Sieht gut aus«, sagte Wilhelm, der im Hauseingang auf sie wartete, ohne große Begeisterung.

Irritiert griff Elise nach ihrer Kopfbedeckung. »Die hat Minchen mir überlassen. Das hätte mich gleich misstrauisch machen sollen. Ist wohl nicht mehr so ganz modern?«

»Alles gut, Schwesterherz. Die Farbe steht dir«, sagte Wilhelm.

Immer noch skeptisch sah Elise an sich hinunter. Ihr Kleid war aus einem mittelbraunen Piqué – eine freundliche Farbe, die gut zu ihren Augen passte, und der Stoff war weich und angenehm zu tragen, wenn auch nichts Besonderes.

»Jetzt mach schon, Elise. Seit wann bist du so eitel?«, fragte Wilhelm ungeduldig, machte einen Schritt vor und griff nach ihrem Schultertuch, das auf einem Stuhl bereitlag, um es ihr umzulegen. »Können wir jetzt gehen?«

»Warum hast du es denn so eilig? Wir treffen uns doch erst um halb acht«, sagte Elise, während sie die Enden ihres Schultertuchs im Gürtel feststeckte.

Oben an der Treppe erschien Tante Käthchen.

»Was für ein hübsches Paar ihr abgebt«, sagte sie beglückt, während sie die Stufen herunterkam. Doch erst als sie nahe herangetreten war, konnte sie die beiden überhaupt richtig mustern. Sie drückte ihrer Nichte einen dicken Kuss auf die Wange. »Ich bin ja so froh, dass du wieder mal ausgehst, mein Kind. Und dann habe ich eben von Tante Mina gehört, dass das mit Baden-Baden auch klappt. Wie schön! Wann werdet ihr fahren?«

»In drei oder vier Wochen, sagt Mama. Ich weiß ja, dass es deine Idee war, Tante Käthchen, aber Tante Mina ist gar nicht begeistert darüber, dass ich sie mit Oma allein lassen will.«

Wilhelm, der immer noch in der Tür stand, wandte sich überrascht zu ihnen um. »Du fährst mit nach Baden-Baden, Elise?«

»Allerdings«, sagte Elise seufzend. »Mama braucht mich, das muss ich einsehen. Nur habe ich leider nichts anzuziehen.« Sie musterte sich noch einmal im Spiegel.

»Da lässt sich Abhilfe schaffen, ich habe da schon eine Idee. Und ich rede mit deiner Tante Mina.« Tante Käthchen strahlte über das ganze Gesicht. »Und jetzt macht, dass ihr loskommt, ihr zwei. Es ist herrlich draußen.«

»Ich wusste ja gar nicht, dass du diesen Sommer verreisen wirst«, sagte Wilhelm, während sie auf die Straße hinaustraten.

»Ich hätte es dir schon noch gesagt, aber so wichtig ist es ja nun auch nicht«, erwiderte Elise.

»Ist es doch. Und du weißt auch, warum.«

»Ich werde ja nicht ewig fort sein. In der Zeit machst du deinen Unterricht eben alleine weiter.«

Sie schlenderten nebeneinanderher. Tante Käthchen hatte recht, es war ein schöner Sommerabend. Die Leute grüßten freundlich, jedermann schien gut gelaunt.

»Danke, dass du niemandem gesagt hast, was wir vorhaben«, sagte Wilhelm.

»Ist mir nur recht so. Aber warum ist es denn so ein Geheimnis, dass dieser Geselle Englisch lernen will?«

»Er will eben nicht, dass es sich herumspricht.«

»Hast du ihn denn gefragt, warum er es lernen will?«

»Nein.« Wilhelm zuckte die Achseln. »Es erschien mir irgendwie nicht passend, und Sonnemann wollte auch nichts sagen.«

»Sonnemann«, wiederholte Elise nachdenklich. »Wie hast du ihn eigentlich kennengelernt?«

»Ich hab ihm mal aus der Klemme geholfen. Eine Prügelei. Und nun ist er mir eben was schuldig.«

Elise zog amüsiert die Augenbrauen hoch. »Er ist dir was schuldig, und darum hilfst du ihm? Ergibt doch irgendwie keinen Sinn.«

Wilhelm schüttelte ungeduldig den Kopf. »Ist doch egal. Ich tue es gerne, du wirst sehen, dein künftiger Schüler ist sehr nett.«

»Hm«, machte Elise und dachte an ihre Begegnung früher am

Tag. Da war er ihr ziemlich überheblich vorgekommen. »Wie heißt er noch mal?«

»Fritsch. Konrad Fritsch.«

Konrad Fritsch, wiederholte Elise in Gedanken. Ein komischer Name. Man hörte gleich, dass er nicht von hier war, dachte sie. Irgendetwas Merkwürdiges ging da vor sich. Warum gab sich Sonnemann überhaupt mit ihm ab? Er selbst war doch ein Intellektueller.

»Es wäre jedenfalls gut, wenn du es nicht an die große Glocke hängst«, fuhr Wilhelm fort.

»Natürlich nicht. Wenn es dir so wichtig ist«, sagte Elise, aber im Grunde gefiel ihr die Geheimnistuerei sogar. Es kam selten vor, dass ihr Leben mit Aufregendem aufwartete. Die meisten ihrer Freundinnen waren mittlerweile verlobt oder bereits verheiratet, und die Gespräche, die sie führten, drehten sich um Porzellan oder die für eine Aussteuer benötigte Leinenwäsche. Ein Mann, der Englisch lernen wollte, brachte im Vergleich dazu eine schöne Abwechslung in ihr Leben.

»Bist du inzwischen eigentlich Mitglied in diesem Verein geworden?«

»Nein. Aber ich war bei vielen Sitzungen dabei.«

»Und? Wie ist es?«

»Interessant. Ich glaube, dass sich diese Ideen eines Tages durchsetzen werden. Es gibt keinen anderen Weg. Weißt du, was Robert Blum gesagt hat, bevor er in Wien hingerichtet wurde?«

»Nein. Was hat er denn gesagt?« Elise ging unwillkürlich ein bisschen langsamer. Ihr war immer ein bisschen beklommen zumute, wenn sie an Robert Blum erinnert wurde. Sie war damals sechzehn Jahre alt gewesen und hatte von seiner Hinrichtung in der Zeitung gelesen. In ihrer Erinnerung war das der Moment gewesen, in dem sie zum ersten Mal bewusst eine Entscheidung der Obrigkeit hinterfragt hatte. Unwillkürlich hatte sie darüber nachgedacht, ob dieser Mann eigentlich eine gerechte Strafe erhalten hatte oder ob sein Tod nicht vielmehr ein politischer Mord gewesen war. Das war nun gut fünf Jahre her, doch sie hatte es nicht vergessen. Und alles, was mit Demokratie zu tun hatte, machte ihr seitdem ein wenig Angst.

»Aus jedem Tropfen meines Blutes wird ein Freiheitskämpfer entstehen«, deklamierte Wilhelm.

»Sprich bitte leiser!« Elise packte ihren Bruder am Arm. So hatte sie Wilhelm noch nie reden hören. »Bist du dir sicher, dass Sonnemann der richtige Umgang für dich ist?«

»Natürlich!«

Plötzlich musste Elise an das Buch denken, das sie zu Hause unter ihre Matratze geschoben hatte, *Memoiren einer Idealistin*. Sie hatte noch nicht viel darin lesen können, doch was sie gelesen hatte, hatte sie in Erregung versetzt. Die Autorin sprach von der Freiheit ihrer eigenen Überzeugungen und von ihrer Unabhängigkeit. Elise brannte schon darauf, die Lektüre fortzusetzen. Doch sie hätte es nicht gewagt, mit Wilhelm darüber zu sprechen.

»Sei bitte vorsichtig«, sagte sie.

Eine Weile gingen sie schweigend nebeneinanderher, und Elise bemerkte die verstohlenen Blicke der jungen Damen, die in Begleitung ihrer Eltern oder einer Gesellschafterin einen Abendspaziergang machten. Sie galten ihrem Bruder, nicht ihr. Wilhelm, der heute Anzug und Zylinder trug, hatte Format. Er war inzwischen beinahe einen Kopf größer als sie, er war sogar größer als Carlchen. Aber Wilhelm beachtete in diesem Moment niemanden. Er hatte den Blick nachdenklich in die Ferne gerichtet.

Sie kamen zum Mainufer. Elise blinzelte in die Sonne. Die ganze Szenerie war in warm goldenes Licht getaucht, das die weißen Fassaden der Häuser an der Schönen Aussicht strahlen ließ. Ein paar Jungen spielten Fangen, und eine Höckin bot Obst feil. Kurz entschlossen holte Elise aus ihrem Retikül einen Kreuzer hervor und kaufte der Frau ihre letzten Himbeeren ab.

»Wie steht es eigentlich mit dir und diesem Fräulein Meier?« Elise steckte sich eine Himbeere in den Mund und genoss das süße Prickeln auf ihrer Zunge.

»Da gibt es nicht viel zu berichten.«

»Hast du sie noch einmal gezeichnet?«

»Nein.« Wilhelm schüttelte den Kopf. Er blieb stehen und lehnte sich gegen das Geländer, das die Kaimauer säumte. Elise stellte sich neben ihn und sah hinunter zur Anlegestelle, wo sich die Fischer zum Auslaufen bereit machten.

Hier war Wilhelm einst ins Wasser gefallen und von Doktor Birkholz gerettet worden, wenn ihr Bruder auch behauptete, sich daran nicht zu erinnern. Jedenfalls war er inzwischen ein ausgezeichneter Schwimmer, genau wie Carlchen. Alle Geschwister hatten schwimmen gelernt, sogar die Mädchen. Ihre Mutter hatte darauf bestanden.

»Das solltest du aber. Es würde ihr gewiss gefallen.«

»Meinst du?«

»Natürlich. Frag sie doch, ob sie nicht für dich sitzen will.«

»Das traue ich mich nicht. Dafür bin ich nicht gut genug.«

»Ein Grund mehr, dranzubleiben, findest du nicht?«, sagte Elise lächelnd. Durch den Themenwechsel und den Geschmack der Himbeeren waren die dunklen Gedanken von vorhin zum Glück schon wieder weit weg. Sie legte die letzte Frucht auf ihre Zunge und ließ sie in ihrem Mund zergehen.

Die Kirchturmuhr schlug halb acht. Plötzlich mussten sie sich beeilen.

Der Weinwirt am Metzgertor hatte ein paar Tische und Bänke hinaus auf die Straße gestellt. Als sie näher kamen, erhob sich der Bierbrauergeselle von seinem Platz, und Elise konnte ein irritiertes Flackern in seinen Augen erkennen. Jetzt hatte er sie offenbar doch noch erkannt, dachte sie amüsiert.

»Guten Abend«, sagte sie und reichte ihm die Hand. Er ergriff sie, ihre kleine Hand verschwand in seiner großen, die schwielig war, warm und trocken. Er trug weder Mütze noch Hut, und sein Haar hätte einen Schnitt vertragen können. Seine Kleidung aus grobem Stoff von undefinierbarer Farbe war abgewetzt, aber sauber. Als er lächelte, zeigte er seine geraden und weißen Zähne. Selten hatte Elise bei einem Mann so schöne Zähne gesehen. Sofort ärgerte sie sich darüber, dass sie schon wieder über sein Aussehen nachdachte.

»Guten Abend, Fräulein Ronnefeldt. Aller guten Dinge sind drei, und ich sehe Sie immerhin schon zum zweiten Mal bei Tageslicht.« Jetzt erst ließ er ihre Hand los.

Elise war verwirrt und fürchtete, dass sie rot anlief. Dann fiel es ihr wieder ein – natürlich, es war Nacht gewesen, als sie zusammen Kisten geschleppt hatten. Doch es war nicht ihre Begriffsstutzigkeit, die sie beunruhigte, es war sein Blick. Und dieser Händedruck. Sogleich musste sie daran denken, mit welcher Leichtigkeit er den Gerstensack geschultert hatte.

Wilhelm hatte in der Zwischenzeit einen weiteren Stuhl herbeigeschafft, denn an dem Tisch war nur noch einer frei gewesen, den Konrad ihr nun anbot.

»Ich war mir nicht sicher, ob Sie wirklich mitkommen würden«, sagte er entschuldigend.

»Ich mir auch nicht«, gab Elise schnippisch zurück. Dabei war das gelogen. Sie hatte nie etwas anderes vorgehabt.

»Und es tut mir leid, dass ich Sie vorhin nicht erkannt habe«.

Mit einer Entschuldigung hatte Elise nicht gerechnet. »Das macht nichts. Ich war ohnehin in Eile.«

Konrad Fritsch musterte sie lächelnd. »Das habe ich gemerkt.«

Wie war das möglich? Er hatte sie doch kaum angesehen. Elise war beeindruckt, und gleichzeitig ärgerte sie sich darüber, dass er ihr nicht gleichgültig war.

Herr Fritsch lächelte. Es kam ihr vor, als zwinkere er ihr zu.

»Und Sie arbeiten also bei Döbel?«, fragte Elise.

Er nickte. »So ist es.«

»Döbel nutzt ihn ganz schön aus«, mischte Wilhelm sich in das Gespräch ein. »Er müsste nämlich längst Meister sein.«

»Meister? Sie sind doch noch so jung«, sagte Elise.

»Ich bin siebenundzwanzig.«

»Er braut Bier, seit er vierzehn Jahre alt ist. Konrad hat das Handwerk gründlich gelernt. Er war in Bayern und in Tschechien«, sagte Wilhelm. Es war offensichtlich, wie sehr er sich wünschte, dass sie ihn mochte.

Konrad sah sie immer noch an.

»Was ist mit Ihrer Familie, Herr Fritsch?« Elise bemühte sich, nicht verlegen den Blick abzuwenden. »War Ihr Vater auch Bierbrauer? Oder warum haben Sie sich für dieses Handwerk entschieden?«

»Sie haben richtig geraten.«

»Aber Sie sind nicht in Ihrer Heimat geblieben. Und haben auch nicht vor, zurückzugehen?«

»Nein. Die Wahrheit ist leider, dass mein Vater und ich uns nie besonders gut verstanden haben«, sagte Konrad Fritsch in einem Ton, der deutlich machte, dass er darüber nicht reden wollte.

Elise hatte plötzlich das Gefühl, dass sie zu schnell vorgeprescht war. »Entschuldigung. Ich wollte nicht …«

»Schon gut. Kein Problem. Das konnten Sie ja nicht wissen«, sein Lächeln zeigte ihr, dass er es ernst meinte, doch sie hatte auch gemerkt, wie sich bei der Erwähnung seiner Familie ein Schatten auf seine Miene gelegt hatte.

Elise dachte an ihre eigene große Familie – vier Geschwister, jede Menge Tanten und Onkels. Allein zu sein, stellte sie sich schrecklich vor. Eine warme Welle des Mitgefühls erfasste sie.

Und noch ein anderes Gefühl. Eines, das sie nicht sofort einzuordnen wusste. Aber so viel stand fest: Dieser Mann war ganz anders als alle Männer, mit denen Elise bisher gesprochen hatte.

Man hört ja so einiges

Frankfurt, 30. Juli 1853

»Die Revolution ist gescheitert, heißt es. Und ich sage, das ist eine Lüge. Ihr allein entscheidet nämlich, wann sie gescheitert ist. Und ihr allein entscheidet, wie ihr sie führen wollt. Wendet ihr Gewalt an, dann haben sie eine Handhabe gegen euch. Und darum müsst ihr den Spieß umdrehen. Ihr müsst sie mit ihren eigenen Waffen schlagen.«

»Und was für Waffen sollen das sein?«, rief ein Mann aus dem Publikum.

Der Gastraum der Wirtschaft *Zum Stiefel* platzte aus den Nähten. Konrad wunderte sich. Er hatte nicht damit gerechnet, dass der schmale Mann, der dort vorne sprach, Leopold Sonnemann, so viele Zuhörer anziehen würde und noch dazu mit einem so trockenen Thema – der Gründung eines demokratischen Bildungsvereins. Doch er hatte eine Reihe von Honoratioren für sein Vorhaben gewinnen können, und wie es schien, waren auch andere, nämlich diejenigen, die es eigentlich betraf, seinem Aufruf gefolgt. Gar nicht einmal so wenige Handwerker aus der Umgebung waren gekommen, aber auch ein paar Bauern, obwohl Erntezeit war, und dann noch Arbeiter aus der Eisengießerei und der chemischen Fabrik. Ein kunterbunter Haufen – und das war womöglich das Erstaunlichste daran. Es konnte genau darum ein großer Erfolg werden oder eben grandios scheitern. Konrad war sich da ganz und gar nicht sicher.

Der Redner hob jetzt ein Buch in die Höhe, das vor ihm auf dem

Tisch lag. »Eure Waffen sind Bildung, Wissen, Argumente. Diese Männer, die heute hierhergekommen sind, Kaufleute, Bankleute, Senatoren, Pfarrer …«, er wies nacheinander auf ein paar Männer in feinem Tuch, die vorne zusammen an einem Tisch saßen und gar nicht so begeistert dreinblickten, »… sind auf der Seite des Rechts und der Freiheit. Genau wie ihr es seid. Wir alle wollen dasselbe. Wohlstand und Bildung für alle. Also lasst euch nicht einreden, dass jeder, der einen Anzug trägt«, er fasste sich ans Revers, »gegen euch ist. Wir sind auf eurer Seite. Schaut nicht auf den Anzug, sondern darauf, ob einer verlangt, dass ihr arbeitet, ohne Fragen zu stellen, dass ihr schuftet, ohne in einer Zeitung zu lesen, dass ihr ja und amen sagt, ohne die Ungerechtigkeit in der Welt zu beklagen. Diejenigen, die ein Interesse daran haben, dass ihr schweigt, sind nicht auf eurer Seite. Ich ermutige euch darum, erhebt eure Stimme und erhebt sie klug. Kämpft mit Worten und mit Wissen. Schickt eure Kinder zur Schule. Gebt ihnen und euch selbst die Möglichkeit zu lernen. Bildung ist die mächtigste Waffe.«

Konrad saß ganz hinten in der Gaststube, den Rücken an die Wand gelehnt, einen Bierkrug vor sich. Neben ihm saß Wilhelm, der dem Redner gebannt lauschte. Er hatte ihm eben erzählt, dass seine Schwester Elise zusammen mit ihrer Mutter nach Baden-Baden abgereist war. Also war es erst einmal wieder vorbei mit den Englischstunden.

Konrad seufzte und trank noch einen Schluck Bier. In den vier Wochen, die sie sich nun immer wieder zu dritt getroffen hatten, hatte er rasch Fortschritte gemacht. Er hatte sich jedes Mal auf die Stunden gefreut – und das nicht nur, weil er so dringend etwas lernen wollte. Es lag auch an ihr. Elise Ronnefeldt.

Sonnemann sprach weiter, aber Konrads Gedanken gingen auf Wanderschaft. Er dachte daran, wie Elise ihm zum allerersten Mal begegnet war. Wie beherzt sie während des Hochwassers mit angepackt hatte! Ohne sich zu zieren und ohne zu jammern – anders als ihre jüngere Schwester, die sich in einem fort beschwert hatte. Das hatte ihm imponiert. Umso erstaunlicher eigentlich, dass er sie nicht sofort wiedererkannt hatte, als sie ihm in der Schuppengasse vor die Füße gelaufen war. Inzwischen würde er sie zweifellos mit geschlossenen Augen erkennen. Welche Mittelchen sie auch immer benutzen mochte, um sich zu pflegen, sie roch wirklich gut.

Der Vortrag war vorbei, und schnell hatte sich der Gastraum geleert. Obwohl Samstag war, mussten viele am nächsten Tag arbeiten. Und die, die von außerhalb gekommen waren, hatten einen längeren Heimweg vor sich. Auch Wilhelm hatte sich bereits verabschiedet, aber Konrad ließ sich Zeit. Er unterhielt sich noch eine Weile mit zwei Bierbrauern aus Niederrad, einem Gesellen und einem Gehilfen, und machte sich nach seinem fünften oder sechsten Glas leicht schwankend ebenfalls auf den Weg. Normalerweise trank er nicht so viel.

Die Luft draußen war kaum kühler als drinnen. Trotzdem atmete Konrad erleichtert auf. Er hatte viel zu lange im stickigen Schankraum gesessen, sein Kopf dröhnte. Weit kam er nicht. An der nächsten Ecke stellten sich ihm vier Männer in den Weg. Sie mussten auf ihn gewartet haben. Einen erkannte er, er war Geselle bei der Brauerei in der Töngesgasse. Ohne auch nur ein Wort zu verlieren, hielten ihn zwei von hinten fest, und einer schlug ihm mit der Faust ins Gesicht. Genau drei Mal, einmal links, einmal rechts und einmal mitten rein. Dann trat er ihm gegen die Beine, und die beiden, die ihn festgehalten hatten, stießen ihn zu Boden, spuckten auf ihn und traten noch einmal nach. Der Vierte hatte sich im Hintergrund gehalten. Jetzt beugte er sich zu ihm hinunter.

»Wir Frankfurter wollen unter uns bleiben. Vergiss das niemals«, zischte er in sein Ohr.

Dann waren sie fort.

Konrad rollte sich zur Seite und fühlte mit der Zunge, ob seine Zähne noch alle festsaßen. Glück gehabt. Die Nase allerdings … Er stöhnte. Die Nase war bestimmt gebrochen.

»Hey, Fritsch, was soll das? Ich bezahle dich nicht fürs Nichtstun.«

»Ich habe Mittagspause«, sagte Konrad. Es war Montagmittag, zwei Tage nach dem Überfall. Er saß im Hof der Brauerei und hatte sich die Englischvokabeln vorgenommen, die er lernen wollte. Döbel, sein Patron, der Besitzer der Brauerei, in der er sich seit Monaten abschuftete, stand im geöffneten Hoftor. Er trug Anzug und Weste, sein Haar war mit Pomade zu beiden Seiten eines Mittelscheitels gekämmt. Die Hitze des heutigen Tages machte ihm offenbar zu schaffen. Seine Stirn glänzte vor Schweiß. Nun zog er seine Taschenuhr hervor.

»Deine Pause ist seit fünf Minuten vorbei.«

»Ich habe fünf Minuten später mit der Pause angefangen«, sagte Konrad. Auch wenn es ihm schwerfiel, versuchte er, Ruhe zu bewahren. Döbel ließ sich nur noch selten im Braukeller sehen. Er stolzierte im Anzug umher, so wie heute, und spielte den wichtigen Mann. Die ganze Arbeit überließ er Konrad. Und wenn er dann erschien, gab es meistens Ärger.

Döbel machte zwei Schritte auf Konrad zu und musterte seine Nase, während sich ein süffisantes Lächeln auf seinem Gesicht breitmachte. »Was hast du denn da? Sind das vielleicht Liebesbriefe?«, fragte er dann und deutete auf die Papiere in Konrads Hand.

Konrad faltete die Blätter betont langsam zusammen und steckte sie zu dem kleinen Wörterbuch in die Tasche seiner Lederschürze, die er ausgezogen und neben sich gelegt hatte.

»Das geht Sie nichts an«, sagte er.

»Ich denke aber schon. Weil es dich offensichtlich vom Arbeiten abhält.«

Konrad bemerkte Döbels lauernden Blick. Was wollte er nun schon wieder? Ihn provozieren, so viel war klar. Aber wieso? Konrad und Döbel wussten beide, dass die Brauerei ohne Konrads Einsatz ein Problem hätte. Das Geschäft entwickelte sich hervorragend, seit er da war. Dennoch kam Konrad nicht zum ersten Mal der Gedanke, dass Döbel womöglich sogar selbst hinter dem Überfall steckte. Die Idee der Gewerbefreiheit gewann immer mehr Anhänger, und der eben im Entstehen begriffene Bildungsverein machte sich ebenfalls dafür stark, die Chancen der Landbevölkerung zu erhöhen. Dass solche Entwicklungen Leuten wie Döbel ein Dorn im Auge waren, wusste jeder. Deshalb war es einerseits nicht undenkbar, dass er solch rüde Methoden anwandte. Andererseits – den eigenen Gesellen verprügeln lassen? Würde er wirklich so weit gehen?

»Ein Gruß aus der Vergangenheit vielleicht?« Döbel deutete auf die Schürzentasche, aus der noch ein Zipfel der Papiere hervorlugte. Es war Döbel anzusehen, dass er sie am liebsten herausgezogen hätte, um zu erfahren, um was es sich handelte.

Konrad schob die Ärmel seines Hemds noch ein wenig höher, so dass man seine kräftigen Unterarme sehen konnte. »Das geht Sie nichts an«, sagte er noch einmal.

»Was sollte es sonst sein? Es kommt mir nicht so vor, als hättest du in Frankfurt viele Freunde. Oder gar eine Freundin?«

Was wollte er bloß von ihm, fragte sich Konrad angespannt. Doch seine Miene zeigte keine Regung, denn wenn er etwas beherrschte, dann war es, seine Gefühle nicht zu zeigen. Er kam bestens alleine zurecht und brauchte keine Freunde, da hatte Döbel schon recht. Und er hatte auch nicht vor, daran etwas zu ändern.

»Ich mache mich dann mal wieder an die Arbeit«, sagte er jetzt, griff nach der Schürze und ging an Döbel vorbei in Richtung Braukeller. Beinahe berührten sie sich, denn keiner der beiden Männer machte Anstalten, auch nur einen Millimeter auszuweichen.

»Man hört da ja so einiges. Über deine Vergangenheit, meine ich«, hörte er Döbels Stimme in seinem Rücken.

Dieser Mistkerl. Was war das für ein Spiel? Konrad blieb stehen und drehte sich zu seinem Meister um.

»So? Was denn?«, fragte er.

»Hm, so dies und das«, sagte Döbel und reckte das Kinn vor. Sein Blick war immer noch lauernd. Wahrscheinlich wusste er gar nichts über ihn, dachte Konrad, und genau das brachte Döbel in Rage. Konrads Magen zog sich dennoch zusammen. Er kannte natürlich nicht alle Gerüchte, die über ihn existierten. Die Leute waren neugierig. Sie wollten wissen, woher er kam und was er mit Sonnemann zu schaffen hatte. Also warf er ihnen kleine Brocken hin. So erzählte er zum Beispiel von Pilsen, wo er immerhin ein halbes Jahr verbracht hatte. Oder von München. In beiden Städten hatte er sehr viel gelernt, und es erklärte auch, warum sein Bier so viel besser schmeckte als das der Konkurrenz.

Rastatt und Karlsruhe erwähnte er nie, und niemand kannte seinen richtigen Namen. Das hoffte er jedenfalls. »Sind Sie unzufrieden mit meiner Arbeit?«, fragte Konrad. »Dann sagen Sie es freiheraus.«

»Nein. Ich dachte nur … Ach, lassen wir das. Ich habe keine Zeit mehr. Ich muss jetzt zu meiner Sitzung. Ich verlasse mich darauf, dass mit der Lieferung für morgen alles klargeht.«

»Klar«, sagte Fritsch gedehnt.

»Klar«, sagte Döbel, aber er sah plötzlich sehr wütend aus. Für einen Moment glaubte Konrad, sein Patron wolle noch etwas sagen, doch der machte auf dem Absatz kehrt und verschwand durch das Hoftor nach draußen.

Döbel hasste es, von ihm abhängig zu sein, dachte Konrad. Nur zu gerne würde der Patron hinter sein Geheimnis kommen, um etwas gegen ihn in der Hand zu haben. Irgendwas, um Konrad unter Druck setzen zu können und es ihm unmöglich zu machen, zu verschwinden. Dem Idioten fiel nichts Besseres ein, um einen wie ihn zu halten. Konrad schüttelte frustriert den Kopf. Er wusste nämlich genau, was er wert war. Er wusste, dass er von seinen Fähigkeiten her längst sein eigener Chef sein könnte. Doch da er seit nunmehr fünf Jahren mehr oder weniger auf der Flucht war, hatte er keine Gelegenheit gehabt, sich etwas aufzubauen.

In Frankfurt war es bislang gutgegangen. Ob nun womöglich doch irgendwelche Details über ihn ans Licht gekommen waren? Es war jedenfalls besser, sich nichts anmerken zu lassen und einfach die Füße still zu halten. Niemand sollte mehr als nötig über ihn wissen. Etwa dass er vorhatte, nach Amerika auszuwandern. Konrad wollte auf keinen Fall, dass es überall herumerzählt wurde und es dann womöglich Döbel zu Ohren kam. Mehr Geld, etwa, um ihn in Frankfurt zu halten, würde der Geizhals sicher trotzdem nicht springen lassen. Wenn er das gewollt hätte, hätte er dazu schon reichlich Gelegenheit gehabt.

Während er hinunter in den dämmrigen Gärkeller stieg, wo es um einige Grade kühler war als oben im Hof, wanderten Konrads Gedanken zu den Geschwistern Ronnefeldt. Er konnte Wilhelm gut leiden, doch als sie im Mai mit dem Unterricht begonnen hatten, war ihm schnell klargeworden, dass es mit seinen Englischkenntnissen nicht weit her war. Elise unterrichtete sie im Grunde nun beide beziehungsweise hatte sie unterrichtet, bevor sie mit ihrer Mutter nach Baden-Baden zur Kur gereist war.

Und dann musste er plötzlich an Amalie denken. Seine Lilli. Heute Amalie Struve.

Seit Sonnemanns Vortrag kamen sie und ihr Mann Gustav ihm immer wieder in den Sinn. Die beiden wären Feuer und Flamme für den Bildungsverein gewesen. Gustav Struve war ein Mensch, der, ohne zu zögern, zehn Mal gegen eine verschlossene Tür rannte, wenn er der Überzeugung war, dass es dahinter weiterging. Und Lilli wäre wahrscheinlich in der Kneipe aufgesprungen, um selbst eine Rede zu halten.

Wenn Döbel darüber etwas in Erfahrung brachte! Eine schreckliche Vorstellung. Aber das war dann doch eher unwahrscheinlich, dachte Konrad, während seine Gedanken um die Ereignisse von damals kreisten. Eine Weile lang waren er und Lilli ein Paar gewesen. Doch er hatte sich umsonst Hoffnungen auf eine gemeinsame Zukunft gemacht. Zuerst hatte sie sein Leben auf den Kopf gestellt und ihn dann doch abgewiesen. Er hatte sich damit abgefunden, nicht sofort, aber nach einer Weile. Und die Erfahrungen, die er mit ihr – und dank ihr – gemacht hatte, waren ihm geblieben. Auch wenn sie einen anderen geheiratet hatte.

Sein ebenso fauler wie intriganter Chef Döbel hatte wirklich vollkommen danebengelegen. Keine Menschenseele aus seiner Vergangenheit schrieb ihm Briefe. Und das war auch gut so. Was geschehen war, war geschehen. Es war besser, nach vorne zu schauen. In die Zukunft.

Konrad seufzte. Erst einmal musste er diesen einen Tag zu Ende bringen.

Er griff in die Tasche der Lederschürze, um die Blätter mit seinen Vokabeln und das Wörterbuch anderweitig zu verstauen, als plötzlich etwas Glitzerndes zu Boden fiel. Er hob es auf und blickte erstaunt auf ein kleines silbernes Kreuz. Es musste in dem Wörterbuch gesteckt haben, das war die einzig mögliche Erklärung. Somit musste es Elise gehören, denn sie hatte ihm das Buch geliehen. Nachdenklich betrachtete er das zarte Schmuckstück und stellte sich vor, wie es wohl an ihrem Hals aussehen würde. Ob sie es vermisste?

Er fand Elise anziehend, gestand er sich ein. Im Ausdruck ihrer Augen lag etwas, das er nicht recht einordnen konnte, das ihn jedoch überaus fesselte. Allerdings fand er sie auch sehr ernst. Sie könnte häufiger lächeln, dachte er. Aber wer konnte es ihr verdenken, dass ihr in seiner Gegenwart nicht der Sinn danach stand. Er war ein Eigenbrötler geworden und alles andere als ein amüsanter Gesellschafter. Das war früher anders gewesen. In seiner Jugend war er für jeden Blödsinn zu haben gewesen.

Das war lange her, ein anderes Leben.

Doch warum beschäftigte er sich überhaupt mit Elise? Ein Mädchen zu erobern, war eigentlich das Letzte, wonach ihm der Sinn stand. Außerdem wäre es ohnehin hoffnungslos. Keine Frau, die wie Elise aus einer anständigen, gut situierten Familie kam, würde sich ihm anschließen. Er hatte schließlich nichts zu bieten – abgesehen von einer Ausbildung, bei der ihm der Meistertitel verwehrt blieb.

Und trotzdem war er versucht gewesen, sie zu fragen, ob er ihr nach Baden-Baden schreiben dürfe.

Woher dieser Impuls wohl gekommen war? Er, ein Bierbrauer mit zweifelhafter Herkunft und undurchsichtiger Vergangenheit, korrespondierte mit der Frankfurter Bürgerstochter Elise Ronnefeldt. Ein guter Witz. Bestimmt hätte sie sein Ansinnen entrüstet abgelehnt. Obwohl, als er zum Abschied ihre Hand gehalten hatte, war da nicht etwas zwischen ihnen gewesen? Sie hatte ihren Blick nicht abgewendet, sondern ihm lange in die Augen geschaut. Plötzlich hatte sogar ein Lächeln darin gelegen, und er hatte ihre Hand gar nicht mehr loslassen wollen. Es kitzelte ihn in der Kehle und in der Brust, wenn er nur daran dachte.

Und vor zwei Tagen hatte er von Wilhelm erfahren, dass Elise und ihre Mutter in Baden-Baden im *Maison Messmer* wohnten. Das hatte ihn geärgert. Mussten sie ausgerechnet in dem Haus wohnen, in dem der konservative Prinz Wilhelm von Preußen und seine Frau Augusta jedes Jahr residierten? Jeder Mensch wusste, dass sie dort abstiegen.

Reiner Zufall, der Hotelbesitzer Johann Messmer sei ein Freund seines verstorbenen Vaters, hatte Wilhelm ihm erklärt.

Hatte es wirklich nichts zu bedeuten?

Vielleicht nicht. Er selbst hatte einmal einen Messmer gekannt, es gab solche Zufälle.

Konrad betrachtete das kleine Silberkreuz in seiner Handfläche. Merkwürdig, dass es in dem Buch gelegen hatte, aber vielleicht war die dazugehörige Kette gerissen und sie hatte es hineingelegt und dann vergessen.

Er könnte es ihr schicken, dachte er plötzlich. Es wäre nicht aufdringlich, sondern einfach eine höfliche Geste. Die Adresse kannte er ja jetzt, auch ohne dass er danach gefragt hatte.

Elise Ronnefeldt, *Maison Messmer*, Baden-Baden.

Wusste ich doch, dass mit Ihnen etwas anzufangen ist

Frankfurt, 1. August 1853

Wilhelm saß in der Antikensammlung des Städelschen Kunstinstituts und malte. Er hatte sich die Kopie der Laokoon-Gruppe aus dem Vatikan vorgenommen und war dabei, sie mit Graphit und Tusche auf Papier festzuhalten. Draußen lachte die Sonne vom blauen Augusthimmel, und außer ihm hatte sich bisher niemand hierher verirrt. Sonst traf er häufiger auf Studenten des Instituts, die, so wie er, die antiken Statuen als Modelle nutzten. Wenn er wollte, konnte er sich bei den angehenden Kunstmalern sogar den einen oder anderen Ratschlag holen. Sie halfen ihm bereitwillig, vermutlich, weil sie in ihm keinen echten Konkurrenten sahen.

Als er nun so zwischen den weißen Gipsfiguren saß, kamen ihm allerdings Zweifel daran, dass es eine gute Idee gewesen war, ausgerechnet hierherzukommen. Eine der griechischen Figuren erinnerte ihn nämlich an seine Angebetete, Fanny Meier. Doch während die Aphrodite von Arles ihm gleichmütig ihr sanftes Antlitz zeigte, hatte sich Leos hübsche Cousine von ihm abgewandt. Die schwarzhaarige Schönheit, die es ihm im Frühsommer bei ihrer ersten Begegnung so angetan hatte, hatte sich nämlich vergangene Woche verlobt. Nicht dass sie ihm zuvor Hoffnungen gemacht hätte – er war ein dummer Träumer, nichts weiter.

Wilhelm seufzte, betrachtete skeptisch seine Skizze und verglich sie mit dem Original. Die Proportionen stimmten nicht. Er beschloss, eine Pause zu machen, stand auf und legte seinen Skizzenblock auf dem Hocker ab. Dann verließ er den zweiten Antikensaal und schlenderte durch den ersten Antikensaal zu den Empfangsräumen hinüber und von dort in die eigentliche Gemäldegalerie mit der kuppelförmigen Decke, in der sich ein Oberlicht befand. Im ersten Raum wurden die niederländischen Künstler ausgestellt, aber Wilhelm mochte weder die schwermütigen Porträts mit den Kragen, die ihn an überdimensionierte Wagenräder erinnerten, noch die Stillleben vor nahezu schwarzem Hintergrund. Tote Tiere, Hasen, Fasane, glotzende Karpfen, wohin man schaute. Er bog ab, schlenderte weiter durch die Seitenzimmer, ließ sich viel Zeit dabei und traf im Raum mit den Gegenwartskünstlern doch noch auf einen anderen Besucher. Ein mittelalter Mann im Anzug war in die Betrachtung von Philipp Veits Entwurf für den Fries einer römischen Villa mit dem Titel »Die sieben fetten Jahre« vertieft. Er war mit weißer Kreide auf hellbraunes Büttenpapier gezeichnet und zeigte eine Mutter mit ihren sieben Kindern in einer paradiesischen Landschaft voller Früchte. Wilhelm kannte das Werk natürlich, hatte ihm jedoch nie große Beachtung geschenkt.

Der Fremde schien jedoch begeistert zu sein. Er schritt von links nach rechts, von rechts nach links und besah sich das Gemälde aus unterschiedlichen Perspektiven. Dann bemerkte er Wilhelm, der hinter ihm stehen geblieben war.

»Wunderbar, nicht wahr? Diese Dynamik! Ich habe den Fries in Rom gesehen, da wollte ich mir die Entwurfszeichnung nicht entgehen lassen.« Der Mann sprach mit weichem schwäbischem Einschlag.

»Ja, es ist sehr hübsch«, bestätigte Wilhelm und schaute sich das Bild genauer an. Die älteren Knaben waren sehr fleißig, doch einer der jüngeren hatte keine Lust zum Arbeiten und kickte mit dem Fuß unwillig einen Korb um, aus dem Äpfel herausrollten.

Nun wandte der Fremde sich ihm zu, und Wilhelm erschrak beinahe vor dem intensiven Blick, mit dem er gemustert wurde. Der

Mann war eine eindrückliche Erscheinung. Das braune Haar setzte weit oben auf dem Kopf über der hohen Stirn an und fiel in lockeren Wellen nach hinten. Die Nase war gerade und scharf geschnitten, wie der Schnabel eines Habichts, auch die Wangenknochen traten deutlich hervor. Das Auffälligste war aber womöglich der gut sitzende Anzug aus teurem Stoff, der ganz gewiss nicht von irgendeinem Dorfschneider gefertigt worden war.

»In Rom haben Sie bestimmt einige unserer Statuen im Original gesehen«, sagte Wilhelm und zeigte hinüber zur Antikensammlung. Durch die Zimmerfluchten hindurch konnte man ganz am Ende die Laokoon-Gruppe sehen und davor seinen Hocker.

»Gewiss, und ich darf Ihnen sagen, dass die Kopien in der hiesigen Sammlung durchaus etwas taugen. Ebenso wie Ihre Zeichnungen, junger Mann. Das ist doch Ihr Skizzenblock, der dort vorne liegt? Ich habe mich schon gefragt, wo der Künstler wohl stecken mag.«

»Ich war nebenan«, sagte Wilhelm ein wenig verlegen darüber, als Künstler bezeichnet zu werden, denn der Mann schien immerhin etwas von der Materie zu verstehen.

»Gestatten, Georg Enslen mein Name.« Der Mann reichte ihm die Hand, und Wilhelm stellte sich ebenfalls vor.

»Sind Sie Student hier am Institut?«

Wilhelm lachte. »Nein. Ich bin Kaufmann. Das heißt, ich werde mit ein bisschen Glück in ein paar Jahren einer sein.«

»Schade. Sie haben wirklich Talent.«

»Danke, dass Sie das sagen, aber ich bin wirklich nur ein Amateur. Aber Sie sind gewiss ein Künstler?«

»Panoramamaler. Ich habe vor, auch von Frankfurt eines anzufertigen.« Wieder betrachtete er nachdenklich das Bild von Veit.

Wilhelms Neugierde war geweckt, und zwar aus mehreren Gründen. Einen Künstler, der solch teure Kleidung trug, sah man nicht alle Tage. »Ein Panorama, sagen Sie? Wie interessant! Ich habe schon davon gehört.«

Der Fremde musterte Wilhelm mit neuem Interesse. »Was wissen Sie darüber?«

»Ich habe leider noch nie eines gesehen. Aber es wird in einem Rundbau ausgestellt, richtig?«

»Korrekt, junger Mann.«

»Und die Perspektive muss verzerrt werden, um die Illusion zu erzeugen, dass man mitten in der Landschaft steht.«

»Auch das ist korrekt. Haben Sie sich schon mit der Herstellung von Rundbildern beschäftigt?«

»Mein Onkel ist Schreiner, und vor zwei Jahren wurde er gebeten, einen Rundbau für ein Panorama zu konstruieren. Er hat Zeichnungen davon gemacht. Damals habe ich gerade ein paar Lehrstunden bei ihm gehabt. Aber leider ist aus dem Bau nie etwas geworden. Den Initiatoren ging wohl das Geld aus.«

»Sie sind also nicht nur Kaufmann, sondern auch Schreiner?«

»Ich habe gelernt, mit Holz umgehen, genau wie meine beiden Brüder. Mein Großvater war Schreiner. Es war der Wunsch meines Vaters, dass seine Söhne das Handwerk zumindest in den Grundzügen erlernen.«

»Interessant. Und es wundert mich nicht, dass aus dem Auftrag für Ihren Onkel nichts geworden ist. Die großen Panoramen sind beeindruckend anzuschauen, aber im Grunde unwirtschaftlich. Ich plane, eine Reihe von kleineren Panoramen anzufertigen, mit denen man herumreisen kann, um sie in verschiedenen Städten in Europa auszustellen. Ein mobiles Panoramoptikum.« Die Art, wie er das Wort betonte und mit großer Geste unterstrich, zeigte, wie stolz er auf seine Wortschöpfung und auf die Idee war.

»So etwas stelle ich mir sehr aufregend vor. Das könnte mir auch gefallen«, sagte Wilhelm ehrfürchtig.

»Nur zu! Ich kann immer Assistenten gebrauchen«, sagte der Mann lachend.

Das kam so überraschend, dass Wilhelm für einen Moment der Mund offen stehen blieb.

»Ist das Ihr Ernst?«

»Ich bin gerade erst dabei, das Geschäft aufzubauen. Aber einen künstlerisch begabten Menschen, der schreinern kann und kaufmännische Kenntnisse hat, findet man nicht alle Tage. Das gefällt mir.«

»Künstlerisch begabt«, wiederholte Wilhelm leise. Es war eine Sache, wenn Elise oder Freunde das sagten, aber zum ersten Mal konnte er es ernst nehmen.

»Aber gewiss. Glauben Sie mir, ich erkenne ein Talent, wenn ich es sehe«, bekräftigte Enslen.

Wilhelm klingelten die Ohren, und das nicht nur wegen dieses Lobs. Die Vorstellung, Frankfurt zu verlassen und Europa zu bereisen, gefiel ihm. Normalerweise war er nicht um Worte verlegen, doch einen Moment lang starrte er den Fremden nur noch wortlos an.

»Vielleicht könnten Sie mir ja bei einer Sache schon behilflich sein, junger Mann? Sie kennen sich doch gewiss hier aus. Von wo aus hat man einen guten Überblick über die ganze Stadt?«

Wilhelm wusste sofort, wo das war. »Haben Sie ein bisschen Zeit, Herr Enslen? Ich bringe Sie gern hin.«

Eine halbe Stunde später stand Wilhelm mit Herrn Enslen auf dem Turm der Kirche des Deutschordenshauses und sah zufrieden, wie begeistert der Panoramamaler von dem Ausblick war.

»Das ist ja grandios!« Der Maler hielt die Hände wie einen Rahmen, mit dem er Stück für Stück die Aussicht, die sich ihnen bot, unter die Lupe nahm. »Die Brücke kommt ins Zentrum. Die Dächer von Sachsenhausen werden aussehen, als könne man über sie hinwegspazieren, und dann der Blick aufs Frankfurter Ufer mit dem Dom und im Hintergrund der Taunus. Das ist phantastisch, junger Mann. Der perfekte Ort. Wusste ich's doch, dass mit Ihnen etwas anzufangen ist.«

Er klopfte Wilhelm anerkennend auf die Schulter.

Wilhelm freute sich, aber es war ihm auch etwas peinlich, so gelobt zu werden. »Glück gehabt. Ich bin häufiger hier oben. Ich habe ein paar Freunde, die in Sachsenhausen wohnen.«

»Daher wussten Sie wohl auch, wo der Schlüssel zum Turm versteckt ist.« Herr Enslen zwinkerte ihm zu.

»Möglich«, erwiderte Wilhelm mit einem Grinsen.

»Ich sehe das Panoramabild schon vor mir. In hellen Farben, ein freundlicher Sommertag, so wie heute.« Der Künstler stützte sich an der Balustrade ab und ließ erneut den Blick schweifen. »Zu schade, dass ich nicht sofort mit der Arbeit beginnen kann.« Er sah auf seine Taschenuhr. »Aber leider geht mein Zug schon in einer guten Stunde. Mir bleibt nicht einmal die Zeit, erste Eindrücke festzuhalten. Vielleicht könnten Sie ja ein paar Skizzen für mich machen und sie mir zuschicken?«

Wilhelm sah ein wenig verdattert zu, wie Herr Enslen ein silbernes Etui zückte, eine Visitenkarte entnahm und auf der Rückseite mit Bleistift etwas notierte.

»Die nächsten vier Wochen werde ich in Dresden sein und anschließend in Berlin. Was glauben Sie, wie lange werden Sie brauchen? Ich bezahle Sie natürlich.«

Wilhelm fühlte sich überrumpelt. Das ging alles so schnell. »Ich habe leider ziemlich viel im Geschäft zu tun«, sagte er zögernd.

Herr Enslen sah auf, zuckte mit den Achseln und machte Anstalten, die Visitenkarte wieder einzustecken.

»Nein, warten Sie. Wie stellen Sie sich die Skizzen denn vor?«

»Bleistiftskizzen würden mir genügen. Gerne auch Aquarelle. Mit sechs bis sieben Bildern sollten Sie alles einfangen können.« Er machte eine ausladende Geste mit dem Arm.

»Vielleicht könnte ich ja morgens direkt nach Sonnenaufgang für eine Stunde hierherkommen. Oder am Abend. Und natürlich am Sonntag.«

Herr Enslen lächelte und hielt ihm das Kärtchen entgegen. »So gefallen Sie mir schon besser.«

Das ist dein Weg

Baden-Baden, Vormittag des 4. August 1853

Seit zehn Tagen teilten sich Friederike und Elise nun ein Zimmer im *Maison Messmer*. Es war zwar nicht sehr groß, aber dafür sehr hübsch mit zierlichen Kirschholzmöbeln eingerichtet, und das Fenster wies auf den Garten hinaus, der hinter dem Haus lag. Sie hatten sich in der kleinen Kurstadt im nördlichen Schwarzwald, deren Kuranlagen sich so malerisch am Ufer der Oos ausbreiteten, rasch eingelebt. Die Straßen des eigentlichen Ortes zogen sich einen Hügel hinauf. Zuoberst thronten ein neues Schloss und gegenüber, auf einem anderen Hügel, pittoresk zwischen urigen Bäumen, die Ruinen einer Burg.

Die Lage des Hauses war ideal, direkt bei den Kuranlagen und gegenüber des Musikpavillons, in dem an den Nachmittagen Konzerte gespielt wurden. Das Hotel war dabei längst nicht so mondän, wie Friederike befürchtet hatte. Verglichen mit anderen Hotels im Ort, dem *Englischen* oder dem *Badischen Hof* etwa, nahm es sich sogar ziemlich bescheiden aus. Insbesondere die Parks des Kurorts waren zauberhaft. Zur Erbauung der Gäste wurden die Alleen jeden Abend mit Hunderten von Laternen und Lampions illuminiert. Abend für Abend verwandelte sich der Ort so in einen elysischen Freiluftsalon.

Die Tage ähnelten einander, langweilig waren sie jedoch nie. Die Mahlzeiten – Frühstück, Mittagessen, Nachmittagstee und Abendessen – fanden zu festen Zeiten statt. Dazwischen gingen Friederike und Elise spazieren, lasen, lauschten den Konzerten oder tranken in der Trinkhalle ein Glas Wasser.

An diesem Tag, einem Donnerstag, war Elise nach dem Frühstück in den Garten gegangen, um mit der Erlaubnis des Hoteldirektors ein paar Blumen zu schneiden. Friederike war froh darüber, einen Moment für sich zu haben. Ein Lied summend, ging sie in dem Zimmerchen umher und räumte auf. Ein paar Wäschestücke, die das Zimmermädchen gebracht hatte, lagen immer noch auf dem Stuhl, den Elise als Ablage benutzte. Und unter dem Stapel, den Friederike nahm, um ihn in der Kommode zu verstauen, lag ein Buch. Friederike begann darin zu blättern, zunächst, ohne sich viel dabei zu denken. *Malwida Freiin von Meysenbug. Memoiren einer Idealistin*, stand auf dem Titel. Einige Seiten waren mit Eselsohren versehen und manche Zeilen unterstrichen. Doch als Friederike das eine oder andere las, wurde ihr klar, dass diese Lektüre nicht für ihre Augen bestimmt gewesen war. Wahrscheinlich hatte Elise das Buch eher aus Versehen so offen herumliegen lassen.

»Zum ersten Mal stieg bei meiner Schwester und mir der Gedanke auf, dass eine von uns gehen und selbst ihr Brot erwerben müsste. Einige der Brüder waren wohl in guten Stellungen, aber es fiel uns nicht ein, von ihnen abhängig werden zu wollen … Ich fing ohnehin an zu fühlen, dass ich nicht lange mehr mit denen würde leben können, die meine heiligsten Überzeugungen für falsch hielten. Aber zur gleichen Zeit stand ich vor der Frage: Was tun, um mir mein Brot selbst zu erwerben? … Jedes menschliche Wesen hat Anspruch auf eine Erziehung, die es fähig macht, auf sich selbst zu ruhen; dieses Recht müsste die Gesellschaft ihm sichern, indem sie die Eltern im Fall der Not zwänge, es ihm zu gewähren.«

Friederike klappte das Buch zu und merkte, dass ihre Hände plötzlich ganz feucht waren. Nervös trat sie ans Fenster und sah in den

Garten hinunter. Da war Elise. Sie hatte einen Strauß Gladiolen im Arm und unterhielt sich mit Madame de Pierre, einer allein reisenden Gouvernante. Die beiden gingen zusammen auf das Haus zu und verschwanden aus ihrem Blickfeld. Friederike setzte sich in den kleinen Sessel und blätterte weiter durch die Seiten, bis Elise die Tür öffnete.

»Schau mal, Mama. Was meinst du, ist der Strauß zu bunt?«, sagte sie beim Eintreten, das Gesicht noch hinter den Blumen verborgen. Elise begann, die Gladiolen in der großen Vase zu arrangieren, die auf der Kommode stand. »Madame de Pierre hat er gefallen. Ich bin mir nicht ganz sicher. Obwohl, vielleicht ist es doch gut so.« Sie trat einen Schritt zurück, betrachtete zufrieden ihr Werk und sah dann Friederike an. »Was ist los? Was hast du, Mama?« Dann bemerkte sie das Buch, und das Lächeln erstarb auf ihren Lippen.

Sie wandte sich wieder den Gladiolen zu, behandelte sie aber nun deutlich ruppiger als zuvor.

»Woher hast du das?«, fragte Friederike.

»Warum hast du meine Sachen durchsucht?«

»Das habe ich nicht. Das Buch lag dort auf dem Stuhl.«

Elise ließ endlich das Arrangieren der Blumen sein und setzte sich auf die Bettkante. Sie wirkte verlegen, aber auch trotzig. »Aus der Bibliothek des Weißen Hirschen.«

»Aus dem Damenstift?«

Elise nickte.

»Kennst du jemanden dort?«

»Jetzt schon. Ich habe mit einer der Stiftsdamen gesprochen. Sie hat mir das Buch gegeben.«

»Aber ich verstehe immer noch nicht. Weshalb bist du hingegangen?«

»Um mit der Leiterin zu reden. Fräulein Bickel.«

»Und was wolltest du von ihr?« Noch während sie das fragte, stieg in Friederike eine Ahnung auf.

»Erfahren, was der Besuch des Seminars kostet.« Eine kleine Pause entstand. »Ich möchte Lehrerin werden, Mama«, sagte Elise dann. Ihre Miene war starr und entschlossen.

»Seit wann denn das?« Friederike betrachtete ihre Tochter fassungslos. Ihre Gedanken überschlugen sich. Wann waren ihr die Dinge so entglitten? »Ich bin zu lange krank gewesen«, sagte sie kopfschüttelnd und mehr für sich.

»Nein, Mama. Sag doch so etwas nicht. Das hat damit gar nichts zu tun.«

»Aber wo kommt das denn auf einmal her? Du wolltest doch immer heiraten. Du warst dir so sicher!«

»Vor vier Jahren. Da haben wir über nichts anderes geredet, richtig. Aber da war ich ein Kind. Jetzt bin ich erwachsen.«

»Eben. Du bist erwachsen, und darum hätte ich gedacht, dass du es besser wüsstest. Willst du etwa ewig in der Schnurgasse wohnen bleiben? Oder bei uns in der Neuen Kräme? Das ist doch kein Leben für eine junge, hübsche, tüchtige Frau.«

»Wenn ich mein eigenes Geld verdiene, kann ich doch auch ausziehen. So wie Madame de Pierre.«

»Sie ist ledig. Hat keine Kinder. Keinen Mann. Kein eigenes Heim. Immer lebt sie in fremden Häusern. Eine Madame de Pierre kann nicht einfach das tun, was sie will.« Friederike sah das ganze Unglück ihrer Tochter lebhaft vor sich.

»Kommt mir aber nicht so vor.«

»Sie ist abhängig von ihren Dienstherren.«

»Und wenn ich heirate, was dann? Dann bin ich abhängig von meinem Mann.«

Friederike starrte ihre Tochter überrascht an. Sie erkannte Elise nicht mehr wieder. »Das kann man doch nicht vergleichen.«

»Und warum nicht?«

»Weil eine gute Ehe immer auch eine Partnerschaft ist. Ein Geben und Nehmen.«

»Mama«, Elises Ton veränderte sich, klang jetzt bittend, »du magst Madame de Pierre doch auch. Du hast dich mit ihr angefreundet. Mit ihr ist es nie langweilig, das hast du selbst gesagt.«

Das stimmte. Friederike mochte die resolute Schweizer Gouvernante. Sie war weit gereist und sehr klug. Über die hohen Herrschaften, für die sie als Gouvernante so lange gearbeitet hatte, bewahrte sie strengstes Stillschweigen – und auch das gefiel Friederike. Trotzdem konnte sie sich ein solches Leben für ihre Tochter nicht vorstellen.

»Du verdrehst alles, Elise. Ich kann sie mögen und trotzdem nicht damit einverstanden sein, dass du so leben willst.«

»Aber ich habe einfach keine Lust mehr zu warten, dass etwas passiert. Mein Leben dreht sich im Kreis. Hattest du früher nie dieses Gefühl?«

»Nein.« Friederike schüttelte den Kopf. Sie war etwa so alt gewesen wie Elise, als sie Tobias kennenlernte, hatte im Haus ihrer Eltern gewohnt und nie auch nur im Entferntesten daran gedacht, auszubrechen. »Ich wollte für mich nie etwas anderes haben als einen Mann und Kinder.«

»Aber jetzt hast du ein eigenes Geschäft.«

»Du willst ja wohl nicht andeuten, dass es mich freut, dass dein Vater tot ist?«

»Nein.« Elise senkte beschämt den Kopf. »Natürlich nicht.«

»Also pass bitte auf, was du sagst.«

»Verzeih. So habe ich das nicht gemeint.«

»Hast du noch mehr solche Lektüre?« Friederikes Ton war strenger geworden. Sie hielt das Buch in die Höhe.

»Nein. Aber es liegt nicht an dem Buch, falls du das meinst. Es hat mir nur bestätigt, dass …« Elise unterbrach sich und biss sich auf die Unterlippe.

»Dass was?«

»Du willst es ja doch nicht hören.«

»Doch, das will ich sehr wohl. Also, dass was?«

»Dass es richtig sein kann, so zu denken.«

Eine Weile schwiegen beide. Friederike ließ sich Elises Worte durch den Kopf gehen. Bestimmt trug sie eine Mitschuld daran, dass es jetzt so gekommen war. Sie hatte zu wenig Zeit für sie gehabt, das sah sie nun ein. Wahrscheinlich, weil es immer so einfach gewesen war mit ihr. Anders als Minchen hatte ihre Älteste nie Schwierigkeiten gemacht. Sie war nie störrisch gewesen, sondern immer vernünftig. Hatte nie an sich gedacht, sondern immer an andere, die Großmutter, die Tanten. Vielleicht lag es auch am Geschäft. Elise hatte durchaus recht damit, dass es sie auf Trab hielt. Sie spürte, dass das Geschäft sich immer mehr in eine Richtung entwickelte, die ihr nicht gefiel.

»Du könntest mir doch einen Teil meiner Mitgift ausbezahlen. Dann könnte ich das Institut besuchen«, unterbrach Elise ihre Gedanken.

»Ach, Elise.« Friederike fühlte sich plötzlich sehr erschöpft. »So einfach, wie du es dir vorstellst, ist es nicht. Ich glaube einfach nicht, dass du bereit dazu bist. Du bist doch noch so jung. Du hast dein ganzes Leben noch vor dir.«

»Das ist es ja, mein ganzes Leben!«, rief Elise erregt aus. »Und du glaubst also nicht, dass ich selbst am besten weiß, was gut für mich ist?«

Friederike schüttelte den Kopf. »Das glaube ich tatsächlich nicht. Du hast doch noch nicht einen einzigen Mann kennengelernt, der für dich in Frage käme. Ich kann mir nicht vorstellen, dass du auf eine eigene Familie verzichten willst, um Lehrerin zu sein. Aber ich habe eine Idee.« Sie griff nach Elises Hand. »Wie wäre es denn, wenn ich dir ein bisschen Buchhaltung beibringe und etwas über Warenbeschaffung und die Berechnung von Verkaufspreisen? Über Tee muss ich dir ja nichts erzählen, da weißt du schon alles«, fügte sie mit einem Lächeln hinzu.

»Ach, Mama«, sagte Elise und machte sich unwillig los. »Was soll ich denn damit anfangen, wenn mein künftiger Mann, den ich ja, wie du schon ganz richtig festgestellt hast, nicht einmal kenne, genauso konservativ ist wie du?«

»Dein Vater hat sich auch daran gewöhnen müssen. Aber dann war er doch einverstanden, dass ich ihm zur Hand gehe.«

»Aber das ist *dein* Weg, Mama. Das Verkaufen gefällt mir ja auch. Aber im Kontor über den Büchern sitzen? Mit Herrn Besthorn? Ich mag mir nicht einmal vorstellen, was für ein Gesicht er machen wird, wenn du ihm das vorschlägst. Oder Carl.«

»Dein Bruder ist in Hamburg – und im Übrigen ist das ohnehin nicht seine Entscheidung.«

»Das Institut kostet vierhundertachtzig Gulden im Jahr. Sie nehmen keine Externen, also würde ich auch dort wohnen. Ich könnte doch erst einmal für ein Jahr …«

»Nein, Elise.« Friederike merkte, wie ihr Ärger zurückkehrte, und das nicht nur wegen dieser absurden Summe. »Ich glaube einfach nicht, dass es das Richtige für dich ist. Mein Angebot steht. Wir können sofort nach unserer Rückkehr damit beginnen, also lass es dir durch den Kopf gehen. Herrn Besthorn und Carl lass dabei meine Sorge sein.«

»Aber könntest du nicht auch einmal mit Fräulein Bickel …«

»Das war mein letztes Wort«, sagte Friederike und stand auf, um zu signalisieren, dass dieses Gespräch für sie beendet war. Sie hatte durchaus Mitleid mit Elise, die sehr blass aussah und rote Flecken am Hals hatte. Doch es war wenig sinnvoll, weiter darüber zu streiten. Es führte zu nichts. Die Ausbildung zur Lehrerin, die Elise sich wünschte, war weder sinnvoll noch bezahlbar, und es war besser, sich gar nicht erst auf eine Diskussion einzulassen.

»Begleitest du mich zur Trinkhalle? Es soll heiß werden heute. Ich möchte gerne vor der Mittagshitze ein Glas Wasser nehmen.«

»Wie du wünschst, Mama.«

Sie fehlen hier in Frankfurt

Baden-Baden, Nachmittag des 4. August 1853

Das Mittagessen war vorüber. Ihre Mutter hatte sich hingelegt, aber Elise wollte nicht schlafen. Ein Spaziergang, so hoffte sie, würde ihr dabei helfen, ihre Gedanken zu klären. Doch nun lief sie schon seit einer halben Stunde am Ufer der Oos entlang, und in ihr fühlte sich alles nur stumpf an. Die Natur half ihr auch nicht. Es war ein heißer Tag. Das Licht fiel matt durch dunstige Schleier, und die Luft besaß eine gewisse klebrige Zähigkeit, die einem unter die Haut kroch. Nur ein paar Bienen und Hummeln machten sich wie zum Trotz an den blühenden Heckenrosen zu schaffen und sorgten für ein wenig Bewegung.

Elise hatte soeben den Konzertpavillon passiert, in dem sich die Musiker für das Nachmittagskonzert bereit machten, und war schon beinahe wieder beim *Maison Messmer* angelangt. Das Konversationshaus und die Trinkhalle lagen vor ihr auf der linken Seite, diesseitig der Oos, und rechts führte die breite Leopoldbrücke nach Baden-Baden hinein. Ein mit Heu hoch beladenes Fuhrwerk, das von einem einzelnen müden Gaul gezogen wurde, rumpelte gerade darüber hinweg. Sie überlegte, ob sie weiter bis zur Trinkhalle spazieren sollte. Das Wasser schmeckte zwar scheußlich, aber im Säulengang ging wenigstens immer eine leichte Brise. Doch eigentlich hatte sie dazu keine Lust. Sie hatte zu nichts Lust. Am liebsten wäre sie sofort abgereist, doch das war natürlich unmöglich.

Kurz darauf stand sie wieder vor dem Hotel. Sie betrat das Entree und ging geradeaus durch in den Garten, der hinter dem Haus lag.

Nur nicht hinauf ins Zimmer, wo Mama sie doch nur wieder an ihr Unglück erinnern würde. Es fiel Elise schwer, dabei ein gleichmütiges Gesicht zu machen. Sie fühlte sich ungerecht behandelt. Mama hatte sie ja nicht einmal richtig angehört.

»Fräulein Ronnefeldt, kommen Sie. Leisten Sie mir ein bisschen Gesellschaft«, sagte plötzlich eine raue Männerstimme hinter ihr.

Überrascht wandte Elise sich um. Hinter dem Haus saß Johann Messmer im Schatten einer Glyzinie, die sich über einen Laubengang rankte, bei einem Glas Wein. Sie hatte ihn zuvor gar nicht bemerkt. Er war allein. Sämtliche Kurgäste waren wahrscheinlich vor der Schwüle in ihre Zimmer geflüchtet. Spaziergänger hatte Elise heute nur wenige gesehen.

Elise zögerte, doch dann wollte sie nicht unhöflich sein und setzte sich zu dem alten Herrn, der ihr ein Glas hinschob und aus einem Krug Wasser und aus der Weinflasche, die er neben sich stehen hatte, Wein hineingoss. Messmer senior war immer noch eine stattliche Erscheinung mit kantigem Kopf und breiter Stirn. Er war ungefähr siebzig Jahre alt. Seine Frau Karoline, deren Porträt drinnen im Damensalon hing, war schon vor vielen Jahren gestorben. Er hatte zwei Söhne, Wilhelm, genannt Willi, der genauso alt war wie ihr eigener Bruder Wilhelm, und den zehn Jahre älteren Eduard, der ein Delikatessengeschäft in der Gernsbacher Straße besaß, eine der zentralen Einkaufsstraßen der Stadt.

»Ich bin froh, dass Ihre Frau Mama meine Einladung endlich angenommen hat«, sagte der alte Messmer. »Ich habe Ihren Vater wirklich gut gekannt. Damals, als er begann, über eine Reise nach China nachzudenken, hat er bei mir gewohnt. Es muss etwa zwanzig Jahre her sein. Wir hatten das *Maison* noch gar nicht lange eröffnet. Im Pavillon spielten jeden Tag ein paar Ungarn Polka.«

Elise lächelte, sagte jedoch nichts. Sie war verlegen. Der alte Herr hatte offenbar schon tüchtig dem Wein zugesprochen.

Herr Messmer lächelte versonnen. »Er war so ein feiner Mann, Ihr Papa. So begeistert von seinen Reiseplänen, von China – und vom Tee. Letztlich ist es ihm zu verdanken, dass mein Sohn einen Laden eröffnet hat.«

»Das wusste ich nicht. Ich meine, den Laden habe ich natürlich schon gesehen. Er ist sehr schön.« Ihre Mutter hatte sie mehrere Male dorthin geschleppt. Das Geschäft war überaus nobel mit Regalen und einer Theke aus Rosenholz ausgestattet, das Angebot verführerisch. Es gab exotische Früchte, mitten im Sommer frische Weintrauben, Ananas und Erdbeeren, delikate englische Salatgurken und junge zarte Erbsen, aber auch feine dunkle Schokolade, Kaffee und natürlich Tee. Der Besitzer, Eduard Messmer, hatte meistens selbst hinter der Ladentheke gestanden, wenn sie vorbeigekommen waren.

»Das war die Idee Ihres Vaters. Er hat sie mir damals in den Kopf gepflanzt. Er fand nämlich den Tee, den ich ihm serviert habe, abscheulich. Ja, so hat er sich ausgedrückt.« Herr Messmer lachte und prostete ihr zu.

Elise nippte vorsichtig an ihrem Glas. Es schmeckte sauer und frisch. Sie nahm einen größeren Schluck. »Das passt zu ihm. Er konnte sich regelrecht darüber ereifern, mit welch geringen Qualitäten die Leute sich zufriedengeben.«

»Ihr Vater hat mir etwas aus China mitgebracht. Ein wertvolles altes Lackdöschen. Haben Sie es gesehen? Es steht drinnen in einer Vitrine.«

Elise hatte das hübsche Döschen tatsächlich schon bemerkt.

»Ja, es ist mir aufgefallen. Wir haben daheim ein ganz ähnliches. Ich habe mich schon gefragt, ob …« Ob das Döschen von ihrem Vater kam, hatte sie sagen wollen, doch sie fühlte unvermittelt einen Kloß in der Kehle und konnte nicht weitersprechen. Sie schluckte. In manchen Momenten tat ihr die Erinnerung an ihren Vater so weh, als sei er erst gestern gestorben.

Herr Messmer bemerkte es und schien nicht einmal erstaunt zu sein über ihre Gemütsregung. »Es ist schwer, nicht wahr? Wenn wir unseren Liebsten auf Wiedersehen sagen müssen. Das sitzt tief und vergeht nie. Da können auch noch so viele Jahre vergangen sein.«

Elise senkte bei seinen Anteil nehmenden Worten den Blick. Eine unbestimmte Sehnsucht überfiel sie plötzlich so schmerzhaft und heftig, dass sie nicht mehr an sich halten konnte. Ihre Augen brannten, und sie musste blinzeln, um die Tränen zurückzuhalten.

»Oh, so arg? Armes Ding.« Der Alte seufzte. Dann beugte er sich hinüber zum Nachbartisch, nahm eine vom Personal vergessene Serviette, die dort lag, und schob sie ihr zu. »Verzeihen Sie mir, wenn ich da an etwas gerührt habe, das wollte ich nicht.«

Elise griff dankbar nach der Serviette und tupfte sich die Augen. »Ich weiß auch nicht, was mit einem Mal mit mir los ist. Ich denke gern an meinen Vater, und es tut wohl, dass Sie, ein guter Freund, sich noch an ihn erinnern und liebevoll von ihm sprechen. Es gab allerdings eine Zeit, da habe ich es kaum ertragen. Meine Mutter hat so sehr gelitten. Alles in meiner Umgebung hat mich daran erinnert, dass es nie mehr so werden würde wie vor seinem Tod.«

»Aber Sie haben es ertragen«, sagte der Alte mit seiner heiseren Stimme.

»Ja, aber auch nur, weil ich irgendwann ausgezogen bin zu meinen Tanten und zu meiner Großmutter. Seitdem ging es mir besser. Nicht weil ich meine Mutter nicht liebe, sondern weil ich sie zu sehr liebe. Verstehen Sie?«

Herr Messmer nickte, und sie sah in seinen Augen, dass er sie wirklich vollkommen verstand.

Elise wunderte sich über sich selbst. Diese Dinge hatte sie noch nie jemandem gesagt, kaum dass sie sie sich selbst eingestanden hätte. Und nun erzählte sie einem für sie beinahe vollkommen Fremden, wie sehr sie unter der Situation damals gelitten hatte.

Leben und sterben lagen so dicht beieinander. Manchmal entschieden nur wenige Zoll darüber, ob man weitermachen durfte oder nicht. Dann hörte man auf zu atmen, und es war vorbei. So war es bei ihrem Vater gewesen.

Instinktiv hatte sie gespürt, wie sehr ihre Mutter sie in den Wochen, die auf den Tod des Vaters folgten, brauchte. Also hatte sie die aufrechte und brave Tochter gemimt. Zuversichtlich, fröhlich, fleißig – nichts war ihr zu viel. In Wahrheit war das Gegenteil der Fall gewesen. Jahrelang war sie eine bessere Schauspielerin gewesen als ihre Schwester. Sie hatte sich in ihr Inneres zurückgezogen und sich hinter der aufgesetzt fröhlichen Elise versteckt. Und erst in der Schnurgasse, bei ihren Tanten und ihrer Großmutter, im alltäglichen Zirkel der immer gleichen Sorgen und Wehwehchen, die jedoch auf angenehme Art und Weise nicht ihre eigenen waren, hatte sie ihren persönlichen Schmerz von dem ihrer Mutter trennen können. Erst dort war sie irgendwann zur Ruhe gekommen. Mit achtzehn Jahren war sie ausgezogen, und nun, mit einundzwanzig, fühlte sie sich endlich stark genug, dem Leben wieder ins Auge zu blicken. Sie hatte Pläne geschmiedet, hatte geträumt.

Aber wie es schien, war nun alles zu Ende, bevor es angefangen hatte.

»Waren Sie und Ihre Mutter schon bei der Ruine?«, fragte der alte Messmer unvermittelt und riss sie aus ihren Gedanken.

»Meinen Sie das Schloss Hohenbaden? Nein, wir haben es bisher nur aus der Ferne bewundert. Für meine Mutter ist der Weg zu weit. Vor allem bei der Hitze.«

»Es ist aber sehr hübsch dort, das würde Ihnen gewiss gefallen. Ich werde meinen Sohn bitten, Sie am Sonntag dorthin zu begleiten.«

»Wilhelm?«

»Nein, ich meinte den anderen. Eduard.«

Eduard Messmer, der Ladenbesitzer. »Aber hat er denn nicht zu viel zu tun mit seinem Geschäft?«

»Es wird ihm ein Vergnügen sein. Früher hat er jeden Sonntag Kutschfahrten mit unseren Gästen gemacht.«

Elise zögerte. Sie erinnerte sich noch sehr gut daran, wie heilig ihrem Vater der Sonntag stets gewesen war. Ein Kaufmann hatte schließlich immer sehr viel zu tun. »Wenn Sie meinen. Aber nur, wenn es ihm auch wirklich nichts ausmacht.«

»Ganz bestimmt nicht. Ich bin sicher, dass mein Sohn liebend gern dazu bereit sein wird. Er wollte nachher herüberkommen. Er hat versprochen, mir etwas vorbeizubringen. Dann frage ich ihn gleich.«

»Ich müsste Mama fragen.«

»Tun Sie das, reden Sie mit Ihrer Frau Mama darüber. Hat sie sich nicht mit Madame de Pierre angefreundet? Ich habe die beiden ein paar Mal zusammen gesehen. Schlagen Sie ihr doch vor, mitzukommen.«

»Das werde ich. Danke, Herr Messmer. Und danke für den Wein.«

Im Haus fragte Elise den Concierge nach der Post und ging mit einem kleinen Stapel Briefe in der Hand langsam die Treppe hinauf. Carlchen hatte geschrieben, Tante Käthchen, Frau Koch und sogar Onkel Nicolaus. Mama war eine fleißige Briefeschreiberin, das merkte man. Der letzte Brief war allerdings nicht an Mama, sondern an sie gerichtet. Sie drehte ihn um. Kein Absender. Die Handschrift kam ihr vage bekannt vor.

Auf dem Treppenabsatz im ersten Stock blieb sie stehen und öffnete den Umschlag. Etwas raschelte leise, dann fiel ihr ein kleiner silberner Anhänger entgegen. Es war ihr Kreuz, das sie zur Einsegnung bekommen hatte und schon seit einer ganzen Weile vermisste. Wie schön, es wiederzuhaben! Sie zog den Briefbogen aus dem Kuvert.

Liebes Fräulein Elise, how do you do?
Sicher wundern Sie sich darüber, einen Brief von mir zu erhalten. Das Kreuz steckte in dem Wörterbuch, das Sie mir geliehen haben. Ich dachte, dass Sie es vielleicht vermissen. Auch muss ich zugeben, dass es mich freut, eine Ausrede zu haben, Ihnen ein paar Zeilen zu schreiben. Ich lerne jeden Tag meine Vokabeln und muss nun damit zurechtkommen, dass Ihr Bruder mich einen Streber nennt. Aber Sie sehen es mir hoffentlich nach. Das Wetter ist übrigens sehr schön, nur Sie fehlen hier in Frankfurt. Es grüßt recht herzlich Ihr
Konrad Fritsch.

Lange ruhte Elises Blick auf den wenigen Zeilen. Ein Lächeln stahl sich auf ihr Gesicht.

Sie fehlen hier in Frankfurt.

Plötzlich hörte sie Violinenklänge. Sie stand direkt vor dem Zimmer, in dem Prinz Wilhelm und seine Frau Augusta wohnten, wenn sie im Frühling oder Herbst in der Stadt waren. Die Tür stand halb offen, und neugierig trat sie ein. Es war ein schlichter Raum in bescheidener Ausstattung, kein bisschen prächtiger als der Rest des Hauses. Das auf Hochglanz polierte Parkett war der einzige Schmuck. Sie trat ans Fenster und sah im Schutz der Gardine hinaus. Von hier aus konnte man den ganzen Platz bis zum Konzertpavillon und hinüber zum Konversationshaus überblicken, in dem sich auch die Räume der Spielbank befanden. Die Wege und Plätze hatten sich inzwischen mit Menschen gefüllt. Die Musikkapelle stimmte ihre Instrumente – das war es, was sie gehört hatte. Ein wenig bedauernd dachte sie an ihre Violine, die sie schon lange nicht mehr angerührt hatte. Früher hatte sie viel gespielt, doch seit dem Tod ihres Vaters so gut wie gar nicht mehr. Dann sah sie einen Herrn, der mit einem Paket unter dem Arm eilig auf den Hoteleingang zustrebte. Es war Herr Messmer junior, der Kaufmann. Gleich darauf war er auch schon aus ihrem Blickfeld verschwunden. Ob sein Vater ihn wohl sofort auf den Sonntagsausflug ansprach?

Die Musiker stimmten eine kleine Melodie an. Elise machte ein paar Tanzschritte, drehte sich einmal um die eigene Achse und ließ sich dann auf das breite Himmelbett fallen, das die Mitte des Raumes einnahm. Auf dem Rücken liegend, blickte sie zum Betthimmel empor, den ein preußischer Adler zierte. Sie lächelte. Also gab es hier doch eine Reminiszenz an die berühmten Kurgäste, die jedes Jahr eine Menge Neugierige anzogen. Dabei war der Prinz nicht immer willkommen gewesen. Im Gegenteil. Seinen ersten Besuch hatte er im Jahr 1849 während der Badischen Revolution als Heerführer gemacht. Die Rebellen hatten die Stadt bereits verlassen, als der Prinz mit einem preußischen Großverband in Baden-Baden einmarschiert war und das *Maison Messmer* zu seinem Hauptquartier erkoren hatte. Er wolle beim nächsten Mal als Freund wiederkommen, hatte er zum Abschied gesagt, und das Versprechen wahr gemacht.

Der eher demokratisch gesinnten Familie Messmer hatte es jedenfalls nicht geschadet. Der alte Adel zählte eben immer noch viel in Deutschland, und heute war das Prinzenpaar, ob gerade anwesend oder nicht, im Städtchen in aller Munde. Gerne diskutierte man Wilhelms und Augustas Vorlieben, seien es Komponisten, Kuranwendungen oder Leibspeisen, so als seien sie nahe Verwandte. Madame de Pierre war sogar eine der Gouvernanten von Prinzessin Luise gewesen, der Tochter von Wilhelm und Augusta. Sie hatte Elise und ihrer Mutter die Details des Einmarschs damals in Baden-Baden erzählt. Doch irgendwelche Vertraulichkeiten über ihre Arbeitgeber hatte Madame de Pierre nicht verraten.

Vom Prinzenpaar wanderten Elises Gedanken zurück zu ihrem Englischschüler. Konrad Fritsch. Lächelnd las sie den Brief ein weiteres Mal. Wie nett und feinfühlig von ihm, ihr das Kreuz zu schicken. Sie hatte tatsächlich schon danach gesucht.

Sie fehlen hier in Frankfurt.

Unwillkürlich entfuhr Elise ein Seufzer. Er gefiel ihr, musste sie sich eingestehen. Dabei kannte sie ihn doch kaum. Fünf oder sechs Mal hatten sie vor ihrer Abreise zu dritt Englisch geübt. Sie hatte bisher mit ihm kaum über etwas anderes gesprochen als über englische Vokabeln und Grammatik.

Immer noch auf dem Rücken liegend, drehte sie den Kopf zur Seite – und erschrak fürchterlich. Sie wurde beobachtet. Der Spiegel über der Kommode reflektierte das Gesicht eines Mannes, sie blickte ihm direkt in die Augen. Hastig fuhr sie hoch und drehte sich zu ihm um.

»Verzeihen Sie. Ich wollte Sie nicht erschrecken.« Eduard Messmer, der im Türrahmen gestanden hatte, trat ins Zimmer.

Elise fühlte sich ertappt, weil sie auf dem Bett des Kaiserpaars gelegen hatte, doch als sie zu einer Entschuldigung ansetzen wollte, winkte er ab. »Das macht gar nichts. Sie haben jedes Recht, hier zu sein. Dieses Zimmer ist eine Sehenswürdigkeit in Baden-Baden.«

»Ich hätte trotzdem nicht einfach so hereinkommen sollen.«

»Aber nicht doch. Ich versichere Ihnen, Sie haben nichts falsch gemacht. Sie sind Fräulein Ronnefeldt, nicht wahr? Sie waren bei mir im Laden. Ich habe Sie gesehen, zusammen mit Ihrer Frau Mama.«

»Ja, das ist richtig. Aber es war immer sehr viel los, da wollten Mama und ich Sie nicht stören.«

»Das hätten Sie ruhig tun können. Aber dann lernen wir uns eben jetzt kennen. Gestatten, Eduard Messmer.« Er machte eine kleine Verbeugung. »Werde ich am Sonntag das Vergnügen Ihrer Gesellschaft haben? Ich wollte Ihnen noch einmal persönlich sagen, dass es mir eine große Freude wäre, Ihnen und Ihrer Frau Mama die Ruine zu zeigen. Mein Vater meinte, Sie seien noch ein bisschen zögerlich gewesen.«

»Danke sehr. Zögerlich bin ich nur, weil ich Ihnen nicht die Zeit stehlen möchte. Aber die Ruine würde ich wirklich sehr gerne sehen.«

Herr Messmer lächelte liebenswürdig. »Dann ist es also abgemacht?«

»Wenn Mama einverstanden ist. Aber das ist sie gewiss.«

Er schien wirklich nett zu sein, dachte Elise. Er war ein wenig kleiner als sein Vater, besaß dieselbe Kopfform mit der breiten Stirn, und er hatte ein warmes Lächeln, das sich auch in seinen Augen zeigte.

Und plötzlich freute Elise sich auf Sonntag.

Der Herr weiß ja kaum, dass ich da bin

Hamburg, 7. August 1853

Seit zweieinhalb Monaten war Carl nun im Kontor Overweg und kam sich inzwischen vor wie ein halber Hanseat. Montag bis Samstag arbeitete er im Kontor, freitags speiste er mit den Kollegen beim Prinzipal, und am Sonntagmittag ging er zu Familie Westphal. Am Anfang war er wegen dieser Einladungen verunsichert gewesen. Schließlich hatte er die zugesagte Stelle nicht bekommen, und er wusste nicht recht, ob es wirklich nur an den Umständen oder nicht doch an seiner Person gelegen hatte. Doch die Westphals nahmen ihn so freundlich auf, dass er es irgendwann vergaß und sich in deren Gesellschaft von Mal zu Mal wohler fühlte.

Das Wohn- und Geschäftshaus der Westphals lag am Cremon, also näher am Hafen als Overweg, und auch hier residierte man, wie bei Overweg und wie bei ihnen in Frankfurt, in den Etagen über dem Geschäft. Die Kontor- und Lagerräume waren allerdings um ein Vielfaches größer, als er es gewohnt war. Westphal hatte auch ein Ladengeschäft, Overweg handelte hingegen nur en gros. Direkt nebenan besaß die Firma Westphal ein Speicherhaus, das über das angrenzende Fleet zu erreichen war. Dort wurden die Lastkähne mit Hilfe eines Krans entladen. Ballen um Ballen hoben die Männer direkt von der Ladefläche der Boote hinauf in die Luke. Gerade empfindliche Waren wie Tee waren in den luftigen Höhen der Speicherhäuser besser untergebracht als zu ebener Erde oder gar in Kellern.

Carl hatte sich davon mit eigenen Augen überzeugen können.

Vor etwa vier Wochen hatte er seinen Patron begleiten dürfen, um eine Teelieferung zu begutachten, die bei Westphal aus London eingetroffen war. Bei Overweg machte Tee ungefähr fünfzehn Prozent der Umsätze aus, und der Teeeinkauf war bisher ausschließlich Sache des Patrons gewesen. Carl war sich bewusst, dass er auf die Probe gestellt werden sollte, und er war dementsprechend angespannt, doch als sie das Dachgeschoss betraten und er den vertrauten Teeduft einatmete, verflog seine Nervosität rasch.

Er sah sich um, und der Anblick erfreute sein Herz. Auf dem Boden lagen saubere Leintücher, auf denen in kegelförmigen, unterschiedlich großen Haufen verschiedene Tees ausgebreitet waren. Carl ging neben dem kleinsten in die Hocke, um die Blättchen zu untersuchen. Sie waren dunkelgrün, ziemlich fein, jedoch nicht gebrochen, sondern erinnerten von ihrer Form her vielmehr an die getrockneten Nadeln eines Nadelbaums. Der Tee roch frisch und süßlich.

»Ein sehr exklusiver Nadelbaumtee. Ein Campui, nehme ich an?«

Herr Westphal senior nickte anerkennend.

»Noch vor einigen Jahren bekam man eine solche Qualität kaum. Wurde die Ladung auf einem Klipper transportiert?«

»Richtig geraten. Das ist ausgezeichnet, Herr Ronnefeldt. Sie kommen nach Ihrem Herrn Vater, wie ich sehe.«

»Vater hatte ein großes Interesse am Klipperbau. Die Reise nach China hat ihm die Augen geöffnet, sagt Mutter immer. Er hätte gerne in den Bau eines solchen Schiffes investiert. Nur kam es leider nicht mehr dazu.«

Carl erhob sich. Er hatte plötzlich ein leises Grummeln im Bauch, wie so oft, wenn er an seinen Vater erinnert wurde.

»Und was wissen Sie über den Tee?«, fragte Overweg.

»Er wird aus den frisch gesprossenen zarten Blättchen zubereitet und in einer eisernen Pfanne mit einer Art Besen bei großer Hitze hin- und hergeschoben. Dadurch bleiben die Blätter gerade und behalten ihre Form. Er ist sehr selten und wird von Kennern geschätzt. Man bekommt ihn mit viel Glück einmal im Jahr. Der Aufguss ist goldgelb bis grünlich. Für so etwas braucht es allerdings auch die passende Kundschaft, die bereit ist, den höheren Preis zu bezahlen.«

»Und dieser da?« Sein Patron zeigte auf einen anderen Haufen.

Wieder ging Carl in die Hocke und nahm einige der Teeblätter auf die Hand. Sie waren gleichfalls recht groß, jedoch von gekringelter Form und in der Farbe grün bis gelblich. Er nahm eines der Blättchen, biss etwas davon ab und ließ es sich auf der Zunge zergehen.

»Ebenfalls recht hochwertig und kräftiger, dem Geruch und Geschmack nach ein wenig rauchig. Der Aufguss wird rötlich sein beziehungsweise braun, wenn man ihn lange ziehen lässt. Eine sehr gute Qualität im oberen mittleren Bereich. Nicht so exklusiv, aber er trifft den Geschmack der meisten, und er ist sehr lange haltbar. Ideal für eine gepflegte Teestunde am Nachmittag.«

»Und was sagen Sie zu diesem?«

Wieder prüfte Carl die Blätter, die ausgebreitet vor ihm lagen. Sie waren sehr dunkel, nur wenige hellere Blättchen waren darunter. Er nahm eine Handvoll und ließ den Tee herabrieseln. »Ein Bohea, und zwar einer von der guten Sorte mit wenig Staub und kaum Zweigen dazwischen.«

Er besah sich den nächsten Haufen, der aus noch feineren Blättchen bestand. »Dieser da dürfte der Günstigste sein. Ich würde empfehlen, die beiden etwa im Verhältnis eins zu zwei zu mischen. Dadurch erhält man eine etwas bessere Qualität zu einem akzeptablen Preis. Doch natürlich müsste man ihn zuerst aufgießen und probieren.«

»Sehr gut, Herr Ronnefeldt. Sehr gut. Ihr Vater wäre stolz auf Sie.« Der alte Herr Westphal schien regelrecht gerührt zu sein. Er legte ihm die Hand auf die Schulter, und Carl musste schlucken.

Kurz danach gossen sie den Tee, den Carl begutachtet hatte, zwei Etagen tiefer in Kännchen auf und schlürften ihn anschließend aus weißen Porzellantässchen. Der Klippertee begeisterte Carl am meisten. Er schmeckte geradezu blumig, süßlich und leicht. Carl stellte ein Sortiment für Overweg zusammen und schrieb noch am selben Tag an seine Mutter und an Herrn Besthorn. Endlich fühlte er sich angekommen.

Als er am folgenden Sonntag zum Mittagessen wieder ins Haus der Westphals kam, schien es ihm, als würde er mit noch größerem Respekt behandelt als zuvor. Wie vor jedem Besuch hatte er seine Schuhe auf Hochglanz poliert und seine Krawatte sorgfältig gebunden. Die Umgebung forderte das geradezu heraus. Die Wohnräume der Hamburger Kaufleute waren so viel glanzvoller als die seiner Familie daheim. Zu Beginn war er ob dieser Pracht, des wertvollen Porzellans, der gestärkten Servietten und des Silbers, mit dem sonntags eingedeckt wurde, eingeschüchtert gewesen. Doch inzwischen fühlte er sich sicherer, und er wagte es immer häufiger, etwas zum Tischgespräch beizutragen. Wusste, wovon die Rede war, wenn man sich über die neuesten Entwicklungen an der Börse, den Goldrausch in Kalifornien oder die jüngste Eröffnung einer Eisenbahntrasse unterhielt. Und gelegentlich konnte er bei seinen Besuchen sogar mit Neuigkeiten aufwarten.

»Godeffroy plant nun, eigene Passagierdampfer für die Strecke nach New York einzusetzen, habe ich gehört«, ließ er beispielsweise fallen, während man die Suppe löffelte. Oder er sagte bei der Hauptspeise: »Siemssen und Co. hat die Eröffnung einer Filiale in Hongkong angekündigt.« Aus solchen Bemerkungen konnten sich angeregte Gespräche ergeben, die manchmal nach dem Essen im Herrenzimmer ihre Fortsetzung fanden.

Besonders gerne unterhielt er sich mit Ludwig Westphal, dem jüngeren Stiefbruder von Carl-Wilhelm Westphal, der, anders als dieser, noch kein Teilhaber der Firma des Vaters war. Er mochte knapp drei Jahre älter sein als Carl, war blond mit akkuratem Mittelscheitel und kleinem Schnauzbart und ein jugendlicher Ausbund von hanseatischem Selbstbewusstsein, dem unter seinen neuen Bekanntschaften einzig sein Kollege Mahlstedt den Rang ablief. Ludwig Westphal war begierig danach, von Carl zu erfahren, wie es bei Overweg zuging. Und Carl gab gerne Auskunft, denn die Schwierigkeiten der ersten Tage lagen nun hinter ihm. Er stolperte kaum noch über unbekannte Begriffe, und die Pinselstriche von Meister Krummbiegel waren für ihn keine unverständlichen Hieroglyphen mehr. Im Gegenteil. Es war faszinierend, wie sich anonyme Ballen, Kisten und Fässer durch Erkennungszeichen, Nummern und Gewichtsangaben in zuordenbare Frachten verwandelten. Die Zeichen wurden in doppelter Ausführung sowohl auf der Ware als auch auf den Frachtpapieren vermerkt – unter Verwendung von Monogrammen und Symbolen wie Dreiecken, Herzen, Kreuzen und anderen mehr.

Carl hatte es sich angewöhnt, im Vorbeigehen herzhaft auf die großen Ballen zu klopfen, so wie man auf die Schulter eines guten Bekannten schlägt. »Baumwolle«, rekapitulierte er dabei, »Schafwolle, Kaffee, Tee, Hanf, Zucker, Garn, Tran, Korinthen, Weizen« – es gab kaum eine Warensorte, die den Overweg'schen Hof nicht passierte. Wie viele andere Hamburger Kaufleute betätigte sich sein Prinzipal nicht ausschließlich als Kaufmann, sondern auch als Zwischenhändler und Spediteur, was ein lukratives Geschäft war. Das funktionierte so: Dem Verkäufer der Ware wurde ein Akzept ausgestellt, und Overweg übernahm für eine bestimmte Zeit das Geschäftsrisiko. Er musste darauf vertrauen, dass der Käufer im Empfangsland über ausreichend Bonität verfügte, um am Ende der üblichen Zahlungsfrist von neunzig Tagen die Ware mit einem Zinsaufschlag bezahlen zu können. Es war im Grunde ein halbes Bankgeschäft und wurde für die Hamburger stetig bedeutender. Die Stadt war zum zweitwichtigsten Wechselmarkt nach London avanciert. Es gab feste Wechselkursnotierungen mit allen wichtigen Finanzplätzen der Welt: mit Antwerpen, Athen, Baltimore, Basel, Florenz, Frankfurt, Genua, Königsberg, Lissabon, Lüttich, Madrid, Mailand, New York, Odessa, St. Petersburg, Rio de Janeiro, Rotterdam, Stockholm und vielen anderen mehr.

Die Abhängigkeit von Großbritannien als bedeutendster Seehandelsnation war dabei immer noch am größten. Etwa ein Viertel der über Hamburg abgewickelten Importe kam aus England, vor allem Textilien und fertig gesponnenes Baumwollgarn sowie die chinesischen Waren, Tee, Seide und Porzellan. Aus den USA hingegen kam die rohe Baumwolle, Kaffee wurde aus Brasilien importiert, Zucker aus Kuba und Kakao von der nord- und südamerikanischen Westküste. Um Zollfreiheit zu gewährleisten, mussten die Waren innerhalb von drei Monaten nach der Ankunft in Hamburg wieder exportiert werden. Dies war ein erheblicher Vorteil gegenüber Städten wie Antwerpen oder Amsterdam, die keine vergleichbare Regelung kannten. Carl liebte es, hinter all diese Zusammenhänge zu blicken und sich ein klein wenig als Teil dieses großen Spiels zu fühlen. An zu Hause und das Geschäft in Frankfurt dachte er zu seiner eigenen Überraschung zunehmend mit einer gewissen Distanz. Der Gedanke, nach Frankfurt zurückzukehren, war erst einmal in weite Ferne gerückt, und er hatte deswegen ein derart schlechtes Gewissen, dass er sich selbst dazu zwang, mehrfach die Woche nach Hause zu schreiben. Immerhin schien die Sache mit

Elise nun auf einem guten Weg zu sein. Er konnte es kaum erwarten, in dieser Hinsicht positive Nachrichten von seiner Mutter zu erhalten. Wenn Elise schon bald einen wohlhabenden Kaufmann heiratete, würde das sowohl für den Ruf der Familie als auch für die Finanzen sehr vorteilhaft sein.

»Die *Flying Cloud* wird diese Woche in Hamburg erwartet. Das dürfen Sie sich nicht entgehen lassen, Herr Ronnefeldt. Das Schiff hat die Strecke von New York nach San Francisco rund um das Cap Horn in nur neunundachtzig Tagen geschafft. Neunundachtzig statt über einhundert! Das ist eine Sensation.«

Das Mittagessen war vorüber, und man stand zu viert im Herrenzimmer beisammen. Otto Westphal, der Prinzipal des Hauses, seine Söhne Carl-Wilhelm und Ludwig Westphal sowie als Jüngster in der Runde er, Carl.

Der Raum war mit dunklem Holz getäfelt. Carl hatte ihn von Beginn an faszinierend, aber auch ein wenig einschüchternd gefunden. Er war mit drei hohen Vitrinen ausgestattet, in denen allerlei Schaustücke aus aller Welt zu sehen waren. Eine Kette aus Haifischzähnen etwa, ein Netz aus Kaurimuscheln, die offenbar in irgendeinem Teil der Welt als Zahlungsmittel genutzt wurden, ein paar aus Ebenholz geschnitzte Tiere sowie zahlreiche Schnitzereien aus Elfenbein. Auch ein ganzer Stoßzahn lag dort. An den Wänden hingen Ölmalereien und Kupferstiche, die allesamt Hamburg zeigten – Hamburg vor dem Brand, Hamburg nach dem Brand, den Hamburger Hafen oder die Hamburger Alster.

Ludwig, der sich gerade so begeistert über den Segelklipper äußerte, hatte den Arm lässig auf dem Sims des Kamins abgestützt und stopfte seine Pfeife, während Carl, der keine Erfahrung mit Pfeifen besaß, sich verpflichtet fühlte, eine Zigarre zu schmauchen.

Er unterdrückte ein Husten und entfernte einen Tabakkrümel von seiner Lippe. »Ich werde das Schiff kaum sehen können. Mein

Ausbilder, der Herr Haas, lässt mich unter der Woche aus dem Kontor nicht fort«, sagte er.

»Vielleicht macht er ja mal eine Ausnahme«, sagte Otto Westphal mit seinem brummenden Bass. Er trug einen Backenbart nach Hamburger Art – das Kinn glatt rasiert, links und rechts eingerahmt von beeindruckenden Wolken grauen Kraushaars. »Die *Flying Cloud* ist eine Berühmtheit. Sie hat an ihrem schnellsten Tag dreihundert Seemeilen in vierundzwanzig Stunden geschafft. Der Navigator ist übrigens eine Frau.«

»Eine Frau?« Carl glaubte, sich verhört zu haben.

»Mein Vater hat recht. Ihr Name ist Eleanor Creesy. Sie ist die Gattin des Kapitäns«, erklärte Ludwig.

»Eine Frau als Teil der Mannschaft? Wie kurios.«

»Nicht unbedingt. Mitreisende Kapitänsfrauen sind keine Seltenheit«, sagte Otto Westphal.

»Dann solltest du aber auch erwähnen, Vater, dass sie üblicherweise an Bord nur das tun, was sie auch zu Hause tun, nämlich Wäsche waschen oder Strümpfe stopfen«, mischte Carl-Wilhelm sich in das Gespräch ein. »Misses Creesy sieht sich jedoch über solche Tätigkeiten erhaben. Sie hat sich, so hört man, seit ihrer Jugend mit Astronomie, Wetterphänomenen und all den komplexen Berechnungen beschäftigt, die der Navigation zugrunde liegen.«

»Wie ist das überhaupt möglich?«, fragte Carl.

»Sie hat all das von ihrem Vater gelernt. Auch er war ein Kapitän. Es war ihm offenbar nicht in den Sinn gekommen, dass er ihr mit solchem Unterricht Flausen in den Kopf setzt und damit die natürliche Bestimmung des Weibes unterläuft.« Carl-Wilhelm Westphal sah pikiert drein.

»Ein Wunder, dass sie trotzdem noch einen Ehemann gefunden hat«, ergänzte Ludwig.

»Ist das denn überhaupt erlaubt? Diese Form der Berufstätigkeit, meine ich«, sagte Carl. Frauen konnten seines Wissens nach nur dann Kaufleute werden, wenn der Ehemann verstorben war. So war es bei seiner Mutter gewesen. Die allermeisten Berufe waren Männern vorbehalten.

»Der Einzige, der es ihr verbieten könnte, wäre ihr Ehemann«, sagte Ludwig.

»Jetzt bin ich nicht nur auf das Schiff und auf diese Person neugierig, sondern auch auf den Kapitän. Wie er wohl damit zurechtkommt, sich von seiner Frau die Richtung vorsagen zu lassen?«

»Immerhin stellt er dank ihrer Hilfe einen Rekord nach dem anderen auf. Ich nehme an, er fährt damit nicht schlecht«, sagte Otto. Der ältere Herr musterte die drei jüngeren Männer ein wenig missbilligend.

Carl bemerkte es erstaunt und wusste nichts darauf zu erwidern. Ludwig Westphal ließ sich von der Bemerkung nicht beirren. »Ich bleibe dabei, Vater. Es ist kurios und womöglich sogar eine Form von Propaganda für das Schiff«, sagte er und sog heftig an seiner Pfeife. »Doch eine Regel daraus abzuleiten, hieße, die gesellschaftliche Ordnung in Frage zu stellen. Wo kämen wir da hin, wenn auf einmal alle Frauen ihre eigentlichen Pflichten vernachlässigten? Sollen etwa die Männer daheim den Haushalt führen? Das ist doch lächerlich.«

»Ich muss gestehen«, wagte nun auch Carl zu sagen, »eine traditionelle Rollenverteilung ist mir lieber. Ich würde mich unwohl fühlen, wenn meine Frau mir beständig in meine Angelegenheiten hineinredete.«

»Wohl gesprochen«, bestätigte Ludwig.

Eine Weile später, das Gespräch hatte sich anderen Gegenständen zugewendet, nahm Ludwig Westphal Carl beiseite.

»Sagen Sie mal, Herr Ronnefeldt.« Er schlug dabei einen vertraulichen Tonfall an. »Es gibt da etwas, worauf ich Sie schon die ganze

Zeit ansprechen wollte. Es ist mir ein wenig unangenehm, das sage ich freiheraus, aber wir kennen uns ja nun schon eine ganze Weile, und ich vertraue Ihnen.«

»Selbstverständlich«, sagte Carl. Um welches Ansinnen es sich auch immer handelte, er fühlte sich bereits jetzt geschmeichelt.

»Sie speisen doch nun regelmäßig bei Overwegs zu Mittag. Mit der Familie.«

»Richtig«, bestätigte Carl.

»Und da sind doch auch die beiden Fräuleins dabei. Therese und Henriette Overweg.«

»Aber gewiss«, sagte Carl und hatte nun schon eine Ahnung, worauf Ludwig Westphal hinauswollte. »Haben Sie ein besonderes Interesse an einem der beiden Fräuleins?«, wagte er zu fragen, denn diese Spekulation erschien ihm nun nicht mehr allzu weit hergeholt. »Fräulein Henriette vielleicht?« Sie war die ältere der beiden. Die Jüngere, Therese, zeigte zwar gute Anlagen, war aber noch ein ziemlicher Backfisch.

»An Fräulein Henriette, ja. Interesse – so könnte man das sagen. Sie ist – apart. Und ich bin dabei, mit dem Bruder des Fräuleins … Nun ja, ich wollte Herrn Overweg bei nächster Gelegenheit einen Besuch abstatten, um – na, Sie wissen schon – um meine Möglichkeiten auszuloten, die Dame näher kennenzulernen. Und Sie sehen das Fräulein Henriette ja nun beinahe täglich. Da dachte ich, Sie könnten mir vielleicht einen Wink geben, wie die Dinge stehen. Ob sie einen Verehrer hat, beispielsweise.«

»Beinahe täglich«, bestätigte Carl, der die Situation überaus genoss. Ludwig Westphal brauchte ihn und vertraute ihm etwas derart Persönliches an. Das gefiel ihm. »Nun, ich kann natürlich nicht in den Kopf des Fräuleins hineinsehen. Allerdings habe ich tatsächlich etwas beobachtet, das Ihnen womöglich Anlass zur Sorge geben könnte. Oder auch Anlass zur Eile.«

»Und das wäre?« Ludwig legte seine Stirn in Falten und sah nun sehr beunruhigt aus.

»Das wäre Herr Haas. Wir sprachen heute bereits über ihn. Schröter und Haas, das sind die beiden, denen Overweg sein gesamtes Geschäft anvertraut. Für mein Dafürhalten sieht es so aus, als habe Haas ein Auge auf das Fräulein geworfen. Er richtet häufig das Wort an sie, geht ihr zur Hand, ist ihr gegenüber sehr aufmerksam – mit anderen Worten, er scheint sich um sie zu bemühen.«

»Ausgerechnet Haas? Was Sie nicht sagen. Das ist ja geradezu komisch.« Die Überraschung stand Ludwig deutlich ins Gesicht geschrieben.

»Haas versteht viel vom Geschäft und zeigt sich Overweg gegenüber ausgesprochen loyal. Ich könnte mir denken, dass Overweg Gefallen an einer solchen Verbindung finden könnte«, fuhr Carl fort.

»Aber er ist doch nur ihr Bruder. Vermutlich würde er ja eher dem Fräulein selbst die Entscheidung überlassen? Ich meine, verstehen Sie doch – Haas! Einen solchen Philister wird sie ja wohl nicht als Ehemann in Betracht ziehen.«

»Das kann ich nicht sagen, aber der Bruder ist das Familienoberhaupt. Somit hat er das letzte Wort«, beharrte Carl.

»Trotzdem, wie reagiert denn nun das Fräulein Henriette auf Herrn Haas? Glauben Sie etwa, dass er ihr gefällt?«, fragte Ludwig ungläubig.

Carl schüttelte den Kopf. »Das kann ich beim besten Willen nicht sagen. Allerdings muss ich zugeben, nicht sonderlich darauf geachtet zu haben. Doch das könnte ich natürlich in Zukunft tun. Obwohl, jetzt wo ich so darüber nachdenke, wenn überhaupt, dann hätte ich eher angenommen, dass ihr Interesse Herrn Mahlstedt gilt.«

»Mahlstedt?«, rief Westphal aus und dämpfte seine Stimme gleich darauf wieder. »Dieser Wichtigtuer! Sie wird doch wohl nicht Mahlstedt wollen? Macht er ihr etwa auch den Hof?«

»Mahlstedt ist zu allen gleichermaßen freundlich – oder unfreundlich. Wie man's nimmt. Eine Kategorie für sich. Wenn er Lust dazu hat, schenkt er jeder anwesenden Dame seine vollste Aufmerksamkeit, und sei es eine alte Tante, die zu Besuch kommt. Daraus lässt sich nicht das Geringste ablesen. Auf mich macht er nicht den Eindruck, als wolle er sich binden, doch ich kann mich täuschen. Er kommt jedenfalls gut an – auf seine Art. Und die Damen sind für seine Schmeicheleien empfänglich – darauf versteht er sich.«

»Mein lieber Freund, Herr Ronnefeldt, doch hoffentlich nur die Damen! Sie lassen sich doch sicher nicht von diesem Mahlstedt um den Finger wickeln?«

Carl hielt kurz inne, bevor er antwortete. Tatsächlich wechselte er gelegentlich ein paar Worte mit Mahlstedt, aber die zählten doch wohl kaum. Zu Carls großer Überraschung war er nämlich von seinen Kollegen tatsächlich der Einzige, der überhaupt etwas Ahnung von Pferden hatte, was ihn mit Mahlstedt verband. Der Vater eines Schulfreundes hatte Kaltblüter gezüchtet, und so hatte Carl als Junge gelegentlich im Stall mitgeholfen und als Gegenleistung dafür Reitstunden bekommen. Natürlich waren diese genügsamen Arbeitspferde nicht zu vergleichen mit den Warmblütern, die Mahlstedt für gewöhnlich ritt, doch immerhin war Carl nicht völlig ahnungslos. Er genoss diese Gespräche immer sehr. Mahlstedt konnte tatsächlich sehr charmant sein – im Übrigen war er auch ausgesprochen witzig, wenn auch seine Scherze für Carls Geschmack ein wenig zu häufig auf Kosten anderer gingen. Jedenfalls wäre Carl wirklich gerne mal mit Mahlstedt ausgeritten, wenn der es ihm angeboten hätte.

Doch das alles sagte er Ludwig in dem Moment natürlich nicht.

»Aber nein. Mahlstedt weiß ja kaum, dass ich da bin. Er hält sich für etwas Besseres.«

»Allerdings«, sagte Ludwig. »Auch ich hatte mit ihm schon unangenehme Begegnungen. Wir verkehren beide im Börsenclub. Nichts scheint er ernst zu nehmen, er macht sich aus allem einen Spaß. Der Adel und die Hanseaten stehen nun einmal miteinander auf Kriegsfuß. Sein Vater, der alte Herr von Mahlstedt, hat sich sein Ansehen durch Fleiß erworben. Aber sein Sohn? Wodurch hat der sich bisher schon hervorgetan? Er reitet! Und wie man hört, macht er sich nun für den Bau einer Galopprennbahn stark. Pferde, ich bitte Sie, wer hat denn für so etwas Zeit?«

Er sah nun so verdrossen drein, dass Carl vermutete, sein Freund sei von dem Adligen persönlich beleidigt worden.

»Das ist auch meine Erfahrung«, bestätigte Carl, doch es kam ein wenig kraftlos.

Ludwig bemerkte es nicht. »Aber wegen seines großen Namens kann ihm keiner was«, sagte er.

»Und weil er geschäftlichen Erfolg hat, das muss man ihm lassen. Overweg jedenfalls vertraut ihm.«

»Wirklich? Ich hatte gehört, Mahlstedt sei nur wegen einer Verpflichtung, die Overweg gegenüber seinem Vater hat, im Kontor untergekommen.«

»Das mag durchaus sein, aber was das internationale Geschäft betrifft, macht niemand Mahlstedt etwas vor. Keiner versteht sich so aufs Verhandeln mit den Amerikanern wie er. Was er sich in den Kopf setzt, das erreicht er auch.«

»Verstehe«, sagte Ludwig nachdenklich.

»Doch es ist natürlich keine Frage, wo meine Sympathien liegen. Henriette Overweg und Ludwig Westphal – großartig, wenn Sie mich fragen. Es wäre mir eine Ehre, wenn ich dabei behilflich sein könnte, dass diese Verbindung zustande kommt.«

»Gemach, gemach.« Ludwig sah ihn ein wenig skeptisch an. »Wenn Sie einfach nur für mich ein wenig die Augen offen halten, ist das vollkommen ausreichend.«

Es könnte gefährlich sein

Baden-Baden, ebenfalls am 7. August 1853

Friederike wurde am Sonntagmorgen von den allerersten Sonnenstrahlen geweckt und war sofort hellwach. Sie war sehr gespannt darauf, was dieser Tag bringen mochte, und fühlte sich höchstens ein klein wenig schuldig, weil Elise nicht wusste, dass der Ausflug mit Eduard Messmer eigentlich ihre Idee gewesen war. Es hatte gar nicht viel gebraucht, um den alten Herrn Messmer auf ihre Seite zu ziehen. Er mochte Elise, und die Höhe der Mitgift hatte ihn im Grunde gar nicht interessiert. Offenbar war Elise seinem Sohn Eduard auch schon aufgefallen, die häufigen Besuche im Laden hatten sich also gelohnt.

Friederike sah zu Elise hinüber, die auf der anderen Seite des Doppelbetts schlief. Sie dachte an die Auseinandersetzung ein paar Tage zuvor. Elise hatte ihren Plan, Lehrerin zu werden, nicht mehr angesprochen, und sie selbst hatte das Thema ohnehin gemieden. Friederikes gesamte Hoffnungen ruhten nun auf dem kultivierten Eduard Messmer, und sie hoffte, dass Elise sich heute an ihre gute Erziehung erinnern und Konversation mit ihm machen würde. Ihre Tochter war nämlich zuletzt sehr schweigsam gewesen. Und vielleicht war dieses Schweigen ja auch der Grund dafür, dass ein Satz, den sie gesagt hatte, immer noch in Friederikes Kopf nachhallte.

»Das ist dein Weg, Mama.«

Eine kleine Bemerkung nur, aber sie hatte ihr einen Stich versetzt. Natürlich hatte sie sich bei Tobias' Tod geschworen, dass sie das Geschäft behalten würde – koste es, was es wolle. Das war sie nicht nur Tobias schuldig, sondern auch ihren Söhnen. Dabei war es alles andere als einfach gewesen. Es war ihr selbst nicht möglich, zu reisen, wie Tobias es gemacht hatte, und einen Einkäufer konnten sie sich nicht leisten. Bis vor zwei oder drei Jahren hatte Besthorn gelegentlich noch Einkaufstouren unternommen. Doch die Reisen waren zu anstrengend für ihn geworden, weswegen ihre Abhängigkeit von den Handelspartnern im Norden wuchs.

Besthorn war ein Kaufmann alter Schule. Er kaufte am liebsten in großen Mengen ein, dabei waren gerade die Seidenstoffe und die Foulards und Schals aus Seide und Kaschmir, die sein Steckenpferd waren, mittlerweile noch stärker als früher der Mode unterworfen. Da die Verkaufspreise für die Manufakturwaren sanken, versuchte Besthorn, immer höhere Rabatte auszuhandeln, wofür er jedoch wiederum immer größere Mengen einkaufen musste. Irgendwie war kein Ende dieser Spirale abzusehen, was aber nicht nur an dem alten Prokuristen lag. Der Markt gab einfach nicht mehr her. Es gab über einhundert Geschäfte in Frankfurt, die Manufaktur- und Modewaren en gros und en detail führten. Dabei hatten französische Seiden- und Brokatstoffe den chinesischen Waren in Sachen Luxus den Rang abgelaufen. Das Chinesische kam einfach nicht mehr so gut an wie früher. Beim Porzellan war es sogar noch deutlicher zu spüren. Der Tee hingegen fand immer mehr Anhänger und verkaufte sich beinahe wie von selbst, und je länger Friederike darüber nachdachte, desto mehr kam sie zu der Überzeugung, dass die Zukunft der Firma im Teegeschäft lag.

Besthorn merkte wahrscheinlich sehr wohl, dass ihm die Zügel immer mehr entglitten, aber außer Friederike gab es niemanden, an den er die Verantwortung hätte abgeben können, und das ließ seine Überzeugung nicht zu. Seit sie krank gewesen war, so ihr Eindruck, wurde Besthorn immer störrischer. Vielleicht lag es ja auch an seinen eigenen gesundheitlichen Problemen. Er wachte jedenfalls argwöhnisch darüber, dass er im Geschäft das Sagen behielt.

Doch was sollte sie tun?

Tobias selbst hatte Besthorn eingestellt, und in den Jahren nach seinem Tod hatte vor allem er das Geschäft am Laufen gehalten. Besthorn war es zu verdanken, dass es das Unternehmen noch gab. Allein mit fünf kleinen Kindern hatte sie kaum gewusst, wo hinten und vorne war. Den Prokuristen jetzt zu entlassen, war unmöglich, wie auch Käthchen schon ganz richtig festgestellt hatte. Nach dem aufwühlenden Gespräch mit Elise gingen ihr die ganzen Überlegungen wieder durch den Kopf, die sie schon in den Monaten vor dem Hochwasser beschäftigt hatten. Noch kurz vor ihrer Abreise nach Baden-Baden hatte sie eine Auseinandersetzung mit Besthorn gehabt. Er war schlecht gelaunt gewesen, weil die Teepreise im ersten Quartal angezogen hatten. Um des lieben Friedens willen hatte sie darum dem Einkauf einiger Kisten günstigen Schwarztees zugestimmt, den er prompt in die Wege geleitet hatte. Sie hatte kein gutes Gefühl dabei gehabt. Sie kannten das Rotterdamer Handelshaus, das die Ware anbot, nicht, und ihrer Meinung nach war das Angebot ein wenig zu günstig und zu verlockend gewesen, um ein realistisches Verhältnis von Preis und Qualität zu gewährleisten.

Elise, die sich auf die Seite gerollt hatte, blinzelte und streckte sich, also schob Friederike ihre Überlegungen erst einmal beiseite. Sie stand auf und zog den Vorhang zurück, um die Sonne hereinzulassen.

Pünktlich um halb neun fanden sich Friederike und Elise unten ein. Eduard Messmer stand vor der Kutsche, einem Cabriolet, und begrüßte sie mit einem schmissigen »Guten Morgen, die Damen!« Er war, wie immer, elegant gekleidet. Seine gedrungene Gestalt –

nicht dick, aber kompakt – steckte in einem leichten Sommeranzug aus einem hellgrauen Wollstoff, der Schnurrbart war sorgfältig gekämmt, auf dem Kopf saß ein Strohhut. Friederike warf einen Blick auf ihre Tochter, um zu ergründen, was wohl in ihr vorging, und sah eine gewisse Anspannung in Elises Gesicht – oder vielleicht war es ja doch auch Vorfreude, zumindest hoffte sie das.

Einen kleinen verlegenen Moment lang wusste niemand etwas zu sagen, doch dann kam zum Glück die Schweizer Gouvernante die Außentreppe herunter. Madame de Pierre war eine große, resolute Person. Der zu erwartenden Hitze zum Trotz trug sie ein dunkelgraues Kleid aus schwerem Stoff, dessen Oberteil mit quer laufenden schwarzen Paspeln dekoriert war, so dass es an einen Uniformrock erinnerte. Unter den weiten Ärmeln schaute weiße Spitze hervor, und auf dem Kopf trug sie eine schwarze Haube aus Seide und Samt. Es war eine Menge Stoff für einen Ausflug an einem Augusttag, doch Friederike freute sich, dass die Schweizerin mit von der Partie war, und das nicht nur weil es ihr die Gelegenheit bieten würde, Elise und Eduard Messmer ein wenig Freiraum zu lassen. Bevor sie einsteigen konnten, gab es noch ein Problem zu lösen – Eduard Messmer hatte in der Küche einen Picknickkorb bestellt, der nun gebracht wurde, aber schwierig zu verstauen war. Schließlich fand er zwischen Elise und Herrn Messmer auf der Rückbank Platz, und es konnte endlich losgehen.

Herr Messmer übernahm den größten Teil der Konversation. Während die Kutsche durch die Stadt rollte, wies er auf verschiedene Sehenswürdigkeiten hin, die sie allerdings schon von ihren Spaziergängen kannten, und nannte die Namen und Besitzer der Hotels. Dann bogen sie in den schattigen Wald ein, in dem es deutlich kühler war als auf der Straße zwischen den Häusern, und fuhren unter Kastanien und Buchen entlang. Ab und zu wehte ihnen aus einer Senke eine frische Brise entgegen. Friederike genoss den Fahrtwind und den beruhigenden Takt der Pferdehufe.

Ein Gutes hatte die Baden-Badener Kur immerhin bereits gebracht: Sie fühlte sich nun wieder beinahe vollständig gesund, wenn es ihr auch nicht gelang, ihre Sorgen vollkommen auszublenden. Käthchen erging sich in ihren Briefen, die alle drei bis vier Tage eintrafen, in Andeutungen, so dass sie sich keine genauen Vorstellungen davon machen konnte, was Minchen die ganze Zeit trieb. Was das Geschäft betraf, war, Besthorn zufolge, die Lage unverändert. Von Carl erhielt sie die meiste Post. Es gefiel ihm nicht, dass sie nach Baden-Baden gereist war und Wilhelm und Besthorn allein gelassen hatte. Doch ihre Erklärung, dass es schließlich um Elises Zukunft ginge, hatte ihn ein wenig beschwichtigt. Die Folge war allerdings, dass er sich nun regelmäßig nach dem Fortgang der Dinge erkundigte, was auch anstrengend war.

Eduard Messmer beugte sich seitlich über den Korb und machte eine Bemerkung zu Elise. Sie nickte, lachte und strich sich mit beiden Händen eine Falte aus dem Rock. Sie trug ein grün-weiß kariertes Kleid, das Käthchen für sie genäht hatte, und dazu eine leichte, farblich passende Stola mit einer Borte aus gestickten Veilchen. Friederike fing ihren lächelnden Blick unter der breiten Krempe ihrer Schute auf. Zufrieden beobachtete sie, wie die beiden jungen Leuten während der Weiterfahrt in ein angeregtes Gespräch verfielen, und um sie darin nicht zu hemmen, sprach sie ihrerseits Madame de Pierre auf eine Sache an, die sie bereits ein paar Tage zuvor diskutiert hatten und nun vertiefen konnten.

Dann waren sie da. Das letzte Stück hinauf zur Ruine mussten sie zu Fuß gehen. Der Weg wand sich zwischen Bäumen und dichtem Unterholz dahin. Madame de Pierre sprach über ihr neuestes Projekt. Sie sei dabei, zwei Novellen von Gottfried Keller ins Französische zu übersetzen, erzählte sie. Friederike warf ab und zu etwas ein, hörte aber nur mit einem Ohr zu. Der Abstand zu den jüngeren Leuten, die vor ihnen gingen, vergrößerte sich. Sie beobachtete, wie die beiden Gestalten, die schmale, schlanke von Elise und die kräftigere von Eduard Messmer, an der nächsten Wegbiegung hinter einem Nadelbaumgehölz verschwanden.

Die Blicke, die der junge Mann ihrer Tochter zugeworfen hatte, fand Friederike ermutigend. Herr Messmer wäre wirklich der perfekte Kandidat. Friederike konnte nicht umhin, schon davon zu träumen, wie sie Elise dabei helfen würde, ihr neues Heim einzurichten. Baden-Baden war nicht zu weit weg von Frankfurt. Sie würden sich trotzdem noch regelmäßig sehen können.

»Die beiden geben ein schönes Paar ab«, sagte Madame de Pierre plötzlich.

»Ja, das ist wahr«, bestätigte Friederike. Sie fühlte sich ertappt, da sie ja die ganze Zeit genau darüber nachgedacht und nicht einmal gemerkt hatte, dass Madame de Pierre am Ende ihrer Ausführungen angekommen war.

»Und ich dachte, Herr Messmer senior sei derjenige, der auf Freiersfüßen wandelt«, fuhr Madame de Pierre fort.

»Auf Freiers- … Wie meinen Sie?«

»Ich meine natürlich die Art, wie er Sie ansieht.«

»Wie sieht er mich denn an?«

»Wie ein Mann eine Frau ansieht, die er sich an seiner Seite vorstellen kann. Ich bin ja nicht blind.«

Friederike wollte es zunächst abstreiten, doch dann ließ sie es bleiben. Sie hatte es ja selbst auch bemerkt. Und zumindest unbewusst hatte sie nach Anzeichen gesucht, an denen sie festmachen konnte, ob Messmer immer noch an ihr interessiert war. »Es ist kurios, dass Sie das sagen. Er hat mir nämlich vor fünf Jahren einen Antrag gemacht. Aber ich habe abgelehnt«, gestand sie.

»Aha«, sagte Madame de Pierre vergnügt. »Wusste ich's doch. Er stellt sich eine Doppelhochzeit vor.« Sie blieb stehen, um einen Ameisenhaufen am Wegrand zu betrachten. »Würden Sie darauf eingehen? Ich meine, falls er seinen Antrag wiederholt.«

»Nein, sicher nicht. Ich habe die Firma. Ich muss noch für eine Weile die Stellung halten, bis ich sie an meine Söhne übergeben kann.«

»Verstehe«, sagte Madame de Pierre. Sie stocherte mit der Spitze ihres zusammengeklappten Sonnenschirms – er war schwarz wie ihre Kleidung – in dem Haufen herum. Die Ameisen stoben auseinander. »Ich hatte von Ihnen einen ganz anderen Eindruck.«

»Verzeihung, was meinen Sie damit?«

»Ich glaubte, es sei *Ihr* Geschäft. Und nicht, dass Sie dort nur die Stellung halten.«

Friederike wollte schon den Mund öffnen, um etwas zu entgegnen, doch dann hielt sie inne. Es war, als wüsste die Gouvernante genau, wie es in ihr aussah. Dabei hatte sie darüber nie ein Wort verlauten lassen. Oder vielleicht doch? Vielleicht hatte sie, ohne es zu wollen, Dinge gesagt, die den Schluss zuließen, dass sie es inzwischen als ihr eigenes Geschäft verstand und nicht mehr als das von Tobias.

»Mein Mann hat einmal eine Chinareise gemacht und war für längere Zeit fort. Damals musste ich die Zügel im Geschäft notgedrungen selbst in die Hand nehmen. Das war nicht so geplant gewesen, aber es geschah trotzdem. Seitdem gab es immer wieder mal Zeiten, wo ich die Verantwortung übernommen habe. Mir gefällt das Leben als Geschäftsfrau durchaus, doch liebend gerne würde ich darauf verzichten, wenn nur mein Mann immer noch bei mir wäre.«

»Das verstehe ich natürlich.«

»Manchmal wächst mir alles über den Kopf, und ich bin versucht, einfach alles hinzuwerfen. Ich habe ja nicht nur Elise, ich habe noch eine zweite unverheiratete Tochter. Und drei Söhne.«

»Warum tun Sie es dann nicht?«

»Was denn tun?«

»Heiraten Sie Herrn Messmer, verkaufen Sie die Firma, und Sie sind alle Ihre Sorgen los.«

Jetzt musste Friederike lachen. »Aber nein, niemals!«

»Und warum nicht?« Madame de Pierre hatte die Inspektion des Ameisenhaufens abgeschlossen und setzte sich wieder in Bewegung.

Friederike blickte auf den breiten Rücken der resoluten Gouvernante und schwieg. Warum eigentlich nicht? Ja, warum tat sie es nicht?

Sie war selbst überrascht, darauf nicht sofort eine Antwort parat zu haben.

*

Der Weg war schmal. Elises Kleid blieb an einer Brombeerranke hängen, und Eduard Messmer musste ihr helfen, sich zu befreien. Sie lachten über das Missgeschick, und zufällig berührten sich ihre Hände, als Elise im Weitergehen ihren Rock zusammenraffte. Sie blickte sich um. Durch die Bäume hindurch sah sie in einiger Entfernung die Umrisse der Gouvernante und ihrer Mutter.

Während sie weiter bergauf gingen, erzählte Herr Messmer ihr etwas über die Schlossruine.

»Im Mittelalter lebten in dieser Burg die Markgrafen von Baden. Zuerst hieß der Ort so, dann das Schloss, dann seine Bewohner – und nun das ganze Land. Es gibt übrigens eine Ober- und eine Unterburg. Der Ausblick von der Oberburg ist phantastisch.«

Der Pfad mündete auf einen etwas breiteren Weg. Elise und Herr Messmer blieben stehen, um auf die beiden Frauen zu warten. »Geht nur voraus!«, rief ihre Mutter von weitem. »Wir kommen nach.«

Dann ragten unvermittelt die alten Mauern vor ihnen auf. Sie näherten sich einem spitz zulaufenden Torbogen, der zur Vorburg gehörte, wie Eduard Messmer Elise erklärte. Dahinter waren weitere Durchgänge zu erkennen, die ins Innere der Ruine führten. Mauerreste größerer Gebäude lagen erhöht auf den aufragenden Felsen und lugten hinter hohen Bäumen hervor.

»So malerisch hatte ich es mir gar nicht vorgestellt«, sagte Elise.

Eduard Messmer lächelte und blickte mit Besitzerstolz zu den Mauern empor. »Es ist wunderschön, nicht wahr? Schon als Kind kam ich gerne hierher. Kommen Sie, Fräulein Ronnefeldt, ich zeige Ihnen alles.«

Langsam gingen sie weiter. Natürliche Felsen und behauene Steine türmten sich übereinander. Efeu und wilder Wein rankten, hier und da siedelte ein Strauch oder ein Birkensetzling auf den Mauerresten, die andeuteten, wo sich einst Räume befunden hatten. Seit etwa zwanzig Jahren werde die Burg vor Plünderungen bewahrt, zuvor habe sie den Leuten als Steinbruch gedient, erklärte Herr Messmer.

»Gar nicht einfach, sich vorzustellen, wie die Menschen hier einst gelebt haben«, sagte Elise.

»Man darf sich von dem pittoresken Schein nicht täuschen lassen. Es kann nicht sehr komfortabel gewesen sein.«

»Nein, da haben Sie recht. Aber falls es Sie beruhigt, ich habe zwar den ein oder anderen Ritterroman gelesen, glaube aber trotzdem nicht, dass früher alles besser war.«

»Das hätte mich auch gewundert, diesen Eindruck haben Sie bisher auch nicht auf mich gemacht«, sagte Herr Messmer.

»Ach nein? Welchen Eindruck mache ich denn auf Sie?«

»Den einer Frau, die mit beiden Beinen fest im Leben steht.«

»So, wie Sie das sagen, klingt es geradezu ein wenig langweilig.«

»Das Gegenteil ist der Fall. Ich finde Sie kein bisschen langweilig«, sagte Herr Messmer und lächelte ihr augenzwinkernd zu. Elise wurde wider Willen verlegen und ärgerte sich darüber, dass sie sich auf dieses Geplänkel eingelassen hatte.

Er reichte ihr die Hand, um ihr über eine Steinstufe hinwegzuhelfen. »Also ist es die Aussicht, die Sie immer wieder hierherzieht?«, fragte sie, als sie wieder nebeneinander hergingen.

Herr Messmer dachte einen Augenblick nach, dann sagte er: »Ich liebe die Natur, Fräulein Ronnefeldt. Diesen Ort, an dem sie sich mit dem von Menschenhand Geschaffenen einen Wettbewerb liefert, empfinde ich als inspirierend. Er berührt mich.« Er war stehen geblieben und sah sie nun so eindringlich an, als spreche er nicht über die Umgebung, sondern über sie.

Elise spürte, wie ihr warm wurde. »Das haben Sie sehr schön ausgedrückt«, sagte sie, und gleich darauf war es ihr unangenehm, dass sie das gesagt hatte. Sie wollte ihm doch gar keine Komplimente machen. Herr Messmer betrachtete sie wohlwollend und reichte ihr seinen Arm. »Kommen Sie, wir gehen Ihrer Frau Mama und Madame de Pierre entgegen und fragen sie, ob sie mit uns die Oberburg besichtigen wollen.«

Der Anstieg, der nun komme, sei anstrengender als das Stück, das sie bisher gegangen seien, erklärte Herr Messmer den beiden Damen, als sie wieder aufeinandertrafen. Sie wollten nicht mitkommen. Er fand für sie einen bequemen, von der Sonne angewärmten Stein, wo sie sich hinsetzen und rasten konnten.

Elises Neugierde war geweckt. Sie ließ sich mehrfach von ihrer Mutter und Madame de Pierre versichern, dass es in Ordnung sei, wenn sie zusammen mit Herrn Messmer die Besichtigung fortsetzte, und war doch froh, dass sie selbst auf das Abenteuer nicht verzichten musste. Die Burg liege am Rande eines Felssporns, erzählte er ihr, als sie weitergingen. »Früher stürzten sich des Öfteren unglücklich Liebende vom Bergfried herab zu Tode.«

Er sah sie mit einem leisen Schmunzeln an, als wolle er ihre Reaktion auf diese schockierende Nachricht testen, doch diesmal ließ Elise sich nicht verleiten. Sie tat, als sei sie mit dem Anstieg zu sehr beschäftigt, um zu antworten. Herr Messmer ließ sie vorausgehen, damit er hinter ihr sei, falls sie ausgleiten sollte, wie er sagte. Während Elise ihren Rock raffte und über die Steine kletterte, fühlte sie seine Nähe in ihrem Rücken und nahm den Duft seines Rasierwassers wahr.

In der Kutsche hatten sie über seinen Laden gesprochen und über Tee. Das waren unverfängliche Gesprächsthemen, mit denen Elise sich wohlfühlte.

»Sie sind ja eine Spezialistin«, hatte er verblüfft festgestellt, als sie über die Unterschiede zwischen grünem und schwarzem Tee geplaudert hatten.

»Mein Vater hat uns Kindern alles beigebracht, was er wusste, oder besser gesagt meinen beiden älteren Brüdern und mir«, hatte Elise gesagt. »Die meisten Menschen trinken in ihrem ganzen Leben nicht eine einzige Tasse wirklich guten Tee. In China würde niemand Zucker oder Milch hineingeben. Aber die Chinesen wissen eben, dass die Europäer den Tee so lieben – und deshalb können sie ihnen Sorten verkaufen, die sie selbst gar nicht mögen. Der wahre Kenner weiß jedoch um die Unterschiede.«

»Ihr Vater wusste darum?«

»Ja, er wusste sehr wohl darum. Trotzdem trank er ihn selbst am liebsten stark und schwarz und mit Milch und Zucker wie ein Engländer«, hatte Elise lachend geantwortet, und Herr Messmer hatte erwidert: »Prinz Wilhelm und seine Gemahlin bevorzugen russischen Tee. Sie beziehen ihn auch direkt aus Russland. Direkt vom Zaren sogar. Bisher konnte ich noch nichts finden, was ihren Ansprüchen genügen würde, sie haben immer ihren eigenen Tee dabei.«

Während sie ihre kleine Wanderung fortsetzten, beschloss Elise, das Gespräch über Tee wieder aufzunehmen. Das war gefahrloser, als über Ruinen und Ritter zu plaudern. »Übrigens, was mir noch eingefallen ist: Russische Tees sind häufig geräuchert. Vielleicht ist es ja das, was Prinz Wilhelm und Augusta mögen?«, sagte sie über die Schulter hinweg zu Herrn Messmer.

»Nein, wirklich? Geräuchert?«

»Allerdings. Und sie sind sogar noch kräftiger als die Sorten, die man in England für gewöhnlich bekommt. Man nennt solchen Tee, der aus der Mongolei kommt, Karawanentee, weil er nicht übers Meer, sondern über die Seidenstraße transportiert wird. Mein Vater hat mir erzählt, dass die sibirischen Steppenbewohner Butter hineintun.«

»Butter? Nein! Sie wollen mich hochnehmen, Fräulein Ronnefeldt.«

Er war stehen geblieben, und als sie sich zu ihm umwandte, sah er zu ihr hinauf, denn sie hatte bereits eine der felsigen Stufen erklommen und überragte ihn um einen guten Kopf. Sie lachte zu ihm hinunter. Wenn sie es sich recht überlegte, sah er eigentlich ziemlich gut aus.

»Keineswegs. Ich sage die Wahrheit. Butter! Ich glaube aber trotzdem nicht, dass der Prinz seinen Tee so trinkt. Wenn Sie wollen, schreibe ich meinem Bruder nach Hamburg, dass er sich für Sie nach russischem Tee umsehen soll. Gewiss findet er, was Sie brauchen, um den Kronprinzen zufriedenzustellen.«

»Sehr gerne, Fräulein Ronnefeldt, wenn Sie das für mich tun wollen?«

»Es wird mir ein Vergnügen sein. So wie ich meinen Bruder kenne, wird er sich mit Feuereifer auf diese Aufgabe stürzen.«

Sie waren oben angekommen und betraten durch einen weiteren Torbogen den Hof der Oberburg. Rechts von ihnen gab es eine Reihe von Fenstern in einer halb verfallenen Mauer, durch die hindurch man über die Hügel und den Wald blicken konnte. Elise wurde davon wie magisch angezogen, doch als sie sich der Brüstung nähern wollte, hielt Herr Messmer sie zurück.

»Es könnte gefährlich sein. Manchmal brechen Steine heraus. Sehen Sie die Absperrung, die dort auf dem Boden liegt? Sie muss wieder angebracht werden. Kommen Sie, von dort drüben haben wir den besten Blick, und es ist ungefährlich.« Er führte sie ans andere Ende des Hofes und half ihr auf einen Felsvorsprung hinauf, der sich dicht an die Wand des angrenzenden Bergfrieds schmiegte. Er war schmal, so dass sie dicht nebeneinanderstehen mussten. Wieder nahm sie den seifigen Rasierwasserduft wahr, in den sich noch etwas anderes mischte, herb, aber nicht unangenehm.

Gemeinsam blickten sie über die Landschaft. »Sie haben nicht zu viel versprochen, es ist wunderschön«, sagte Elise, während sie ihren Blick in die bläuliche Ferne richtete. Die Sonne stand jetzt höher und würde bald ihre ganze Kraft entfalten, aber noch war es nicht so weit, außerdem kam nun ein leichter Wind auf, der die Luft ein wenig abkühlte.

»Dort, sehen Sie, da drüben liegt der Rhein, Fräulein Elise«, Herr Messmer zeigte auf das glitzernde Band am Horizont. »Wir haben Glück. Selten ist es im August so klar wie heute. Und dort drüben …«, er lenkte ihre Aufmerksamkeit in die andere Richtung, »… dort drüben liegt Baden-Baden, sehen Sie?« Er stand leicht versetzt hinter ihr, und es war beinahe wie eine Umarmung, als er nun wieder den Arm hob.

Bis auf ein paar einzelne Vogelstimmen, die hier und da zu hören waren, das Klopfen eines Spechts oder das Rascheln einer Maus im trockenen Gras, war es ganz ruhig. Elise hörte ihren eigenen Atem und den von Herrn Messmer neben sich – und dachte plötzlich an Konrad Fritsch. Mehr als das, sie stellte sich vor, dass er es wäre, der hinter ihr stand.

Dann hörte sie ein leises Sirren, das immer lauter wurde, als hätte jemand die Saiten einer Geige gezupft und den Ton freigelassen, da hinein mischte sich ein tieferer Ton wie der Seufzer eines Riesen. Der Wind fuhr ihr ins Haar – ihre Schute hatte sie im Wagen gelassen, da sie ihr die Sicht versperrte –, und während sie ihr Gesicht in den Wind und in die Sonne hielt, breitete sie die Arme aus, als könne sie abheben und über die Landschaft fliegen wie ein Vogel.

»Was Sie da hören, ist die Äolsharfe im Bergfried. Wollen Sie sie sehen?«

Elise nickte. Herr Messmer half ihr hinunter, und sie besichtigten die Harfe im ehemaligen Rittersaal, die aus einem gusseisernen Metallgestell und einigen darin gespannten, unterschiedlich dicken Saiten bestand und die man in eine der Fensternischen montiert hatte. Es war fast ein klein wenig enttäuschend, fand Elise. Die Töne zu hören, ohne ihre Herkunft zu kennen, war so bezaubernd gewesen.

Der Bergfried, in dem sie und Herr Messmer nun standen, war nach oben offen. Man konnte zwar sehen, wo sich früher ein Dach befunden haben musste, doch nur die Mauernischen, die einst die Enden der hölzernen Balken aufgenommen hatten, waren übrig geblieben. Stattdessen blickte man in ein viereckiges Stück Himmel hinauf, über das kleine Wolken hinwegzogen. Elise trat an eine der Fensteröffnungen, die, wie ihr Herr Messmer versicherte, ungefährlich war. Ein paar Eidechsen, die sich auf dem Sims gesonnt hatten, flitzten davon, sobald sie sich näherte. Ungehindert fiel ihr Blick auf das Blätterdach des Waldes, das kompakt und dicht wie ein Teppich das sanfte Auf und Ab der Hügel bedeckte. In diesem Moment fuhr erneut der Wind ins Gemäuer, verwirbelte ihr Haar und spielte die Harfe.

»Fräulein Ronnefeldt, ist Ihnen nicht wohl?«

Beim Klang von Herrn Messmers Stimme wurde Elise bewusst,

dass sie mit geschlossenen Augen dagestanden hatte, die Gedanken weit weg. Sie schlug die Augen auf und blickte in Herrn Messmers besorgtes Gesicht.

»Es geht mir gut«, sagte sie lächelnd. »Es ist schön hier.«

»Ich freue mich, dass Ihnen dieser Ort gefällt. Es ist gut, dass wir so früh aufgebrochen sind, so haben wir das alles für uns.«

»Wie recht Sie haben. Das war eine sehr gute Idee. Aber nun lassen Sie uns zu Mama und Madame de Pierre zurückgehen. Sie werden sich gewiss schon wundern, wo wir so lange bleiben.«

Am nächsten Tag war der Baden-Badener Aufenthalt ganz plötzlich und unerwartet vorbei, und das lag an Elises Schwester Minchen.

Elise war sehr überrascht, als sie nach einem Spaziergang in ihr Zimmer zurückkam und ihre Mutter beim Packen vorfand.

»Gott sei Dank, da bist du ja«, wurde sie begrüßt.

»Was ist los? Was hast du vor, Mama?«, fragte Elise verwirrt. Gerade eben hatten sie noch Pläne geschmiedet. Zwei weitere Ausflüge zu viert waren vereinbart worden, einer am Mittwochnachmittag, wo sich Herr Messmer extra freinehmen wollte, und ein weiterer am Sonntag.

»Wir müssen heute noch abreisen. Es kam ein Telegramm von Tante Käthchen.«

»Tante Käthchen hat telegraphiert?« Elise vergaß ganz, sich nach dem Inhalt zu erkundigen, so ungewöhnlich fand sie es, dass ihre Tante überhaupt telegraphierte.

»Lies selbst. Es liegt dort auf dem Tisch«, sagte ihre Mutter und fuhr fort, hektisch im Zimmer umherzugehen und in die Schubladen zu greifen. Sie raffte ein paar Toilettengegenstände zusammen und warf sie in die Reisetruhe, die geöffnet auf dem Boden stand.

Elise nahm den schmalen Papierstreifen vom Tisch. *M. hat sich verlobt. Kommt sofort. K.*, stand darauf.

»Mein Gott«, sagte sie. Ihre kleine Schwester wollte heiraten? Nun verstand Elise die Eile, denn das konnte nichts Gutes bedeuten. Minchen hatte merkwürdige Vorstellungen davon, wie ein Ehemann zu sein hatte. »Mehr wissen wir nicht?«

»Nein, woher denn?«, sagte ihre Mutter. »Beeil dich bitte, Elise.«

»Aber wir schaffen es doch heute niemals bis Frankfurt. Es ist schon beinahe zwei«, wandte Elise ein.

»Um drei Uhr geht ab Oos eine Bahn nach Karlsruhe. Wir bleiben dort eine Nacht und nehmen den Frühzug. Wenn alles gutgeht, sind wir bis morgen Abend in Frankfurt.«

»Gut«, sagte Elise, die so langsam den Ernst der Lage begriff. Rasch begann sie, ihre Sachen zusammenzusuchen. Da sie nun so überstürzt aufbrechen mussten, würde gewiss keine Zeit mehr bleiben, sich von den Menschen hier in Baden-Baden zu verabschieden. Sie fragte sich, ob Eduard Messmer wohl bedauerte, dass sie nichts mehr miteinander unternehmen konnten.

Und dann fiel ihr ein, dass sie womöglich noch in dieser Woche Konrad Fritsch wiedersehen würde.

Er war der erste Held

Frankfurt, 15. August 1853

»Ich will nichts mehr hören. Die Entscheidung ist gefallen, Wilhelmine. Du fährst nach Friedrichstadt. Deine Verwandten erwarten dich.«

»Aber Heinrich …«

»Es ist mir egal, was Herr Kühne dazu zu sagen hat. Du wirst ihn nicht heiraten, ich verbiete es«, sagte Friederike streng.

Minchen stand mit geröteten Wangen und Tränen in den Augen vor ihr. Ihr Haar war aufgelöst, das ganze Mädchen war aufgelöst.

Die Lage, die Friederike bei ihrer Ankunft vorgefunden hatte, war verstörend gewesen. Käthchen befand sich am Rande eines Nervenzusammenbruchs und stammelte eine Entschuldigung nach der anderen, dabei war die Schuld einzig und allein bei ihrer Tochter zu suchen. Auch Wilhelm war einigermaßen hilflos, aber von einem Achtzehnjährigen konnte man auch wirklich nicht erwarten, dass er auf seine siebzehnjährige Schwester aufpasste. Obwohl – wenn Carlchen noch da gewesen wäre, wäre das womöglich nicht passiert, und der war kaum älter.

»Falls du auf Ruhm aus gewesen bist, so hast du es geschafft. Du bist nämlich Stadtgespräch.«

»Aber ich liebe Heinrich.«

»Heinrich Kühne ist zwanzig Jahre älter als du.«

»Na und? Du hast doch auch einen viel älteren Mann geheiratet.«

»Was redest du? Dein Vater war doch nicht zwanzig Jahre älter als ich. Dieser Herr Kühne könnte dein Vater sein. Stört dich das denn gar nicht?«

Minchen verschränkte störrisch die Arme vor der Brust und schüttelte heftig den Kopf.

Friederike wandte sich ab. Es war sinnlos. Was redete sie überhaupt? Minchen würde nie ein Einsehen haben. Sie führten dieses Gespräch nicht zum ersten Mal. In den letzten Tagen hatten sie kein anderes Thema gehabt. Aber dass Minchen Frankfurt nun verlassen sollte, gab dem Ganzen eine neue Dynamik, denn das gefiel ihrer Tochter überhaupt nicht.

Friederike hatte an ihre Cousine geschrieben, die mit ihrem Mann, drei kleinen Kindern und ein paar Schafen und Hühnern in einem Städtchen hoch im Norden lebte. Das Telegramm hatte sie ein Vermögen gekostet, da es ja doch einiges zu erklären gab. Die Antwort war ausgefallen wie erhofft, und in der Hand hielt Friederike die offizielle Einladung für Minchen. Sie freue sich auf Besuch, schrieb ihre Cousine, und könne eine Hilfe im Haushalt und im Garten gut gebrauchen. Sie solle Minchen nur zu ihr schicken.

»Aber Mamachen.« Minchen verlegte sich aufs Betteln. »Ein Dorf am Meer, was soll ich denn da den ganzen Tag tun? Das ist doch todlangweilig.«

»Ein bisschen Langeweile ist genau das Richtige für dich, damit du wieder zu Verstand kommst.«

»Und meine Rolle im *Kalifen*? So schnell kann der Theaterdirektor mich nicht ersetzen.«

Darauf antwortete Friederike nicht, sondern musterte ihre Tochter nur streng. Das konnte Wilhelmine beim besten Willen nicht ernst meinen. Ihre Rolle war viel zu klein, als dass es von Bedeutung gewesen wäre, ob sie dabei war oder nicht.

»Sei nicht albern, Wilhelmine. Du fährst.«

»Aber ich kann doch nicht alleine …«

»Davon hat auch keiner was gesagt. Es ist alles organisiert. Pfarrer Specht wird dich begleiten.«

»Pfarrer Specht?« Minchen hätte nicht entsetzter aussehen können, und auch Friederike gefiel dieser Punkt ihres Plans am allerwenigsten. Der Pfarrer, ein großer, schwerer Mann mit buschigen schwarzen Augenbrauen, war zum Fürchten. Wenn er seine Predigten von der Kanzel herabdonnerte, zuckte auch Friederike regelmäßig zusammen und fühlte sich als Sünderin, obwohl sie sich nichts hatte zuschulden kommen lassen. Doch sie konnte nicht wählerisch sein. Er hatte seine Dienste von sich aus angeboten, sobald er von Wilhelmines Verlobung und der Notlage der Familie erfahren hatte.

Minchens Augen füllten sich erneut mit Tränen.

»Was hast du nur gegen Heinrich? Von Anfang an hast du mir das Theaterspielen nicht gegönnt. Alles, woran ich Freude habe, willst du mir verbieten.«

»Du durftest spielen! Das hast du offenbar bereits vergessen«, sagte Friederike eisig und musste sich beherrschen, nicht aus der Haut zu fahren. »Und wir sehen ja, was daraus entstanden ist. Wir können froh sein, wenn bald Gras über die Sache gewachsen ist. Aber ich will nicht, dass du den Umgang mit diesen Theaterleuten und vor allem mit diesem Heinrich Kühne weiter pflegst. Und da ich dich nicht vierundzwanzig Stunden am Tag überwachen kann, wirst du Frankfurt verlassen. Auf dem Dorf kannst du nicht mehr solchen Blödsinn anstellen. Du wirst den Herrn nicht wiedersehen.«

»Aber Heinrich ist in Leipzig ein angesehenes Ensemblemitglied. Er war der erste Held. Er hat den Götz gespielt«, beharrte Minchen.

»Wie auch immer, hier in Frankfurt spielt er jedenfalls den ersten Kammerdiener, und das gewiss nicht ohne Grund. Er macht dir etwas vor, Minchen. Herr Kühne gibt vor, jemand zu sein, der er nicht ist. Er hat dir den Kopf verdreht. Verstehst du das denn nicht?«

»Aber ich liebe Heinrich. Und er liebt mich. Er hat es mir gesagt.« Damit waren sie wieder am Anfang ihres Gesprächs angelangt, und Minchen brach in Schluchzen aus.

Friederike blieb hart. »Geh jetzt auf dein Zimmer, Minchen«, sagte sie mit etwas sanfterer Stimme. »Bis zu deiner Abreise hast du Hausarrest. Und du wirst sehen, Cousine Eleonore ist ein Schatz. Ihre Kinder sind entzückend. Es wird dir dort gefallen.«

Zur Mittagessenszeit stand ihr Schwager Nicolaus vor der Tür. Obwohl er jeden Montag und Donnerstag bei ihr aß, hatte sie ihn in all dem Trubel vergessen, freute sich jedoch umso mehr, ihn zu sehen. Minchen schmollte und wollte nicht herunterkommen, und so saßen sie zu viert am Tisch im Speisezimmer. Fritz und Wilhelm neckten einander und gaben sich gegenseitig Kopfnüsse. Erst wollte Friederike ihnen verbieten, so albern zu sein, doch dann ließ sie sie gewähren. *Die reinsten Kinder*, dachte sie, lächelte in sich hinein und wünschte sich einen Augenblick lang, sie würden nie erwachsen werden.

Nach dem Dessert war sie mit Nicolaus allein. Er rührte Zucker in seinen Kaffee, aus ihm war nie ein großer Teetrinker geworden. Sie selbst hatte sich von Anni einen Jasmintee aufbrühen lassen. Der feine Duft der Blüten stieg ihr in die Nase und beruhigte sie ein wenig.

»Wie war es eigentlich in Baden-Baden? Hast du dich ein bisschen erholen können?«, fragte Nicolaus.

»Erholung? Was ist das? Ich hätte nicht fahren dürfen«, sagte Friederike bitter.

»Du hast mit Friedrichstadt doch eine gute Lösung für Minchen gefunden.«

»Ich hoffe es! Zwei oder drei Wochen muss ich sie allerdings noch hierbehalten, früher kann der Pfarrer nicht. Ich hätte Minchen die ganze Theaterspielerei gleich verbieten sollen.«

Nicolaus zuckte mit den Schultern, eine Geste zwischen Zustimmung und Ratlosigkeit, und nahm noch einen Schluck Kaffee.

Angesichts seiner unentschiedenen Haltung brach sich Friederikes Frustration erst recht Bahn.

»Hast du denn gar keine Meinung?«

»Hoho«, machte Nicolaus überrascht. »Du würdest es gar nicht begrüßen, wenn ich auf einmal anfinge, dir in Erziehungsdinge hineinzureden. Wir waren uns doch von Anfang an einig, dass du das letzte Wort hast.«

Von Anfang an. Das hieß seit Tobias' Tod, dachte Friederike bekümmert. Da sie als alleinstehende Frau keine Erziehungsgewalt besaß, war Nicolaus der gesetzliche Vormund ihrer Kinder geworden.

Sie seufzte. »Entschuldige, Nicolaus. Manchmal weiß ich einfach nicht mehr weiter. Meinst du, Tobias hätte Minchen härter angefasst?«

»Das habe ich mich auch schon gefragt. Falls es dich tröstet: Ich glaube, er hätte sie ebenfalls gewähren lassen. Und er wäre mit diesem Schausteller auch nicht einverstanden gewesen.«

»Schauspieler«, korrigierte Friederike. »Was es kein bisschen besser macht. Heinrich Kühne ist viel zu alt für Minchen. Außerdem bin ich mir sicher, dass er trinkt.«

»Woher weißt du das denn?«

Sie rümpfte die Nase. »Das hab ich gerochen. Er war hier und hat nach ihr gefragt. Aber zum Glück nur ein Mal.«

»Gib mir Bescheid, wenn er noch einmal auftauchen sollte. Dann rede ich mit ihm«, sagte Nicolaus und ballte die Faust.

Sie war froh, dass er nun doch eine Regung zeigte.

Elise und ihr Wunsch, Lehrerin zu werden, fielen ihr ein. Und dann dachte sie an Eduard Messmer. So gesehen war die Reise nach Baden-Baden allerdings ein Erfolg gewesen. Sie hatte große Hoffnung, er könnte der richtige Ehemann für Elise sein. Sie überlegte, ob sie Nicolaus davon erzählen sollte, merkte aber, dass sie keine Lust dazu hatte. Das war alles noch viel zu vage.

»Ich bin heilfroh, dass ich drei Söhne und nur zwei Mädchen habe«, sagte sie stattdessen. »Es ist schwieriger, seine Töchter zu verheiraten, als ein Geschäft zu führen.«

Grübelnd sah sie in ihre Teetasse, atmete den vertrauten Jasminduft ein und fragte sich, ob sie womöglich eine Mitschuld an dem trug, was Minchen passiert war. Nicht nur, dass sie diese Theatersache nicht verhindert hatte. Womöglich war es ja auch ein Erbteil. Denn war es ihr nicht ähnlich ergangen? Als sie selbst in Minchens Alter gewesen war, ein Jahr jünger, um genau zu sein, da hatte auch ihr ein Mann auf ungebührliche Weise den Hof gemacht. Julius Mertens. Und sie hatte dem ebenfalls nichts entgegenzusetzen gehabt. Nicht das Geringste.

Es war keine schöne Erinnerung.

»Da fällt mir ein, ich muss dir ja noch etwas zeigen.« Friederike stand auf, holte das Schreiben eines Würzburger Notars aus der Schublade ihres Sekretärs hervor und reichte es ihrem Schwager. »Das kam an, während ich in Baden-Baden war. Ich kann mir absolut keinen Reim darauf machen.«

Nicolaus studierte das Schriftstück, und sie konnte zusehen, wie sich immer größere Verblüffung auf seinem Gesicht abzeichnete. »Julius Mertens hat dir etwas vererbt? Was soll das denn heißen?«

»Es ist vollkommen verrückt«, bestätigte Friederike. »Wegen Minchens Eskapaden hatte ich es fast vergessen. Und um ehrlich zu sein, will ich auch gar nicht so gerne daran denken.« Mertens war ihr Feind gewesen. Nicht nur wegen dieser Sache, die in ihrer

Jugend vorgefallen war, sondern auch wegen dem, was passiert war, als Tobias damals auf seiner Chinareise gewesen war. Tobias hatte ausgerechnet Julius Mertens, einen ehemaligen Schulkameraden, als Stellvertreter eingesetzt, und um ein Haar hätte Mertens mit seinen heimlichen Geschäften großes Unglück über sie und ihre ganze Familie gebracht. Nur dank Nicolaus' Hilfe und dank der Unterstützung ihres Freundes Paul Birkholz hatte sie Schaden von der Firma abwenden können.

»Testamentseröffnung in Würzburg. Gezeichnet Wismar, Notar«, las Nicolaus, hielt das Blatt näher vor die Augen und betrachtete das Siegel, das unten auf dem Brief prangte. »Sieht echt aus. Wirst du hinfahren?«

Er reichte ihr den Brief zurück.

»Im Moment sicher nicht. Mal schauen, vielleicht irgendwann, falls es sich ergibt. Im Grunde kann das ja nur ein übler Streich sein.«

»Aber neugierig bist du doch.«

»Ich bin vor allem erleichtert, dass er tot ist«, sagte Friederike resolut. Sie faltete das Schreiben und steckte es zurück in den Umschlag. Ohne die Sache mit der Erbschaft hätte sie endlich einen Strich unter alles ziehen können, hätte ihre Erinnerung an Julius Mertens endgültig aus ihrem Gedächtnis tilgen können. Doch nun drängte er sich ein weiteres Mal in ihr Leben.

»Der hat ja noch ganz schön lange durchgehalten. Doktor Birkholz hat doch damals die Franzosenkrankheit bei ihm diagnostiziert«, sagte Nicolaus nachdenklich.

»Manche leben Jahrzehnte damit, habe ich gehört. Aber du bringst mich auf eine Idee. Ich werde Paul schreiben und ihn fragen, was er von dem Testament hält.«

»Wie geht es ihm?«

»Einigermaßen. Ich glaube, er ist ein bisschen einsam seit dem Tod seiner Frau.«

Nicolaus sah betreten in seine Tasse. Pauls Ehefrau war vor zwei Jahren gestorben, ebenso wie Amalie Stein, die seine Lebensgefährtin gewesen war. Auch er war gewissermaßen ein Witwer.

»Ich vermisse Amalie auch sehr«, sagte Friederike mit einem traurigen Lächeln.

Amalies Tod hatte eine große Lücke in ihrer beider Leben hinterlassen. Amalies unkonventionelle Sicht auf die Dinge, ihr Mut, ihr Humor und ihr gesunder Menschenverstand fehlten Friederike vermutlich genauso sehr, wie sie Nicolaus fehlten. Aber sie wusste, dass ihr Schwager sich vor starken Gefühlen fürchtete und aus dem Grund nicht gerne über Amalie sprach.

»Doktor Birkholz hat doch keine Kinder und so gut wie keine Familie in London. Er könnte genauso gut zurück nach Frankfurt kommen«, sagte Nicolaus, ohne auf Friederikes Bemerkung einzugehen.

»Nein, das sieht er leider anders. Paul hat sich in Frankfurt nie richtig angenommen gefühlt. Du weißt doch, dass sich seit damals kaum etwas verändert hat.«

»Jetzt schau mich nicht so böse an. Wenn es nach mir ginge, wären die Juden schon längst rechtlich gleichgestellt.«

Friederike nickte. »Das weiß ich doch.« Hätten Frauen irgendein Stimmrecht besessen, so hätte sie sich ebenfalls dafür eingesetzt, den Juden gleiche Rechte wie den Christen einzuräumen. Aber es schmerzte. Sie vermisste ihren Freund. Wenn sie sich überhaupt einmal das Leben an der Seite eines anderen Mannes, eines anderen als Tobias, hätte vorstellen können, dann wäre es Paul Birkholz gewesen.

Sie stand auf, um den Umschlag wieder in ihrem Sekretär zu verstauen, und auch Nicolaus erhob sich.

»Ich muss los. Ich danke dir fürs Essen. Und denk dran, falls dieser Kühne sich noch einmal hierherwagt …«

Er ballte wieder die Faust und zwinkerte ihr zu, als mache er einen Scherz. Friederike verdrehte die Augen und brachte ihren Schwager zur Tür.

Nachdem Nicolaus gegangen war, fiel ihr Blick auf den Brief, den sie von ihrer Cousine aus Norddeutschland bekommen hatte. Hoffentlich ging das alles gut. Hoffentlich vergaß Minchen diesen Mann, sobald sie ihn nicht mehr sah.

Sie setzte sich und nahm Papier und Feder zur Hand. Carlchen wusste bisher von nichts. Sie hatte es noch nicht übers Herz gebracht, ihn über die jüngsten Geschehnisse in Kenntnis zu setzen. Dieser Brief war überfällig, und sie wollte ihn jetzt schreiben. Aber sie würde Elises Erfolg in Baden-Baden in den Mittelpunkt stellen, das würde ihren Ältesten bestimmt beruhigen. Er machte sich ja immer so viele Sorgen um alles.

Eine Beleidigung ist eine Beleidigung

Hamburg, 22. August 1853

Am Montagmorgen kam es im Kontor zum Eklat. Der Tag hatte schön und sonnig begonnen, doch am Nachmittag lag eine düstere Gewitterstimmung über der Stadt. Die Wanduhr tickte melancholisch, und durchs weit geöffnete Fenster drang nicht der leiseste Luftzug. Da gab Herr Haas Carl den Auftrag, in einer Handlung am Binnenhafen einen dringenden Brief persönlich abzugeben und die Antwort und eine Unterschrift abzuwarten. Als Carl an das Pult des Büroleiters trat, um den Brief in Empfang zu nehmen, hörte er Mahlstedts Stimme hinter sich.

»Schicken Sie Herrn Ronnefeldt doch gleich noch beim Büchsenmacher vorbei, Herr Haas. Der Taugenichts soll ihm mein Gewehr mitgeben.«

Carl fühlte, wie ihm vor Ärger das Blut in den Kopf stieg. Es ärgerte ihn, was Mahlstedt sich alles herausnehmen durfte, ohne dafür auch nur ein einziges Mal getadelt zu werden.

Dabei hatte er seit dem Gespräch mit Ludwig Westphal öfters Mahlstedts Nähe gesucht, wie um sich selbst zu beweisen, dass er sich die freundliche Seite seines Kollegen nicht nur eingebildet hatte. Er war jedoch jedes Mal brüsk abgewiesen und einmal sogar wegen einer Kleinigkeit abgekanzelt worden. Das hatte ihn so sehr geärgert, dass er Mahlstedt inzwischen ein Höchstmaß an Ablehnung entgegenbrachte. Auf solch herablassende Art als Botenjunge missbraucht zu werden, war allerdings der Gipfel der Unverschämtheit.

Er schluckte und atmete einmal tief durch. Dann sagte er, so ruhig es ihm in diesem Moment möglich war, zu Haas: »Geben Sie mir den Auftrag nicht. Ich würde ihn ohnehin nicht ausführen.«

Haas blickte ihn verwundert an, seine Augenbraue zuckte, und Carl las Hochachtung aus dieser kaum merklichen Regung. Stumm reichte der Büroleiter ihm den Brief.

»So? Und warum nicht?«, fragte Mahlstedt.

Carl fuhr zu ihm herum. »Weil ich nicht Ihr Diener bin, Herr *von* Mahlstedt. Hätten Sie mich gebeten, den Gang für Sie zu tun, so würde ich ihn vielleicht gemacht haben. Aber einen Auftrag? Nein, das ist eine Anmaßung. Dem werde ich nicht Folge leisten. Oder *muss* ich, Herr Haas?«

Carl wusste genau, wie sehr der Kontorleiter Mahlstedt dafür hasste, dass dieser ständig seine Autorität unterlief, trotzdem war er sich nicht sicher, ob seine Rechnung aufgehen würde. Doch Haas starrte Carl nun aufrichtig verblüfft an – und schüttelte langsam den Kopf. Triumphierend wandte sich Carl wieder dem Volontär zu und wartete seine Reaktion ab. Der betrachtete ihn einige Sekunden lang konsterniert. Dann zuckte er die Achseln. »Idiot«, sagte er nicht besonders laut, aber doch deutlich und schrieb weiter.

Die bleierne Hitze des Nachmittags wurde noch dichter. Das ganze Kontor hatte die Schmähung gehört. Alle Federn hielten still, und alle Kollegen sahen auf Carl und Mahlstedt. Sein Freund Anton Berger, der Kommis Wiese, Jannings, der für die englische Korrespondenz verantwortlich zeichnete, Lagerleiter Krummbiegel, Buchhalter Siemssen und sogar der Prokurist Schröter. Jedermann schien gespannt auf seine Reaktion zu warten. Einen Moment lang wünschte sich Carl, im Boden versinken zu können, doch dann trat er die Flucht nach vorne an. Immerhin glaubte er, Respekt aus den Mienen der Kollegen zu lesen. Wäre es Mitleid gewesen, er hätte womöglich geschwiegen.

»Sie haben mich beleidigt, Herr Mahlstedt. Ich dulde von niemandem eine Beleidigung. Hier ist nicht der richtige Ort dafür, aber Sie werden mir heute Abend darüber eine Erklärung geben«, sagte er mit mühsam kontrollierter Stimme.

Wieder sah Mahlstedt auf. »Was für eine Erklärung sollte das sein? Sie wollen nicht zum Büchsenmacher gehen, obwohl das Geschäft auf dem Weg liegt? Sei's drum, ich muss ja nicht verstehen, was Sie daran stört, Jungchen.«

Carl blieb ob des erneuten Affronts fast die Luft weg. Nicht einmal Besthorn, der alte Krämer, hätte es gewagt, ihn *Idiot* oder *Jungchen* zu nennen, und Mahlstedt war nur drei oder vier Jahre älter als er.

»Genug. Sie sollen mir heute Abend Rede und Antwort stehen«, rief Carl, ergriff seinen Hut und stürzte mit Haas' Brief hinaus.

Der Abend rückte unerbittlich näher. Carl hatte Mahlstedt nach seiner Rückkehr vom Hafen keines Blickes gewürdigt. Doch während er an seinem Pult stand und mechanisch seine Aufgaben verrichtete, drehten sich seine Gedanken so sehr um die Auseinandersetzung, dass er Mühe hatte, sich zu konzentrieren. Immer wieder fing er die Blicke seiner Kollegen auf, die jedoch wegsahen, sobald er sie bemerkte. Nur Mahlstedt schien unberührt von dem Vorfall zu sein. Drei Minuten vor dem offiziellen Feierabend, die Luft draußen knisterte vor Spannung, das Gewitter hatte sich noch immer nicht entladen, streifte er die Ärmelschoner von den Manschetten, griff nach seinem Paletot – und war aus dem Kontor verschwunden.

Sofort wallte in Carl Ärger auf. Der eingebildete Schönling hatte offenbar nicht die geringste Absicht, ihm Rechenschaft zu geben, so wie er es von ihm gefordert hatte. Carl ignorierte Antons besorgte Blicke, während er damit begann, die Sand- und Tintenfässer aufzufüllen, denn das war eine der demütigenden Aufgaben, die Haas ihm zugeteilt hatte. Das Kontor leerte sich, doch nach ein paar Minuten, die Arbeit war noch nicht erledigt, kam Herr Haas zu ihm und legte ihm die Hand auf den Arm: »Lassen Sie es gut sein, Herr Ronnefeldt. Das kann künftig jemand anders übernehmen.«

Noch immer wusste Carl nicht recht, was er tun sollte. Er brauchte Verbündete in dieser Sache, und als er im Hinterhaus an Jannings Wohnung vorüberkam, klopfte er kurz entschlossen an dessen Tür.

»Auf ein Wort, Herr Jannings?«, sagte er, als ihm geöffnet wurde.

Kollege Jannings, ein etwas gesetzterer, älterer Herr mit gewaltigem Schnurrbart, den Carl ganz zu Beginn versehentlich für den Prinzipal gehalten hatte, war nicht allein. Carls Blick fiel auf Herrn Kommis Wiese, ein schmächtiger, frommer Mann mit kurz geschorenem Haar, auch er ein regelmäßiges Opfer von Mahlstedts Neckereien, und als er sich in der Stube weiter umsah, entdeckte er am Fenster noch zwei Personen, nämlich den Lagerleiter Krummbiegel und seinen Freund Anton.

Alle miteinander sahen ihm mit einer Mischung aus Zweifel und Neugierde entgegen, und Carl ahnte, dass er der Grund für die ungewöhnliche Versammlung war. Anton ging auf ihn zu, nahm ihn am Arm und wollte ihn zu einem Gespräch unter vier Augen ins Treppenhaus ziehen. Doch Carl machte sich von ihm los – und aus Angst, dass ihn sein Mut vorzeitig wieder verließ, sprudelten die Worte nur so aus ihm heraus: »Ich bin von Herrn Mahlstedt beleidigt worden und habe die Absicht, mir diese Beleidigung nicht gefallen zu lassen.«

Carl stand jetzt mitten im Raum, alle Blicke waren auf ihn gerichtet. Anton wollte etwas einwenden, doch Carl hob die Hand und kam ihm zuvor: »Anton, dich möchte ich da ausdrücklich nicht mit hineinziehen. Was diese Angelegenheit betrifft, wende ich mich an Sie drei, Herr Jannings, Herr Wiese und Herr Krummbiegel. Sie sind schon sehr lange im Kontor Overweg. Sie kennen auch Herrn Mahlstedt und sein Benehmen gut. Ich habe große Achtung vor Ihrer Erfahrung. Daher wüsste ich gerne, wie Sie zu der Sache stehen. Hat Herr Mahlstedt das Recht, mich so zu behandeln?«

Herr Wiese schwieg vorsichtig, Herr Krummbiegel räusperte sich, sagte jedoch nichts, und auch Herr Jannings betrachtete ihn lange nachdenklich, bevor er schließlich doch das Wort ergriff: »Sie sind ein guter Kerl, Herr Ronnefeldt, und Herr Mahlstedt hat unrecht. Das ist meine Meinung.« Er sprach nicht anders als sonst, langsam und sehr bedächtig.

Ein scharfes Luftholen war zu hören. Es kam von Wiese.

»Er ist Volontär und hat keinerlei Befugnis, Ihnen Aufträge zu geben. Am wenigsten in seinen Privatgeschäften mit Hasen und Rebhühnern«, fuhr Jannings fort und begann, seine Pfeife zu stopfen.

»Jawoll. Das sehe ich auch so«, warf Herr Wiese eilig ein.

»Das mag wohl so sein«, ergänzte Herr Krummbiegel.

Carl fühlte Genugtuung bei diesen Worten, ein warmes Gefühl der Erleichterung, das sich in seiner Brust ausbreitete. Er hatte sich nicht getäuscht. Er war im Recht, und diese überaus ehrenwerten Kollegen sahen das genauso. Er hätte sie küssen mögen.

Doch Jannings war noch nicht am Ende. »Auch die Worte, die er Ihnen gegenüber gebraucht hat, waren unangemessen. Aber was wollen Sie tun?«, fuhr er fort. »Denn etwas zu tun, dazu möchte ich Ihnen trotzdem nicht raten. Sie wollen den Streit doch nicht etwa vor den Prinzipal bringen? Wir haben soeben darüber gesprochen, das heißt, bevor Sie eintraten. Verstehen Sie, denn das würde allen Herren unangenehm sein.«

Vor den Prinzipal? Daran hatte Carl nicht gedacht. Er hatte überhaupt nicht weitergedacht, sondern war nur von der unbestimmten Idee getrieben, dass ihm Gerechtigkeit widerfahren sollte.

»Und bedenken Sie, über welchen Einfluss Herr Mahlstedt verfügt. Selbst wenn er für den Augenblick bei seinem Vater in Ungnade gefallen sein sollte, so steht ihm doch eine große Zukunft bevor. Er wird eines Tages Millionen erben und über sehr viel Einfluss verfügen. Da spielt es keine Rolle, ob Sie nun im Recht oder im Unrecht sind. Er wäre auf jeden Fall in der Lage, Ihnen zu schaden.« Herr Jannings drückte offenbar die Meinung der anderen drei mit aus, denn sie nickten zustimmend.

»Machen Sie sich nicht unglücklich, Herr Ronnefeldt. Das ist die ganze Angelegenheit wahrlich nicht wert«, fügte Herr Krummbiegel nun hinzu, und auch Anton hielt sich nicht mehr länger zurück: »Ich sehe es genauso, Carl. Lass die Sache einfach auf sich beruhen. Die Kollegen sind auf deiner Seite, selbst Herr Haas hat es eingesehen. In ein paar Tagen ist Gras darüber gewachsen.«

Aber die Ratschläge erreichten bei Carl nur das Gegenteil. Er fühlte mit jedem Wort den Widerstand in sich wachsen. Er dachte an Ludwig Westphal und dessen Abneigung gegen Mahlstedt, der mit seinem Übermaß Arroganz einfach jeden beleidigte, der ihm in den Weg kam, und ihm war, als habe er eine Mission zu erfüllen.

»Eine Beleidigung ist eine Beleidigung. Ich sehe mich in meiner Ehre verletzt und sehe nicht ein, wie sie wiederhergestellt werden kann, außer wenn …« Er sprach den Satz nicht zu Ende. Wie im Fieber wog er seine Möglichkeiten gegeneinander ab. Viele waren es nicht. »Herr Jannings. Dürfte ich Sie darum bitten, mit Mahlstedt zu reden? Fordern Sie von ihm, dass er sich morgen in Gegenwart der Kollegen bei mir entschuldigt und das abbittet, was er an Beschimpfungen gegen mich gebraucht hat.«

»So wie ich ihn kenne, wird er das schwerlich tun. Und was dann?«

»Wenn er es nicht tut, so verlange ich Satisfaktion.«

Carls Stimme bebte, klang aber dennoch fest und entschlossen.

Wie ein Monument, geradezu greifbar, standen seine Worte im Raum.

Jannings hielt inne, die gestopfte Pfeife in der Hand, die er soeben hatte anzünden wollen, und hätte nicht bestürzter aussehen können. Kommis Wiese schien am liebsten im Boden versinken zu wollen. Anton sah ihn entsetzt an, und Krummbiegel schüttelte mitleidig den Kopf.

»Herr Ronnefeldt«, sagte Herr Jannings schließlich, »ich verstehe ja Ihre Empörung. Trotzdem habe ich eine Bitte. Schlafen Sie eine Nacht darüber. Morgen sehen Sie alles in einem neuen Licht.«

Carl ging auf seine Stube und schlug Antons mehrfach vorgebrachten Vorschlag, mit ihm auszugehen und sich im *Klabautermann* ein paar Biere zu genehmigen, in den Wind, bis dieser aufgab und ihn in seinem Unglück allein ließ. Immer wieder ließ Carl die Geschehnisse des Tages Revue passieren. Das unverschämte Verhalten Mahlstedts, die Anerkennung durch die Kollegen – bis hin zu deren Warnung und der Bitte, die Sache auf sich beruhen zu lassen. Und dann fasste er einen Entschluss. Er würde sich nicht auf Jannings oder einen der Kollegen verlassen, die ihm zwar zustimmten, aber dennoch nicht willens waren, ihm zu helfen. Und so setzte er sich an den Tisch und schrieb Mahlstedt einen Brief.

Carl schrieb fieberhaft, wählte aber seine Worte sorgfältig. Sie ließen nicht auf sich warten, sie flogen ihm zu. Er fühlte, wie sein langjähriges Training in Korrespondenz bei diesem Brief in einem meisterlichen Ergebnis mündete.

Er verlange eine Wiedergutmachung, schrieb er, eine Entschuldigung für die Beleidigungen. Er, Carl Ronnefeldt, werde diese nämlich unter keinen Umständen auf sich sitzenlassen, und wenn Mahlstedt sich weigere, dem nachzukommen – und zwar öffentlich im Kontor vor allen Kollegen –, so solle er dieses Schreiben als Forderung betrachten. Es gäbe dann keine andere Möglichkeit, wie seine Ehre wiederhergestellt werden könne.

Er unterstrich das Wort *Ehre* und das Wort *Forderung* je zwei Mal, und als der Brief fertig war, zögerte er nicht. Er steckte das Schreiben in einen der Umschläge, die für seine Briefe nach Hause stets bereitlagen, und ging damit zu Mahlstedts Wohnung. Er hätte ihm den Brief selbst gegeben und dem Volontär dabei direkt in die Augen geblickt, doch Mahlstedt war nicht da, die Tür verschlossen. Also schob Carl den Brief mit dem verhängnisvollen Inhalt kurzerhand unter der Tür hindurch.

Erst hinterher begann er, sich zu fürchten.

Es fing damit an, dass er sich selbst fragte, wozu er sich hatte hinreißen lassen, warum er das getan hatte und ob Mahlstedt es auf ein Duell ankommen lassen würde, so wie er es in seinem Brief gefordert hatte.

Gewiss würde er das.

Einmal losgelassen, ließen die unglückseligen Gedanken Carl keine Ruhe mehr. Ihm ging auf, dass er im Grunde überhaupt nicht wusste, was da auf ihn zukam. Er überlegte, wen er kannte, der sich schon geschlagen hatte. Es waren nicht viele, und keinen davon zählte er zu seinen Freunden. Dabei ließen auch Bürgerliche es sich längst nicht mehr nehmen, dieses einstmalige Privileg des Adels und des Militärs für sich zu beanspruchen. Aber Mahlstedt gehörte ja nun einmal dem Adelsstand an – und überhaupt, so provokant, wie der durchs Leben ging, hatte er sich gewiss schon mehrfach duelliert und verfügte über Routine in solchen Dingen.

Carl rekapitulierte, welche Erfahrungen er selbst mit Waffen besaß. Schießen konnte er leidlich, zusammen mit einem Freund hatte er gelegentlich auf Kaninchen geschossen. Mit dem Degen hatte er ein paarmal zum Spaß herumgefuchtelt, aber gewiss war er mit dem Federmesser geschickter als mit der Klinge. Mahlstedt würde doch wohl keine Klingen wählen? Wer entschied überhaupt darüber? Und wer sollte ihm sekundieren?

Einer seiner Kollegen musste das tun. Er würde Jannings fragen.

Carl merkte, dass er zitterte, goss sich ein Glas Wasser ein und stürzte es hinunter. Es half nichts, er konnte nicht mehr richtig atmen, mit einem Mal gelangte nicht mehr genug Luft in seine Lungen – und das Gefühl wurde immer stärker, bis es ihm vorkam, als müsse er ersticken. Er stürzte ans Fenster, um es zu öffnen. Modrige Gewitterluft wogte ihm entgegen. Heftig atmend blieb er am Fenster stehen. Vor wenigen Minuten war er noch so entschlossen gewesen, bis zum Äußersten zu gehen. Ohne den geringsten Zweifel hatte er den Brief an Mahlstedt geschrieben, in einen Umschlag gesteckt und unter der Tür des Kollegen hindurchgeschoben. Wohin war dieser unbedingte Wille nur verschwunden? So sehr er auch in sich hineinhorchte, spürte er nichts mehr davon in sich.

»Ich muss stark bleiben«, beschwor er sich. »Ich muss stark bleiben«, wiederholte er noch einmal und zuckte beim Klang der eigenen Stimme zusammen, denn er hatte laut gesprochen.

Was würde passieren, wenn die Angst nicht mehr verging? Wenn sie ihn während des Duells lähmte? Was, wenn seine Angst stärker war als sein Wille?

Die Vorstellung erschien ihm überaus bedrohlich und so schlecht, wie es ihm jetzt schon ging, sogar wahrscheinlich. Er prüfte, ob er sich bewegen konnte, tat probehalber ein paar Schritte im Zimmer auf und ab. Noch gehorchten ihm seine Beine. Dann blieb er stehen und hob den Arm, formte die Hand, als halte sie eine Pistole, und zielte auf den Wasserkrug, der neben der Waschschüssel auf der Kommode stand.

Drückte den imaginären Abzug …

Aber das war nur ein Krug. Würde er in der Lage sein, auf einen Menschen zu schießen? Er rief sich Mahlstedts Gestalt ins Gedächtnis und wiederholte die Übung mit geschlossenen Augen, stand da, mit ausgestrecktem Arm, zielte in seiner Vorstellung auf Mahlstedts Brust, das Gesicht des Volontärs vor sich, die einnehmenden Gesichtszüge, die überhebliche Miene.

Er brachte es nicht fertig, den Zeigefinger zu krümmen, um den fiktiven Abzug zu betätigen. Das war der Moment, in dem Panik von ihm Besitz ergriff.

Er ließ den Arm sinken. Kalter Schweiß bedeckte seine Stirn.

Seine Familie fiel ihm ein. Seine Mutter. Was würde sie sagen? Was, wenn sie nach Hamburg kommen musste, um ihn zu beerdigen? Welche schrecklichen Dinge würde sie durch ihn erleiden müssen? Das war also die *Ehre*! Er spie das Wort verächtlich aus.

Die *Ehre* hatte ihn in diese Lage gebracht. Gewiss. Er behielt seine Ehre, indem er sich mit Mahlstedt schlug. Aber machte es aus Mahlstedt einen besseren Menschen? Nein! Im Gegenteil. Wenn sein Kollege als Sieger aus dem Duell hervorginge, würde er sich bestätigt fühlen.

Und wenn nicht, wenn Carl der Sieger war?

Dann würde er als Mörder weiterleben. War das etwa ehrenvoll?

Carl schwindelte. Jetzt grauste es ihn vor sich selbst.

»Töricht. Das ist töricht. So töricht. Ich bin töricht. Und ich bin so gut wie tot. Ein toter Ehrenmann«, sagte er zu sich, und wieder sprach er laut.

Er fragte sich, ob Mahlstedt inzwischen nach Hause zurückgekehrt war. Hatte er den Brief gelesen? Vielleicht war es noch nicht zu spät, und er konnte versuchen, sein Schreiben zurückzuholen. Dies schien sein erster halbwegs vernünftiger Gedanke an diesem Abend zu sein. Carl stützte sich schwer atmend am Fensterbrett ab. Er brauchte einen Draht oder etwas anderes Langes, Dünnes, um den Brief unter der Tür hervorzuangeln. Natürlich wäre es ungeheuer peinlich, wenn ihn jemand dabei erwischte, am Ende vielleicht sogar Mahlstedt selbst. Aber wäre eine solche Schmach nicht besser als alles andere?

Er sah auf die Uhr. Erst neun. Es war noch gar nicht viel Zeit vergangen, seit er den Brief unter der Tür durchgeschoben hatte. Draußen dröhnte ein Donner, und in dem Moment, als der Regen losbrach, der sich seit dem Nachmittag angekündigt hatte, klopfte es.

Carl fuhr zusammen. Sein Herz raste. Anton konnte es nicht sein, der klopfte nie an die Tür des eigenen Zimmers. War es einer seiner Kollegen? Oder hatte der Prinzipal von der Chose erfahren und war gekommen, um ihn zur Vernunft zu bringen?

Er klopfte ein zweites Mal. »Herr Ronnefeldt? Sind Sie da?«, rief jemand.

Zu spät. Alles zu spät, schoss es Carl durch den Kopf, denn das war Mahlstedts Stimme. Ein paar endlose Sekunden verstrichen, in denen Carl bewusst wurde, dass es keinen Ausweg mehr gab. Er öffnete die Tür.

Richtig, er war es. Wie bei ihrer allerersten Begegnung trug Mahlstedt Reitkleidung, glänzende Stiefel, eine Jacke mit dunkel abgesetztem Revers, blitzenden Knöpfen und einer blitzenden Gürtelschnalle. Unter der halb geöffneten Jacke sah man ein schneeweißes Hemd. Der Kragen stand offen und gab den Blick auf den edlen Adamsapfel des Volontärs frei.

In der Hand hielt er Carls Brief.

Carl registrierte alle Details an der Erscheinung seines Gegenübers und wunderte sich darüber, wie geschärft seine Sinne waren.

»Welch ein Glück, Sie sind zu Hause, lieber Kollege. Darf ich eintreten?« Mahlstedt lächelte verbindlich.

Carl hatte mit allem gerechnet, aber aus irgendeinem Grund nicht mit dessen Erscheinen an diesem Abend. Schon gar nicht hatte er geglaubt, dass der Volontär so freundlich bei ihm anklopfte.

Mahlstedt räusperte sich. Endlich reagierte Carl. Er machte

einen Schritt beiseite. Der Kollege kam herein und sah sich in der kleinen Stube um.

»Nicht sehr groß, aber gemütlich und bequem«, sagte er und ließ anerkennend den Blick über das Bücherregal gleiten, das an der einzigen Wand stand, welche keine Schräge aufwies. Er musste laut sprechen, weil inzwischen der Hagel wie Trommelwirbel aufs Dach prasselte. »Verzeihen Sie, dass ich jetzt erst komme und vorhin so schnell verschwunden war. Mein Pferd – oder besser gesagt eines von denen, welche ich im letzten halben Jahr häufig geritten habe – hatte heute Abend Besuch vom Tierarzt. Es lahmt seit einigen Tagen, und mir war sehr daran gelegen, persönlich die Meinung des Doktors zu erfahren.«

»Und, wie ist es ausgegangen? Wie geht es dem Tier?«, hörte Carl sich sagen.

»Unverändert. Der Besitzer will es loswerden, und ich habe mich entschieden, es zu kaufen. Die Behandlung ist teuer und der Ausgang ungewiss, aber der Gaul ist mir ans Herz gewachsen. Sie verstehen ja, wie das ist.«

»Gewiss«, versicherte Carl, dem der Schweiß nun aus allen Poren troff.

»Es tut mir wirklich leid. Ich habe meine schlechte Laune an Ihnen ausgelassen und sehe ein, dass das nicht recht von mir war. Seit zwei Wochen traktiert mich mein Vater mit Briefen und Telegrammen wegen einiger angeblicher Versäumnisse, und ich gebe zu, dieser Umstand, zusammen mit der Ungewissheit wegen des kranken Tiers, hat mich unnötig ausfällig Ihnen gegenüber werden lassen.«

»Verstehe«, sagte Carl knapp, weil er nicht wusste, was er darauf erwidern sollte. Hoffte Mahlstedt etwa auf sein Mitleid? Eine richtige Entschuldigung war das jedenfalls noch nicht.

Sein Kollege betrachtete ihn nachdenklich. »Ich gebe zu, dass Sie mich damit beeindruckt haben, Ronnefeldt«, fuhr Mahlstedt fort und hielt dabei den Brief in die Höhe. »Dieses ganze Gerede von *Ehre*«, er unterbrach sich, sah kurz zu Boden und fuhr in einem etwas verbindlicheren Ton fort. »Verzeihung, wie das schon wieder klingt. Vergessen Sie, was ich gerade gesagt habe. Aber, um der Wahrheit die Ehre zu geben, ich habe mir nie viel aus Ehre gemacht. Mehr als das, im Grunde habe ich nie verstanden, was das sein soll. Dabei scheint es für manche Menschen nichts Wichtigeres zu geben. Ihr Brief jedoch hat mich nachdenklich gestimmt. Ihnen ist Ihre Ehre wohl wirklich wichtig?«

»Aber selbstverständlich.« Carl war über den Verlauf des Gesprächs verblüfft. »Ehrlichkeit, Aufrichtigkeit, Respekt, Ehre – das sind doch die Dinge, die einen Mann ausmachen«, ergänzte er, als Mahlstedt ihn weiterhin nachdenklich musterte.

Inzwischen lief der Schweiß Carl in Strömen die Schläfen und die Stirn herab. Die Luft im Zimmer schien zu kochen. Wie machte Mahlstedt das nur? Er sah aus wie aus dem Ei gepellt, gerade so, als käme er von einem bequemen Ritt durch einen kühlen Wald zurück.

»Erklären Sie mir eines, Ronnefeldt. Ist Ehre für Sie eine Frage der Herkunft?«

Carl überlegte kurz. »Nicht nur. Ein jeder Mann, und sei er auch noch so einfach, kann Ehre besitzen. Und jeder Mann kann beleidigt werden, wenn man seine Werte in Frage stellt. Ehre ist eine Frage des Anstands.«

»Und warum genau wollten Sie mein Gewehr nicht abholen?«

Carl war über die Schlichtheit dieser Frage verblüfft, doch Mahlstedt hoffte offenbar tatsächlich auf eine erhellende Antwort, denn er sah ihn abwartend an.

»Wie ich heute früh bereits sagte: Sie können Ihrem Diener Befehle geben oder einem Stalljungen sagen, was er zu tun hat. Aber doch keinem Kollegen. Den könnten Sie allenfalls um etwas bitten. Sie mögen sehr reich sein, Mahlstedt. Aber das gibt Ihnen noch lange nicht das Recht, mich wie einen Laufburschen zu behandeln. Doch weil Sie in Ihrer eigenen Welt leben, merken Sie wahrscheinlich gar nicht, wie Sie mit den Menschen umgehen.«

»Ich hielt mich für charmant«, sagte Mahlstedt und hatte nun doch wieder sein typisches kleines Lächeln auf den Lippen. Trotzdem glaubte Carl, dass er ihm zuhörte und sich wirklich für das interessierte, was er ihm zu sagen hatte.

»Das sind Sie, gewiss. Sie können sogar sehr charmant sein. Ich habe neulich gesehen, wie Sie mit dem alten Fiedje geredet haben.«

»Der mittags am Jungfernstieg die Krabben verkauft? Meinen Sie den?«

»Genau. Sie haben mit ihm gescherzt und gelacht.«

Mahlstedt zuckte mit den Schultern. »Seine Krabben sind die besten. Und das Papier, in die er sie einpackt, ist sauber.«

»Da haben Sie es. Für Fiedje ist wahrscheinlich genau das Ehrensache.«

»Ein gutes Beispiel, Ronnefeldt«, sagte Mahlstedt und stellte sich ans geöffnete Fenster. Er schüttelte langsam den Kopf, während hinter ihm der Regen nun gleichmäßig herunterströmte. »Aber aus einem anderen Grund: Diesem Krabbenverkäufer, Fiedje, ist es nämlich vollkommen egal, wer ich bin. Dem ist jede Münze gleich viel wert. Glauben Sie mir, Ronnefeldt, ich weiß ziemlich genau, was die Leute über mich sagen. Dass ich ein verwöhnter Sohn bin und dass mir die gebratenen Tauben in den Mund fliegen. Doch ich kann tun, was ich will. Diesen Ruf werde ich nicht los.«

»Möchten Sie das denn? Wären Sie diesen Ruf gerne los?«

»Gute Frage.« Mahlstedt lachte und deutete mit dem Brief, den er zusammengefaltet in der Hand hielt, auf ihn. »Wusste ich's doch, dass Sie es faustdick hinter den Ohren haben.« Dann wurde er wieder ernst und wiegte nachdenklich den Kopf. »Aber ja«, sagte er mit einem Seufzer. »Manchmal möchte ich schon, dass man in mir nicht meinen Vater sieht – oder das Tranlager.«

»Warum beweisen Sie Ihren Kritikern dann nicht einfach, was in Ihnen steckt?«, erwiderte Carl, der immer mutiger wurde. »Sie sind doch schon auf einem guten Weg. Overweg hält große Stücke auf Sie.«

»Tut er das wirklich? Das ist mir noch gar nicht aufgefallen.«

»Aber gewiss. Ihr Umgang mit den Amerikanern ist bemerkenswert. Jedermann im Kontor bewundert Sie dafür, wie Sie das machen. Wie Sie denen Contra geben.«

»Ach, tatsächlich?«

»Sie merken nur nichts davon, weil Sie das Lob anderer nie als solches wahrnehmen. Sie könnten ja damit beginnen, anderen richtig zuzuhören. Die meisten Menschen sind nämlich eigentlich ganz in Ordnung, wenn man ihnen eine Chance gibt.«

»Ach«, sagte Mahlstedt. »Das ist kurios. Mir scheint, als hätten Sie mich da auf eine Spur gebracht.«

Eine ganze Weile lang sagte keiner von beiden etwas, und man hörte im Zimmer nichts als den rauschenden Regen. Endlich wurde es ein wenig kühler. Gerade als das Schweigen unangenehm wurde, ergriff Mahlstedt wieder das Wort, und seine Stimme klang beinahe so wie früher. »Was ist, Ronnefeldt, hätten Sie Lust, irgendwann mit mir einen Ausritt zu machen? Wie wäre es diesen Sonntag? Wir könnten in Altona zum Lunch einkehren, ich kenne dort ein nettes Lokal. Ich denke nämlich, ich bin Ihnen was schuldig.«

»Das ist richtig, Herr Mahlstedt.« Carl griff nach seinem Handtuch, das neben der Waschschüssel lag, und wischte sich damit den Schweiß von der Stirn.

Mahlstedt räusperte sich und löste sich aus der nachlässigen Haltung, mit der er am Fensterbrett gelehnt hatte. Offenbar war ihm nun auch aufgegangen, dass noch etwas Entscheidendes fehlte. »Sie sind tugendhaft, Ronnefeldt, und ich sage das voller Hochachtung. Ich bin gekommen, um Sie zu bitten, sich meine Reden nicht so zu Herzen zu nehmen. Das war dumm und unbeherrscht von mir. Sie sind im Recht und ich im Unrecht, und ich entschuldige mich bei Ihnen.«

Mit diesen Worten streckte er Carl die Hand entgegen.

Carl zögerte. Mahlstedt, ihm die Hand immer noch entgegenhaltend, lächelte ihn offen an. »Selbstverständlich werde ich meine Entschuldigung morgen wiederholen. Im Kontor, vor allen Kollegen. Auf Ihnen soll nicht das Geringste sitzenbleiben«, sagte er.

Nun schlug Carl ein. »Danke, Herr Mahlstedt. Entschuldigung angenommen.«

»Freunde?«, fragte Mahlstedt.

»Freunde!«, bestätigte Carl.

Erleichterung überkam ihn, so erfrischend wie der Sprung in einen kühlen Fluss, und er gestattete sich ein kleines Gefühl des unverhofften Triumphs. Später – oder in ein paar Tagen, wenn sich die Entschuldigung als ernst gemeint erwiesen hatte – wollte er ihn noch ein wenig mehr auskosten. Doch das hatte Zeit. Erst einmal war er einfach nur erleichtert, einer schlimmeren Zuspitzung der Ereignisse entronnen zu sein.

Ein reiner Teehandel

Frankfurt, 2. September 1853

»Unmöglich, diesen Tee können wir auf gar keinen Fall verkaufen«, sagte Friederike. Sie stand mit Herrn Besthorn im Lager vor den sechs großen Kisten portugiesischen Schwarztees, die am Tag zuvor aus Rotterdam eingetroffen waren. Den Beinamen »portugiesisch« hatte der Tee natürlich nicht, weil er aus Portugal stammte, sondern weil Portugiesen ihn über Macao aus China importiert hatten. Die Qualität war nicht zwangsläufig schlechter als bei den chinesischen Tees, welche die Engländer nach Europa brachten, doch gerade in der letzten Zeit versuchten die Portugiesen vermehrt, den Briten das Geschäft streitig zu machen, indem sie die Preise unterboten. Bei Herrn Besthorn hatten sie damit Erfolg gehabt, dachte Friederike bitter, die auf den ersten Blick gesehen hatte, dass es sich nicht nur um günstige Ware, sondern auch um minderwertige Qualität handelte. Der Tee roch zugleich muffig und rauchig. Womöglich war er feucht geworden und hatte zu schimmeln begonnen, woraufhin man ihn in der Nähe eines Feuers getrocknet hatte. Zwar wurden viele Tees geräuchert, doch diese rochen dezent und nicht so verqualmt wie dieser hier.

Herr Besthorn erkannte das ganz gewiss auch. Trotzdem fiel es ihm schwer, seinen Fehler einzugestehen, zumal die Messe unmittelbar bevorstand. »Immerhin hat der Aufguss eine sehr schöne Farbe«, sagte er.

»Mag sein. Doch dem Namen Ronnefeldt wird dieser Tee nicht gerecht.«

»So schlimm finde ich ihn nicht. Und wenn wir ihn zurückschicken, haben wir zur Messe keinen preiswerten Schwarztee zu verkaufen«, gab Herr Besthorn nun zu bedenken.

Friederike fühlte, wie sich in ihr Widerstand aufbaute. Als Tobias noch lebte, war ausschließlich er für den Einkauf von Tee zuständig gewesen. Da hatte es solche Diskussionen nie gegeben, im Gegenteil, er hätte wahrscheinlich schon die Annahme einer solchen Lieferung verweigert. Und obwohl sie in den letzten Jahren recht geschickt im Hintergrund die Fäden gezogen hatte, waren ihr durch ihre lange Krankheit und den Kuraufenthalt die Zügel aus der Hand geglitten, wie sie sich eingestehen musste. Doch damit war es nun vorbei. Und auch im Hintergrund wollte sie sich nicht länger halten. In den Wochen und Monaten seit dem Hochwasser im Februar, das ihr Tobias' Tod wieder so lebhaft zurück ins Gedächtnis gerufen hatte, war eine Veränderung in ihr vorgegangen. Und die Gespräche mit Elise und Madame de Pierre hatten ebenfalls etwas bewirkt.

»Sie haben recht, Herr Besthorn. Daran habe ich auch schon gedacht. Aber der Schwarztee von Westphal, den wir übrig haben, wird doch ganz bestimmt reichen, um ihn Interessenten zum Verkosten anzubieten.«

Er zuckte die Schultern. »Aber was nützt uns das, Frau Ronnefeldt, wenn wir nicht genug haben, um ihn auch zu verkaufen?«

»Dann verkaufen wir eben nicht direkt, sondern nehmen nur Bestellungen entgegen. Wie wäre es, wenn wir während der Messe im Laden eine stilvolle Probierstunde anbieten. Im vorderen Teil des Ladens stellen wir dafür zusätzliche Tischchen auf.«

Herr Besthorn zog skeptisch die Augenbrauen zusammen. Sie wusste, dass er es sich nur schwer vorstellen konnte, Waren zu verkaufen, die er nicht am Lager hatte.

»Ich weiß nicht so recht, Frau Ronnefeldt. Das wäre etwas völlig Neues.«

Friederike ließ sich nicht beirren. »Zehn Tage oder höchstens zwei Wochen, bis der Tee bei uns ist. Und dann schicken wir ihn direkt weiter. Das wird gewiss funktionieren. Wir sollten heute noch per Telegramm abklären, welche Mengen Westphal uns liefern kann. Da der portugiesische Tee nichts taugt, bleibt uns ohnehin nichts anderes übrig.«

»Wenn Sie meinen«, sagte Herr Besthorn, aber Friederike konnte aus seiner Miene lesen, wie sehr es ihm missfiel, dass sie heute so bestimmend auftrat.

Sie lächelte freundlich. »Schön. Was haben wir noch?«

»Verschiedenes. Hier eine Lieferung Grüntee, ebenfalls aus Rotterdam.« Herr Besthorn wies auf eine einzelne mittelgroße Kiste.

Friederike nahm mit einem Schäufelchen etwas Tee heraus und streute ihn, wie sie es zuvor mit dem Schwarztee auch getan hatte, auf ein weißes Blatt Papier. Auf den ersten Blick war sie recht angetan, doch auf den zweiten wurde sie misstrauisch. Die Blätter waren von einem dunklen Blaugrün und sahen hübsch aus, schön kraus, eigentlich genau, wie sie sein sollten. Nur dass die Farbe beinahe ein wenig zu intensiv war.

Sie biss von einem Teeblättchen ein kleines Stück ab, spürte dem Geschmack nach und fühlte sich bestätigt. Er schmeckte bitter und leicht säuerlich, doch sie vermisste das besondere Aroma, das die Farbe vorgaukelte. Womöglich war dieser Tee künstlich gefärbt worden. Man hörte immer häufiger von solchen Fällen. Doch sie wollte nicht schon wieder so harsch sein und es sich endgültig mit Herrn Besthorn verderben.

»Wir sollten ihn probieren«, sagte sie daher nur. »Und was ist eigentlich mit diesem speziellen frischen Grüntee, den wir bestellt haben?« Carl hatte ihr geschrieben, dass er bei Westphal einen Klippertee verkostet hatte, und sie hatte Herrn Besthorn daraufhin gebeten, drei kleine Kisten davon zu ordern.

»Der kam auch gestern an.«

»Und? Was sagen Sie?«

»Er ist ausgezeichnet. Kein Wunder bei dem Preis«, sagte Herr Besthorn ohne große Begeisterung und zeigte ihr die Kisten.

Friederike nahm auch von diesem Tee eine Portion heraus und verstand sofort, was Carl gemeint hatte. Die Blätter sahen anders aus als üblich. Solch feine Nadeln entstanden, wenn man den Tee in einer heißen Eisenpfanne ständig hin und her bewegte. Tobias hatte ihr davon erzählt. Durch die sorgfältige Trocknung wurde der Tee haltbar gemacht, behielt jedoch gleichzeitig seinen blumigen Geschmack. So etwas wurde nur in kleinen Mengen hergestellt und sehr selten überhaupt auf dem Markt angeboten. Normalerweise tranken die Chinesen solchen Tee lieber selbst.

»Wenn er wirklich so gut ist, dann haben wir auch die passende Kundschaft dafür, da bin ich mir sicher. Und die wird einen angemessenen Preis zahlen.«

Herr Besthorn wog bedächtig den Kopf. Friederike ließ sich dadurch nicht beeindrucken.

»Lassen Sie uns die neuen Tees gemeinsam verkosten. Aber zuvor würde ich gerne noch etwas mit Ihnen besprechen.«

Die Gelegenheit war günstig. Wilhelm war mit dem einen der Kontorgehilfen im Laden, der andere machte eine Besorgung, somit waren sie für den Moment allein. Friederike war ein wenig mulmig zumute, dabei hatte sie dieses Gespräch bestimmt schon ein Dutzend Mal im Kopf geführt.

Der Prokurist war schon lange bei ihnen, und als Tobias noch lebte, hatte sich Besthorn selbstverständlich seinem Chef untergeordnet. Es war ganz klar gewesen, wer das Sagen im Geschäft hatte, nämlich ihr Mann. Besthorn war zwar ein ordentlicher Kaufmann, besaß jedoch nicht diese Leidenschaft für den Tee, die Tobias ausgezeichnet hatte und die auch auf Friederike übergesprungen war. Sie konnte sich am Duft von Tee regelrecht berauschen. Ein Behältnis mit Tee zu öffnen und daran zu schnuppern, die Farbe und die Form der Blätter zu untersuchen und den unterschiedlichen Aromen nachzuspüren, faszinierte sie. Herr Besthorn hingegen hätte statt Tee genauso gut Honig oder Heringe verkaufen können. Dennoch war nach Tobias' Tod die Verantwortung automatisch auf ihn übergegangen, und das, obwohl Friederike sogar die Prokura besaß. Gerade in der ersten Zeit, als Friederike allein mit den fünf Kindern dagestanden hatte, war sie froh gewesen, die Geschäftsleitung abgeben zu können. Und später hatte ihr die Energie gefehlt, daran etwas zu ändern. Sie hatte sich hauptsächlich um die Dinge gekümmert, für die sie auch vorher schon zuständig gewesen war. Um den Wiesbadener Laden beispielsweise oder um den Teeverkauf hier in Frankfurt.

Bis zu diesem Sommer. Bis zu der Auseinandersetzung mit Elise und dem Gespräch mit Madame de Pierre, deren Worte nun ständig durch ihre Gedanken geisterten: *Ich dachte, es sei Ihr Geschäft.* Es hatte sie daran erinnert, wie sie früher gewesen war, als Tobias noch lebte. Ehrgeizig und voller Pläne. Sie musste endlich zu dem stehen, was sie heute war: eine Kauffrau.

Herr Besthorn sah sie abwartend an. Friederike räusperte sich. »Es geht um das Lager im Haus Limpurg.« Sie zog das entsprechende Schriftstück hervor, das Besthorn ihr zwei Tage zuvor weitergeleitet hatte. Das Lager war nämlich erst seit kurzem wieder bezugsfertig. »Ich halte es für besser, wenn wir den Vertrag nicht verlängern.«

Besthorn runzelte die Stirn. »Aber wie stellen Sie sich das vor? Wir benötigen doch den Platz.«

»Aber haben Sie nicht auch den Eindruck gewonnen, Herr Besthorn, dass die Waren, die wir verloren haben, ein weniger großes Loch gerissen haben als ursprünglich geglaubt? Die Nachfrage nach

Tee hingegen steigt, und den haben wir ja glücklicherweise größtenteils retten können.«

»Trotzdem, Frau Ronnefeldt, in Kürze erwarte ich eine neue Lieferung chinesischen Porzellans. Der Lagerraum ist fest eingeplant.«

Friederike seufzte. Gerade das Porzellan empfand sie mehr und mehr als Ballast. Und trotzdem hatte Besthorn eine Nachbestellung aufgegeben.

»Ich dachte daran, ein luftiges Lager in einem Dachstock anzumieten. Carl hat mir davon erzählt. Die Hamburger lagern ihren Tee in der Höhe. Das ist viel besser als im Keller.«

»Kisten mit Porzellan über vier Stockwerke hinauf- und hinunterzutragen, erscheint mir nicht sehr praktikabel«, wandte Herr Besthorn ein.

»Nein, wahrscheinlich nicht.« Friederike seufzte. Die Hamburger Speicherhäuser hatten einen Kran, der außen am Haus angebracht war, und Ladeluken auf jeder Etage. Das hatte jedenfalls Carl erzählt. »Aber wir könnten doch trotzdem versuchen, so etwas zu finden. Für den Tee wäre es jedenfalls besser, wenn er luftig aufbewahrt wird.«

Sie sah Besthorns typischen fragenden Blick. Sie hatte zu leise gesprochen.

»Dem Tee täte es gut, wenn er nicht in einem Keller liegt«, wiederholte sie mit lauterer Stimme. »Die Blätter nehmen sehr leicht den Geschmack der Umgebung an. Außerdem möchte ich noch mehr eigene Sorten mischen, dazu wäre ein Raum in der Höhe besser geeignet als ein Keller.«

Diesmal hatte er sie verstanden, aber er schüttelte den Kopf. »Darf ich Sie daran erinnern, dass der Tee nur fünfzig Prozent unserer Umsätze ausmacht?«

»Aber denken Sie nicht auch, dass bei den Manufakturwaren und beim Porzellan die europäische Konkurrenz noch größer geworden ist? Die Lackarbeiten haben schon länger ihren Reiz verloren. Kleinmöbel, Paravents und Kaminschirme wären gewiss nach wie vor attraktiv, nehmen aber sehr viel Platz weg.«

Herr Besthorns Miene umwölkte sich bei ihren Worten immer mehr. »Worauf wollen Sie eigentlich hinaus?«

»Ich finde, dass wir darüber nachdenken sollten, das Geschäft mit den Manufakturwaren und den übrigen Artikeln über kurz oder lang ganz einzustellen und uns voll und ganz auf den Tee zu konzentrieren.«

Herr Besthorn lachte auf. »Ganz einstellen? Aber Frau Ronnefeldt, es wäre höchst riskant, eine Hälfte des Geschäfts mit einem Mal ganz zu vernachlässigen. Das wäre ja eine vollkommene Neuausrichtung des Geschäfts.«

»Richtig. Genau das meine ich. Ronnefeldt wäre in Zukunft ein reiner Teehandel.«

Herr Besthorn lachte wieder. »Das ist doch nicht Ihr Ernst! Ich habe doch gerade erst erklärt, welchen Anteil diese Waren an unserem Gesamtumsatz haben.«

»Sie haben aber nicht dazugesagt, wie sehr die Margen gesunken sind. Und beim Tee sind sie gestiegen.«

»Aber doch nicht in diesem Maße.«

»Hinzu kommt, dass der Tee, den wir aus China bekommen, in den letzten Jahren sehr viel besser geworden ist. Die Jahre während des Opiumkrieges und direkt danach waren schwierig. Damals war mein Mann gezwungen, vermehrt auf Waren aus Indien zu setzen. Doch ich bin mir sicher, heute würde er mir zustimmen. Wir bekommen mittlerweile Tees in einer Vielfalt, die zuvor nicht denkbar gewesen wäre. Manche schmecken süß, andere herb und wieder andere samtig-mild. Und unsere Kunden fragen vermehrt danach, viele trinken mittlerweile lieber Tee statt Kaffee. Auch aus diesem Grunde sehe ich unsere Zukunft im reinen Teehandel.«

»Trotzdem wäre es unvernünftig, einen so gut etablierten Geschäftszweig einfach aufzugeben! Glauben Sie mir, liebe Frau Ronnefeldt, auch Ihr Mann würde das so sehen.«

Friederike schluckte den Ärger über den bevormundenden Ton herunter. »Als mein Mann noch lebte, hat der Anteil des Tees am Gesamtumsatz des Ladens noch dreißig Prozent des gesamten Geschäfts ausgemacht. Heute ist es schon die Hälfte, und die Tendenz ist steigend. Unsere Kunden schätzen es sehr, dass die Qualität des Tees so viel besser geworden ist. Da stimmen Sie mir doch gewiss zu.«

Herr Besthorn nickte, sah jedoch dabei etwas verkniffen drein.

»Ich glaube, dass wir durch eine Spezialisierung gewinnen könnten. Es wäre ein konsequenter Schritt.« Sie machte eine Pause, während Besthorn sie skeptisch ansah. »Ich würde mir einfach nur wünschen, dass Sie es durchdenken, Herr Besthorn. Den gewonnenen Platz im Laden könnten wir nutzen, um weitere Teesorten zu präsentieren und vor allem um jedermann Tee zur Verkostung anzubieten. Und zwar nicht nur gelegentlich, sondern jeden Tag.«

Ein missfälliges Lächeln umspielte nun Herrn Besthorns Mund. Ihm war deutlich anzusehen, wie wenig ihr Vorschlag ihm gefiel. Er räusperte sich. »Ich verspreche Ihnen, darüber nachzudenken, Frau Ronnefeldt.«

»Das würde mich freuen. Vielleicht könnten Sie ja sogar ein paar Berechnungen anstellen, wie sich der Gewinn verändern würde, wenn wir uns noch mehr als bisher auf den Tee konzentrieren.«

Er sagte nichts, sondern nickte nur würdevoll.

»Und wo wir dabei sind, Carl macht sich sehr gut in Hamburg und scheint ein gutes Verhältnis zu seinem Patron zu haben. Er könnte dort vielleicht sogar gleich für uns tätig werden. Er versteht genug vom Tee, um eine Auswahl zu treffen. Wir müssten nur mit Overweg vereinbaren, dass er ihm erlaubt, ein paar Stunden pro Monat dafür aufzuwenden.«

»Aber er ist doch erst neunzehn Jahre alt. Ein Grünschnabel, wenn ich so offen sein darf«, wandte Besthorn ein.

»Bald wird er zwanzig. Und es ist deutlich zu spüren, wie viel er in den letzten Jahren bei Ihnen gelernt hat, Herr Besthorn.«

Das Kompliment zeitigte Wirkung. Besthorns Miene entspannte sich etwas.

»Tee liegt ihm im Blut. Sie selbst haben gesagt, dass der Klippertee, den er uns empfohlen hat, ausgezeichnet ist. Und so ein Unglück wie mit der Lieferung aus Rotterdam wird uns dann nicht mehr passieren.«

Ihr Prokurist schwieg und sah nun ausnahmsweise betreten aus. Er hatte den Tee schönzureden versucht, wusste aber offenbar in Wirklichkeit sehr genau, dass der Kauf ein Fehlgriff gewesen war.

»Wie Sie meinen. Wir könnten ihm zumindest eine Chance geben.«

»Die Anfrage bei Overweg hätte sicher mehr Gewicht, wenn sie von Ihnen käme statt von Carls Mutter. Würden Sie einen solchen Brief schreiben?«

Herr Besthorn nickte gnädig. Dann beugte er sich vor und klopfte mit dem Zeigefinger auf das Schriftstück, mit dem das ganze Gespräch begonnen hatte.

»Und was ist nun mit dem Lager, Frau Ronnefeldt? Wohin soll ich das Porzellan liefern lassen?«

Das war eine Provokation. Ihr Prokurist wollte ihr beweisen, wie kurzsichtig ihre Überlegungen gewesen waren. Dabei fand sie ihn kurzsichtig. Aber heute würde sie nichts mehr erreichen. Das Porzellan war bestellt, und sie würden versuchen müssen, es zu verkaufen.

Seufzend nahm sie das Schriftstück in die Hand und überflog die Konditionen. »Gut, dann verlängern wir eben den Vertrag. Aber nicht für zehn Jahre, sondern erst einmal nur für zwei. Darum kümmere ich mich selbst.«

Du wirst das Meer sehen

Frankfurt, 3. September 1853

Minchens Abreise stand unmittelbar bevor, am nächsten Tag sollte es losgehen. Sie musste packen, aber sie wollte nicht. Eine Reisetruhe und ein paar Taschen standen geöffnet in ihrem Zimmer, Dinge, die sie lieblos hineingestopft hatte, quollen heraus, und Kleider und Gegenstände lagen unordentlich überall herum. Minchen selbst saß im Unterkleid an ihrem Toilettentisch, fuhr sich mit der Bürste durchs Haar und zerrte an unsichtbaren Knoten.

Elise stand in der Tür und betrachtete das Durcheinander. Dann hob sie ein paar Strümpfe und einen Unterrock vom Boden auf und faltete beides zusammen. Ihre Mutter hatte wegen der Vorbereitungen für die Herbstmesse alle Hände voll zu tun und sie deshalb gebeten, herzukommen und zu versuchen, die jüngere Schwester zur Vernunft zu bringen. Doch das würde nicht einfach werden.

Mit einem Seitenblick auf Minchen fuhr Elise fort, Dinge aufzuheben, Kleidungsstücke zusammenzulegen und zu ordnen. In einer Ecke lag achtlos hingeworfen das Lieblingskleid ihrer Schwester. Elise hob es auf und strich den Rock glatt. »Willst du das nicht mitnehmen?«, fragte sie.

Endlich reagierte Minchen. »Wozu? Ich brauche nichts. Da oben im Norden wird sich kein Mensch dafür interessieren, wie ich aussehe.«

»Wer sagt denn, dass Cousine Eleonore nicht auch Gesellschaften geben wird?«

»Sie ist mit dem Dorflehrer verheiratet. Ich bitte dich, mach dich nicht lächerlich, Elise«, sagte Minchen spitz.

Elise schluckte eine Entgegnung hinunter. Sie trat hinter Minchen und nahm ihr sanft die Bürste aus der Hand.

»Darf ich dir eine Frisur machen? Ich habe kürzlich etwas Hübsches in einer Zeitschrift gesehen, das würde ich gerne einmal ausprobieren«, sagte sie. Sie suchte den Blick ihrer Schwester im Spiegel, aber Minchen hatte die Augen gesenkt. Immerhin wehrte sie sich nicht. Elise legte die Bürste beiseite und fuhr Minchen mit beiden Händen durchs dunkelblonde dicke Haar, teilte es mit den Fingern in der Mitte. Beide schwiegen, während Elise sich nun einen Kamm nahm und sich weiter mit Minchens Haaren beschäftigte. Sie war nicht zimperlich dabei, aber Minchen ließ es sich gefallen und schien sich in der folgenden halben Stunde ein wenig zu entspannen.

»Du hast doch so hübsche Silberspangen, die würden gut dazu passen.« Elise trat einen Schritt zurück und betrachtete ihr Werk. Sie hatte Minchen die Haare geflochten und links und rechts über den Ohren zu einer dreifachen Schaukel hochgesteckt.

Minchen zog mit einer gelangweilten Geste die Schublade ihres Toilettentischs auf und reichte Elise stumm die Spangen. Nachdem sie die im Haar befestigt hatte, hielt Elise ihr den Handspiegel hin, damit Minchen sich auch von hinten betrachten konnte.

Ihre Schwester brachte ein einsilbiges »Danke« hervor, aber Elise sah, wie ihre Augen aufleuchteten, und verbuchte dies als Erfolg. Sie nahm das Korsett ihrer Schwester zur Hand, und diese ließ sich von ihr auch tatsächlich beim Ankleiden helfen. Früher war es die Regel gewesen, dass die Schwestern sich gegenseitig beim Frisieren und Ankleiden geholfen hatten. Jetzt tat Minchen das vertraute Beisammensein mit Elise sichtlich wohl.

Nun endlich wagte Elise, Minchens Reise anzusprechen. »Du

wirst das Meer sehen, das hast du dir doch immer gewünscht«, sagte sie, während sie Minchen ein breites Band um die Taille legte und es im Rücken zu einer Schleife band. Minchen hatte eine hübsche Figur und war überhaupt ein anziehendes Mädchen mit ihrer Stupsnase und dem Puppengesicht. Kein Wunder, dass sie diesem Herrn Kühne aufgefallen war.

»Die *Nordsee* werde ich sehen, meinst du«, korrigierte Minchen. »Ich wollte aber nach Italien, ans Mittelmeer. Dorthin, wo es warm ist.«

»Aber Meer ist Meer. Wasser bis zum Horizont und ein endloser Sandstrand. Es ist sicher herrlich. Ich beneide dich darum«, sagte Elise, während sie sich wieder der Packerei zuwandte.

»Hm«, sagte Minchen ausweichend, presste die Lippen aufeinander und blieb mitten im Zimmer stehen. »Hast du eigentlich Heinrich getroffen?«, fragte sie nach einer Weile. Ihre Stimme klang plötzlich zaghaft.

»Herrn Kühne, meinst du? Wo sollte ich ihn getroffen haben?«

»Vielleicht unten vorm Haus? Wollte er mich besuchen?«

»Das ist gut möglich, aber Mama hat nichts dergleichen gesagt.«

»Ach«, Minchen ließ sich aufs Bett sinken, die Augen geschlossen, den Handrücken gegen die Stirn gelegt. Elise betrachtete ihre Schwester. Minchen liebte es theatralisch, und Elise hatte gelernt, bei ihr nicht immer alles ernst zu nehmen. Trotzdem tat sie ihr leid.

»Ist es das, Minchen? Hattest du dir mehr von ihm erwartet?«

Statt einer Antwort zog Minchen die Schultern hoch und wandte den Blick zur Wand. Eine dicke Träne rollte nun über ihre Wange. Elise setzte sich zu ihr und wischte die Nässe mit dem Finger fort. Dann nahm sie die Hand ihrer Schwester und drückte sie. Nun gab es für Minchen kein Halten mehr. Sie begann, haltlos zu schluchzen.

»Dass er um mich kämpft, das hatte ich von ihm erwartet. Aber er versucht es ja nicht einmal«, brachte Minchen schließlich hervor.

»Siehst du? Also ist es womöglich besser so.«

»Jetzt fängst du auch noch damit an«, fuhr Minchen auf. »Aber du hast ja keine Ahnung, wie es war. Ich bin selbst schuld. Ich hätte gleich mit ihm fortgehen sollen, als er mich darum gebeten hat. Nun ist es zu spät. Jetzt will er mich nicht mehr.« Minchen zog das letzte Wort in die Länge und schniefte erbärmlich.

»Mit ihm fortgehen?«, fragte Elise alarmiert. Sie stand auf, nahm ein Taschentuch vom Toilettentisch und drückte es Minchen in die Hand, während sie sich wieder zu ihr setzte. »Hattest du das etwa vor?«

Minchen wischte sich mit dem Tuch über die Augen und tupfte sich die Nase. »Heinrich war der Meinung, wir sollten unsere Verlobung geheim halten. Aber ich dummes Ding war so unvorsichtig. Und als Tante Käthchen mich angesprochen hat – sie hat uns doch zusammen gesehen, weißt du? Und dann habe ich ihr alles erzählt.«

»Ja, ich weiß«, bestätigte Elise. Tante Käthchen hatte sich so schuldig gefühlt, dass sie sich die ganze Geschichte mehr als einmal von der Seele geredet hatte. Dass Minchen mit diesem Herrn Kühne hatte fliehen wollen, war Elise allerdings neu. Das war ja gerade noch einmal gutgegangen, dachte sie erleichtert. »Was ist, soll ich dir jetzt beim Packen helfen?«, sagte sie, um das Thema zu wechseln.

»Mach, was du willst.« Minchens Tränen waren fürs Erste versiegt. Sie lag wie hingegossen auf dem Rücken auf ihrem Bett, den linken Arm angewinkelt auf einem Kissen. Minchen verstand es wirklich, sich in Szene zu setzen, selbst in einem solchen Moment, wo Elise ihr einziges Publikum war. »Ich mag nicht mehr. Mir ist alles egal«, sagte sie matt.

Elise stand auf. »Gut. Dann pack ich für dich ein, was ich für richtig halte. Aber beschwer dich nicht, wenn nachher etwas fehlt.«

Wenn man sich auf eine Sache verlassen konnte, dann auf die Eitelkeit ihrer Schwester. Und richtig, nach einer Weile drehte sich Minchen auf die Seite, stützte den Kopf in ihre Hand und sah Elise dabei zu, wie sie Stück für Stück ihre Anziehsachen verstaute. »Den nicht«, sagte Minchen plötzlich, beugte sich vor und nahm Elise einen Schal aus der Hand. »Den wollte ich während der Fahrt anlegen.« Dann, als ob das schon zu viel für sie gewesen wäre, ließ sie sich wieder zurück aufs Bett fallen und sah zur Zimmerdecke hinauf.

Elise schmunzelte, während sie mit dem Packen fortfuhr. Sie hatte insgeheim befürchtet, dass Minchen sich einfach weigern würde, abzureisen, aber das hatte ihre Schwester offenbar nicht vor.

»Du hast es gut«, sagte Minchen plötzlich, als Elise sich gerade den Toilettengegenständen ihrer Schwester zuwenden wollte.

»Wieso?«

»Du darfst jemanden heiraten, den du liebst.«

»Ich darf was?« Elise hielt in der Bewegung inne.

»Mama hat mir alles erzählt. Von diesem Herrn Messmer.«

»Was ist mit Herrn Messmer?«

»Dass ihr euch schreibt. Und dass er Interesse an dir hat.«

»Das ist richtig, ich habe ihm geschrieben. Aber es ging nur um Tee. Um nichts weiter«, sagte Elise, hatte aber plötzlich ein flaues Gefühl im Magen.

Ihre Schwester ließ nicht locker. »Wie ist er denn so? Eduard? So heißt er doch, oder nicht?«

»Gewiss. Aber ich sage natürlich Herr Messmer zu ihm.«

»Ach, wie schade. Eduard ist so ein hübscher Name. Also, wie ist er?«

»Nett. Er ist sehr nett.«

Minchen richtete sich auf. »Nett? Das ist alles? Das nehme ich dir nicht ab. Du wirst rot, ich sehe es genau.«

Elise war die Fragerei ihrer Schwester tatsächlich peinlich, vor allem, weil sie in der letzten Zeit wirklich immer mal wieder über Herrn Messmer nachgedacht hatte. Der Ausflug zur Ruine hatte ihr gefallen. Der Baden-Badener Kaufmann war sehr freundlich und zuvorkommend gewesen. Trotzdem war sie sich vollkommen sicher, dass sie nur freundschaftliche Gefühle für ihn hegte. Womöglich schmeichelte ihr ja auch nur, dass sie ihm gefiel. Sein Brief hatte die Hoffnung zum Ausdruck gebracht, dass sie sich in nicht allzu ferner Zukunft wiedersehen würden.

»Wenn Heinrich Kaufmann wäre, dann hätte Mama bestimmt nichts gegen ihn«, fuhr Minchen fort, ihr Los zu beklagen. »Aber ich fände einen Kaufmann langweilig. Das Theater hingegen … Ach, Elise, es ist so wunderbar, auf der Bühne zu stehen. Ich vermisse es so sehr.«

»Sicher hast du irgendwann wieder Gelegenheit dazu«, sagte Elise, dabei war sie nicht unbedingt dieser Meinung. Jedenfalls nicht, wenn es nach ihrer Mutter ging. Elises eigenen Erfahrungen mit öffentlichen Auftritten gingen über gelegentliche Vorspiele auf der Violine nicht hinaus, und so sehr sie die Musik auch liebte, konnte sie gut darauf verzichten, dass man ihr beim Musizieren zusah und zuhörte.

»Würdest du denn gerne zu ihm nach Baden-Baden ziehen?«

»Was reimst du dir da nur zusammen? Du musst etwas missverstanden haben. Wir haben nur einen einzigen Ausflug zusammen gemacht.«

»Na und? Ich habe mich in Heinrich ja auch gleich bei unserer ersten Begegnung verliebt. Und er sich in mich. Mama hätte Herrn Messmer jedenfalls gerne als Schwiegersohn.«

»Hat sie das gesagt?«, fragte Elise misstrauisch.

»Nicht so direkt. Aber sie hat dich als leuchtendes Beispiel hingestellt.« Minchen, die immer noch auf dem Bett lag, streckte die

Arme in die Luft und betrachtete ihre Finger, die sie wie eine Tänzerin in der Luft drehte und wendete. »Wie klug du Konversation gemacht hast mit dem Herrn Messmer. Und alles so schicklich.«

»Schicklich, du sagst es, Minchen. Herr Messmer hat mit keiner Silbe angedeutet, dass er an mir interessiert wäre«, behauptete Elise, dabei war sie sich dessen gar nicht so sicher. Irgendetwas war in dieser Ruine zwischen ihnen passiert. Hatte sie ihm womöglich, ohne es zu wollen, Hoffnungen gemacht?

Es stimmte natürlich, dass Eduard Messmer eine gute Partie wäre, doch irgendetwas missfiel ihr schon an der Formulierung – »gute Partie« hörte sich viel zu sehr nach Geschäft an.

Wenn Elise ans Heiraten dachte, hatte sie ein klares Bild vor Augen: Haushalt und Kinder, Handarbeits- und Kaffeekränzchen. Ein Mann, der viel auf Reisen war. Ganz zu Beginn würde er sie vielleicht noch ab und zu mitnehmen. Doch sobald ein oder zwei Kinder da wären, würde sie zu Hause bleiben müssen. Falls sie wirklich eines Tages heiratete, dann einen Mann, den sie liebte und anziehend fand. So wie ihre Mutter ihren Vater anziehend gefunden hatte.

Und dann fiel ihr plötzlich ein, wie sie im *Maison Messmer* auf dem Bett des Prinzen Wilhelm gelegen und ausgerechnet an Konrad Fritsch gedacht hatte. Überhaupt nahm der Bierbrauergeselle in ihren Gedanken wesentlich mehr Raum ein, als ihr lieb war. Sie hatten sich nach ihrer Rückkehr bisher einmal wiedergesehen, und da hatte sie es deutlich gespürt. In Konrads Gegenwart passierte ihr etwas, das ihr bei Eduard Messmer nicht passiert war – sie wurde auf eine ihr völlig neue Art nervös. Sie achtete auf jedes Lächeln, das er ihr zuwarf, auf jede seiner Gesten. Sie bemerkte sogar, wenn er aus Versehen ihren Arm streifte. So weit war es also her mit ihren Vorsätzen und Plänen. Am Ende war sie kein bisschen besser als Minchen. Schließlich kannte sie Konrad Fritsch noch gar nicht richtig.

»Du willst ihn also nicht heiraten?«, unterbrach Minchen ihre Gedanken, und für einen winzigen Moment wirkte es, als spreche sie über Konrad Fritsch.

Elise hatte das Gefühl, plötzlich rot anzulaufen. »Natürlich nicht. Ganz abgesehen davon hat er mir ja auch gar keinen Antrag gemacht.«

Minchen drehte sich zu ihr um. »Das wird er. Das wird er bestimmt«, sagte sie.

Du bist es wirklich

Frankfurt, 12. September 1853

Friederike stand im Durchgang zum Kontor und hörte einem Gespräch zu, das Herr Besthorn vorne im Laden mit Frau Geheimrätin Strallmann führte.

»Das Teeservice ist wirklich hübsch. Aber ich bin mir nicht sicher, ob es meiner Tochter auch gefallen würde. Hätten Sie auch etwas mit natürlichen Blumen? Ich habe kürzlich ein Porzellan mit Wiesenblumen gesehen. Ich glaube, es war von Meissen. Ganz entzückend.«

»Nein. So etwas führen wir leider nicht. Aber dieses Geschirr ist sehr hochwertig. Das Dekor ist haltbar, sie brauchen also keine Sorgen mit dem Spülen zu haben, da kann Ihr Mädchen nichts falsch machen. Und wir hätten auch die passenden Teller dazu am Lager. Dieser Elfenbeinton ist ausgesprochen gefragt. Und der Preis sehr attraktiv, wenn ich mir diese Anmerkung erlauben darf.«

»Sie haben recht. Die Farbe ist wirklich sehr schön.«

Eine längere Pause entstand. Leises Klingen von Porzellan. »Eine hübsche Darstellung, nicht wahr?«, sagte Herr Besthorn.

»Ich weiß nicht recht. Ich bin unentschlossen. Wäre es denn möglich, auf diesen Stücken die Initialen meiner Tochter aufbringen zu lassen?«

»Wie bitte?«

»Wäre es möglich, die Stücke mit den Initialen meiner Tochter dekorieren zu lassen?«, wiederholte die Frau Geheimrätin mit lauterer Stimme.

»Nein, leider nicht.«

»Ach, wie schade. Das habe ich nämlich kürzlich bei einer Freundin gesehen. Es soll doch ein Hochzeitsgeschenk sein. Da wäre es besonders hübsch mit den Initialen.«

»Ich könnte Ihnen noch ein weiteres Service zeigen mit einem etwas anderen Dekor.«

»Mal sehen. Ich werde es mir überlegen, Herr Besthorn.«

»Wir haben übrigens auch neue Foulards reinbekommen.«

»Heute nicht. Danke schön. Aber Tee nehme ich gerne noch mit.«

Nachdenklich zog Friederike sich zurück, und als eine halbe Stunde später die Mittagspause begann und Herr Besthorn von außen die Ladentür abschloss, trat sie, aus dem Hoftor kommend, auf ihn zu.

»Sind Sie auf dem Weg in die Zeil, Herr Besthorn?«, fragte sie, denn ihr Prokurist speiste für gewöhnlich im *Englischen Hof*.

»Richtig, Frau Ronnefeldt.«

»Darf ich Sie ein Stück begleiten?«

Herr Besthorn zog verwundert die Augenbrauen hoch. »Selbstverständlich gerne.«

Gemeinsam gingen sie in Richtung Liebfrauenberg. Herr Besthorn ging am Stock und versuchte sichtlich, sein Hinken zu verbergen. Als sie in die Zeil kamen, hielt Friederike vor dem Schaufenster eines neu eröffneten Geschäfts an, das Porzellan und Fayencen führte. Die Auslage zeigte ein Kaffee- und ein Teeservice, in einer Ecke standen handbemalte Figurinen, zudem gab es Vasen, Dosen und Schalen in allen Größen und Formen.

»Und was ist das nun für eine Lehrstunde, Frau Ronnefeldt?«, sagte Herr Besthorn spürbar ungehalten.

»Den Laden gibt es erst seit vier Wochen. Aber ich glaube, wir merken die Auswirkungen bereits jetzt. Und wie Sie wissen, gibt es allein hier auf der Zeil noch zwei weitere Geschäfte dieser Art.«

»Wettbewerb belebt das Geschäft«, sagte Herr Besthorn verstockt.

Friederike schwieg, und mit etwas weniger Schwung setzten sie ihren Weg fort, bis sie vor einem anderen Schaufenster erneut stehen blieben. Es war üppig dekoriert mit Bahnen leuchtender und schimmernder Seidenstoffe. In der Mitte des Fensters hing ein großformatiges Bild von Paris, das mit seidenen Bändern in den Farben der Trikolore dekoriert war. Das Auffälligste jedoch war ein kostbarer Brokatstoff mit dem fächerförmigen Bild eines Pfaus.

»Französische Seide aus Lyon«, sagte Friederike. »Allein hier auf der Zeil gibt es fünf Geschäfte mit Manufaktur- und Modewaren, weitere auf dem Rossmarkt, in der Töngesgasse und wo nicht noch alles. Die Läden machen im Adressbuch drei Seiten aus. Ich verstehe Ihre Zurückhaltung, Herr Besthorn. Die Neuausrichtung des Geschäfts wäre ein gewichtiger Schritt. Ich wollte Ihnen nur zeigen, weshalb ich selbst zu dem Schluss gekommen bin, dass es so nicht weitergehen kann.«

»Wenn das Ihr Maßstab ist, Frau Ronnefeldt, was ist dann mit Lausberg am Rossmarkt? Der verkauft Tee«, wandte Herr Besthorn ein, während sie weiter in Richtung des *Englischen Hofs* gingen.

»Ein gutes Beispiel. Lausberg verkauft Tee, Tabak, Schokolade, Eau de Cologne, Spirituosen und Wein. Ronnefeldt hätte die Chance, ein *richtiges* Teefachgeschäft zu werden«, beharrte Friederike. Sie legte ihrem Prokuristen die Hand auf den Arm. »Bitte denken Sie darüber nach, Herr Besthorn. Einen solchen Schritt könnte ich ohne Sie niemals gehen. Mein Mann hat Ihnen vertraut, und das tue ich ebenfalls.«

*

Paul stand vor dem Laden in der Neuen Kräme und blickte durchs Schaufenster in den Ronnefeldt'schen Laden hinein. Es war Mittagspause. Friederike würde gewiss oben in der Wohnung sein. Oder auch nicht, denn er hatte sich nicht angemeldet.

Paul zögerte immer noch. Nicht zum ersten Mal seit seiner Rückkehr nach Frankfurt wurde er von seinen Erinnerungen überwältigt. 1843, also vor zehn Jahren, hatte er sich entschieden, sein Glück in London zu versuchen. Er hatte in der englischen Hauptstadt eine Arztpraxis eröffnet, und wegen der zahlreichen deutschen Auswanderer, die mittlerweile dort lebten, war es ziemlich einfach für ihn gewesen, sich einen Patientenstamm aufzubauen. Vor allem jedoch hatte endlich und zum ersten Mal in seinem Leben seine Religion keine Rolle mehr gespielt. Doktor Paul Birkholz war immer noch Jude, doch das war plötzlich nicht mehr wichtig gewesen. Er hatte geheiratet. Aber nun war er seit zwei Jahren Witwer.

Womöglich lag es ja am Tod seiner Frau, dass er wieder so rastlos geworden war. Oder es lag am zunehmenden Schmutz und Gestank in London, wo sich die qualmenden Fabriken wie gefräßige schwarze Raupen immer weiter ausbreiteten. Doch wenn er ehrlich mit sich war, dann trieb ihn eher der unbestimmte Wunsch, ganz neu anzufangen. Nach Frankfurt war er gekommen, weil er eine Abschrift seiner Geburtsurkunde brauchte. Und bei der Gelegenheit wollte er sich von einigen alten Freunden verabschieden.

Doch keiner der Besuche ging ihm so nah wie dieser.

Endlich hatte er sich ein Herz gefasst und wollte gerade in den Hof treten, als jemand seinen Namen rief.

»Paul? Bist du das?«

Er drehte den Kopf. Friederike eilte aus der Richtung des Liebfrauenbergs auf ihn zu. Die Enden ihrer Stola flatterten. Dann hatte sie ihn erreicht, blieb einen Schritt entfernt von ihm stehen und starrte ihn an, als sei er eine Erscheinung.

»Du bist es wirklich. Ich fasse es nicht. Paul!«

»Friederike«, sagte er mit belegter Stimme. Mehr bekam er nicht heraus.

Jetzt umarmte sie ihn herzlich und küsste ihn auf die Wangen. So stürmisch hatte sie ihn nie zuvor begrüßt. Er erwiderte ihre Umarmung, und die ganzen Sorgen, die er sich wegen dieses Wiedersehens gemacht hatte, waren wie weggeblasen. Ein breites Lächeln stahl sich auf sein Gesicht. Als sie sich von ihm löste und ihn wieder ansah, strahlte sie zurück.

»Wie schön, dich zu sehen!«, sagte er aus vollem Herzen.

»Ich kann es nicht glauben. Warum hast du mir nicht geschrieben, dass du kommst? Aber komm doch herein. Ich wollte gerade essen. Leistest du mir Gesellschaft? Die Jungs sind heute leider beide nicht da. Sie essen bei Nicolaus, weil es bei ihm frische Blutwurst gibt. Fritz würde sich das niemals entgehen lassen – und er hat Wilhelm damit angesteckt«, fügte sie lachend hinzu.

Zehn Minuten später saßen sie sich im Speisezimmer am gedeckten Tisch gegenüber.

»Hat Friedrich also noch immer diesen gesegneten Appetit?«, fragte Paul lächelnd.

»Allerdings. Dabei ist er kein bisschen dick, sondern einfach nur kräftig, wahrscheinlich wegen der harten körperlichen Arbeit in der Schreinerei. Du würdest ihn kaum wiedererkennen. Und auch Wilhelm hat sich gemausert, er ist richtig erwachsen geworden. Carl ist in Hamburg, aber das hatte ich dir ja geschrieben.«

»Und Elise und Minchen? Ich hatte ehrlich gesagt nicht damit gerechnet, dich ganz allein anzutreffen.«

»Elise wohnt noch immer bei ihren Tanten und ihrer Großmutter in der Schnurgasse. Und Minchen ist zu Verwandten im Norden gefahren.« Sie skizzierte mit wenigen Worten, was passiert war – Minchen hatte sich offenbar mit dem Falschen eingelassen –, sie wollte jedoch ganz offensichtlich nicht länger darüber reden, und Paul hakte nicht nach.

Er schüttelte lächelnd den Kopf. »Bei dir ist wirklich immer etwas los. Und was ist mit Sophie? Ist sie nicht mehr bei dir?«, fragte er. Sophie war früher Friederikes Dienstmädchen gewesen, ein kluges, vorwitziges Ding.

»Nein. Sie hat geheiratet und ist jetzt gut versorgt. Ein Bauer mit einem großen Hof. Aber sie kommt mich noch ab und zu besuchen, wenn sie hier in der Stadt ist, und dann plaudern wir ein bisschen. Ich habe große Freude an ihr. Sie ist wie eine Freundin für mich.«

»Sie hat dir viel zu verdanken. Sie weiß, dass du sie immer gefördert hast und ihr mehr zugetraut hast, als andere ihren Dienstboten zutrauen. Eine treue Seele.«

»Ganz anders als du.« Friederike hob mahnend den Zeigefinger und zwinkerte ihm zu, aber Paul wusste, dass es nur halb als Scherz gemeint war. Es war seine Schuld, dass sie sich so selten geschrieben hatten. Friederike hatte zu Beginn noch viel häufiger Nachrichten nach London gesandt, doch weil er immer so viel Zeit ohne eine Antwort hatte verstreichen lassen, waren auch ihre Briefe seltener geworden. »Du bist in all den Jahren nie wieder hier gewesen.«

»Ich hatte einfach zu viel zu tun«, verteidigte sich Paul, und das war nicht einmal gelogen. Er hatte seine Praxis nicht so ohne weiteres im Stich lassen können.

»Gewissenhaft. So kennt man dich. Wenn ich da an die Ärzte hier denke. Die machen ihre Praxis zu, wie es ihnen beliebt. Aber jetzt bist du ja da. Ich will alles wissen. Deine wenigen Briefe alle paar Monate zählen nicht. Also, wie ist es dir ergangen?«

Während sie langsam ihre Suppe löffelten, erzählte Paul. Er sprach von seinem Leben in London, von seiner Arbeit und seinen Patienten, von Freundschaften, vom Musizieren und von Konzertbesuchen, berichtete von den schweren Jahren, in denen seine Frau krank gewesen war, und er erzählte von ihrem Tod. Er fühlte sich einsam seitdem. Beinahe ebenso einsam wie damals hier in Frankfurt, als er nach seinem Studium vergeblich versucht hatte, Fuß zu fassen. Doch das sagte er nicht. Vermutlich spürte Friederike das auch so.

Dann waren sie beim Dessert angekommen. Das Mädchen brachte zwei Stücke Zwetschgenkuchen.

»Aber ich rede und rede nur von mir. Was ist mit Elise? Spielt sie noch Geige?«

Ein Schatten legte sich bei seinen Worten auf Friederikes Gesicht. »Nein, kaum noch. Es ist zu schade. Aber sie macht mir ohnehin ein bisschen Kummer. Elise sagt neuerdings, dass sie Lehrerin werden will.«

Paul sah sie fragend an. »Das passt doch zu ihr. Sie hatte schon als kleines Mädchen ihren eigenen Willen.«

»Aber weißt du, was das kostet? Selbst wenn ich wollte, könnte ich es mir gar nicht leisten. Die Lehrzeit für die drei Jungs ist schon so teuer. Wenn ich nun auch noch Elise ein teures Institut finanzieren soll, reicht das Geld vorne und hinten nicht.«

»Und dafür hat sie kein Verständnis?«

»Sie stellt es sich so vor, dass ich das Geld von ihrer Mitgift abzweige. Aber eigentlich dachte ich …«, sie beugte sich ein wenig zu ihm hin und sprach nun leiser als zuvor, als befürchte sie heimliche Zuhörer, »… also, ich glaube, sie hat jetzt doch Interesse an einem jungen Mann. Einem Kaufmann aus Baden-Baden. Wozu also noch einmal die Schulbank drücken? Ich verstehe das nicht.«

»Eigenwillig wie die Frau Mama. Ich erinnere mich gut, wie sehr du damit gehadert hast, außer der Haushaltsführung nichts anderes gelernt zu haben.«

»Das war doch etwas ganz anderes«, widersprach Friederike, klang jedoch gar nicht so überzeugt. Er schien ins Schwarze getroffen zu haben mit seiner Bemerkung, und natürlich wusste sie, worauf er anspielte. Paul hatte damals nicht nur Elise auf der Violine unterrichtet, sondern er war auch ihr ein Lehrer gewesen. Die kaufmännischen Grundkenntnisse hatte sie von ihm gelernt.

»Etwas ganz anderes? Meinst du wirklich? Das sehe ich nicht so. Das Lernen war dir buchstäblich ein Bedürfnis. Wie du das Wissen aufgesaugt hast, gerade so wie ein Schwamm. Du warst so schnell, so klug, nichts musste man dir zweimal erklären. Du hast mich damit sehr beeindruckt.« Paul hielt inne. Es berührte ihn, sich die Vergangenheit wieder vor Augen zu führen, die Stunden, die sie damals miteinander verbracht hatten, während Friederikes Ehemann in China gewesen war. Damals war er sehr in sie verliebt gewesen. Doch natürlich hatte er ihr das nie gestanden. Er räusperte sich. »Was ich nur sagen will: Ich kann verstehen, dass auch Elise, klug wie sie ist, etwas aus ihrem Leben machen will.«

»Aber das wünsche ich mir doch auch für sie. Als Ehefrau eines erfolgreichen Kaufmanns würden ihr alle Türen offenstehen. Sie wäre in den besten Kreisen zu Hause, würde überallhin eingeladen werden. Ich kann einfach nicht verstehen, warum sie sich nicht mehr Mühe gibt.«

»Was meinst du damit?«

»Der Herr, den ich meine, schreibt ihr jede Woche. Aber er bekommt von ihr nur ein paar belanglose Zeilen zurück, und das auch noch in einem beinahe geschäftsmäßigen Ton. Ich befürchte, dass er das Interesse an ihr verlieren wird, wenn sie so weitermacht.«

»Womöglich ist ja genau das ihre Absicht?«

»Sie will auf eine solche Partie verzichten, um *Lehrerin* zu werden?« Friederike schüttelte den Kopf. »Das kann ich mir nicht vorstellen. Wenn ich doch nur wüsste, was Tobias dazu sagen würde. Ach, Paul, er fehlt mir so sehr.«

Paul griff nach ihrer Hand und drückte sie. Er wusste, was für ein Freundschaftsbeweis es war, dass sie ihm gegenüber so offen sprach.

»Weißt du, es ist gar nicht einmal so selten, dass Eltern und Kinder sich in die Haare bekommen, eben weil sie sich so ähnlich sind«, sagte er nach einer kleinen Weile.

»Es stimmt schon, dass sie mir ähnlich ist.«

»Wahrscheinlich hat sie einfach noch nicht den Richtigen gefunden. Du würdest doch sicher nicht wollen, dass sie jemanden heiratet, an dem ihr nichts liegt?«

Sie seufzte und schüttelte den Kopf. »Nein. Ich werde sie zu nichts zwingen, und das weiß sie auch. Doch wenn sie diese Gelegenheit vorüberziehen lässt und sich kein anderer Kandidat von solchem Format findet …«

»Könnte sie nicht ihren Brüdern im Geschäft helfen?«

Sie lächelte ihn ein wenig schief an. »Ich habe Elise schon den Vorschlag gemacht, sie in kaufmännischen Dingen zu unterweisen. Doch zum einen ist sie davon nicht begeistert, und zum anderen wäre gewiss sehr viel Überzeugungsarbeit nötig, damit Carlchen sich darauf einlässt. Sie würde sich bestimmt sehr freuen, dich zu sehen. Falls sie dich noch wiedererkennt.«

Paul wurde beklommen ums Herz. Wie sehr er sie alle noch vor Augen hatte – als liebenswerte Kinder. Und nun waren sie erwachsen und gingen ihre eigenen Wege.

Er sah auf die Uhr. »Das würde ich gerne, aber ich muss noch einiges erledigen, bevor ich zurück nach London reise.« Er erhob sich.

»Du hast nur so wenig Zeit? Wie schade«, sagte sie und stand ebenfalls auf. Die Enttäuschung war ihr deutlich anzusehen.

Paul räusperte sich, denn er musste ihr noch etwas Wichtiges sagen, das er ihr bisher verschwiegen hatte. »Ich werde übrigens meine Praxis in London aufgeben. Sie ist schon so gut wie verkauft.«

Auf Friederikes Gesicht breitete sich ein hoffnungsvolles Lächeln aus. »Dann kommst du wieder nach Deutschland?«

»Nein, das nicht.« Er räusperte sich erneut. »Ich werde noch für ein paar Monate in London bleiben, die Praxis übergeben und mein Haus verkaufen. Und dann werde ich in die Vereinigten Staaten übersiedeln.«

»Nach Amerika willst du? Und ich hatte gehofft, dass du für eine Weile hierbleibst. Oder für immer.«

Letzteres hatte sie sehr leise gesagt. Paul zerriss es schier das Herz bei ihrem Anblick. Friederike hielt den Blick gesenkt. Er nahm ihre Hände, und als sie ihren Blick immer noch nicht hob, berührte er zart ihr Kinn – und endlich sah sie zu ihm auf. Ihre Augen schwammen vor Tränen.

»Es tut mir leid. Ich hätte es dir früher sagen sollen, aber ich wollte nicht, dass unser Wiedersehen gleich wieder getrübt wird.«

Sie standen dicht beisammen, die Gesichter einander ganz nah. Er hielt immer noch ihre Hände, und dann küsste er ihre Stirn, und als sie die Augen schloss, zog er Friederike enger an sich und barg sein Gesicht in ihrem Haar. Sie umarmte ihn fest. Eine Weile lang standen sie ganz still. Pauls Herz schlug heftig, als er ihre Gestalt so nah bei sich fühlte. So hatte er sich das nicht vorgestellt. Oder vielleicht doch? War es das, was er wirklich gesucht hatte?

Aber es konnte und durfte nicht sein. Es würde zu nichts führen. Niemals würde Friederike ihre Familie im Stich lassen, um mit ihm zu gehen. Und er konnte nicht zurück nach Frankfurt ziehen. Nicht nachdem er in London erlebt hatte, wie es sich anfühlte, einfach nur Paul Birkholz zu sein und nicht der Jude Paul Birkholz.

Ich habe meine Gründe

Frankfurt, 16. Oktober 1853

Der Pfarrer der Nikolaikirche stand auf seiner Kanzel und predigte, doch Konrad hörte kaum zu. Konzentriert blickte er auf seine Hände hinab. Er wusste, sobald er den Blick hob, würde er unweigerlich von der Gestalt angezogen werden, die ein paar Bänke vor ihm auf der linken Seite ganz am Rand saß, und er wollte nicht zu auffällig in ihre Richtung sehen. Elise Ronnefeldt. Neben ihr saßen ihre Mutter und die beiden Tanten. Sie trugen Trauerkleidung, denn vor zwei Wochen war ganz plötzlich die alte Dame gestorben, Frau Kluge, Elises Großmutter. Seitdem hatten sie sich nicht mehr treffen können.

Eigentlich hätte es ihm recht sein müssen, dass die Englischstunden ausgesetzt waren, denn er hatte selbst kaum noch eine freie Minute. Döbel wälzte alles auf ihn ab. Obwohl seit der Messe in der Brauerei besonders viel zu tun war, ließ sein Patron sich nur selten blicken. Konrad war sich nicht sicher, wie lange er sich das noch gefallen lassen wollte, doch bisher fehlten ihm die Alternativen. Er brauchte Arbeit. Und er wollte gerne in Frankfurt bleiben.

Nur ein einziges Mal hatte er in den zwei Wochen, die die Herbstmesse gedauert hatte, Zeit gefunden, an den Buden vorbeizuschlendern, die entlang der Neuen Kräme, auf dem Liebfrauenberg und auf dem Römer aufgebaut gewesen waren. Neben den Handelsgeschäften, die hinter verschlossenen Türen gemacht wurden, gab es nämlich auch sonst viele kleine Händler, die ihre Waren feilboten. Die Menschen aus den Dörfern nutzten zweimal im Jahr die Gelegenheit und kauften Haushaltswaren, Werkzeug, Stoff für Winterkleidung oder ein neues Paar warme Stiefel. Er selbst brauchte nichts von alledem. Stattdessen hatte er lange vor einem Stand gestanden, an dem es perlenbestickte Damenhandtäschchen gegeben hatte, und darüber nachgegrübelt, welches Elise wohl am besten gefallen würde.

Konrad dachte an das letzte Gespräch, das er mit Wilhelm geführt hatte. Da hatte der ihn nämlich offen heraus gefragt, ob er, Konrad, Interesse an seiner Schwester habe. Es war nach einem Gottesdienst gewesen. Er und Wilhelm hatten seitlich am Kirchenschiff gestanden, während die Besucher aus dem Portal geströmt waren. Konrad hatte Elise nachgesehen, wie sie mit ihrer Mutter und ihren Tanten davongegangen war. Vier Gestalten mit gesenkten Köpfen.

Wilhelm hatte seinen Blick bemerkt. »Gefällt sie dir?«

Konrad hatte sich ertappt gefühlt, hatte aber nicht zugeben wollen, dass Elise permanent durch seine Gedanken geisterte.

»Deine Schwester ist eine bemerkenswerte junge Frau«, hatte er ausweichend geantwortet.

Wilhelm hatte sich nicht täuschen lassen. »Also ja. Aber ich muss dich warnen.«

Wilhelm war mit diesem Satz Konrads Aufmerksamkeit natürlich gewiss gewesen. »Was meinst du?«

»Mir hat Elise gesagt, dass sie überhaupt nicht heiraten will. Und meine Mutter hat zudem einen anderen Kandidaten für sie ins Auge gefasst. Es gibt also gleich zwei Hindernisse.«

»Ich hatte ja gar nicht vor …« Konrad hatte den Satz nicht zu Ende gesprochen. Er machte sich selbst etwas vor, wenn er so tat, als hätte er kein Interesse an Elise. Trotzdem war es vermutlich besser, wenn er sie sich aus dem Kopf schlug. »Im Ernst. Wilhelm. Deine Schwester ist reizend, aber mir ist bewusst, dass ich ihr in meiner momentanen Lage nicht genug zu bieten habe. Abgesehen davon bin ich nächstes Jahr um diese Zeit von hier weg. Ich werde also gar nicht erst versuchen, ihr den Hof zu machen.«

»Gut. Meine Mutter und Elise haben nämlich in Baden-Baden die Bekanntschaft eines Kaufmanns gemacht. Er hat schon seinen eigenen Laden. Ihm fehlt nur noch die passende Ehefrau.«

»Verstehe.«

Verstanden hatte er allerdings erst später. Elise Ronnefeldt hatte einen Verehrer? Nach und nach sickerte die Bedeutung dieser Worte in sein Bewusstsein. Er merkte, wie sehr ihn das beschäftigte. Und dann wurde ihm klar, dass ihn der Gedanke daran anstachelte. Vor dem Gespräch mit Wilhelm hatte er sich seinen Träumereien hingegeben und nicht ernsthaft in Betracht gezogen, seine Chancen bei Elise zu erwägen. Aber jetzt dachte er tatsächlich darüber nach.

Die Orgel spielte, das letzte Lied verklang. Konrad erhob sich, warf noch einen kurzen Blick auf die vier Frauen und wandte sich zum Gehen. Menschen schoben sich an ihm vorbei – und dann war plötzlich Elise neben ihm.

»Herr Fritsch, wie schön, dass wir uns auch einmal wiedersehen«, sagte sie, während sie aus der Kirche auf den sonnenbeschienenen Römer hinaustraten. Es war einer jener goldenen Oktobertage, an denen die Luft so frisch und belebend war wie Quellwasser. Ein Windstoß fuhr in einen Blätterhaufen und wirbelte ihn auf dem Platz umher.

»Ich hatte bisher noch nicht die Gelegenheit, es Ihnen persönlich zu sagen. Mein aufrichtiges Beileid zum Verlust Ihrer Großmutter.«

»Ich danke Ihnen. Sie ist ganz sanft eingeschlafen. Ein Tod, wie man ihn sich wünscht. Sie waren bei der Beerdigung. Ich habe Sie gesehen.«

Konrad nickte. Er war dort gewesen, hatte sich aber im Hintergrund der großen Trauergemeinde gehalten. Elise in dem Moment anzusprechen, war ihm unangemessen vorgekommen.

»Was unsere Englischstunden betrifft – Wilhelm hat leider im Moment sehr viel zu tun. Aber ich bin mir sicher, demnächst können wir weitermachen«, sagte Elise.

»Ja, das würde mich freuen.« Konrads Stimme klang ein wenig rau, und er räusperte sich. Es machte ihn verlegen, dass sie ihn angesprochen hatte, während er zu schüchtern gewesen war, sich ihr zu nähern. Und er wollte nicht zugeben, wie sehr er die Stunden mit ihr herbeisehnte.

Sie lächelte und sah zum Himmel. »Was für ein herrlicher Tag. Zum Glück, denn ich habe heute Nachmittag noch einen längeren Gang vor mir.«

»Was haben Sie vor?«, wagte er zu fragen.

»Kennen Sie den Grünbornhof? Er liegt ein wenig außerhalb der Stadt. Dort wohnt eine Tagelöhnerfamilie, und der Mann, Vater von drei Kindern, hatte kürzlich einen Unfall. Er ist in der Armenklinik. Ich wollte hinaus, nach der Frau und den Kindern sehen und ihnen etwas zu essen bringen.«

»Soll ich … Ich meine, darf ich Sie begleiten?« Die Worte waren heraus, er konnte sie nicht mehr zurücknehmen. Hoffentlich fand sie seinen Vorschlag nicht unverschämt.

Sie lachte verlegen. »Danke für das Angebot. Das ist sehr freundlich.« Sie sah zu Boden und überlegte einen Moment, bevor sie wieder ihren Blick auf ihn richtete. »Warum eigentlich nicht? Marthe wird mich begleiten, Omas altes Dienstmädchen. Aber eine zusätzliche Unterstützung wäre mir sehr willkommen.«

Er erkannte Elise schon von weitem. Ein paar Schritte hinter ihr trippelte hüftsteif die alte Magd. Sie war offenbar keine große Hilfe, denn Elise trug allein einen großen Korb, dessen Inhalt mit einem Tuch abgedeckt war.

Konrad löste sich aus dem Schatten des Baumes, unter dem er auf Elise gewartet hatte, und ging ihr ein Stück entgegen.

Elise lächelte ihn strahlend an, und er musste sich beherrschen, sie nicht bewundernd anzustarren. Ihre Wangen waren von der Bewegung an der frischen Luft gerötet, ihre vollen Lippen glänzten rosig. Ein paar einzelne Locken hatten sich aus ihrer Frisur gelöst, kringelten sich auf ihrer Stirn und rahmten ihr Gesicht ein. Sie war schöner denn je – und doch wagte er es nicht, ihr ein Kompliment zu machen.

»Lassen Sie mich das nehmen.« Bereitwillig reichte Elise ihm den Korb. Er war schwer.

»Danke, dass Sie gekommen sind.«

»Sehr gerne.« Konrad entspannte sich ein wenig, nun, da sie ihn so freundlich begrüßt hatte, und freute sich auf den Weg, der vor ihnen lag. Kurz darauf gingen sie durchs Untermaintor zur Stadt hinaus.

Elise war vorher zügig gegangen, doch als das Stadttor hinter ihnen lag, wurde sie langsamer. Die Magd fiel trotzdem immer weiter hinter ihnen zurück. Sie schlugen einen Pfad ein, der durch ein Waldstück führte, ein wenig vom Uferweg entfernt. Die Kronen der Bäume leuchteten in Orange- und Gelbtönen, und der Wind hatte leichtes Spiel mit den Blättern. Bei jeder Böe regnete ein goldgelber Schauer auf sie herab.

Elise ergriff als Erste wieder das Wort: »Wir kennen uns ja nun schon seit einiger Zeit. Ich hatte gehofft, Sie erzählen mir ein bisschen von sich?«

»Was wollen Sie wissen?«

»Alles.«

Irgendetwas war heute anders als sonst, dachte Konrad. Nicht nur, dass zum ersten Mal Wilhelm nicht dabei war, auch Elise kam ihm verändert vor. Und er merkte, dass ihm ihr Interesse an seiner Person willkommen war. Anders als die Neugierde anderer Menschen, vor der er sich stets in Acht nahm.

»Zum Beispiel wüsste ich gerne, ob Sie Geschwister haben.«

»Ich hatte zwei Brüder«, gab Konrad wahrheitsgemäß Auskunft und machte sich darauf gefasst, dass sich der vertraute Schmerz in seinem Inneren bemerkbar machte, so wie stets, wenn er über seine Vergangenheit sprach.

»Sie *hatten* zwei Brüder? Was ist passiert?«

»Einer der beiden ist gestorben. Mein Vater besaß, wie gesagt, eine Brauerei. Eine Zeitlang war er damit ziemlich erfolgreich, er konnte einen Gesellen und einen Gehilfen einstellen, aber dann …« Nun fiel es ihm doch schwer, weiterzusprechen. Elise wartete geduldig. »Aber dann gab es einen schlimmen Unfall im Gärkeller. Eine Wand stürzte ein. Einer meiner Brüder, er war erst vier – wir waren alle drei noch Kinder damals –, jedenfalls, mein jüngster Bruder ist dabei ums Leben gekommen.«

»Das ist ja furchtbar«, sagte Elise betroffen. »Das muss schwer gewesen sein.«

»Das war es auch. Mein Vater fühlte sich schuldig und hat sich von diesem Schicksalsschlag nie wieder richtig erholt. Er begann zu trinken, das hatte er vorher zwar auch schon getan, aber nicht so viel. Meine Mutter wurde krank, und wir Kinder mussten alle mithelfen, um die Familie über Wasser zu halten. Den Gesellen konnte sich mein Vater nicht mehr leisten. Darum habe ich schon mit elf Jahren die Schule verlassen. Nicht offiziell, aber tatsächlich war es so. Meistens bin ich zu Hause geblieben, um meinem Vater zur Hand zu gehen. Er war ein guter Braumeister, trotz allem. Von ihm habe ich das Handwerk gelernt. Über die Jahre hat er sich mehr und mehr auf mich verlassen, und als ich vierzehn war, habe ich den

Laden fast alleine am Laufen gehalten. Und dann habe ich wiederum meinen Bruder angelernt.«

»Ist er denn weiter zur Schule gegangen?«

»Ja. Bis er dreizehn war. Ich bin zwei Jahre älter als er. Mit sechzehn bin ich dann fortgegangen. Und ich bin nie wieder zurückgekehrt.«

»Sie wissen also nicht, wie es Ihrer Familie heute geht?«

»Meine Mutter ist gestorben. Aber wie es meinem Vater und meinem Bruder geht? Nein. Das weiß ich nicht.«

»Sind Sie denn im Streit fortgegangen?«

»Nein. Ich bin einfach – gegangen. Ohne Abschied«, sagte Konrad. Es fiel ihm nicht leicht, das zuzugeben. Das Gefühl, seinen Bruder im Stich gelassen zu haben, hatte ihn nie verlassen. »Aber je länger ich fortgeblieben bin, desto mehr hat es sich so angefühlt, als hätten wir uns zerstritten. Mir fehlte der Mut. Ich habe nicht mehr gewagt zurückzugehen.«

»Weil Sie Angst davor hatten, was Sie zu Hause vorfinden würden.«

»Ja. Das ist wohl richtig.«

Konrad war überrascht. Er hatte diese Geschichte so lange niemandem mehr erzählt, dass es für ihn erstaunlich war, wie schnell Elise das eigentliche Problem begriffen hatte. Dass er nämlich ein Feigling war. Wann hatte er sich zuletzt so verletzlich gezeigt? Damals mit Lilli. Auch sie hatte ihn sofort durchschaut.

»Haben Sie Ihrem Vater vergeben können?«

Konrad antwortete nicht sofort, und Elise schien ihr Vorstoß sofort leidzutun. »Verzeihen Sie, Konrad. Ich bin zu weit gegangen. Sie müssen mir nicht antworten, wenn Sie nicht möchten. Das geht mich natürlich nichts an.«

»Es ist schon in Ordnung«, sagte Konrad, merkte jedoch selbst, dass er sich abweisend anhörte.

»Ich dachte nur daran, dass Ihr Vater Ihnen das Leben ja nicht gerade leichtgemacht hat«, erklärte Elise mit leiser Stimme.

Eine Weile schwiegen beide. Man hörte das leise Rascheln von Elises Rock und Konrads Schritte auf dem mit Nadeln bedeckten Boden. Der Duft von feuchter Erde und Pilzen lag in der Luft. »Die Frage treibt mich schon sehr lange um«, gab Konrad schließlich zu. »Aber ganz ehrlich – ich kann nicht sagen, wie ich zu ihm stehe.«

»Und zu Ihrem Bruder? Meinen Sie, dass er dortgeblieben ist?«

»Ich weiß es nicht. Und ich werde es wahrscheinlich nie erfahren.«

»Oh«, sagte Elise nur, doch Konrad glaubte, Missbilligung aus dieser einen Silbe herauszuhören. So sehr er es auch wollte, er konnte sich nicht vormachen, dass es ihm egal war, wie sie über ihn dachte.

»Ich habe meine Gründe, nicht nach Hause zurückzugehen«, sagte er. Es klang unfreundlich, wie er das sagte, aber was blieb ihm anderes übrig, um von diesem Thema abzukommen? Denn darüber konnte er nicht sprechen. Diesen Teil der Geschichte, zumindest die Details, hielt er vor jedermann geheim. Nicht einmal Sonnemann wusste davon und kannte seinen echten Namen. Konrad lebte schon so lange mit einer angenommenen Identität, dass es ihm normalerweise leichtfiel, einfach Konrad Fritsch zu sein. Doch in diesem Moment drängte es ihn seltsamerweise, Elise alles zu erzählen. Er musste die Kiefer aufeinanderpressen, um nicht damit herauszuplatzen.

Elise erlöste ihn, indem sie wieder das Wort ergriff. »Ich bin zwar nicht in eine andere Stadt gezogen, bin aber trotzdem von zu Hause fort. Auch ich habe meine Gründe.«

»Wollen Sie mir erzählen, weshalb Sie weggegangen sind?«, fragte Konrad, erleichtert, dass sie das Gespräch von sich aus in eine andere Richtung gelenkt hatte.

»Sie haben ja recht. Ich frage Sie aus und verrate nichts von mir. Das ist sehr ungerecht«, sagte Elise mit einem Lächeln. Und obwohl sie ihm nun vom Tod ihres Vaters erzählte, kehrte dank ihrer Offenheit eine gewisse Leichtigkeit in ihr Gespräch zurück. Elise hatte ihren Vater sehr verehrt, erfuhr Konrad. Er war der Held ihrer Kindheit gewesen, und sein Tod hatte sie sehr mitgenommen. Trotz ihres jugendlichen Alters, sie war dreizehn gewesen, hatte sie jedoch alles mit sich selbst ausgemacht und versucht, ihrer Mutter eine Stütze zu sein.

Elise war mindestens ebenso verschlossen wie er selbst, ging Konrad auf. Auch wenn sie völlig unterschiedliche Erfahrungen gemacht hatten, war ihnen doch gemeinsam, dass sie ihre wahren Gefühle kaum jemals einer anderen Person anvertrauten. Ebenso wie er selbst, so hatte auch Elise sich nach außen hin stets anders gegeben, als ihr zumute gewesen war.

Während er ihr zuhörte, konnte Konrad nicht umhin, sich zu fragen, warum sie ihm das alles erzählte. Warum hatte sie sich ausgerechnet ihn ausgesucht, um ihr Herz zu öffnen? Je länger er darüber nachdachte und je häufiger er sie ansah und ihre Blicke auffing, desto mehr dachte er, dass ihre Anziehung auf Gegenseitigkeit beruhte.

Ihr lag etwas an ihm.

Und nun? Er hätte ihr gerne gesagt, wie sehr ihn das alles berührte, was sie ihm erzählte, doch aus Furcht, damit zu weit zu gehen, wagte er es nicht. »Ich habe mich noch gar nicht richtig bei Ihnen bedankt«, sagte er schließlich, um seine Verlegenheit zu überspielen.

»Bedankt? Wofür?«

»Dafür, dass Sie eine so gute Lehrerin sind.«

»Ach so, da danke ich Ihnen«, antwortete Elise lächelnd. »Es freut mich, dass Sie das sagen. Ich habe nämlich vor, das Unterrichten zu meinem Beruf zu machen.«

»Tatsächlich?« Das hatte also ihr Bruder gemeint, als er davon sprach, sie wolle nicht heiraten, dachte Konrad. In seinem Inneren versteifte sich etwas. Er hatte zu träumen gewagt, doch diese Mitteilung holte ihn wieder auf den Boden der Tatsachen zurück.

»Hat Wilhelm Ihnen das nicht erzählt?«

»Nein, er hat nichts verraten.«

»Das ist brav von ihm. Leider ist meine Mutter gar nicht begeistert von meinen Plänen. Ich hoffe noch darauf, dass sie eines Tages einlenkt.«

»Sie hält nichts davon?«

»Nein.« Elise schüttelte den Kopf und lachte bitter. »Sie würde mich lieber sofort verheiratet sehen. Aber jetzt, wo Großmutter gerade gestorben ist und meine Schwester sich mit einem Schauspieler eingelassen hat, kann ich nicht wieder davon anfangen. Ich will ihr keinen zusätzlichen Kummer machen.«

»Verstehe«, sagte Konrad.

»Aber ich will nicht so schnell aufgeben. Ich habe schon mit Fräulein Bickel gesprochen. Sie leitet ein Damenstift im Großen Hirschgraben, in dem auch Lehrerinnen ausgebildet werden. Falls ich wirklich meine Mutter noch dafür gewinnen kann, muss ich allerdings auch noch meinen Bruder überzeugen.«

»Wilhelm?«

»Nein. Ich rede von meinem älteren Bruder. Carl. Er befürchtet nämlich, dass ich das Familieneinkommen zu sehr belaste. Dabei will ich ihm doch gar nicht auf der Tasche liegen, sondern etwas lernen, um meinen eigenen Lebensunterhalt verdienen zu können.«

Konrad erwiderte darauf nichts – und nun fiel ihr offenbar auch auf, dass er recht schweigsam geworden war. »Finden Sie das etwa falsch?«

Er zuckte mit den Schultern und antwortete nicht sofort.

Lilli hatte ebenfalls das Lehrerinnenseminar besucht. Sie hatte ihm eine Welt des Wissens und der Bücher offenbart, aber er hatte sie auch an diese Welt verloren. Die Erfahrung mit ihr hatte ihn zu dem Menschen gemacht, der er heute war. Er war zu einem Wanderer zwischen den Welten geworden, jemand, der nirgendwo richtig hingehörte. Ein Arbeiter unter bildungsbeflissenen Bürgern. Keine Frage. Die Begegnung mit Lilli hatte sein Leben sehr viel komplizierter gemacht. Doch natürlich gab es kein Zurück mehr, und er hatte ihr verziehen. Sogar, dass sie Struve geheiratet hatte, einen Rechtsanwalt und Intellektuellen. Konrad verdankte Gustav Struve viel. Lillis Ehemann hatte ihn wie einen Bruder behandelt.

Zumindest so lange, bis sie ihn beide sitzengelassen hatten.

Bei der Erinnerung daran stieg Bitterkeit in ihm auf. Aber Elise war nicht Lilli. Trotzdem, sie waren sich ähnlich. Eigentlich durfte es ihn nicht wundern, dass er sich zu einer Frau hingezogen fühlte, der ihre Bildung so wichtig war.

»Wenn Sie entschlossen sind, nie die Ehe einzugehen, dann ist Lehrerin sicher eine gute Wahl«, sagte er schließlich. Es klang wieder abweisend.

Elise schwieg. Sie sah plötzlich sehr blass aus. Dann drehte sie sich nach Marthe um, deren Gestalt in einiger Entfernung hinter einer Wegbiegung hervorkam.

Endlich wandte sie sich wieder Konrad zu. »Ich habe nicht gesagt, dass ich niemals heiraten will. Warum geht nur jeder davon aus, dass eine Frau, die Interesse am Lernen hat, keinen Ehemann haben möchte?«

Er sah die Enttäuschung in ihren Augen. Er hatte sie enttäuscht. Konrad spürte, wie er sich noch mehr vor ihr verschloss. Es war ein vertrautes Gefühl, und es gab ihm seine Sicherheit zurück. Er hatte schon zu viel Nähe zugelassen.

»Ich kann Ihnen nur sagen, wie ich die Sache sehe. Wenn Sie eines Tages heiraten möchten, nützt Ihnen das Bücherwissen nichts.

Was wollen Sie damit anfangen? Der Mann trägt die ganze Verantwortung für seine Frau, die Familie, das Geschäft, was auch immer. Er kann sich schließlich nicht neben der Arbeit auch noch um Haushalt und Kinder kümmern.«

»Wer behauptet denn, dass ich das verlangen würde?« Sie blieb stehen und sah ihn an. »Oder wollen Sie damit sagen, dass mich dann keiner mehr nimmt? Eines kann ich Ihnen versichern, es gibt genug Männer, die an mir Interesse haben.« Ihre Stimme zitterte, ihre schönen Lippen bebten.

»Das freut mich für Sie.«

Er sah ihrem Gesicht an, wie er sie mit jedem seiner kühlen Worte mehr in Rage brachte. Ihre Enttäuschung wich Empörung, und damit konnte er besser umgehen.

Ohne noch einmal nach der Magd zu sehen, lief Elise los und ließ ihn stehen.

Es tut mir leid

Auf dem Grünbornhof, 16. Oktober 1853

Elise lief durch den Wald, ohne nach links und rechts zu sehen. Was hatte sie erwartet? Hatte sie geglaubt, dass Konrad anders war als andere Männer? Sie hätte ihm nicht davon erzählen sollen. Natürlich hatte sie gehofft, dass er sie dazu ermutigen würde, ihren eigenen Weg zu gehen. Sie hatte durchaus bemerkt, dass Konrad immer eine Lektüre bei sich hatte. Er las mehr als Wilhelm oder Carlchen. Er war eine faszinierende Mischung, dieser Mann. Aus diesem Grund hatte sie sich dazu hinreißen lassen, ihm ihr Vertrauen zu schenken. Weil er ihr gefiel.

Doch nun stellte sich heraus, dass er kein bisschen besser war als jeder andere.

Sie dachte daran, wie sie sich nach Baden-Baden zum ersten Mal wiedergesehen hatten. Da war irgendetwas zwischen ihnen passiert. Die Luft knisterte in Konrads Nähe. Sie konnte gar nicht genug davon bekommen. Sie liebte es, wenn Konrads ernster Gesichtsausdruck verschwand und er lächelte, zuerst seine Augen, dann das ganze Gesicht. Abends, wenn sie in ihrem Bett lag, erinnerte sie sich daran, wie er roch, ein bisschen herb, nach Leder und nach Mann. Und wenn sie sich dazu zwingen wollte, genauso intensiv an Eduard Messmer zu denken, den freundlichen, zuvorkommenden Herrn Messmer, konnte sie dieselben Gefühle doch nicht in sich wachrufen.

Es war wahrlich besser, wenn sie sich Konrad aus dem Kopf schlug. Männer konnten mit klugen Frauen nun einmal nichts anfangen. Konrad war da keine Ausnahme.

Und überhaupt. Sie war kurz davor gewesen, ihr Herz an einen anderen Menschen zu verlieren. Sich gefühlsmäßig an einen Mann zu binden. Dabei hatte sie sich nach dem Tod ihres Vaters geschworen, dass ihr das niemals passieren würde. So gegenwärtig war ihr immer noch dieser Schmerz. Ihr Vater war ihr so plötzlich genommen worden und so gewaltsam, als habe man ihr einen Arm oder ein Bein ausgerissen. Was für ein Schock! Sie war nicht mehr sie selbst gewesen. Und niemand hatte es bemerkt. Es hatte zwei Elises gegeben. Die eine, die mit ihrem Vater gestorben war, und die andere, die einfach weitergemacht hatte.

Sie erreichte eine Weggabelung. Dahinter begannen die Felder. In einiger Entfernung sah sie den Grünbornhof vor sich liegen. Nur noch wenige Minuten, dann wäre sie da. Ihr Korb fiel ihr ein. Konrad musste ihr den Korb bringen, und dann konnte er ihretwegen verschwinden. Sie sah sich um. Er war ihr nachgegangen.

Etwas langsamer setzte sie ihren Weg fort, und kurz bevor sie die Gebäude des Hofes erreicht hatte, war Konrad bei ihr angelangt. Er sagte kein Wort, und auch sie schwieg. Marthe sah sie nicht, die brauchte gewiss noch eine Weile, bis sie hier wäre.

Ein magerer Hund sprang auf, bellte und zerrte an seiner Kette. Elise schrak bei dem plötzlichen Geräusch zusammen. Das Haupthaus des Hofes war nicht bewohnt, der Eingang mit Holzbrettern vernagelt. Die Tagelöhnerfamilie hatte sich eines der Nebengebäude hergerichtet, um darin zu leben. Abgesehen von dem Gekläff blieb alles still. Niemand kam. Der Hof sah schmutzig aus. Gerümpel und Unrat lagen herum.

»Hallo?«, rief Elise, um sich bemerkbar zu machen. So wie der Hund anschlug, mussten sie doch merken, dass jemand gekommen war.

Sie hatte ein ungutes Gefühl. Nun war sie plötzlich doch froh, dass Konrad bei ihr war.

Er stellte den Korb ab, machte einen Schritt vor, nickte Elise zu, als wolle er sich ihr Einverständnis holen, und schob dann die Tür zu der Behausung auf.

»Hallo? Jemand da?«, rief er.

Verbrauchte Luft schlug ihnen entgegen. Es roch nach Urin, Kot und anderen menschlichen Ausdünstungen. Drinnen war es dämmrig, und weil sie zuvor im hellen Sonnenlicht gestanden hatten, sah Elise im ersten Moment fast nichts. Alle Läden waren verschlossen.

Ein Wimmern.

»Hallo? Wir wollten mal nach Ihnen sehen. Wir haben etwas zu essen dabei.«

Etwas löste sich aus dem Schatten, und ein kleines Mädchen tappte zaghaft auf sie zu. Sie mochte etwa fünf Jahre alt sein und starrte vor Schmutz. Ihre Haare waren verfilzt. Nur ihre Augen leuchteten klar aus ihrem Gesicht.

Stumm streckte sie ihre Hand aus.

Elise starrte das Mädchen einen Moment lang überrascht an, doch dann reagierte sie, holte ein Brot aus dem Korb, brach ein Stück ab und reichte es ihr in der Erwartung, dass sie hungrig hineinbeißen würde. Doch das Mädchen nahm es nur stumm, ging damit zu einem Lager, einem Strohsack auf dem Boden, und kniete sich hin. Ein kleiner Junge lag dort, Elise glaubte jedenfalls, dass es ein Junge war, und das Mädchen begann damit, ihn zu füttern. Sorgsam brach sie Brocken von dem Brot ab und steckte sie dem Knaben direkt in den Mund, denn er schien zu schwach, auch nur einen Arm zu heben.

Elises Augen füllten sich mit Tränen bei dem Anblick.

Konrad hatte sich als Erster wieder gefasst. »Wir brauchen Licht hier drinnen«, sagte er und begann damit, die Läden zu öffnen.

Eine Weile später hatten Elise und Konrad sich einen Überblick verschafft. Die Mutter der drei Kinder, die seit der Verletzung ihres Mannes allein auf dem Hof war, war krank geworden. Sie war fiebrig und geschwächt und hatte sich schon seit einer ganzen Weile nicht mehr um ihre Kinder kümmern können. Sie alle hatten, wie die Mutter schließlich doch noch zu berichten in der Lage war, seit Tagen kaum etwas gegessen. Das kleine Mädchen, das ihnen entgegengekommen war, hatte sich beholfen, so gut es konnte, die Mutter jedoch nicht wirklich ersetzen können, zumal einer ihrer beiden Brüder ebenfalls krank geworden war. Ebenjener, den sie zu füttern versucht hatte.

Immerhin gab es einen Brunnen mit sauberem Wasser. Elise wollte einen Haferbrei kochen, damit die Familie für die nächsten Tage einen Vorrat hätte, und die vor Schmutz starrenden Kinder und die Mutter wenigstens notdürftig waschen. Doch es war kaum Feuerholz da. Also machte Konrad sich daran, draußen nach etwas Brennbarem zu suchen. Endlich kam auch Marthe bei ihnen an, und Elise schickte sie gleich wieder fort, um dem Pfarrer von der Notlage der Familie zu berichten.

Konrad und Elise arbeiteten Hand in Hand. Ohne sich abzusprechen, wussten sie genau, was zu tun war. Konrad holte Wasser aus dem Brunnen, fütterte den Hund, damit der Ruhe gab, dann brachte er Holz und feuerte den Ofen, während Elise dem fiebrigen Knaben kalte Wickel machte und dafür sorgte, dass die Kinder aßen, aber auch nicht zu viel auf einmal. Die Mutter schien die schlimmste Phase ihrer Krankheit überwunden zu haben. Sie hatte fest geschlafen, als Elise und Konrad angekommen waren, doch jetzt war sie ansprechbar, wenn auch noch sehr schwach.

Schließlich hatten sie auch warmes Wasser, und während Elise die Kinder und die Mutter wusch, kehrte Konrad den Unrat aus der Behausung. Er scheute sich auch nicht, ein vollgekotetes Leintuch, das in einer Ecke lag und für einen Großteil des Gestanks verantwortlich war, zu nehmen und in einem Bottich mit heißem Wasser wenigstens notdürftig zu reinigen.

Nach etwa zwei Stunden war das Gröbste geschafft. Der Raum, in dem die Familie wohnte, war gelüftet und einigermaßen sauber, alle hatten etwas gegessen und getrunken, die Mutter saß aufrecht in ihrem Bett und hatte das jüngste Kind, einen etwa dreijährigen Knaben, bei sich. Das ältere Mädchen hatte sich zu Füßen ihres kranken Bruders zusammengerollt und war eingeschlafen. Es musste völlig erschöpft gewesen sein, denn es war schon beim Essen beinahe weggenickt.

Elise trat hinaus auf den Hof, wo Konrad wieder damit beschäftigt war, Holz zu spalten. An der Außenwand des Schuppens stand eine wacklige Bank. Sie prüfte, ob sie sie halten würde, bevor sie sich daraufsetzte und ihr Gesicht von der Sonne bescheinen ließ. Nicht mehr lange und die Strahlen würden hinter dem Dach des ehemaligen Gutshauses verschwunden sein.

Das Geräusch der Axt hatte eine beruhigende Wirkung auf sie – Konrads Anwesenheit jedoch nicht. Denn plötzlich war sie sich seiner Gegenwart überdeutlich bewusst. Sie öffnete die Augen wieder und beobachtete ihn. Konrad arbeitete mit ruhigen, stetigen Bewegungen. Er hatte die Jacke ausgezogen und die Ärmel hochgekrempelt, so dass man sehen konnte, wie seine Armmuskeln arbeiteten. Schweiß stand ihm auf der Stirn. Nach ein paar weiteren Schlägen bemerkte er, dass sie ihn ansah, und hielt inne. Er legte die Axt beiseite.

Elise stand auf, goss etwas Wasser in eine Tasse und reichte sie ihm. So nah waren sie sich seit ihrem Streit vorhin auf dem Waldweg nicht mehr gekommen. Er trank durstig und ließ dabei seinen Blick auf ihr ruhen. Dann ließ er die Tasse sinken, betrachtete sie nachdenklich und legte, als sei es das Selbstverständlichste der Welt, seine Rechte auf ihre Wange und streichelte sie sacht.

Sie spürte die Rauheit seine Hand, die Schwielen harter Arbeit, und neigte ganz leicht den Kopf, schmiegte sich an ihn.

»Es tut mir leid, Elise. Alles, was ich vorhin zu dir gesagt habe. Dass es sich nicht lohnt zu lernen. Das ist falsch. Die Wahrheit ist, dass ich mir eine Frau wünschen würde, die so wissbegierig ist wie du. Eine, die so ist wie du.«

Die zärtliche Geste, seine Entschuldigung, sein Geständnis und dass er sie so selbstverständlich bei ihrem Vornamen nannte – wahrscheinlich hätte auch nur eines davon ausgereicht, um Elises Herz zu erweichen.

Sie griff nach seiner Hand und hielt sie fest, drückte ihre Lippen dagegen, und er kam noch näher und zog sie an sich. Es fühlte sich vertraut an. Elise lehnte sich an Konrads Brust, nahm wahr, wie sein Herz schlug. Der Schrecken über das Elend, das sie vorgefunden hatten, steckte ihr in den Knochen, sie spürte, wie müde sie war. Und doch hatte sie sich noch nie so lebendig gefühlt wie in diesem Moment. Es gab keinen Ort der Welt, an dem sie lieber gewesen wäre als hier zusammen mit Konrad.

Sie blickte auf. Konrad war beinahe einen Kopf größer als sie. Er sah ernst zu ihr hinunter. Sie lächelte und studierte die Falten auf seiner Stirn und seinen Wangen, die feinen Linien rund um seine Augen. Er war ein junger Mann und doch schon von den Erfahrungen des Lebens gezeichnet.

Und dann küssten sie sich.

Wir warten am Ufer auf Sie

Hamburg, ebenfalls am 16. Oktober 1853

Es war ein herrlich strahlender Sonntag. Anton war in die Frühmesse gegangen, und Carl hatte den kleinen gemeinsamen Raum für sich. Er war gerade dabei, sich anzukleiden, und suchte nach einem sauberen Schnupftuch, als sein Blick auf den Brief fiel, den er vor einigen Tagen von seiner Mutter bekommen hatte. Der Anblick berührte ihn unangenehm. Zu Beginn seiner Hamburger Zeit hatte er den Nachrichten aus Frankfurt immer mit Ungeduld entgegengesehen. Doch inzwischen mochte er sie gar nicht mehr so gerne. Die Korrespondenz erinnerte ihn daran, dass sein Aufenthalt in Hamburg begrenzt war und dass in der Heimat etliche Probleme auf ihn warteten.

Seine Mutter dachte weiterhin darüber nach, den Handel mit den Stoffen und dem Porzellan aufzugeben, aber Herr Besthorn sperrte sich dagegen. Der Form halber, so war es Carl vorgekommen, hatte sie auch nach seiner Meinung gefragt. Eine Antwort war er ihr bisher schuldig geblieben. In diesem letzten Brief drehte sich allerdings alles um seine Schwestern. Die Sache mit Elise und diesem Baden-Badener Kaufmann hatte sich recht positiv entwickelt, das war die gute Nachricht gewesen. Minchen jedoch hatte sich mit dem Falschen eingelassen und war zu Verwandten nach Friedrichstadt in Schleswig expediert worden. Das war eine halbe Weltreise von Frankfurt aus. Seine Mutter fragte an, ob er in einigen Wochen mal bei ihr nach dem Rechten sehen könne. Vor allem deshalb hatte er den Brief unbeantwortet zur Seite gelegt. Wie stellte sie sich das vor? Die Bahnlinie reichte nicht einmal bis Rendsburg. Er wäre mehrere Tage unterwegs. Und er konnte sich fürwahr einen angenehmeren Zeitvertreib für seine wenige freie Zeit vorstellen.

Er faltete den Brief zusammen, den er noch einmal überflogen hatte, legte ihn in ein Buch und klappte es nachdrücklich zu. Damit wollte er sich jetzt nicht befassen. Fest entschlossen, den vor ihm liegenden Sonntag in vollen Zügen zu genießen, beendete er, ein Liedchen pfeifend, seine Toilette.

Seine gute Laune rührte vor allem daher, dass sich seine Lage hier in Hamburg erheblich zum Besseren verändert hatte, und das lag an Richard Mahlstedt. Sein Kollege hatte Carl nach seiner Beleidigung und der Entschuldigung, die er, wie versprochen, öffentlich wiederholt hatte, mehrfach seine Freundschaft angetragen und sich ernsthaft um ihn bemüht. Carl hatte es zunächst ein wenig skeptisch geschehen lassen und das Ganze als ein Experiment angesehen. Doch mittlerweile fühlte er sich durch Mahlstedts Wertschätzung geehrt und emporgehoben. Seinen neuen Freund umgab, bei aller Kritik, die man an ihm haben mochte, eine Aura der Unberührbarkeit, die auch auf ihn abzufärben begann. Schon allein die Art und Weise, wie der Volontär morgens mit lässiger Selbstverständlichkeit das Kontor betrat, selbst wenn er ein paar Minuten zu spät kam. Oder wie er in seinem typischen vertraulichen Ton mit dem Prinzipal sprach, ganz so, als seien sie auf Augenhöhe oder als besäße Mahlstedt längst ein eigenes Geschäft und arbeite nur aus reiner Gefälligkeit für Overweg.

Carl wagte es zwar nicht, es seinem Freund in allem gleichzutun, fühlte sich aber dennoch stärker anerkannt als zuvor. Herr Haas traute Carl nun insgesamt mehr zu, und Herr Schröter gab ihm sogar die eine oder andere Spezialaufgabe. Beim Tee galt er inzwischen als unumstrittener Experte. Ab dem kommenden Jahr sollte ihm sogar gestattet werden, zwei Tage pro Monat für das Frankfurter Geschäft tätig zu werden. Herr Besthorn hatte darum gebeten, und Overweg hatte bereits zugestimmt. Nur das erste Jahr sollte noch abgewartet werden.

Auch die Sonntage gestalteten sich für Carl anders, seit er mit Mahlstedt befreundet war. Dreimal schon hatte er das Mittagessen bei Westphals ausfallen lassen und war stattdessen mit Mahlstedt ausgeritten. Natürlich ahnte er, dass die wiederholte Absage von den Westphals als Affront aufgefasst werden konnte, doch das verdrängte er lieber. Er hatte sich schließlich zu nichts verpflichtet, und die Sonntage bei den Westphals hatten etwas allzu Biederes an sich, während die Ausflüge mit Mahlstedt ihm sehr viel Spaß machten. Außerdem konnte er seine Reitkünste perfektionieren, und das war schließlich auch nicht zu verachten.

Auch heute war Carl mit Mahlstedt verabredet. Da er über keine geeignete Kleidung verfügte, hatte sein Freund ihm mit einem Paar seiner eigenen Beinkleider ausgeholfen. Und da er dazu unmöglich seine gewöhnliche Alltagsjacke und noch viel weniger seinen Mantel tragen konnte, hatte er ihm außerdem ein passendes Jackett dazugegeben, ein Hemd, eine Halsbinde und ein Paar Stiefel. Mahlstedts Sachen passten ihm zum Glück ausgezeichnet.

Carl hatte sich fertig angekleidet. Er stand vor dem kleinen Spiegel, den er und Anton immer zum Rasieren benutzten, und war gerade dabei, die Jockeymütze aufzusetzen, die ebenfalls aus Mahlstedts Beständen stammte, als sein Mitbewohner ins Zimmer trat.

»Du musst sie schief aufsetzen, so macht Mahlstedt das auch immer«, sagte Anton zur Begrüßung.

»Hahaha.« Carl bedachte den feixenden Anton im Spiegel mit einem angesäuerten Blick und ließ die Mütze, wo sie war.

»Wünsche viel Spaß!« Anton ließ sich auf sein Bett fallen, verschränkte die Arme hinter dem Kopf und sah zu, wie Carl ein Stück Brot und ein paar Äpfel in einen Lederbeutel steckte.

Carl warf Anton einen Apfel zu, den er geschickt auffing. »Und was hast du heute vor?«, fragte er.

»Keine Ahnung. Mal sehen.«

Carl schulterte seine Tasche. Er fand es schade, dass er und Anton sich mehr und mehr auseinanderlebten. An den langen Sommerabenden im Juni und Juli, wo es selbst abends um halb elf noch einen Schimmer Tageslicht gegeben hatte, waren sie häufiger zusammen zum Hafen geschlendert, um Krabben zu essen. Die triefenden Tierchen aus ihren Schalen zu pulen, hatte Spaß gemacht, und sie gehörten zum Leckersten, was Carl je gekostet hatte. Aber nicht nur darum hatten ihm die Ausflüge mit Anton so gut gefallen. An der Seite seines Kollegen hatte er den Hafen viel gründlicher kennengelernt, als es ihm alleine möglich gewesen wäre. Anton hatte als kleiner Junge als Gehilfe eines Tallymanns gearbeitet, so nannte man die Ladungszähler. Carl war bei ihren Spaziergängen auch nicht entgangen, dass Anton den Ärmsten der Armen stets ein paar Pfennige zusteckte, obwohl er selbst nicht viel besaß. Über seine Familie sprach Anton nie. Carl, der sich gelegentlich fragte, wie sein Freund eigentlich sein Lehrgeld bezahlte, respektierte sein Schweigen.

Jetzt warf Carl einen Blick auf die Uhr. Schon halb neun durch. »Ich muss los. Sehen wir uns heute Abend im *Klabautermann*?«

»Falls du dich mit dem Fußvolk noch abgeben willst«, sagte Anton spöttelnd und biss in den Apfel.

»Döskopp.« Carl griff nach einem weiteren Apfel auf dem Tisch und warf ihn so plötzlich in Antons Richtung, dass dieser ihn nicht fangen konnte und sich lachend wegduckte.

»Bis heute Abend.«

»Bis dann.«

Carl und Mahlstedt waren am Stall verabredet, der am Rande des Heiligengeistfelds lag. Carl ging über den Großen Neumarkt und spazierte dann zum Millerntor hinaus. Noch waren nicht viele Menschen unterwegs. Erst ab zehn würde sich die Promenade mit Spaziergängern füllen. An einem sonnigen Tag wie heute würde wahrscheinlich die halbe Stadt auf den Beinen sein, um entweder an der Alster oder hier draußen am Wallgraben und in den umliegenden Parks und Gärten zu promenieren. Ähnlich wie in Frankfurt hatte man nämlich die Wallanlagen und die Stadtmauern schon vor vielen Jahren abgetragen und an ihrer Stelle breite Spazierwege angelegt. Linden- und Pappelalleen erstreckten sich nun dort, wo sich einstmals Verteidigungsanlagen befunden hatten. Nur der mit Wasser gefüllte Graben war übrig geblieben, auf dem Schwäne und Enten ihre Kreise zogen und wo man an manchen Stellen Kähne mieten konnte, um damit herumzupaddeln. Gerade bei jungen Leuten war dies eine beliebte Freizeitbeschäftigung.

Während Carl weiter in Richtung Heiligengeistfeld ging, sah er den Wolken nach, die am blauen Himmel in Gruppen dahinzogen. Der Horizont wurde hier draußen vor der Stadt nur von ein paar Bäumen, einer Windmühle und einem Kirchturm durchbrochen. Kein Berg oder Hügel, der die Sicht beschränkte. Aus Frankfurt war er es gewohnt, mehr Landschaft als Himmel zu sehen. Hier in Hamburg war es genau umgekehrt.

Ein älterer Mann und eine elegante, hübsche junge Frau, die an seinem Arm ging, kamen ihm entgegen. Neugierig sah sie ihn an und lächelte ihm dann unverhohlen freundlich zu, bevor sie ihren Fauxpas bemerkte und den Blick senkte. Als sie vorüber waren, grinste Carl in sich hinein. Keine Frage, Mahlstedts Kleider gaben ihm ein ganz anderes Aussehen – männlicher, stattlicher.

Carl schritt noch ein wenig schneller aus.

Nun kamen die weitläufigen Stallgebäude in Sicht. Denen gegenüber lag eine Art Gutshaus, umgeben von einem Garten mit Blumenrabatten, die um diese Jahreszeit in Gelb- und Orangetönen leuchteten, und einem Streifen grünen Rasens im englischen Stil. Es handelte sich nämlich nicht um einen gewöhnlichen Mietstall, sondern um ein richtiges Gestüt mit eigenen edlen Zuchttieren. Nur sehr wohlhabende Männer konnten es sich leisten, hier ihre Tiere unterzustellen. Und ein solcher Mann war sein Freund Richard Mahlstedt. Dessen eigener Hengst, den er trotz oder wegen seiner Verletzung gekauft hatte, war noch nicht wieder ganz gesundet, deshalb musste Mahlstedt sich noch mit anderen Tieren behelfen. Er beglich alle Ausgaben spielend, auch die Leihgebühr für Carls Pferd, und lehnte jegliche Angebote der Kompensation ab. Auch von einem Kredit wollte er nichts hören. Es sei ein Freundschaftsdienst. Carl sei ihm eine angenehme Gesellschaft und er solle sich bitte nicht den Kopf darüber zerbrechen.

Mahlstedt war gerade dabei, in der Box sein Pferd zu striegeln, als Carl auf die Minute pünktlich eintraf.

»Da bist du ja«, begrüßte sein Freund ihn gut gelaunt.

»Wie geht es ihm?«, fragte Carl, während er dem Hengst, der seinen Kopf ins Freie streckte, einen Apfel hinhielt und ihn dann zwischen den Ohren kraulte.

»Noch eine Woche Schonung, dann kann er zum ersten Mal wieder an die Longe, sagt der Tierarzt.« Mahlstedt gab dem Tier zum Abschied einen Klaps auf die Flanke, kam zu Carl heraus und legte sorgfältig den Riegel vor. Er war sichtlich erleichtert, dass es dem Pferd besser ging. Überhaupt fiel Carl auf, dass sein Freund nie so entspannt war, wie wenn er mit Tieren zu tun hatte.

Er selbst hingegen fühlte sich trotz der Reitstunden, die er in seiner Jugend erhalten hatte, nicht ganz sicher beim Reiten, vor allem deshalb, weil normalerweise Mahlstedt das Tempo vorgab – und der ritt gerne schnell. Heute hatte Mahlstedt für Carl eine Schimmelstute vorgesehen, die er schon kannte. Das Tier war ein wenig nervös, beinahe wäre es Carl beim letzten Mal durchgegangen.

Doch er wollte der Wahl seines Freundes nicht widersprechen. Sie bekam von Carl ebenfalls einen Apfel, und dann ging es los.

Sternschanze, Sandgrube, Moorweide – Carl waren die Flurnamen mittlerweile vertraut. Sie ritten Trab, ließen die Pferde nach Lust und Laune immer mal wieder galoppieren und verfielen dann wieder in Trab oder Schritt. Es war herrlich. Die Stute gehorchte auf jeden seiner Befehle. Vielleicht war er ja doch kein so schlechter Reiter, wie er geglaubt hatte. Carl warf einen Blick zu Mahlstedt hinüber und korrigierte unwillkürlich seine eigene Haltung. Sein Freund machte eine so ausgezeichnete Figur auf dem Pferderücken, dass es jedem auffallen musste.

Nach zwei Stunden näherten sie sich wieder dem Wallgraben. Ein breiter Weg führte um einen kleinen Stausee herum. Sie ließen die Tiere Schritt gehen und plauderten. Mahlstedt – oder vielmehr Richard, wie Carl ihn nun häufiger nannte, wenn sie nicht im Kontor waren – unterhielt ihn mit Anekdoten aus seiner Zeit in den USA.

Plötzlich bemerkte Carl drei Frauen, die mit ihrem Boot in die Nähe eines Wehrs geraten waren. Das abfließende Wasser ließ an dieser Stelle eine Strömung auf dem sonst so ruhigen See entstehen. An sich war das nicht so schlimm, denn mit ein bisschen Kraftaufwand hätte man sich der Strömung widersetzen und in ruhige Gewässer rudern können, doch das Boot war ins Trudeln geraten, und die Insassen hatten eines ihrer Paddel verloren. Carl konnte es sogar sehen, denn es hatte sich in den Ästen einer Trauerweide verfangen. Ungeschickt versuchten die drei, dort hinzukommen, um es zu holen, und drehten sich doch nur immer weiter im Kreis. Mahlstedt war Carls Blick gefolgt. Ein amüsierter Ausdruck erschien auf seinem Gesicht. »Drei Damen in Seenot. Wir sollten ihnen zur Hilfe eilen.« Sie waren mittlerweile auf der Höhe des Ufers angekommen, wo der Kahn in etwa zwanzig Fuß Entfernung auf dem Wasser trieb.

»Schau dir nur die Kleider an. Diese hübschen Hühnchen stammen aus einem feinen Stall«, sagte Mahlstedt leise.

Carl sah ein wenig genauer hin, und richtig, die beiden Fräuleins, die zusammen mit einer überfordert wirkenden älteren Matrone, womöglich der Gouvernante, in dem Kahn saßen, sahen wirklich sehr hübsch und gepflegt aus. Carl hatte zunächst angenommen, es seien ein paar Dienstmädchen, die sich etwas gönnen wollten, doch danach sahen diese Fräuleins ganz und gar nicht aus. Im Gegenteil.

Mahlstedt winkte ihnen zu. »Keine Sorge! Wir kommen Ihnen zur Hilfe. Wir holen uns nur rasch ein Boot.«

»Oh, danke. Das wäre wirklich zu freundlich«, hörte man eine der Frauen rufen. Sie beschirmte ihre Augen mit der Hand und blickte suchend in den Schatten der Bäume. »Ja, bitte, helfen Sie uns.« Die Erleichterung in ihrer Stimme war nicht zu überhören.

»Wir sind gleich bei Ihnen«, rief Carl.

Ohne zu zögern, ritten sie weiter zum Bootshaus, das man quer über den See hinweg bereits sehen konnte, und machten die Pferde an einem Schuppen fest. Der Bootshausbesitzer murmelte eine wenig galante Bemerkung, als sie ihm erklärten, in welche Lage sich die drei Frauen manövriert hatten, aber er gab ihnen den gewünschten Kahn und dazu einen Bootshaken. Sie legten sich in die Riemen und hatten kurze Zeit später die Stelle erreicht.

Die Lage der Frauen war unverändert, außer dass sie es aufgegeben hatten, gegen das Trudeln anzusteuern. Während Mahlstedt den eigenen Kahn geschickt in die Nähe der Frauen manövrierte, nahm Carl den Haken zur Hand.

»Vorsicht. Halten Sie lieber ein bisschen Abstand vom Rand«, rief er hinüber, da er plötzlich Angst bekam, er könne mit dem gefährlich aussehenden Instrument eines der Fräuleins verletzen. Das Manöver glückte. Carl und Mahlstedt nahmen das Boot der Frauen ins Schlepptau, und es gelang ihnen sogar, das über Bord gegangene Ruder wieder einzusammeln. Carl reichte es zu den Fräuleins hinüber, und diejenige, die zuvor auch schon die Wortführerin gewesen war, nahm es entgegen.

»Danke sehr. Wie überaus freundlich von Ihnen, uns zur Hilfe zu kommen. Dürfen wir erfahren, wem wir unsere Rettung verdanken?«

Sie waren inzwischen in der Mitte des Teichs angelangt und trieben sachte nebeneinanderher. Es war ein hübscher und friedlicher Ort, sogar das Bootshaus wirkte von hier aus malerisch, und gen Westen sah man zu den stattlichen Bäumen des Botanischen Gartens hinüber. Doch Carl war ganz von dem Anblick des Fräuleins gefesselt, das eben die Frage gestellt hatte. Sie war schätzungsweise achtzehn oder neunzehn Jahre alt und trug ein Tageskleid aus cremefarbenem Stoff mit blauen Querstreifen auf dem Volant des Oberteils, den stufigen, glockenförmigen Ärmeln und dem unteren Drittel ihres Rocks, der sich um ihre Beine bauschte. Ihr Teint war ganz hell mit rosigen Wangen, und ihr Haar, das unter dem Sonnenhut hervorblitzte, war so blond, wie er es noch nie bei einem Menschen gesehen hatte. Wäre ihr Gesicht nicht so jugendlich frisch gewesen, hätte man sie beinahe für weißhaarig halten können. Ihre Augen, die vielleicht einen Hauch zu eng beieinanderstanden, was für Carl ihren Liebreiz aber noch unterstrich, waren so blau wie der Oktoberhimmel. Kaum dass er das Fräulein wahrnahm, welches neben ihr saß. Es war rothaarig, ein wenig pummelig, und sein Gesicht war womöglich sogar noch hübscher, denn es hatte strahlend grüne Augen, doch konnte es ihn nicht auch nur in annähernder Weise fesseln.

»Verzeihen Sie, dass wir uns nicht vorgestellt haben. Gestatten, Richard Mahlstedt. Und das ist mein Freund Carl Ronnefeldt«, sagte Mahlstedt.

Carl wurde sich peinlich berührt bewusst, dass er die Blonde angestarrt hatte, die ihm indes ein herzliches Lächeln schenkte.

»Sehr erfreut«, sagte sie und neigte hoheitsvoll den Kopf. »Fräulein Charlotte von Zitzewitz, und das ist meine Cousine, Margarete von Zitzewitz. Frau von Stojentin.«

Charlotte von Zitzewitz. Carl hätte sie am liebsten einfach nur angeschaut, bemerkte aber trotzdem, dass die ältere Dame, die hinter ihr saß, Frau von Stojentin, rote Flecken im Gesicht hatte. In der einen Hand hielt sie einen Sonnenschirm und in der anderen einen Fächer, mit dem sie sich hektisch Luft zufächelte. Das konnte übel enden, dachte er, ihr schien es gar nicht gut zu gehen. Kein Wunder. Sie trug schwarze Kleidung voller Volants und Rüschen, und die Sonne hatte an diesem schönen Tag im Oktober immer noch erstaunlich viel Kraft, so dass der winzige Sonnenschirm ihr nicht viel nutzte.

»So gerne ich weiter mit Ihnen plaudern würde, aber Sie sollten jetzt lieber an Land gehen. Ich glaube, Ihre Begleiterin muss in den Schatten«, sagte Carl.

Das Fräulein wandte sich zu Frau von Stojentin um. »Sie haben natürlich recht, Herr Ronnefeldt. Wie aufmerksam von Ihnen.«

»Sollen wir Sie mit dem Haken ans Ufer schleppen?«, fragte Mahlstedt.

»Nein, nicht nötig. Es ist ja nicht mehr weit, das schaffen wir schon, jetzt wo wir das Ruder wieder haben. Nicht wahr, Margarete?«

Die schüchterne Rothaarige – sie hatte die ganze Zeit über kein Wort gesagt – nickte.

»Wir warten am Ufer auf Sie und helfen Ihnen beim Aussteigen«, sagte Carl. Die Vorstellung, dem Fräulein schon gleich wieder adieu sagen zu müssen, gefiel ihm gar nicht, aber vielleicht konnten sie ja wenigstens noch ein Glas Limonade zusammen trinken.

Darf ich um diesen Tanz bitten?

Hamburg, 12. November 1853

»Sehr schön. Ganz ausgezeichnet, Ronnefeldt«, sagte Mahlstedt zufrieden und klopfte Carl einen Fussel von der Schulter.

»Meinen Sie?« Carl stand in Mahlstedts Wohnung vor dem Spiegel und verdrehte den Kopf, um über die Schulter hinweg auch die Rückseite des Jacketts im Spiegel betrachten zu können. Es gehörte Mahlstedt, aber der Schneider hatte es für Carl so geändert, dass es der aktuellen Mode entsprach. Ein wenig schmaler in der Taille. Carl fand auch, dass er darin eine gute Figur machte, war aber in Modedingen so wenig bewandert, dass er sich lieber auf seinen Freund verließ. Zum Jackett gab es die passende Weste, an der ebenfalls ein paar Nähte hatten aufgetrennt und neu zusammengesetzt werden müssen. Die Kleidungsstücke hatte Mahlstedt ihm geschenkt und das Geld für den Schneider und ein neues Hemd vorgestreckt. Zum Glück konnte er wenigstens seine eigenen Hosen dazu anziehen, die durch die Oberbekleidung so aufgewertet wurden, dass sie nicht weiter auffielen.

Für Carl war es nicht leicht, die vielen Geschenke von seinem Freund anzunehmen, ihm blieb jedoch kaum etwas anderes übrig. Mahlstedt und er wurden nämlich im Tanzsalon der Familie von Budberg erwartet – und dafür brauchte er nun einmal einen Gesellschaftsanzug. Sein übliches Jackett, das er im Kontor bei der Arbeit trug, eignete sich nicht, und selbst ein Frack wäre ungeeignet gewesen, klärte Mahlstedt ihn auf, der wurde nur am Abend getragen. Ein eleganter Tagesanzug musste es sein, mit passender Weste, blütenweißer Hemdbrust und ordentlichen Manschetten.

Beflissen nahm der Schneider, der hinter ihnen stand, das Jackett entgegen, um noch eine kleine Änderung zu machen, und Carl zog nun das neue Hemd und die Weste an, die schon für ihn bereitlagen. Mahlstedt half ihm dabei, die Fliege zu binden, der Schneider kam mit dem Jackett zurück – und dann war das Werk vollbracht. Gerade noch rechtzeitig, denn die von Budbergs erwarteten sie schon an diesem Nachmittag.

Neue Schuhe besaß Carl nicht. Obwohl er seine braunen Lederschuhe, die erst ein halbes Jahr alt waren, zuvor schön gefunden hatte, sahen sie in Kombination mit dem Jackett und dem Hemd etwas schäbig aus, stellte Carl fest, als er sich vollständig angezogen erneut vor den Spiegel stellte. Es fiel ihm nun auch viel mehr auf, dass die Hosen allzu gewöhnlich waren, zuvor hatte er sie als vollkommen ausreichend erachtet. Es war immer das Gleiche. Sobald man anfing, an einer Stelle Verbesserungen vorzunehmen, zog dies einen ganzen Rattenschwanz weiterer Investitionen nach sich.

Im Spiegel sah Carl hinter sich Mahlstedts zufriedenes Gesicht. Vor zwei Wochen war sein Freund mit der Neuigkeit an ihn herangetreten, dass Familie von Budberg für ihren Tanzsalon dringend ein paar Tanzherren suche. Einige adlige Familien hätten sich zusammengetan, um ihre Töchter auf deren erste Saison im kommenden Jahr vorzubereiten. Ihn, Mahlstedt, hatte Frau von Budberg während eines Abendessens für den Botschafter von Brasilien, zu dem er eingeladen gewesen war, persönlich gefragt, ob er sich nicht dazu bereit erklären wolle, sie bei diesem Vorhaben zu unterstützen. Es fehlten nämlich noch ein paar Tänzer. Und er hatte zugesagt und zudem Carl Ronnefeldt vorgeschlagen.

Carl hatte zuerst abgelehnt. Kurz zuvor hatte er nämlich ein paar Bemerkungen des alten Herrn Westphal einstecken müssen, der ihm den Kopf zurechtgerückt hatte, weil er sich zu oft mit diesem Adligen sehen ließ. Was Carl sich denn davon verspreche, hatte er gefragt und gesagt, dass man schon über ihn rede. Ob es denn wirklich nötig sei, dass Carl sich derart exponiere, indem er so viel Zeit mit ihm verbringe? Er habe nichts dagegen, wenn ein junger Mann durch Fleiß und Anstand auf sich aufmerksam mache, doch ein solches Gebaren stünde einem angehenden Kaufmann wie ihm nicht gut an. Die hanseatischen Bürgerfamilien blieben lieber unter sich. Sie hätten es nicht nötig, sich derart beim Adel anzubiedern.

Otto Westphal hatte dieses Gespräch in aller Diskretion geführt, aber Carl, der viel Respekt vor ihm hatte, war es trotzdem unangenehm gewesen, zumal Westphal dann auch noch Carls Vater ins Spiel gebracht hatte. Der hätte sein Verhalten gewiss auch nicht gutgeheißen. Deshalb erwähne er es ja – er fühle sich seinem guten alten Freund gegenüber dazu verpflichtet, sozusagen an seines Vaters statt, mit ihm zu reden. Und Carl hatte sich ein bisschen geschämt und sich vorgenommen, in Zukunft vorsichtiger zu sein.

Das war der Grund dafür, dass er Mahlstedt zunächst erklärt hatte, für diese Tanzstundensache nicht in Frage zu kommen.

»Das Ganze muss ein Irrtum sein. Gewiss haben Sie Frau von Budberg nicht richtig erklärt, wer ich bin.«

»Was denken Sie denn von mir, Ronnefeldt? Ich sagte ihr, dass Carl Ronnefeldt ein Kollege von mir sei und ein sehr guter Freund, das reichte ihr als Referenz. Und es ist auch nicht einmal unbedingt notwendig, dass Sie bereits tanzen können. Es gibt dort einen Tanzmeister.«

Carl konnte allerdings tanzen. Er hatte in Frankfurt die Tanzstunde besucht und war mit den wichtigsten Gesellschaftstänzen vertraut, vom Walzer bis zur Quadrille. Er tanzte sogar sehr gerne und gut. Das war eines der wenigen Dinge, die er mit seinem Bruder Wilhelm gemeinsam hatte.

Trotzdem wollte er nicht. »Das sind doch alles Familien der ersten Gesellschaft. Und ich bin nur ein Büroangestellter.«

»Ich auch. Sogar beim selben Kontor«, hatte Mahlstedt leichthin geantwortet.

»Das lässt sich doch nicht vergleichen. Jetzt hören Sie schon auf, sich über mich lustig zu machen.«

»Aber das tue ich nicht. Diese Einladung ist vollkommen ernst gemeint. Der Plan ist, dass die Hühnchen in geschütztem Rahmen ihre Flügel bewegen lernen, ohne Gefahr zu laufen, gleich von Raubvögeln attackiert zu werden. Da ist es am wichtigsten, ein anständiger Mensch zu sein. Charlotte von Zitzewitz wird übrigens auch dabei sein.«

»Wirklich?«

Das hatte Carl zum Nachdenken gebracht, er fand das Fräulein von Zitzewitz nämlich wirklich ausgesprochen reizend. Gerne dachte er an jenen sonnigen Oktobertag zurück, an dem sie sich kennengelernt hatten. Während die Gouvernante sich von ihrem Schwächeanfall erholt hatte, hatten sie am Ufer des Sees ein Glas Limonade miteinander getrunken. Dabei hatte ihn ihr leichter Silberblick zutiefst berührt, und einige Minuten lang war er der festen Überzeugung gewesen, unsterblich verliebt zu sein.

Doch dann war ein geschniegelter Kutscher aufgetaucht, um die Damen abzuholen, und als Carl das vornehme Gefährt gesehen hatte, in das sie eingestiegen waren, hatte er verstanden, dass er dieses entzückende Wesen möglichst rasch wieder vergessen musste. Er war schließlich kein Narr.

Und das hatte er seinem Freund auch gesagt, und Mahlstedt hatte ein wenig halbherzig eingelenkt und gleichzeitig weitere Argumente vorgebracht: »Also gut, dann werde ich Frau von Budberg das so mitteilen. Sie wird gewiss sehr enttäuscht sein. Es ist nun einmal leider gar nicht so einfach, Herren zu finden, die sich dazu bereit erklären, sich nachmittags von Backfischen auf die Füße treten zu lassen. Darum hat sie mich ja auch darum gebeten, ihr dabei zu helfen.«

»Sind Sie da auch ganz sicher?«

»Aber ja! Geben Sie sich einen Ruck, Carl, Sie würden den Herrschaften einen großen Gefallen tun. Warum kommen Sie nicht einfach mit und lernen die Dame des Hauses selbst kennen? Danach können Sie immer noch entscheiden.«

So war es geschehen. An einem nebelverhangenen Tag hatten sie gemeinsam die große weiße Villa aufgesucht, in der die Familie von Budberg mit Blick auf die Alster residierte. Frau von Budberg war groß, schlank und sehr blond, hatte eine lange Nase, wenig Lippen und trug ein blaugraues Kleid, dessen Schlichtheit sie mit einer Menge Perlen ausglich. Carl war nervös gewesen. Er hatte sich ein paarmal zu oft geräuspert und nicht gewusst, wohin mit seinen Händen. Frau von Budberg hatte ihn kühl gemustert und sich dann vor allem Mahlstedt gewidmet, den sie immer nur »mein lieber Richard« nannte. Am Ende hatte sie sich von ihnen mit den Worten verabschiedet, dass sie sich darauf freue, beide Herren demnächst zum Tanzsalon bei sich zu begrüßen. Und Carl hatte nicht gewagt, ihr zu widersprechen.

Sein Anzug hatte allerdings deplatziert gewirkt. Darum stand er ja nun auch hier und ließ sich von Mahlstedts Schneider zum Abschluss die Schultern abbürsten.

Um halb fünf gingen sie durch das weit geöffnete Eingangstor an der Alster auf die schneeweiße Villa der Familie von Budberg zu. Es dämmerte bereits. Das Haus war so hell erleuchtet, dass Carl den Eindruck hatte, auf einen Palast zuzuschreiten. Selbst entlang des Weges hatte man Fackeln aufgestellt. Carl fand, dass das sehr viel Aufwand für eine Tanzstunde war, und sagte das auch zu Mahlstedt.

»Ach, das ist nur, weil heute das erste Mal ist. Da sind die Familien der Mädchen ebenfalls eingeladen. Später wird es dann gewiss ruhiger.«

Carl schwieg beklommen und hätte am liebsten sofort die Flucht ergriffen, doch dafür war es nun zu spät.

Ein Diener nahm ihnen die Mäntel ab und musste Carl daran erinnern, ihm auch seinen Hut zu geben. Peinlich berührt riss Carl sich den vom Kopf und stolperte beinahe über einen Teppich, als er Mahlstedt hinterhereilte.

Ein zweiter Diener öffnete für sie die Flügeltüren zum Salon.

Carl war überwältigt. Vor ihnen erstreckte sich eine Reihe erleuchteter Zimmer, in denen eine große Anzahl eleganter Damen und Herren Tee trinkend beieinanderstand.

Mahlstedt schien nun doch ein wenig Mitleid mit ihm zu haben. »Sie schaffen das schon«, sagte er leise zu Carl, klopfte ihm auf die Schulter und schob ihn vor sich in den Raum.

Frau von Budberg hatte sie sogleich entdeckt. Carl begrüßte die Dame des Hauses mit einer Verbeugung, dankte für die Einladung, wurde der Tochter vorgestellt, die eine ebensolche Bohnenstange war wie ihre Mutter, und hatte den Eindruck, wesentlich freundlicher empfangen zu werden als beim ersten Mal.

In der nächsten halben Stunde wurde Carl mit allen möglichen Leuten bekannt gemacht. Er sprach mit alten und jungen Damen und Herren und fühlte sich nach und nach immer sicherer, da er mit den oberflächlichen Plaudereien mühelos zurechtkam.

Herr Westphal hatte nicht recht gehabt, dachte Carl bei sich, als er doch einmal zum Durchatmen kam. Nun war er also wirklich in der allerersten Gesellschaft angekommen – und es war überhaupt kein Problem. Man war sehr freundlich zu ihm. Er hatte sich in eine etwas ruhigere Ecke des Salons zurückgezogen und studierte ein Gemälde an der Wand – es zeigte ein in Seenot geratenes Schiff, das drohte von einer riesigen Welle verschlungen zu werden –, als ihn plötzlich eine junge Dame von der Seite ansprach.

»Herr Ronnefeldt, ich hatte ja so gehofft, Sie hier zu treffen.«

Carl drehte sich nach der Stimme um und blickte direkt in die reizenden Augen mit dem Silberblick. Sofort schlug sein Herz rascher. Er verbeugte sich.

»Fräulein von Zitzewitz. Es ist eine Freude, Sie wiederzusehen.«

»Für Sie Fräulein Charlotte. Oder nur Charlotte, wenn wir unter uns sind. Die Freude ist ganz auf meiner Seite.«

Sie trug ein Tanzkleid aus heller Seide, das mit Schleifen und kleinen Stoffrosen verziert war. Um ihren zarten Hals schlang sich eine feine Goldkette, und daran hing ein emailliertes Medaillon, das auf leuchtend blauem Fond, der exakt der Farbe ihrer Augen entsprach, ebenfalls eine Rose zeigte.

Charlotte von Zitzewitz blickte sich um. »Wir dürfen nicht so lange alleine miteinander reden. Bitte kommen Sie doch zu mir, kurz bevor die Musik einsetzt, ich werde Sie meiner Mama vorstellen.«

Carl sah ihr nach, wie sie huldvoll davonschritt. Die wenigen Augenblicke hatten ihn ganz und gar verzaubert, und er hatte ihren Anblick im Detail in sich aufgenommen. Frisch und blühend sah sie aus. Nicht so überladen mit Schmuck und Rüschen wie viele andere hier. Sie war die Schönste – und sie hatte ihn angesprochen. Die Aufgabe, die sie ihm gestellt hatte, fand Carl allerdings alles andere als leicht. Die Musiker saßen bereits seit einiger Zeit auf ihren Plätzen, woher sollte er wissen, wann sie endlich zu spielen anfangen würden und wann der richtige Zeitpunkt wäre, ihrer Aufforderung nachzukommen?

Sie saß nun an einem der Teetischchen neben einer Dame, die wohl ihre Mutter sein musste. Unauffällig ging er ein wenig näher heran, da entdeckte ihn Mahlstedt, der ihn wiederum einer jungen

Dame und deren Begleiterin vorstellte. Carl tauschte ein paar Höflichkeiten aus, während er gleichzeitig die Musiker im Auge behielt, und ließ die beiden stehen, sobald er sah, dass die Geiger ihre Instrumente hoben. Es war ihm egal, wie unhöflich das wirken musste. Mit wenigen großen Schritten stand er vor Fräulein von Zitzewitz.

»Wie schön, Sie zu sehen. Darf ich vorstellen, das ist meine Mutter. Mama, Herr Ronnefeldt ist der Freund von Herrn von Mahlstedt. Ich habe dir doch von ihm erzählt. Die Herren haben uns so sehr geholfen.«

»Aber natürlich, Herr …«

»Carl Ronnefeldt, gnädige Frau. Zu Ihren Diensten.«

In diesem Moment setzte zu Carls großer Erleichterung tatsächlich die Musik ein. Irgendwo hinter ihm im Raum klatschte jemand in die Hände, wahrscheinlich der Tanzmeister.

»Walzer«, rief eine laute Stimme.

»Darf ich um diesen Tanz bitten, gnädiges Fräulein«, sagte Carl. Charlotte sprang sofort auf.

»Du erlaubst doch, Mama«, sagte sie, während sie bereits ihre Hand auf Carls Arm legte.

Woher weißt du es?

Frankfurt, 20. Januar 1854

Die Ladentür wurde schwungvoll geöffnet, herein trat jedoch kein Kunde, sondern der Briefträger. Elise nahm die Post an der Theke entgegen. Sie erkannte die Handschrift auf dem obersten Umschlag sofort. Eduard Messmer hatte geschrieben, allerdings an ihre Mutter. Elises erster Impuls war, den Brief einfach verschwinden zu lassen, aber das tat sie natürlich nicht. Damit würde sie das Problem auch nicht aus der Welt schaffen.

Mit Herzklopfen sah sie die Briefe durch, ob nicht auch einer an sie dabei wäre. Vergeblich. Dann betrachtete sie wieder das an ihre Mutter adressierte Kuvert und wendete es in der Hand hin und her. Wo war sie da nur hineingeraten? Sie hatte das alles doch gar nicht gewollt. War sie zu freundlich zu Messmer gewesen? Dabei hatte sie doch bewusst einen eher kühlen Ton angeschlagen. Vermutlich wäre es besser gewesen, überhaupt nicht mehr auf seine Briefe zu antworten, aber ihre Mutter hatte sie sanft dazu gedrängt, und es wäre ja auch sehr unhöflich von ihr gewesen. Und nun, da war sie sich beinahe sicher, kündigte Messmer in diesem Brief, der an ihre Mutter gerichtet war, sein Kommen an. Er hatte so etwas angedeutet, hatte ihr geschrieben, dass ihn demnächst geschäftliche Gründe nach Frankfurt führen würden und dass er die Gelegenheit nutzen wolle, um sie wiederzusehen.

Elise ließ Messmers Brief auf der Theke liegen und brachte die übrige Post ins Kontor. Ihre Mutter war vor zwei Tagen in Begleitung von Tante Käthchen nach Wiesbaden gefahren, um im dortigen Laden nach dem Rechten zu sehen. Die beiden würden erst am Nachmittag zurückkommen. Also würde sich Elise gedulden müssen, bevor sie den Inhalt dieses Schreibens erfuhr.

Im Kontor waren alle mit der Korrespondenz beschäftigt. Besthorn sah stirnrunzelnd auf, als sie ihm die Geschäftsbriefe hinlegte. Sie schenkte ihm ein kleines angestrengtes Lächeln und war froh, dass sie zurück in den Laden gehen konnte. Es war wenig los heute, und während sie in den Regalen Staub wischte, konnte sie ihre Gedanken wandern lassen und stand nicht unter Beobachtung. Der Prokurist hieß es nämlich nicht gut, dass sie mittlerweile gelegentlich auch bei der Buchhaltung mithalf, aber ihre Mutter hatte sich in dieser Sache durchgesetzt. Ihre finanzielle Lage mache den Besuch des Instituts von Louise Bickel vorerst unmöglich, hatte sie Elise erneut kategorisch erklärt.

Zunächst war ihr die Aussicht, sich statt mit Sprachen, Literatur, Musik und Geschichte mit kaufmännischen Fachbegriffen zu befassen, zwar wenig verlockend erschienen, aber es war doch besser als nichts. Es tat ihr gut, ihren Kopf zu gebrauchen, und es lenkte sie von ihren Grübeleien ab. Etwa von den Gedanken, die sie sich wegen Konrad machte. Und wegen ihrer gemeinsamen Zukunft.

Seit jenem Tag auf dem Grünbornhof waren sie ein Paar. Nur dass niemand davon wissen sollte. Konrad wollte es so, und auch sie selbst hatte zunächst gedacht, dass es sicher besser so wäre. Sie glaubten nämlich beide nicht recht, dass Elises Familie mit ihm als Kandidaten einverstanden sein würde. Er könne das verstehen, hatte er gesagt. Er sei schließlich nur ein Geselle und verdiene bei Döbel nicht genug Geld, um eine Familie zu gründen. Doch er habe Pläne. Er würde sich etwas einfallen lassen. Sie müsse ihm nur Zeit geben. Bevor er an Heirat denke, wolle er sein eigener Herr sein, das sei er ihr und sich selbst schuldig.

Im Grunde machte ihr das nicht viel aus. Sie wollte ja gar nicht unbedingt sofort heiraten. Sie war jung, sie konnte warten. Und vielleicht doch noch das Institut besuchen. Vorerst unmöglich, so hatte sich ihre Mutter ausgedrückt, und an diese Formulierung klammerte Elise sich. Vielleicht war es ja irgendwann später doch möglich. Aber wenn nun Messmer plötzlich vor der Tür stünde und um ihre Hand anhielte, dann würde sie etwas sagen müssen. Sie würde ihn abweisen müssen. Und ihre Mutter würde nicht begreifen, warum sie das tat. Auch Carlchen wäre wahrscheinlich entsetzt darüber, dass sie eine solche Partie in den Wind schlug. Alle beide würden sie für verstockt und undankbar halten. Nur Wilhelm hatte eine Ahnung, wie es um sie und Konrad stand, doch der konnte ihr auch nicht helfen, solange sie nicht selbst mit der Wahrheit herausrückte.

Sie musste Konrad also sehr bald ihrer Mutter vorstellen und darauf vertrauen, dass sie ihn mochte. Konrad war schließlich kein Schauspieler. Kein Heinrich Kühne. Und sie war nicht ihre Schwester Minchen. Wegen eines Konrad Fritsch würde ihre Mutter sie doch gewiss nicht aus Frankfurt fortschicken. Das war schließlich nicht zu vergleichen.

Elises Blick fiel wieder auf den Umschlag mit Messmers Handschrift. Wer ihr beinahe noch mehr Sorgen machte, war Konrad selbst. Würde auch er bereit dazu sein, Farbe zu bekennen? Sie vertraute ihm, wurde aus ihm aber immer noch nicht recht schlau. Diese Sache mit der Auswanderung zum Beispiel. Sie hatte ihm auf den Kopf zugesagt, dass sie glaube, dass er seine Auswanderung plane, und er hatte es weder zugegeben noch abgestritten. Er wich ihr aus. Die Vorstellung, dass er vorhaben könnte, ohne sie nach Amerika zu gehen, gefiel ihr allerdings überhaupt nicht. Denn obwohl sie bereit war, auf ihn zu warten, wollte sie nicht in Deutschland zurückbleiben, während er in der Ferne sein Glück allein versuchte. Dann würden sie sich jahrelang nicht sehen können – das wäre ein zu hoher Preis. Das konnte er nicht verlangen. Bisher waren ihr die seltenen Momente, die sie mit Konrad allein verbringen konnte, jedoch viel zu kostbar gewesen, um ein solch heikles Thema anzusprechen.

Die Ladenglocke ertönte. Elise legte das Staubtuch ab und drehte sich um, in der Absicht, sich der Kundschaft zu widmen, doch zu ihrer Überraschung war es noch einmal der Briefträger.

»Der ist für Sie, Fräulein Ronnefeldt. Verzeihung, war falsch einsortiert gewesen.«

Ein weiterer Brief landete auf der Theke.

Ein Brief von Eduard Messmer. Elise nahm ihn, zögerte einen Moment, atmete zweimal tief durch, riss den Umschlag auf und las.

Wertes Fräulein Ronnefeldt,
herzlichen Dank für Ihre Zeilen vom Dezember. Ich hoffe, Sie hatten ebenfalls schöne Feiertage und sind alle miteinander gut ins neue Jahr gekommen!
Das Paket von Ihrem Bruder aus Hamburg ist vor einer Woche eingetroffen, und ich hatte bereits Gelegenheit, die Tees zu verkosten. Es war wirklich ganz außerordentlich freundlich von Ihnen, sich darum zu bemühen, und ich werde Ihnen noch ausführlich dazu Bericht erstatten.
Nun aber zu einem weiteren wichtigen Grund meines Schreibens: Sehr bald werde ich bei Ihnen in der Gegend sein und plane fest ein, auch nach Frankfurt zu kommen. Ich logiere voraussichtlich ab Samstag, dem 21. Januar, für einige Tage im Holländischen Hof. Ihrer werten Frau Mama sende ich mit gleicher Post einen Brief, um meinen Besuch bei Ihnen zu avisieren.
Das Ganze ist nun leider ein bisschen kurzfristig, darum werde ich mich besonders freuen, wenn Sie ein oder zwei Stunden Ihrer Zeit erübrigen könnten, um mit einem alten Freund zu plaudern.
Ergebenste Grüße sendet Ihnen
Ihr Eduard Messmer

Elises Herz schlug heftig. Das war ja noch schlimmer, als sie befürchtet hatte. Heute war der Zwanzigste. Schon morgen wollte Messmer in Frankfurt sein? Dann hoffte er gewiss darauf, am Sonntag zum Tee eingeladen zu werden. Andererseits klang das Wort »plaudern« ja nun nicht gerade nach Heiratsantrag.

Jetzt wollte Elise erst recht wissen, was in dem Brief stand, der an ihre Mutter gerichtet war. Wurde er darin deutlicher? Was, wenn Messmer wirklich gekommen war, um ihr einen Antrag zu machen?

Sie musste unbedingt mit Konrad sprechen. Musste ihm sagen, was geschehen war. Jetzt konnten sie nicht mehr länger warten.

»Ach, Konrad«, sagte sie leise, den Blick immer noch auf Messmers Zeilen gerichtet. Dann steckte sie das Blatt in den Umschlag zurück und nahm wieder das Staubtuch zur Hand, um zu vermeiden, dass sie nervös hinter der Theke auf und ab lief. Während sie mechanisch ein Gefäß nach dem anderen aus dem Regal nahm und polierte, dachte sie nach. Der widerliche Döbel machte Konrad immer mehr das Leben schwer. Aber wegen der strengen Zunftregeln und der fehlenden Gewerbefreiheit war es ihm bisher unmöglich, sich selbständig zu machen.

Sie musste wirklich unbedingt mit ihm reden, wusste jedoch nicht, wie sie das am besten anstellen sollte. Konrad schätzte es nicht, wenn sie einfach bei ihm auftauchte. Er wollte nicht, dass Döbel irgendetwas über sein Privatleben erfuhr. Der schnüffle überall herum, hatte er Elise erklärt, und sie legte auch selbst keinen gesteigerten Wert darauf, dem Brauereibesitzer zu begegnen. Wilhelm musste für sie zu Konrad gehen, entschied sie. Das würde weniger auffallen. Sie würde ihren Bruder bitten, Konrad aufzusuchen, um ihm zu sagen, dass sie ihn dringend sprechen musste.

*

»Ich kündige«, sagte Konrad. Er stand in Döbels Büro, die Lederschürze in der Hand.

Döbel saß an seinem Schreibtisch. Er lehnte sich in seinem Stuhl zurück und musterte seinen Angestellten lange mit zusammengekniffenen Augen. »Was machst du?«, fragte er, als habe er schlecht gehört.

»Ich kündige«, wiederholte Konrad.

»Soso. Und was hast du vor, Fritsch?« Döbel spuckte den Namen aus, als hinterlasse er einen schlechten Geschmack in seinem Mund.

»Das geht Sie nichts an, Döbel. Ich kündige eben. Und zwar zum Ende des Monats. So wie es in meinem Vertrag steht.«

»Ich glaube aber schon, dass mich das was angeht. Was ist der Grund für deinen plötzlichen Entschluss?«

Plötzlich? Konrad biss die Zähne zusammen, um nicht wütend herauszuplatzen. Döbel hatte ihm in den letzten Wochen und Monaten immer mehr Arbeit aufgehalst und die ihm zugesagten zwei weiteren Gehilfen immer noch nicht eingestellt. Er schleppte Maische, wusch Bottiche aus, feuerte den Sudkessel – alles Aufgaben, die eigentlich jemand anderes hätte machen sollen. Für seine eigentliche Arbeit blieb ihm immer weniger Zeit. Da er es jedoch nicht fertigbrachte, die Qualität des Bieres hintanzustellen, arbeitete er eben für drei.

Doch damit war nun Schluss.

»Hast du was Besseres gefunden?«, fragte Döbel gedehnt, als Konrad nicht antwortete.

Das hatte Konrad allerdings, würde es seinem Chef aber gewiss nicht auf die Nase binden. In Bornheim suchte ein Meister einen Gesellen. Die Brauerei war klein, höchstens halb so groß wie die von Döbel. Aber Platz war vorhanden, und das Geschäft war ausbaufähig, Konrad hatte sich alles ganz genau angesehen. Der Meister war ein gutmütiger Kerl. Er war alt. Sein Sohn, der seine Nachfolge hätte antreten sollen, war lange krank gewesen und vor zwei Monaten gestorben.

Noch vor kurzem hätte Konrad sich gar nicht erst dafür interessiert, denn da hatte er nichts als seine Auswanderung im Sinn gehabt. Die Brauerei war heruntergewirtschaftet, er würde sogar noch weniger verdienen als bei Döbel. Die ganze Sache ergab für Konrad nur Sinn, weil er dort die Gelegenheit hätte, sich etwas Eigenes aufzubauen.

Es würde nicht einfach werden, aber – Frankfurt gefiel ihm immer besser. Und die Papiere, die er sich mit Sonnemanns Hilfe beschafft hatte, wirkten täuschend echt. Es waren die besten, die er seit fünf Jahren besessen hatte. Bis jetzt war alles gutgegangen, niemand hatte ihn erkannt. Die reichen Frankfurter Bürger interessierten sich vor allem für Handelspolitik. Man verstand sich als modern. Die anderen Gesellen mochten ihm zwar drohen, die Hürden, sich niederzulassen und ein vollwertiger Bürger zu werden, wurden dennoch immer weiter abgebaut. Wenn überhaupt irgendwo in Deutschland, dann wäre Frankfurt bestimmt nicht das schlechteste Pflaster für einen Neuanfang.

Und außerdem gab es jetzt Elise in seinem Leben. Warum es also nicht versuchen? Irgendwann würde die Zunft ihn schon aufnehmen, hoffte er.

»Was auch immer du vorhast, schlag es dir aus dem Kopf, Fritsch. Oder sollte ich dich lieber Seifert nennen?«

Konrad starrte sein Gegenüber an. Er war so überrascht, dass er einen Moment brauchte, um diesen Schock zu verarbeiten. Woher kannte Döbel seinen wirklichen Namen?

Döbel kostete seinen Triumph sichtlich aus. »Da staunst du, nicht wahr?« Der Brauereibesitzer, der zurückgelehnt und mit überschlagenen Beinen dagesessen hatte, beugte sich nun vor und stützte beide Ellenbogen auf der Tischplatte ab, bevor er weitersprach:

»Michael Seifert, geboren am 5. Juni 1826 in Greiz im Vogtland. Seit 1849 auf der Flucht«, sagte er in leiserem und bedrohlicherem Ton.

Konrad schwieg immer noch, in seinem Kopf arbeitete es.

»Gesucht wegen gewaltsamer revolutionärer Umtriebe. Aber ich muss dir ja gar nicht erzählen, was du alles getan hast. Das weißt du ja selber – und auch, was dir blüht, wenn es herauskommt. Darauf steht die Todesstrafe, Seifert.«

Nun spuckte Döbel wirklich aus. Mit Speichel vermischter Tabak landete im Spucknapf, der neben seinem Schreibtisch auf dem Boden stand.

Konrad wollte erst alles abstreiten, aber aus irgendeinem Grund hinderte ihn die Überheblichkeit im Gesicht seines Gegenübers daran. »Woher weißt du es?«, fragte er, seinen Patron nun gleichfalls duzend. Um seinen Ruf war es ohnehin geschehen. Jetzt war alles egal. Mit Döbel im Rücken würde er weder in Frankfurt noch in der Zunft einen Fuß auf den Boden kriegen. Nicht einmal einen kleinen Zeh. Döbel wusste ganz genau, dass sein Geselle das beste Bier der ganzen Gegend braute. So jemanden wollte man nicht als Konkurrenten haben. Entweder er arbeitete für einen – oder verschwand ganz von der Bildfläche.

»Das geht dich wiederum nichts an. Ich kann leider nicht meine Quellen verraten.« Döbel lehnte sich wieder bequem zurück. »Jedenfalls weiß ich es schon seit ein paar Wochen.«

Döbel grinste. Es war kaum auszuhalten, wie er seine Überlegenheit genoss. Konrads Miene blieb unbewegt, so hoffte er zumindest. Er hatte Döbel gar nicht zugetraut, dass er eine solche Trumpfkarte einfach im Ärmel behielt. Doch offenbar hatte der Brauereibesitzer geduldig darauf gewartet, dass sich die Gelegenheit ergab, sie auszuspielen. Frankfurt galt zwar als »liberales Nest«, und die hiesige Polizei ließ sich nicht gerne von den Preußen oder den Österreichern vorschreiben, wie man mit sogenannten Staatsfeinden umzugehen hatte. Sie wurde nur tätig, wenn es gar nicht mehr anders ging. Doch dann konnte es durchaus sein, dass man sich entschied, besonders streng vorzugehen und ein Exempel zu statuieren.

Döbel wusste das natürlich genau. Ein süffisantes Lächeln umspielte seine Lippen. »Aber du hast nicht das Geringste zu befürchten. Ich werde dich nicht verraten. Für mich bist du Konrad Fritsch und bleibst es auch.« Er breitete gewinnend die Arme aus. »Jedenfalls solange du für mich arbeitest. Ich gehe damit ein gewisses Risiko ein, das ist dir hoffentlich klar. Trotzdem kannst du bleiben. Deine Kündigung betrachte ich ganz einfach als gegenstandslos.«

Konrad hatte geahnt, worauf das hinauslaufen würde, und war nicht überrascht. Doch im Moment konnte er nichts tun, um Döbel diesen Sieg abspenstig zu machen. Immerhin schien der Brauereibesitzer ihn nicht sofort verraten und ausliefern zu wollen und sah ihn so an, als erwarte er, dass er sich dafür auch noch bei ihm bedankte.

»Also gut«, sagte Konrad zähneknirschend. Er musste nachdenken und seine Möglichkeiten abwägen. Viel Zeit würde ihm dafür gewiss nicht bleiben. Doch für den Moment beschloss er, sich erst einmal ruhig zu verhalten.

Ein Freund des Hauses

Frankfurt, 21. Januar 1854

»Was meinst du damit, er war nicht da?«, fragte Elise.

»Er war eben nicht da«, wiederholte Wilhelm.

Es war der nächste Tag, Samstagvormittag. Elise und Wilhelm standen im Laden und sprachen leise miteinander, damit niemand sonst mitbekam, worum es ging. Ihr Bruder war soeben von der Brauerei zurückgekommen. Er habe dort nur den verärgerten Döbel angetroffen, der ihm auch nicht habe sagen wollen oder können, wo sein Geselle abgeblieben war, erklärte Wilhelm nun seiner Schwester.

»Aber gestern war er doch auch schon verschwunden. Wo steckt er denn nur?«

»Tut mir leid«, sagte Wilhelm achselzuckend, griff in seine Jacke und gab ihr den Brief zurück, den sie ihn gebeten hatte Konrad zu bringen.

»Tu doch nicht so«, sagte Elise bitter und steckte den Brief in ihre Schürzentasche. Sie hatte nicht mehr die Kraft, sich zusammenzureißen. Ihr Bruder musste sie nehmen, wie sie war – und das hieß im Moment ziemlich verzweifelt.

»Nein, wirklich, Elise. Konrad ist mir sympathisch. Aber dass das nicht gut ausgehen kann mit euch beiden, ist dir doch hoffentlich klar? Oder willst du etwa mit nach Amerika?«

»Dieses verflixte Amerika«, entfuhr es Elise. »Warum will Konrad denn überhaupt unbedingt dorthin?«

»Hat er dir das nie erzählt?«

»Nein. Wieso, weißt du es etwa?«

»Nicht so genau. Aber ich denke, dass es etwas mit den Revolutionsjahren zu tun hat. Wahrscheinlich versteckt er sich.«

»Er versteckt sich? Mitten in Frankfurt, wo ihn jeder sehen kann?«

»Dort, wo ihn keiner kennt.«

»Das ist doch …« Das ist doch Blödsinn, hatte Elise sagen wollen. Aber sie sprach den Satz nicht zu Ende. Hatte Wilhelm womöglich recht? Es würde einiges erklären. Sie wusste, dass Konrad ihr etwas verschwieg. Sie dachte, es hätte etwas mit seiner Familie zu tun, dass er ihr da nicht die ganze Wahrheit gesagt hatte. Aber dass es so weit ging?

»Was sollte er denn deiner Meinung nach verbrochen haben?«

»Jetzt sei doch nicht so naiv, Elise. Damals, nach dem Ende der Nationalversammlung, hat sich jeder schuldig gemacht, der gegen die Regierung war. Du weißt doch auch, dass der Aufstand in Baden viel länger angedauert hat als etwa hier in Frankfurt. Jedenfalls ist Konrad im Jahr 1849 in Rastatt und in Karlsruhe gewesen, das weiß ich. Das hat er mir irgendwann einmal erzählt. In Baden konnte er aber offenbar nicht bleiben. Er musste irgendwohin, wo die Preußen nicht das Sagen haben, wo sie ihn nicht so leicht in die Finger bekommen. Also ist er nach Frankfurt gekommen.«

»Ja, das mit Baden hat er mir auch gesagt«, gab Elise zu. Sie hatte dem keine besondere Bedeutung beigemessen. Sie hatte sich viel mehr dafür interessiert, was mit seiner Familie im Vogtland war. Warum er seinen Vater und seinen Bruder nie besuchte. Aber was Wilhelm da sagte, würde natürlich auch das erklären. Wenn er auf der Flucht war, konnte er auch nicht nach Hause zurück.

Aber was hatte das alles nun für Konsequenzen? Nur langsam zählte Elise eins und eins zusammen. Und ihr wurde bewusst, dass sie die Wahrheit einfach nicht hatte wissen wollen. Weil sie in Konrad verliebt war, hatte sie alle Hinweise auf die Schwierigkeiten, in denen er womöglich stecken mochte, ignoriert.

»Willst du damit etwa sagen, dass er von der Polizei gesucht wird?«

»Genau das.«

Elise starrte ihren Bruder mit offenem Mund an. Das war mehr, als sie verkraften konnte. »Du bist doch verrückt geworden.«

»Glaub doch, was du willst«, sagte Wilhelm und wollte sich schon abwenden.

»Halt, so warte doch.« In Elises Kopf überschlugen sich die Gedanken. »Warum hast du mich denn nicht gewarnt?«

»Nicht gewarnt?«, wiederholte ihr Bruder und starrte sie an. Jetzt war er sichtlich wütend. »Ich habe dir doch immer wieder gesagt, dass da nichts draus werden kann.«

»Ja, schon, aber ich dachte doch, du meinst, weil er kein Kaufmann ist oder weil er noch jung ist und keinen eigenen Betrieb hat oder weil er kein Meister ist«, verteidigte sich Elise und ärgerte sich schrecklich über sich selbst. Oh, wie blind sie gewesen war! Aber jetzt musste sie erst recht mit Konrad reden. Er musste ihr erklären, ob das alles stimmte, was Wilhelm sagte, und falls ja, warum er so gehandelt hatte. Sicher hatte er sie nur schützen wollen. Sie konnte einfach nicht glauben, dass er sie leichtfertig hinterging.

»Aber dein Freund, Sonnemann, der hat ihm doch geholfen.«

»Natürlich hat er das. Konrad ist ja auch kein Verbrecher. Nur in den Augen von gewissen Leuten hat er sich eben schuldig gemacht. Aber du wolltest doch wissen, warum er nach Amerika will, und da hast du die Erklärung.«

Plötzlich fiel Elise noch etwas ein. »Was hat Döbel eigentlich genau zu dir gesagt? Meinst du, er ist womöglich dahintergekommen? Und Konrad ist deshalb fort?«

Wilhelm nickte langsam. »Wenn man bedenkt, dass du vorher so ahnungslos gewesen bist, kommst du mir jetzt ganz schön hellsichtig vor, Schwester. Ich befürchte, genau das könnte der Fall sein.«

»Aber Döbel ist doch ohnehin nicht gut auf ihn zu sprechen. Er kann Konrad nicht leiden, weil der sich von ihm nicht alles gefallen lässt. Was wird er jetzt tun? Meinst du, Konrad ist in Gefahr?«

»Auszuschließen ist das nicht. Vielleicht versteckt er sich deswegen – und falls nicht, läuft es auf dasselbe hinaus. Denn wenn er noch länger wegbleibt, hat er auf jeden Fall Döbel gegen sich.«

Die Ladentür öffnete sich. Kundschaft. Elise und Wilhelm mussten ihr Gespräch unterbrechen, und während der ganzen nächsten Stunde war so viel Betrieb, dass sie kein ungestörtes Wort mehr wechseln konnten. Elise lächelte, ohne dass ihr danach zumute war, sprach mit den Kunden, vergaß im nächsten Moment wieder, was sie gesagt hatte, und verrechnete sich zweimal, was ihr sonst nie passierte. Endlich ließ der Andrang nach, und sie hoffte, für einen Moment Ruhe zu haben, als plötzlich wieder jemand eintrat. Ein Herr mit einem langen eleganten Mantel, der sorgfältig die Ladentür hinter sich zuzog. Elise erkannte ihn nicht sofort, sondern erst als er sich ihr endgültig zuwandte und dabei die Handschuhe von den Fingern zupfte. Es war Eduard Messmer.

Elise starrte ihn für einen Moment ungläubig an, dann hatte sie sich wieder gefangen. »Guten Tag, Herr Messmer. Was für eine Überraschung. Ich hatte erst morgen mit Ihnen gerechnet.«

Sie brachte noch ein paar weitere Floskeln zur Begrüßung heraus, blieb aber stocksteif hinter der Theke stehen. Doch falls ihr Verhalten den Kaufmann irritierte, ließ er es sich jedenfalls nicht anmerken.

»Verzeihen Sie bitte, Fräulein Ronnefeldt. Ich bin vor einer Stunde in Frankfurt angekommen und wollte Sie einfach so gerne sehen«, sagte er freundlich lächelnd.

In diesem Moment kam Wilhelm von hinten, wo er etwas geholt hatte, zurück in den Laden.

»Darf ich vorstellen, mein Bruder Wilhelm. Das ist Herr Messmer aus Baden-Baden«, sagte Elise, erleichtert darüber, nicht mehr mit Messmer allein zu sein.

Ihr Bruder war höflicher als sie. Er trat hinter der Theke hervor, um dem Kaufmann die Hand zu reichen. »Freut mich sehr, Sie kennenzulernen. Ich habe schon viel von Ihnen und von Ihrem schönen Geschäft in Baden-Baden gehört.«

Wenn Elise nicht so nervös gewesen wäre, hätte sie viel mehr würdigen können, wie leicht Wilhelm mit Menschen in Kontakt kam. Die Männer wechselten ein paar Worte miteinander und gerieten sofort ins Plaudern, was Elise eine Verschnaufpause verschaffte. Messmer wandte seine Blicke immer wieder auch ihr zu, doch da betrat zum Glück eine Kundin den Laden, eine Frau Geheimrätin, der Elise nun ihre ganze Aufmerksamkeit widmete. Sie zog das Verkaufsgespräch so weit wie möglich in die Länge, hantierte umständlich mit den Gewichten und verpackte alles noch sorgfältiger als sonst. Doch irgendwann war sie trotzdem fertig. Sie begleitete die Geheimrätin zur Tür und wandte sich dann endlich Herrn Messmer zu, der immer noch mit Wilhelm vor der Theke stand.

»Es tut mir leid, so wenig Zeit für Sie zu haben, Herr Messmer, aber Sie sehen ja selbst. Wir schließen erst in einer Stunde.«

»Mein liebes Fräulein Elise. Sie brauchen sich dafür ganz gewiss nicht zu entschuldigen. Ich bin derjenige, der unangemeldet hier hereingeplatzt ist.«

»Mutter wird sicher oben sein. Wenn Sie mögen, dann klopfen Sie doch bei ihr an und …«

»Nicht nötig, nein«, wehrte Eduard Messmer ab. »Ich wollte Ihnen nur kurz guten Tag sagen. Wir sehen uns ja morgen. Ihre

Frau Mama war so freundlich, mich zum Tee einzuladen. Bitte sagen Sie ihr doch, dass mich ihre Nachricht im Hotel erreicht hat. Werden Sie auch da sein?«

Die Frage galt Wilhelm, doch obwohl Elise ihrem Bruder einen auffordernden Blick zuwarf – natürlich musste er dabei sein, sie brauchte jede Unterstützung, die sie kriegen konnte –, gab er keine Antwort. Ein Mann war soeben zur Tür hereingekommen, den er zu kennen schien und der sofort seine ganze Aufmerksamkeit beanspruchte. Elise hatte ihn noch nie zuvor gesehen.

»Guten Tag, Herr Enslen«, begrüßte Wilhelm den Fremden. »Ich wusste ja gar nicht, dass Sie nach Frankfurt kommen wollten.« Freude und Erleichterung klangen aus der Stimme ihres Bruders, so dass Elise trotz ihrer Anspannung neugierig wurde, was es mit dem Herrn auf sich haben mochte.

»Sehen Sie es mir bitte nach, Herr Ronnefeldt«, sagte der Neuankömmling und hob grüßend seinen Zylinder. Wie alle, die heute den Laden betraten, hatte er einen Schwall Januarkälte mit hereingebracht. Er trug einen langen beigen Kaschmirschal zum dunkelgrauen Mantel, einen Flanierstock mit einem durchbrochenen Silbergriff, und seine Handschuhe waren aus einem besonders feinen Leder, dem man ansehen konnte, wie schmiegsam es war. Sein Haar fiel ihm bis auf den Mantelkragen herab.

»Die Entscheidung fiel kurzfristig«, sagte er. »Ich habe meine Reiseroute geändert und kam nicht mehr dazu, Ihnen eine Nachricht zu senden.«

»Nicht weiter schlimm, Herr Enslen. Ich freue mich, Sie zu sehen. Die neuen Aquarelle sind fertig. Wie lange werden Sie diesmal in Frankfurt bleiben? Sie müssen doch wohl hoffentlich nicht sofort wieder weiter?«

»Morgen erst. Aber verzeihen Sie bitte, ich sehe, Sie sind beschäftigt. Ich wollte nicht stören.« Er nickte entschuldigend zu Elise und

Herrn Messmer hinüber. »Sagen Sie mir einfach, wann es Ihnen passt und ich …«

»Jetzt sofort. Am besten passt es mir jetzt sofort. Elise, du kannst doch bestimmt …« Wilhelm unterbrach sich. Ihm war anzusehen, dass er offenbar am liebsten gleich zur Tür hinausgerannt wäre, doch er beherrschte sich und stellte sie in knappen Worten einander vor. »Das ist Herr Enslen. Meine Schwester, Fräulein Elise Ronnefeldt, und Herr Messmer aus Baden-Baden.«

»Ein Freund des Hauses«, sagte dieser mit einem Lächeln und reichte Herrn Enslen die Hand. »Keine Sorge, auch ich kam unangemeldet und habe keinerlei Vorrecht auf Herrn Ronnefeldts Gesellschaft.«

Im nächsten Moment hatten sich Wilhelm und sein Besucher verabschiedet – und Elise blieb mit Herrn Messmer zurück.

Nun musste sie doch noch allein Konversation mit Eduard Messmer machen. Verlegen strich sie sich die Schürze glatt und dachte darüber nach, wie sie sich unauffällig wieder hinter die Ladentheke zurückziehen könnte. Warum kam denn auch kein Kunde, wenn man einen brauchte?

»Ach, das hätte ich ja beinahe vergessen. Ich habe Ihnen etwas mitgebracht«, sagte Messmer in diesem Moment. Er holte ein in blaues Papier verpacktes Päckchen aus seiner Manteltasche hervor, das mit einer goldenen Schleife verziert war, und überreichte es Elise mit einer kleinen Verbeugung. »Ich verrate Ihnen auch, was darin ist – brasilianische Schokolade.«

Elise nahm das Päckchen, drehte es in der Hand und bewunderte die Verpackung. »Das wäre doch nicht nötig gewesen.«

»Sie werden sehen, Fräulein Ronnefeldt, dass der Inhalt ein wenig, nun ja, bruchstückhaft ist. Aber lassen Sie sich bitte von der unzureichenden Optik nicht irritieren. Auf den Geschmack kommt es an, und mir liegt viel an Ihrer Meinung. Ich überlege nämlich, das Produkt ins Sortiment aufzunehmen.« Er lachte. »Sie sehen also, dass mein Geschenk nicht so ganz uneigennützig ist.«

»Danke sehr. Ich werde die Schokolade kosten und Ihnen morgen berichten, was ich davon halte.« Eine weitere Pause entstand zwischen ihnen. Es fühlte sich so ganz anders an als im Sommer, wo sie beide kaum je um Worte verlegen gewesen waren. Woran das nur lag? Vermutlich an ihr. Sie selbst hatte sich verändert.

Schließlich verabschiedete sich der Kaufmann. Sein Händedruck war warm, trocken und fest. Warum musste er auch so sympathisch sein, dachte Elise. Denn das war er. Ein rundum netter Mann.

Nur eben leider nicht Konrad.

*

Konrad stand in einer der bogenförmigen Fensternischen des Börsengebäudes und sah zum Laden der Ronnefeldts hinüber. Er hatte sich dicht an eine der säulenartigen Einfassungen geschmiegt und hoffte, dass man ihn von der anderen Seite aus nicht sehen konnte, obwohl die Neue Kräme mittlerweile in der Sonne lag. Er seinerseits konnte recht gut erkennen, was dort drüben geschah. Es war viel los an diesem Vormittag, Elise und Wilhelm hatten alle Hände voll zu tun. Einen der Gehilfen sah er nicht, den Prokuristen auch nicht. Trotzdem blieb er in seinem Versteck und wagte sich nicht hinein. Er würde abwarten, bis es ein bisschen ruhiger war, beschloss er.

Als er an diesem Morgen nach höchstens zwei oder drei Stunden Schlaf erwacht war, hatte er gewusst, dass er Frankfurt verlassen musste – und das sofort. Im Grunde war ihm das vom ersten Moment an klar gewesen. Döbel konnte ihm gefährlich werden, falls er es darauf anlegte. Konrad blieb daher nichts anderes übrig, als sich wieder auf sein ursprüngliches Ziel zu besinnen, und das lautete Amerika. Ein Neuanfang. Ein Ort, an dem er nicht mehr von der Vergangenheit eingeholt werden konnte.

Er steckte die Hand in die Jackentasche und umfasste das Stück Papier, das darin steckte. Es war ein Brief von Gustav Struve, den er schon vor ein paar Wochen über Sonnemann erhalten hatte, der die neue Adresse der Struves für ihn ausfindig gemacht hatte. Allerdings hatte Konrad nicht gewusst, dass der Kaufmann dem Ehepaar auch geschrieben hatte. Gustav Struve und Lilli lebten jetzt in New York und boten Konrad in dem Schreiben ihre Unterstützung an. Bisher war er zu stolz gewesen, auf den Brief zu antworten, obwohl – oder auch weil – er sich von den beiden im Stich gelassen fühlte. Die Struves waren damals in die Schweiz gegangen, ohne ihm ein Wort davon zu sagen. Erst im Nachhinein hatte er von ihrer plötzlichen Flucht erfahren, für die sie natürlich gute Gründe gehabt hatten. Alles hatte rasch und im Geheimen vor sich gehen müssen, und er war damals nicht bei ihnen in Freiburg gewesen, sondern hatte sich zu diesem Zeitpunkt woanders aufgehalten. Trotzdem. Immerhin war er einer ihrer langjährigen Weggefährten gewesen, der für das Gelingen der Revolution erhebliche persönliche Risiken eingegangen war, und er hatte geglaubt, mehr wert zu sein als eine lapidare Mitteilung. So gesehen war das Angebot, ihm – in welcher Form auch immer – unter die Arme zu greifen, sicherlich auch als Wiedergutmachung gedacht. Die beiden hatten ganz offensichtlich ein schlechtes Gewissen.

Ein Sonnenstrahl erreichte Konrads ohnehin unzureichendes Versteck, und er drückte sich noch ein bisschen dichter in den Schatten der Mauern. Er war unschlüssig, was er tun sollte. Er hatte sich von Elise verabschieden wollen, doch nun brachte er es nicht fertig. Was sollte er zu ihr sagen? Dass er zurückkommen würde, um sie nachzuholen? Das konnte er kaum versprechen. Außerdem wäre es vermessen von ihm, zu hoffen, dass sie auf ihn warten würde. Abgesehen davon hatte er schließlich nicht das Recht, sie ihrer Familie zu entreißen. Was blieb ihm also übrig? Vermutlich wäre es das Beste, einfach zu verschwinden.

So weit waren die Überlegungen gediehen, die ihn schon seit einer halben Stunde bewegungslos an seinem Beobachtungsposten ausharren ließen, als er plötzlich einen Herrn aus der Richtung des Römers kommen sah. Konrad kannte ihn, musste jedoch zweimal hinsehen, da er zunächst nicht glauben konnte, wen er da sah. Aber nicht nur das Gesicht, sondern auch die Größe und die Figur stimmten. Nur dass der Mann, als er ihn das letzte Mal gesehen hatte, in einer Uniform gesteckt hatte. Er war Offizier der badischen Armee.

Und er hieß Messmer.

Konrad erschrak zutiefst und fühlte, wie die Kälte des Steins, an den er sich lehnte, auch von seinem Inneren Besitz ergriff. Als er den Namen von Elises Verehrer von Wilhelm erfahren hatte, war ihm natürlich sofort jener Offizier eingefallen. Und trotzdem war er nicht auf die Idee gekommen – oder er hatte den Gedanken weit von sich geschoben –, dass der Offizier aus Karlsruhe und der Kaufmann aus Baden-Baden ein und dieselbe Person sein könnten. Messmer war nicht sein Feind, im Gegenteil.

Diese Gedanken gingen ihm in Sekundenbruchteilen durch den Kopf. Er zog sich die Mütze noch tiefer ins Gesicht und beobachtete die Gestalt, die nun beinahe auf seiner Höhe angekommen war. Wenn der Mann den Laden betrat, wäre das der Beweis. Dann handelte es sich gewiss um ein und denselben Messmer. Einen Augenblick lang glaubte Konrad, dass er doch vorbeiginge. Aber er täuschte sich. Der ehemalige Offizier blieb stehen und musterte das Schaufenster, auf dem in einem Halbkreis die goldene Beschriftung *J. T. Ronnefeldt – Tee- und Manufakturwaren* zu lesen war, und trat ein.

Außer Elise befand sich in diesem Moment niemand sonst im Laden. Konrad sah sie allein hinter der Theke stehen. Die beiden begrüßten sich, allerdings wirkte es gar nicht so, als würden sie sich besonders gut kennen. Dann kam Wilhelm von hinten, und Konrads armselige Hoffnung, es könne sich doch um ein Missverständnis handeln und Messmer sei nicht der Kandidat, von dem Wilhelm gesprochen hatte, zerstob sofort. Sein Freund trat nämlich vor die Theke und reichte Messmer die Hand – und dann standen sie eine ganze Weile beieinander und unterhielten sich.

Während Konrad, im Schatten der Säule verborgen, hinüberstarrte und versuchte zu erkennen, was im Inneren des Ladens vor sich ging, wanderten seine Gedanken zurück zu jenen Tagen in Karlsruhe, in denen er Messmer begegnet war und sich ihre Lebenswege gekreuzt hatten. Er selbst und noch einige andere hatten Messmer viel zu verdanken. Womöglich sogar ihr Leben. Niemals hatten sie aus dieser Richtung mit Unterstützung gerechnet – und doch hatte der Offizier ihnen geholfen. Konrad hatte es Messmer nie danken können. Er war ihm nie wieder begegnet. Dass er ihn nun ausgerechnet unter diesen Umständen wiedertreffen musste, erschütterte ihn sehr. Er konnte den zweiten Bewerber um Elises Gunst, seinen Konkurrenten, nicht einfach hassen. Das änderte alles.

In der Zwischenzeit hatte eine Kundin den Laden betreten und war ausführlich von Elise beraten worden. Als sie ging, betrat ein weiterer Mann den Laden. Konrad war so fokussiert auf das, was im Inneren der Teehandlung vor sich ging, dass er ihn nicht hatte kommen sehen. Dieser Herr war ebenfalls eine elegante Erscheinung – wie sehr unterschieden sie sich doch alle mit ihren schicken Mänteln von ihm in seiner abgetragenen Winterjacke –, und Wilhelm schien ihn zu kennen, denn kurz darauf verließ er mit ihm das Geschäft.

Elise blieb allein mit Messmer im Laden zurück. Die Sonne war weitergewandert, und wegen einer Reflexion in der Scheibe musste Konrad einen Schritt zur Seite machen, um zu sehen, was jetzt passierte. Offenbar hatte Messmer Elise ein Geschenk überreicht, denn Konrad sah, dass sie ein verziertes Päckchen in der Hand hielt. Sie sprachen noch kurz miteinander, dann verabschiedete sich Messmer und trat aus der Tür auf die Straße. Rasch machte Konrad einen Schritt zur Seite, zurück in den Schatten. Er sah das Lächeln in Messmers Gesicht, während er sich die Handschuhe überstreifte. Als der Kaufmann sich zum Gehen in die Richtung des Römers wandte, hob er noch einmal die Hand und winkte, und Elise winkte zurück, bevor sie sich umdrehte und an den Regalen zu schaffen machte.

Konrad nutzte die Gelegenheit, um seinerseits zu verschwinden. Die Hände tief in den Taschen und mit gesenktem Kopf eilte er durch eine Seitengasse davon.

TEIL II

1854

Es ist vorbei

Frankfurt, 7. März 1854

Friederike saß an ihrem Sekretär und versuchte vergeblich, sich auf ihre Arbeit zu konzentrieren. So vieles hatte sie erledigen wollen, Briefe schreiben, Teeproben verschicken, aber sie war nicht weit gekommen. Gedankenverloren betrachtete sie die getrockneten Teeblätter, die in kleinen Schälchen vor ihr standen. Ihre familiären Sorgen waren seit dem letzten Sommer nicht weniger geworden, und auch was den Teehandel betraf, war sie kein Stück vorangekommen. Herr Besthorn machte einfach weiter wie bisher. *Bei Tobias hätte er das nicht gewagt*, dachte sie bitter. Und dann dachte sie darüber nach, ob sie womöglich doch mit ihren Überlegungen falschgelegen hatte.

Sie gab auf, etwas Konstruktives zustande bringen zu wollen, und legte die Feder beiseite. Stattdessen zog sie Carls letzten Brief hervor und stellte sich damit ans Fenster, um ihn zum bestimmt zehnten Male zu lesen. Auf ihren Ältesten war eigentlich immer Verlass gewesen, doch neuerdings hörte sie von ihm ganz andere Töne, die sie nicht recht einzuordnen wusste. Er war in Hamburg in adlige Kreise vorgedrungen und ging als Tanzherr an den Wochenenden zu einer vornehmen Familie. Er sei dort sehr angesehen, schrieb er, und insbesondere ein junges Fräulein, eine gewisse Charlotte von Zitzewitz, bevorzuge ihn als ihren Tanzpartner vor allen anderen. *»Sie hat großes Interesse an mir.«* Friederike hatte den Satz zweimal lesen müssen, weil sie es nicht glauben konnte. Hinter dieser ganzen Tanzstundensache steckte offenbar sein reicher Kollege, dieser Herr von Mahlstedt, und sie hatte einfach kein gutes Gefühl dabei.

Friederike seufzte und faltete den Brief wieder zusammen. An Carl musste sie auch noch schreiben, denn sie wollte ihn bitten, nach Friedrichstadt zu fahren, um seine Schwester Minchen abzuholen. Wahrscheinlich würde er keine große Lust dazu haben, doch sie würde an sein Verantwortungsgefühl appellieren – und sie konnte nur hoffen, dass mehr davon übrig war, als diese eigenartigen Briefe vermuten ließen. Dabei waren Carl und Minchen nicht einmal ihre größten Sorgenkinder. Wilhelm machte ihr da schon mehr Kummer. Er wirkte häufig als sei er mit seinen Gedanken ganz woanders, auch wenn er behauptete, es sei nicht so. Doch die allermeisten Sorgen machte sie sich tatsächlich um Elise.

Wieder einmal wanderten Friederikes Gedanken zurück zu jenem kalten Sonntag im Januar, an dem Eduard Messmer zu ihnen zum Tee gekommen war. Elise war am Tag zuvor auffallend blass und schweigsam gewesen und jedem ihrer Versuche, ein Gespräch mit ihr zu führen, ausgewichen. Eigentlich hätte sie also gewarnt sein müssen, dass etwas nicht stimmte. Doch sie hatte Elises Verhalten auf ihre Aufregung geschoben – schließlich hatte ihrer Tochter klar sein müssen, warum Herr Messmer nach Frankfurt gekommen war. Dass es dann so geendet hatte, damit hatte sie beileibe nicht gerechnet.

Zunächst war alles noch so verlaufen, wie sie es sich gewünscht hatte. Herr Messmer war sehr nervös gewesen, als er zu ihr ins Wohnzimmer trat, was Friederike sympathisch gefunden hatte. Zu Beginn war sie mit ihm für ein paar Minuten allein gewesen. Er hatte sich mehrfach geräuspert, Elises Charme und ihre Klugheit gelobt, über die freundschaftliche Verbundenheit ihrer beiden Familien gesprochen und gesagt, dass er, ebenso wie sein Vater, sich sehr darüber freuen würde, wenn sie diese in verwandtschaftliche Beziehungen verwandeln könnten. So hatte er sich mit ebenso höflichen wie umständlichen Formulierungen ihrer Zustimmung versichert.

Dann war Elise ins Zimmer gekommen. Herr Messmer, der ganz vorne auf der Kante eines Stuhls gesessen hatte, war sofort aufgesprungen. Friederike hatte die Szene noch ganz genau vor Augen – Herr Messmer in seinem eleganten Anzug mit seidener Halsbinde und goldener Uhrkette. Elise in einem schwarzen Kleid, das ihren zarten Teint betonte, die schönen Augen fiebrig glänzend unter den geschwungenen Brauen, die Haare zu einem nachlässigen Chignon hochgesteckt. Im Nachhinein dachte Friederike, dass Elise es gewiss nicht darauf angelegt hatte, bezaubernd auszusehen, aber das tat sie an diesem Tag. Sie sah hinreißend aus.

Gleich nach der Begrüßung setzte Herr Messmer zu einer kleinen Rede an: »Verehrtes Fräulein Elise. Seit unserer Begegnung im letzten Sommer denke ich jeden Tag an Sie und wünsche mir, Sie häufiger sehen zu können. Sehr häufig sogar. Und darum, und darum ...« Nach dem schwungvollen Einstieg fehlte es ihm dann offenbar an Worten. Vielleicht lag es an Elises Erscheinung. Sie war noch blasser geworden, und ihre Augen leuchteten eigentümlich zweifarbig – grün und braun.

»Und darum wollte ich ...«, hob Herr Messmer wieder an, doch weiter kam er nicht, denn Elise sagte: »Nein.«

Herr Messmer räusperte sich, zog ein Taschentuch hervor und hielt es sich vor den Mund. »Nein?«, wiederholte er.

Elise strahlte eine unnatürliche Ruhe aus. Sie stand still da, die Hände auf Höhe ihrer schmalen Taille ineinandergelegt. »Nein, Herr Messmer. Ich kann leider nicht Ihre Frau werden. Es tut mir leid, falls ich den Eindruck gemacht habe, dass ich es in Erwägung ziehen würde, Sie zu heiraten, aber dem ist nicht so. Ich schätze Sie, und es würde mich freuen, wenn wir Freunde bleiben könnten. Aber Sie haben jemand Besseres verdient als mich.«

»Was meinen Sie damit?«, fragte Herr Messmer einigermaßen konsterniert.

»Sie verdienen eine Frau, die Sie liebt. Ich liebe Sie nicht, Herr Messmer.«

Friederike wäre am liebsten im Erdboden versunken. Das war es also gewesen. Aus der Traum. Gewiss, sie hatte ihre Kinder dazu erzogen, ehrlich zu sein und stets die Wahrheit zu sagen, aber das ging entschieden zu weit. Sie machte einen Versuch, das Schlimmste abzuwenden: »Verzeihen Sie, meiner Tochter ist heute nicht wohl. Sie weiß nicht, was sie sagt. Ich bin sicher, sie meint es nicht so …«

»Ich meine es genau so, wie ich es sage. Es tut mir leid, aber ich kann Herrn Messmer unmöglich heiraten.«

»Ja, wenn das so ist.« Herr Messmer hatte sich relativ schnell wieder gefangen. Zumindest rein äußerlich. Womöglich besaß er ja eine gewisse Abgebrühtheit, so wie sie manchen Geschäftsleuten eigen war. Sein Gesicht war nun sehr starr, aber von der Seite konnte Friederike sehen, wie seine Kiefermuskeln arbeiteten und dass seine Gesichtshaut vom Hals her rot anlief. Er drehte sich suchend um, offenbar auf der Suche nach seinem Mantel und seinem Hut, die beide draußen vor der Tür an der Garderobe hingen. Dann machte er eine kleine Verbeugung in Richtung von Friederike, deutete Elise gegenüber ein Kopfnicken an und war zur Tür hinaus. Als Friederike ihm nachgehen wollte, sah sie nur noch einen Zipfel seines Mantels, der sich in der Wohnungstür verfangen hatte. Er stieß sie noch einmal kurz auf, und dann war er fort. Sie hörte ihn die Außentreppe hinuntereilen.

Im Wohnzimmer stand Elise noch immer auf derselben Stelle. Kopfschüttelnd sah Friederike sie an. »Warum hast du das gemacht?«

»Ich liebe ihn nicht«, sagte Elise – und dann ging eine Wandlung mit ihr vor. Die unnatürliche Ruhe fiel schlagartig von ihr ab. »Ach, Mama. Du hast ja keine Ahnung!« Elise brach in Tränen aus, warf sich ihr zu Füßen und vergrub das Gesicht in ihrem Rock.

Friederike erschrak über die Heftigkeit dieser Reaktion ebenso sehr wie zuvor über die Blässe und Ruhe von Elise.

»Ich kann nicht. Ich will nicht«, schluchzte Elise zu ihren Füßen.

Elise litt offensichtlich arg, aber es fiel Friederike dennoch schwer, sie zu trösten. Sie war über die Ablehnung von Herrn Messmers Antrag schockiert.

»Du hast soeben deine Zukunft weggeworfen.«

»Es tut mir leid. Ich hätte früher mit dir reden sollen.« Elises Stimme drang undeutlich aus den Falten ihres Rocks zu Friederike herauf.

»Das hättest du. Dann hätte ich dir diesen Unsinn ausreden können. Herr Messmer ist ein wohlhabender Kaufmann. Er hat ein schönes Heim und einen noch schöneren Laden. Baden-Baden ist ein herrlicher Ort. Dir hat es dort gefallen. Darum frage ich dich noch einmal: Warum hast du nein gesagt?«

»Weil ich ihn nicht liebe.«

»Das fällt dir aber reichlich spät ein.«

»Ich war mir doch selbst nicht sicher, Mama. Den ganzen Tag und die ganze Nacht habe ich gegrübelt. Ich wusste ja, dass es vernünftig von mir wäre – aber als ich eben vor ihm stand, als ich ihn wiedergesehen hab, da war mir klar, dass es nicht geht.«

»Ich hatte dich nicht für so naiv gehalten. Liebe kommt mit der Zeit. Sie ist nicht das Wichtigste an einer Ehe.«

»Aber du hast doch Papa auch geliebt. Von Anfang an. Das hast du mir selbst gesagt.«

Elise hob den Kopf und sah flehend zu ihr auf. Friederike atmete tief durch. Elise hatte recht. Friederike hatte sich in Tobias bei einem seiner Vorträge verliebt, das war einige Monate vor ihrer Verlobung gewesen. Es war eine schöne Geschichte, und sie erzählte sie gerne.

Elise merkte, dass sie mit dieser Bemerkung ins Schwarze getroffen hatte. »Du hast gesagt, dass du dir sicher warst, dass Papa der Richtige für dich ist, und ich bin mir auch sicher, Herr Messmer ist nicht der Richtige für mich.«

Etwas an der Art, wie sie das sagte, ließ Friederike aufhorchen. Sie zog Elise auf die Füße, und gemeinsam setzten sie sich aufs Sofa, wo Elise sofort wieder ihren Kopf in ihrem Schoß vergrub. Ihre Schultern bebten. Mechanisch streichelte Friederike ihr über den Rücken.

»Erzähl es mir. Wer ist es?«, sagte sie nach einer Weile.

Elise blickte auf und sah sie aus rot verweinten Augen an.

»Woher weißt du …?«, fragte sie tonlos.

»Ich habe geraten.« Friederike zog ein frisches Taschentuch aus ihrer Rocktasche und reichte es ihr. Elises eigenes, das sie in ihrer Faust zusammenknüllte, war völlig durchnässt.

Elise richtete sich auf, tupfte sich die Augen und schnäuzte sich. »Es ist niemand.«

»Ich glaube dir nicht. Du liebst einen anderen.«

Elises Mund verzog sich schmerzlich, als ein weiterer Weinkrampf sie erfasste. Sie schlug die Hände vors Gesicht. »Ja, ich liebe einen anderen. Aber er ist fort und hat mir nicht gesagt, wohin er gegangen ist«, hörte sie ihre Tochter zwischen zwei Schluchzern sagen.

»Wer ist es?«

»Es ist egal. Es ist vorbei, er ist fort.«

Friederike umfasste beruhigend Elises Schultern und zog sie an sich. So aufgelöst hatte sie ihre Tochter nie zuvor gesehen, und ihr Mutterherz wurde trotz allen Ärgers angesichts solchen Kummers weich.

»Vielleicht kommt er ja zurück«, sagte sie tröstend.

»Er ist fort. Und ich weiß nicht, ob ich ihn dafür hassen soll oder ob ihm nicht vielleicht doch etwas passiert ist. Ich habe solche Angst um ihn.« Elise schluchzte weiter.

Es dauerte, bis sie sich so weit gefangen hatte, dass sie ihr die Geschichte erzählen konnte, doch dann erfuhr Friederike endlich, was geschehen war. Ein gewisser Konrad, ein Freund von Wilhelm, hatte Elise monatelang den Hof gemacht – und sie, die eigene Mutter, hatte nichts davon gemerkt. Friederike schämte sich deswegen. Sie sah es als ihre Pflicht an, über alles, was ihre Kinder betraf, Bescheid zu wissen. Doch das gelang ihr ja schon längst nicht mehr, wie sie sich eingestehen musste.

Konrad Fritsch also. Friederike kannte ihn sogar. Er war einer der jungen Männer, die ihnen während des Hochwassers zur Hand gegangen waren. Wenn sie sich recht erinnerte, war er ein angenehmer Mensch gewesen, wenn auch niemand, den sie für ihre Tochter ausgesucht hätte …

Es klopfte, und gleich darauf trat Käthchen ins Zimmer. Friederike, die, in ihre Erinnerungen versunken, am Fenster gestanden und hinunter auf die belebte Neue Kräme geblickt hatte, wandte sich überrascht zu ihr um und wischte sich verstohlen die Tränen aus den Augenwinkeln.

»Merkwürdig, ich habe hinausgeschaut und dich trotzdem nicht kommen sehen«, sagte sie mit einem verlegenen Lächeln, aber Käthchen merkte gar nicht, wie mitgenommen sie war.

»Ich muss dich unbedingt sprechen.« Käthchen war außer Atem und hatte gerötete Wangen, als wäre sie gerannt.

»Was ist denn los?«

»Mein Entschluss steht fest, ich werde Herrn Körner alles erzählen.« Die Worte sprudelten nur so aus Käthchen heraus.

»Du willst das also wirklich tun«, sagte Friederike und schüttelte den Kopf. Sie war dagegen, dass Käthchen den Großvater ihres Kindes über die Existenz seines Enkels aufklärte. Gewiss würde es Käthchen nur unglücklich machen. Doch ihre Schwester konnte sehr stur sein – und was das betraf, war sie offenbar unbelehrbar. Friederike fühlte sich plötzlich sehr müde. Sie setzte sich aufs Sofa. »Komm, setz dich her zu mir. Erzähl mir alles.«

Ohne abzulegen, nahm Käthchen neben ihr Platz, und Friederike nahm die Winterkälte wahr, die noch an Käthchen haftete. »Ich werde Herrn Körner schreiben. Ende April oder Anfang Mai fahre ich nach Bonn. Falls er ihn«, sie musste sich kurz sammeln, »falls er Ambrosius wirklich sehen will, wäre ich dann dort. Und ich wollte fragen, ob du etwas dagegen hättest, wenn Elise mich begleiten würde?«

Im ersten Moment gefiel der Gedanke Friederike überhaupt nicht. »Möchte sie das denn?«

»Ich wollte sie nicht über deinen Kopf hinweg fragen, aber ich dachte, eine Luftveränderung könnte ihr guttun.«

Das stimmte natürlich. Friederike dachte nach. Sie ließ Elise nur ungern aus den Augen. Ihr Gemütszustand war immer noch so labil. In der ersten Zeit hatte Elise noch die Hoffnung gehabt, dass Konrad Fritsch sich bei ihr melden würde. Inzwischen war sein Verschwinden allerdings acht Wochen her, ohne dass sie etwas von ihm gehört hätte. Nun war es schon beinahe egal, welche Entschuldigung er für sein plötzliches Verschwinden vorbrachte. Elise wollte ohnehin nichts mehr von ihm wissen. Das behauptete sie zumindest. Ach, hätte Elise doch nur zu Herrn Messmer ja gesagt. Dann würden sie jetzt eine Hochzeit vorbereiten, anstatt Trübsal zu blasen.

»Elise könnte mit mir zusammen bei den Meyers in Bonn wohnen. Ich habe Caroline schon gefragt, sie ist herzlich eingeladen.«

Käthchens Hände hielten ihre Tasche auf dem Schoß umklammert, und Friederike merkte, dass ihre Schwester wirklich all ihren Mut zusammengenommen haben musste, um so unvermittelt bei ihr hereinzustürmen und ihr ihren Entschluss mitzuteilen. Kurz dachte Friederike darüber nach, ob sie noch einen Versuch machen sollte, Käthchen diesen Brief auszureden, doch dann entschied sie sich dagegen.

»Also. Was denkst du?«

»Weißt du was, frag sie doch einfach, ob sie mit dir mitkommen will«, sagte Friederike betont munter.

»Ist es dir auch wirklich recht?«

»Aber ja. Elise soll selbst entscheiden. Wahrscheinlich ist es eine gute Idee, und es bringt sie auf andere Gedanken.«

»Dann werde ich sie fragen.«

»Mir fällt da noch etwas ein. Cousine Eleonore hat mir geschrieben. In ein paar Wochen soll Minchen wieder nach Hause kommen. Ich wollte Carl bitten, sie abzuholen, und er wäre sicher froh, wenn er sie nur bis Bonn begleiten müsste. Ab dort könnte sie gemeinsam mit euch nach Frankfurt zurückfahren.«

»Das ist eine gute Idee. Es wäre ein Grund mehr für Elise, mitzukommen, um die kleine Schwester in Empfang zu nehmen«, ergänzte Käthchen.

Ihr Geheimnis ist bei mir vollkommen sicher!

Hamburg, 22. April 1854

Seit vier Monaten besuchte Carl nun regelmäßig das Tanzkränzchen bei Familie von Budberg, und seine anfängliche Befangenheit war inzwischen einem gewissen Selbstbewusstsein gewichen. Er war einer der besten Tänzer, vielleicht sogar der beste, und er war der Pünktlichste und Zuverlässigste von allen. Niemals ließ er auch nur eine einzige Stunde ausfallen, während ansonsten in der Reihe der jungen Männer oftmals Lücken klafften. Zudem war er stets bereit, neue Tänze einzustudieren, denn darum ging es ja vom Grundsatz her an diesen Nachmittagen, so dass er innerhalb kürzester Zeit nicht nur der Liebling der Damen, sondern auch des Tanzmeisters geworden war.

Das Publikum war, anders als von Carl zunächst angenommen, nur zu einem kleinen Teil adlig. Neben den von Budbergs und den von Zitzewitz' hatten nur zwei weitere Familien diesen »Makel«, was Carl sehr recht war, denn so konnten ihm die Westphals zumindest daraus keinen Strick drehen. Im streng bürgerlichen Hamburg zählten ererbter Reichtum, ererbter Landbesitz und ein alter Name nämlich nichts, sondern einzig und allein Fleiß und kaufmännisches Geschick. Adlige waren sogar von der Teilhabe am politischen Leben ausgeschlossen und durften keinen Grundbesitz innerhalb der Stadtmauern erwerben. Auch die Budberg'sche Villa war, wie sich zeigte, nur gemietet.

Doch aus Carl war im vergangenen Jahr bei aller Anpassung ohnehin kein richtiger Hanseat geworden. Er konnte sich nicht recht von der Meinung verabschieden, dass ein Stammbaum und ein Herrenhaus oder gar ein Schloss, und sei es auch ein zugiger Kasten, einen begehrenswerten Glanz abwarfen. Am besten war es doch, beides zu haben – so wie sein Freund Mahlstedt. Dessen Strahlkraft beruhte nicht nur auf seinem Geld, sondern auch auf seiner Herkunft, selbst wenn die eingebildeten Hamburger etwas anderes behaupteten. Schließlich gehörte Mahlstedt trotz seines Titels zu den begehrtesten Junggesellen. Wer seine Tochter mit dem künftigen Besitzer des größten Tranvorrats der Welt verheiraten wollte, nahm den Stammbaum offenbar billigend in Kauf.

Carl, der ja weder einen Titel noch ein großartiges Vermögen besaß, sondern nur einen mittelgroßen Frankfurter Teeimport in Aussicht hatte, war ein klein wenig davon überrascht, wie leicht es ihm fiel, in dieser Gesellschaft zu reüssieren. Nicht nur die jungen Damen, sondern auch die Mütter, Tanten und Gouvernanten, die ihre Schützlinge begleiteten, schienen ihn regelrecht zu umschwärmen. Zu Beginn hatte er sich noch ein wenig vor diesen Frauen gefürchtet, doch inzwischen liebte er es, mit der einen oder anderen zu plaudern. Es war gar nicht so schwer, stellte er fest. Daheim war das Gesellschaftliche eher die Stärke seines Bruders Wilhelm gewesen, doch hier in Hamburg, fern der Heimat, merkte er, dass er ebenfalls Talent dazu besaß.

Frau von Zitzewitz etwa hatte ihre anfängliche Zurückhaltung ihm gegenüber aufgegeben und suchte häufig das Gespräch mit ihm. Manchmal machte sie dabei Andeutungen, die er nicht recht verstand. Sie fragte ihn beispielsweise eines Tages, ob es sehr schwierig sei, den Kontakt nach Amerika zu halten. Man plane ja, ein Kabel durch den Ozean zu verlegen, habe sie gehört. Das Vorhaben sei ungeheuerlich, doch wenn es gelänge, würde es gewiss einiges erleichtern. Carl hatte davon auch gehört, wusste jedoch nicht, warum Frau von Zitzewitz Interesse an einem so technischen Thema hatte – oder warum sie davon ausging, dass er ständig mit Amerika kommunizierte. Er antwortete daher ausweichend und allgemein. Ein anderes Mal erkundigte sie sich nach seiner Familie. Sie wusste, dass sein Vater verstorben war, und merkwürdigerweise auch, dass er einen unverheirateten, kinderlosen Onkel hatte. Den liebe er besonders, bestätigte Carl, während er sich fragte, bei welcher Gelegenheit er von Onkel Nicolaus erzählt haben mochte, denn er konnte sich nicht daran erinnern. Sein Onkel sei eine feste Größe in seinem Leben, erklärte er, und dass er Grund habe anzunehmen, dass er sein Lieblingsneffe sei. Doch solche kleinen Irritationen bildeten die Ausnahme. Meistens sprachen sie über harmlose Themen wie das Wetter oder das Theaterprogramm – und gelegentlich auch über Charlotte, was bei Carl jedes Mal ein nervöses Flattern in der Magengegend auslöste. Ihr niedliches Gesicht, ihre zierliche Gestalt und ihr bezaubernder Silberblick beherrschten nämlich immer stärker seine Phantasie und seine Träume.

So befand sich Carl in einem Zustand freudiger Anspannung, als es an einem der Tanznachmittage im April zu einem Zwischenfall kam. Mahlstedt war wieder einmal als einer der letzten eingetroffen. Er schlenderte wie zufällig herein und setzte sich, statt eine der jungen Damen aufzufordern, allein auf eines der kleinen Sofas, die am Rand standen. Carl, der in diesem Moment aus Pflichtgefühl Charlottes Cousine, das Fräulein Margarete, eine der untalentiertesten Tänzerinnen, im Kreis drehte, ärgerte sich darüber. Sein Kollege hatte ihm schon vor Wochen erklärt, dass er den Spaß am Tanzen verloren habe. Doch da er zugesagt hatte, bis zum Sommer dabeizubleiben, konnte er nun keinen Rückzieher mehr machen, was Carl auch sehr ungehörig gefunden hätte.

Nun wollte der Tanzmeister den Damen ein paar Schritte erklären, welche die Herren nicht betrafen. Also ging Carl zu Mahlstedt hinüber, der ihn sogleich in eine geschützte Ecke hinter einen der langen gebauschten Vorhänge zog.

»Sieh mal, was ich gefunden habe«, sagte er, denn sie duzten sich mittlerweile. Und Mahlstedt holte ein kleines Heft aus seiner Weste hervor, hellblau eingebunden, auf dem in sorgfältigen Buchstaben das Wort »Tanzstunde« stand. Darunter war ein mit schwarzer Tinte gezeichnetes Blumenornament zu sehen, das Carl an die Stickkissen seiner Tante Käthchen erinnerte.

»Was ist das?«, fragte Carl im selben Flüsterton, den auch Mahlstedt angeschlagen hatte.

»Es ist dort drüben zwischen die Polster gerutscht. Eine der jungen Damen muss es verloren haben, ich weiß nur nicht, welche. Ganz gewiss wird sie es schmerzlich vermissen«, sagte er und amüsierte sich dabei offenbar köstlich.

Er reichte es Carl, und als dieser darin zu blättern begann, verstand er, worauf Mahlstedt anspielte. Es handelte sich bei dem Heftchen, das die Größe einer Tanzkarte besaß, um ein sehr persönliches Tagebuch, das Charakterisierungen jedes einzelnen Tänzers enthielt: Größe, Alter, Figur, Haarschnitt, Bartwuchs, Augenfarbe, bevorzugter Kleidungsstil und besondere Eigenheiten. Carls Augen flogen über die Zeilen, und ihm wurde heiß und kalt, als er erkannte, was er da Brisantes in Händen hielt. Nicht alles, was dort stand, war nämlich freundlich formuliert. Im Gegenteil, das meiste war ausgesprochen spitzzüngig. »Gesicht wie ein Streuselkuchen«, hieß es beispielsweise über einen der Herren, der unter einer fürchterlichen Akne litt. »Tanzt wie ein Schiffsjunge nach sechs Monaten auf See«, über einen anderen. Bei einem Dritten stand einfach nur: »Vorsicht, Mundgeruch!«

Carl fiel auf, dass die Einträge in unterschiedlichen Handschriften verfasst waren. Offensichtlich handelte es sich um ein Gemeinschaftswerk mehrerer Mädchen – nur die Zeichnungen, die sich im hinteren Teil befanden, waren vermutlich alle von einer einzigen Person gefertigt, und diese verstand sich auf Karikaturen. Kleine, große, dicke, dünne Gestalten, Hände, Nasen, Ohren und Schnauzbärte – alles ins Groteske übertrieben und verzogen und doch so, dass man die Zeichnungen den anwesenden Herren mühelos zuordnen konnte. Mahlstedt nahm Carl das Heft aus der Hand, schlug eine bestimmte Seite auf und wies auf eine Gestalt, die einen jungen Mann mit übergroßer Schleife um den Hals zeigte. Die Spitzen des Schnauzbarts über dem herzförmigen Mund waren links und rechts aberwitzig nach oben gekräuselt, die Haare ein Gewirr von Locken, die Brust ballonförmig geschwollen über einer viel zu schmalen Taille, unter dem Arm trug er eine Reitgerte.

Das war Mahlstedt, wie er leibte und lebte.

»Köstlich, nicht wahr?«, sagte Mahlstedt kichernd. Er bekam sich gar nicht mehr ein. »Was wollen wir damit machen?«

Carl riss seinem Freund das Heft aus der Hand und klappte es zu. »Wir geben es zurück. Was denkst du denn?«

»Willst du gar nicht wissen, was dort über dich steht, Ronnefeldt?« Mahlstedt nahm ihm das Heftchen wieder ab und blätterte erneut durch die Seiten.

Carl begann zu schwitzen. Natürlich war sein erster Impuls gewesen, seinen eigenen Eintrag zu suchen, um zu erfahren, was dort über ihn geschrieben stand oder wie seine Zeichnung aussah. Doch der Inhalt dieses Hefts war nun einmal nicht für seine oder Mahlstedts Augen bestimmt.

»Nein. Dazu habe ich kein Recht. Und du auch nicht«, sagte er so heftig, dass es sich wie ein Zischen anhörte.

Mahlstedt betrachtete ihn neugierig. »Du könntest dieses Heftchen also bei dir haben, ohne hineinzusehen?«

»Natürlich. Das ist eine Frage der Ehre.«

»Natürlich. Die Ehre.« Mahlstedt schüttelte nachdenklich den

Kopf und reichte das Heftchen an Carl zurück. »Gut, einverstanden. Verwahre du es.«

»Versprich mir, dass du niemandem etwas davon erzählst«, sagte Carl, während er das Heftchen in seiner Westentasche verstaute. »Keiner der Herren darf erfahren, dass es existiert.«

»Gewiss«, sagte Mahlstedt mit leisem Bedauern in der Stimme. »Aber wem willst du es geben? Es steht nirgendwo, wem es gehört.«

»Fräulein Eleonore zeichnet sehr gut, ich habe einige ihrer Skizzen gesehen. Sie wird wohl die Karikaturen gemacht haben. Es ist am wahrscheinlichsten, dass sie es verloren hat. Ich werde es ihr geben.«

Carls Vorhaben war allerdings nicht so einfach auszuführen. Es war schwierig für ihn, an Eleonore von Budberg heranzukommen. Im weiteren Verlauf der Tanzstunde, die sich schon ihrem Ende zuneigte, fiel Carl auf, dass heute unter den jungen Damen eine gewisse Unruhe herrschte. Sie tuschelten noch mehr als gewöhnlich miteinander, standen ständig zu zweit oder zu dritt beisammen und drehten verstohlen Sofakissen um, suchten den Boden unter den Möbeln ab und anderes mehr. Irgendwann kam er zu der Einsicht, dass es egal war, welcher von ihnen er das geheime Tagebuch zusteckte, sie waren offensichtlich alle gleichermaßen eingeweiht – und als er zum Abschluss endlich wieder mit Charlotte von Zitzewitz tanzte, sprach er sie an:

»Suchen Sie etwas?«

»Wie meinen?« Charlottes umherwandernder Silberblick traf ihn. Scheu sah sie zu ihm auf.

»Ich hatte den Eindruck, dass etwas verloren gegangen sei, und ich habe mich gefragt, ob es sich dabei womöglich um ein gewisses Heft handeln könnte? Mit Blumen darauf?«

»Mein Gott!« In Charlottes blauen Augen zeichnete sich Panik ab. »Haben Sie es etwa gefunden?«

»Herr Mahlstedt entdeckte es vorhin auf dem Sofa dort drüben, zwischen den Polstern, und nahm es an sich. Keine Sorge, niemand sonst hat einen Blick darauf erhascht. Und ich habe es sicher verwahrt.« Beim Versuch, auf seine Westentasche hinzuweisen, zog er Charlottes biegsamen Mädchenkörper unwillkürlich ein wenig dichter zu sich. So nah waren sie sich noch nie gewesen. Er konnte förmlich fühlen, wie sich ihre Brust hob und senkte.

»Haben Sie … hineingesehen?«, fragte Charlotte nach einer Weile mit zitternder Stimme.

»Nur sehr oberflächlich und nur, um herauszufinden, wem es gehört. Keine Sorge. Ihr Geheimnis und das Ihrer Freundinnen ist bei mir vollkommen sicher.«

»Und Herr von Mahlstedt?«

»Wird über die Existenz des Heftchens schweigen. Er hat mir sein Ehrenwort gegeben.«

»Oh, Herr Ronnefeldt. Ich danke Ihnen. Danke sehr«, hauchte Charlotte, und Carl merkte, wie sich ihre Augen röteten. »Ich bin sehr froh, dass gerade Sie es haben. Wir dachten schon, wir dachten … Aber Sie! Sie sind ein solcher Gentleman. Der Beste von allen.« Carl merkte deutlich, wie aufgewühlt Charlotte war, und es bewegte ihn unendlich, sie so verletzlich zu sehen. Das Bedürfnis, sie für den Rest seines Lebens zu beschützen, wurde in ihm übermächtig.

Dann war der Tanz vorbei. Er reichte Charlotte seinen Arm, und während er sie zu ihrem Platz geleitete, reichte er ihr unauffällig das Heftchen, welches sie rasch in ihrer Rocktasche verschwinden ließ.

»Das werde ich Ihnen niemals vergessen. Niemals!«, sagte sie, während sie sich verabschiedeten, und Carl wagte etwas, das er zuvor nicht gewagt hatte – er hob ihre Hand an die Lippen und drückte einen Kuss darauf, gerade so lang, wie es möglich war, ohne unschicklich zu wirken.

»Ich liebe Sie, Charlotte«, sagte er so leise, dass nur sie es hören konnte. Niemals hätte er geglaubt, dass er diesen Satz, den er nur aus Romanen kannte, einmal in Gegenwart einer Frau aussprechen würde.

Er spürte förmlich, wie Charlotte erbebte und dann vor innerlicher Bewegung heftig Atem ausstieß.

»Ich liebe Sie auch«, sagte sie mit erstickter Stimme.

Carl durchfuhren ihre Worte wie ein Blitz. Beglückt sah er ihr nach, während sie sich noch einmal umwandte und ihm einen hingebungsvollen Blick zuwarf.

An diesem Abend hatte Mahlstedt keine Zeit, um mit Carl ein Bier trinken zu gehen, wie sie es sonst häufig zu tun pflegten, da sein Freund zu einem »äußerst langweiligen Abendessen« eingeladen war, wie er sich ausgedrückt hatte, und so schlenderte Carl gegen sieben Uhr ganz alleine nach Hause zurück. In seinen Ohren tönte noch immer die Musik. Er war so beschwingt, dass er ein paar Tanzschritte einlegte, sich auf der Stelle drehte und dabei Charlottes zarten Mädchenkörper in seinen Armen zu fühlen glaubte. Die Passanten, die auf der breiten Chaussee an der Alster an ihm vorübergingen, warfen ihm irritierte Blicke zu, aber das war ihm egal. Sollten sie ihn ruhig für verrückt halten. In gewisser Weise war er das ja auch, denn Charlottes rührende Dankbarkeit und ihr schmelzender Blick hatten ihm den Rest gegeben. Er war über beide Ohren in sie verliebt. Es fühlte sich an, als könne er die ganze Welt umarmen.

Daheim traf er auf Anton, der rücklings auf seinem Bett lag und in einem Buch las.

»Wunderbar, altes Haus, du bist da! Komm, lass uns ausgehen«, sagte Carl erfreut.

»Keine Lust«, erwiderte Anton. Er ließ das Buch sinken und schob es unter die Decke.

»Du musst aber. Ich habe die Frau meines Lebens gefunden, und das muss gefeiert werden. Ich lade dich ein, der heutige Abend geht auf mich.«

»Was ist mit Mahlstedt? Kommt der auch mit?«

»Nein. Der kann mir gestohlen bleiben«, sagte Carl übermütig. Es ging ihm immer noch gegen den Strich, dass Mahlstedt das geheime Tagebuch hatte benutzen wollen, um Unruhe zu stiften. Bei allem, was er von Mahlstedt in Sachen weltmännisches Auftreten schon gelernt hatte, ein solches Verhalten fand er kindisch und gemein.

»Also, was ist? Ich lade dich ein.«

»Wer ist denn deine Auserwählte?«, fragte Anton, ohne seine Position auf dem Bett zu verändern. »Doch nicht etwa dieses Fräulein von und zu?«

»Charlotte von Zitzewitz«, sagte Carl schwärmerisch.

»Du träumst, Carl. Das ist dir doch hoffentlich klar. Für eine Liebschaft viel zu hochgestochen«, sagte Anton stirnrunzelnd.

»Wer redet denn von einer Liebschaft?«

»Was denn sonst? Willst du sie etwa heiraten? Vergiss es.«

»Wir werden ja sehen. Ich habe da nämlich einen Plan.« In Wahrheit hatte Carl nur eine sehr grobe Vorstellung davon, wie er Charlotte erfolgreich den Hof machen konnte.

»Klopf in zehn Jahren bei ihr an, wenn euer Laden in Frankfurt wirklich dir gehört. Aber bis dahin wird sie wohl vergeben sein«, sagte Anton unbeeindruckt.

»Aber nein. Jetzt hör mir doch mal zu! Die von Zitzewitz' sind nämlich gar nicht so reich, wie sie tun.«

»Die ideale Heiratskandidatin«, sagte Anton spöttisch.

»Sie stecken in finanziellen Schwierigkeiten. Das habe ich über Umwege erfahren. Das Gut, das Charlottes Vater gehört, ist verschuldet. Sie verkaufen hauptsächlich Holz und Schafwolle. Doch ihr Vater hat offenbar kein geschicktes Händchen bei seinen Unternehmungen.«

»Und du glaubst wirklich, dass du Chancen bei ihr hast?«

»Ihre Mutter, Frau von Zitzewitz, ist mir sehr gewogen. Sie lässt keine Gelegenheit aus, sich mit mir zu unterhalten. Und jetzt mal ehrlich, Anton, der Handel mit Holz oder mit Wolle kann ja auch nicht so viel schwieriger sein als der Handel mit Tee und Kolonialwaren.« Er zog eine Zeitschrift aus seiner Kommode hervor und warf sie Anton auf die Brust. »Hier. Siehst du?«

Anton las den Titel vor: »*Der Landwirt.*« Er schüttelte verständnislos den Kopf.

»Für den Fall, dass ich eines Tages ihren Vater kennenlernen sollte«, sagte Carl zufrieden.

»Du willst ein Gut übernehmen? Nein, wirklich, Carl, jetzt bist du völlig übergeschnappt. Ich dachte, du übernimmst den Laden in Frankfurt.« Anton gab ihm das Heft zurück und machte immer noch keine Anstalten, sich zu erheben.

»Ach, dieser dumme Laden«, sagte Carl seufzend. In der letzten Zeit erschien ihm das Frankfurter Geschäft manchmal wie ein Klotz am Bein. Immer häufiger dachte er darüber nach, wie es wäre, wenn er es Wilhelm allein überließe. »Mein Taugenichts von Bruder ist ja auch noch da.«

»Und du ziehst aufs Land? Dass ich nicht lache. Du würdest das Kaufmannsleben schnell vermissen. Du willst doch nicht den Duft der weiten Welt gegen den Geruch nach Schaf eintauschen.«

»Ich gehe doch nicht selbst in den Stall. Bist du verrückt? Dafür hätte ich einen Verwalter. Was ist denn nur los mit dir? Stänkerst hier herum. Was hast du da überhaupt?« Mit einem raschen Griff zog Carl das Buch heraus, das Anton bei seinem Eintreten versteckt hatte.

»Hey«, sagte Anton und wollte es ihm abnehmen.

»*Der große Brand von Hamburg.* Welch erbauliche Lektüre«, sagte Carl und wollte schon weiterspötteln, doch als er Antons erbosten Blick sah, hielt er inne und gab ihm das Buch zurück. »Was ist jetzt, gehst du noch mit mir aus oder nicht?«

»Also gut«, sagte Anton.

»Das klingt nicht gerade begeistert«, stellte Carl fest, dem endlich bewusst wurde, dass seinen Freund irgendein Kummer plagte. Er setzte sich zu ihm auf die Bettkante. »Entschuldige bitte. Ich bin eben so glücklich wegen Charlotte, dass ich dachte, es müsste jedem ergehen wie mir. Warum erzählst du mir nicht, was los ist? Ist was mit deiner Familie?«

»Ich hab keine«, sagte Anton und setzte sich auf. »Wahrscheinlich ist ein Bier gar keine so schlechte Idee. Komm, lass uns gehen.«

»Jetzt warte mal. Was heißt, du hast keine? Jeder Mensch muss doch eine Familie haben.«

»Ich bin eben nicht jeder Mensch.«

»Was ist denn geschehen?«, fragte Carl.

Anton betrachtete ihn einen Moment lang nachdenklich, dann wandte er seinen Blick wieder ab. »Sie hatten Pech«, sagte er und hob das Buch in die Höhe, bevor er es zurück unter die Decke schob. »Ich hätte nicht darin lesen sollen. War eine dumme Idee.«

»Hast du sie etwa bei dem Brand verloren?« Carl wurde im Nachhinein heiß, als er an seinen dummen Scherz dachte.

»Wir wohnten damals nicht weit weg von der Deichstraße, wo das Feuer ausgebrochen ist. Meine Eltern, meine drei Schwestern, mein kleiner Bruder und ich. Ich habe dir ja die Hinterhöfe im Gängeviertel gezeigt, die sind eng und verwinkelt. Ich habe es als Einziger geschafft, rauszukommen.«

»Mein Gott, Anton, ich hatte ja keine Ahnung«, sagte Carl betroffen.

»Nein, woher auch? Ich rede nicht gerne darüber. Mein Vater war sehr angesehen. Er war als Quartiermeister für unser Viertel verantwortlich. Selbst wenn er überlebt hätte, ich glaube, das Ende von alldem hätte er ohnehin nicht verkraftet.«

»Und du? Wie hast du es geschafft?«

»Keine Ahnung. Ich hab eben einfach weitergemacht. Ich hab da ja schon als Tallymann mein eigenes Geld verdient. Der Hafen war meine Welt. Dort kannte mich jeder, und ich kannte jeden. Die Menschen vom Hafen wurden zu meiner neuen Familie. Ich bin mal hier und mal da untergeschlüpft.«

Carl wurde nun einiges klar. Endlich verstand er, warum Anton den Hafen wie seine Westentasche kannte. Trotzdem – ganz so einfach, wie Anton es ihm jetzt schilderte, konnte es nicht gewesen sein. Der Hafen, wo Seeleute aus aller Welt aufeinandertrafen und die Zeit totschlagen mussten, bis die Schiffe wieder in See stachen, war ein gefährliches Pflaster. Gewalttätige Auseinandersetzungen waren an der Tagesordnung. Das war ganz bestimmt kein geeigneter Aufenthaltsort für ein Kind.

»Du warst doch erst – wie alt – neun oder zehn?«

»Neun. Aber in den Hamburger Hinterhöfen wirst du schnell erwachsen, glaub mir.«

»Aber jetzt bist du doch hier, bei Overweg!«

»Stimmt.« Anton seufzte. »Dem Overweg war ich vorher schon aufgefallen. Als er erfahren hat, was mit meiner Familie passiert ist, hat er nach mir suchen lassen. Er hat mich bei sich aufgenommen und in die Schule geschickt. Das war aber schon eine ganze Weile später.«

»Das war sehr großherzig von ihm.«

»Das war es. Aber zuerst wollte ich nicht. Erst mit der Zeit habe ich mich daran gewöhnt, wieder ein festes Dach über dem Kopf zu haben. Ich verdanke ihm viel.«

»Aber es konnte dir die Familie auch nicht ersetzen.«

»Nein. Nichts kann die Familie ersetzen, Carl«, sagte Anton und legte ihm die Hand auf die Schulter. »So, jetzt kennst du die Geschichte. War vermutlich nicht zu vermeiden. Ich schaff es normalerweise ganz gut, nicht daran zu denken, aber an manchen Tagen … da ist es eben anders.« Er stockte und rieb sich mit der Hand über Augen und Stirn.

»Das eben mit dem Buch tut mir sehr leid«, sagte Carl beschämt. Die Vorstellung, was Anton in seinem Leben schon alles mitgemacht hatte, war sehr bedrückend. Er dachte an seine eigenen Zukunftspläne mit Charlotte und kam sich plötzlich unreif und undankbar vor.

»Schon gut, Carl. Halb so wild. Los, dann komm. Im *Klabautermann* arbeitet ein neues Schankmädchen. Die könnte sogar dich auf andere Gedanken bringen.«

»Das bezweifle ich«, erwiderte Carl erleichtert. Er freute sich, dass Anton ihm nicht böse war und sich offenbar entschieden hatte, nicht weiter Trübsal zu blasen.

»Wollen wir wetten, dass sie dir gefällt?«

»Um was willst du denn wetten? Ich lade dich ja sowieso ein, hab ich doch gesagt. Abgesehen davon willst du sie doch am liebsten selbst verführen.«

»Meinst du denn, ich hätte Chancen?«

»Bist doch der Hübscheste von ganz Hamburg«, neckte ihn Carl. Flachsend gingen sie die Treppe hinunter. Was Carl von Anton erfahren hatte, würde ihn noch eine Weile umtreiben, aber dafür war auch später noch Zeit. Erst einmal wollte er genießen, was der Abend zu bieten hatte.

Weshalb bist du gekommen?

Frankfurt, 3. Mai 1854

Ein Kunde trat in den Laden. Wilhelm, der gerade dabei war, die Quittungen zu sortieren, sah überrascht auf. Es war schon nach sieben Uhr. Eigentlich wäre es längst Zeit gewesen, den Laden zu schließen, doch nun war es zu spät, der junge Mann stand bereits mitten im Raum. Wilhelm registrierte mit dem geschulten Blick des Verkäufers, dass Hut und Mantel etwas abgetragen, aber von guter Qualität waren, sah den Vollbart und die Brille – und erkannte das Gesicht erst beim zweiten Hinsehen.

»Konrad«, sagte er verblüfft.

»Ja, ich bin's. Guten Abend, Wilhelm.«

»Du siehst verändert aus.«

Das war sogar untertrieben, denn Konrad war kaum wiederzuerkennen. In diesem Aufzug hätte man ihn leicht für einen Büroangestellten halten können.

»Das ist nur rein äußerlich. Ich bin noch derselbe.« Konrad blickte sich nervös um und sah hinaus auf die Straße. Hier im Laden war man immer ein wenig wie auf einem Präsentierteller.

Wilhelm musterte ihn. Beinahe vier Monate war Konrad fort gewesen. Er hatte nicht damit gerechnet, ihn überhaupt noch einmal zu sehen, und er war sich nicht sicher, ob er es gerne wollte. Trotzdem war er neugierig. Also schloss er die Ladentüre ab und bat Konrad nach hinten ins Kontor. »Besthorn hat heute früher Schluss gemacht, und die Gehilfen sind auch gerade eben gegangen. Wir sind ungestört.«

»Ich weiß. Ich habe draußen gewartet, bis sie fort waren.«

Diese Mitteilung versetzte Wilhelm einen Stich. Offenbar war er von Konrad beobachtet worden. »Warum überrascht mich das nur nicht? Der alte Geheimniskrämer. Was das betrifft, bist du dir treu geblieben«, sagte er leichthin, während er sich auf die Kante des Schreibtischs setzte, dabei war ihm gar nicht nach Scherzen zumute. Konrad hatte mit seinem plötzlichen Verschwinden großes Unglück über seine Schwester gebracht. Das konnte Wilhelm ihm nicht verzeihen. Nach einer kleinen Pause fragte er scharf:

»Weshalb bist du gekommen?«

»Ich wollte sehen, wie es euch geht. Dir und …«

Konrad brach ab und blickte zu Boden.

»Meiner Schwester. Elise heißt sie. Hast du etwa ihren Namen vergessen?« Wilhelm richtete sich auf und hätte beinahe mit der Faust auf den Tisch geschlagen, als sich sein angestauter Ärger Bahn brach. »Ich hätte gute Lust, dir eine reinzuhauen, Fritsch. Aber ich will dir ja nicht deine feinen neuen Sachen ruinieren. Offensichtlich bist du zu Geld gekommen.«

»Ich kann verstehen, dass du wütend auf mich bist. Aber ich hatte gehofft, dass du mich vielleicht trotzdem anhörst? Ich kann dir alles erklären.«

»Jetzt hörst du erst einmal mir zu. Meine Schwester weint sich jeden Tag die Augen aus. Wegen dir. Weil sie nicht verstehen kann, dass du verschwunden bist, ohne etwas zu sagen. Ohne auch nur ein kleines Wort des Abschieds. Natürlich habe ich Sonnemann gefragt, aber der steckt ja mit dir unter einer Decke. Ich habe nichts erfahren, rein gar nichts. Nur dass du noch lebst und dich nicht einfach in Luft aufgelöst, sondern absichtlich die Fliege gemacht hast. Es könne der Sache schaden, wenn Informationen über Konrad Fritsch die Runde machten, meinte Leo zu mir. Und die Sache war dir ja ganz offensichtlich wichtiger als das Glück meiner Schwester. Den Hals könnte ich dir umdrehen du … du …«

Wilhelm konnte nicht mehr an sich halten. Er sprang auf und packte Konrad am Mantelkragen, doch schon im nächsten Moment steckte sein Arm im Klammergriff von Konrads rechter Hand.

»Warte, Wilhelm.«

Konrads Griff war eisern. Einen Moment lang blitzten sie sich aus nächster Nähe an, doch dann ließen sie gleichzeitig voneinander ab. Konrad machte einen Schritt zurück.

»Ich hatte angenommen, dass Elise längst verlobt ist«, sagte er nach einem Moment der Stille.

»Verlobt? Mit wem denn?«, rief Wilhelm höhnisch.

»Mit Herrn Messmer.«

»Pfft.« Wilhelm stieß heftig die Luft aus. Er spürte immer noch den Druck von Konrads Faust auf seinem Arm. Bei einer Prügelei hätte er gegen ihn keine Chance gehabt, so viel stand fest. »Wo denkst du hin? Den Laufpass hat sie ihm gegeben.«

»Dann ist sie also nicht …«

»Nein, weder verlobt noch verheiratet noch sonst irgendwas. Sie hat dich geliebt, Konrad. Weiß der Geier, womit du das verdient hast.«

Zum ersten Mal, seit er aufgetaucht war, schien Konrad aus der Fassung zu geraten. Er riss sich den Hut vom Kopf und fuhr sich mit der Hand durch die Haare. Auch der Haarschnitt war neu, registrierte Wilhelm, während er seinen Freund musterte. »Du kannst dir gar nicht vorstellen, welchen Aufruhr es in unserer Familie verursacht hat, dass Elise Herrn Messmer abgelehnt hat.«

»Dann hat er ihr einen Antrag gemacht?«

Wilhelm nickte. »Am Tag nach deinem Verschwinden. Elise hat nein gesagt – und dann hat sie unserer Mutter von dir erzählt. Dich hat sie gewollt, Konrad. Und wahrscheinlich hätte Mama irgendwann ihr Einverständnis dazu gegeben, wenn du dich nur zu Elise bekannt hättest. Aber du musstest ja abhauen.«

»Das stimmt, Wilhelm. Ich bin kein Mann zum Heiraten.« Mit einer wütenden Bewegung warf Konrad seinen Hut in eine Ecke. »Ich hasse dieses Ding.«

Wilhelm hätte beinahe gelacht. »Steht dir aber. Und die Brille?«

Konrad nahm die Brille ab, musterte sie kurz und steckte sie in die Manteltasche. »Fensterglas.«

»Du hast dich wirklich verkleidet«, stellte Wilhelm fest. »Also, noch einmal, warum bist du hier? Ich höre.«

Eine Stunde später war Konrad gegangen. Wilhelm saß noch für eine ganze Weile allein im Kontor. Was er soeben erfahren hatte, veränderte alles. Im Nachhinein konnte man leicht sagen, dass Konrad manches hätte anders oder besser machen können, aber Wilhelm war sich nicht sicher, ob er sich an dessen Stelle nicht genauso entschieden hätte. Konrad liebte Elise, das verstand er nun.

Er hatte ihm dann doch leidgetan. In dem Moment, als Wilhelm ihm erklärte, dass Elise verreist war, waren dem sonst so beherrschten Gesellen die Gesichtszüge entgleist. Denn Konrad blieb nicht mehr viel Zeit. Er lebte riskant und musste ständig befürchten, aufzufliegen. Wenn Konrad sich mit Elise aussprechen wollte, musste er sich also ziemlich beeilen – falls sie ihn überhaupt anhörte. Und dann? Beim Gedanken daran, was alles geschehen konnte, wurde Wilhelm mulmig zumute. Womöglich war es ja doch ein Fehler gewesen, Konrad den Namen der Familie in Bonn mitzuteilen, bei der seine Schwester mit Tante Käthchen wohnte. Er hatte sich spontan dazu entschieden, aber er mochte sich die Konsequenzen gar nicht ausmalen. Vielleicht sollte er Elise einen Brief schreiben, um sie vorzuwarnen.

Immer noch in Gedanken trat Wilhelm durch die Kontortür in

den Hof. Es dämmerte inzwischen. Er schloss hinter sich ab und ging hinauf in die Wohnung. Durch die angelehnte Küchentür hindurch hörte er Anni ein Lied summen. Sein Abendessen stand im Speisezimmer, ein paar Schnitten Brot, etwas Käse und Schinken. Seine Mutter war eingeladen, und Friedrich hatte offenbar keine Lust gehabt, mit dem Essen auf ihn zu warten, was kein Wunder war, denn der unersättliche Appetit seines Bruders war in der Familie legendär und immer wieder Anlass für Witzeleien.

Wilhelm verspürte keinen Hunger. Er wollte gerade wieder hinausgehen, als er aus dem Herrenzimmer ein Geräusch hörte. Er schob die Tür auf und trat in das dämmrige Dunkel. Das Zimmer war leer – doch dann pochte von außen etwas gegen die Scheibe. Das Glas klirrte, und Wilhelm schüttelte über sich selbst den Kopf, weil er vor Schreck zusammengefahren war. Es war ein Vogel, der auf dem Fensterbrett gesessen hatte und nun hektisch davonflatterte. Erstaunlich, dass das Kerlchen den Weg hierhinunter gefunden hatte. Vor dem Fenster befand sich nämlich im Grunde nur ein Schacht. Wenn man es öffnete und sich ein wenig hinauslehnte, sah man oben einen schmalen Streifen Himmel, und man konnte hinüber zur fensterlosen Wand des Nachbarhauses greifen, weswegen es auch nie richtig hell hier drinnen wurde. Tageslicht schade seinen Exponaten, hatte sein Vater immer gesagt, und dass es darum genau richtig so sei.

Bei den Exponaten handelte es sich um mehrere in Glas eingefasste Borde, die mit bunten Schmetterlingen und exotischen Käfern bestückt waren. Die meisten hingen wie Bilder an den Wänden, drei weitere standen in einer Vitrine. Auf dem Regalbrett darunter gab es, neben einigen fremdländischen Silber- und Goldmünzen, zwei jadefarbene Teekännchen, winzige Tässchen und eine Schatulle aus poliertem Wurzelholz. Viele weitere Gegenstände wurden sorgfältig in den Schubladen von zwei großen Kommoden aufbewahrt.

Versonnen sah Wilhelm sich um. Er hatte in diesem Raum stets das Gefühl, seinem Vater nahe zu sein. Aber auch das Gefühl des Verlustes war in diesem Zimmer besonders stark. All die Dinge, die sein Vater persönlich zusammengetragen hatte und die ihm so wertvoll gewesen waren, zeugten auch noch Jahre nach seinem Tod von seinen Interessen und von seiner Leidenschaft. Sie bildeten gewissermaßen die Essenz seines Lebens – und es stimmte Wilhelm traurig, dass sie unbeachtet in diesem Zimmer verstaubten.

Vielleicht wäre es besser, zumindest die Insekten- und Schmetterlingssammlungen der Senckenbergischen Naturforschenden Gesellschaft zu überlassen, dachte Wilhelm plötzlich. Dann würden sie an einem Ort aufbewahrt werden, wo sie wertgeschätzt wurden. Er würde seine Mutter darauf ansprechen, nahm er sich vor. Und zuvor könnte er von den schönsten Stücken Zeichnungen anfertigen.

Wilhelm trat zum Schreibtisch und zog nacheinander die Schubladen auf. Zuunterst lagen die Tagebücher seines Vaters, in denen er über seine Chinareise geschrieben hatte. Seine Mutter mochte sie nicht besonders, sie nahm sie nie heraus, Wilhelm war wahrscheinlich der Einzige aus der Familie, der gelegentlich darin blätterte. Auch diverse Zeichnungen hatte sein Vater angefertigt. Elise hatte recht, Papa war ein talentierter Zeichner gewesen. Und er fragte sich nicht zum ersten Mal, was er wohl zu seinen künstlerischen Ambitionen gesagt hätte.

Herr Enslen fiel ihm ein. Eigentlich dachte er ständig an ihn. Der Panoramamaler hatte seine Rückkehr nach Frankfurt für Juni angekündigt. Eine bange Vorfreude erfüllte Wilhelm, wenn er daran dachte. Sie hatten ein paarmal miteinander korrespondiert. Er war Enslen behilflich gewesen, mit dem Küster der Deutschordenskirche eine Vereinbarung zu treffen, die es ihm erlaubte, auf dem Turm zu arbeiten. Und er hatte mindestens zwei Dutzend Skizzen vom Turm aus, aber auch von verschiedenen Standorten auf der Zeil, wo ein zweites Panorama entstehen sollte, angefertigt und sie ihm nach Berlin, Dresden oder München geschickt, je nachdem, wo Enslen sich gerade aufhielt. Der Obolus, den er dafür erhalten hatte, stimmte ihn positiv, wenn er auch nicht so großzügig ausgefallen war wie vielleicht erhofft. Als ein richtiger Assistent würde er gewiss mehr verdienen. Wilhelm träumte jedenfalls oft von einem Wanderleben mit Enslen.

Als er die Hefte seines Vaters zurücklegen wollte, fiel sein Blick auf ein paar lose Blätter, die den Boden der Schublade bedeckten. Er hatte sie bisher nie beachtet, doch nun nahm er sie heraus, und als er das oberste umdrehte, erkannte er zu seiner Überraschung die Handschrift seiner Mutter: »Ronnefeldt'sches Tee-Brevier«, las er. Es war eine Art Titelblatt, denn die folgenden Seiten enthielten alle möglichen Details zu den verschiedensten Teesorten. Viele der Namen hatte Wilhelm noch nie gehört. Ein Datum stand dabei: 1839. Das stimmte mit dem Tagebuch überein. Seine Mutter hatte diese Blätter offenbar während der Chinareise seines Vaters geschrieben. Wilhelm zündete nun doch die Lampe an, die auf dem Schreibtisch stand, denn mittlerweile war es recht dunkel im Raum geworden, setzte sich und betrachtete die Seiten. Zu jeder Teesorte waren Aussehen, Geschmack und Verwendung aufgeführt. Anregend am Morgen, geeignet vor dem Zubettgehen, ideal für die Teestunde am Nachmittag, stand da beispielsweise.

Plötzlich hörte er ein Geräusch im Flur, und kurz darauf steckte seine Mutter den Kopf durch die halb offen stehende Tür.

»Ach, du bist das, Wilhelm.« Sie trat zu ihm an den Schreibtisch. »Du liest im Tagebuch?«

»Nein, Mama. Schau mal. Das ist von dir.« Er zeigte ihr seinen Fund.

Lächelnd nahm sie die Blätter in die Hand. »Mein Tee-Brevier. Du meine Güte. Wie lange das her ist!«

»Sechzehn Jahre.« Wilhelm wies auf das Datum. »Was hattest du damit vor?«

»Ich wollte es setzen und drucken lassen. Für unsere Kunden.«

»Und warum hast du es nicht gemacht?«

»Irgendwie kam es nie dazu. Erst war ich ja allein, damals noch mit Weinschenk. Dann kam Fritz auf die Welt, und ich fand nicht die Zeit, es zu Ende zu bringen. Und als dein Vater endlich aus China zurückgekommen ist, hatten wir andere Sorgen. Wegen des Opiumkrieges blieben die Teelieferungen aus. Manche der Sorten, die ich beschrieben habe, fehlten plötzlich ganz. Heute gibt es viele davon gar nicht mehr.«

»Das ist wirklich schade. Du solltest es neu schreiben. Die Idee ist gut!«

»Meinst du wirklich?« Sie betrachtete nachdenklich die Blätter.

»Ganz egal, was Herr Besthorn sagt«, fügte Wilhelm hinzu.

»Ach, Schatz.« Seine Mutter sah mit einem Mal ganz gerührt aus. Sie legt ihm eine Hand auf die Schulter und drückte ihm einen Kuss auf den Scheitel. »Was täte ich nur ohne dich.«

Ein Genie in Leistungen und ein Automat im Willen

Bonn, 7. Mai 1854

Konrad hatte es sich einfacher vorgestellt, die Adresse der Familie Theodor Meyer in Bonn ausfindig zu machen. Nach einem ganzen Tag mühevoller Suche stand er nun endlich hinter einem Haselnussstrauch und blickte zwischen Büschen und Bäumen hindurch zu deren Haus hinüber. Es war ein klassizistischer Bau, vermutlich noch aus dem achtzehnten Jahrhundert, dem etwas baufälligen Zustand nach zu urteilen. Dahinter, gar nicht weit entfernt, lag der Rhein. Es war ein idyllisches Fleckchen Erde. Vier junge Leute, wahrscheinlich die Kinder der Meyers, spielten im Garten Federball. Auch Elise war da. Sie trug ein schwarzes Kleid, saß nahe der Hauswand in einem Korbstuhl und las in einem Buch.

Wie schön sie aussah, ohne Haube und mit im Abendlicht schimmerndem Haar. Er hatte damit gerechnet, dass Elises Anblick ihn nervös machen würde, nicht jedoch, dass er ihn so außer Fassung brachte. Er spürte ein schmerzliches Ziehen in der Brust. Die Erkenntnis, dass Elise Herrn Messmer abgewiesen hatte, dass sie sich nicht verlobt hatte und nicht verheiratet war, hatte seine Welt auf den Kopf gestellt. Er war sich so sicher gewesen, sie an den badischen Offizier verloren zu haben. Doch wie es aussah, gab es niemanden außer ihn selbst, auf den er die Schuld für seinen Verlust schieben konnte. Er war davongelaufen. Statt sich der Situation zu stellen, hatte er Leid über Elise und sich selbst gebracht – und er hatte wenig Hoffnung, dass sie ihm vergeben würde.

Eines der Mädchen unterbrach sein Spiel und wollte Elise ihren

Schläger überlassen. Sie lehnte lachend ab und sah dem Spiel noch eine Weile zu, das Buch zugeklappt, den Finger zwischen den Seiten. Kurz darauf stand sie auf und ging durch die Hintertür ins Haus. Ihr Schultertuch, das über der Stuhllehne hing, vergaß sie mitzunehmen. Konrad wartete darauf, dass sie zurückkäme, um es zu holen, doch das tat sie nicht.

Die vier Meyer-Kinder spielten weiter, bis die Dämmerung so weit fortgeschritten war, dass sie den Ball nicht mehr sehen konnten. Dann gingen auch sie hinein, und der Garten lag verlassen in der dichter werdenden Dunkelheit. Oben im ersten Stock war schon eine Weile zuvor ein Licht angegangen. Ob das Elises Zimmer war?

Konrad harrte weiter auf seinem Beobachtungsposten aus und blickte unentschlossen zu dem einladend wirkenden Haus hinüber. An den Fenstern des Erkers im Erdgeschoss, die vermutlich zum Wohn- oder Esszimmer gehörten, wurden von innen die Vorhänge zugezogen. Sein Blick wanderte nach oben zum ersten Stock – und endlich sah er Elise wieder. Sie war in eben dem Zimmer, in dem er sie vermutet hatte, öffnete einen Fensterflügel, lehnte sich hinaus und blickte nach unten in den Garten. Dort musste irgendwo der Korbsessel stehen, in dem sie gesessen und gelesen hatte. Dann schloss sie das Fenster wieder. Ob sie womöglich doch noch ihr Schultertuch holen ging? Konrad überlegte nicht lange, sondern sprang rasch über den niedrigen Zaun und huschte in den Garten.

*

Elise machte sich im Schein einer Lampe Notizen zu dem Buch, das aufgeschlagen vor ihr lag. *Das Wesen der Ehe. Nebst einigen Aufsätzen über die soziale Reform der Frauen* lautete der Titel, und geschrieben war es von einer gewissen Louise Dittmar. Viele Passagen überflog sie nun schon zum dritten oder vierten Mal und kannte sie beinahe auswendig: *»Die Frau müsste ein Genie sein, um halbwegs den Anforderungen zu entsprechen, die ihre seltsame Stellung an sie macht. Ihre Stellung ist zusammengesetzt aus mittelalterlichen Spinnrädern und modernen Nippestischchen. Sie soll haushälterisch sein und die liebenswürdige Wirtin machen, die Dienstboten beaufsichtigen und die Gesellschaft besuchen, die Kinder waschen und den Gatten unterhalten, die Kinder erziehen und die Kinder bekommen, kurz, sie muss das Ideal einer Gattin, Mutter, Hausfrau und Gesellschafterin sein, alles können, nichts wollen, alles leisten und nichts brauchen; tugendhaft, liebenswürdig, gebildet, bescheiden, einfach usw. sein, ein Genie in Leistungen und ein Automat im Willen.«*

Auch ihren Liebling, Malwida von Meysenbug, hatte sie in der Bibliothek der Meyers wiedergefunden. Endlich konnte sie so viel darin lesen, wie sie wollte. Die Autorin hatte sich sogar gegen eine Anstellung als Gouvernante entschieden, weil sie das in erneute Abhängigkeit gebracht hätte.

Elise fand ein solches Leben überaus mutig und konsequent. Konnte auch sie etwas Ähnliches schaffen, nun, da Konrad sie im Stich gelassen hatte? Sie bekam sofort einen Kloß im Hals und schob den Gedanken an ihn rasch beiseite, denn die Enttäuschung über seinen Verrat saß immer noch tief. Bisweilen träumte sie von Konrad. Dann war er noch bei ihr, sanft, stark und verständnisvoll, und sie erwachte für einen Moment getröstet – bis die Erinnerung an das, was geschehen war, sie wieder einholte.

Das Lesen und das Schreiben, oftmals mehrere Stunden täglich, war für sie zu einem festen Ritual geworden. Die Meyers hatten eine große Bibliothek, darunter viele Bücher von Frauen. Sie ließ die Namen der Autorinnen, die ihre Vorstellungen von der Welt auf den Kopf gestellt hatten, Revue passieren. Neben den Büchern von Frau von Meysenbug und Louise Dittmar las sie Texte von Louise

Otto-Peters, Mathilde Franziska Anneke und Ida Hahn-Hahn. Die Hausherrin Caroline Meyer hatte jedes dieser Bücher selbst gelesen. Sie hatte früher einen Adelstitel besessen und wegen ihrer Heirat mit dem Theologen Theodor Meyer auf ihre Privilegien und viel Geld verzichtet. Nun setzte sie sich für die Rechte der Frauen ein.

Dass man Frauen inzwischen jegliche politische Betätigung von Staats wegen verboten hatte, konnte Frau Meyer dabei nicht bremsen. Im Gegenteil. Als einziges Zugeständnis hatte sie den Frauenverein, dem sie vorstand, umgewidmet, so dass er nunmehr offiziell rein soziale und keine politischen Ziele mehr verfolgte. Doch sie weigerte sich strikt, die Bücher all dieser klugen Frauen zu vernichten, und auch ihr Mann hätte das nicht von ihr verlangt. Schriften und Bücher, in denen mehr Rechte für Frauen gefordert wurden, sei es in der Bildung oder im Beruf, wurden mittlerweile nämlich streng zensiert oder durften überhaupt nicht mehr erscheinen. Man befürchtete die Zersetzung der Gesellschaft, wenn Frauen sich immer mehr von ihrer eigentlichen Bestimmung als Hausfrau und Mutter entfremdeten. Es war nur ein glücklicher Zufall gewesen, dass Elise genau im richtigen Moment in die Bibliothek der Stiftsdamen spaziert war und dass das arglose Fräulein Stöckle ihr das Buch überlassen hatte. Hier jedoch, im Hause der Meyers, konnte sie sich nach Herzenslust in der Bibliothek aussuchen und lesen, was sie wollte, und davon machte sie rege Gebrauch.

Elise unterstrich den letzten Satz, den sie geschrieben hatte, und legte die Feder beiseite. Sie hatte ihr Schultertuch im Garten vergessen. Vorhin hatte sie es im letzten Tageslicht gerade noch auf dem Stuhl ausmachen können. Sie löschte das Licht, und während sie die Treppe ins Erdgeschoss hinunterging, hörte sie fröhliches Lachen aus dem Wohnzimmer. Sie hatte nicht schlecht gestaunt, als sich die besten Freunde ihrer Tante als so unkonventionell herausgestellt hatten. Die Kinder des Ehepaars Meyer, drei Jungen und ein Mädchen, waren zwischen dreizehn und neunzehn Jahre alt und wohnten noch zu Hause bei den Eltern. Das jüngste war das Patenkind ihrer Tante Käthchen, ein Knabe mit Namen Ambrosius, der demnächst nach Frankfurt zu ihnen in die Lehre kommen sollte, so war es mit ihrer Mutter und mit Herrn Besthorn vereinbart. Sie mochte den Jungen. Er erinnerte sie an ihre Brüder, sie fand sogar, dass er Wilhelm und Carlchen ein bisschen ähnlich sah.

Die Gesellschaft der jungen Leute tat Elise gut und half ihr dabei, zu sich selbst zurückzufinden. Sie merkte es daran, dass sie sich wieder um andere zu sorgen begann. Etwa um ihre Tante Käthchen. Sie wirkte rastlos und labil. Manchmal erschien sie ihr zwanghaft fröhlich und dann wieder tief betrübt. Dreimal schon hatte sie sie dabei ertappt, wie sie heimlich weinte, doch Elise scheute sich davor, zu neugierig zu sein. Aus eigener Erfahrung wusste sie, wie schnell man mit gut gemeinten Worten an irgendwelchen alten Wunden rühren konnte, die man besser in Ruhe gelassen hätte. Ihr selbst war es schließlich auch schon oft so gegangen.

Elise fröstelte, als sie aus dem Haus trat. Der Nachmittag und der Abend waren sommerlich gewesen, doch nun merkte man an den kühlen Nachttemperaturen, dass es noch früh im Jahr war.

Sie sah hinauf. Hinter den Wipfeln der Bäume, die den Garten begrenzten und wie riesige dunkle Schatten vor ihr aufragten, wölbte sich der Sternenhimmel empor. Der Eindruck von Endlosigkeit faszinierte sie. Sie musste jedes Mal an ihren Vater denken, der ihr von mondlosen, windstillen Nächten auf See erzählt hatte. Dann reichten die Sterne nämlich vom Horizont zum Horizont, eine riesige Kuppel voll leuchtender Punkte, als würde man mit dem Schiff direkt durch den Himmel fahren. Seit damals, seit sie das erste Mal, auf dem Schoß ihres Vaters sitzend, davon gehört hatte, hatte sie davon geträumt, dieses Wunder einmal mit eigenen Augen zu sehen.

Nur dass sie kein kleines Mädchen mehr war. Konrads Verschwinden war nach dem Tod ihres Vaters die zweite tiefe Wunde, die sie sich in ihrem Leben zugezogen hatte. Doch sie war stärker, als sie geglaubt hatte. Sie würde sich nicht unterkriegen lassen und ihre Träume weiter verfolgen. Und der erste Schritt war, ihren inneren Frieden wiederzufinden. Was danach kam, würde die Zukunft weisen.

Elises Augen hatten sich inzwischen an die Dunkelheit gewöhnt, so dass sie sich nun mühelos im Garten orientieren konnte. Sie sah einen Federball im Gras liegen, hob ihn auf und wandte sich dem Stuhl zu, auf dem sie vorhin gesessen hatte. Sie würde gleich zu den anderen ins Wohnzimmer gehen und noch ein bisschen lesen oder auch ein oder zwei Briefe schreiben. Heute war ein Brief von Wilhelm eingetroffen, fiel ihr ein, den sie noch nicht einmal geöffnet hatte …

Bedauerst du, was zwischen uns gewesen ist?

Plötzlich hörte Elise ein Geräusch. Ein Knacken, als sei jemand auf einen Ast getreten. Sie versuchte, die Dunkelheit zwischen den Johannis- und Stachelbeersträuchern, die an dieser Stelle dicht an die Wiese grenzten, zu durchdringen, konnte jedoch nichts sehen. Ihr Herz schlug schneller.

»Ist da jemand?«, fragte sie.

»Ich bin's. Konrad.«

Die Stimme klang vertraut. Sie blieb wie erstarrt stehen – und im selben Moment trat eine Gestalt zwischen den Büschen hervor auf die Wiese. Sie sah einen Mann mit Hut, konnte aber sonst nicht viel erkennen.

»Verzeih, ich wollte dich nicht erschrecken«, sagte die Stimme.

Konrad. Er war es wirklich. Ihr Herz stolperte und begann zu rasen. »Woher wusstest du, dass ich hier bin?«

»Dein Bruder hat mir gesagt, wo ich dich finden kann.«

Wilhelm. Der Brief fiel ihr ein. »Geh weg. Ich will dich nicht sehen«, hörte Elise sich sagen. Die Nachtkälte kroch jetzt rascher in ihre Glieder, doch zwischen ihr und ihrem wärmenden Schultertuch stand Konrads Schatten. Sie dachte an Flucht. Schnell zurück ins Haus – doch es war ihr unmöglich, sich zu bewegen.

Er war hier. Was wollte er von ihr?

»Du bist böse auf mich, das verstehe ich gut. Aber ich hatte gehofft, dass du mich vielleicht trotzdem anhörst. Ich kann dir alles erklären«, sagte Konrad.

»Was gibt es da zu erklären? Du hast mich sitzenlassen.« Elise fühlte heiße Wut in sich aufsteigen. Ihre Stimme klang hart. Der Schmerz war lebendig wie eh und je. Dabei hatte sie gerade heute noch gehofft, darüber hinwegkommen zu können. Immerhin fühlte sich der Zorn, der sich jetzt in ihr breitmachte, besser an als die Qualen der Enttäuschung. Endlich konnte sie ihm sagen, was für ein Schuft er war.

»Du bist einfach verschwunden. Ohne ein Wort. Ohne einen Abschied oder auch nur die kleinste Nachricht. Weißt du eigentlich, wie das ist?«

Er antwortete nicht sofort. Sie hörte ein Räuspern. Dann seine leise Stimme, leiser als zuvor: »Ich wollte ja, dass du mich hasst.«

»Du wolltest, dass ich dich hasse?«, wiederholte Elise fassungslos.

Konrad machte einen Schritt zur Seite, so dass nun ein Lichtschimmer aus einem der Fenster des Hauses auf ihn fiel. Seine Gestalt schälte sich deutlicher aus der Dunkelheit hervor, und sie konnte endlich sein Gesicht sehen. Er war es, nur der Bart war ungewohnt. Sie starrte ihn an, während sich die Erinnerung an die Berührung seiner Lippen in ihr Bewusstsein schob. Verstohlene Küsse, die sie einander geschenkt hatten in der Gewissheit, dass sie zusammengehörten.

Doch das war eine Lüge gewesen. Nichts als eine Lüge.

»Du hast mich so verletzt, Konrad. Das kannst du nicht gewollt haben.«

»Ich musste fort aus Frankfurt. Und dann habe ich dich mit ihm gesehen an jenem Tag.«

»Mit wem?«

»Mit Herrn Messmer. Ihr standet im Laden.«

»Und da läufst du einfach davon?« Nichts von dem, was Konrad sagte, konnte Elise besänftigen. Im Gegenteil. »Ich habe dich geliebt, Konrad. Du hättest mir die Wahrheit sagen müssen. Was auch immer das für eine Wahrheit ist. Doch all diese Geheimnisse … Du hast alles kaputt gemacht.«

»Ich weiß, aber bitte hör mich trotzdem an. Ich bitte dich. Ich erwarte nicht, dass du mir verzeihst. Ich meine, ich hoffe es, ich wünsche es mir von ganzem Herzen, doch ich weiß, dass ich nichts von dir verlangen darf. Aber bitte, um unserer gemeinsamen Zeit willen, hör mich an.«

Elise schwieg, die Lippen fest aufeinandergepresst, um zu verhindern, dass ihre Zähne aufeinanderschlugen. Ihr war inzwischen schrecklich kalt.

»Du frierst«, sagte Konrad. Mit zwei Schritten war er bei dem Stuhl, nahm das Schultertuch und reichte es ihr. Zitternd hüllte sie sich darin ein.

Plötzlich wusste sie, dass sie ihn anhören würde. Sie konnte nicht anders. Sie musste wissen, was er ihr zu sagen hatte.

»Gut. Also sag es mir. Warum musstest du so plötzlich fort?«

»Döbel. Er ist dahintergekommen, wer ich bin.«

»Wer du bist? Was meinst du damit?«

»Konrad Fritsch ist nicht mein wirklicher Name. In Wirklichkeit heiße ich Michael Seifert.«

Michael Seifert. Die Bedeutung von Konrads Worten sickerte nur langsam in Elises Bewusstsein. Sie hatte gedacht, dass es nicht mehr ärger kommen könnte, doch gerade fühlte es sich an, als ob jemand ihr den Boden unter den Füßen wegzog.

Konrad war nicht Konrad. Er war nicht der, für den er sich ausgegeben hatte …

»Aber das hat nichts mit uns zu tun, Elise. Ich bin trotzdem derselbe Mensch. Namen sind – nur Namen. Konrad Fritsch war meine Tarnung. Aber bitte sag weiter Konrad zu mir.«

»Und weshalb musstest du dich tarnen? Was hast du verbrochen?«, brachte Elise heraus. Sie zitterte heftiger.

»Nichts, wofür ich mich schämen müsste. Ich war bei der Badischen Revolution dabei. Ich kannte ein paar ihrer Anführer. Sie waren meine Freunde.«

Konrad kam etwas näher, nun konnte sie sein Gesicht besser sehen. Er lächelte sie traurig an. Dann zog er seinen Mantel aus und legte ihn ihr um. Der Druck seiner Hände auf ihren Schultern und der wärmende feste Stoff taten ihr gut.

»Ich würde dir gerne erzählen, was geschehen ist. Wenn ich darf«, sagte er.

Elise zitterte immer noch, und eine innere Stimme sagte ihr, dass nichts von dem, was Konrad zu sagen hatte, gutmachen konnte, was er ihr angetan hatte. Doch diese Stimme war nicht sehr laut – und Elise konnte nicht verhindern, dass in ihr Hoffnung aufkeimte. Er war zurückgekommen. Sie hatte sich so sehr nach ihm gesehnt. Selbst wenn sie gewollt hätte, war es ihr unmöglich, ihn jetzt fortzuschicken.

»Gut«, sagte sie nach kurzem Zögern, »aber lass uns ein Stück vom Haus weggehen.«

Sie tauchten in die Finsternis unter den Bäumen ein. Dort stand dicht neben einem Schuppen, in dem Gartengeräte aufbewahrt wurden, eine Bank, auf der sich Elise mit weichen Knien niederließ. Konrad setzte sich in einigem Abstand zu ihr und zog den ungewohnten Hut vom Kopf. Dann begann er zu erzählen.

»Du weißt ja, dass ich mit sechzehn von zu Hause fortgegangen bin. Danach habe ich bei verschiedenen Brauereien gearbeitet. Mit neunzehn kam ich nach Heidelberg, und dort lernte ich eines Sonntags bei einem Ausflug auf dem Neckar eine junge Frau kennen, Amalie. Sie war mit ihren Freundinnen unterwegs, und wie sich herausstellte, besuchten sie alle gemeinsam ein Lehrerinnenseminar. Damals hörte ich zum ersten Mal davon. Ich wusste vorher nicht, dass es so etwas gab.«

Er zögerte und lächelte sie verlegen an, bevor er weitersprach. »Ich hatte nie zuvor eine Frau wie sie getroffen. Sie war hungrig nach Bildung, wollte einfach alles wissen. Lilli – ich nannte sie

Lilli – las alles, was ihr in die Finger kam. Sie brachte mir bei, Bücher zu lieben. Und ich begann, regelmäßig die Zeitung zu lesen.«

Elise zog den Mantel noch ein bisschen enger um sich. Konrad hatte einmal angedeutet, dass sie ihn an eine andere Frau erinnerte, die er früher einmal gekannt hatte. Das musste sie wohl sein. Lilli. Die Art, wie er ihren Namen aussprach, klang so vertraut. Sie merkte, wie es an ihr nagte.

»Das war 1844«, fuhr er fort. »Einen Sommer lang waren wir ständig zusammen. Ich war sehr verliebt in sie, und ich dachte, ihr ginge es mit mir genauso. Aber da hatte ich mich wohl getäuscht. Zumindest war ihre Zuneigung nicht ebenso stark wie meine. Im Herbst ging sie zurück nach Mannheim zu ihrer Familie. Und als wir uns im Frühjahr endlich wiedersahen, war sie verlobt. Sie heiratete Gustav Struve im folgenden Winter. Er war Rechtsanwalt und doppelt so alt wie sie. Ich hingegen war ein Jahr jünger und ein Niemand. Natürlich konnte sie mit mir nichts anfangen.«

Konrad lachte leise, bevor er weitersprach.

»Doch das Unglaubliche geschah, wir blieben Freunde. Ich zog ebenfalls nach Mannheim, da ich dort eine bessere Anstellung fand, und Lillis Mann, Gustav, behandelte mich wie einen Bruder. Ich lernte ihn schätzen und begann, die Veranstaltungen zu besuchen, zu denen die beiden gingen oder die sie organisierten. Ich gebe zu, dass ich zuvor kein sonderlich politischer Mensch gewesen bin. Ich war viel zu sehr mit mir selbst beschäftigt. Doch das änderte sich nun. Die Struves und ihre Freunde sprachen über Pressefreiheit, über Schwurgerichte nach englischem Vorbild, über die Abschaffung der Monarchie und von einem deutschen demokratisch gewählten Parlament. Bis dahin hatte ich selten darüber nachgedacht, wer eigentlich das Sagen hatte, wer die Macht im Land besaß. Doch da fing ich an zu begreifen, welch ein Ignorant ich gewesen war. Gustav Struve strebte eine Republik nach amerikanischem Vorbild an. Er glaubte, dass die Rechte des Volkes nur auf diese Weise gewährleistet werden könnten. Es war wie eine Offenbarung für mich. Ich hatte mit meinem Schicksal gehadert, doch vielen, sehr vielen Menschen erging es wesentlich schlechter als mir, und Schuld an dem ganzen Elend war die Ungleichheit zwischen den Ständen. Das wollten Gustav und Lilli ändern.«

Elise lauschte Konrad nun sehr aufmerksam. Aus dem Haus der Meyers drang Gelächter herüber. Sie sah schattenhafte Gestalten hinter den Gardinen, wahrscheinlich spielten sie Scharaden. Sie hoffte nur, dass niemand sie vermisste und suchen ginge. Nicht auszudenken, wenn man sie hier mitten in der Nacht allein mit einem Mann im Garten fand.

»Was passierte dann?«, fragte sie.

Konrad zuckte die Schultern und fuhr sich mit der Hand durchs Haar, eine vertraute Geste, die Elise nur zu gut kannte.

»Die Revolution passierte. Struve tat sich mit Friedrich Hecker zusammen. Du hast bestimmt von ihm gehört. Er war in seinen Ansichten eher noch unnachgiebiger und noch kompromissloser. Radikaldemokratisch und strikt gegen die Monarchie. Die beiden verlangten eine Revision der badischen Verfassung und forderten ein deutsches Parlament. Im April 1848 riefen sie die Republik aus. Du erinnerst dich vielleicht, dass damals gerade das Vorparlament in Frankfurt zu Ende ging.«

Elise erinnerte sich. In dem Jahr war Robert Blum hingerichtet worden, und die Demokratie war ihr als etwas zutiefst Gefährliches erschienen, von dem man lieber die Finger ließ. Erst durch die Gespräche mit Wilhelm in den letzten Wochen und Monaten hatte sie angefangen zu begreifen, dass man es sich zu leicht machte, wenn man alle Demokraten als Aufrührer diffamierte. Die Freiheit der Menschen war ein wichtiges Gut, das es zu verteidigen lohnte – sofern man den Mut dazu besaß. Und die Bücher der Frauen, die sie in den letzten Wochen gelesen hatte, hatten ihr Übriges dazu beigetragen. Diese Frauen standen so furchtlos für ihre Rechte ein, dass sie einfach nur bewundernd zu ihnen aufsehen konnte. Sich selbst hatte sie nie als einen besonders mutigen Menschen wahrgenommen. Ihre heimlichen Treffen mit Konrad waren das Verwegendste gewesen, was sie in ihrem bisherigen Leben getan hatte.

»Heute denke ich, dass sie viel zu undiplomatisch vorwärtsgeprescht sind. Sie wollten alles auf einmal, radikal und mit Gewalt, doch damals hatten sie mich voll und ganz auf ihrer Seite. Viel zu oft hatte ich es in meinem Leben mit Menschen wie Döbel zu tun gehabt. Solche, die sich mir einfach nur wegen ihres Standes oder ihrer Position überlegen fühlten. Aber Gustav und Lilli und dann auch Friedrich Hecker begegneten mir und anderen auf Augenhöhe. Das war eine völlig neue Erfahrung.

Wir trafen uns mit Hecker in Donaueschingen. Von dort aus sollte es weiter nach Karlsruhe gehen, das war der Plan. Eintausendfünfhundert bis zweitausend Mann stark sollte unser Revolutionszug sein, doch es waren kaum dreihundertfünfzig zusammengekommen, als württembergische Truppen in die Stadt eindrangen. Es waren zu viele, wir drohten, sofort aufgerieben zu werden. Gustav floh mit einem Haufen bewaffneter Republikaner aus der Stadt. Ich blieb mit Amalie zurück, um heimlich die zurückgelassenen Munitionskisten und andere Gegenstände einzusammeln und abzutransportieren.«

»Amalie Struve war also ebenfalls dabei?«

Konrad nickte. »Gustav war eigentlich dagegen, aber sie wollte es sich um keinen Preis nehmen lassen. Entweder fuhr sie in einem Wagen voraus oder hinterher. Als Frau kam sie eher unbehelligt durch die eine oder andere Kontrolle, anders als dies einem Mann möglich gewesen wäre. Es war natürlich riskant, aber diese Sturheit passte zu ihr. An diesem Tag blieb ich also mit ihr in Donaueschingen zurück. Wir holten die anderen nach einer Weile wieder ein, doch unser Haufen war immer noch viel zu kümmerlich, um etwas ausrichten zu können. In der besten Zeit kamen vielleicht tausend Mann zusammen. Trotzdem war es großartig. Hecker und Struve und überhaupt alle Anführer des Revolutionszuges verzichteten auf jegliche Sonderbehandlung. Sie wollten weder bessere Quartiere noch besseres Essen. Keiner sollte den anderen etwas voraushaben. In den folgenden Tagen sind wir dann durch mehrere Städte und Dörfer gekommen, wo wir mit Jubel und wehenden Fahnen begrüßt wurden. Auch viele badische Soldaten liebäugelten mit unserer Sache, haben es dann aber doch nicht gewagt, überzulaufen. In der Nähe von Freiburg kam es erneut zu Schießereien mit den fürstlichen Truppen.

Es war aussichtslos. Gustav und Amalie flohen nach Frankreich und von dort in die Schweiz. Wir verloren uns aus den Augen, später hörte ich jedoch, dass sie in Sicherheit waren. Wir übrigen tauchten ebenfalls unter. Im September hatten wir uns wieder zusammengetan, und es kam zu einer zweiten Volkserhebung. Doch auch diese wurde gewaltsam niedergeschlagen, und diesmal war der Ausgang weniger glimpflich. Wir wurden gefangen genommen und in Rastatt interniert. Wir durften so gut wie keinen Kontakt zueinander haben. Manchmal sah ich Gustav aus der Ferne im Hof. Wohin sie Lilli gebracht hatten, wusste ich lange Zeit nicht, nicht einmal, ob sie noch lebte, bis mir Gustav irgendwann eine Nachricht zukommen ließ. Er war zu acht Jahren Zuchthaus verurteilt worden und Lilli zu zwei Jahren. Mir hatten sie vier Jahre aufgebrummt.«

»Was geschah dann?«, fragte Elise, als Konrad nicht weitersprach.

»Wir hatten Glück im Unglück. Einer unserer Bewacher, einer der Offiziere, war auf unserer Seite. Er schmuggelte Werkzeug in meine Zelle, so dass ich mich und einige der anderen befreien konnte. Im Mai 49 konnten wir fliehen. Lilli und Gustav wurden jedoch besser bewacht und von Soldaten mitgenommen. Ich fand heraus, dass man sie nach Bruchsal gebracht hatte, und wir beschlossen, sie dort herauszuholen. Im allgemeinen Chaos gelang uns das auch. Wir befreiten die beiden aus dem Gefängnis, wären allerdings wiederum beinahe erwischt worden. Inzwischen waren mein Name und mein Gesicht natürlich bekannt. Der Ausbruch aus dem Gefängnis in Rastatt und nun die Befreiungsaktion in Bruchsal – jetzt hatten sie mich im Visier. Mit vier Jahren wäre ich nun nicht mehr davongekommen.

Eine Zeitlang versteckten wir uns alle gemeinsam in Freiburg. Wir hatten vor, in die Schweiz zu fliehen. Vorher musste ich noch einmal nach Kandern. Gustav hatte dort während des ersten Aufstands seinen Familienschmuck versteckt, den wir zu Geld machen wollten. Und als ich zurück nach Freiburg kam, waren die Struves schon fort.«

»Sie haben dich einfach zurückgelassen?«

»Ich fand nur noch einen Brief, in dem stand, ich solle den Schmuck verkaufen und in die Schweiz nachkommen. Doch leider hatte ich den Schmuck nicht gefunden, er war fort, gestohlen oder was auch immer. Außer ein paar Kleidungsstücken besaß ich nichts mehr. Also nahm ich einen anderen Namen an und suchte mir erst einmal eine Arbeit in der Hoffnung, dass niemand meine Papiere sehen wollte. Solange ich mich nur genügend ausnutzen ließ, ging das auch gut. Ein paar Wochen später erfuhr ich, dass Amalie und Gustav nach Amerika ausgewandert waren.«

Elise schluckte trocken. So hatte es also geendet, dachte sie. Seine feinen Freunde hatten ihn sitzenlassen. Also müsste er eigentlich wissen, wie sich das anfühlte. Doch sie sparte sich die bissige Bemerkung, die ihr auf der Zunge lag.

»Darum Englisch. Du wolltest auch nach Amerika«, sagte sie.

Konrad zuckte mit den Achseln. »Das ist schwierig ohne einen

Kreuzer in der Tasche. Drei Jahre lang habe ich mich irgendwie durchgeschlagen und musste jede Arbeit annehmen, die ich kriegen konnte. In Frankfurt wurde es besser. Ich bekam die Papiere, die ich brauchte, und aus Michael Seifert wurde Konrad Fritsch. Endlich begann für mich ein etwas besseres Leben. Und dann traf ich dich.«

»Aber das hat nichts an deinen Plänen geändert«, sagte Elise mit rauer Stimme. »Und ich dachte immer, das wäre etwas Ernstes zwischen uns.«

»Ach, Elise. Du musst eines verstehen, dein Glück ist mir wichtiger als mein eigenes. Ja, ich habe von einer gemeinsamen Zukunft mit dir geträumt, und eine Zeitlang dachte ich sogar, es könnte möglich sein. Trotzdem tut es mir leid, dass ich dir Hoffnungen gemacht habe. Das ist unverzeihlich. Im Grunde habe ich nie daran geglaubt, dass deine Familie mich akzeptieren würde.«

»Meine Familie! Wenn du einfach nur ehrlich mit mir gewesen wärest, hätte ich dir sagen können, was ich will«, entgegnete Elise heftig.

»Mit einem verurteilten Straftäter, der unter falschem Namen lebt, eine Ehe eingehen? Hättest du das gewollt? Mir droht die Todesstrafe, wenn man mich erwischt. Ein Dutzend meiner ehemaligen Kameraden haben sie bereits gehängt. Und als Döbel meinen richtigen Namen herausgefunden hat, war es für mich unmöglich, länger in Frankfurt zu bleiben.«

Konrads Worte konnten Elise nicht beruhigen. Sie verstand, dass er hatte fliehen müssen, aber eines verstand sie ganz und gar nicht: »Und warum hast du mir keine Nachricht hinterlassen? Du wolltest, dass ich dich hasse, hast du gesagt. Und das ist dir gelungen. Aber warum?« Elises Stimme bebte.

»Damit du ihn nimmst. Den anderen. Messmer. Er kann dir das Leben bieten, das du verdienst«, kam es gequält von Konrad zurück.

»Wie kommst du dazu, darüber bestimmen zu wollen, welcher Mann für mich der richtige ist? Was geht Messmer dich an?«

Konrad antwortete nicht sofort. Er schüttelte langsam den Kopf und atmete heftig. Elise konnte trotz des unzureichenden Lichts sehen, wie erregt er war.

»Ich habe dir doch von Rastatt erzählt, wo ich im Gefängnis gesessen habe. Messmer war jener Offizier, der mir die Flucht ermöglicht hat«, stieß er schließlich mit heiserer Stimme hervor.

»Eduard Messmer hat dich aus dem Gefängnis befreit?«, sagte Elise langsam.

»Ja, genau. Glaub mir, ich war ebenso bass erstaunt, wie du es jetzt bist. Einen Tag, nachdem Döbel mir die Pistole auf die Brust gesetzt hat, bin ich zu eurem Laden gegangen. Ich wollte mit dir reden, und da habe ich euch gesehen. Als ich begriff, dass er es war, den du heiraten sollst, da dachte ich …« Er stockte und hielt inne.

»Da wolltest du ihm nicht im Wege stehen«, vervollständigte Elise seinen Satz.

»Genau. Ach, Elise. Tausendmal habe ich mir darüber den Kopf zerbrochen, wie ich es hätte besser machen können. Doch immer bin ich zu dem Schluss gekommen, dass das Ganze mit uns von vorneherein zum Scheitern verurteilt war.«

Elise stockte. Es war eine Menge, was sie zu verarbeiten hatte. »Bedauerst du, was zwischen uns gewesen ist?«, fragte sie schließlich.

Er schüttelte den Kopf. »Nein, ich bedauere es nicht. Selbst wenn ich denke, dass ich dich da nicht hätte mit hineinziehen dürfen, könnte ich niemals bedauern, dich zu lieben.«

Elise dachte nach. Konrads Bekenntnis hatte sie aufgewühlt und verstört. Sie musste erst einmal ihre Gedanken ordnen. »Du hast also ernsthaft geglaubt, dass ich Eduard Messmers Antrag annehmen würde? Nach allem, was zwischen dir und mir gewesen ist?«, sagte sie langsam.

Konrad saß mit hängenden Schultern da und presste sich die Finger gegen die Stirn.

»Verdammt«, hörte sie ihn leise fluchen. »Verdammt, verdammt, verdammt.«

»Wo bist du überhaupt die ganze Zeit gewesen? Ich hatte angenommen, du wärest längst über alle Berge.«

»Ich war in Greiz«, sagte Konrad wie unter Schmerzen und hob den Kopf.

»Du hast deine Familie besucht? War das nicht riskant?«

»Schon. Aber ich wollte noch einmal nach ihnen sehen, bevor …« Er sprach den Satz nicht zu Ende.

»Wie geht es ihnen?«

»Mein Vater ist tot. Meinem Bruder geht es gut. Die Brauerei gehört jetzt ihm. Ich muss dir danken, Elise, denn ich wäre nicht hingefahren, wenn du nicht gewesen wärst. Und ich bin sehr froh, dass ich es gemacht habe.«

»Es tut mir leid, dass dein Vater gestorben ist«, sagte Elise leise. Eine Weile lang saßen sie schweigend beieinander. Dann stand Elise auf und zog den Mantel von ihren Schultern. Sofort spürte sie wieder die kühle Nachtluft. »Ich muss jetzt ins Haus. Sie suchen mich bestimmt gleich. Niemand darf uns hier zusammen finden.«

»Nein, natürlich nicht.« Konrad erhob sich ebenfalls.

»Was hast du jetzt vor?«

»Ich bin auf dem Weg nach Hamburg. Und dort werde ich mir ein Schiff suchen, das nach New York geht.«

Elise durchrieselte ein Schreck. Aber was hatte sie sich denn erhofft? Er konnte ja nach allem, was sie gehört hatte, wirklich nicht mehr in Deutschland bleiben. »Woher hast du so plötzlich das Geld?«

»Lilli und Gustav haben mir aus New York einen Gutschein von der Hapag geschickt. Sie transportieren Pakete übers Meer – und jetzt auch Menschen. Die Schiffe sollen gut und schnell sein, schreibt Struve.«

»Dann wünsche ich dir viel Glück«, sagte sie steif.

Die nochmalige Erwähnung des Namens Struve wirkte ernüchternd auf Elise. Und nun war eigentlich alles gesagt. Trotzdem fiel es ihr schwer, ihm einfach den Rücken zuzukehren. Wie verabschiedete man sich von einem ehemaligen Geliebten? Weder in den Romanen noch in den Ratgebern, die sie gelesen hatte, gab es darauf eine Antwort.

Als sie sich in ihrer Hilflosigkeit schon stumm abwenden wollte, ergriff Konrad noch einmal das Wort: »Eines noch, Elise. Ich weiß, ich habe große Fehler gemacht, und ich will nicht noch einen weiteren begehen. Wenn ich jetzt nichts sage, werde ich mich mein Leben lang dafür hassen. Willst du mich begleiten? Nun, da die Struves mir den Gutschein geschickt haben, könnte ich für uns beide den Fahrpreis bezahlen. Ich habe in den letzten Jahren genug auf die Seite gelegt.«

»Das Geld brauchst du doch gewiss, um in Amerika neu anzufangen.«

»Reichtümer werde ich dir nicht bieten können. Aber ich werde hart arbeiten, das verspreche ich dir. Und ich möchte, dass du meine Frau wirst. Elise, willst du mich heiraten?«

Mehrere Herzschläge lang standen sie einander stumm gegenüber. Konrads Worte klangen in der Dunkelheit nach, und in Elises Kopf schlugen die Gedanken Purzelbäume. Er hatte sie sitzenlassen, und nun war er gekommen und wollte sie heiraten?

Konrad merkte natürlich, wie sehr sie mit sich kämpfte. »Ich weiß schon, das kommt jetzt ein bisschen sehr plötzlich.« Als sie immer noch nichts sagte, hob er hilflos die Hände. »Bitte verzeih, dass ich dich so damit überfallen habe. Wahrscheinlich hattest du dir einen Heiratsantrag anders vorgestellt. Ich fahre in zwei Tagen weiter nach Hamburg. Du kannst mich bis dahin hier in Bonn in der *Pension Schneider* erreichen, falls du es dir noch überlegen willst. Sie liegt direkt neben dem Schulhaus, du kannst sie nicht verfehlen.«

Elise stand stocksteif da und hatte das Gefühl, sobald sie sich bewegte, würde sie sich in Konrads Arme werfen. Dabei war sie vor ganz kurzem noch der Überzeugung gewesen, dass sie ihn nie mehr wiedersehen wollte.

»Ich bin froh, dass wir uns noch einmal gesprochen haben«, sagte Konrad nun.

Elise schüttelte stumm den Kopf und reichte ihm seinen Mantel, den sie immer noch in der Hand hielt. Sie wusste nicht, ob sie froh darüber sein sollte. Sie wusste gar nichts mehr.

»Leb wohl, Konrad«, sagte sie mit mühsam beherrschter Stimme. Und dann wandte sie sich von ihm ab und ging durch die Dunkelheit davon.

Deine Arroganz ist einfach unerträglich

Hamburg, ebenfalls am 7. Mai 1854

Am Sonntag erschien Carl wieder einmal beim Mittagessen der Westphals, wenn auch ein wenig widerstrebend, denn er fühlte sich dort nicht mehr recht wohl. Sein Verhältnis zum beinahe gleichaltrigen Ludwig Westphal war getrübt, seit er mit Mahlstedt befreundet war, und vor allem, seit er das Tanzkränzchen besuchte. Er ahnte, dass Ludwig seinen Umgang missbilligte. Er bedauerte das zwar, wollte die Tanzerei aber deswegen auch nicht aufgeben.

Schwerer wogen ohnehin die nachdenklich-kritischen Blicke, die Otto Westphal ihm zuwarf. Der alte Herr erinnerte ihn nämlich an seinen Vater. Nicht dass er ihm optisch oder auch sonst geglichen hätte. Es war einfach nur die Art, wie dieser ehrwürdige Patriarch ihn ansah, und dazu das Wissen, dass er und sein Vater sich gekannt hatten. Momentan verdrängte Carl nämlich lieber alles, was mit Frankfurt zu tun hatte. Er wollte nicht an die Pflichten, die daheim auf ihn warteten, erinnert werden.

An diesem Tag fühlte Carl noch häufiger als sonst die Augen des alten Herrn auf sich ruhen, und nach dem Essen, als man sich wie üblich zum Rauchen ins Herrenzimmer zurückgezogen hatte, nahm Otto Westphal ihn auch prompt zu einem Gespräch auf die Seite. Zunächst sprachen sie jedoch nicht über Carls Freizeitaktivitäten, sondern über Tee.

»Hattest du schon einmal die Gelegenheit, Tee aus Assam zu verkosten?«, fragte sein Gastgeber. Otto Westphal duzte Carl mittlerweile, und auch dies war ein Zeichen dafür, dass der Patriarch sich ihm gegenüber als eine Art Vormund wahrnahm, denn durch das vertrauliche Du setzte er Carl auf eine Stufe mit seinen Söhnen.

»Herr Overweg hat einmal eine Probe mit ins Kontor gebracht. Er schmeckte sehr kräftig, so wie die Engländer ihn mögen. Pur getrunken fand ich ihn zu bitter, da hat sich im Mund alles zusammengezogen, aber mit Milch und Zucker schmeckte er ausgezeichnet.«

»Die englische Assam Company hat erstmals seit ihrer Gründung eine Dividende ausgeschüttet«, sagte Otto und hielt ihm eine Schachtel mit Zigarren hin.

»Im Kontor war davon die Rede.« Carl nahm sich eine Zigarre und entspannte sich ein wenig, da die befürchtete Standpauke offenbar ausblieb. »Die erste Dividende seit zehn Jahren. Trotz des scheinbar ähnlichen Klimas sind die Versuche mit den chinesischen Teepflanzen zuvor gescheitert. Erst seit man auf die einheimischen Pflanzen vertraut, kann man eine nennenswerte Ernte einfahren. Dabei wuchs der Tee jahrelang direkt vor der Nase dieser Leute, ohne dass sie es gemerkt haben.«

»Bist du auch der Meinung, dass Indien sich zu einem Teeland entwickeln könnte?«

»Ich halte es durchaus für möglich. Es ist schließlich englisches Gebiet, und die Engländer werden alles daransetzen, da es ihnen die Möglichkeit gibt, von China unabhängig zu werden.«

Otto Westphal nickte. »Das ist wahr. Die Importeure haben in China mit immer größeren Schwierigkeiten zu kämpfen.«

»Es ist wie damals. Mein Vater hätte …«

Carl unterbrach sich. Er hatte plötzlich einen Kloß im Hals. Verlegen setzte er die Zigarre in Brand und tat so, als könne er darum nicht weitersprechen. *Mein Vater hätte sich für Tee aus Indien brennend interessiert*, hatte er sagen wollen, doch nur mit diesem einen Satz stieß er das Tor zu Erinnerungen auf, die er normalerweise lieber verdrängte.

Aber Otto Westphal verstand ihn auch so. »Deinem Vater hätte das gefallen. Er war immer offen für Neues. Vermutlich hätte ihn die Reiselust gepackt, und er wäre selbst nach Indien gereist«, sagte er, während er seine Pfeife stopfte.

Carl sog an seiner Zigarre. Er hatte sich zu einem routinierten Raucher entwickelt und mochte inzwischen sogar den Geschmack des Tabaks. Und er fand es angenehm, wenn seine Hände etwas zu tun hatten, denn damit konnte er seine Nervosität überspielen.

So wie jetzt.

»Übrigens, wo wir gerade bei deinem Vater sind. Mir ist da etwas über dich zu Ohren gekommen. Und auch wenn es mir widerstrebt, fühle ich mich doch verpflichtet, es anzusprechen.«

Carl schwieg und wartete beklommen darauf, dass der Alte fortfuhr.

»Dieses Tanzkränzchen bei Familie von Budberg«, sagte Otto Westphal gedehnt und setzte paffend den Tabak in Brand, so dass sein Gesicht kurzzeitig hinter einer Rauchwolke verschwand. »Du gehst regelmäßig dorthin?«

»Das ist richtig. Es ist nichts dabei. Viele herausragende Familien sind dort vertreten. Sogar zwei Töchter von Senatoren nehmen teil«, erwiderte Carl und hob das Kinn. Er hatte keine Lust, wegen dieser Sache an den Pranger gestellt zu werden.

»Gewiss, gewiss«, sagte Otto Westphal und machte eine kleine Pause. »Herr Mahlstedt hat dich dort eingeführt, nicht wahr?«

Carl nickte.

»Und was weißt du über die anderen Herren?«

»Es sind selbstverständlich Herren der besten Gesellschaft.«

»Aha.« Wieder eine Pause. »Was heißt das denn? Was tun diese Herren?«

»Nun ja … Viele sind Offiziere, einer ein angehender Rechtsanwalt, und dann wären da noch der Herr Jenssen …«

»Meinst du vielleicht Herrmann Jenssen? Den Sohn des Reeders?«

»Genau der. Und die Herren Dietrich und Fehring.«

Otto Westphal nickte. »Die Familie des einen besitzt in dritter Generation eine Manufaktur für Silberwaren, und der Vater des anderen ist ein Hersteller von Dampfmaschinen. Sind denn auch Kaufleute darunter?«

»Kaufleute?« Carl räusperte sich.

»Ja. Kaufleute wie du. Ein Kommis vielleicht? Ein Volontär?«

»Nein. Meines Wissens nicht. Also das heißt, außer Mahlstedt und mir.«

»Wundert dich das denn gar nicht?«

Carl zögerte mit der Antwort. Natürlich war es nicht so, dass er darüber nicht auch schon nachgedacht hätte, doch er mochte nicht recht einsehen, warum dies ein Problem sein sollte. Immerhin wurde er von allen Seiten und auch von den Verwandten der jungen Fräuleins mit dem größten Respekt behandelt.

»Zu Beginn hat es mich vielleicht ein wenig gewundert«, gab er schließlich offen zu. »Aber Mahlstedt ist sehr beliebt, und nachdem er mich, wie gesagt, eingeführt hat, haben sich mögliche Vorbehalte der Familien mir gegenüber offensichtlich in Luft aufgelöst.«

»Du weißt also nicht, was man über dich erzählt?«

»Was man über mich erzählt?« Carl begann zu schwitzen. Er kam sich vor wie bei einem Verhör. »Nein, das weiß ich nicht.«

»Dann hast du noch nie jemanden sagen hören, dass du ein reicher Erbe seist?«

Jetzt wurde Carl richtig heiß. »Ein reicher Erbe? Nein. Wer sollte mir denn etwas vererben?«

»Sag du es mir. Die Leute sind jedenfalls der Meinung, es gäbe einen Onkel, der dir zu deinem einundzwanzigsten Geburtstag sein gesamtes Vermögen in Aussicht gestellt hat. Und dass du zudem jetzt schon ein Großgrundbesitzer seist. In Amerika gehöre dir ein riesiges Stück Land.«

Carl lachte nervös. »Wer erzählt denn solche Lügen über mich? Das kann ich gar nicht glauben.« Seine Stimme machte beim letzten Wort einen unangenehmen Kiekser.

»Es geht überall herum. Mittlerweile sogar an der Börse. Du kannst Ludwig fragen.« Otto Westphal nickte zu seinem Stiefsohn hinüber, der mit Carl-Wilhelm am Fenster stand und neugierig zu ihnen herübersah.

»An der Börse wird über mich geredet? Das muss ein Irrtum sein.«

»Das ist es leider nicht«, erwiderte Otto Westphal ernst und hüllte sich erneut in eine dichte Wolke aus Qualm, bevor er weitersprach. »Glaube mir, ich bin der Sache persönlich nachgegangen. Zuerst wollte ich es auch kaum glauben, doch dann blieb mir nichts anderes übrig. Ein gewisser Carl Ronnefeldt, der bei Overweg als Volontär arbeitet und bei Familie von Budberg ein- und ausgeht, wird als einer der begehrtesten Junggesellen der Stadt gehandelt.«

Carl griff sich an den Kragen. Was er da erfuhr, war ungeheuerlich.

»Ich sehe, du bist überrascht, davon zu hören«, sagte Otto Westphal nun.

»Überrascht, allerdings, mehr als das. Ich hatte nicht die geringste Ahnung«, versicherte Carl.

»Und du hast also nicht zufällig eine Idee, wer Interesse daran haben könnte, solche Gerüchte in die Welt zu setzen? Warum jemand so etwas tun sollte?«, fuhr Otto Westphal fort, doch die Worte erreichten Carl nur noch wie aus weiter Ferne, so sehr war er vor den Kopf gestoßen.

Mahlstedt kam ihm in den Sinn. Mahlstedt, nur Mahlstedt konnte sich so etwas Bösartiges ausdenken. Aber er war doch sein Freund. Würde ein Freund so etwas tun?

Carl dachte an einige der Dinge, über die er sich so gewundert hatte. Das Ansehen, das er bei den Müttern der jungen Fräuleins genoss, beispielsweise. Sie hatten ihn hofiert – ganz ähnlich, wie sie Mahlstedt hofiert hatten. Sie hatten ihn und Mahlstedt auf ein und dieselbe Stufe gestellt.

Aber warum auch nicht? Er war schließlich ausgesucht höflich zu jedermann, er tanzte gut, er war pünktlich und zuverlässig. Carl Ronnefeldt war ein ehrenwerter junger Mann. Er besaß Talente und Fähigkeiten und zudem alle Tugenden, die einen guten Kaufmann auszeichneten – Ehrlichkeit, Gewissenhaftigkeit, Sorgfalt, Verantwortungsbewusstsein. Darum und nur darum, so hatte er geglaubt, wurde er von den Fräuleins aus gutem Hause und von den Verwandten der Fräuleins geachtet. Doch falls es stimmte, was Otto Westphal sagte, dann würde das ja bedeuten, dass er einem kolossalen Irrtum aufgesessen war.

Mahlstedt, dachte Carl wieder, und die Gestalt des jungen Adligen erschien vor seinem inneren Auge. Das elegante Äußere, der stets ein wenig spöttisch wirkende Zug um den Mund, der perfekt in Form gebrachte Schnauzbart, das sorgfältig gekämmte blonde Haar. Sein unerschütterliches Selbstbewusstsein. Die ganzen guten Gaben, die er ihm hatte zuteilwerden lassen. Ihre gemeinsamen Ausritte. Dieses Gefühl von Freiheit, wenn sie nebeneinander über die Felder galoppierten. Die heitere Unbeschwertheit, die Carl in Mahlstedts Gesellschaft empfand und die er zuvor nicht gekannt hatte.

Otto Westphal war nicht weiter in ihn gedrungen. Nun ergriff er wieder das Wort: »Und, Carl?«

Das reichte, damit Carl sich des Blickes bewusst wurde, mit dem der Alte ihn schon seit einer ganzen Weile musterte.

Carls Zigarre war ausgegangen. Er überlegte kurz, sie erneut in Brand zu setzen, ließ es dann jedoch bleiben. Nun merkte er auch, dass Carl-Wilhelm und Ludwig Westphal immer noch zu ihnen herübersahen. Sie waren gewiss darüber im Bilde, worum es bei dieser Unterredung ging, und konnten ihre Neugierde auf deren Ausgang nicht verhehlen. Wahrscheinlich wären sie selbst gerne diejenigen gewesen, die Carl mit der unangenehmen Wahrheit konfrontierten, vor allem Ludwig hätte das vermutlich genossen. Fräulein Henriette Overweg hatte ihn nämlich kürzlich abgewiesen, und aus irgendeinem undurchsichtigen Grund machte er nun Carl dafür mitverantwortlich.

Doch Otto Westphal hatte offenbar entschieden, dass das Gerede über Carl eine Angelegenheit war, die er persönlich zu klären hatte. Carl war ihm dankbar dafür. Der unverhohlene Tadel, der aus Otto Westphals Worten sprach, war ihm zwar ebenfalls ausgesprochen unangenehm, er war jedoch leichter zu ertragen als das triumphierende Feixen, das er vermutlich von den beiden Jüngeren zu erwarten gehabt hätte.

Carl legte die Zigarre, die er immer noch in der Hand hielt, im Aschenbecher ab und wandte seine Aufmerksamkeit wieder seinem Gesprächspartner zu. »Ich werde das selbstverständlich umgehend in Ordnung bringen«, sagte er entschlossen. »Wie gesagt, ich wusste nichts davon, und ich danke Ihnen, dass Sie mich ins Bild gesetzt haben. Ich werde persönlich dafür sorgen, dass die Lügen als das enttarnt werden, was sie sind, nämlich Lügen.«

»Gut.« Otto Westphal nickte zustimmend und legte gleichzeitig die Stirn in bekümmerte Falten, als könne er sich nicht recht zu einer eindeutigen Reaktion entschließen. »Tu das, Carl. Es ist das einzig Richtige.«

Carl hielt nichts mehr im Herrenzimmer der Westphals. Er verabschiedete sich und blinzelte irritiert ins gleißende Sonnenlicht, als er vor dem Haus auf die Straße trat. Der Tag war unwirklich schön. Die Sonne lachte vom strahlend blauen Himmel, und die Vögel zwitscherten fröhlich, eine heitere Sonntagsstimmung, die so gar nicht zu dem Aufruhr passen wollte, der in seinem Inneren herrschte.

Zum Glück hatte Otto Westphal nicht darauf bestanden, dass Carl ihn in seine Überlegungen zum Urheber dieser unseligen Geschichte einbezog. Er wollte nämlich erst herausfinden, ob sein Verdacht gerechtfertigt war, bevor er einen Schuldigen benannte – obwohl ihm niemand außer Mahlstedt einfiel, der dafür in Frage kam. Jetzt gleich wollte er ihn zur Rede stellen, und um keine Zeit zu verlieren, wandte er sich in Richtung Jungfernstieg. Ausnahmsweise würde er sich heute eine Droschke leisten, die ihn zum Stall brachte, dorthin, wo Mahlstedt an einem Tag wie heute sehr wahrscheinlich zu finden war.

Mahlstedt war gerade dabei, sein Pferd mit Stroh trocken zu reiben, als Carl im Stall eintraf. Es war ebenjener Hengst, den er im vergangenen Jahr gekauft hatte. Er hatte sich inzwischen von seiner Verletzung erholt, und Mahlstedt kümmerte sich voller Hingabe um sein Wohlergehen – am liebsten persönlich, wenn er die Gelegenheit dazu hatte. Er begrüßte Carl schon von weitem. »Du hier? Was für eine schöne Überraschung. Ich dachte, du seist heute zu beschäftigt«, rief er ihm gut gelaunt entgegen.

Carl sah mit Erleichterung, dass sein Freund schon von seinem Austritt zurückgekehrt war. »Ich muss dich dringend sprechen«, stieß er hervor, kaum dass er die Box erreicht hatte. Eine halbe Stunde war vergangen, seit er das Haus der Westphals am Cremon verlassen hatte, und seitdem versuchte er, sich die Worte für dieses Gespräch zurechtzulegen. Er wollte gerne überlegen und kühl erscheinen, doch nun, wo sie sich gegenüberstanden, wusste er nicht mehr, wie es ihm gelingen konnte, sich so souverän zu geben.

»Was gibt es denn so Dringendes?«, fragte Mahlstedt gelassen, während er dem Hengst die Kruppe tätschelte und ihm eine Rübe zur Belohnung hinhielt.

»Was hast du über mich erzählt?«, fragte Carl barsch.

»Was ich über dich erzählt habe? Was meinst du damit?«, erwiderte Mahlstedt nach kurzem Zögern – und Carl reichte dieses winzige Stocken schon als Bestätigung seiner Theorie. Er hatte damit gerechnet, dass sein Freund zuerst einmal alles abstreiten würde, denn das tat er meistens, fast egal, worum es ging. Mahlstedt liebte es nämlich, Verwirrung zu stiften. Doch Carl fiel schon lange nicht mehr darauf herein.

»Du weißt ganz genau, wovon ich spreche, Richard«, sagte Carl nun doch mit der erhofften Festigkeit in der Stimme. Sein Freund musterte ihn über die Boxentür hinweg, trat dann zu Carl heraus auf den langen Gang, der vor den Pferdeboxen entlangführte, und legte ihm die Hand auf die Schulter.

»Ich bin für heute fertig, und das Wetter ist viel zu schön, um hier drinnen herumzustehen. Lass uns einen Spaziergang am Kanal entlang machen«, sagte er.

»Also. Was hast du dir dabei gedacht?«, fragte Carl, als sie fünf Minuten später am Observatorium auf den Spazierweg einbogen. Es war viel los an diesem schönen Tag, und Carl bemühte sich, seine Stimme zu senken, um keine Aufmerksamkeit auf sich zu lenken.

»Willst du mir nicht erst einmal erzählen, worum es überhaupt geht?«, fragte Mahlstedt.

»Worum es geht?« Mit Carls Beherrschung war es schon wieder vorbei. Er packte Mahlstedt grob am Arm und zog ihn zu sich herum, so dass er ihm in die Augen blicken konnte. »Sag du es mir. Leugnen ist zwecklos, ich weiß, dass du es warst, der sich diese Lügen über mich ausgedacht hat.«

»Pffft«, machte Mahlstedt, als er langsam die Luft gegen die halb geschlossenen Lippen ausstieß. »Ich merke schon, du bist ernsthaft entschlossen.«

Carl, der ihn immer noch fest am Arm gepackt hielt, ließ los und stieß seinen Freund ein Stück weit von sich. Mahlstedt wehrte sich nicht gegen die grobe Behandlung. »Du widerst mich an«, zischte Carl.

Ein Mann und eine Frau gingen vorüber und warfen ihnen neugierige Blicke zu. Carl rückte seine Jacke zurecht und sah ihnen hinterher. Hinter der Kurve sah er schon die nächsten Spaziergänger auftauchen. Wahrscheinlich wäre es doch besser, sich unter vier Augen mit Mahlstedt zu unterhalten, aber der schlenderte bereits weiter, die Hände in den Taschen.

»Also, noch einmal: Was hast du diesen Leuten über mich erzählt? Und warum?«, fragte Carl, als sie wieder nebeneinander hergingen.

»Diesen Leuten«, wiederholte Mahlstedt. »Das klingt ja so despektierlich. Du meinst vermutlich die liebe Frau von Budberg. Oder das reizende Fräulein von Zitzewitz …«

»Hör endlich auf«, sagte Carl, der sich beherrschen musste, Mahlstedt nicht sofort wieder an den Kragen zu gehen. Die Erwähnung von Charlotte machte ihm den Ernst der Lage noch einmal überdeutlich klar. »Mein guter Name steht auf dem Spiel. Meine Ehre.«

»Da, schon wieder. Die Ehre«, sagte Mahlstedt und hörte sich mit einem Mal ungehalten an. Er blieb stehen und sah Carl ins Gesicht. »Genau das war doch der Grund. Ich wollte dir ein bisschen unter die Arme greifen.«

»Indem du Lügengeschichten erfindest?«

»Indem ich den Menschen das erzähle, was sie gerne hören wollen. Ich weiß, dass du ein ehrenwerter Mensch bist, Carl. Und im Übrigen mein bester Freund.« Er hob die Hand, wischte Carl eine

Staubfluse von der Schulter und ließ seine Hand dann dort liegen. »Aber einer Frau von Budberg oder einer Frau von Zitzewitz oder den anderen feinen Herrschaften ist das eben nicht genug, wenn man ihnen sagt, dass du respektabler bist als die meisten anderen jungen Männer in dieser Stadt. Man muss ihnen ein bisschen Sand in die Augen streuen, um ihr Interesse zu wecken. Und da dachte ich, den Gefallen könnte ich ihnen tun.«

Carl machte sich wütend von ihm los. »Du hast ihnen also erzählt, ich sei jemand, der ich nicht bin, und behauptest auch noch, das habe etwas mit Ehre zu tun?«

»Es ging mir doch nur darum, das Bild, das andere von dir haben, ein wenig – na ja, anzugleichen. Du bist, wer du bist, Carl. Nicht einmal ich kann aus dir einen anderen Menschen machen, und das will ich auch gar nicht. Du gefällst mir, wie du bist. Ich habe höchstens ein klein wenig …« Mahlstedt machte eine Pause und suchte nach den richtigen Worten. »Sagen wir es so, ich habe deine Biographie ein klein wenig ausgeschmückt und das Kennenlernen auf diese Weise ein bisschen vereinfacht. Man könnte auch sagen, ich habe deinen Eintritt in die Gesellschaft ein wenig beschleunigt. Das ist alles.«

Es war eine ganze Menge, was Carl da zu verdauen hatte, doch wirklich überraschend kamen Mahlstedts Bekenntnisse nun nicht mehr. »Und du glaubst ernsthaft, dass du mir damit geholfen hast?«

»Aber selbstverständlich! Jetzt sieh dich doch mal an! Wie du gehst. Wie du stehst. Wie du aussiehst.«

»Wie denn?«, fragte Carl eisig.

»Jedenfalls nicht wie ein Knabe aus einem Kolonialwarenladen, der in der Provinz groß geworden ist. Ganz abgesehen davon ging es auch einfach darum, ein bisschen Spaß zu haben. Und jetzt behaupte noch, die Tanzstunde habe dir keinen Spaß gemacht, das nehme ich dir nämlich nicht ab.«

»Deine Arroganz ist einfach unerträglich«, sagte Carl, in dem sich nun eine unnatürliche Ruhe breitmachte. »Nicht zu fassen. Ich will jetzt ganz genau wissen, was du über mich herumerzählt hast. Und wem.«

Er zog Mahlstedt zu einer kleinen Sitzbank, die geschützt hinter einer Hecke stand. Es war ein heimeliger Platz, der Verliebten eine gewisse Privatsphäre bot – sofern sie mutig genug waren, sich dorthin zu begeben. Hinter dem Sichtschutz stellte er sich breitbeinig vor Mahlstedt hin und verschränkte die Arme vor der Brust. »Los, erzähl! Und zwar von Anfang an. Ich will alles wissen.«

»Von Anfang an«, wiederholte Mahlstedt und tat so, als müsste er sich mächtig anstrengen, um sich zu erinnern.

Carl machte eine Bewegung auf ihn zu – und Mahlstedt hob abwehrend die Hand.

»Schon gut, schon gut. Ich mach ja schon. Der Gedanke kam mir, als Frau von Budberg von mir wissen wollte, wer du seist und was deine Familie mache. Du erinnerst dich vielleicht, dass sie sich beim ersten Mal, als ich dich vorgestellt habe, ein wenig zugeknöpft gegeben hat.«

»Richtig«, bestätigte Carl, der sich nur zu gut an diese Begegnung erinnerte, bei der er sich höchst unwohl in seiner Haut gefühlt hatte.

»Mich hat das geärgert. Sie konnte doch mit eigenen Augen sehen, dass du ein feiner junger Herr bist. Also bin ich noch ein zweites Mal hingegangen – unter einem Vorwand, versteht sich – und habe bei der Gelegenheit die Bemerkung fallenlassen, dass dir an deinem einundzwanzigsten Geburtstag eine große Erbschaft ins Haus steht. So direkt habe ich es natürlich nicht gesagt. Nur eine klitzekleine Andeutung gemacht.«

»Eine Erbschaft von einem reichen Onkel«, ergänzte Carl.

Mahlstedt runzelte nachdenklich die Stirn. »Ich denke wirklich nicht, dass ich einen Onkel erwähnt habe. Die Geschichte kam nicht von mir, der Onkel war irgendwann einfach da. Damit habe ich nichts zu tun.«

»Aha.« Carl blieb skeptisch. »Und was geschah dann?«

»Nun ja, was soll ich sagen. Die Wirkung war durchschlagend. Beim zweiten Mal war Frau von Budberg doch schon ganz reizend zu dir, oder nicht?«

»Das war sie. Weil sie glaubte, ich sei jemand, der ich nicht bin. Ein reicher Erbe.«

»Aber das ist doch ihr Problem und nicht deines. Soll sie doch glauben, was sie will. Dir hat es, Simsalabim, den Zugang zu ihrem Haus geöffnet.«

»Simsalabim. Das nennt man Hochstapelei, Richard.«

»Wenn du jemandem damit schaden würdest, dann wäre es womöglich Hochstapelei. Aber so schadet es keinem.«

»Mir schadet es«, versetzte Carl kühl. »Erzähl weiter. Was hat es mit dem Land auf sich, das ich angeblich in Amerika besitze. Kam das auch einfach so irgendwoher?«

»Ach, diese Geschichte.« Plötzlich sah Mahlstedt doch noch verlegen aus.

»Also steckst du dahinter. Was hast du erzählt?«

»Jedenfalls keine Lügen, Carl.«

»Das nennst du also keine Lügen. Du behauptest, dass ich ein Großgrundbesitzer bin, und das ist in deinen Augen keine Lüge. Selbst in deinem verqueren Kopf kann doch daraus keine Wahrheit entstehen.«

»Du irrst. Es ist keine Lüge – aus dem einfachen Grund, dass du wirklich Großgrundbesitzer bist.«

»Bist du jetzt vollkommen verrückt geworden?«

»Nein, Carl. Es ist wahr. Dir gehört tatsächlich ein erhebliches Stück Land in New Jersey.«

»Aber nein. Das tut es nicht.«

»Doch, denn ich habe es dir überschrieben. Vor drei Monaten schon. Es liegt in Perth Amboy am Raritan River, etwa dreißig amerikanische Meilen südlich von New York. Es ist ein Stück Uferzone. Und es gehört dir, Carl.«

Diese Enthüllung war so unglaublich, dass Carl seinem Freund nur schweigend zuhören konnte.

»Um offen zu sein, das Grundstück ist tatsächlich ziemlich groß, aber es ist nicht sehr wertvoll. Hauptsächlich ist es Sand. Der Untergrund eignet sich weder zum Bauen noch für die Landwirtschaft.«

»Was hast du getan?«, fragte Carl, als er seine Sprache endlich wiederfand. »Und warum?«

Mahlstedt zuckte mit den Achseln. »Ach, weißt du, das war nur wegen Jenssen, Dietrich und Fehring. Die drei fingen an zu lästern, dass das doch alles erstunken und erlogen sei mit deinem angeblichen Reichtum. Da bin ich zu einem Notar gegangen und habe dir das Land überschreiben lassen. Keine Sorge. Es ist nicht gestohlen. Es hat zuvor rechtmäßig mir gehört. Und dann habe ich dafür gesorgt, dass die drei die Besitzurkunde zu sehen bekommen.«

»Und das haben sie dir geglaubt? Das ist doch lächerlich. Warum solltest du die Urkunde haben, wenn das Land mir gehört?«

»Ganz einfach. Weil ich einen Tresor in der Wohnung habe und du nicht.«

Das stimmte allerdings. Mahlstedt hatte einen kleinen Tresor in seinen Schrank einbauen lassen, in dem er seine Wertsachen aufbewahrte.

»Jedenfalls haben sie es geglaubt«, fuhr Mahlstedt fort. »Der Notar ist angesehen genug in Hamburg. Natürlich bin ich nicht zu irgendeinem Schmierfinken gegangen. Der Grundstückswechsel ist Teil der Vereinbarung zwischen … nun ja.« Mahlstedt fuhr sich verlegen mit der Hand durchs Haar.

»Lass mich raten. Zwischen dir und meinem reichen Onkel?«

»Zwischen unseren beiden Familien. Nichts Genaues weiß man nicht, das ist nun einmal so bei Gerüchten. Der Erfolg war jedenfalls durchschlagend. Danach hatten die drei nichts mehr zu meckern. Das war im Februar.« Mahlstedt lachte leise.

»Verstehe«, sagte Carl, der von der Heiterkeit seines Freundes in keinster Weise angesteckt wurde.

Lange sagte keiner von beiden mehr etwas, aber Carl wurden nun doch noch die Knie weich, als ihm das ganze Ausmaß dieser Geschichte bewusst wurde. Er ließ sich erschüttert auf die Bank sinken und starrte vor sich hin.

»Du kannst sie gerne haben. Die Urkunde meine ich. Oder ich bewahre sie weiter für dich auf, falls dir das lieber ist«, sagte Mahlstedt plötzlich.

»Ein wertloses Stück Land, da danke ich auch schön«, erwiderte Carl bitter.

»Na ja, im Moment ist es wertlos. Aber wer weiß, was noch kommt.«

Carl antwortete nicht.

»Und was willst du jetzt tun?«, fragte Mahlstedt schließlich.

»Du meinst, um den ganzen Schlamassel wieder in Ordnung zu bringen, den du angerichtet hast?«, sagte Carl matt. Er fühlte sich mit einem Male schrecklich kraftlos.

»Aber ist das denn wirklich nötig? Ich meine …«

Weiter kam Mahlstedt nicht.

»Selbstverständlich ist das nötig, Richard«, sagte Carl eisig. »Wie kannst du noch daran zweifeln? Schon allein den Westphals zuliebe muss ich das aufklären. Aber auch sonst, das lasse ich unter gar keinen Umständen auf mir sitzen.«

»Wenn es dir wirklich so fatal ist, könnte ich ja zu Frau von Budberg gehen und …«

»Nein, Richard, das wirst du nicht tun. Das kann ich nur selbst wieder geradebiegen. Wenn ich selbst vor ihr zu Kreuze krieche, wird sie mir hoffentlich glauben, dass ich keine Ahnung von der ganzen Sache hatte. Von all den Albernheiten, die hinter meinem Rücken herumerzählt werden …« Carl versank wieder in seinen düsteren Betrachtungen.

Familie von Budberg war nur das eine Problem. Er dachte natürlich vor allem an Charlotte und ihre Familie. Die reizende Charlotte. Wegen der Sache mit dem Tagebuch waren sie sich ein deutliches Stück nähergekommen. Sie war wirklich sehr in ihn verliebt, glaubte er, ebenso wie er in sie.

Ob den von Zitzewitz' auch so sehr daran gelegen war, dass er ein reicher Erbe war? Sie verstanden sich doch wirklich gut, und nach allem, was er erfahren hatte, war es ja nicht so, dass die von Zitzewitz' sonderlich wohlhabend wären. Im Gegenteil, wahrscheinlich standen die Ronnefeldts wirtschaftlich sogar eher besser da. Also konnte man sich auf Augenhöhe begegnen – oder etwa nicht? Er musste Frau von Zitzewitz und Charlotte nur verständlich machen, dass er unschuldig an den ganzen Gerüchten war. Und so blieb ihm nichts anderes übrig, als die Sache selbst in die Hand zu nehmen.

Alles, was du sagst, klingt vernünftig

Auf dem Weg nach Würzburg, ebenfalls am 7. Mai 1854

Friederike saß in der Bahn und sah abwechselnd aus dem Fenster und zu Paul Birkholz hinüber, der auf dem Sitz ihr gegenüber eingeschlafen war. Das Kinn war ihm auf die Brust gesunken. Sie betrachtete ihn lächelnd. Diese Reise, die sie so lange vor sich hergeschoben hatte, fiel ihr um so vieles leichter mit ihm an ihrer Seite.

Sie freute sich sehr darüber, dass Paul vor seiner Abreise in die USA doch noch einmal nach Frankfurt zurückgekehrt war. Diesmal hatte er ihr seinen Besuch vorher angekündigt. Er war gekommen, um die Violine zurückzubringen, die Marianne von Willemer ihm einst geliehen hatte. Damals, als sie sich kennengelernt hatten, vor mittlerweile fünfzehn Jahren, war er frisch promovierter Arzt gewesen und hatte auf der Gerbermühle den alten Jacob von Willemer gepflegt, der noch im selben Jahr gestorben war. Gewiss war die Geige ein sehr wertvolles Instrument. Trotzdem hätte er sie genauso gut schicken können – und als er dann vor ihr gestanden hatte, hatte er offen zugegeben, dass er sie, Friederike, noch einmal hatte sehen wollen, bevor er sich Ende des Monats nach New York einschiffte. Sie hatten sich in die Augen gesehen und an den Händen gehalten – und plötzlich hatte Friederike eine Sehnsucht gespürt, von der sie nicht mehr geglaubt hatte, dass sie überhaupt noch in ihr war. Ein schmerzlich schönes Verlangen nach Nähe, nach Berührung, nach der Liebe eines Mannes.

Sie war jetzt sechsundvierzig, also nicht mehr jung. Doch bei ihrem Wiedersehen vor zwei Tagen, als sie Pauls aufmerksamen

Blick auf sich gespürt hatte, da war ihr gewesen, als würde die Zeit um Jahre zurückgedreht. Sie erinnerte sich daran, wie sie miteinander musiziert hatten und wie lebendig sie sich dabei gefühlt hatte. Sie erinnerte sich natürlich auch an Tobias' unterschwellige Eifersucht, aber Pauls Aufmerksamkeit und die Gespräche mit ihm hatten ihr so gutgetan, dass sie trotzdem nicht hatte darauf verzichten wollen. Ihre Freundschaft war eben etwas Besonderes. Paul hatte ihr in schweren Zeiten zur Seite gestanden. Auch bei der Geburt ihres Jüngsten, Fritz, war er bei ihr gewesen. Entgegen allen Befürchtungen war es ihre leichteste Geburt gewesen. Vielleicht hatte es ja an Paul gelegen. Seine bloße Anwesenheit hatte ihr Sicherheit und Selbstvertrauen gegeben.

Während ihr all diese Dinge durch den Kopf gingen, wurde ihr erneut bewusst, wie sehr sie Paul in den letzten Jahren vermisst hatte. Das unsichtbare Band zwischen ihnen war niemals ganz gerissen. Seit ihrem Wiedersehen im September hatten sie sich auch wieder regelmäßig geschrieben. Beinahe wöchentlich waren ihre Briefe zwischen London und Frankfurt hin- und hergegangen.

Sie seufzte, und da sie sich unbeobachtet wusste, musterte sie ihren alten Freund ungeniert. Sein einstmals schwarzes gewelltes Haar war nun grau meliert. Es stand ihm gut, zumal seine dunklen Augen, von denen sie im Moment nur die Wimpern sah, dadurch noch ausdrucksstärker wirkten. Er hatte sich die Koteletten wachsen lassen, und die Falten in seinem schmalen Gesicht waren tiefer geworden, aber er sah gepflegt aus wie eh und je. Sie lachte leise in sich hinein, als sie daran dachte, dass Tobias ihn immer zu eitel gefunden hatte.

Sie hatte sich schon manches Mal gefragt, wie ihr Leben wohl verlaufen wäre, wenn sie statt mit Tobias mit Paul verheiratet gewesen wäre. Wahrscheinlich auch nicht gerade einfach. Er opferte sich für seine Patienten auf. Wenn er zu einem Notfall gerufen wurde, musste alles andere zurückstehen. Friederike wusste das deshalb so genau, weil Rachel Birkholz und sie sich einige Male geschrieben hatten. Rachel hatte sich bei ihr darüber beklagt, wie selten sie ihren Ehemann zu Gesicht bekam.

Nach Rachels Tod hatte Paul sich erst recht in die Arbeit gestürzt. Was den Fleiß und den Hang zur Selbstausbeutung betraf, standen Tobias und er sich in nichts nach. War es das, was sie an beiden Männern gleichermaßen anzog? Ein allzu bequemer Mann wäre für sie nie in Betracht gekommen. Letztlich war es Tobias' unersättliche Neugierde gewesen, die sie für ihn eingenommen hatte. Nie war er wirklich zufrieden gewesen, stets hatte er nach Höherem gestrebt.

Nicht zuletzt wegen der Sache mit Elise dachte sie im Moment häufig an die frühen Jahre ihrer Ehe. Tobias hatte sich zwar immer nach zu Hause gesehnt, doch nach wenigen Wochen in den eigenen vier Wänden war er wieder unruhig geworden. Ihre Freundinnen und ihre Schwestern – vor allem Käthchen – hatten sie deswegen oft bemitleidet. Aber sie hatte genau gewusst, dass es den Tobias, den sie liebte, anders nun einmal nicht gab. Sein Unternehmergeist und seine Reiselust machten ihn aus. Und sie hatte nie bereut, sich für ihn entschieden zu haben.

Paul hob das Kinn, blinzelte und nickte wieder ein. Kein Wunder, er war erst am Tag zuvor aus London eingetroffen, hatte also schon eine lange Reise hinter sich.

Der Zug ratterte weiter im gleichbleibenden Takt. Draußen zogen Hügel, Bäume und Felder vorbei. Ihre Gedanken wanderten zu dem Termin, der ihr morgen bevorstand. Sie fuhr nicht nur nach Würzburg, um einen ihrer Händler zu besuchen, sondern auch, um beim Notar endlich mehr über jene mysteriöse Erbschaft von Julius Mertens zu erfahren. Der Notar hatte mehrfach nachgefragt, wann sie denn nun endlich käme, damit er die Akte schließen könne. Sie war froh darüber, dass gerade Paul sie begleitete. Er kannte Julius

Mertens. Vor ihm brauchte sie keine Geheimnisse zu haben. Diese Reise war in vielerlei Hinsicht ein Abschied, dachte sie wehmütig.

Paul schlug nun endgültig die Augen auf, streckte sich und rieb sich den Nacken. Dann bemerkte er ihren Blick. »Habe ich lange geschlafen?«, fragte er verlegen.

»Eine Stunde bestimmt. Wir sind schon bald in Aschaffenburg.«

Der Zug hatte drei Viertelstunden Aufenthalt. Sie stiegen aus, und Friederike hängte sich an Pauls Arm ein, während sie auf dem Bahnsteig auf und ab spazierten.

»Du bist sehr schweigsam«, sagte Paul nach einer Weile. »Woran denkst du?«

»Ans Geschäft«, sagte Friederike.

»Was geht dir durch den Kopf?«

»Ich will dich nicht langweilen.«

»Unmöglich. Du könntest mich niemals langweilen. Also, was ist? Ärgert dich Herr Besthorn wieder einmal?«

Sie nickte ergeben. Paul kannte sie wie kaum ein anderer Mensch. »Er ist alt geworden. Und er will die alten Zöpfe partout nicht abschneiden, wenn auch noch so vieles dafürspricht. Er sagt, er setze auf Sicherheit, aber Sicherheit bedeutet Stillstand. In Wahrheit fehlt ihm der Glaube an die Zukunft. Und vorhin ist mir eine Idee gekommen, die mich nicht mehr loslässt. Das heißt, eigentlich denke ich schon länger darüber nach.«

»Was denn für eine Idee?«

»Du erinnerst dich an Peter Krebs?«

»Euer Kommis. Der lange Lulatsch.«

Sie lachte. »Genau der. Er hat bei Tobias gelernt und ist ungefähr zu der Zeit, als Besthorn bei uns anfing, nach Paris gegangen. Dann war er in Hamburg und in Rotterdam.«

»Und wo ist er jetzt?«

»Jetzt ist er in Koblenz.« Sie lächelte verschmitzt. »Er hat all die

Jahre den Kontakt gehalten. Gerade kürzlich hat er wieder geschrieben. Er hat das Geschäft eines Verwandten übernommen und handelt nun mit Eisenwaren.«

»Eisenwaren. Puh. Das klingt nicht sehr aufregend.«

»Das findet er auch«, sagte sie bedeutungsvoll.

»Aha. Und du glaubst …« Paul blieb stehen und legte fragend den Kopf schief. Er ahnte schon, worauf sie hinauswollte.

»Ich glaube, er würde liebend gerne zum Tee zurückkehren.«

»Obwohl er jetzt sein eigenes Geschäft hat?«

»Ein Geschäft, das er nicht liebt. Darum dachte ich, ich rede mal mit ihm.«

»Denkst du etwa daran, Besthorn zu entlassen?«

Sie seufzte bedauernd. »Das ist ja das Problem. Das könnte ich nicht mit meinem Gewissen vereinbaren. Seit Tobias' Tod hat Herr Besthorn oft zurückstecken müssen und hat trotz aller Schwierigkeiten das Geschäft irgendwie am Laufen gehalten. Aber seit er nicht mehr reisen kann, stecken wir fest. Ich könnte Peter Krebs den Teehandel übertragen, und Herr Besthorn bliebe bei seinen Foulards und beim Porzellan.«

»Hast du Besthorn schon gefragt, ob er damit einverstanden wäre?«

»Nein.« Sie schüttelte den Kopf. »Ich weiß ja auch gar nicht, ob Herr Krebs überhaupt Interesse daran hätte.«

»Für mich hört es sich ein bisschen so an, als wolltest du dich selbst arbeitslos machen.«

»Dabei ist das Gegenteil der Fall.« Friederike machte eine nachdenkliche Pause. »Ich war früher einmal voller Ideen, aber im täglichen Trott habe ich viele davon aus den Augen verloren. Zuerst waren die Kinder ja noch so klein, und dann hat Tobias es auch gar nicht so gerne gesehen, wenn ich zu viel Zeit im Geschäft verbracht habe. Und du warst ja auch noch da, und wir haben miteinander musiziert.« Sie lächelte. »All die Auftritte und die Proben, da blieb fürs Geschäft keine Zeit. Und nach Tobias' Tod war ich einfach nur heilfroh, dass Herr Besthorn alles so gut am Laufen gehalten hat. Ich weiß sehr wohl, was ich ihm zu verdanken habe. Ohne ihn gäbe es das Teegeschäft Ronnefeldt nicht mehr. Ausgeschlossen, ihn jetzt zu entlassen, nur weil wir unterschiedlicher Meinung sind. Doch wenn er das Gefühl bekäme, dass das Geschäft auch ohne ihn läuft, würde er womöglich freiwillig gehen.«

Paul runzelte die Stirn. »Du willst also eine Konkurrenz innerhalb deines eigenen Unternehmens aufbauen?«

»Das klingt so hart. Sagen wir, einen Wettbewerb. Mit dem jungen Krebs habe ich mich immer gut verstanden. Wir haben damals immer die neuen Tees zusammen verkostet, wenn Tobias nicht da war. Wir könnten bestimmt gut zusammenarbeiten.«

»Trotzdem ist es ein ziemlich gewagter Plan.«

Friederike war ein bisschen enttäuscht über Pauls Reaktion. Sie seufzte. »Wahrscheinlich ist es das.«

Eine Weile schwiegen beide.

»Weißt du, das Geschäft hat sich verändert«, fuhr sie dann nachdenklich fort. »Die Qualität des Tees ist noch wichtiger geworden. Die Kunden fragen danach. Tobias hat schon immer auf gute Ware geachtet und deshalb selbst mit den Maklern in Hamburg und in London verhandelt. Man ist so viel dichter dran am Markt, wenn man selbst hinfährt.«

»Aber es funktioniert doch auch so, oder nicht?«

»Einigermaßen. Zumindest solange wir auf unsere bewährten Handelspartner setzen. Trotzdem glaube ich, dass es ein großer Vorteil wäre, wenn wir endlich wieder jemanden hätten, der tatkräftig diese Aufgabe übernimmt. Peter Krebs könnte dieser Jemand sein. Er hat das Geschäft gründlich gelernt und kennt sogar noch viele unserer Kunden. Und unsere Lieferanten kennen ihn – zumindest dem Namen nach.« Je länger sie darüber sprach, desto besser gefiel ihr der Plan.

»Alles, was du sagst, klingt vernünftig. Bis auf die Sache mit Herrn Besthorn. Und die Frage, woher du das Geld für einen weiteren Angestellten nehmen willst. Wirft das Geschäft denn genug ab?«

»Das ist es ja! Ich bin sicher, das würde es, wenn wir jemanden hätten, der Schwung hineinbrächte.«

»Du könntest Herrn Krebs ja eine Beteiligung anbieten. Aber das wirst du vielleicht nicht wollen.«

»Eine Beteiligung? Nein. Das wäre gewiss schwierig durchzusetzen.« Friederike kaute nachdenklich auf ihrer Unterlippe. »Wenn Carl nur schon so weit wäre. Aber ich will ihn nicht damit belasten. Er soll zuerst in Ruhe seine Ausbildung beenden. Er soll dieselben Möglichkeiten haben, die er hätte, wenn Tobias noch leben würde. Dasselbe gilt für Wilhelm. Friedrich wird ja zum Glück in der Schreinerei sein Auskommen finden. Er ist vollkommen glücklich mit dem Geruch von Sägespänen.«

Paul lächelte. »Deine Kinder können wirklich froh sein, dich zu haben. Du bist ihnen Vater und Mutter zugleich.«

Friederike ernüchterte diese Bemerkung eher, als dass sie sie erfreute, und es fiel ihr schwer, das Kompliment anzunehmen.

»Ich wünschte, es wäre so.«

*

Am frühen Abend trafen sie in Würzburg ein. Paul war von der Reise ziemlich zerschlagen. Nachdem er nun über zwei Tage fast ununterbrochen in Zügen verbracht hatte, spürte er jeden einzelnen Knochen in seinem Leib. Und doch war er froh, mitgekommen zu sein.

Sie hatten zusammen im Gasthof zu Abend gegessen, wo sie auch zwei Zimmer genommen hatten, und während Paul sich eine Zigarre anzündete, blickte er Friederike nach, die die Treppe hinaufstieg, sich noch einmal zu ihm umwandte und zum Abschied lächelnd die Hand hob.

Er winkte zurück und fühlte wieder die vertraute süße Wehmut in sich, die sein Beisammensein mit Friederike seit jeher begleitete. Seine Gefühle für Friederike waren auch nach all den Jahren nicht erloschen. Er hatte ihr nie gesagt, wie sehr er sie damals geliebt hatte. Und auch nicht, dass er sie immer noch liebte. Er war ja selbst erst dabei, sich dessen bewusst zu werden.

Auch Rachel hatte er geliebt, seine arme, verletzliche Rachel. Und doch hatte er sich schon selbst manchmal gefragt, ob er sie womöglich aus Mitleid geheiratet hatte. Sie hatte bei ihrem alten Onkel gewohnt, als er sie kennenlernte. Ein zartgliedriges Geschöpf mit hellem Lachen, das in einem dunklen Haus hinter schweren Vorhängen ein trauriges Dasein fristete. Es war reiner Zufall gewesen, dass sie sich bei einer Abendgesellschaft kennengelernt hatten, denn Rachel ging so gut wie nie aus. Ein halbes Jahr später waren sie verheiratet gewesen und beinahe glücklich. Er zumindest. Doch im Nachhinein war er sich nicht mehr sicher, ob Rachel in den zwei gemeinsamen, leider kinderlos gebliebenen Jahren ebenfalls glücklich gewesen war.

Paul sog an seiner Zigarre und dachte an seine bevorstehende Reise nach Amerika, den nächsten großen Abschnitt in seinem Leben. Erst bei seiner Rückkehr nach Deutschland im vergangenen Jahr war ihm bewusst geworden, wie viel ihm Friederike noch immer bedeutete. Eine Erkenntnis, die er sich kaum einzugestehen wagte. Friederike würde weiter für das Geschäft und die Zukunft ihrer Kinder kämpfen. Niemals würde sie Frankfurt verlassen.

Er seufzte und drückte die Zigarre im Aschenbecher aus. Sie

schmeckte ihm heute nicht. Er erhob sich, bat den Wirt, Essen und Getränke aufs Zimmer zu schreiben, und ging mit schweren Schritten nach oben. Vor Friederikes Zimmertür blieb er stehen. Die Dielen unter seinen Füßen knarrten leise. Friederike war noch wach, er hörte sie eine Melodie summen, hörte Wasser in die Schüssel plätschern. Unwillkürlich hob er die Hand, wollte anklopfen, doch dann ließ er sie wieder sinken und wandte sich zum Gehen.

»Paul?«

Er hatte seine eigene Zimmertür am Ende des Flurs fast erreicht, als Friederike hinter ihm leise seinen Namen rief. Er dreht sich zu ihr um. Sie lächelte ihn an. Das Haar hing ihr zu einem Zopf geflochten über die Schulter, und sie war in einen weißgolden schimmernden chinesischen Morgenrock gehüllt. Sie hatte nie schöner ausgesehen.

»Kommst du?«

Ich würde wirklich gerne gehen

Würzburg, 8. Mai 1854

Als Paul erwachte, dämmerte zaghaft der Morgen. Friederike lag neben ihm, Laken und Decke unters Kinn gezogen, ohne Nachthaube und Nachthemd. Ihr Atem ging ganz ruhig. Er betrachtete ihre nackten Schultern, ihren entblößten Hals, war versucht, mit den Fingerspitzen die Linien ihrer Brauen nachzufahren und sie wach zu küssen. Doch dann begnügte er sich mit einem zärtlichen Blick, erhob sich vorsichtig, schlüpfte in seine Kleider, nahm den Rock in die Hand und stahl sich aus dem Zimmer. Es war besser so. Der Name Ronnefeldt war in Würzburg bekannt. Nichts sollte Friederikes tadellosen Ruf belasten.

Beim Frühstück sahen sie sich wieder. Friederike wirkte vergnügt, und als sie ihm zur Begrüßung einen Kuss auf die Wange drückte, flüsterte sie ein »Danke« in sein Ohr. Seine Sorgen, sie könnte bereuen, was geschehen war, waren wie weggeblasen. Sie waren zusammen, und er war entschlossen, die Zeit zu genießen. Friederike dachte auch schon wieder ans Geschäft, wie er schmunzelnd feststellte.

»Ich habe mir etwas überlegt«, erklärte sie, während sie eine Scheibe Brot mit Butter bestrich. »Ich habe doch für morgen Vormittag meinen Besuch bei dem Händler Abel avisiert. Und der kennt dich ja nicht. Also könntest du doch heute schon hingehen und Tee bei ihm kaufen. Lass dich beraten. Und hinterher erzählst du mir, wie es gewesen ist.« Sie sah ihn mit leuchtenden Augen an.

»Was du für Ideen hast.«

»Und? Machst du es?«

»Warum nicht?« Paul musste lachen.

Sie instruierte ihn genau, wonach er sich alles erkundigen sollte. Nach der Ziehzeit, der benötigten Wasserqualität, der Herkunft des Tees, der chinesischen Provinz, aus der er stamme …

»Nach der Provinz?«, unterbrach sie Paul verblüfft.

»Aber ja.«

*

Friederikes Nervosität wuchs. Während sie hinter einem barocken Springbrunnen mit vier großen Wasser spuckenden Fischen auf Paul wartete, wanderten ihre Gedanken zu der zurückliegenden Nacht.

Wie schön es mit Paul gewesen war.

Unwillkürlich musste sie auch an ihre ersten Bemühungen mit Tobias zurückdenken, als sie noch jung und unerfahren gewesen war. Beide ungelenk und voller Verlegenheit, hatten sie sich einander genähert. Unter der Decke verborgen und niemals – auch später nicht – bei Licht. Mit der Zeit erst hatten sie einander besser verstanden.

Wie anders es sich anfühlte, wenn zwei reife Menschen aufeinandertrafen. Und sie liebte Paul. Sie liebte ihn von ganzem Herzen, und die Vorstellung, dass sie ihm schon bald für eine lange Zeit, womöglich für immer, auf Wiedersehen würde sagen müssen, schmerzte schrecklich. Aber sie hatte gewusst, worauf sie sich einließ, und hatte sich bewusst dafür entschieden. Das Schicksal mochte sie zusammengeführt haben, aber sie gehörten einander nicht. Sie musste in Frankfurt bei ihren Kindern und dem Geschäft bleiben. Und Paul würde fortgehen. Er würde weiter seine ehrgeizigen Pläne verfolgen und sich in Amerika ein neues Leben aufbauen. Frankfurt machte ihn nicht glücklich – Friederike durfte ihn nicht zurückhalten. Aber die Erinnerungen an ihre gemeinsame Nacht konnte ihr niemand mehr nehmen.

Nach einer halben Stunde war Paul wieder da und berichtete, dass der Verkäufer reichlich überfordert auf ihn gewirkt habe. Es seien ihm fünf verschiedene Tees gezeigt worden, bei dreien davon habe er jedoch den Verdacht gehabt, es handle sich um ein und dieselbe Sorte.

Friederike runzelte verärgert die Stirn.

»Schließlich habe ich gesagt, dass ich in Frankfurt immer bei Ronnefeldt einkaufen würde. Daraufhin hat er den Prinzipal gerufen, und der hat mir dann einen feinen Grüntee empfohlen. Den habe ich gekauft.«

»Lass sehen.«

Er zog das Päckchen hervor. Sie öffnete es, schüttete ein wenig auf ihre Handfläche, schnupperte daran und zerbiss dann eines der Blättchen, um das Aroma zu schmecken.

»Das ist unser Tee. Wie viel hast du dafür bezahlt?«

Er nannte ihr den Preis.

»Das ist wenig. Wusste ich doch, das Besthorn bei den Rabatten zu großzügig ist. Welchen Eindruck hattest du von dem Laden?«

»Er ist ziemlich dunkel, ich habe kaum etwas gesehen.«

»Kein Wunder. Die Scheiben starren ja auch vor Schmutz.« Friederike hob ratlos die Schultern. »Seit drei Jahren bin ich nicht mehr hier gewesen. Da sieht man, was dabei herauskommt. Ich darf mich einfach nicht darauf verlassen, was andere sagen, sondern muss selbst nach dem Rechten sehen. Aber lass uns erst den Termin beim Notar hinter uns bringen. Und dann werde ich den Rest des Tages nutzen, um mir Geschäfte anzuschauen. Vielleicht finde ich einen Laden, der besser zu uns passt.«

»Dein Wunsch ist mir Befehl«, sagte Paul und reichte ihr seinen Arm.

Das Büro des Notars war mit dunklem Holz getäfelt. Die gesamte Räumlichkeit, samt den aus kleinen runden Scheiben zusammengesetzten Fenstern, wirkte, als stamme sie aus dem Mittelalter. Der Notar, ein Herr Wismar, ging bestimmt auf die achtzig zu und schien unter chronischer Müdigkeit zu leiden. Nachdem er sie begrüßt hatte, ließ er sich hinter einem großen Tisch in einen Sessel fallen und nickte sofort weg. Schräg hinter ihm saß ein Gehilfe, der den eingeschriebenen Brief begutachtete, dessen Empfang Friederike vor mittlerweile über einem Jahr quittiert hatte. Als er von seiner Richtigkeit überzeugt war, reichte er ihn Friederike zurück, nahm ihre Personalien auf und ließ sie ein Formular unterschreiben. Dann schlug der Gehilfe die Aktenmappe auf, die vor dem Notar auf dem Tisch lag. Herr Wismar riss die Augen auf und begann mit schleppender Stimme, das oberste Blatt vorzulesen.

»Ich, Julius Franz Mertens, geboren am 17. Mai 1794 in Frankfurt, versichere, im vollen Besitz meiner geistigen Kräfte zu sein …«

Friederike verlor beinahe augenblicklich den Faden. In ihr zog sich etwas zusammen, als sie den Notar Mertens' Namen sagen hörte. Paul griff nach ihrer Hand und drückte sie. Dankbar sah sie zu ihm hin, er nickte ihr beruhigend zu, und nun konnte sie auch wieder den Worten des Notars folgen.

»Meinen gesamten Plunder …«, der Notar stockte, rückte seine Brille zurecht und las weiter, »… meinen gesamten Plunder vermache ich Friederike Ronnefeldt, geborene Kluge, wohnhaft Neue Kräme in Frankfurt. Sie soll ausnahmslos alles erben, was mir gehört, meine Kleider, meine Wäsche und den Dreck unter meinen Nägeln.« Herr Wismar räusperte sich, während es Friederike abwechselnd heiß und kalt wurde. »Gezeichnet J. F. Mertens, Miltenberg, den 12. September 1852.«

Eine kleine Pause entstand, nachdem er geendet hatte. Friederike saß ganz starr, ihre schwitzende Hand in die von Paul gedrückt.

Und deswegen war sie hergekommen? Sie musste schnellstmöglich hier raus.

Der Gehilfe rührte sich als Erster. Er holte eine Schachtel hervor, die hinten an der Wand gestanden hatte, und stellte sie mitten auf den Tisch. Sie war sehr groß. Der Notar konnte kaum darüber hinwegblicken.

Rasch stand Friederike auf und merkte, wie Paul es ihr gleichtat und ihr in einer beschützenden Geste die Hand in den Rücken legte. »Es tut mir leid, dass Sie sich die Mühe gemacht haben, aber das Erbe nehme ich selbstverständlich nicht an«, sagte sie hastig.

»Wollen Sie nicht wenigstens hineinsehen?«, fragte der Gehilfe.

»Nein.«

Zu ihrer Erleichterung nahm der Gehilfe die Schachtel gleich wieder vom Tisch.

»War das alles? Verzeihung, wenn ich unhöflich erscheine, aber ich würde wirklich gerne gehen.«

»Das war noch nicht alles, Frau Ronnefeldt.« Der Notar sah nun etwas wacher aus und blickte aus tränenden Augen über seine Brille hinweg zu ihr auf. »Setzen Sie sich doch bitte wieder hin. Es hat seinen Grund, weshalb das Testament nicht in Miltenberg, sondern hier in Würzburg eröffnet wird.«

Friederike blieb stehen, aber er griff dennoch nach einer zweiten Akte, die neben ihm lag, und schlug sie auf. »Betrifft Georg Bachmann, verstorben am 11. März 1853«, las er vor, sah sie wieder an und tippte mit dem Zeigefinger auf das Papier. »Ich werde es kurz machen. Georg Bachmann war der Onkel von Julius Franz Mertens. Er hat kein Testament hinterlassen. Und darum fiel sein Besitz an seinen Neffen. Und da der Onkel nur einen Tag vor Herrn Mertens gestorben ist, wusste der nichts davon. Nicht nur sein Plunder«, er blies bei diesem Wort bedeutungsschwer die schlaffen

Altmännerwangen auf, »gehört jetzt Ihnen, sondern ebenso das Erbe seines Onkels.« Als hätte er einen guten Witz gemacht, breitete sich unvermutet ein schalkhaftes Lächeln auf seinem Gesicht aus.

Friederike ließ sich nun doch mit weichen Knien wieder auf die Kante ihres Stuhls sinken.

»Und was heißt das?«, fragte Paul neben ihr.

Der Notar nahm wieder die Akte vor: »Als da wären Barmittel in Höhe von eintausend bayerischen Gulden, diverse Wertgegenstände wie Taschenuhr, Meißner Porzellan, Damenschmuck, ein Haus mit Inventar und Mobiliar et cetera pp. und dazugehörigem Garten in der Ludwigstraße in Würzburg sowie ein Haus in Oberitalien. In Como. Er hinterlässt keine Schulden. Beerdigung und laufende Kosten wurden von mir als dem von der Stadt beauftragten Vermögensverwalter beglichen.«

Er zog die Brille von der Nase.

»Como«, echote Friederike fassungslos. Das war alles zu viel für sie.

»Wie ist es möglich, dass dieser Georg Bachmann kein Testament gemacht hat? Er war doch offenbar ein vermögender Mann«, fragte Paul an ihrer statt.

»Das kommt gar nicht einmal so selten vor«, sagte der Notar, während er die Brille in seiner Westentasche verstaute. »Bachmann war lange in Italien, und kurz nach seiner Rückkehr hierher hat ihn der Schlag getroffen. Er hat noch ein paar Wochen gelebt, war aber nicht mehr in der Lage, ein Testament abzufassen.«

»Aber er muss doch zumindest Freunde gehabt haben«, sagte Friederike. Es klang beinahe verzweifelt.

»Gewiss. Aber das tut nichts zur Sache. Julius Franz Mertens, der Sohn seiner Schwester, ist sein nächster Angehöriger und rechtmäßiger Erbe. Daran gibt es nichts zu rütteln. Und Ihnen, Frau Ronnefeldt, als seiner Erbin fällt somit alles zu. Falls Mertens vor seinem Onkel gestorben wäre, sähe die Sache anders aus. Dann ginge das Vermögen an die Stadt Würzburg. Aber das ist er nicht.«

Mit diesen Worten schlug der Notar die schmale Akte wieder zu, die vor ihm lag.

»Wo ist die Haushälterin jetzt? Lebt sie noch in dem Haus?«

»Soweit ich weiß, ja. Aber falls Sie das Erbe antreten sollten, steht es Ihnen selbstverständlich frei, daran etwas zu ändern.«

»Nein, darum habe ich nicht gefragt.« Friederike dachte wie immer praktisch. Die arme Frau hatte sich vermutlich um alles gekümmert. Das Haus, den Garten, einen pflegebedürftigen Mann. Ihr stand eine Entschädigung zu.

»Also, was denken Sie?«

»Brauchen Sie die Antwort sofort?«

Der Notar lehnte sich in seinem Stuhl zurück, und wieder konnte man für einen Moment meinen, er wäre eingeschlafen. Doch nach einer Pause sprach er ganz normal weiter. »Ich will ganz offen sein, Frau Ronnefeldt. Dieser Fall ist mein letzter. Ich werde das Notariat schließen. Und auch wenn Ihnen Bedenkzeit zusteht, wäre ich froh, wenn ich nicht mehr allzu lange warten müsste, bis ich Ihre Antwort erhalte. Aber sehen Sie sich doch das Haus einfach mal an. Hier sind die Schlüssel.« Er holte einen riesigen Schlüsselbund aus der Schreibtischschublade und schob ihn über den Tisch. »Ludwigstraße 25.«

»Wie viel, glauben Sie, ist das Haus wert?«, fragte Friederike zögernd.

»Es stand lange leer und ist nicht im allerbesten Zustand. Trotzdem, schon allein wegen des Grundstücks sollten Sie um die fünftausend dafür bekommen. Vielleicht auch mehr.«

»Ein schuldenfreier Besitz und eintausend Gulden. Das hört sich großartig an«, sagte Paul leise neben ihr.

Friederike nickte nachdenklich. Eigentlich wollte sie möglichst wenig mit allem zu tun haben, was sie an Mertens erinnerte. Doch so, wie es aussah, konnte dieses unverhoffte Erbe ihre finanziellen Probleme auf einen Schlag beseitigen. Vielleicht gab es ja doch so etwas wie ausgleichende Gerechtigkeit auf dieser Welt.

Dann gab sie sich einen Ruck. »Ich gebe Ihnen bis morgen Bescheid. Wäre das in Ordnung?«, sagte sie in die Stille hinein.

»Morgen.« Der Notar nickte, und wieder erschien dieses Lächeln auf seinem Gesicht, mit dem er wahrscheinlich sagen wollte, er habe es ja gleich gewusst.

Ich habe das noch nie jemandem erzählt

Bonn, 13. Mai 1854

Käthchen quälte sich. Sie war schon seit drei Wochen in Bonn und hatte den Brief an Herrn Körner immer noch nicht abgeschickt. Sie fand einfach nicht den Mut dafür, zumal Caroline ihr auch davon abriet. Und dann war am Anfang dieser Woche auch noch Elise ganz plötzlich krank geworden. Sie sorgte sich sehr um ihre Nichte. Und anders als in der Sache mit Minchen und diesem Schauspieler, bei der sie ebenfalls in der Verantwortung gestanden hatte, wollte sie dieses Mal alles richtig machen und nicht versagen. Noch einmal wollte sie sich nichts zuschulden kommen lassen.

An diesem Samstag war Elise wieder einmal nicht zum gemeinsamen Mittagessen heruntergekommen. Als Käthchen einen Teller heiße Suppe auf einem Tablett nach oben balancierte, fand sie ihre Nichte in einem Stuhl am Fenster sitzend vor. Neben ihr standen ein Kännchen Tee und eine Tasse, die Caroline ihr gebracht haben musste. Elise las in einem Buch. Immerhin lag ihre Nichte nicht mehr den ganzen Tag im Bett. Das war zumindest ein kleiner Fortschritt, dachte Käthchen.

»Hier, mein Liebes. Willst du nicht versuchen, ob du sie verträgst? Du musst doch etwas essen.«

»Ich danke dir, Tante Käthchen. Stell den Teller doch bitte hier ab«, erwiderte Elise, legte das Buch in den Schoß und rückte Kännchen und Tasse beiseite.

»Macht es dir etwas aus, wenn ich dir ein wenig Gesellschaft leiste?«, fragte Käthchen mit gespielter Munterkeit.

»Du willst doch nur sichergehen, dass ich die Suppe auch wirklich esse«, antwortete Elise mit einem kleinen Lächeln.

Ihre Nichte wirkte immer noch sehr matt. Etwas umständlich zog Käthchen sich einen Stuhl heran, ließ sich Elise gegenüber nieder und nahm ihr Strickzeug hervor, das in einem Beutel an ihrem Gürtel hing.

Elise nickte ihr zu, griff nach dem Löffel und aß etwas von der Suppe, bevor sie sich wieder zurücklehnte und aus dem Fenster sah.

Minutenlang saßen sie schweigend beieinander. Und während Käthchens Finger arbeiteten, verlor sie sich in ihren Erinnerungen. Sechzehn Jahre war es nun her, dass sie eben hier, an diesem Ort, bei ihrer Freundin Caroline, Ambrosius kennengelernt hatte. Käthchens Blick wanderte zu der Tür, die zum Raum nebenan führte. Davor stand ein Bücherregal. *So hat es angefangen*, dachte Käthchen. Vor sechzehn Jahren hatte sie hier in diesem Bett gelegen und auf die Geräusche im Nebenzimmer gelauscht. Damals war er noch ein Unbekannter für sie gewesen. Einer von Herrn Meyers Studenten und ein Logiergast wie sie. Trotzdem hatte er ihre Gedanken beherrscht. »Ambrosius Körner.«

»Was hast du gesagt, Tante?«

Käthchen blickte auf und stellte erschrocken fest, dass sie den Namen ihres einstigen Geliebten offenbar vor sich hin geflüstert hatte. »Ach nichts, Elise. Es ist nichts.«

»Wer ist Ambrosius Körner? Ambrosius heißt doch auch dein Patenkind.«

Käthchens Hoffnung, dass Elise sie nicht hatte verstehen können, zerstob bei diesen Worten. »Das ist richtig«, sagte sie verlegen. »Er ist ein Bekannter, weiter nichts. Ich musste nur gerade an ihn denken.«

»Hat er vielleicht etwas mit deinem Patenkind zu tun? Dieser Name ist doch eher selten, denke ich.« Elise war plötzlich viel munterer. Die Suppe hatte ihr offenbar gutgetan.

»Ja«, gab Käthchen schließlich zögernd zu und ließ ihre Hände mit dem Strickzeug in den Schoß sinken. »Das hat er.«

»Ist er ein Verwandter der Meyers? Haben sie den Knaben deshalb bei sich aufgenommen?«

Elises Neugierde schien nun endgültig geweckt, und mit Käthchens Ruhe war es endgültig dahin. Sie betrachtete ihre Nichte und stellte plötzlich fest, dass deren Augen braun und grün zugleich aussahen. Überhaupt war Elise eine wunderhübsche junge Frau, die sich hinter unauffälligen Kleidern und einem bescheidenen Auftreten versteckte.

Sie ist wie ich, dachte Käthchen plötzlich.

Dann musste sie an die Geschichte mit diesem jungen Mann denken, von der Friederike ihr erzählt hatte: Er hatte Elise den Hof gemacht und sie dann sitzengelassen. Aber darüber wurde in der Familie nur hinter vorgehaltener Hand gesprochen. Friederike hatte sie sogar extra darum gebeten, nicht daran zu rühren, um keine Wunden aufzureißen – und bisher hatte Käthchen sich auch daran gehalten.

Doch nicht zum ersten Mal kamen ihr Zweifel.

Womöglich war es ja falsch. Vielleicht war es ein Fehler, immer alles für sich zu behalten. Was hatte die Selbstverleugnung – denn nichts anderes war es im Grunde ja – ihr selbst eingebracht? All diese Geheimnisse in ihrem Leben waren eine fürchterliche Belastung. Wenn sie etwas selbstbewusster und mutiger gewesen wäre, könnte Ambrosius vielleicht sogar noch leben …

»Verzeih, Tante Käthchen. Bestimmt darfst du das nicht verraten. Du musst mir natürlich nichts erzählen, wenn du nicht willst«, sagte Elise nun, und Käthchen wurde sich bewusst, dass sie ihre Nichte stumm angestarrt hatte. Elises Worte holten sie in die Gegenwart zurück.

»Aber ich will es. Ich will dir erzählen, wer Ambrosius Körner war«, sagte Käthchen, beugte sich vor, legte eine Hand auf Elises, die schmal und weiß in ihrem Schoß lag, und drückte sie.

*

Tante Käthchen legte ihr Strickzeug beiseite und dachte einen Moment nach, bevor sie den Blick hob, Elise fest ansah und einmal tief durchatmete, als müsse sie Mut schöpfen. Ihre Pupillen waren so groß, dass die kurzsichtigen Augen beinahe schwarz wirkten.

»Es war im Jahr 1838. Damals habe ich auch ein paar Wochen hier in Bonn bei meinen Freunden verbracht. Ihr vier seid noch ganz klein gewesen, und ich wollte die Einladung zuerst gar nicht annehmen, um deine Mutter nicht allein zu lassen. Dein Vater war gerade zu seiner großen Chinareise aufgebrochen, und Friederike war mit deinem Bruder Fritz schwanger. Aber deine Mama hat mir gut zugeredet, also bin ich gefahren.«

»Du kennst Caroline Meyer noch aus der Schule, richtig?«, fragte Elise interessiert.

»Das stimmt. Sie war damals schon meine beste Freundin, und als sie nach Bonn zog, haben wir uns Briefe geschrieben und einander gelegentlich besucht. Ich kam also hier an, und alles war wunderschön. Es war ein herrlicher Sommer, und ich hatte viel Zeit, um zu malen. Meine Augen waren damals auch noch besser. Eigentlich war ich den ganzen Tag nur draußen.«

»Das kann ich verstehen«, sagte Elise, die den Garten der Meyers ebenfalls sehr mochte. Er war maßvoll verwildert, und man konnte unvermutet immer etwas Gutes oder Schönes finden, ein paar süße Beeren, exotische Pflanzen oder eine verwitterte Sitzbank inmitten blühender Blumen.

Oder man traf auf einen Mann, der sich in den Büschen versteckte – Elise schob die Erinnerung sofort möglichst weit von sich. Sie wollte sich jetzt auf die Geschichte ihrer Tante konzentrieren.

»Damals, in jenem Sommer, hatten die Meyers außer mir noch einen zweiten Gast. Einen jungen Mann.«

»Ambrosius Körner«, hakte Elise nach, als ihre Tante nicht weitersprach.

Tante Käthchen nickte. »Ambrosius Körner. Ich habe dieses Zimmer hier bewohnt, in dem du jetzt bist, und Ambrosius war nebenan. Direkt hinter dieser Tür.«

Elise wandte den Kopf, als Käthchen auf die Tür mit dem Regal wies. Das Zimmer war jetzt unbewohnt. Ihre Tante hatte es vorgezogen, oben unter dem Dach untergebracht zu werden, wo sonst nur Dienstbotenkammern waren.

»Wolltest du deshalb lieber unterm Dach wohnen?«, fragte Elise stirnrunzelnd. Sie hatte sich sehr darüber gewundert, dass ihre Tante nicht eines der beiden schönen Gästezimmer in der ersten Etage hatte haben wollen, sondern es vorzog, eine bescheidene Kammer im dritten Stock zu beziehen.

»Ich wohne immer unterm Dach, wenn ich hier bin«, sagte Tante Käthchen mit einem verlegenen Lächeln. »Caroline hat öfters auch zahlende Gäste, und ich will keines ihrer Gästezimmer blockieren.«

Das hatte früher einmal gegolten, dachte Elise, die wusste, dass Frau Meyer schon seit längerem keine Pensionsgäste mehr aufnahm, doch sie ließ es darauf beruhen.

»Aber damals nicht. Da hattest du den Raum hier«, sagte sie, um ihre Tante zum Weiterreden zu ermuntern, die immer wieder in Schweigen versank.

»Richtig.« Käthchen nickte.

»Und wer war er? Dieser Ambrosius Körner?«

»Er war einer von Herrn Meyers Studenten.«

»Ein Theologe also.«

»Kein fertiger Theologe natürlich. Aber er war sehr leidenschaftlich bei der Sache. Er hat Artikel für die Zeitung geschrieben, und wir haben viel über die Bibel geredet, über Literatur und Philosophie.«

»Philosophie? Ich wusste gar nicht, dass du dich dafür interessierst.«

»Damals schon. Er hat mir ein paar von seinen Büchern geliehen. Und nachmittags im Garten, während ich gemalt habe, hat er mir oft Gesellschaft geleistet.«

»Verstehe«, sagte Elise, vor deren innerem Auge sich ein Bild abzuzeichnen begann. Ihre Tante hatte einen jungen Mann gekannt – und sich in ihn verliebt? Sie brannte nun darauf, zu hören, wie die Geschichte weitergegangen war.

Wieder folgte eine längere Pause. Im Gesicht ihrer Tante arbeitete es. Sie hüstelte, zog ihr Taschentuch hervor, hielt es sich vor den Mund und nahm dankbar einen Schluck aus der Teetasse, die Elise ihr hinhielt.

»Entschuldige«, sagte sie, nachdem sie getrunken hatte. »Ich habe das noch nie jemandem erzählt.«

»Niemandem? Nicht einmal Mama?«

»Deine Mutter ist, abgesehen von den Meyers, die Einzige, die die Geschichte kennt. Aber es ist natürlich lange her.« Sie lachte verlegen. »Ach, Kind, ich bin ja eigentlich zu dir gekommen, um mich um dich zu kümmern, und nun sieh mich an.«

»Es ist doch gut, Tante Käthchen. Mir geht es ja schon viel besser. Wie ging es dann weiter mit dir und Ambrosius?«

»Wie es weiterging? Wir haben … Also, um offen zu sein, Elise, wir haben uns ineinander verliebt.«

Elise hielt bei diesem Bekenntnis die Luft an und lächelte versonnen.

Tante Käthchen sprach jetzt beherzt weiter: »Ich war wie auf Wolken. Ich habe davon geträumt, ihn zu heiraten.«

»Dann hat er dir einen Antrag gemacht?«, fragte Elise, deren Herz immer schneller schlug. Diese Geschichte war aufregender, als sie vermutet hatte. Nie im Leben hatte sie damit gerechnet, dass ihre Tante einen heimlichen Liebhaber gehabt haben könnte.

»Ja, später hat er das getan – aber zuerst stellte sich heraus, dass er katholisch war.«

»Aber er hat doch evangelische Theologie studiert.«

»Darum wäre ich auch nie auf diesen Gedanken gekommen. Aber seine Familie war – und ist – katholisch. Caroline hat es mir irgendwann gesagt, als sie merkte, was los war. Als ich es erfuhr, bin ich sofort abgereist, zurück nach Frankfurt.«

»Wie furchtbar. Warum hatte er dir das verschwiegen? Wenn er es doch ernst mit dir gemeint hat.«

»Weil er wusste, dass es dann aus gewesen wäre zwischen uns, bevor es richtig angefangen hätte.« Sie seufzte und legte ihre Hand auf Elises. »Ich sage nicht, dass es richtig von ihm war, das zu tun. Aber ich habe ihm natürlich irgendwann verziehen. Niemand ist perfekt, mein Liebling. Wir alle machen Fehler.«

»Das heißt, ihr habt euch wiedergesehen?«

»Er ist mir hinterhergereist. Eines Tages stand er in Frankfurt plötzlich vor mir. Und dann hat er angeboten zu konvertieren, um mich zu heiraten. Aber das hätte den Bruch mit seiner Familie bedeutet, und er wäre von seinem Vater verstoßen und enterbt worden. Das wollte ich auf gar keinen Fall. Also habe ich mich geweigert.«

»Bedauerst du es? Also, dass du nein gesagt hast.«

Ihre Tante nickte. »Ja, ich bedauere es. Sehr sogar.«

»Wie ging es weiter?«

»Wir sind trotzdem zusammengekommen«, sagte ihre Tante und

senkte den Blick. Ihre Wangen erröteten noch mehr. Auch nach so vielen Jahren war ihr dieses Geständnis fatal.

»Du meinst, ihr habt euch heimlich getroffen«, sagte Elise leise.

Tante Käthchen nickte. »Wann immer und wo immer es ging, und das war nicht sehr oft, alle paar Wochen oder Monate. Und irgendwann …«, nun folgte eine sehr lange Pause, in der Elise kaum zu atmen wagte, »… irgendwann war ich in anderen Umständen.«

Elise musste sich beherrschen, ihre Tante nicht mit offenem Mund anzustarren. »Dein Patenkind ist in Wirklichkeit …«

»Ambrosius ist mein Sohn.«

»Weiß er es?«

»Nein. Bis jetzt nicht. Und mir rät auch jeder davon ab, es ihm zu sagen. Ich muss dich also bitten, es für dich zu behalten.«

»Und was passierte mit Herrn Körner?« Elise konnte nur flüstern.

Ihre Tante war mit einem Mann intim gewesen. Die Vorstellung war so ungeheuerlich und fremd für sie, dass es ihr fast die Sprache verschlug. Sie würde noch eine Weile brauchen, um das zu begreifen.

»Er hatte auf dem Gut seines Vaters in Düren einen schweren Reitunfall und ist gestorben. Ich habe ihn nie mehr wiedergesehen.« Käthchens Stimme war jetzt ebenfalls nur noch ein Flüstern.

»Wie schrecklich traurig musst du gewesen sein.« Elise legte mitfühlend ihre Hand auf die von Tante Käthchen. Doch jetzt war sie so gebannt von der Geschichte, dass sie alles erfahren wollte. »Hat er gewusst, dass er Vater werden würde?«

Käthchen hob ratlos die Schultern. »Ich hatte ihm einen Brief geschrieben, aber ich bin mir nicht sicher, ob er ihn noch rechtzeitig bekommen und gelesen hat.«

Tante Käthchen hatte ein Kind – Elise konnte es immer noch nicht glauben. »Und seine Eltern? Ich meine die Großeltern … von deinem Sohn.« Es fühlte sich merkwürdig an, diese Worte an ihre Tante zu richten.

»Ich habe nie mit ihnen gesprochen. Ambrosius' Mutter ist inzwischen ebenfalls verstorben, aber der Vater lebt noch. Er muss ungefähr fünfundsiebzig Jahre alt sein. Es geht ihm nicht sehr gut. Ihn hat schon vor vielen Jahren der Schlag getroffen, also damals schon, als mein … als Ambrosius noch lebte. Doch nach allem, was man hört – Theodor Meyer ist mit einem Bekannten der Körners befreundet und erfährt darum immer mal wieder etwas –, soll er nach wie vor im Vollbesitz seiner geistigen Kräfte sein. Er scheint noch alleine auf dem Gut zu leben. Und das ist sehr groß. Die Familie ist ziemlich wohlhabend, weißt du. Und die anderen Enkelkinder – Ambrosius' einzige Schwester hatte drei Mädchen – sind alle an der Halsbräune gestorben.«

»Wie traurig. Dann ist dein Sohn also das einzige Enkelkind?«

»Ja, er ist das einzige Enkelkind. Was denkst du, Liebes? Sollte der alte Herr nicht von ihm erfahren? Als meine Mutter starb, da kam der Gedanke in mir auf, dass ich es nicht weiter für mich behalten darf. Wo meine Eltern nie von ihm erfahren haben, sollten zumindest seine …« Sie war jetzt dem Weinen nahe.

So langsam begann Elise, die Zusammenhänge zu begreifen. »Bist du deshalb hierhergekommen?«

Ihre Tante nickte. »Ja, in gewisser Weise schon«, gab sie zu. »Ich wollte ihm schreiben und ihn herbitten, damit er Ambrosius kennenlernen kann. Oder ich wollte …«, sie schluckte trocken, »… ich wollte mit meinem Sohn hinfahren. Aber bisher habe ich den Brief nicht abgeschickt. Ich war damals nicht mutig genug, und nun bin ich es wieder nicht.« Sie schniefte leise und tupfte sich die Augen.

»Sei nicht so streng mit dir selbst, Tante Käthchen. Das ist doch nicht deine Schuld. Nichts davon ist deine Schuld«, sagte Elise, aber sie war nicht ganz bei der Sache. Ihr Herz raste. Sie war kurz von ihrem eigenen Kummer abgelenkt worden, doch nun hatte sie das Gefühl, mit noch größerer Wucht zurück auf sich selbst und auf ihre Geschichte mit Konrad geworfen zu sein.

Konrad hatte sie mitnehmen wollen nach Amerika. Er hatte ihr einen Antrag gemacht, und sie hatte ihn abgewiesen. Und dann hatte sie die Chance verstreichen lassen und ihn nicht aufgesucht am nächsten Tag, als er noch in Bonn gewesen war. Mindestens fünf oder sechs Nachrichten hatte sie an ihn verfasst – und wieder zerrissen. Und als der folgende Morgen angebrochen war, da hatte sie am liebsten sterben wollen.

»Ich bin froh, dass du mir deine Geschichte erzählt hast, Tante Käthchen.«

»Und, was denkst du, Liebes? Soll ich Herrn Körner sagen, dass er einen Enkel hat? Wenn ich doch nur eine Ahnung hätte, wie er reagiert.«

Obwohl Elise nun am liebsten allein gewesen wäre, um endlich zu verstehen, was das alles für sie bedeutete, zwang sie sich, ihre Aufmerksamkeit noch einmal auf die verwickelte Geschichte ihrer Tante zu lenken.

»Der Reitunfall ist auf dem Gut passiert, sagtest du. Wenn du damals an Ambrosius einen Brief geschrieben hast, dann müsste er doch dort angekommen sein. Wäre es nicht sogar wahrscheinlich, dass seine Eltern ihn geöffnet und gelesen haben?«

Käthchen starrte sie erschrocken an. »Du meinst, Herr Körner weiß Bescheid?«

»Das wäre doch immerhin möglich, oder nicht?« Elise dachte noch einen Moment länger darüber nach. »Also, ja. Ich denke wirklich, du solltest ihm schreiben. Denk doch nur, wie es mit Großvater war. Zeitlebens war er so streng mit allen und mit sich, und im Alter wurde er ganz weich. Vielleicht ist das ja bei diesem Herrn Körner auch so. Schlimmstenfalls will er nichts davon wissen – aber dann hast du es wenigstens versucht. Sonst wirst du dich für den Rest deines Lebens fragen, ob du nicht besser Klarheit hättest schaffen sollen.«

Nachdem ihre Tante gegangen war, saß Elise noch lange still in ihrem Zimmer und grübelte. Zum Abendessen ging sie auch jetzt nicht hinunter an den Familientisch der Meyers, sondern bat nur um eine Scheibe Brot und etwas Tee. Als die Dunkelheit hereinbrach, hatte sie ihren Entschluss gefasst.

Lass dich nicht beirren, das Richtige zu tun

Bonn, 14. Mai 1854

Alle schliefen noch, als Elise sich am Sonntagmorgen wie ein Dieb aus ihrem Zimmer und aus dem Haus der freundlichen Familie Meyer schlich. Sie hatte darauf geachtet, noch vor den Dienstboten aufzustehen, und aus Angst, den richtigen Zeitpunkt zu verpassen, kein Auge zugetan. In ihre Tasche passten Wäsche, ein Kleid und ihr wertvolles Notizbuch, in das sie die wichtigsten Sätze aus den Büchern geschrieben hatte, die sie in den letzten Wochen gelesen hatte. Auf die meisten ihrer Habseligkeiten verzichtete sie jedoch, da sie sich nicht mit einem Koffer belasten wollte, die Tasche war auch so schon schwer genug. Nun konnte sie nur noch hoffen, dass so bald niemand nach ihr sehen würde. Vorsichtshalber hatte sie Decke und Kissen so drapiert, dass man meinen konnte, sie läge noch im Bett und schliefe. Dann würde man ihre Flucht hoffentlich erst später am Vormittag bemerken.

Auf dem Tisch ließ sie einen Brief zurück, der an ihre Tante gerichtet war und in dem sinngemäß stand, sie solle sich bitte keine Sorgen machen und der Familie sagen, dass es ihr gut gehe. Und sie danke ihr dafür, dass sie ihr ihre Geschichte mit Ambrosius erzählt habe, weil sie ihr damit die Augen geöffnet habe. Sie hoffe jetzt, einen Fehler, den sie gemacht habe, wiedergutmachen zu können. Es sei zwecklos, nach ihr zu suchen, sie werde sich bald melden.

Als Elise den Brief noch einmal durchgelesen hatte, war ihr bewusst geworden, dass sie ihrer armen Tante eine Menge Verantwortung aufbürdete. Doch es gab keinen anderen Weg.

»Dir, liebe Tante Käthchen, wünsche ich viel Mut und Erfolg bei deinem Vorhaben. Es tut mir leid, dass ich dich nicht weiter dabei unterstützen kann, aber bitte lass dich nicht beirren, das Richtige zu tun, so wie ich versuche, das Richtige zu tun«, hatte sie zum Abschluss noch unter ihre Zeilen gesetzt. Dann hatte sie den Brief in einen Umschlag gesteckt und ihn versiegelt.

Aber irgendwie hatten sich die Vorbereitungen besser angefühlt, als nun durch die dunklen Bonner Straßen zu hasten. Sie musste den Stadtgarten durchqueren. Bei Tag war dies ein hübscher Ort mit vielen Spaziergängern, doch jetzt, in der Dunkelheit, machten ihr die leeren Wege Angst. Ein leichter Nieselregen setzte ein, und beinahe verließ sie der Mut. Nur der Gedanke daran, Konrad wiederzusehen, trieb sie weiter vorwärts.

Erst als sie im Zug saß, wurde sie ein wenig ruhiger. Es war die erste Reise, die sie allein unternahm – und wenn sie sich so umsah, war sie auch das einzige ehrbare junge Fräulein, das ohne Begleitung unterwegs war. Sie war darauf gefasst gewesen, Aufmerksamkeit zu erregen, doch dass sie so groß sein würde, hatte sie sich nicht vorgestellt. Insbesondere die Blicke der Männer, die offenbar alle nichts Besseres zu tun hatten, als sie zu mustern, fühlte sie unangenehm auf sich ruhen. Instinktiv tat sie auf den Bahnhöfen, an denen sie umsteigen musste, so, als gehöre sie zu anderen Reisenden, indem sie dicht hinter ihnen herging.

Sie war ein wenig erschrocken gewesen, als man ihr am Schalter in Bonn erklärte, dass es gar keine direkte Bahnverbindung nach Hamburg gäbe. Sie hatte angenommen, dass eine so große Stadt bestimmt einen Bahnhof hätte, aber da sie über Hannover fuhr, würde sie nur bis Harburg kommen und von dort das Dampfschiff nehmen müssen. Der freundliche Schalterbeamte hatte Mitleid mit ihr bekommen, als er ihr entsetztes Gesicht gesehen hatte. Geduldig hatte er ihr erklärt, dass sie heute ohnehin nur bis Minden fahren könne. Dort solle sie übernachten und am nächsten Tag den Frühzug nach Hannover nehmen und von dort nach Harburg weiterfahren. Dann hatte er für sie die Verbindungen herausgesucht und ihr einen Fahrschein dritter Klasse bis Harburg ausgestellt.

Immerhin hatte sie nach dem Kauf des Fahrscheins noch ein bisschen Geld übrig. Das würde sie brauchen, um für ein paar Nächte ein Zimmer und etwas zu essen zu bezahlen. Hoffentlich war Konrad überhaupt noch da, wenn sie in Hamburg ankam. Sie würde diese Schifffahrtsgesellschaft aufsuchen, von der Konrad gesprochen hatte, Hapag, und konnte nur hoffen, dass man ihr dort helfen würde. Sie würde ja wohl kaum sämtliche Hotels und Pensionen von Hamburg absuchen können. Nach allem, was sie von Carlchen gehört hatte, musste die Stadt riesig groß sein. Viel größer noch als Frankfurt.

Elise hatte einen Fensterplatz ergattert, der sie die Enge des Zuges besser ertragen ließ. Mit Tante Käthchen war sie in der zweiten Klasse gereist, wo die Waggons besser gefedert waren, und auf der ungepolsterten Sitzbank spürte sie deutlich jeden Schienenstoß. Sie versuchte, die harten Schläge zu ignorieren, und sah aus dem Fenster, wo die hügelige Landschaft an ihr vorüberzog.

Minden war glücklicherweise ein relativ beschauliches Städtchen. Elise kam in einem einfachen Gasthaus unter, wo sie sich das Zimmer mit zwei Dienstmädchen teilte, die auf dem Weg zu einer neuen Arbeitsstelle waren. Zumindest war es nicht teuer, und die plappernde Gesellschaft der beiden jungen Frauen war ihr gerade recht, da sie so von ihren Grübeleien abgelenkt wurde. Als die beiden eingeschlafen waren, lag Elise noch lange wach und dachte darüber nach, wie wahrscheinlich es war, dass Carlchen über ihr Verschwinden schon informiert war, wenn sie morgen in Hamburg ankam. Wilhelm wusste über Konrad Bescheid und ahnte gewiss, was sie vorhatte. Er würde davon ausgehen, dass sie Konrad hinterhergereist war – oder vielleicht nahm er ja auch an, dass sie gemeinsam mit ihm unterwegs war. Tränen des Selbstmitleids stiegen ihr in die Augen, als sie daran dachte, wie sie diese Gelegenheit hatte verstreichen lassen. Würde Wilhelm sofort mit der Geschichte herausrücken und zu Hause alles erzählen, was er wusste? Oder würde er schweigen und ihr dadurch ein wenig Luft verschaffen? Seinem Brief hatte sie dazu nichts entnehmen können. Darin hatte nur gestanden, dass er es sinnvoll finden würde, wenn sie und Konrad sich aussprachen.

Ihr war schrecklich zumute, als sie sich vorstellte, welchen Aufruhr ihr Verschwinden zuerst in Bonn und dann in Frankfurt auslösen würde. Es tat ihr sehr leid, ihre Familie so in Angst und Schrecken zu versetzen. Doch dann dachte sie wieder an Tante Käthchen und deren Geschichte. Zeigten ihr Schicksal und das ihres Sohnes nicht deutlich genug, dass es eben manchmal nicht anders ging? Manchmal musste man gegen alle Widerstände das tun, was man selbst für richtig hielt …

Machen Sie es uns nicht so schwer

Hamburg, 12. bis 14. Mai 1854

Am Samstagnachmittag stand Carl die schwierige Aufgabe bevor, Frau von Budberg über seine Person aufzuklären, und er fühlte sich elend. Die gesamte letzte Woche über hatte er im Kontor stur und ernst seine Pflichten erfüllt und nur das Nötigste mit Mahlstedt gesprochen. Auch Anton und den anderen Kollegen gegenüber war er wortkarg gewesen, und die Abende hatte er allein verbracht. Ohne Ablenkungen und Vergnügungen jedweder Art war ihm viel Zeit zum Nachdenken geblieben, und die brauchte er, um sich selbst darin zu bestärken, dass es richtig war, der Tanzstundengesellschaft reinen Wein einzuschenken. Nicht nur wegen Otto Westphal, sondern auch weil er das Gefühl hatte, es sich selbst schuldig zu sein.

»Die Wahrheit wird euch frei machen«, sprach er leise vor sich hin, während er im Kontor an seinem Pult stand. Dieser Spruch aus dem Johannesevangelium war ihm bei seiner Einsegnung mitgegeben worden und hatte jahrelang in Form eines Stickbilds, verziert mit Ranken und Rosen, in Frankfurt über seinem Bett gehangen. Seine Tante Käthchen hatte das Bild gemacht und ihm geschenkt. Nie wäre er auf den Gedanken gekommen, es mit nach Hamburg zu nehmen. Im Gegenteil, er war sogar froh gewesen, es los zu sein. Den Spruch fand er pathetisch, und die Machart des Bildes viel zu süßlich für einen gestandenen jungen Mann.

Doch nun schämte er sich für die verächtlichen Gedanken, die er gehabt hatte. Seine redliche Tante Käthchen, die gewiss niemals in ihrem Leben auch nur einen Millimeter vom Pfad der Tugend abgewichen war, hatte ja so recht gehabt. Die Wahrheit war das Einzige, was zählte, und der Wahrheit fühlte er sich verpflichtet. Außerdem hoffte er, sowohl Mahlstedt als auch Herrn Westphal beweisen zu können, dass sein Ansehen nicht von seinem Vermögen, sondern nur von ihm selbst abhing. Je näher der Moment der Offenbarung rückte, desto stärker spürte er jedoch, dass seine Hoffnung von leisem Zweifel durchsetzt war.

Um vier Uhr war wie jeden Samstag Büroschluss. Carl vertauschte seinen Bürorock gegen den Sonntagsanzug und machte sich so früh auf den Weg zur weißen Villa an der Alster, dass er vor der üblichen Zeit dort ankam. Bevor der Mut ihn verlassen konnte, bat er den erstbesten Bediensteten darum, Frau von Budberg mitzuteilen, dass er sie in einer dringenden Angelegenheit persönlich zu sprechen wünsche. Er wartete in dem Empfangszimmer, das er inzwischen gut kannte, und kurz darauf erschien die Dame des Hauses und war offenbar sehr erfreut, ihn zu sehen.

»Wie reizend, dass Sie nach mir gefragt haben. Ich wollte nämlich heute auch mit Ihnen reden, Herr Ronnefeldt«, sagte sie. Und dann erklärte sie ihm, dass der Tanzmeister eine neue, ganz moderne Quadrille mit ins Repertoire aufnehmen wolle. Und da er der beste Tänzer sei, der sich Schritte besser merken könne als alle anderen, werde er dringend gebraucht. Die anderen Herren seien ja manchmal ein wenig schwer von Begriff, und er könne dem Tanzmeister sicher aushelfen.

»Gewiss, gewiss. Außerordentlich gerne. Sie dürfen wie immer auf mich zählen«, versicherte Carl, bevor er, nach einer etwas umständlichen Einleitung, mit dem herausrückte, was er selbst hatte sagen wollen: »Mir ist kürzlich zugetragen worden, dass dubiose Gerüchte über mich im Umlauf sind.«

»Dubiose Gerüchte?«, fragte Frau von Budberg stirnrunzelnd. »Was meinen Sie denn damit?«

»Es wird zum Beispiel behauptet, dass ich ein wohlhabender Erbe sei. Ein reicher Onkel habe mir sein Vermögen hinterlassen, und an meinem einundzwanzigsten Geburtstag solle es in meine Hände übergehen.«

Carl lachte verlegen, als sei das Ganze nur ein Scherz, und versuchte, aus der Miene von Frau von Budberg abzulesen, was sie dachte. Wie alle Damen der besseren Gesellschaft verstand sie sich darauf, gleichbleibend freundlich zu lächeln, selbst wenn sie ihren Gesprächspartner insgeheim verabscheute. Doch Carl meinte zu erkennen, dass sich ihre Augen bei seinen Worten verdunkelten und ihr ohnehin streng wirkender Mund noch ein wenig verkniffener wurde.

»Und das ist ein Gerücht, Herr Ronnefeldt? Der Onkel und das Vermögen, meine ich?«

»O ja. Das heißt, ich habe selbstverständlich einen Onkel. Er ist Schreiner und mein Pate. Gewiss würde er mir auch etwas hinterlassen, falls er stirbt, was ich nicht hoffe oder glaube, da er sich bester Gesundheit erfreut.«

»Ein Schreiner«, sagte Frau von Budberg. Ein Muskel neben ihrem Auge in ihrem sonst so starren Gesicht zuckte. Carl versuchte, es zu ignorieren.

»Doch die Behauptung, dass mir eine große Erbschaft ins Haus stehe, entspricht leider nicht den Tatsachen. Meine Aussichten sind dennoch sehr gut. Ich werde demnächst den Kolonialwarenhandel meines verstorbenen Vaters in Frankfurt übernehmen. Ostindische Tee- und Manufakturwaren. Wir verkaufen unter anderem Tee, Kaffee, Tabak und Seide«, fuhr er fort und räusperte sich. »Aber ich weiß ja gar nicht, ob Ihnen die Gerüchte über diese Sache mit der Erbschaft überhaupt zu Ohren gekommen sind, Frau von Budberg. Ich möchte nur sicherstellen, dass, falls Sie davon hören, Sie wissen, dass sie nicht der Wahrheit entsprechen.«

»Ich habe davon gehört, in der Tat, Herr Ronnefeldt.«

Sie musterte ihn ein wenig von oben herab. Er kannte diesen Blick, er hatte ihn auch bei seinem allerersten Besuch an ihr bemerkt. »Und ich muss schon sagen, dass Sie mich enttäuschen. Es fällt mir schwer, zu glauben, dass Sie – wie soll ich es ausdrücken – dass Sie erst jetzt damit konfrontiert wurden.«

Dass sie derart unverblümt ihr Missfallen zum Ausdruck brachte, erschütterte Carl, und die Art, wie sie das Wort »konfrontiert« aussprach, verriet ihm, dass Frau von Budberg in Wahrheit etwas ganz anderes meinte. Er fühlte sich sofort in seiner Ehre verletzt.

»Falls Sie damit andeuten wollen, Frau von Budberg, dass ich selbst es war, der diese Gerüchte in die Welt gesetzt hat, dann liegen Sie falsch. Ich habe wirklich nichts damit zu tun«, versicherte er noch einmal.

Im Gegensatz zu Herrn Mahlstedt, hätte er sagen können. Die Worte lagen ihm auf der Zunge, aber er schluckte sie hinunter. Zwar war er ziemlich beleidigt, weil Frau von Budberg ihm nicht zu glauben schien, aber er fand, es wäre kleinlich und unehrenhaft von ihm, das Richtige zu tun, indem er die Wahrheit sagte, und dabei gleichzeitig einen Freund zu denunzieren. Denn es gehörte zu den Merkwürdigkeiten dieses ganzen Schlamassels, dass er seinen Groll gegen Richard Mahlstedt nicht in dem Maße in sich hatte kultivieren können, wie dieser es ganz gewiss verdient hätte. In gewisser Weise hatte Mahlstedt es auf seine eigene verquere Art ja sogar gut mit ihm gemeint.

»Ich will gar nichts andeuten. Ich stelle einfach fest, dass diese Enthüllung sehr überraschend kommt«, sagte Frau von Budberg.

»Darum war mir auch sehr daran gelegen, dass Sie es von mir selbst hören. Die Wahrheit und meine Ehre sind mir sehr wichtig.«

»Gewiss«, sagte Frau von Budberg, immer schmallippiger werdend. »Herr Ronnefeldt, ich danke Ihnen für Ihre Offenheit. Vielleicht bin ich sogar gewillt, Ihren Worten Glauben zu schenken, dass Sie nichts davon wussten. Doch das ändert ja nichts an den Tatsachen. Und so bin ich der Meinung, dass es wohl das Beste wäre, wenn wir erst einmal Gras über die ganze Angelegenheit wachsen ließen. Denken Sie nicht auch?«

»Gras«, echote Carl bestürzt. »Sie meinen also, das heißt, Sie wünschen, dass ich nicht mehr herkomme?«

»Genau das.« Frau von Budberg nickte.

»Und die Quadrille?«, hörte Carl sich sagen, doch im nächsten Moment hätte er sich dafür ohrfeigen können. Wie peinlich! Er würde ganz gewiss nicht darum betteln, weiter an den Tanzstunden teilnehmen zu dürfen. Damit machte er sich ja nur lächerlich. Glücklicherweise hatte er sich im nächsten Moment auch schon wieder im Griff.

»Selbstverständlich, ganz wie Sie meinen, Frau von Budberg. Habe die Ehre.« Er grüßte mit einer knappen Kopfbewegung, drehte sich auf dem Absatz um und verließ den Empfangssalon und das Haus.

Der Rest des Tages verging langsam und zäh. Es schmerzte ihn, dass er Charlotte nicht mehr hatte persönlich sprechen können, und er fürchtete, dass sie durch die abfälligen Reden von Frau von Budberg ein völlig falsches Bild von ihm bekam.

Auf dem Weg nach Hause kehrte er in einer Kneipe ein, in der er noch nie gewesen war, trank deutlich mehr, als gut für ihn war, entging nur knapp einer Schlägerei – und war, als er am Sonntagmorgen erwachte, dennoch überraschend klar im Kopf. Sein Entschluss stand fest – er musste Charlotte sehen und mit ihr reden. Nur hatte er leider keine Adresse. Sie wohne bei ihrer Tante in der Gurlittstraße, hatte sie ihm einmal erzählt. Ob das reichte, um sie zu finden? Er wusch sich das Gesicht, kämmte die Haare mit Wasser, warf sich erneut in seinen besten Anzug, den er zu lüften vergessen hatte und der ein wenig nach dem Qualm in der Kneipe vom Vortag roch, und machte sich gegen halb acht Uhr in der Frühe auf den Weg in die Vorstadt. Anton bemerkte seinen Aufbruch nicht, er schlief noch fest.

Drei Viertelstunden später hatte er sein Ziel erreicht. Die Gurlittstraße war zwar nicht sehr lang, wurde allerdings von einer ganzen Reihe neuer und alter Mietshäuser gesäumt. Es würde also nicht einfach werden, Charlotte zu finden, zumindest wenn der Name von Zitzewitz nirgendwo angeschrieben stand – und dem war nicht so, wie er sich bald überzeugt hatte. Aber er hätte ja ohnehin nicht einfach bei ihr anklopfen können. Er wollte mir ihr allein reden, ohne dass die Mutter dabei war. Ihm blieb also nichts anderes übrig, als zu warten, bis Charlotte sich zeigte. Er bezog an einer Ecke Stellung, von wo aus er die Straße überblicken konnte. Um Viertel vor zehn begannen die Glocken der Dreieinigkeitskirche zu läuten, und dann sah er sie: Charlotte trat in Begleitung ihrer Mutter und einer weiteren älteren Dame aus einem der neuen Häuser mit den schneeweißen Fassaden. Eilig strebten sie der Kirche entgegen. Er folgte ihnen in einigem Abstand – ratlos, wie er es schaffen sollte, sie unbemerkt anzusprechen –, betrat die Kirche als einer der Letzten und blieb hinten an die Wand gelehnt stehen.

Kurz vor Ende des Gottesdienstes ging er hinaus und platzierte sich hinter dem Stamm einer großen Linde, die ihre breiten Äste über den Vorplatz zur Kirche streckte. Da kamen sie auch schon – Charlotte, ihre Mutter und jene vollkommen in Schwarz gekleidete Frau, bei der es sich um ihre Tante handeln musste. Die beiden Frauen begannen ein Gespräch mit einem Ehepaar, während Charlotte sich ein wenig abseits hielt. Er sah ihr Profil, die entzückende Nase und die vollen Lippen. Jetzt war sein Moment gekommen, und Carl näherte sich ihr von hinten.

»Charlotte. Ich bin es, Carl Ronnefeldt. Drehen Sie sich nicht um. Ich muss dringend allein mit Ihnen sprechen«, wisperte er in ihrem Rücken.

Charlotte war schon bei seinen ersten Worten zusammengezuckt, tat aber, wie er ihr gesagt hatte, und wandte sich nicht um.

»Nicht hier, um Gottes willen, nicht hier. Gehen Sie!«, flüsterte sie hastig.

»Aber wann? Wo? Ich muss Sie einfach sehen.«

»Um drei Uhr auf dem Friedhof. Aber seien Sie pünktlich. Und jetzt gehen Sie bitte.«

»Um drei Uhr. Ich werde da sein.« Carls Herz schlug bis zum Hals.

Der Friedhof lag ein wenig abseits, doch schließlich hatte Carl ihn gefunden und bezog seinen Posten im Schutz der kleinen Friedhofskapelle direkt beim Eingang. Die Uhr schlug zwölf. Sein Magen begann zu knurren, doch in der Furcht, Charlotte zu verpassen, rührte er sich nicht vom Fleck.

Gegen zehn vor drei sah er seine Angebetete kommen, und das Herz wollte ihm vor Erleichterung und Freude zerspringen. Ihre Mutter und Tante waren diesmal nicht dabei, stattdessen ging einen halben Schritt hinter ihr ein Mädchen, das der Kleidung nach eine Bedienstete sein musste. Am Eingang zum Friedhof trennten sie sich, und Charlotte ging allein weiter. Zielstrebig bog sie auf den breiten, von Platanen gesäumten zentralen Friedhofsweg ein, doch dann verlangsamte sie ihren Schritt und sah sich um. An einem großen weißen Marmorgrab mit einer Engelsstatue blieb sie kurz stehen und bog dann seitlich in einen schattigen Weg ein.

Carl folgte ihr. Seine Schritte wurden vom weichen Boden unter den Bäumen gedämpft, und er musste ihren Namen rufen, um auf sich aufmerksam zu machen.

»Fräulein Charlotte!«

Sie verlangsamte ihren Schritt, blieb jedoch nicht stehen. Kurz darauf gingen sie nebeneinanderher. Er betrachtete ihr Profil, aber sie sah ihn nicht an.

Carl ergriff als Erster das Wort: »Ich bin ja so froh, Sie zu sehen, Fräulein Charlotte, und hatte ja kaum zu hoffen gewagt, Sie allein sprechen zu können. Wie haben Sie das gemacht?«

»Anneliese hat einen Freund. Sie deckt mich, und ich decke sie. Das heißt, bisher hatte ich nichts zu verbergen. Ich mag es nur, ab und zu ein bisschen alleine spazieren zu gehen.«

»Geht mir genauso«, erwiderte Carl und überlegte fieberhaft, wie er das Gespräch auf jenes heikle Thema lenken könnte. »Ich habe es sehr bedauert, Sie gestern nicht sehen zu können«, sagte er schließlich.

»Ich auch«, hauchte Charlotte.

»Hat Frau von Budberg etwas zu meinem Fernbleiben gesagt? Wurde über mich geredet?«

Endlich wandte sie ihm kurz ihren Blick zu. Ihre Wangen waren gerötet, und die Augen glänzten fiebrig. »Ich darf Sie nicht mehr wiedersehen, Carl.«

»Was heißt das, Sie dürfen mich nicht mehr sehen? Hat man es Ihnen verboten?«

»Meine Mutter hat gesagt, Sie seien kein Kandidat mehr. Ich darf Sie nicht mehr sehen, nicht mit Ihnen tanzen und nicht mit Ihnen sprechen.«

»Kein Kandidat mehr?«, fragte Carl verständnislos.

»Meine Eltern wollen, dass ich heirate. Ich soll keine Zeit verlieren. Darum darf ich mit Ihnen nicht mehr befreundet sein.«

»Aber Charlotte, ich … ich …«, Carl suchte nach den passenden Worten, »… ich bin vielleicht nicht reich, aber ich bin wohlhabend. Meine Familie ist höchst angesehen in Frankfurt.«

»Das mag ja sein, aber es ist nicht genug. Ihr Onkel, die Erbschaft … Das alles ist wirklich nicht wahr?«

»Nein, ist es nicht«, gab Carl zu. »Aber ist das wirklich so eine Katastrophe? Ich bin doch immer noch derselbe Mensch. Ich habe eine sehr gute Stellung in einer angesehenen Firma und ein eigenes Geschäft in Aussicht. Ich werde etwas aufbauen.«

»Aber das kann Jahre dauern.«

»Dann warten wir eben, Charlotte.« Er nahm sie kurz beim Arm, damit sie endlich stehen blieb. »Ich bete Sie an. Und Sie mögen mich doch auch. Darin kann ich mich einfach nicht getäuscht haben.«

»Gewiss mag ich Sie. Aber verstehen Sie doch!«, rief Charlotte. Ihre Augen füllten sich mit Tränen. »Ich kann nicht auf Sie warten, Carl. Meine Eltern wünschen, dass ich heirate, bevor ich zwanzig bin.«

»Und warum diese Eile?«, fragte Carl, obwohl er die Antwort im Grunde kannte. Er hatte ja schon selbst herausgefunden, dass der Besitz von Charlottes Vater verschuldet war. Wahrscheinlich hofften sie auf einen ordentlichen Obolus. Charlottes künftiger Mann sollte der Familie von Zitzewitz finanziell unter die Arme greifen.

Charlotte zuckte die Achseln. Entweder wusste sie es wirklich nicht oder wollte es nicht wissen. Es lief auf dasselbe hinaus.

»Und es gibt nichts, womit ich Ihre Eltern umstimmen könnte? Ich könnte mit ihnen reden und alles erklären«, startete Carl einen weiteren Versuch.

»Sie würden Ihnen nicht zuhören.«

»Aber glauben Sie mir denn, dass ich mit diesen Lügen nichts zu tun habe?«

»Das spielt doch keine Rolle. Wenn meine Mutter die Wahrheit gekannt hätte, hätte sie ja gar nicht erst erlaubt, dass Sie mir den Hof machen«, entgegnete Charlotte heftig. Dann biss sie sich auf die Lippe und sah zu Boden.

Carl verstummte. Eine Weile sprach keiner von beiden. Es war ein warmer, sonniger Frühsommertag. Das helle Grün der Bäume leuchtete im Sonnenlicht, und ein Entenpaar, das wahrscheinlich im nahen Wassergraben zu Hause war, watschelte quer über den Weg. Die beiden waren glücklich, dachte Carl bitter. Und er stand hier mit der Frau, die ihm alles bedeutete, und durfte nicht mit ihr zusammen sein.

»Ich kann das nicht, Herr Ronnefeldt. Ich kann meine Eltern nicht so hintergehen«, sagte Charlotte, als habe sie seine Gedanken gelesen.

»Jetzt bin ich nicht einmal mehr Carl für Sie?«

»Ich bitte Sie, machen Sie es mir doch nicht so schwer – uns nicht so schwer. Ich muss jetzt gehen.«

Charlotte wirkte nun gefasst, beinahe kühl, stellte Carl fest. Womöglich hatte er sich doch in ihr getäuscht. Entweder liebte sie ihn nicht so, wie er geglaubt hatte, oder ihre Erziehung wirkte Wunder. Sie wusste eben, was von ihr erwartet wurde.

Anders als er selbst. Er war sich nämlich gar nicht mehr so sicher, ob das, was von ihm erwartet wurde, und das, was er selbst wollte, ein und dasselbe waren. Aus dem Grund war er drauf und dran gewesen, alles aufs Spiel zu setzen. Doch Charlottes abweisende Art wirkte ernüchternd auf ihn.

»Adieu, Fräulein von Zitzewitz. Ich stehe Ihnen nicht länger im Weg«, sagte Carl steif und trat einen Schritt zurück.

»Adieu«, sagte sie. Dann drehte sie sich um, ohne ihn noch einmal anzusehen. Kurz darauf war ihre Gestalt hinter einem hohen Marmorgrab verschwunden.

Er wird polizeilich gesucht

Frankfurt, 15. Mai 1854

»Sie haben Foulards nachbestellt, Herr Besthorn? Ich dachte, wir hätten uns darauf geeinigt, die Foulards auslaufen zu lassen.« Friederike gab sich ausnahmsweise keine Mühe, den Ärger in ihrer Stimme zu unterdrücken. Die Bestellkopie in der Hand stand sie im Kontor, wo Herr Besthorn an seinem Schreibtisch saß. Sie musste wie immer sehr laut sprechen, damit er sie verstand, und die beiden Gehilfen sahen neugierig zu ihnen hinüber, doch das war ihr jetzt egal.

»Ach ja, stimmt, Frau Ronnefeldt. Das hatte ich ganz vergessen, Ihnen zu sagen. Ich habe erst kürzlich wieder zwei verkauft und hielt es für besser, doch dabei zu bleiben.«

»Aber wir haben noch mindestens vierzig am Lager. Wozu weitere dreißig bestellen?«

»Diese sind Modefarben. Für den Sommer«, sagte Herr Besthorn in einem belehrenden Tonfall, der sie erst recht aufbrachte.

»Das mag ja sein. Aber die Modefarbe des vergangenen Sommers haben wir zu Tischläufern verarbeiten lassen.«

»Vertrauen Sie mir. Es hat schon seine Ordnung.«

Friederike schluckte und atmete einmal tief durch. Ihre Argumente waren an Herrn Besthorn verschwendet, aber sie hatte dennoch nicht damit gerechnet, dass sie derartig gegen eine Mauer rennen würde. Herr Besthorn widmete sich schon wieder seiner Schreibarbeit. Verärgert sah sie auf die geschäftig tanzende Schreibfeder.

»Ist ein Telegramm angekommen?«, fragte sie. Eine dringende Schwarzteebestellung war auf einem defekten Schiff auf dem Rhein stecken geblieben, und sie wartete auf die Nachricht, dass die Ware endlich weitertransportiert werden konnte.

Herr Besthorn sah noch einmal auf. »Nein, bisher leider noch nicht, Frau Ronnefeldt.«

Friederike wandte sich ab und ging nach vorne in den Laden. Wilhelm stand in der Tür, er hatte offenbar alles mit angehört. Stirnrunzelnd sah er ihr entgegen. »Warum darf er das eigentlich, Mama?«, fragte er leise.

»Er führt die Geschäfte«, sagte sie knapp.

»Aber es ist deine Firma.« Wilhelm sah ernsthaft verärgert aus. »Außerdem glaube ich, dass du recht hast. Der Tee läuft am besten. Kein Mensch will mehr chinesische Schals.«

Friederike blickte ihrem Sohn in die braunen Augen und hatte plötzlich das Gefühl, Tobias stehe vor ihr. Sie schluckte trocken, von Rührung übermannt.

»Was hätte dein Vater gesagt?« Sie sprach mehr zu sich als zu ihm, aber die Frage verunsicherte Wilhelm. Er wandte sich verlegen ab. »Das weiß ich doch auch nicht«, murmelte er, während er eine Schere aus der Schublade holte.

»Verzeih. Natürlich nicht.« Nachdenklich stand sie da und sah Wilhelm zu, wie er begann, Packpapier zurechtzuschneiden. »Kommst du hier allein zurecht?«

»Natürlich, Mama«, sagte Wilhelm.

»Ich bin oben. Gib mir bitte Bescheid, wenn das Telegramm eintrifft.«

Friederike ging noch einmal ins Kontor und bat Herrn Besthorn, sich in einer halben Stunde bei ihr einzufinden. Sie habe etwas mit ihm zu besprechen.

Anni war in der Küche mit den Vorbereitungen für das Mittagessen beschäftigt. »Soll ich Ihnen einen Tee machen?«, fragte sie, als Friederike hereinkam.

»Danke, Anni. Das mache ich selbst.«

Siedendes Wasser stand auf dem Herd. Friederike gab etwas von ihrem feinen Nadelblatttee in ein bauchiges Kännchen und goss Wasser dazu. Dann hielt sie die Nase darüber und wartete darauf, dass das Aroma sich entfaltete. Wenige Minuten später goss sie den Tee durch ein Sieb in ein zweites Kännchen und trug das duftende Getränk auf einem Lacktablett ins Wohnzimmer.

Im Wohnzimmer wartete Tobias auf sie, das hieß, natürlich nur sein Porträt, das neben der Wanduhr hing. Es war kurz vor seinem Tod gemalt worden. Ernst und fragend sah er sie an. Eingehüllt in Erinnerungen trank Friederike ihren Tee. Während sie den intensiven Duft einatmete und das Aroma auf der Zunge spürte – würzig grün, nur ein klein wenig bitter und mit einer blumigen Note darin –, dachte sie daran, was Tobias ihr über die Ernte erzählt hatte. Jeweils nur die obersten drei Blätter, bei manchen Tees sogar nur die Knospen. Die Chinesen wussten ganz genau, wie ein guter Tee schmecken musste. Ihn herzustellen war eine wahre Kunst.

Sie schloss für einen Moment genießerisch die Augen. Was hätte Tobias wohl zu einem solchen Tee gesagt, fragte sie sich. Er hatte die erneute Öffnung Chinas für den Handel nach dem Opiumkrieg zwar noch erlebt, doch ihm waren nur noch drei Jahre geblieben. Gerade als das Geschäft, das sich nur langsam erholte, das Vorkriegsniveau erreicht hatte oder sogar darüber hinausgewachsen war, war er gestorben.

Zuvor, während des Krieges, der von 1839 bis 1842 gedauert hatte, waren die Teepreise ins Unermessliche gestiegen – und damit auch das unternehmerische Risiko. Damals hatten vor allem Kaffee, Tabak und Manufakturwaren aus Indien das Geschäft gerettet. Foulards und Schals aus Assam waren groß in Mode gewesen. Die

Farben und Muster hatten ganz Europa inspiriert, und zeitweise hatte ihr Laden an einen orientalischen Basar erinnert. Doch diese Zeiten waren vorbei, ebenso wie es keinen Mangel an Tee mehr gab. Die Vielfalt wuchs von Jahr zu Jahr. Mittlerweile hatten sie schon fünfundzwanzig verschiedene Sorten im Sortiment. Aber leider nahmen auch Fälschungen zu. Beispielsweise hatte sich der portugiesische Grüntee aus dem letzten Jahr bei der Verkostung tatsächlich als gefärbt herausgestellt. Der Aufguss war bläulich grün gewesen und hatte einfach nur bitter geschmeckt, ohne Aroma. Den Nadelblatttee, den sie gerade trank, hatte sie hingegen noch einmal nachbestellt. Er war teuer, aber das blumige, süßlich-frische Aroma war mit nichts zu vergleichen. Im Moment gab es den leider nicht mehr zu kaufen. Sie hatte Carl gebeten, die Augen und Ohren deswegen offen zu halten. Frühestens in zwei oder drei Monaten, hatte er ihr geschrieben, würden die frischen Grüntees vom Frühjahr in Hamburg eintreffen. Solange musste sie sich mindestens gedulden.

Tobias hätte sich über die neue Vielfalt der Teesorten bestimmt gefreut. Die wichtigste Erkenntnis, die er von seiner Chinareise mitgebracht hatte, war gewesen, dass der kräftige Bohea-Tee, den man damals noch fast ausschließlich in Europa und in Amerika trank, tatsächlich nur für den Verkauf in den Westen hergestellt wurde. Um den Tee vor dem Verderben zu bewahren, wurde er in China erst an der Sonne getrocknet, dann für eine Weile aufgeschichtet gelagert und anschließend über längere Zeit in eisernen Pfannen über einem Feuer geröstet. Den Tee, den die Chinesen selbst tranken, verarbeiteten sie hingegen weniger stark, hatte Tobias ihr erklärt. Der Tee wurde zwar auch erhitzt, aber nur ganz kurz. Die grüne Farbe blieb dabei erhalten. Und es gab sogar Tees, die gar nicht erhitzt, sondern ausschließlich getrocknet wurden. Sie bedauerte zutiefst, dass sie Tobias nicht mehr nach all diesen Dingen fragen und mit ihm gemeinsam über Tee fachsimpeln konnte. Seine Chinareise war nun über zehn Jahre her, und noch immer war es keinem Europäer gelungen, Tee herzustellen. Vor zwei Jahren hatte sie das Gartengrundstück verkauft, auf dem ihr Mann einst seine ehrgeizigen Pläne, Tee in Deutschland zu kultivieren, hatte verwirklichen wollen. Aber das Klima war einfach nicht dafür geeignet. Frost war tödlich für die Pflanzen. Die Engländer experimentierten nun schon seit Jahren in Assam mit aus China importierten Pflanzen. Carl hatte ihr davon berichtet, und er hatte auch geschrieben, dass selbst in dieser heißen Gegend die Erträge bisher mäßig waren. Der Aufguss der Teeprobe, die Carl ihr geschickt hatte, hatte sie nicht überzeugt. Sie bezweifelte daher ein wenig, dass die Engländer wussten, wie sie die Teeblätter zu verarbeiten hatten. Womöglich würde es weitere Jahre oder sogar Jahrzehnte dauern, bis wirklich etwas Ordentliches dabei herauskäme.

Friederike hörte schleppende Schritte auf der Treppe. Das war Besthorn, der sich mit seiner schmerzenden Hüfte zu ihr hinaufbewegte. Friederike erhob sich, um ihm die Tür zu öffnen.

»Mögen Sie auch eine Tasse Tee?«, empfing sie ihn.

»Danke, nein«, antwortete Besthorn und nahm ihr gegenüber Platz, wobei ihm die Tiefe des Sessels Probleme bereitete. »Worum geht es, Frau Ronnefeldt? Ich habe leider sehr viel zu tun und nur wenig Zeit.«

»Genau darum geht es.« Sie machte eine Pause und wägte die Worte ab. »Erinnern Sie sich noch an Peter Krebs?«

»Natürlich, der Kommis.«

»Genau der. Er hat bei meinem Mann gelernt und war bis 1841 bei uns. Ihre gemeinsame Zeit hat sich um einige Monate überschnitten, wenn ich mich recht entsinne.«

»Wie lange weiß ich nicht mehr, aber ja, er war noch hier, als ich kam. Was ist mit ihm?«

»Herr Krebs hat mir kürzlich geschrieben. Er würde sehr gerne wieder in Frankfurt leben.« Das hatte er zwar so nicht gesagt, aber sie fand, dass es trotzdem nur halb gelogen war. Bestimmt hatte sie zwischen den Zeilen seines letzten Briefes richtig gelesen. »Ich denke darüber nach, ihm eine Arbeit anzubieten.«

»Wie bitte?« Herr Besthorn, der ein wenig schief im Sessel gesessen hatte, eine Hand auf seinen Stock gestützt, richtete sich auf.

»Ich denke darüber nach, ihm eine Arbeit anzubieten«, wiederholte Friederike lauter, dabei war sie sich sicher, dass er sie bereits verstanden hatte. »Herr Krebs verfügt über allerbeste Zeugnisse und Empfehlungen. Er hat, nachdem er Frankfurt verlassen hat, bei zahlreichen renommierten Firmen gearbeitet und war noch mehrere Jahre im Teehandel tätig. Erst vor zwei Jahren hat er quasi gezwungenermaßen die Branche gewechselt und das Eisenwarengeschäft eines Onkels übernommen. Aber die Tätigkeit entspricht nicht seinen Vorstellungen. Er möchte sehr gerne wieder im Teehandel arbeiten.«

»Aber, aber, liebe Frau Ronnefeldt. Wenn der Mann über solche herausragenden Qualifikationen verfügt, wie Sie sagen, kommt für ihn gewiss nur eine leitende Stellung in Frage.«

»Richtig. Und darum habe ich auch vor, ihm eine leitende Stellung anzubieten.«

Herr Besthorn sah sie einen Moment lang konsterniert an. »Was für eine leitende Stellung haben Sie sich denn vorgestellt?«

Sie hörte die Verunsicherung in seiner Stimme. Aber jetzt gab es kein Zurück mehr. »Ich dachte daran, ihm die Leitung des Teegeschäfts zu übertragen. Und damit verbunden käme mein Vorschlag an Sie, über kurz oder lang ein wenig kürzerzutreten. Nicht sofort, versteht sich.« Sie machte eine Pause, um ihm Zeit zu geben, etwas zu sagen, aber er schwieg. »Mir ist völlig klar, dass auch Sie schließlich irgendwann an Ihren verdienten Ruhestand denken müssen. Also, was sagen Sie?«

Herr Besthorn räusperte sich. »Ich nehme doch an, dass Herr Krebs mir unterstellt wäre?«

Sie zögerte mit der Antwort. »Nein«, sagte sie dann mit fester Stimme.

Besthorn schwieg.

»Ich dachte an eine Zweiteilung. Herr Krebs würde den Teehandel übernehmen und die Reisen. Und Sie leiten weiterhin den Laden hier vor Ort, die Manufakturwaren, das Porzellan. Ich weiß ja, wie beschwerlich die Reisen für Sie geworden sind.«

Das war ein Argument, dem er nichts entgegenzusetzen hatte. Es sah jetzt ein wenig betreten drein.

»Bitte verstehen Sie mich richtig. Ich kann unmöglich auf Sie verzichten. Niemand kennt Ronnefeldt besser als Sie, Herr Besthorn.«

Er dachte eine Weile nach, dann schüttelte er nachdrücklich den Kopf. »Wie gedenken Sie denn, den jungen Mann zu bezahlen?«

»Er ist gar nicht mehr so jung. Er ist dreiunddreißig.«

»Trotzdem.« Er räusperte sich erneut. »Ich sehe nicht, wie das funktionieren kann.«

Friederike nickte. Besthorn spielte darauf an, dass sie sich von den Verlusten des vergangenen Jahres noch nicht erholt hatten. Sie lebten gewissermaßen von der Hand in den Mund. Es blieb kein großer Spielraum für Investitionen.

»Da kann ich Sie beruhigen. Es ist etwas passiert, das es mir ermöglicht hat, überhaupt in eine solche Richtung zu denken. Ich habe geerbt, und einen Teil des Geldes werde ich in die Firma stecken. Aber ich bin mir sicher, dass Herr Krebs sich so oder so nach wenigen Monaten bezahlt machen wird. Falls er zusagt, versteht sich.«

»Ja, wenn das so ist …« Er machte Anstalten, sich zu erheben.

»Jetzt warten Sie doch. Ich hoffe, Sie sind einverstanden, Herr Besthorn.«

Ihr Prokurist hatte es geschafft, sich mit Hilfe seines Stocks aus dem Sessel hochzustemmen. »Was bleibt mir anderes übrig?«, ächzte er.

Friederike stand ebenfalls auf. Das war zwar nicht ganz die Antwort, die sie sich erhofft hatte, aber immerhin hatte er nicht völlig ablehnend reagiert.

»Ich weiß, dass Sie Ronnefeldt zuliebe auf ein eigenes Geschäft verzichtet haben. Dafür bin ich Ihnen zu großem Dank verpflichtet. Falls es unsere Firma in einhundert Jahren immer noch gibt, dann ist das auch Ihr Verdienst.«

»Warum einhundert? Warum nicht zweihundert?«, sagte Herr Besthorn.

Friederike war unsicher, wie sie die Bemerkung auffassen sollte, und suchte noch nach einer Entgegnung, da zwinkerte er ihr zu.

»Geben Sie mir ein bisschen Zeit, Frau Ronnefeldt. Ich glaube, im Grunde gefällt mir der Gedanke sogar ganz gut. Ich muss mich halt noch daran gewöhnen. Und jetzt mache ich mich besser wieder an die Arbeit.«

Besthorn humpelte zur Tür, die im selben Moment von Wilhelm geöffnet wurde.

»Hier, dein Telegramm.«

»Danke, Wilhelm.«

Als Friederike die Tür hinter Besthorn und Wilhelm geschlossen hatte, war sie froh, einen Moment für sich zu haben. Die ungeöffnete Depesche im Schoß saß sie da und dachte darüber nach, wie das Gespräch verlaufen war. Herr Besthorn hatte am Ende beinahe erleichtert auf sie gewirkt, und das stimmte sie zuversichtlich. Sie wollte Peter gleich heute noch einen Brief schreiben, oder, besser gesagt, Herrn Krebs. Sie hoffte wirklich, dass er zusagen würde.

Sie stand auf, ging zu ihrem Sekretär und riss im Gehen das Telegramm auf. Sie las den Text – und verstand nicht gleich.

Elise ist heimlich abgereist. Hat keine Adresse hinterlassen.
Bin ratlos. Käthe

Was, um Himmels willen, war denn das?

Friederike schloss die Augen in der Hoffnung, sich getäuscht zu haben. Aber als sie sie wieder öffnete, hatten sich die Buchstaben auf dem Papier nicht verändert. Sie las die Details, die der Postbeamte notiert hatte. Das Telegramm war um halb zehn in Bonn aufgegeben worden. Jetzt war es halb elf. Ob Elise heute verschwunden war? Oder gestern schon? Wilde Vermutungen und Befürchtungen schossen durch Friederikes Kopf, bis es ihr endlich gelang, in Ruhe nachzudenken. Elises flüchtiger Freund fiel ihr ein. Konnte er womöglich etwas damit zu tun haben?

Der Brief an Peter Krebs musste jedenfalls warten. Friederike eilte die Treppe hinunter und in den Laden.

»Was ist denn passiert, Mama?«, fragte Wilhelm.

»Hier, lies. Kannst du dir einen Reim darauf machen?«

Wilhelm starrte stumm auf das Blatt. Friederike konnte zusehen, wie er blass wurde.

»Und? Hast du eine Idee, was da los sein könnte?«

Betreten blickte Wilhelm auf. »Ja, womöglich habe ich tatsächlich eine Idee.« Er schüttelte den Kopf und hob die Hand mit der Nachricht. »Damit habe ich nicht gerechnet.«

»Womit hast du nicht gerechnet? Mein Gott, Wilhelm, jetzt lass dir doch nicht alles aus der Nase ziehen.«

»Konrad Fritsch war hier. Das muss ungefähr zwei Wochen her sein. Er hat nach Elise gefragt, und ich habe ihm gesagt, wo sie ist. In Bonn, bei der Familie von diesem Privatdozenten Meyer.«

Friederike sah ihre schlimmsten Befürchtungen bestätigt, trotzdem suchte sie nach einem Strohhalm. »Elise war doch so enttäuscht von ihm, wo er sie hat sitzenlassen.«

»Schon. Doch als er hier war, hat er mir seine ganze Geschichte erzählt und … Na ja, ich dachte, es wäre richtig, dass Elise auch alles erfährt. Sie hat mir leidgetan. Und er auch.«

»Was für eine Geschichte hat er dir erzählt?«, fragte Friederike ungeduldig.

»Warum er jahrelang auf der Flucht gewesen ist. Was ihm blüht, wenn sie ihn erwischen. Und dass er diesen Messmer kennt, der Elise einen Antrag gemacht hat.«

»Er kennt Eduard Messmer?«

»Allerdings«, sagte Wilhelm. Dann erzählte er ihr, was er von Konrad erfahren hatte.

»Verstehe«, sagte Friederike langsam. Sie hatte immer versucht, die Politik nicht zu nahe an sich herankommen zu lassen, doch offenbar war das in diesem Falle nicht möglich. Dieser Konrad, in den Elise sich verguckt hatte, steckte einfach viel zu tief drin. Es war gefährlich, sich mit den Machthabenden anzulegen. Jetzt fürchtete sie erst recht um Elise.

»Konrad Fritsch wird also von der Polizei gesucht?«

»Ich fürchte, ja. Aber ein Verbrecher ist er nicht.«

»Spielt das eine Rolle? In den Augen gewisser Leute ist er ein Verbrecher, und hier geht es um deine Schwester. Er hat ihr den Kopf verdreht. Wenn Elise da mit hineingezogen wird …« Sie wagte kaum, zu Ende zu denken, was Elise blühen könnte. Wenn eines ihrer Kinder im Gefängnis landete, könnte sie sich das nie verzeihen. »Was haben sie denn bloß vor? Was hat dieser Konrad Fritsch vor?«

»Tja, das habe ich dir noch nicht gesagt …« Wilhelm zögerte, weiterzusprechen, und machte eine schuldbewusste Miene.

»Jetzt sag mir endlich, was du weißt!«

»Als Konrad hier war, da war er auf dem Weg nach Hamburg. Und von dort wollte er in die Staaten.«

»Amerika.« Friederike war fassungslos.

»Es tut mir leid, wie alles gekommen ist, aber das ist schließlich Elises Entscheidung. Konrad hat sie gewiss nicht entführt. Wenn sie mit ihm gegangen ist, dann freiwillig.«

»Hamburg sagtest du? Ich werde Carl sofort ein Telegramm schicken. Er muss nach Elise suchen«, sagte Friederike, obwohl sie kein gutes Gefühl dabei hatte. Sie dachte daran, wie unwillig ihr Ältester auf die Bitte reagiert hatte, Minchen abzuholen. Dass er sich nun auch noch um die zweite Schwester kümmern musste, würde ihm gewiss nicht gefallen.

»Gute Idee. Auf Carlchen ist Verlass. Du wirst schon sehen, Mama, alles wird gut.« Wilhelm lächelte sie so aufmunternd an, als könne er allein durch seinen Optimismus den Gang der Dinge in die richtige Richtung lenken.

Wo befindet sich Ihre Tochter jetzt?

Frankfurt, 15. Mai 1854

Mittags kam wie jeden Montag Nicolaus zum Essen. Er nannte sich nun Privatier, die Leitung der Schreinerei lag inzwischen in den Händen seines ältesten Gesellen. Das erinnerte Friederike daran, dass auch Tobias inzwischen nicht mehr jung wäre, würde er noch leben. Nicolaus war vierundsechzig, und Tobias wäre jetzt sechzig Jahre alt gewesen.

Nicolaus begriff sofort, dass Friederike Kummer hatte. Weil er ohnehin früh dran und das Essen noch nicht bereit war, bat sie ihn ins Wohnzimmer, wo sie ihm von Käthchens Nachricht aus Bonn erzählte und alles, was sie von Wilhelm über Konrad Fritsch erfahren hatte.

Nachdem sie geendet hatte, blickte er lange nachdenklich vor sich hin und wippte mit dem Fuß. »Amalie hätte das gefallen«, sagte er schließlich. »Dieser Konrad wäre gewiss nach ihrem Geschmack gewesen.«

Es war ungewöhnlich, dass er von sich aus die Sprache auf seine verstorbene Freundin brachte, und es zeigte Friederike, wie bewegt auch er war.

»Meinst du wirklich?«, sagte Friederike und tupfte sich die Augen. »Zu gerne hätte ich ihre Meinung dazu gehört. Ich denke aber, dass selbst Amalie es nicht gutgeheißen hätte, was Elise getan hat. Einfach so bei Nacht und Nebel zu verschwinden und ihre Tante und mich – uns alle – in Angst und Schrecken zu versetzen!«

»Nein«, musste Nicolaus zugeben. »Doch ich habe es nie erlebt, dass Elise leichtfertig gehandelt hätte. Da steckt bestimmt mehr dahinter.«

»Natürlich, dieser Konrad Fritsch steckt dahinter! Aber sie wollte doch nichts mehr von ihm wissen«, rief Friederike aus.

»Dann hat das Wiedersehen mit dem jungen Mann ihre Meinung offenbar verändert.«

Friederike knüllte ihr Taschentuch in der Hand, sprang vor lauter Nervosität auf und begann, im Zimmer auf und ab zu gehen. »Ich wünschte, ich könnte den Idealismus, der ihn antreibt, mehr wertschätzen. Aber ich kann immer nur daran denken, dass er nicht das Geringste besitzt. Wie will er denn eine Familie ernähren? Wie sich um Elise kümmern? Ach, Nicolaus, ich befürchte, dass sie mit ihm in ihr Unglück rennt.«

Ihr Schwager blieb ruhig. »Vielleicht müssen wir ihr zugestehen, ihre eigenen Entscheidungen zu treffen.«

»Das kann ich nicht. Ich habe die Verantwortung.«

»Eine Verantwortung, die du mit Bravour getragen hast.«

Eine lange Pause entstand, in der man nur das Ticken der Uhr und Friederikes leises Schluchzen hörte, die am Fenster stehen geblieben war.

Nicolaus erhob sich und trat zu ihr. »Irgendwann musst du loslassen, Friederike. Deine Töchter waren schon immer sehr eigenwillig. Darin ähneln sie dir.«

Er berührte sie sanft an der Schulter.

Friederike schüttelte den Kopf. »Ich wünschte, Elise hätte einfach Herrn Messmers Antrag angenommen. Stattdessen lässt sie alles stehen und liegen, um sich für einen Mann zu entscheiden …«

»… der seinen Prinzipien gegenüber treu ist«, beendete Nicolaus ihren Satz. »Wenn ich so darüber nachdenke, kann ich mir nichts Besseres für meine Nichte vorstellen.«

»Ich dachte, du hättest den revolutionären Ideen abgeschworen?«

»Wer sagt denn so etwas? Ich bin immer noch ein Demokrat. Und die Reformer sollen bei den anstehenden Wahlen gute Karten haben.«

»Da spricht wohl die Hoffnung aus dir – und Amalie«, sagte Friederike, denn in Wirklichkeit war ihr Schwager ziemlich behäbig geworden. Sie nahm ihren Gang durchs Zimmer wieder auf. »Jedenfalls hat Herr Fritsch Elise nicht einfach in der Sommerfrische besucht. Er ist auf der Flucht, und ausgerechnet Döbel weiß über ihn Bescheid! Mein einziger Trost ist, dass aus der Bundespolizei damals nichts geworden ist. Es wäre gewiss schwierig, ihn über die Landesgrenzen hinweg zu verfolgen. Meinst du nicht auch?« Seitdem sie von Wilhelm das ganze Ausmaß von Fritschs Verstrickungen in die Badische Revolution erfahren hatte, klammerte sie sich an diese Hoffnung.

»Ich fürchte, was das betrifft, muss ich dich enttäuschen«, widersprach Nicolaus ernst. »Gerade kürzlich habe ich erfahren, dass die preußische Geheimpolizei mittlerweile auch in Frankfurt aktiv ist. Wenn du mich fragst, ist das wesentlich übler als eine wie auch immer geartete offizielle Bundespolizei. Sie agiert nämlich wirklich im Verborgenen.«

»Und das funktioniert über die Köpfe unseres Senates hinweg? Das kann ich nicht glauben.«

»Siehst du, das ist ein Grund dafür, warum ich nie in die Politik gegangen bin. Dem Senat ist vor allem daran gelegen, mit der Bundesversammlung Frieden zu halten. Darum ist man kompromissbereit und gibt mal hier nach und mal dort, immer dann, wenn es nicht zu sehr weh tut. Einen badischen Revolutionär zu opfern …«

»… tut nicht zu sehr weh«, vollendete Friederike den Satz ihres Schwagers. Sie war nun aufs Höchste alarmiert. »Und das sagst du einfach so dahin? Womöglich ist Elise also ernsthaft in Gefahr!«

Nicolaus wiegte den Kopf. »Gewiss, da ist was Wahres dran, so leid es mir tut, das auszusprechen.«

»Elise gehört hierher! Sie kann sich doch nicht mit einem mittellosen Gesellen zusammentun. Ganz abgesehen davon ist eine Überfahrt nach Amerika schließlich kein Spaß.«

»Aber immerhin ein Abenteuer.«

Friederike zog empört die Augenbrauen zusammen und wollte etwas entgegnen, doch Nicolaus ließ sie nicht zu Wort kommen. »Jetzt schau mich nicht so an. Das ist ein Erbe deines Mannes. Am Ende steckt mehr von der Reiselust ihres Vaters in Elise, als irgendjemand geahnt hat.«

»Du meinst also, ich soll sie einfach ziehen lassen?«

Er zuckte die Achseln. »Womöglich hast du ohnehin nicht mehr die Möglichkeit, sie aufzuhalten. Die Zeiten ändern sich, Friederike. Vielleicht kannst du ja eines Tages deine Enkelkinder in Amerika besuchen.«

Friederike lächelte verhalten, und beide schwiegen für eine Weile und hingen ihren Gedanken nach.

»Was meinst du, was hätte Tobias dazu gesagt?«, fragte Friederike irgendwann mit ruhigerer Stimme.

»Tobias hat immer etwas Besonderes in seiner Ältesten gesehen. Vielleicht gehört ja das, was wir jetzt erleben, zur wahren Elise.«

Als Friederike am Nachmittag nach einer kurzen, rastlosen Mittagspause hinunterkam, betraten gerade zwei Männer den Laden. Wilhelm tat Dienst hinter der Theke. Friederike blieb in der Diele, die sich zwischen Kontor und Laden befand, stehen und fing ein paar Wortfetzen auf, die vorne gesprochen wurden.

»Ich habe ihn lange nicht gesehen«, sagte Wilhelm.

»Woher kennen Sie ihn?«

»Kennen ist übertrieben. Letztes Jahr im Februar, während des

Hochwassers, hat er uns geholfen, das Lager unten am Saalhof auszuräumen.«

»Sie haben sich nie privat getroffen?«

»Nein, höchstens zufällig.«

»Man hat Sie aber zusammen gesehen.«

»Wir sind uns natürlich ab und zu über den Weg gelaufen und haben gelegentlich ein Glas zusammen getrunken. Wie das eben so ist.«

»Wir haben etwas anderes gehört.«

»Dann haben Sie etwas Falsches gehört. Er war, wie schon gesagt, eine flüchtige Bekanntschaft. Es muss Monate her sein, dass ich ihm begegnet bin.«

»Und was ist mit Ihrer Schwester?«

»Was soll mit ihr sein?«

Friederike hatte atemlos gelauscht. Das Blut pulsierte in ihren Ohren. Die Tür zum Kontor war glücklicherweise geschlossen. Niemand sonst hatte also mitbekommen, dass da etwas Ungeheuerliches vor sich ging.

Sie holte tief Luft und trat in den Laden. »Kann ich Ihnen helfen?«

»Sind Sie Frau Ronnefeldt?«

Nun sah sie auch die Gesichter der Männer, die beide korrekt gekleidet waren mit mausgrauem Gehrock und hohen weißen Kragen. Der eine war lang, dünn und hatte einen spitzen Bart, der sein vorspringendes Kinn betonte, der andere war ein wenig untersetzt und hatte unangenehm kleine Augen. Er lächelte, doch Friederike war auf der Hut.

»Sehr wohl. Und mit wem habe ich das Vergnügen?«

»Völler«, sagte der untersetzte Mann und nickte knapp.

»Flick«, stellte der andere sich vor.

»Und was wünschen Sie von meiner Tochter? Ich habe eben gehört, was gesprochen wurde.«

»Wir würden gerne mit ihr reden.«

»Das ist nicht möglich. Abgesehen davon, dass ich mir keinen Grund vorstellen kann, der Sie dazu berechtigt, ist meine Tochter verreist.«

»Elise, nicht wahr?«

Friederike schluckte trocken und versuchte, sich nicht anmerken zu lassen, wie sehr es sie erschreckte, dass die Männer ihren Namen kannten.

»Elise Ronnefeldt«, wiederholte der Mann, als wolle er in der Wunde bohren, die er gerade gerissen hatte.

»Wie gesagt. Ich wüsste nicht, warum Sie das etwas anginge.«

»Wir ermitteln im Falle eines Herrn Michael Seifert alias Konrad Fritsch. Er wird polizeilich gesucht. Ich kann Sie nur warnen, in Ihrem eigenen Interesse. Wenn Ihre Tochter sich in Gesellschaft dieses Mannes befindet, ist sie in Gefahr«, sagte nun der andere der beiden mysteriösen Besucher, der bisher geschwiegen hatte.

»Meine Tochter hat nicht das Geringste mit einem solchen Herrn zu schaffen.«

»Sie wurde aber mit ihm gesehen.«

»Das muss eine Fehlinformation sein.«

»Aber Sie kennen doch Herrn Fritsch? Ihr Sohn sagte, er habe für Sie gearbeitet«, fuhr der mit dem langen Kinn fort, sie zu befragen.

»Das mag sein. Aber Sie müssen schon entschuldigen, wenn ich mir nicht den Namen jedes einzelnen Arbeiters merken kann, der irgendwann einmal Kisten für uns getragen hat.«

»Wo befindet sich Ihre Tochter jetzt?«

»Ich sage kein Wort mehr. Sie haben immer noch nicht erklärt, was Sie das angeht.«

Der Lange sah den Untersetzten an, und der seufzte und holte eine Urkunde aus seiner Westentasche hervor. »Wir hatten gehofft, das auf informellem Weg regeln zu können. Man will ja keinen Staub aufwirbeln, wenn Sie verstehen, was ich meine. Wenn Sie es unbedingt wissen müssen, wir kommen vom preußischen Staatsministerium. Abteilung Inneres.«

Er reichte Friederike das Blatt. Sie faltete es auf, betrachtete das Siegel, las die Unterschrift und gab es ihm zurück.

»Sehr gut. Das ist die schriftliche Bestätigung dafür, dass Sie keine Berechtigung haben, sich in unser Leben einzumischen. Kein preußisches Ministerium hat in Frankfurt das Sagen.«

Der Untersetzte seufzte und steckte die Urkunde wieder ein. »Nun gut. Ganz wie Sie wünschen. Dann wenden wir uns eben an die hiesige Polizei. Sie dürfen sicher sein, dass wir so oder so erfahren werden, was wir wissen müssen. Guten Tag!«

Kurz darauf, Friederike hatte noch keine Zeit gehabt, sich vom Besuch der Polizisten zu erholen, stieß der Brauereibesitzer Döbel unsanft die Ladentür auf und ließ die Ladenglocke scheppern. »Gut, dass ich Sie hier antreffe. Ich muss dringend mit Ihnen reden, Frau Ronnefeldt.« Schweiß stand ihm auf der Stirn.

Er war der letzte Mensch, den sie sich zu sehen gewünscht hätte, aber es gelang ihr trotzdem, ruhig zu bleiben.

»Guten Tag, Herr Döbel. Was wünschen Sie?«

»Lieber nicht hier. Können wir unter vier Augen …?« Döbel warf einen Seitenblick auf Wilhelm, der ihn misstrauisch anstarrte.

Friederike schlug das Herz bis zum Hals. Sie nickte Wilhelm zu, der den Mund öffnete und gleich wieder schloss, und bat Döbel auf den Hof und die Treppe hinauf ins Wohnzimmer. Dadurch gewann sie ein wenig Zeit, um ihre Gedanken zu ordnen. Sie schloss sorgfältig die Tür und wandte sich Döbel zu, bot ihm jedoch keinen Platz an.

»Was wünschen Sie?«, wiederholte sie ihre Frage.

Döbel versuchte nun doch, sich auf seine Manieren zu besinnen.

»Es tut mir wirklich leid, dass ich Sie damit so überfallen muss. Aber ich habe Grund anzunehmen, dass mein ehemaliger Geselle Ihre Tochter Elise entführt hat.«

In Friederikes Kopf setzten sich ein paar Puzzleteile zusammen. »Verstehe. Sie haben also die Polizei alarmiert«, sagte sie mit schneidender Stimme.

Döbel starrte sie verblüfft an. Offenbar hatte er nicht erwartet, dass die Polizei schon bei ihr gewesen war. »Ja, das heißt, nein, Sie haben da ein vollkommen falsches Bild.« Er suchte kurz nach Worten und senkte die Stimme zu einem vertraulichen Ton. »Ich mache mir große Sorgen um Ihr Fräulein Tochter. Leider musste ich herausfinden, dass ich, ohne es zu wissen, einen gefährlichen republikanischen Wühler in meiner Brauerei beschäftigt hatte, der schon seit Jahren von den preußischen Behörden gesucht wird. Er hatte sich unter falschem Namen bei mir eingeschlichen.«

Er sprach nicht sofort weiter. Friederike sah ihn nur mit versteinerter Miene an.

»Er war im Januar plötzlich verschwunden, wurde aber vor ein paar Tagen wieder in der Stadt gesehen. Und dann erfuhr ich, dass ebendieser Mann Ihre Tochter umgarnt hat.«

»Mäßigen Sie Ihre Ausdrucksweise, Herr Döbel!«

»Der Ruf von Fräulein Elise ist selbstverständlich über jeden Zweifel erhaben. Die Schuld ist ganz allein diesem Fritsch zuzuschreiben«, versicherte Döbel.

»Ich glaube nicht, dass es Ihnen zusteht, ein Urteil über meine Tochter zu fällen.«

»Leider ist es nicht immer an uns zu entscheiden, ob und wie die Leute ein Urteil über uns fällen, Frau Ronnefeldt.«

Friederike wurde innerlich ganz starr. »Soll das eine Drohung sein?«

Döbel sah entrüstet drein und schüttelte den Kopf. »Ganz im

Gegenteil. Ich bin auf Ihrer Seite. Ich würde alles dafür tun, um Ihre Tochter zu schützen.« Sein Ton wurde einschmeichelnd.

»Elise bedarf es nicht, dass Sie sich um ihre Sicherheit Gedanken machen.«

Döbels Augen wurden schmal. »Sie überraschen mich. Verstehen Sie denn, was ich Ihnen sagen will? Ich bin hergekommen, um Sie zu warnen. Und um Ihnen zu helfen. Dieser Fritsch ist gefährlich! Wenn Ihre Tochter mit ihm zusammen gefunden wird, könnte das übel für sie enden.«

»Danke für Ihre Warnung, aber die ist nicht nötig.«

»Sie dürfen ihn Ihrer Tochter nicht zu nahe kommen lassen.«

Friederike spürte, wie ihr flau wurde. Dieser Döbel war ihr mehr als unangenehm. Sie schluckte.

»Falls Sie mich brauchen, bin ich gerne für Sie da«, fuhr Döbel fort. Er ließ wirklich nicht locker.

»Danke für Ihr Angebot. Aber ich brauche Sie nicht, Herr Döbel.« Einen Moment lang funkelten sich beide stumm an. »Auf Wiedersehen.« Sie ging zur Tür und hielt sie für ihn auf.

Döbel hatte sichtlich damit zu kämpfen, so abgefertigt zu werden, doch dann drehte er sich ohne ein weiteres Wort um und verließ die Wohnung.

Nachdem er endlich fort war, wurden Friederikes Knie weich. Sie ließ sich auf einen Stuhl sinken. Sie wusste, dass Döbel es ihr nie ganz verziehen hatte, dass sie sich damals geweigert hatte, ihn als Kandidaten für Elise in Betracht zu ziehen. Männer wie Döbel verkrafteten Niederlagen dieser Art nicht gut. Womöglich hatte ja das Interesse seines ehemaligen Gesellen an Elise das seine neu entfacht. Oder er wollte aus Missgunst vereiteln, dass Konrad Fritsch sie bekam.

Friederike schüttelte nachdenklich den Kopf.

Wenn sie sich doch nur besser an den jungen Mann erinnern

könnte. Sie hatte ihm in jener Nacht einfach nicht genug Aufmerksamkeit geschenkt. Aber Wilhelm setzte sich für ihn ein – und natürlich Elise. Beide vertrauten ihm. Mit einem Mal wusste Friederike, was zu tun war. Sie setzte sich an ihren Sekretär und begann in fliegender Eile, zwei Briefe zu schreiben.

Mir ist nicht wohl dabei, dass Sie hier ganz allein sind

Hamburg, ebenfalls am 15. Mai 1854

Mit quietschenden Bremsen fuhr der Zug am späten Nachmittag in Harburg ein. »Endstation. Alle aussteigen. Endstation!«, rief die Stimme des Schaffners. Elise schob sich inmitten der übrigen Reisenden zum Ausgang und kletterte, behindert durch ihre Tasche, hinunter auf den Bahnsteig. Ihr Herz klopfte heftig. Noch nie hatte sie sich in einer fremden Stadt allein zurechtfinden müssen, und ihre größte Sorge – abgesehen von der Angst, Konrad zu verfehlen – war, wo sie unterkommen konnte. Außerdem befürchtete sie, dass Carlchen bereits von ihrer Flucht erfahren hatte.

Sie sah sich um. Auf dem Bahnsteig befanden sich nur die Passagiere aus dem Zug. Verwandte, Dienstboten und Freunde, die zum Abholen gekommen waren, standen hinter einer Absperrung am Ende des Bahnsteigs, hinter der die Bahnhofshalle lag. Womöglich würde Carlchen dort auf sie warten.

Ein Dienstmann wollte ihr die Tasche abnehmen, aber da sie befürchtete, als allein reisende Frau zu sehr aufzufallen, scheute sie sich davor. Dann entdeckte sie eine siebenköpfige Familie, Vater, Mutter und fünf kleine Kinder mit einem einzelnen Dienstmädchen, die gerade aus einem der Waggons der ersten Klasse kletterten. Sie schloss sich ihnen unauffällig an, so wie sie es bereits bei anderen Reisenden zum Umsteigen getan hatte. Während sie dicht hinter ihnen herging, erhaschte sie einen vorsichtigen Blick auf die Wartenden, wobei sie jede Sekunde damit rechnete, dass Carlchen sich ihr in den Weg stellte – aber er war offenbar nicht hier.

Auf dem Vorplatz des Bahnhofs wimmelte es von Menschen. Kreischende Möwen kreisten in der Luft, und in unmittelbarer Nähe sah sie die Masten von Booten, die auf dem Wasser schaukelten, so als läge der Bahnhof auf einer Insel oder direkt am Meer. Was jedoch fehlte, war eine frische Brise. Stattdessen lag der Geruch von Ruß in der Luft, und überhaupt erschien ihr Harburg schmutzig und grau. Auf der Suche nach einem Hinweis, wo die Schiffe nach Hamburg abgingen, sah sie sich um.

»So allein, werte Dame. Wohin wollen Sie? Kann ich Ihnen helfen?«, sprach ein Mann in den Vierzigern sie an. Er hatte ein speckig glänzendes Gesicht. Die Haare, die unter seinem Hut hervorlugten, klebten an seiner Stirn, und sie roch sofort, dass er sich seit langer Zeit nicht mehr gewaschen hatte.

»Nein danke. Ich werde abgeholt«, behauptete sie, um ihn loszuwerden, und ging scheinbar zielstrebig in eine andere Richtung. Er kam ihr hinterher.

»Falls Sie nach Übersee wollen, dann bin ich Ihr Mann, Fräulein«, raunte er ihr zu.

Wahrscheinlich blitzte in Ihrer Miene, ohne dass sie es wollte, Interesse auf, denn nun heftete er sich an ihre Fersen und fuhr fort, auf sie einzureden. »Sie fragen sich bestimmt, warum ich ausgerechnet Sie angesprochen habe. Ich verrate es Ihnen, ich habe auf jemanden wie Sie gewartet. Das ist Ihr Glückstag! In einer Zweierkabine ist ein Platz frei geworden. Die Gesellschafterin einer mir gut bekannten Dame ist erkrankt. Was für ein Pech – und was für ein Glück für Sie. Eine Passage zum Sonderpreis. Sie bekommen wesentlich mehr Komfort fürs Geld. Schon in zwei Tagen geht es los, direkt hier ab Harburg. Zuerst geht es mit dem Dampfschiff nach Liverpool und von dort mit dem Segelschiff nach New York. Ich verspreche Ihnen eine sichere Überfahrt mit einem erfahrenen Kapitän und einer erfahrenen Mannschaft.« Wie ein Zauberer, der ein Kunststück vorführte, zog er ein offiziell aussehendes Papier aus seiner Westentasche.

Elise wurde immer nervöser. Dieser unangenehme Mensch kam ihr viel zu nah. Jetzt konnte sie sogar seinen Mundgeruch riechen. »Nein danke!«, wiederholte sie nachdrücklich und lauter als zuvor. »Lassen Sie mich in Ruhe.«

Der Mann hob abwehrend die Hände. »Ist ja gut, Fräulein. Aber vielleicht brauchen Sie ein Zimmer? Ich könnte Ihnen ein günstiges in einem …«

Elise wollte jetzt nur noch von ihm weg und rannte beinahe. Dann entdeckte sie zu ihrer großen Erleichterung jenseits einer schmalen Brücke, die über einen Kanal führte, ein Hinweisschild mit der Aufschrift »Dampfschiffe nach Hamburg«. Sie passierte den trägen Wasserlauf, ließ die wartenden Droschken links liegen und eilte in die Richtung, in die das Schild wies. Verstohlen sah sie sich noch einmal um, der Mann war ihr nicht gefolgt. In einiger Entfernung entdeckte sie ihn, wie er jemand anderes ansprach.

Zehn Minuten später hatte sie ihr Ziel erreicht. Vor ihr stieg die Familie mit den vielen Kindern in das abfahrbereite Dampfschiff ein und nahm im separaten Raum der ersten Klasse Platz, wo man zwar auch auf Holzbänken saß, aber vor dem Ruß des Schornsteins geschützt war. Elise musste sich auf dem offenen Deck einen Platz suchen. Lärmend setzte sich das Schaufelrad in Gang.

Das Schiff fuhr eine ganze Weile durch einen Kanal. An den vorüberziehenden Ufern konnte man den Menschen bei der Arbeit zuschauen. Dann bog das Boot auf einen breiteren Wasserarm ein, und Elise hätte nur zu gerne gewusst, ob das nun die Elbe war, traute sich aber nicht zu fragen. Schließlich hatten sie Hamburg erreicht. Elise betrachtete die hohen Backsteingebäude, die direkt ans Wasser grenzten. Irgendwie sah es gar nicht so hübsch aus, und schmutzig war es auch – fast noch schmutziger als Harburg. Elise war enttäuscht.

Als das Boot schließlich in den Hafen einfuhr, entdeckte sie zu ihrem großen Schreck am Ufer ihren Bruder. Sein Haar war ein wenig länger, aber es war unverkennbar Carlchen. Auf der Suche nach einem Fluchtweg sah sich Elise um, doch es gab nur den einen schmalen Steg an Land, der soeben von den Bootsleuten festgemacht wurde. In diesem Moment kam die Familie aus der Kabine. Das Dienstmädchen hatte zwei der Kinder links und rechts an der Hand.

»Soll ich Ihnen vielleicht mit den Kindern helfen? Ich habe noch eine Hand frei«, fragte Elise geistesgegenwärtig die Mutter, die das Kleinste auf dem Arm hielt und zwei quengelnde, etwa vier- und fünfjährige Knaben zu bändigen versuchte, während ihr Mann mit dem Gepäck beschäftigt war.

»Vielleicht wenn Sie Berti nehmen könnten? Nur bis wir drüben am Ufer sind, das wäre zu freundlich. Ich habe Angst, die Jungs allein über den Steg gehen zu lassen. Mein Mann war der Meinung, dass es genug Dienstmänner gäbe, die uns mit dem Gepäck helfen – aber Sie sehen ja selbst, es ist niemand da.« In der Tat waren die drei riesigen Koffer und die vielen Taschen für einen einzelnen Menschen kaum zu transportieren.

Elise beugte sich zu dem Knaben hinunter: »Guten Tag, Berti. Ich bin Elise. Wollen wir zusammen über den Steg gehen? Ich bin zum ersten Mal hier, aber du kennst das Wasser und den Hafen doch gewiss und kannst mich führen.«

Der Junge wurde ganz still und strahlte sie dann an. »Klar«, sagte er und reichte ihr bereitwillig seine klebrige kleine Hand. Die Mutter lächelte ihr dankbar zu.

Selten war Elise so froh über ihre Schute gewesen wie an diesem Tag, denn darunter konnte sie ihr Gesicht gut verbergen. Ihr Kleid aus einem festen taubenblauen Seidenstoff war zum Glück ganz neu, so dass Carlchen es nicht kannte. Jetzt war sie froh, dass sie entschieden hatte, es auf der Fahrt zu tragen, obwohl es eigentlich zu empfindlich für eine so lange Reise war.

Den Knaben an der Hand, das Gesicht von den Wartenden am Ufer abgewandt, ging Elise über den schwankenden Steg und fürchtete, jeden Moment Carlchens Stimme zu hören – aber nichts dergleichen geschah.

Ein Kutscher, der offenbar auf die Familie gewartet hatte, kam ihnen entgegen. »Helfen Sie bitte zuerst meinem Mann mit dem Gepäck«, sagte die Frau zu ihm.

Elise hielt den Knaben weiterhin fest an der Hand, während sie mit der Frau zusammen auf die Kutsche zuging, und hoffte inständig, dass sie Carl nicht auffiel. Die Frau war zum Glück so damit beschäftigt, den Säugling zu beruhigen, der auf ihrem Arm zu schreien begonnen hatte, dass sie keine Anstalten machte, Elise zu verabschieden.

Das Gepäck wurde im Heck und auf dem Dach der Kutsche festgemacht. Aus dem Augenwinkel sah Elise, wie ein zweites Fährboot an einer anderen Stelle weiter unten anlegte. Das war ihre Chance – bestimmt würde Carlchen nun dort nach ihr Ausschau halten. Am Ende des Kais wartete ein Pferdeomnibus auf Passagiere, vielleicht konnte sie den unentdeckt erreichen. Eilig hob sie den kleinen Berti zu seiner Mutter in die Kutsche.

»Möchten Sie mitfahren, Fräulein?«, fragte plötzlich eine Stimme hinter ihr.

»Wie bitte?« Elise fuhr herum.

Es war das Familienoberhaupt, ein Mann von etwa Mitte dreißig mit hanseatischem Backenbart. »Sie wollen doch bestimmt in die Stadt. Sie können beim Kutscher sitzen, nur Ihre Tasche müssten Sie wohl auf den Schoß nehmen.«

Er stieg als Letzter in den Verschlag und nahm den kleinen Berti auf die Knie, der ihr fröhlich aus dem Fenster zuwinkte. »Was ist? Sie müssen sich schon entscheiden«, sagte der Vater lächelnd, da Elise nicht sofort reagierte.

»Danke, das ist sehr freundlich, vielen Dank.« Rasch kletterte Elise auf den Bock.

Als die Kutsche vom Platz rollte, sah sie Carlchen, der suchend auf dem Kai auf und ab lief. Wenige Sekunden später war er aus ihrem Blickfeld verschwunden. Erleichtert lehnte sie sich zurück und erlaubte sich, aufzuatmen.

Das war geschafft.

»Zum ersten Mal in Hamburg, Frollein?«, fragte der Kutscher, während er das Gefährt durch eine schmale Gasse und dann über eine nicht minder schmale Brücke lenkte.

»Ja, zum ersten Mal«, erwiderte Elise und fragte sich, ob sie sich auf ein Gespräch mit ihm einlassen sollte. Sie riskierte einen Seitenblick und entschied, dass er harmlos aussah. Er erinnerte sie an ihren Onkel Nicolaus, was ihr sofort Vertrauen einflößte. Außerdem würde diese Familie sich ja gewiss nicht von irgendeinem Halunken herumkutschieren lassen. »Es ist sehr nett, dass Sie mich mitnehmen.«

»Entscheidung vom Herrn Doktor«, sagte der Mann achselzuckend. »Aber ich freu mich immer über hübsche Gesellschaft.«

Elise lauschte auf einen anzüglichen Unterton, konnte jedoch keinen bemerken. Einfach ein netter Mann.

Sie fuhren über die nächste Brücke, und Elise sah nun schon den dritten von hohen Häusern begrenzten Kanal. »Hier gibt es ja genauso viele Kanäle wie Straßen«, sagte sie verwundert.

»Das haben Sie gut erkannt, Frollein«, antwortete der Kutscher. »Und woher kommen Sie, wenn ich fragen darf?«

»Aus Bonn. Ich mache einen Besuch bei meiner Tante.« Elise

begann, eine Geschichte zu erzählen, die sie sich während der Zugfahrt zurechtgelegt hatte. »Leider gab es einen Notfall. Eine Cousine meiner Tante ist ganz plötzlich krank geworden. Sie musste hinfahren und kommt erst in ein paar Tagen zurück.«

»Wo wohnt Ihre Tante denn?«

»In den Großen Bleichen«, sagte Elise. Die Adresse ihres Bruders war die einzige, die sie in Hamburg kannte – glücklicherweise auswendig, da sie ihm ein paarmal geschrieben hatte.

»Gute Gegend«, sagte der Kutscher anerkennend.

»Jedenfalls werde ich ein Zimmer für die Nacht brauchen.«

»Weil Ihre Tante nicht da ist.«

»Genau«, bekräftigte Elise. Sie ahnte, dass er ihr nicht glaubte, aber das musste sie jetzt hinnehmen.

»Hat Ihre Tante Ihnen denn nicht gesagt, wo Sie stattdessen wohnen können?«

»Schon. Ich habe mir die Adresse auch aufgeschrieben, aber den Zettel dummerweise verloren, und ich kann mich nicht mehr an den Namen erinnern.«

»Soso«, sagte der Kutscher.

»Wüssten Sie vielleicht eine Pension, in der ich vorübergehend unterkommen könnte? Es darf nur nicht zu viel kosten«, fügte sie mit einem verlegenen Lachen hinzu.

Der Mann musterte sie mit einem neugierigen Seitenblick.

»Hamburg ist groß. Es gibt piekfeine Gegenden, aber es gibt auch viel Gesindel. Mir ist nicht wohl dabei, dass Sie hier ganz allein sind.«

»Mir auch nicht«, gab Elise zu.

»Meine Frau vermietet Zimmer«, fuhr er dann fort. »Wenn ich die Herrschaften abgesetzt habe, nehme ich Sie gerne mit zu uns.«

»Ihre Frau«, sagte Elise überrascht. »Das wäre ja wunderbar.«

Während die Kutsche weiter durch die Straßen rumpelte und

nun auf eine breite Chaussee einbog, versuchte Elise, ihre aufsteigende Angst zu unterdrücken. Sie würde ganz allein mit diesem Mann sein und konnte nur hoffen, dass er ihr nichts vormachte. Aber hatte sie eine Wahl? Sie konnte einfach nur hoffen, dass ihr gesunder Menschenverstand sie nicht trog und dieser Mann es ehrlich mit ihr meinte.

*

Carl stand an der Anlegestelle der Fähre vom Harburger Bahnhof und beobachtete die aussteigenden Fahrgäste. Von seiner Schwester war weit und breit nichts zu sehen.

Seine Finger tasteten nach dem Telegramm, das am Mittag aus Frankfurt eingetroffen war. Den Inhalt konnte er inzwischen auswendig:

Elise vermisst. Auf dem Weg von Bonn nach Hamburg mit Konrad Fritsch. Bitte dringend suchen und finden! Auswanderung nach Amerika geplant. Mama

Sein Patron, Overweg, hatte das Telegramm versehentlich zuerst gelesen. Carl war das sehr unangenehm gewesen, aber letztlich war es ihm zupassgekommen, denn Overweg hatte sich sehr verständnisvoll gezeigt und ihm für die Suche nach seiner Schwester anstandslos freigegeben. Familie ginge vor, hatte er zu Carl gesagt, und dass ihm ohnehin noch einige Urlaubstage zustünden. Und dann hatte er Carl das Kursbuch in die Hand gedrückt, aus dem er sich sämtliche möglichen Verbindungen herausgeschrieben hatte.

Eigentlich hätte es relativ einfach sein müssen, seine Schwester an der Fähre abzupassen, die die Bahnpassagiere von Harburg nach Hamburg brachte, aber bisher hatte er sie nicht entdeckt. Die letzten Passagiere verließen das Boot. Elise war nicht darunter. Frustriert wandte Carl sich ab. Vier Schiffe sollten innerhalb der nächsten zehn Tage von Hamburg aus nach Amerika in See stechen, in den vergangenen zehn Tagen war kein einziges losgesegelt. Falls seine Schwester wirklich von hier aus nach Amerika wollte, musste sie in der Stadt sein. Nur wo?

Und was war überhaupt geschehen? Die Nachricht war zu kurz – verständlich, denn Depeschen waren unverschämt teuer –, um sich einen Reim darauf zu machen, und der Brief, den seine Mutter gewiss hinterhergeschickt hatte und der alles erklären würde, war noch nicht eingetroffen. Carl erinnerte sich nur noch dunkel an den Mann, der ihnen in der Nacht des Hochwassers geholfen hatte. Konrad Fritsch. Wilhelm hatte den Namen einmal in einem Brief erwähnt, der Mann sei ein Bierbrauergeselle, und er habe sich mit ihm angefreundet. Elise musste den Kerl über Wilhelm näher kennengelernt haben. Kein würdiger Kandidat für Elise – und sie war offenbar sogar bereit, mit ihm nach Amerika zu gehen. Wie hatte dieser Fritsch seine Schwester nur dazu gebracht? Carl ließ das keine Ruhe. Er hatte schon nicht verstehen können, dass Elise den Antrag des vielversprechenden Herrn Messmer aus Baden-Baden ausgeschlagen hatte – aber nun so etwas!

Unwillkürlich schweiften Carls Gedanken ab, und er dachte an Charlotte, die ihm, ohne zu zögern, einen Korb gegeben hatte. Ohnehin hätte er sich am liebsten in einer dunklen Ecke verkrochen und den ganzen Tag über Charlotte nachgegrübelt. Es schmerzte ihn, dass sie ihm seine Aufrichtigkeit mit solch harscher Ablehnung vergolten hatte. Kaum einen Funken Schmerz oder Trauer hatte er in ihrem Blick oder in ihrem Verhalten lesen können. Carl hatte geglaubt, in den letzten Monaten gelernt zu haben, was Ehre bedeutet, doch diese Lektion hätte er sich gerne erspart. Die Tugenden eines Kaufmanns zählten offenbar nur unter seinesgleichen. Was die alten Eliten betraf, ging Reichtum immer noch vor Charakterstärke. Was hätte er nicht alles getan und investiert an Kraft, Mühen und Ideen, um die Anerkennung von Charlottes Eltern zu gewinnen! Nur ein kleiner Wink seiner Angebeteten, und er hätte sich sofort in diese Bresche geworfen! Doch sie hatte ihn gleich abgeschrieben. Das war doch keine Liebe! Liebe bedeutete, Risiken einzugehen und Opfer zu bringen.

Wieder dachte er an Elise, und plötzlich beschlich ihn das Gefühl, dass er ihren Fall noch nicht ganz zu Ende gedacht hatte. Dabei war die Lage eindeutig: Elise hatte ihre Familie verraten, um sich einem kleinen Brauereigesellen ohne eigenen Betrieb an den Hals zu werfen. Tiefer hätte sie kaum sinken können. Seine Pflicht als ihr Bruder und als künftiges Oberhaupt der Familie Ronnefeldt war es, sie aufzuhalten und von ihrem Irrweg abzubringen. Oder etwa nicht?

Je länger er darüber nachdachte, desto mehr geriet in seinem Kopf alles durcheinander. Er war hier, um Elise zu finden, doch immer wieder schob sich Charlottes Gesicht dazwischen, ihre blauen Augen mit dem Silberblick.

»Hey, was soll das?«, grölte plötzlich ein Mann direkt vor ihm. Er war Carl förmlich vor die Füße gestolpert und hatte ihn grob angerempelt, doch statt sich zu entschuldigen oder einfach weiterzugehen, beschwerte er sich über ihn. »Pass doch auf, wo du hinläufst«, rief er und blies ihm seinen stinkenden Bieratem ins Gesicht.

»Verzeihung«, sagte Carl. Sein Blick fiel auf die mit Muskeln bepackten Oberarme des Mannes. Er war wahrscheinlich ein Schauermann. Aber ganz offensichtlich keiner von der unterernährten Sorte, wie sie zuhauf im Hamburger Gängeviertel lebten. Von Anton wusste er zudem, dass solche Kerle eigentlich immer irgendwo ein Messer versteckt am Leib trugen. Es war gefährlich, sich mit ihnen einzulassen.

»Wie bitte? Was hast du gesagt? Ich habe dich nicht verstanden«, artikulierte der Mann übertrieben deutlich und zeigte mit einem gehässigen Grinsen seine Zahnlücken.

»Verzeihung«, sagte Carl noch einmal.

»Verzeihung, Verzeihung«, höhnte der Mann. Mit einem Schritt kam er näher, packte Carl beim Kragen und stierte ihm in die Augen. Dann stieß er ihn von sich, so dass Carl nach hinten fiel. Erst im letzten Moment konnte er sich abfangen. »Du hast Glück, dass ich gut gelaunt bin. Beim nächsten Mal, da bist du dran.« Der Mann spuckte auf den Boden.

Carl sah seiner schwankenden Gestalt hinterher und atmete erleichtert auf. Das war gerade noch einmal gutgegangen. Aber so war Hamburg oder vielmehr: So konnte es sein. Die üblen Viertel lagen manchmal nur einen Straßenzug entfernt von den besseren, und wer sich nicht auskannte, war schnell verloren.

»Verdammt, Elise«, murmelte er vor sich hin, während er seinen Weg fortsetzte. »Worauf hast du dich nur eingelassen?«

Ich habe noch ein Ticket für Sie

Hamburg, 16. Mai 1854

Elise stand vor dem Haus Großer Burstah Nummer 7, das inmitten einer Reihe beeindruckender vierstöckiger Neubauten lag. Hier residierte die Hapag, die Hamburg-Amerikanische Paketfahrt-Aktien-Gesellschaft. Die Adresse auf dem Postamt herauszufinden, war nicht schwer gewesen. Viel größere Schwierigkeiten hatte es Elise bereitet, sich von ihrer Zimmerwirtin loszueisen. Die Frau des Kutschers war zwar sehr freundlich und das Zimmer sauber, aber sie war auch unglaublich neugierig und fühlte sich für das »Fräulein aus der Provinz«, als das der Kutscher sie vorgestellt hatte, verantwortlich. Am liebsten hätte sie aus lauter Fürsorge jeden ihrer Schritte verfolgt. Und preiswert war das Zimmer auch nicht. Im Grunde konnte sie sich die Unterkunft gar nicht leisten, doch darüber würde sie später nachdenken. Jetzt galt es erst einmal die Aufgabe zu bewältigen, die vor ihr lag.

Sie trat durch die doppelflügelige Tür in eine Empfangshalle, wo ein uniformierter Portier ihr den Weg zum Büro der Hapag wies. Sie wurde gebeten, in einem Vorraum zu warten. Den Fußboden bedeckte ein Teppich, das Mobiliar war gediegen, und an den Wänden hingen Ölgemälde von Segelschiffen. Nervös umklammerte sie die Armlehne ihres Stuhls und überlegte, um sich abzulenken, was Onkel Nicolaus wohl zu dem riesigen dunklen Schreibtisch gesagt hätte, an dem ein Sekretär saß und jeden Neuankömmling in eine schwarze Kladde eintrug.

Vor ihr waren mehrere einzelne Herren und ein junges Ehepaar an der Reihe. Dann endlich wurde Elise in den angrenzenden Raum zu einem hageren Herrn vorgelassen, den ein Namensschild auf dem Tisch als Herrn Pechstein auswies. Elise sagte, was sie sich zurechtgelegt hatte: »Ich suche meinen Cousin, Konrad Fritsch. Er wollte sich hier in Hamburg einschiffen. Ich habe eine wichtige Nachricht für ihn.«

»Ihr Herr Cousin ist einer unserer Passagiere?«, fragte Herr Pechstein.

»Ja, davon gehe ich aus. In seinem letzten Brief stand, dass er einen Gutschein der Hapag aus Amerika geschickt bekommen hat.«

Der Mann war schon dabei gewesen, eine Namensliste durchzusehen. Nun hielt er inne und sah sie an.

»Einen Gutschein, sagen Sie? Dann ist er kein Passagier, sondern ein Auswanderer.« Er klopfte einmal mit der Hand auf das Blatt, das vor ihm lag, und lehnte sich zurück. »Da kann ich Ihnen leider nicht helfen, Fräulein. Wir sind hier nur für richtige Passagiere zuständig. Passagescheine für Auswanderer gibt es ausschließlich bei den Agenten.«

»Das wusste ich nicht«, sagte Elise beklommen. »Aber vielleicht könnte ich ja Ihre Agenten aufsuchen? Vielleicht kann man mir dort sagen, wo mein Cousin untergekommen ist.«

»So, wie Sie sich das vorstellen, funktioniert das leider nicht. Von den Auswanderern werden grundsätzlich nur Name, Beruf und Herkunftsland erfasst.«

Elise sah ihn entsetzt an. Herr Pechstein schien Mitleid mit ihr zu haben. Er beugte sich ein wenig zu ihr vor. »Ich verrate Ihnen etwas. Am Tag des Einschiffens versammeln sich die Auswanderer in einer Baracke an den Landungsbrücken am Hafentor. Sie könnten versuchen, Ihren Cousin dort zu finden.«

»Am Tag des Einschiffens? Das wäre aber wirklich sehr spät.«

Elise fühlte, wie sich ihr Magen vor Entsetzen zusammenzog. »Wann geht denn überhaupt das nächste Schiff?«

Herr Pechstein warf einen Blick auf seinen Kalender, als wäre die Flotte so unüberschaubar groß, dass er nicht alles im Kopf behalten konnte.

»Ihr Cousin hat Glück. Das nächste Schiff ist die *Leander*. Ganz neu und sehr modern. Sie sticht am 18. Mai in See. Sofern nichts dazwischenkommt. Das weiß man natürlich nie.«

Am 18. Mai, in zwei Tagen schon. Nun sah Elise ihre Hoffnung, Konrad noch rechtzeitig zu finden, endgültig schwinden.

»Sie könnten sich an den Verein zum Schutze der Auswanderer wenden. Vielleicht kann man Ihnen dort weiterhelfen.«

»Verein zum Schutze der Auswanderer? Davon habe ich noch nie gehört.«

»Sie betreiben ein Büro im Bahnhofsgebäude am Deichtor. Man kann sich dort beraten lassen. Ich will Ihnen nicht zu viel versprechen, aber die meisten, die auf ihre Passage warten, sind in den Quartieren in der Nähe des Bahnhofs zu finden, weil dort viele Gasthäuser sind und zahlreiche Händler, die Reiseutensilien verkaufen.«

»Vielen Dank. Dann werde ich es dort versuchen«, sagte Elise und erhob sich.

Herr Pechstein musterte sie ein wenig kritisch. »Wie wollen Sie dorthin kommen?«

»Zu Fuß. Ist es weit?«

»Das nicht, aber …« Er sah mit einem Mal etwas betreten drein. »Passen Sie auf sich auf. Das Viertel ist nicht ungefährlich.«

Eine neue, verzweifelte Hoffnung trieb Elise an. Sie fragte nach dem Weg und vermied es dabei, Männer anzusprechen, sondern hielt sich ausschließlich an Mägde und Dienstmädchen. Je näher sie dem Bahnhof kam, desto besser verstand sie, warum Herr Pechstein sie gewarnt hatte. Hier sah sie nur noch ärmlich gekleidete Menschen mit grauen Gesichtern und Frauen mit entblößten Schultern, die vor Etablissements standen, von deren Existenz sie schon gehört, die sie aber noch nie mit eigenen Augen gesehen hatte. Mit gesenktem Blick eilte sie vorwärts. Die Gassen wurden immer schmaler. Rechts und links zweigten Gänge ab, die zwischen und unter den Häusern entlang verliefen und offenbar in ein Gewirr von Hinterhöfen führten. Es stank nach menschlichen Exkrementen und Unrat. In der Mitte der Gasse, durch die Elise jetzt hastete, floss ein Rinnsal, in dem weißliche Maden schwammen. Zwei Kinder spielten mit einem Kätzchen, das vermutlich das Ende des Tages nicht mehr erleben würde, auch die Kinder selbst machten einen schwächlichen Eindruck. Es war ein bedrückender Anblick.

Elise wollte schon wieder umkehren, als sie merkte, dass weiter vorne ein Markt abgehalten wurde, also setzte sie ihren Weg fort und sah sich um. Das Angebot war ebenso mager wie die Kinder, die sie gerade beobachtet hatte. An den Ständen wurden hauptsächlich Rüben, Kartoffeln und vor allem Kohl verkauft. Sie fragte eine der Marktfrauen nach dem Weg zum Bahnhof.

»Da haben Sie sich verlaufen, Frollein«, sagte sie.

»Das dachte ich mir schon. Aber wo geht's lang?«

Die Frau hantierte mit ihrem Gemüse und musterte aus dem Augenwinkel kritisch ihr Kleid. »Sie sollten hier nicht allein unterwegs sein.«

»Könnten Sie mir trotzdem die Richtung sagen?«

»Wie Sie meinen. Aber sagen Sie hinterher nich, ich hätt Sie nich gewarnt. Da lang geht's Richtung Steinstraße. Und da biegen Sie links ab.« Die Frau machte eine unbestimmte Kopfbewegung in eine Ecke des Marktes.

»Danke sehr.« Elise schob sich zwischen den Ständen hindurch in die Richtung, in die die Frau gewiesen hatte, und tauchte von der Helligkeit des Platzes kommend wieder ins Dunkel der Gassen ein. Plötzlich stolperte ihr ein kleines Mädchen vor die Füße. Es mochte etwa fünf Jahre alt sein, trug eine Schürze und sogar ein Häubchen, und während es noch im Schmutz lag, verzog es das Gesichtchen zu einem bitterlichen Weinen.

»Hast du dir weh getan?«, fragte Elise mitleidig. Sie bückte sich, um dem schluchzenden Kind aufzuhelfen, das sich sofort Hilfe suchend an ihrem Rock festkrallte. Plötzlich bemerkte sie hinter sich eine Bewegung. Zwei magere, schmutzige Jungs rannten lachend an ihr vorbei. Sie drehte sich um und sah einen dritten Knaben in die entgegengesetzte Richtung davonlaufen. Das Mädchen hielt sich immer noch an ihr fest, doch ehe sie sich's versah, war mit einem Mal auch die Kleine verschwunden. Flink tauchte sie in eine Gasse ein, die sie zuvor nicht bemerkt hatte.

Elise erhob sich. Ihre Beine zitterten. Dann fuhr sie mit der Hand in ihre rechte Rocktasche und tastete nach ihrer Geldbörse. Vergeblich. Sie war leer. So klein und zart dieses Mädchen auch gewesen war, war es offenbar eine geschickte Taschendiebin. In ihrer linken Tasche steckte nur ein Stückchen Brot vom Frühstück, und darunter fühlte sie die Groschen, die sie am Tag zuvor als Wechselgeld bekommen hatte.

Geschockt darüber, dass sie sich so leicht hatte übertölpeln lassen, ging Elise rasch weiter. Warum nur hatte sie ihr Geld nicht bei ihren Wirtsleuten gelassen? Das hatte sie nun davon. Die zweite Nacht war zwar schon bezahlt, aber das, was sie jetzt noch besaß, würde kaum für eine weitere Übernachtung reichen. Doch sie hatte keine Zeit, lange mit ihrem Schicksal zu hadern. Jetzt war es umso wichtiger, dass sie Konrad fand. Endlich stieß sie wieder auf eine breitere Straße. »Steinstraße« las sie erleichtert auf einem Schild oben an der bröckelnden Hauswand und bog nach links ab. Nachdem sie zwei oder drei Minuten gegangen war, veränderte sich das Umfeld. Die Straße und die Fassaden wirkten weniger schmutzig, hier verkehrten sogar wieder Droschken. Und dann, als gäbe es die Düsternis des Viertels, durch das sie eben gekommen war, gar nicht, stand sie plötzlich auf dem hellen, belebten Bahnhofsvorplatz.

Der Verein hatte zwei Räume im ersten Stock des Gebäudes gemietet. Sie wurde sofort vorgelassen, trug ihr Anliegen vor und erzählte von der Suche nach ihrem Cousin. In den letzten Tagen sei kein Bierbrauergeselle bei ihnen vorstellig geworden, sagte der freundliche Herr mittleren Alters, der hinter einem aufgeräumten Schreibtisch saß.

Elise sank der Mut. »Vielleicht bei Ihrem Kollegen?«, fragte sie schüchtern.

Er sah sie kurz mit schief gelegtem Kopf an, als wolle er abschätzen, ob sie der Mühe wert war. Dann erhob er sich und ging durch eine Verbindungstür nach nebenan.

»Nein. Leider auch nicht«, beschied er ihr, als er kurz darauf wieder auftauchte. Dann machte er sich an seinem Aktenschrank zu schaffen und zog ein Blatt Papier aus einer Schublade.

»Hier, das ist eine Liste mit Läden, die Reiseeffekten verkaufen. Dort können Sie nachfragen, ob jemand Ihren Cousin gesehen hat.«

»So viele Sachen braucht man?«, sagte Elise, als sie das Blatt entgegennahm und die lange Liste sah.

»Matratze, Wolldecke, Blechgeschirr et cetera. Alles mit Preisen versehen«, sagte der Mann und lehnte sich zufrieden in seinem Stuhl zurück. »Es gibt leider viel zu viele Spitzbuben, die ein Geschäft mit unbedarften Reisenden machen wollen«, erklärte er.

»Hätten Sie vielleicht auch ein paar Informationen über New York? Wohin man sich wenden kann, um Arbeit zu finden, beispielsweise?«

»Selbstverständlich.« Er reichte ihr ein weiteres beidseitig eng beschriebenes Blatt und musterte sie mit neuem Interesse. »Haben Sie denn vor, selbst auch auszuwandern?«

»Vielleicht«, antwortete Elise ein wenig zaghaft. »Ginge das denn überhaupt? Ich meine, ich habe leider keine Papiere dabei.«

»Das Einzige, was Sie vorzeigen müssten, wäre eine Heiratsurkunde. Und Ihren Ehemann natürlich. Oder kommt Ihr Mann etwa nicht mit?«

Sie blickte ihn konsterniert an. »Ich bin nicht verheiratet.«

Er hob bedauernd die Schultern. »In dem Fall muss ich Ihnen leider sagen, dass es teuer für Sie wird. Ledige Frauenzimmer müssen vor ihrer Abreise bei der Schiffsgesellschaft eine Kaution von einhundert Dollar hinterlegen. Das sind etwa einhundertdreißig preußische Taler oder auch zweihundertdreißig süddeutsche Gulden.« Er holte geschäftig ein weiteres Blatt aus einer der vielen Schubladen hervor und zeigte auf die entsprechende Stelle. »Hier sind die Beförderungsbedingungen. Es ist nicht gesagt, dass das Geld auch wirklich in voller Höhe von amerikanischer Seite eingezogen wird. Aber es ist möglich, und darum sind die Schiffsgesellschaften dazu übergegangen, eine entsprechende Kaution zu verlangen. Ohne Ausnahme.« Letzteres sagte er sehr nachdrücklich.

Diese Information verschlug ihr fast den Atem.

»Tut mir wirklich leid. Ich mache die Regeln nicht«, fügte er hinzu, als sie ihn entsetzt anstarrte.

»Danke. Sie haben mir trotzdem sehr geholfen«, brachte sie heraus. Dann verabschiedete sie sich hastig.

Vor dem Bahnhof herrschte immer noch reger Verkehr. Passanten, Droschken, Eselskarren und Omnibusse machten sich gegenseitig den Platz streitig, aber Elise nahm zunächst kaum etwas von ihrer Umgebung wahr. Benommen stand sie mit den Informationsblättern in der Hand neben dem Eingang im Schatten des Bahnhofsgebäudes und versuchte, ihre Gedanken zu ordnen. Ob Konrad etwas von dieser Kaution gewusst hatte? So viel Geld hatte er doch bestimmt nicht gespart.

In ihre Enttäuschung mischte sich Wut. Wie ungerecht die Welt war! Männer fragte man nach ihrem Beruf – und Frauen danach, ob sie einen Mann hatten. Warum traute man ihnen nicht, genau wie den Männern, zu, ihren Lebensunterhalt selbst zu verdienen? Natürlich kannte sie die Antwort: Weil man es ihnen verwehrte, einen ordentlichen Beruf zu erlernen. In dieser Hinsicht war Amerika offenbar kein bisschen besser als Europa.

»Wusst ich's doch gleich, dass Sie nach Amerika wollen«, sagte plötzlich eine ölige Stimme in ihrer Nähe.

Elise blickte auf. Die Erinnerung an die unangenehme Begegnung vom Vortag war sofort wieder da und richtig, der Mann mit der pomadisierten Frisur unter dem nachlässig aufgesetzten Hut stand ganz in ihrer Nähe und schlenderte nun auf sie zu.

»Die einzigartige Gelegenheit von gestern haben Sie ja leider verstreichen lassen, aber Sie haben trotzdem Glück. Ich habe noch ein Ticket für Sie. Sie müssten sich nur rasch entscheiden. Das Geschreibsel da können Sie getrost vergessen.« Er machte eine verächtliche Handbewegung in Richtung der Blätter, die sie in der Hand hielt.

Elise fühlte sich sofort bedrängt, drehte auf dem Absatz um – und als sie noch einmal einen Blick zurück warf, um zu sehen, ob ihr der Widerling folgte, stieß sie mit jemandem zusammen, der gerade in Richtung des Eingangs strebte.

»Verzeihung«, sagte sie, ohne aufzublicken.

»Elise?«

Sie kannte diese Stimme. Was für ein süßer Traum und was für ein gemeiner Streich, den ihr ihre Sinne spielten. Tränen stiegen ihr in die Augen, während sie weiterhastete.

»Elise. Ich bin's. So warte doch bitte!«

Die Sinnestäuschung war wirklich hartnäckig.

»Elise!«, hörte sie die Stimme beinahe im Befehlston rufen, und diesmal blieb sie stehen und hörte ein erleichtertes Lachen hinter sich. Aus Furcht, durch eine zu schnelle Bewegung aus ihrem Traum zu erwachen, drehte sie sich nur langsam um. Doch wirklich, er war es. Dort stand Konrad und sah sie an. Ihr Herz, das einen Moment lang ausgesetzt hatte, begann zu rasen.

Ich komme freiwillig mit

Konrad saß neben Elise auf einer Bank an einem der größeren Fleete, hielt ihre Hand fest in seiner und konnte den Blick nicht von ihrem blassen, schönen Gesicht abwenden. Verlegen darüber, so genau betrachtet zu werden, lächelte sie ihn scheu an und schmiegte sich noch ein wenig dichter an ihn.

Wieder und wieder dankte er seinem Schicksal dafür, dass er in genau diesem Moment den Verein hatte aufsuchen wollen. Den Augenblick, in dem er Elise in seine Arme geschlossen hatte, würde er in seinem ganzen Leben nie wieder vergessen. Von nun an, das schwor Konrad sich, würde er sie nie wieder allein lassen.

Schließlich ließ er ihre Hand doch los, aber nur, um ihr einen Arm um die Schultern zu legen. »Dieses Glück, dich so nah bei mir zu haben, ist mehr, als ich ertragen kann«, sagte er leise dicht an ihrem Ohr.

»Dann sollte ich wohl lieber …«, sagte sie mit einem kleinen Lachen und tat, als wolle sie von ihm abrücken, doch er hielt sie fest und drückte ihr einen Kuss auf die Stirn. Dann strich er mit den Fingern sanft über ihre Wangen, und noch ein wenig zaghafter berührte er ihren Mund mit den rosigen Lippen, der einen aparten Kontrast zur Blässe der Haut bildete. Er sehnte sich danach, sie richtig in seinen Armen zu halten, eine Sehnsucht, die ihm so selbstverständlich war wie sein Atem.

Kurz schloss er die Augen, als er daran dachte, wie er Stunde um Stunde in seinem Zimmer in Bonn am Fenster gestanden und nach ihr Ausschau gehalten hatte. Bis zuletzt hatte er gehofft, sie zu sehen.

»Ich bin so froh, dass du da bist«, sagte er voller Erleichterung und strich ihr eine Haarsträhne aus dem Gesicht.

»Es tut mir leid, dass ich nicht gleich mit dir gekommen bin.«

»Nein, nein. Bitte entschuldige dich nicht.«

»Aber ich möchte es dir erklären.« Sie holte tief Luft, als müsse sie all ihren Mut zusammennehmen. »In Bonn, an jenem Tag, da war ich sehr durcheinander. Eigentlich konnte ich dir nicht verzeihen, dass du ohne ein Wort weggegangen bist. Aber die Gründe, die du genannt hast, waren so, dass ich nicht anders konnte, als dich dafür zu lieben. Die Sache mit Messmer, dass du ihn kanntest und ihm etwas schuldig warst – nie im Leben wäre ich darauf gekommen.« Sie schüttelte seufzend den Kopf.

»Und dann hast du dich entschieden, mir hinterherzureisen. Das war sehr mutig von dir. Ich danke dir so sehr dafür.«

»Du kannst dich bei meiner armen Tante bedanken. Ohne sie wäre ich nicht hier.«

»Hat sie dir etwa zugeredet?«

»Nein, natürlich nicht. Ich bin heimlich fort. Aber sie hat mir etwas erzählt, das mich nachdenklich gemacht und letztlich umgestimmt hat.« Elise lächelte traurig. »Als ich ihre Geschichte erfuhr, wurde mir plötzlich klar, dass ich selbst für mein Glück verantwortlich bin.«

Konrad nickte gerührt. Er war zwar neugierig auf die Geschichte der Tante, verstand jedoch, dass er wohl besser nicht danach fragte. Wieder einmal wurde ihm bewusst, warum er sie liebte – aber auch, welche Verantwortung er trug. Elise war im Begriff, sämtliche Brücken hinter sich abzureißen. Es würde sehr schwer für sie werden. »Ich werde deiner Tante auf ewig dankbar sein. Ich hoffe, du verzeihst mir, wenn sich das egoistisch anhört.«

»Du bist der am wenigsten egoistische Mensch, den ich kenne. Du hast für deine Freunde dein Leben riskiert.«

»Und vor lauter Selbstlosigkeit beinahe die Frau, die ich liebe, für immer verloren. Das war so dumm von mir.«

»Das war es. Du hättest mich wenigstens fragen können, ob ich Messmer überhaupt heiraten will.«

»Du hast so recht. Du bist wirklich klüger als ich«, gab Konrad seufzend zu.

»›In der Welt, wie sie nun einmal ist, ist es nicht genug, zu fühlen und zu lieben, man muss vor allem denken und handeln‹«, sagte Elise lächelnd.

»Von wem ist das?«

»Von Malwida von Meysenbug. Sie meint damit nicht nur die Männer, sondern ausdrücklich auch die Frauen. Sie nennt es ›die Emanzipation der Frauen‹. Frauen sollen das Recht zur freien Ausübung der Vernunft haben, genauso, wie es den Männern schon immer gestattet ist. Bei den Meyers habe ich sehr viel gelesen«, fügte sie hinzu, als er sie überrascht anstarrte.

»Und du hast dir alles gemerkt?«

»Ich habe es mir sogar aufgeschrieben.«

»Mir scheint, du hast ohnehin alles im Kopf.«

»Ich hoffe es. Ich habe auch gelesen, dass Frauen das Recht haben sollten, sich ihren Lebensunterhalt selbst zu verdienen. Wenn man die Mädchen auf die Universität schicken würde und die Knaben in die Nähschule und in die Küche, würde sich das Verhältnis zwischen Männern und Frauen innerhalb von drei Generationen umkehren.«

»Ist das auch von dieser Frau von …«

»… Meysenbug. Nein. Das ist von Ida Hahn-Hahn. Und Louise Dittmar ist der Meinung, dass der Grund für so viele unglücklich geschlossene Ehen in der ökonomischen und politischen Abhängigkeit der Frauen zu finden ist.«

Konrad betrachtete Elise nachdenklich. Sie hatte sich seit ihrer letzten Begegnung ziemlich verändert. Oder vielleicht stimmte das auch gar nicht, vielleicht zeigte sie sich ihm jetzt nur offener, nachdem er ihr die Wahrheit über sich erzählt hatte. Sie vertraute ihm. Und er würde ihr Vertrauen kein zweites Mal enttäuschen.

Eine Weile schwiegen beide und hingen ihre Gedanken nach, und dann sank Elises Kopf gegen Konrads Schulter. Er sah, dass sie die Augen geschlossen hatte. Irgendwo schlug eine Kirchturmuhr zwei Mal. Die Zeit lief ihnen davon. So gerne er ihr auch einfach nur beim Schlafen zugesehen hätte, gab es doch noch ein paar dringende Dinge zu klären.

»Ist dein Bruder eigentlich noch hier in Hamburg?«, fragte er leise.

»Ja, natürlich. Aber ich habe ihn nicht getroffen.«

»Dann weiß deine Familie nicht, dass du mir nach Hamburg gefolgt bist?«

»Doch«, murmelte Elise, bevor sie den Kopf wieder hob und ihn aus müden Augen ansah. »Carlchen hat nach mir gesucht, aber ich habe mich vor ihm verstecken können. Du hast ja selbst mit Wilhelm gesprochen, und so wird es auch Mama erfahren haben.« Elises Stimme war leiser geworden. Sie klang bedrückt.

»Bist du bereit, Deutschland mit mir zu verlassen?«

Sie richtete sich ein wenig auf und rückte ein Stück von ihm ab. »Das bin ich, Konrad. Wirklich. Aber ich fürchte, ich kann nicht.«

»Du kannst nicht? Aber warum nicht?«

Statt einer Antwort nestelte sie ein Blatt aus ihrer Rocktasche hervor und reichte es ihm. »Darum.«

Er überflog die Zeilen und begriff sofort, was sie meinte. »Einhundert Dollar Kaution?«, sagte er entsetzt.

Sie nickte. »Weil ich nicht verheiratet bin. Hast du so viel Geld?«

»Nein, natürlich nicht.«

»Und ich auch nicht. Es ist so schrecklich ungerecht. Warum brauchen Frauen eigentlich immer jemanden, der sie ernährt? Ich will selbst arbeiten und Geld verdienen.«

Die Art, wie sie das sagte, behagte Konrad nicht. »Wenn wir verheiratet sind, werde ich für dich sorgen, Elise. Es mag vielleicht ein wenig dauern, bis wir uns ein bisschen was leisten können, aber ich werde für dich sorgen.«

»Aber ich will auch etwas dazu beitragen. Ich könnte als Dienstmädchen arbeiten. Oder vielleicht in einem Laden.«

»Das sehen wir noch.« Die Vorstellung gefiel Konrad gar nicht. Bei all den modernen Ideen, von denen Elise so begeistert sprach, konnte er nicht von seiner Überzeugung abrücken, dass es seine Aufgabe war, seine Frau zu ernähren – und eines Tages auch seine Kinder.

»Ja, das sehen wir noch«, sagte Elise matt. Plötzlich füllten sich ihre Augen mit Tränen. »Woher sollen wir denn nur diese einhundert Dollar nehmen?«

Ein unbehagliches Schweigen stand jetzt zwischen ihnen. Die Leichtigkeit von vorhin war verflogen. Dann kam Konrad ein Gedanke und setzte sich in seinem Kopf fest. Es gab natürlich einen Weg, die hundert Dollar zu umgehen! Er rückte ein Stück von Elise ab, nahm ihre beiden Hände in seine und wartete darauf, dass sie den Blick hob und ihn ansah.

»Ich habe dich schon einmal gefragt, und ich frage dich jetzt noch einmal: Willst du mich heiraten, Elise?«

Sie sah ihn mit Tränen in den Augen an. »Ja, ich will«, sagte sie mit bebender Stimme. »Darum bin ich hier.«

Konrad spürte, wie ein warmes Gefühl sich in seinem Inneren ausbreitete.

»Und das ist die Lösung«, sagte er mit einem breiten Lächeln im Gesicht.

»Die Lösung?«

»Wir heiraten einfach jetzt und hier und heute.«

»Heute? Aber wir kennen keine Menschenseele in Hamburg. Wir brauchen einen Pfarrer. Und Trauzeugen.«

»Du hast doch deinen Bruder«, erinnerte er sie.

»Ich soll Carl einweihen?« Sie sah ihn entsetzt an. »Nein«, sagte Elise dann und schüttelte den Kopf. »Das bringt uns nur in Schwierigkeiten. Das muss auch ohne Carlchen gehen.«

»Aber wie sieht das denn aus, wenn wir hier in Hamburg heiraten, und dein Bruder weiß nichts davon! Ich will dich doch nicht …« Konrad suchte nach dem richtigen Wort. »Ich will dich doch nicht entführen!«

»Was bildest du dir ein? Ich habe mich für dich entschieden. Ich komme ja freiwillig mit!«

»Mir wäre es aber lieber, wenn du das deinem Bruder sagst. Es wäre besser für dich.«

»Das fängt gut an mit uns beiden, Konrad. Woher willst du so genau wissen, was gut für mich ist?« Ihre Stimme klang nun ziemlich bestimmt.

Sie hatten auch in Frankfurt schon häufig Meinungsverschiedenheiten gehabt, wurde Konrad bewusst. Offenbar gehörte das bei ihnen beiden einfach dazu, doch er wollte jetzt nicht mit ihr streiten.

»Weil ich extra nach Greiz gegangen bin, um meinem Bruder auf Wiedersehen zu sagen«, antwortete Konrad. Es klang heftiger, als er beabsichtigt hatte. »Durch dich habe ich doch erst verstanden, wie wichtig es ist, eine Familie zu haben«, fügte er mit sanfterer Stimme hinzu.

Elise blickte ihm bedrückt in die Augen. Dann gab sie ihm einen zärtlichen Kuss auf die Lippen. »Entschuldige bitte«, sagte sie leise. Sie wirkte vollkommen erschöpft. Vermutlich hatte sie kaum geschlafen. Er fühlte einen Kloß im Hals. Es war Rührung, die ihn zu übermannen drohte. Seine zarte, starke Elise. Es würde nicht einfach werden, und trotzdem konnte er sich keine bessere Frau an seiner Seite vorstellen.

»Deine Idee ist gut«, sagte sie, und er war froh, nun endlich doch ein Lächeln auf ihrem Gesicht zu sehen. »Aber lass uns bitte versuchen, zuerst einen Pfarrer zu finden. Und dann gehen wir zu Carlchen.«

Wir suchen Ihre Schwester

Hamburg, 17. Mai 1854

Zwei Tage nachdem Carl das Telegramm aus Frankfurt erhalten hatte, kam die Polizei. In aller Frühe klopften sie an seine und Antons Tür oben unterm Dach im Hinterhaus in den Großen Bleichen, und da sie nicht abgeschlossen war, standen kurz darauf auch schon zwei Konstabler mitten im Zimmer.

Carl, der noch im Bett gelegen, an die Decke gestarrt und an Charlotte gedacht hatte, fuhr erschrocken hoch. Anton stand mit nacktem Oberkörper da, er war gerade im Begriff gewesen, sich zu waschen. Äußerlich erstaunlich gelassen trat er zwei Schritte zurück und griff nach seinem Hemd, um es sich überzustreifen.

»Was wollen Sie?«, fragte er.

»Sind Sie Carl Ronnefeldt?«, blaffte der erste Uniformierte Anton an.

Der schüttelte den Kopf. »Nein, mein Name ist Anton Berger.«

»Papiere?«

Anton zog ruhig seinen Lehrvertrag aus der Kommodenschublade hervor und reichte ihn dem Konstabler, der einen Blick darauf warf und ihm dann die Papiere zurückgab.

»Also sind Sie Carl Ronnefeldt?«, sagte er nun an Carl gewandt, der inzwischen aus dem Bett gestiegen war.

»Warum wollen Sie das wissen?« So unwohl hatte Carl sich selten gefühlt. Er stand in der letzten Zeit ohnehin neben sich, aber im Nachthemd und mit nackten Beinen fühlte er sich nur wie ein halber Mensch. Er angelte nach seiner Hose.

»Wir suchen Ihre Schwester. Elise Ronnefeldt.«

»Meine Schwester?« Carls Handflächen wurden feucht vor Nervosität. »Wie kommen Sie darauf, dass sie hier ist?«

Die Kammer war winzig, hier gab es keinen Platz, sich zu verstecken, doch das hielt die Konstabler nicht davon ab, umherzugehen und alles misstrauisch zu beäugen.

»Was wollen Sie denn von ihr?«, fragte Carl.

Der erste Uniformierte gab dem zweiten einen Wink, woraufhin der das Zimmer verließ und die Treppe weiter nach oben stieg. Über ihren Köpfen konnten sie seine Schritte hören. Aber da war nur der leere staubige Dachboden.

»Konrad Fritsch. Haben Sie den Namen schon mal gehört?«, blaffte der Polizist, während er wahllos ein paar harmlose Gegenstände von der Kommode nahm, Spiegel, Kamm, Rasierpinsel, und sie betrachtete. Dann griff er nach Carls Notizbuch, in das er sich zu Beginn seiner Hamburger Zeit einige kaufmännische Begriffe notiert hatte, und blätterte darin herum.

»Nicht dass ich wüsste«, log Carl, und im selben Moment fiel ihm das Telegramm ein, in dem der Name stand und das noch in seiner Rocktasche steckte. Was würde passieren, wenn dieser Polizist es fand? »Woher sollte ich ihn denn kennen?«, antwortete er und versuchte krampfhaft, nicht zu seinem Rock hinzusehen, der an der Innenseite der Zimmertür hing.

»Aus Frankfurt. Sie kommen doch aus Frankfurt?«

»Schon. Aber ich bin jetzt schon seit einem Jahr in Hamburg.«

Der Polizist näherte sich nun wie befürchtet der Tür, betrachtete den Rock, nahm ihn dann mit einem Seitenblick auf Carl vom Haken und begann, die Taschen zu durchsuchen. Carl wollte protestieren, doch die Worte blieben ihm im Hals stecken. Mit wachsender Panik beobachtete er, wie der Gendarm die Außentaschen durchsuchte und dann vergeblich nach einer Innentasche tastete.

Diese befand sich bei seinem Rock wegen einer Laune des Schneiders nämlich rechts und nicht links.

»Guten Morgen, die Herren.« Mahlstedt erschien plötzlich im Türrahmen, selbstverständlich fertig angekleidet und wie aus dem Ei gepellt. »Kann ich helfen?«

Carl war noch nie so erleichtert gewesen, ihn zu sehen. »Ich glaube nicht. Der Herr Gendarm war gerade im Begriff, sich zu verabschieden«, sagte er mit möglichst fester Stimme.

Der Polizist baute sich vor Mahlstedt auf. »Und wer sind Sie?«

»Richard Mahlstedt«, sagte Mahlstedt, während er sich eine der neumodischen kleinen Zigaretten anzündete, die er neuerdings rauchte. »Worum geht es denn hier?«

»Ich glaube nicht, dass Sie das etwas angeht.«

»Und ich glaube nicht, dass es Ihnen gestattet ist, einfach so fremdes Eigentum zu durchsuchen«, gab Mahlstedt scharf zurück und wies auf den Rock, den der Polizist immer noch in der Hand hielt.

Der gab sich wenig beeindruckt, doch zumindest hatte er bei Mahlstedts Erscheinen aufgehört, den Rock zu durchsuchen. »Ein Krimineller, ein Mann mit Namen Konrad Fritsch, befindet sich auf der Flucht. Kennen Sie ihn?« Er fixierte Mahlstedt mit seinem Blick, als wolle er ihn durchbohren.

»Nein. Und wie ist Ihr Name? Können Sie sich ausweisen?« Mahlstedts Augen wurden ebenfalls schmal. Er schaffte es, so viel Autorität auszustrahlen, dass der Polizist etwas zurückwich. In dem Moment kam der zweite Mann, der den Dachboden inspiziert hatte, wieder dazu. Er sah seinen Kollegen an und schüttelte den Kopf.

»Ich warne Sie. Sollten wir feststellen, dass Sie uns angelogen haben, Herr Ronnefeldt, drohen Ihnen ernsthafte Konsequenzen. Und Ihre Schwester sollte sich vorsehen. Konrad Fritsch ist ein gefährliches Subjekt. Ein Krimineller. Guten Tag!« Mit dieser Verabschiedung, die sich wie eine Drohung anhörte, drückte der Gendarm Carl den Rock in die Hand.

»Guten Tag«, gab Carl mit möglichst fester Stimme zurück.

Er wartete, bis die Schritte der Polizisten auf der Treppe verklangen und unten die Tür ins Schloss gefallen war, dann ließ er sich mit weichen Knien auf sein Bett sinken, tastete in der Innentasche seines Rocks nach dem verräterischen Stück Papier – es war noch da – und stützte dann den Kopf in beide Hände. Sein Herz klopfte wie wild.

»Mein Gott, mein Gott«, wiederholte er immer wieder.

»Immer noch keine Spur von ihr?«, fragte Mahlstedt mitfühlend, der natürlich genau wusste, dass Carl schon seit zwei Tagen nach Elise suchte.

»Nein, nichts. Keine Spur.«

»Heute helfe ich dir suchen«, sagte Anton, der sich mittlerweile fertig angezogen hatte. »Overweg wird schon einverstanden sein.«

»Und ich ebenfalls«, sagte Mahlstedt.

Carl sah vom einen zum anderen und nickte dankbar.

*

Elise und Konrad standen vor dem großen Tor des Overweg'schen Kontors. Das hohe Gebäude lag auf der dem Fleet abgewandten Seite und diente offenbar sowohl als Wohn- als auch als Lagerhaus. Elise staunte ob der Größe. Gerade wurde ein Fuhrwerk abgeladen, im Hof waren mehrere Männer bei der Arbeit. Niemand beachtete sie.

Konrad machte Anstalten, hineinzugehen, aber Elise hielt ihn zurück. »Warte noch«, bat sie.

»Worauf?«

»Ich weiß auch nicht.« Sie sah zu ihm auf. »Ich will einfach nicht, dass es zu Ende geht.«

Konrad lachte. »Es fängt doch gerade erst an.«

»Schon, aber … Na ja, du weißt schon, was ich meine.«

»Ich weiß, was du meinst. Und es fängt gerade erst an«, sagte er, küsste seine Fingerspitzen und legte sie auf ihre Lippen. Sie hatten sich in Hamburg unbeobachtet und frei gefühlt. So war es in Frankfurt nie gewesen.

Elise schloss kurz die Augen. Sie war erschöpft. Den ganzen Nachmittag zuvor und den heutigen Vormittag hatten sie damit zugebracht, herauszufinden, ob und wie sie an Bord der *Leander* kommen könnte. Zunächst hatten sie einen Agenten der Hapag aufgesucht. Er bestätigte die Sache mit der Kaution für ledige Frauen, sagte ihnen aber auch, dass die *Leander* nicht ausgebucht sei. Ein Ticket zu erwerben, war somit grundsätzlich möglich. Wesentlich schwieriger war es hingegen gewesen, einen Pfarrer zu finden, der sie ohne Aufgebot und fehlenden Taufschein trauen würde. Erst der fünfte der Geistlichen, die sie aufgesucht hatten, hatte ihnen einen Anlass zur Hoffnung gegeben. Wenn sich ein Familienangehöriger fände, der Elises Identität bestätigte, könnte er die Eheschließung vollziehen. Es war den beiden sofort klar gewesen, dass sie nicht nur einen Familienangehörigen beibringen, sondern vor allem ein Bestechungsgeld würden zahlen müssen. Drei Taler extra verlangte der dreiste Gottesmann, der das Geld, so wie er ausgesehen hatte, vermutlich in Alkohol anlegen würde. Anders als die einhundert Dollar Kaution waren drei Taler durchaus im Rahmen ihrer Möglichkeiten, wenn es Elise auch schmerzte, ihren Ehebund ausgerechnet von so einem unsympathischen Kerl besiegeln lassen zu müssen. Konrad hatte seine gefälschten Papiere vorgezeigt, denn es waren die einzigen, die er hatte. Er würde also nicht nur unter diesem Namen auswandern, sondern auch heiraten, was ihn jedoch nicht weiter bekümmerte – und Elise hätte sich ohnehin nicht vorstellen können, ihn künftig Michael zu nennen. Jetzt galt es nur noch, Carl davon zu überzeugen, dass er ihnen half, und das war womöglich die größte Hürde.

Elise atmete tief durch. Es war jetzt ein Uhr. Wenn alles gut ginge, wäre sie heute Abend eine verheiratete Frau – und die kommende Nacht wäre ihre Hochzeitsnacht. Ihr Herz klopfte schneller, wenn sie daran dachte. Sie wusste, wie sehr sich Konrad nach intimer Zweisamkeit sehnte, und sie tat es ebenfalls. Was sie in seiner Nähe fühlte, diese Anziehung, diesen Wunsch nach Berührung, verdrängte jeden anderen Gedanken. Die Vorstellung, ihr Leben mit Konrad zu teilen, von nun an jeden Abend mit ihm einzuschlafen und jeden Morgen mit ihm aufzuwachen, war einfach nur wunderbar.

Gestern hingegen war sie, wenn es ihr auch schwergefallen war, sich zu trennen, in ihre Pension zurückgekehrt und hatte die Nacht allein verbracht. Sie wollte nichts überstürzen – und hatten sie nicht ein ganzes Leben vor sich? Konrad hatte es akzeptiert. Mehr als das, sie glaubte, dass er sie gerade dafür respektierte.

»Also gut«, sagte sie schließlich und straffte die Schultern. »Lass es uns hinter uns bringen.«

Das Kontor lag im ersten Stock, und auf dem Weg nach oben kam ihnen ein junger Mann entgegen. Er war Anfang zwanzig, trug den typischen Rock eines Büroangestellten und hatte das halblange blonde Haar hinter die Ohren geschoben. Er nickte zur Begrüßung, und Elise nickte zurück, ein warmes und etwas trauriges Gefühl in der Brust, weil er sie an ihren Bruder Wilhelm erinnerte. Sie waren bereits aneinander vorbeigegangen, als er sie ansprach.

»Fräulein Ronnefeldt?«

Erstaunt darüber, erkannt worden zu sein, drehte Elise sich zu ihm um.

Der junge Mann stand ein paar Stufen tiefer und sah zu ihnen hinauf. »Sie sind es also wirklich.«

»Und wer sind Sie, wenn ich fragen darf?«

»Anton Berger. Ihr Bruder Carl ist ein Kollege von mir und, offen gesagt, ziemlich verzweifelt. Er sucht Sie schon seit Tagen.«

Elise hatte es ja gewusst, trotzdem sank ihr der Mut bei diesen Worten. »Wie haben Sie mich erkannt?«

»Er hat Sie mir beschrieben, und ich würde sagen, Sie sehen sich ähnlich«, sagte der junge Mann lächelnd. »Wobei Sie viel hübscher sind als Ihr Bruder. Und Sie sind dann wohl Konrad Fritsch?«

Konrad nickte. »Woher kennen Sie meinen Namen?«

»Nun, da bin ich nicht der Einzige, der das tut«, sagte der junge Mann ernst, jedoch ohne näher darauf einzugehen. »Kommen Sie. Ihr Bruder ist im Hinterhaus, ich wollte ihm gerade diesen Brief bringen.« Er hielt einen Umschlag hoch, den er in der Hand hielt. »Carl wird sich freuen, dass Sie wohlauf sind. Sie sind doch wohlauf?«

»Aber ja«, sagte Elise und sah, dass Konrad sie besorgt musterte. Sie spürte, wie sich seine Hand leicht in ihren Rücken legte, als sie zurück auf den Hof traten. Das war neu, in Frankfurt hatte er das nie getan, und sie liebte es sogleich. Es gab ihr ein Gefühl der Sicherheit – er gehörte zu ihr und sie zu ihm.

Anton Berger führte sie durch einen Durchgang zum Hinterhaus, in dem offenbar die Angestellten wohnten. Sie gingen hinauf in den dritten Stock, wo aus einer der Wohnungen Stimmen zu hören waren, und als Herr Berger die Tür öffnete, fiel Elises erster Blick auf ihren Bruder, der mitten im Zimmer stand und mit einem anderen Mann sprach. Er wirkte abgekämpft. Seine Augen weiteten sich vor Überraschung, als er sie sah.

»Elise! Na endlich!« Mit zwei großen Schritten war er bei ihr, packte sie am Arm und zog sie unsanft ins Zimmer. »Was fällt dir eigentlich ein? Wo hast du gesteckt? Ich habe tagelang nach dir gesucht.« Doch dann ließ er sie sogleich wieder stehen und ging drohend auf Konrad zu. »Dass du es wagst, hier aufzutauchen!«

»Guten Tag, Herr Ronnefeldt«, sagte Konrad mit eisiger Miene.

»Du Lump! Dich einfach so an meine Schwester heranzumachen!« Carl trat noch einen Schritt näher an Konrad heran. Der wich kaum merklich zurück. Elise wurde bewusst, dass er sich wehren würde, falls dies nötig wurde. Mehrere Sekunden lang starrten sich die beiden Männer gegenseitig an, belauerten sich. Elise durfte auf keinen Fall zulassen, dass sie sich prügelten.

»Bitte hör auf, Carl!«, sagte sie und legte ihm beschwichtigend eine Hand auf den Arm. »Konrad und ich sind gekommen, um mit dir zu reden.«

»Richard Mahlstedt. Ihr Gastgeber in dieser bescheidenen Behausung«, meldete sich plötzlich der geschniegelte Kerl zu Wort, mit dem Carl bei ihrem Eintreten im Gespräch gewesen war. »Ein Kollege Ihres werten Herrn Bruders.«

Der Mann, Elise registrierte blaue Augen, blonde Haare und einen gepflegten Schnurrbart, verbeugte sich vor ihr. Währenddessen hatte Anton Berger Carl den Brief gereicht. Er riss hastig den Briefumschlag auf.

Elise erkannte die Schrift. »Der ist doch von Mama. Was schreibt sie?«

»Hier. Für dich.« Carl reichte ihr ein zu einem kleinen Quadrat zusammengefaltetes, mit einem Siegel verschlossenes Blatt, das ebenfalls in dem Umschlag gesteckt hatte. »Und jetzt komm mit.« Noch bevor sie das Siegel erbrechen konnte, zog er sie hinter sich her in einen Nebenraum. Sie warf einen Blick zurück über die Schulter, nickte Konrad beruhigend zu und merkte erleichtert, dass er sie verstand. Es war besser, wenn sie zuerst einmal allein mit ihrem Bruder sprach.

Bitte bleib tugendhaft

Bei dem kleinen Raum handelte es sich um die Schlafkammer der Wohnung. Nur ein Bett, ein Hocker und ein Nachttisch standen darin. An der Wand waren einige Haken angebracht, an denen Kleidungsstücke hingen. Ihr Bruder stellte sich lesend ans Fenster, und nun erbrach auch sie mit zittrigen Fingern das Siegel ihres Briefs. Ihre Augen flogen über die Zeilen in der vertrauten Handschrift:

Meine liebe Elise. Ich schreibe dir in größter Sorge und hoffe und bete darum, dass Carl dir diesen Brief rechtzeitig geben kann. Heute kamen zwei Polizisten in den Laden – was genau geschah, soll dir Carl erzählen, ich will es hier nicht alles wiederholen –, die nach dir und nach Konrad Fritsch gefragt haben. Und auch Döbel war bei mir. Er ist offenbar sein Patron gewesen, aber vermutlich erzähle ich dir da nichts Neues. Sie sind Fritsch auf der Spur, und du bist ebenfalls in Gefahr. Ich weiß inzwischen alles, denn Wilhelm hat mir gesagt, was K. Fritsch ihm erzählt hat.

Du hast dich in eine schlimme Lage gebracht, dabei habe ich stets versucht, alle Gefahren von meinen Kindern abzuwenden. W. hat ein schlechtes Gewissen. Und du? Ich bin ein bisschen ratlos. Und dann habe ich mich gefragt, was dein Vater zu alledem sagen würde. Du warst immer sein Augenstern. Und ich kam zu dem Schluss, dass für ihn nur ein Schwiegersohn in Frage gekommen wäre, der dich wirklich ganz und gar zu schätzen weiß. E. Messmer hätte ein solcher Mann sein können. Ich fange jetzt nicht wieder von ihm an, damit will ich nur sagen, dass es auch mir nicht ausschließlich um Wohlstand und Sicherheit ging. Liebe und Respekt sind die Grundlagen einer guten Ehe. Aber wenn du dich nur für einen Moment in meine Lage versetzt, wirst du

verstehen, welch große Sorge einer Mutter von den Schultern genommen wird, wenn sie ihre Tochter im sicheren Hafen weiß. Einem Hafen ohne materielle Not. Doch Mutterschaft heißt auch, sich zu sorgen, und zwar, wie mir scheint, ein Leben lang. Das wirst auch du irgendwann erfahren.
Ich bezweifle es, dass K. Fritsch dir die Sicherheit bieten kann, die ich mir für dich wünsche. Du wirst verstehen, dass der Besuch der Polizei und Döbels Anschuldigungen gegen ihn in diesem Zusammenhang nicht gerade förderlich sind. (Selbst wenn ich Döbel nicht mag, viele denken ja so wie er.) Doch du hast mit deiner Entscheidung die Brücken hinter dir abgebrochen. Das hat mir der heutige Tag gezeigt.
Bitte sei vorsichtig. Ich kann nicht einschätzen, wie lang der Arm dieser Beamten wirklich ist, doch ich befürchte das Schlimmste.
Wilhelm sagte mir, dass Herr Fritsch nach Amerika gehen will. In meinem Brief an Carl steht, dass er dir das Geld für die Überfahrt geben soll, wenn du dich wirklich entscheidest, mit ihm zu gehen.
Bitte bleib tugendhaft, mein Kind. Wahrscheinlich werden wir uns für Jahre nicht wiedersehen, und das schmerzt mich mehr, als ich in Worte fassen kann. Und ich werde erst wieder gut schlafen können, wenn ich dich in Sicherheit weiß. In den Staaten können sie dir und Herrn Fritsch nichts mehr tun, und irgendwann ist hoffentlich Gras über alles gewachsen.
Ich bin in Eile. So vieles würde ich dir gerne noch schreiben, doch der Brief muss heute noch zur Post. Ich umarme und küsse dich.
Gott segne dich.
Mama.

Elise sah auf. Tränen liefen ihr übers Gesicht. Dieser Brief war so schrecklich und zugleich so schön, dass sie zwischen ihren Gefühlen hin- und hergerissen war.

Man suchte also nach ihnen. Die Polizei suchte nach ihr! Damit hätte sie niemals gerechnet. Andererseits hatte sie auch nie damit gerechnet, noch vor ihrer Abreise so etwas wie eine Absolution ihrer Mutter zu erhalten. Jetzt, wo sie sie in Händen hielt, wurde ihr bewusst, wie wichtig sie ihr gewesen war.

Ihr Bruder war allerdings nicht so versöhnlich gestimmt. »Das hast du schön eingefädelt«, sagte er mit eisiger Miene, seinen eigenen Brief noch in der Hand.

Elise wollte mit der Nachricht, dass sie von der Polizei gesucht wurden, eigentlich sofort zu Konrad gehen, doch als sie Carlchens Gesicht sah, hielt sie inne. »Ich habe gar nichts eingefädelt«, widersprach sie.

»Wie konntest du dich nur mit so einem einlassen?« Ihr Bruder zeigte mit ausgestrecktem Arm in Richtung Tür. »Die Polizei ist hinter ihm her. Sie war bereits hier!«

»Du meinst, sie war hier bei dir?« Elise stockte der Atem vor Schreck. »Wann?«

»Heute früh haben sie mich aus dem Bett geholt. Haben alles durchsucht, wollten alles wissen … Es war fürchterlich. Demütigend!«

Elise schluckte trocken. Nun verstand sie ein bisschen besser, warum Carlchen so aufgebracht war. Aber sie musste dennoch einen kühlen Kopf bewahren, ihre Furcht würde ihr nur im Weg stehen. »Konrad hat nichts Schlimmes getan. Das ist reine Willkür«, sagte sie eindringlich und mit gedämpfter Stimme. Sie wollte nicht, dass man nebenan etwas von ihrer Auseinandersetzung mitbekam.

»Das ist mir ganz egal. Ich kann jedenfalls keinen Ärger mit der Polizei gebrauchen«, zischte ihr Bruder zwischen zusammengebissenen Zähnen hervor.

Elise spürte, wie Hoffnungslosigkeit sie zu überwältigen drohte. Der Brief ihrer Mutter hatte ihr trotz der schrecklichen Neuigkeiten den Glauben an die Zukunft zurückgegeben, doch Carlchen war offenbar nicht an einer Versöhnung gelegen. Aber sie würde jetzt nicht klein beigeben.

Trotzig hob sie das Kinn. »Wirst du dich Mamas Anordnung fügen und mir helfen?«

»Ich werde ihr telegraphieren und sie fragen, ob sie das wirklich ernst meint. Er ist Bierbrauer, Elise. Er besitzt nichts. Du kannst doch nicht deine Zukunft wegwerfen. Wovon wollt ihr leben?«

»Wir werden arbeiten, und zwar beide, wenn du es genau wissen willst. In ein paar Jahren …«

»In ein paar Jahren! In ein paar Jahren! Wenn ich das schon höre! Du bist meine Schwester, Elise. Das kann ich nicht zulassen.«

»Was stört dich denn daran, wenn ich fortgehe? Du sagst das doch nur, weil du über mich bestimmen willst.«

»Ich sage es, weil ich über dich bestimmen kann. Und ich sage dir, dass du etwas Besseres verdient hast als den da.«

»Ich entscheide selbst, was gut für mich ist.«

»Und seit wann ist das so? Du entscheidest nichts, denn du bist nur eine Frau. Genau wie Mama, im Übrigen.«

Elise verschlug es für einen Moment die Sprache. Sie kannte ihren Bruder zwar als konservativ, aber eine solch harsche Reaktion hatte sie trotzdem nicht erwartet. In ihr brodelte es. *Nur eine Frau*, wiederholte sie in Gedanken die Formulierung ihres Bruders. Sie dachte an die Bücher, die sie bei den Meyers gelesen hatte. An die mutigen Frauen, die ihr die Augen geöffnet hatten.

»›Das Recht ist von Männern erfunden. Männer dürfen alles tun, alles lernen, alles wissen. Sie entscheiden, wie Gott selbst, über die Seelen und über Leben und Tod‹«, zitierte sie aus dem Gedächtnis.

Carlchen starrte sie überrascht an. »Na also! Dann weißt du ja, wovon ich rede.«

»Das ist der reine Hohn, merkst du das nicht? Frauen sind nicht dazu da, Männern zu gehorchen. Genauso wenig wie ein Lamm dazu da ist, vom Wolf gefressen zu werden. Beide sind vor Gott gleich. Konrad weiß das, und darum liebe ich ihn.«

Carlchens Augen verengten sich zu schmalen Schlitzen, bevor er die Hand hob und ihr unvermittelt eine Ohrfeige gab.

Elises Kopf flog zur Seite. Ungläubig sah sie ihren Bruder an. Er schien mindestens ebenso entsetzt zu sein wie sie selbst.

»Verzeih«, stieß er mit gesenktem Blick hervor. »Das wollte ich nicht.«

»Was war das denn?«, sagte sie und hob die Hand an ihre brennende linke Wange. Sie war so verblüfft, dass sie nicht einmal richtig zornig sein konnte.

Carlchen schüttelte den Kopf, erst langsam, dann immer heftiger. Dann ließ er sich auf die Bettkante fallen und vergrub das Gesicht in beiden Händen. Elise sah auf seine zuckenden Schultern.

In diesem Augenblick ging die Tür auf. Konrad streckte den Kopf durch den Spalt. »Ist alles in Ordnung?«

Elise erschrak. Konrad durfte nicht merken, was eben geschehen war. »Alles gut, aber wir brauchen noch einen Moment«, sagte sie rasch und sah ihn bewusst nicht an, damit er nicht ihr Gesicht sah. Sie konnte noch immer den Abdruck von Carlchens Hand auf ihrer Wange fühlen.

»Bist du sicher?«

»Ganz sicher. Wirklich. Ich muss nur noch kurz mit meinem Bruder reden. Allein.«

»Gut. Ich warte.« Konrad verschwand wieder. Elise setzte sich neben Carlchen auf die Bettkante.

Ihr Bruder schniefte, zog ein Taschentuch hervor und wischte sich übers Gesicht. »Jetzt bilde dir nur nichts ein. Das ist nicht wegen dir.«

»Ich bilde mir nichts ein.« Sie betrachtete ihn nachdenklich. Sie begriff, dass Carlchen nicht nur ihretwegen so aufgebracht war. »Warum erzählst du mir nicht einfach, was eigentlich los ist?«, sagte sie und legte ihm die Hand auf die Schulter.

Zuerst wollte er sie abschütteln, doch dann wurde er weich und ließ es zu, dass sie neben ihm sitzen blieb. Und dann schüttete er ihr zögernd und immer wieder nach Worten suchend sein Herz aus. Elise bekam eine etwas verworrene Geschichte zu hören von einem hübschen, ehemals reichen Mädchen aus gutem Hause, einer Tanzstunde und irgendwelchen haarsträubenden Lügen, die über ihren Bruder erzählt worden waren und hinter denen offenbar ausgerechnet der elegante Herr Mahlstedt steckte. Jedenfalls wollte das Mädchen, Charlotte, nichts mehr von ihm wissen – und das hatte Carlchen das Herz gebrochen.

Beinahe tat es Elise gut, von ihren eigenen Sorgen abgelenkt zu werden. »Du musst Charlotte verstehen. Sie ist eben gut erzogen und folgt nur dem, was ihre Eltern sagen.«

»Aber du hast dich doch auch für diesen Bierbrauer entschieden. Obwohl alle Welt dagegen ist«, fuhr Carlchen sie an.

Elise lag eine empörte Entgegnung auf der Zunge – nicht alle Welt, sondern nur er. Aber dann sagte sie sich, dass sie ihrem Bruder Zeit geben musste, sich an die Situation zu gewöhnen. Nachdem Carlchen sich alles von der Seele geredet hatte, wirkte er jedenfalls deutlich ruhiger. Er zog ein Taschentuch hervor, putzte sich die Nase und stellte sich dann vor einen kleinen Spiegel, der neben den Kleiderhaken an der Wand hing, um sich die Haare zu kämmen und die Krawatte zu richten. »Wie habt ihr euch eigentlich kennengelernt, du und er?«, fragte er plötzlich.

Elise fing seinen Blick im Spiegel auf. Sie dachte an die Ohrfeige und an seine abfälligen Worte über Konrad. Aber wenn sie jetzt schmollte, brachte sie das kein Stück weiter. Sie musste die Gelegenheit nutzen, ihren Bruder auf ihre Seite zu bringen. Und so begann sie, ihm die ganze Geschichte zu erzählen, berichtete von den Englischstunden und vom Ausflug zum Grünbornhof, erzählte von Konrads schwieriger Kindheit und wie er sich durchgebissen hatte, von seinen Kontakten zu den badischen Revolutionären, und voller Stolz erzählte sie, wie er seine Freunde aus dem Gefängnis befreit hatte. Konrads Mut und seine Loyalität seinen Freunden gegenüber waren der Grund dafür, dass er unter falschem Namen leben musste und dass ihm nicht nur Gefängnis, sondern sogar die Todesstrafe drohte. Er konnte nicht in Deutschland bleiben.

Nachdem sie geendet hatte, wartete Elise auf eine Reaktion ihres Bruders, der mit dem Rücken an die Wand gelehnt vor ihr stand. Sie glaubte nicht, dass Konrads Geschichte ihn vollkommen kaltließ, und sie sah in seinem Gesicht, wie er mit sich rang. Aber offenbar ging ihm die Tatsache, dass sie sich für Konrad entschieden hatte, einfach zu sehr gegen den Strich.

Im Stillen dankte sie noch einmal ihrer Mutter. Ihr war es gewiss nicht leichtgefallen, diesen Brief zu schreiben, aber sie war über ihren Schatten gesprungen und hatte es trotzdem getan. Mama hatte zwar mit ihren Zweifeln nicht hinterm Berg gehalten, aber letztlich vertraute sie ihr, dachte Elise. Das war ein großes Geschenk. Es machte sie stark, und sie würde auf dem Weg, der vor ihr lag, Stärke brauchen.

»Da ist noch etwas, Carl. Ich wollte dich um etwas bitten. Es ist wirklich wichtig.«

Er hob fragend die Augenbrauen.

»Konrad und ich wollen heiraten.«

»Das habe ich schon verstanden«, gab er mürrisch zurück.

»Und zwar heute noch.«

»Heute? Ist das nicht ein bisschen überstürzt?«

Elise musste sich beherrschen, nicht ungeduldig zu werden.

Hatte er denn überhaupt nichts verstanden? »Ich werde Konrad begleiten. Ich gehe mit auf dieses Schiff, und zwar als seine Ehefrau.« Sie erklärte ihm die Sache mit der Kaution und dass der Pfarrer bereits auf sie wartete. Als Carlchen nichts dazu sagte, war es mit ihrer Beherrschung vorbei. »Es fällt mir doch auch nicht leicht!«, rief sie den Tränen nahe. »Ich hätte auch lieber ein schönes Fest in Frankfurt gefeiert. Glaubst du denn, für mich ist das leicht? Aber Konrad und ich haben keine Zeit zu warten. Wir müssen fort. Was, wenn die Polizei wieder hier auftaucht und wir immer noch hier sind? Willst du das wirklich riskieren?«

Carl stand mit finsterer Miene da. Doch dann hob er die Hand und winkte ab. »Also gut. Wenn du in dein Unglück rennen willst, soll es mir recht sein. Dann begleite ich euch eben zu diesem Pfarrer.«

Ja, mit Gottes Hilfe

Hamburg, 17. Mai 1854 am Abend

Die Umstände ihrer Trauung waren bedrückend. Der Pfarrer war betrunken, als sie zur vereinbarten Zeit am frühen Abend bei der Kirche ankamen, einem trutzig aufragenden Bau aus den allgegenwärtigen Backsteinen, der von hölzernen Krämerbuden umgeben war. Die Kirche lag an einem dumpf riechenden Kanal, keine schöne Gegend, aber zumindest das Kircheninnere hatte Elise gefallen, und so war sie enttäuscht, dass der Pfarrer offenbar nicht vorhatte, die Trauung dort zu vollziehen. Er ließ sich in der Sakristei, die mit allen möglichen Gegenständen vollgestellt war, Carls Taufschein zeigen und ihn einen Zettel unterschreiben, dass Elise seine Schwester sei. Dann führte er, eine Bibel unter den Arm geklemmt, die kleine Hochzeitsgemeinde, bestehend aus dem Brautpaar sowie Carl und seinen beiden Freunden Richard Mahlstedt und Anton Berger, zum Ufer des Kanals.

»Unsere Seemannskapelle«, erklärte er, während er die Holztür eines Häuschens aufschloss, das ebenfalls als Lager für allerlei Gerümpel zu dienen schien. Sie traten ein. Dämmriges Licht drang durch die schmutzigen Fenster ins Innere. Es gab zwar ein paar Holzbänke, doch niemand verspürte Lust, sich hinzusetzen. Konrad fragte, ob man vielleicht ein oder zwei Kerzen entzünden könnte.

»Kostet extra«, sagte der Pfarrer.

Konrad sah Elise an. Sie schüttelte lächelnd den Kopf und griff nach seiner Hand. »Mach dir keine Gedanken. Wir feiern einfach noch ein zweites Mal. In Amerika«, flüsterte sie, während der Pfarrer den Tisch frei räumte, der den Altar ersetzte, ein fleckiges Tuch darüber ausbreitete und die Bibel aufschlug.

Unvermittelt begann der Pfarrer mit einem hastig gesprochenen Gebet, offenbar entschlossen, das Ganze rasch hinter sich zu bringen. Dann las er aus der Bibel vor:

»So ist's ja besser zu zweien als allein, denn sie haben guten Lohn für ihre Mühe. Fällt einer von ihnen, so hilft ihm sein Gesell auf. Weh dem, der allein ist, wenn er fällt! Dann ist kein anderer da, der ihm aufhilft. Auch wenn zwei beieinanderliegen, wärmen sie sich; wie kann ein Einzelner warm werden? Einer mag überwältigt werden, aber zwei können widerstehen, und eine dreifache Schnur reißt nicht leicht entzwei.«

Elise stand neben Konrad, spürte mit jeder Faser ihres Körpers seine Anwesenheit neben sich und lauschte den Worten des Pfarrers. Ehrfurcht ergriff sie. Die Gegebenheiten mochten unschön sein, der Ort und der Pfarrer fragwürdig, doch diese Worte waren wahr und gut, und das, was sie hier taten, fühlte sich richtig an. Sie und Konrad gehörten zusammen. »Zwei können widerstehen«, wiederholte sie leise und tastete nach Konrads Hand.

»Konrad Fritsch, willst du Elise Ronnefeldt, die Gott dir anvertraut, als deine Ehefrau lieben und ehren …«, fuhr der Pfarrer fort.

»Ja, mit Gottes Hilfe«, antwortete Konrad, und dann gab auch Elise, als sie gefragt wurde, diese Antwort: »Ja, mit Gottes Hilfe.«

Und damit war es vorbei. Elise und Konrad waren ein Ehepaar. Im Kreis standen sie um den Tisch herum, unterschrieben das Formular und besiegelten so die Eheschließung von Konrad und Elise.

Nur fünfzehn Minuten hatte die Trauung gedauert, dann standen sie wieder auf der Straße und sahen dem Pfarrer hinterher, der mit wehender Soutane, die klimpernden Geldstücke in der Tasche, zurück zur Kirche lief. Einen Moment lang herrschte betretenes Schweigen.

Etwas fehlte. Es war Mahlstedt, der es aussprach: »Ihr habt euch gar nicht geküsst.«

Das stimmte. Und bevor Elise noch darüber nachdenken konnte, wie es sich wohl anfühlen würde, Konrad vor den Augen der anderen zu küssen, hatte er sich schon zu ihr heruntergebeugt und seine Lippen auf die ihren gelegt.

»Ich liebe dich«, flüsterte er, als er sie in seine Arme schloss.

Sie gingen alle zusammen in eine Gaststätte mit Fischernetzen an den Wänden, wo bei Bier und einem deftigen Eintopf tatsächlich so etwas Ähnliches wie Feierstimmung aufkam. Sogar Carlchen entspannte sich und begann, nachdem die Teller weggeräumt waren, ein Gespräch mit Konrad, der ihm gegenübersaß. Elise frohlockte innerlich und nippte still an ihrem Bier. Mahlstedt, der rechts von ihr saß, versuchte jedoch schon bald, sie in ein Gespräch zu verwickeln.

»Ich habe so eine Ahnung, was in Ihrem Kopf vor sich geht«, sagte er.

Elise zog fragend die Augenbrauen hoch. Mahlstedt war ihr mit seinen feinen Kleidern und seinem unerschütterlichen Selbstbewusstsein suspekt, und die Geschichte, die Carlchen ihr über ihn erzählt hatte, trug auch nicht dazu bei, daran etwas zu ändern.

»Es ist wegen Ihres Bruders. Der Streich, den ich ihm gespielt habe. Er hat es Ihnen erzählt, habe ich recht? Und Sie verachten mich dafür.«

Sie antwortete wieder nicht, war aber nun doch neugierig, was er zu sagen hatte.

»Es tut mir leid. Es fällt mir nicht leicht, das zuzugeben, aber es tut mir tatsächlich leid«, fuhr er fort.

»Aber warum haben Sie es dann getan?«

»Ich weiß es selbst nicht mehr so genau. Es war so verlockend, auszuprobieren, ob es funktioniert.«

»Und das hat es.«

»Ja. Das hat es.« Mahlstedt lächelte schief, wurde jedoch gleich wieder ernst. »Ich schätze Ihren Bruder wirklich sehr. Er ist großartig. So …«, er suchte kurz nach dem richtigen Wort, »… so solide. Manchmal vielleicht ein wenig zu sehr.«

Er wollte ganz offenbar, dass sie ihn mochte, und Elise musste wider Willen schmunzeln. »Zu solide«, das beschrieb ihren Bruder eigentlich recht gut.

»Und um ehrlich zu sein, ist er der erste richtige Freund, den ich jemals hatte«, fuhr Mahlstedt fort.

Das ging Elise dann doch zu weit. Hoffte Mahlstedt etwa auf ihr Mitleid? »Das glaube ich Ihnen nicht. Sie sind Richard von Mahlstedt. Sogar ich habe schon von Ihrer Familie gehört, und das will etwas heißen. Bestimmt gibt es unzählige Menschen, die liebend gerne mit Ihnen befreundet wären.«

Er lachte freudlos. »Die gibt es, das ist wahr. Und ich kann Ihnen gar nicht sagen, wie sehr ich Stiefellecker hasse, die sich nur deshalb um mich bemühen, weil ich reich bin. Diese Leute langweilen mich.«

»Sie tun sich selbst ja ganz schön leid«, stellte Elise trocken fest. »Mir aber nicht. Sie wissen ja gar nicht, wie gut Sie es haben. Wenn es stimmt, was Sie sagen, und Sie wirklich nie einen echten Freund gefunden haben, dann liegt das doch nur daran, dass Sie mit den Menschen spielen, so wie mit meinem Bruder. Und dass Sie niemanden hinter Ihre Fassade blicken lassen. Mein Bruder war offenbar nur ein wenig zu naiv, um Sie zu durchschauen.«

Mahlstedt schien über ihre harschen Worte nicht im Geringsten empört. Er warf einen traurigen Blick in Carlchens Richtung. »Nein. Carl ist nicht naiv. Er hat mir vertraut. Und darum ist das, was ich getan habe, auch unverzeihlich.«

Elise schüttelte missbilligend den Kopf. »Sie haben meinem Bruder, nach allem, was ich gehört habe, in den letzten Tagen sehr geholfen. Dafür bin ich Ihnen wirklich dankbar. Aber es wundert mich trotzdem, dass Carl beschlossen hat, Ihnen zu vergeben. Ich glaube, das könnte ich nicht.«

»Das ist sehr schade. Ich wäre nämlich gerne auch Ihr Freund.«

Elise schwieg verlegen und blickte in ihr Glas.

»Vor allem weil Sie so erfolgreich darin sind …«, er stockte kurz und suchte ihren Blick, »… hinter meine Fassade zu schauen.«

Er lächelte sie gewinnend an, und Elise spürte, wie ihr Widerstand zu bröckeln begann. Sie war mit ihren Vorwürfen einem nahezu Fremden gegenüber forscher gewesen, als es in ihrer Natur lag. Doch sie musste zugeben, dass es ihr imponierte, wie gefasst er ihre Vorwürfe über sich ergehen ließ. Vielleicht tat ihm ja wirklich leid, was er mit Carl angestellt hatte. Und vielleicht war er alles in allem am Ende ja doch nicht so verkehrt.

»Sie verdrehen ja jedes Wort«, sagte sie mit einem widerstrebenden Lachen und betrachtete ihn nachdenklich. »Aber mein Bruder hat Ihnen vergeben, und ich muss Ihnen nichts vergeben. Ich habe fast nur nette Seiten an Ihnen kennengelernt.«

»Fast nur?«

»Sehen Sie!« Sie drohte ihm mit dem Finger. »Sie sind hochmütig, Herr Mahlstedt, und das ist bekanntlich eine Todsünde. Aber meinetwegen können wir trotzdem Freunde sein.«

Es soll dir Glück bringen

Hamburg, 18. Mai 1854

Am darauffolgenden Nachmittag stand Carl inmitten der Menschenmenge aus Reisenden und Abschiednehmenden, die sich vor der Baracke drängelte, in welcher die Auswanderer sich zu versammeln hatten, und beobachtete seine Schwester und den Bierbrauer. Die beiden wirkten sehr vertraut miteinander, waren jedoch nicht so innig, wie man vielleicht hätte erwarten können. Doch Carl ließ sich nicht täuschen. Er wusste, sobald sie unbeobachtet wären, würden sie nicht mehr voneinander lassen können.

Seine Miene verhärtete sich, als er versuchte, seine sentimentale Stimmung in den Griff zu bekommen. Der hingebungsvolle Blick, mit dem Elise zu ihrem großgewachsenen frisch angetrauten Ehemann aufsah, war nur schwer zu ertragen. Dieses offensichtliche Glück der beiden ließ ihn nicht unberührt und erfüllte ihn mit einer Mischung aus Trauer und Eifersucht. Er vermisste Charlotte. Wie sehr er sich danach sehnte, noch einmal mit ihr zu reden.

Jetzt wandte Elise sich zu ihm um. Es blieben ihnen nur noch wenige Minuten, bis sie sich verabschieden mussten. »Hier.« Carl streckte ihr einen großen Segeltuchbeutel entgegen, prall gefüllt mit Wurst, Zwieback, Trockenfrüchten und Tee. Sein Abschiedsgeschenk. »Da sind auch getrocknete Ananas drin«, sagte er. »Aus Südamerika. Damit du auch etwas Süßes hast.«

Er sah, wie seiner Schwester bei seinen Worten die Tränen in die Augen schossen. »Das ist so nett von dir. Danke für alles. Dir und

Anton und Mahlstedt. Du hast wunderbare Freunde. Du kannst so stolz sein.«

Sie umarmte ihn, und er streichelte ihr ein paarmal unbeholfen über den Rücken. Dann machte er sich von ihr los, griff in seine Jackentasche und zog ein Buch hervor. »Ich hab noch etwas für dich. Die Tochter meines Patrons hat es mir empfohlen.«

Elise betrachtete den Titel. *Sense and Sensibility. By Jane Austen.*

»Kennst du es?«, fragte Carl.

»Nein, aber ich habe davon gehört.« Sie wischte sich die Tränen aus den Augenwinkeln. »Das ist wundervoll. Danke. Du weißt gar nicht, welch große Freude du mir damit machst.« Sie drückte ihm einen Kuss auf die Wange.

Das machte Carl verlegen. Er versuchte, seine Gesichtszüge zu kontrollieren und streng auszusehen. »Ich hoffe, dein Konrad hält, was er verspricht. Ich erwarte von ihm, dass er gut für dich sorgt.«

»Das wird er bestimmt. Und ich werde meinen Teil dazu beitragen.«

»Du könntest Tee verkaufen.«

Überrascht lächelte sie ihn an. »Meinst du wirklich?«

»Ronnefeldt in New York. Oder in Boston. Oder in Washington.«

Sie strahlte, doch plötzlich glitt ein Schatten über ihr Gesicht. »Sag Mama bitte, dass es mir leidtut, dass ich ihr solchen Kummer gemacht habe«, sagte sie leise.

»Mutter wird es überstehen.«

»Besthorn macht es ihr nicht leicht. Sie haben beinahe jeden Tag Meinungsverschiedenheiten.«

»Er ist der Kaufmann. Mutter tut gut daran, auf ihn zu hören.«

»Ich dachte immer, du seist selbst nicht so gut mit ihm zurechtgekommen.«

»Mag schon sein, dass mir sein Ton manchmal nicht gefallen hat.

Aber er kennt das Geschäft seit über zehn Jahren und führt es genau so fort, wie Papa es wollte.«

»Genau das ist ja das Problem. Alles verändert sich, aber Besthorn ist alt geworden und will es nicht wahrhaben. Ich glaube, Papa hat mehr auf Mama gehört, als Besthorn es tut.«

Carl spürte schon wieder Ärger in sich aufsteigen. Wenn Elise sich so sehr für das Geschäft interessierte, warum ging sie dann fort? »Du weißt ja wirklich sehr gut Bescheid!«

»Seit Omas Tod war ich wieder mehr im Laden. Ich habe eben Augen und Ohren«, verteidigte sich Elise. »Und was hast du jetzt vor?«, fragte sie dann, wohl um das Thema zu wechseln.

Sie hatte ja recht. Es war ein schlechter Zeitpunkt, um sich zu streiten. »Heute kam Post von Minchen. Sie wird hierher nach Hamburg kommen, und ich soll sie nach Bonn begleiten. Es passt mir gar nicht, aber es ist der Wunsch von Mama, also habe ich keine andere Wahl. Ich werde Overweg noch einmal um Urlaub bitten müssen.«

»Sag Minchen bitte liebe Grüße, ach ja, und hier …«, Elise zog ein Bündel Briefe aus ihrer Rocktasche hervor und reichte es ihm, »… die hätte ich fast vergessen. Sie sind für Mama, Wilhelm, Tante Käthchen, Minchen – für alle eben. Gibst du die bitte für mich auf?«

»Natürlich.«

»Und hier ist noch etwas. Für dich.« Sie hielt ihm etwas silbrig Glänzendes entgegen. Ein kleines Schmuckstück. Zögernd hielt er die Hand auf, und sie legte es hinein.

Er betrachtete das silberne Kreuz und erkannte es wieder. Elise hatte es zu ihrer Konfirmation bekommen und seitdem so gut wie immer getragen.

»Das ist dein Kreuz. Das kann ich nicht annehmen.« Er wollte es ihr zurückgeben, aber Elise wehrte ab.

»Bitte behalte es. Es hat Konrad und mir Glück gebracht. Nun soll es dir Glück bringen.«

Er sah, wie sich die Augen seiner Schwester erneut mit Tränen füllten, und musste schlucken. Gleich würde auch er wieder losheulen, so wie neulich, als er ihr von Charlotte erzählt hatte. »Danke«, sagte er knapp und wandte rasch sein Gesicht ab, während er das Silberkreuz umständlich in seiner Westentasche verstaute.

»Du hast uns sehr geholfen.« Elise stellte sich auf die Zehenspitzen und küsste ihn noch einmal auf die Wange.

Seine Schwester und Fritsch verschwanden mit den anderen Auswanderern in der Baracke. Unschlüssig blieben er, Anton und Mahlstedt, die ihn begleitet hatten, noch für einen Moment davor stehen. Als sich der Platz geleert hatte, schlugen die beiden vor, etwas trinken zu gehen. Carl lehnte ab. Er tat, als wolle er direkt nach Hause, doch als seine Freunde außer Sichtweite waren, schlug er den Weg zur Gurlittstraße ein.

Inzwischen wusste er genau, in welchem Haus Charlotte von Zitzewitz mit ihrer Mutter wohnte. Er bezog auf der gegenüberliegenden Straßenseite Stellung und sah zu der Wohnung im ersten Stock hinauf. In den Fenstern, die sehr wahrscheinlich zum Salon gehörten, brannte Licht. Er hörte Lachen und Musik, jemand spielte auf einem Cembalo, so als würde dort oben ein Fest gefeiert. Eine weibliche Gestalt tauchte am Fenster auf, verschwand aber gleich wieder.

»Charlotte«, flüsterte er. Es quälte ihn. Er hatte gehofft, sich irgendwie bemerkbar machen zu können, um noch einmal mit ihr zu reden, ihr noch einmal in die Augen zu blicken. Denn vielleicht war jetzt alles anders. Vielleicht vermisste sie ihn nun ebenso sehr, wie er sie …

Eine Stunde später, die Kirchturmuhr schlug gerade halb eins, sah er im Treppenhaus Licht. Dann öffnete sich unten die Haustür.

Ein Mann trat auf die Straße und in den Lichtkegel der Gaslaterne. Den Blick fest auf die Gestalt gerichtet, duckte sich Carl tiefer in die Schatten. Der Umriss einer weiblichen Person erschien in der Tür.

»Auf Wiedersehen, Fräulein Charlotte«, hörte er eine Männerstimme sagen. Dann sah er das Gesicht deutlicher und erkannte den Mann. Es war Fehring, einer der Tanzstundenherren. Der Dampfmaschinenerbe. Carl durchfuhr es heiß bei seinem Anblick. Die Enttäuschung darüber, so schnell ersetzt worden zu sein, kam nicht langsam und nagend, sie überfiel ihn wie ein Raubtier.

»Auf Wiedersehen.« Charlotte reichte Fehring ihre Hand. Carl konnte im Licht der Laterne genau sehen, wie er einen langen Kuss auf ihren Handrücken drückte. Sie machte einen Knicks, der eher kokett als damenhaft aussah, und schloss langsam und noch einmal winkend die Tür, während Fehring sich schwungvoll umdrehte und pfeifend die Straße hinunterging.

Bei wem haben Sie studiert?

Frankfurt, 6. Juni 1854

Wilhelm tat Dienst im Kontor, wo es seiner Meinung nach nichts gab, was nicht hätte aufgeschoben werden können, und schleppte sich durch einen langweiligen Vormittag.

Seine Mutter war nicht da. Sie war mit Onkel Nicolaus nach Koblenz gefahren, um mit Peter Krebs zu sprechen, dem ehemaligen Kommis, den sie für das Teegeschäft gewinnen wollte. Anschließend würden sie Minchen und Tante Käthchen in Bonn abholen. Wilhelm war es ganz recht, dass sie fort war, denn zurzeit hing der Haussegen ziemlich schief. Mama hatte ihm die Heimlichtuerei wegen Konrad und Elise noch nicht verziehen, und wenn man bedachte, was daraus geworden war, konnte er sie sogar verstehen. Andererseits – er mochte Konrad. Er hatte gegen ihn als Schwager nichts einzuwenden. Nur dass er seine Schwester schon jetzt schmerzlich vermisste. Von all seinen Geschwistern hatte er sich mit ihr immer am besten verstanden. Er fragte sich, wie es ihr wohl in diesem Moment ging, irgendwo da draußen auf dem Meer.

Im Moment ging ihm allerdings noch etwas ganz anderes im Kopf herum. Georg Enslen, der Panoramamaler, war wieder in der Stadt und hatte ihm eine Nachricht geschickt. Wilhelm sollte sich um elf Uhr im *Englischen Hof* einfinden. Er sah diesem Treffen hoffnungsvoll entgegen. Enslen stellte mittlerweile in Berlin und Dresden erfolgreich seine Panoramen aus, das hatte er in der Zeitung gelesen. Offenbar wurde sein Geschäft immer größer. Wilhelm hoffte, dass der Maler sein Angebot, als Assistent für ihn zu arbeiten, wiederholte. Die Vorstellung, mit einem so bedeutenden Mann in die verschiedensten Städte Europas zu reisen, gefiel ihm. Das war etwas Reelles. Ein Kunststudium wäre ihm zu langwierig und abgehoben gewesen, abgesehen davon konnte er es sich ohnehin nicht leisten. Von dem Panoramamaler konnte er eine Menge lernen, und er stellte sich das Wanderleben, das Enslen führte, aufregend vor.

Zum Glück war es heute wirklich sehr ruhig im Geschäft. Um halb elf hielt er es vor Nervosität nicht mehr aus und legte die Feder beiseite. »Ich müsste mal eben dringend etwas erledigen, Herr Besthorn. Nach der Mittagspause bin ich wieder da«, sagte er, streifte die Ärmelschoner ab, und bevor sein Prinzipal reagieren konnte, war er auch schon zur Tür hinaus. Außer Sichtweite verlangsamte Wilhelm seinen Schritt, und da er früh dran war, ging er erst einmal zum Rossmarkt. Vor dem ramponierten Herkulesbrunnen blieb er stehen. Die einstmals schmucken Brunnenfiguren waren von Flechten überwuchert, und dem Herkules fehlte die Nase. Eigentlich hätte der Brunnen längst durch das Gutenbergdenkmal ersetzt werden sollen, dessen Terrakottaentwurf in einer Ecke des Rathauses vor sich hin dämmerte. 1840, Wilhelm war ein Knabe von fünf Jahren gewesen, war es im feierlichen Rahmen enthüllt worden, doch der Bildhauer hatte immer noch nicht mit der eigentlichen Umsetzung begonnen. Viele empörten sich darüber. Gutenberg galt den Liberalen als ein Symbol der Freiheit, und man vermutete eine subversive Absicht hinter dieser Verzögerung. Doch Wilhelms Interesse an Politik war inzwischen etwas erlahmt. Es gab so viel anderes, was ihn beschäftigte, dass er nur noch selten zu Sonnemanns Vorträgen ging.

Nachdenklich setzte er seinen Weg fort und stand pünktlich um elf Uhr vor dem Hoteleingang. Nebenan im Posthof war eine Menge los, daran hatte auch der zunehmende Eisenbahnverkehr nicht viel geändert. Normalerweise liebte er es, das Gewimmel zu beobachten, doch heute hatte er dafür keine Muße. Wilhelm zog das Revers seines Rocks glatt, kontrollierte im spiegelnden Glas einer Fensterscheibe seine Frisur und betrat das Hotel. Herr Enslen sei im Kaminzimmer, erklärte ihm der Concierge und wies ihm den Weg. Rechts und dann die zweite Tür links.

Im ersten Moment dachte Wilhelm, er habe sich im Raum geirrt. Durch dichten Zigarrenqualm hindurch sah er ein paar Männer, die ihre Köpfe zusammensteckten. Doch auf den zweiten Blick entdeckte er in deren Mitte Enslen, lässig an einen Tisch gelehnt. Unsicher blieb Wilhelm im Hintergrund stehen, bis ihn der Kunstmaler bemerkte und auf ihn zukam.

»Guten Tag, Herr Ronnefeldt!« Wilhelm registrierte, dass er auch heute wieder sehr elegant aussah. Unter einem Jackett aus feinem grauviolettem Stoff trug er eine schimmernde Weste.

Der Kunstmaler legte ihm jovial die Hand auf die Schulter und zog ihn in den Kreis der anderen Männer, die zwischen fünfundzwanzig und fünfunddreißig Jahre alt sein mochten und ihm interessiert entgegenschauten.

»Das ist Herr Ronnefeldt. Der junge Mann, von dem ich erzählt habe.«

»Ach ja, der Schreiner! Graubner, sehr erfreut«, sagte einer von ihnen, klemmte sich die Zigarre zwischen die Zähne und reichte ihm die Hand.

Die anderen folgten seinem Beispiel und nannten ihre Namen, doch Wilhelm, der eine Hand nach der anderen schüttelte, merkte sich keinen einzigen.

Ein Schreiner sollte er sein?

»Herr Ronnefeldt ist auch ein begabter Zeichner«, sagte Enslen nun.

»Bei wem haben Sie studiert?«, fragte einer der Männer, ein kleiner mit schwarzem Schnauzbart und Pomade im Haar.

»Nirgendwo«, sagte Wilhelm. »Ich bin Autodidakt.« Das Wort hatte er kürzlich gehört und sich gemerkt für den Fall, dass er es einmal brauchen würde.

»Verstehe.« Der Pomadisierte nickte und schaffte es, dabei auszusehen, als betrachtete er ihn von oben herab, obwohl er kleiner war als Wilhelm.

»Herr Ronnefeldt hat die Skizzen vom Turm aus gemacht und zudem ein paar Vorschläge für das Zeil-Panorama ausgearbeitet. Er ist also Ihr Mann, Graubner.«

Der junge Mann, der ihn als Erstes begrüßt hatte, lächelte selbstgefällig. »Ach, Sie sind das!« Wilhelm merkte, wie er von oben bis unten gemustert wurde. »Sehr hübsch, Ronnefeldt. Es sind ein paar nette Ideen dabei.«

»Ich verstehe nicht ganz.« Wilhelm sah irritiert zwischen Graubner und Enslen hin und her.

»Mein Mitarbeiter wird mit den Arbeiten hier in Frankfurt beginnen. Ich muss morgen wieder nach Berlin«, sagte Enslen. »Ob Sie ihm vielleicht behilflich sein könnten, ein geeignetes Atelier zu finden? Sie als Frankfurter haben doch bestimmt ein paar Kontakte.«

»Gerne mit einem Schlafzimmer dabei. Im Gasthof wird es auf Dauer zu teuer und letztlich auch zu unbequem. Man will sich ja ausbreiten können und nicht ständig unter Beobachtung stehen, wenn Sie wissen, was ich meine.« Graubner grinste und klopfte Wilhelm gönnerhaft auf den Rücken.

»*Sie* werden also das Frankfurt-Panorama malen?«, vergewisserte sich Wilhelm.

Graubner nickte mit gebleckten Zähnen, zwischen denen die erloschene Zigarre hing. Er versuchte gerade, sie wieder zu entzünden. »Stadtpanorama und Zeil«, nuschelte er.

»Er hat bei Rottmann in München studiert«, sagte Enslen bedeutungsvoll.

Wilhelm hatte keine Ahnung, wer Rottmann war.

»Ich habe Sie hergebeten, damit Sie ihm in den nächsten Tagen den Turm zeigen. Sie wissen schon, welchen ich meine. Drüben auf der anderen Mainseite«, fuhr Enslen fort.

Natürlich wusste Wilhelm, von welchem Turm die Rede war. Er hatte schließlich Stunden dort oben verbracht. Und wozu? Um »ein paar nette Ideen« zu fabrizieren?

»Gewiss«, sagte er.

Eine halbe Stunde später verließ Wilhelm das Hotel wieder. Die Herren wollten nun zu Tisch, und als Wilhelm merkte, dass Enslen nicht vorhatte, ihn dazuzubitten – er müsse verstehen, aber es gäbe noch so vieles zu besprechen und die Zeit sei begrenzt –, wurde ihm endgültig klar, dass er einem großen Irrtum aufgesessen war. Nicht nur Graubner, sondern auch die drei anderen Herren waren ausgebildete Maler. Georg Enslens Panoramoptikum würde ohne Wilhelms Zutun entstehen. Enslen schien sich nicht einmal daran zu erinnern, dass er davon gesprochen hatte, ihn zum Assistenten zu machen. Er brauchte Wilhelms Mithilfe allenfalls für ein paar Handlangerdienste.

Niedergeschlagen machte Wilhelm sich auf den Heimweg. Auf Höhe der Liebfrauenstraße blieb er stehen, warf einen Blick zurück und betrachtete die links und rechts der Straße in der Mittagssonne daliegenden Häuser. Einige hatten barocke Fassaden, andere muteten eher klassizistisch an. Die meisten waren weiß oder in einem hellen Cremeton gehalten, die Dächer mit Schiefer gedeckt. Fachwerkhäuser, wie sie die Altstadt beherrschten, gab es hier nicht. Es war ein Prachtboulevard, wie er in Paris, London, Berlin oder Wien auch nicht hätte schöner sein können. Wilhelm formte die Hände zu einem Rahmen und sah hindurch, wie er es in den vergangenen Wochen häufig getan hatte, und beobachtete die Menschen auf der Straße. Doch was er sah, würde ja ohnehin niemanden interessieren. Betrübt steckte er die Hände in die Taschen und ging langsam weiter in Richtung der Katharinenkirche. Vor ihm lag der Paradeplatz mit der Hauptwache in der Mitte und einigen Bäumen davor, die man frisch gepflanzt hatte, nachdem ein paar Mitglieder der Stadtwache beim Exerzieren einen Sonnenstich bekommen hatten. Er hatte sich vorgestellt, dass das Zeil-Panorama auch den Platz mit abbilden würde, und entsprechende Skizzen angefertigt. Ein Rundblick von nahezu 360 Grad.

Was dieser Graubner wohl daraus machte?

Auch wenn er nicht studiert hatte, seine Skizzen waren gut, dachte er missmutig, als er in die Katharinenpforte einbog.

In der Neuen Kräme angekommen, blieb Wilhelm lange vor dem Geschäft stehen. Der Schriftzug *J. T. Ronnefeldt – Tee- und Manufakturwaren*, der mit goldenen Lettern auf der Scheibe geschrieben stand, blätterte an manchen Stellen ab. Seine Mutter hatte ihn schon vor Wochen darum gebeten, die Buchstaben zu erneuern, aber bisher hatte ihm die Lust dazu gefehlt.

Unkonzentriert brachte Wilhelm den Nachmittag im Kontor hinter sich und ging abends mit ein paar Freunden etwas trinken. Dadurch gelang es ihm ganz gut, für eine Weile nicht mehr an die Zurückweisung zu denken. Aber als er gegen Mitternacht angeduselt in sein Zimmer trat und eine Lampe entzündete, um sich für die Nacht fertig zu machen, war alles mit einem Schlag wieder da. Auf seinem Tisch lagen Papier und Malutensilien – Zeichenstifte, Aquarellfarben, Tusche, ein paar Tuben mit Ölfarben, eine eingetrocknete Palette – kunterbunt durcheinander. Er nahm einen Karton, der oben auf seinem Schrank stand, und fegte mit einem Handstreich alles hinein. Eine Weile stierte er auf die leere Tischplatte. Dann besann er sich und fischte einen chinesischen Pinsel heraus, der eigentlich in die Sammlung seines Vaters gehörte. Der lange seidige Quast hatte ihn neugierig gemacht, doch der Pinsel lag nicht gut in der

Hand, er hatte nichts damit anfangen können. Dann ging er hinunter ins Herrenzimmer, um den Pinsel zurück in die Vitrine zu legen. Der Lichtschein seiner Lampe strich über die verschiedenen Gegenstände und hob mal das eine, mal das andere hervor. Die Flügel der aufgespießten Schmetterlinge warfen tanzende Schatten, es sah aus, als würden sie gleich losfliegen. Auf der Tischplatte des Sekretärs lagen das chinesische Tagebuch seines Vaters und darunter das angefangene Tee-Brevier seiner Mutter. Einer plötzlichen Eingebung folgend, nahm er beides an sich und stieg damit langsam wieder in sein Zimmer hinauf.

Sie haben sich versündigt

Bonn, Anfang Juni 1854

Richard Mahlstedt hatte große Lust auf Ferien, wie er sagte, und so schloss er sich Carl und Minchen an, die den Reisegefährten entzückend fand und hemmungslos mit ihm schäkerte. Zu dritt fuhren sie nach Bonn, und die Herren kamen in der kleinen Stadt am Rhein in einer Pension unter, die direkt neben einem Schulhaus lag, während Minchen selbst bei Familie Meyer in Elises ehemaligem Zimmer wohnte.

Es war Carl ein wenig peinlich gewesen, Overweg noch einmal um Urlaub bitten zu müssen. Doch nach einem Jahr standen ihm ganz offiziell einige freie Tage zu, deren Kontingent durch die Suche nach Elise noch nicht vollkommen ausgeschöpft war, weswegen sein Patron sofort zugestimmt hatte. Sogar Mahlstedt hatte diesmal ein Urlaubsgesuch eingereicht, statt sich einfach selbst freizugeben. Der Abschied von Anton war herzlich gewesen, und Carl war erleichtert, dass die alte Freundschaft zwischen ihnen wiederhergestellt war.

Bei den Freunden seiner Tante wurden sie so warmherzig aufgenommen, dass Carl beinahe vergaß, wie ablehnend er der Mission, seine Schwester zu begleiten, ursprünglich gegenübergestanden hatte.

Gleich am Abend ihrer Ankunft waren sie in den gemütlich-chaotischen Salon der Meyers gebeten worden. Den darauffolgenden Sonntag verbrachten sie in deren Garten, spielten Federball und Croquet, aßen Kuchen, schäkerten auf harmlose Art mit den beiden Töchtern und hatten alles in allem eine so entspannte Zeit, dass Carl sogar seinen Kummer wegen Charlotte für ein paar Stunden vergaß.

Einzig Tante Käthchens niedergedrückte Stimmung wollte nicht recht dazu passen. Carl hatte dem Wiedersehen mit seiner Tante mit Unbehagen entgegengeblickt, da er fürchtete, dass sie wegen Elise ein schlechtes Gewissen hatte, und er hatte recht gehabt, sie sah nämlich wirklich gar nicht gut aus. Sie war sogar noch blasser, kleiner und unscheinbarer, als er sie in Erinnerung hatte, wirkte regelrecht kränklich mit ihren geröteten Augen und der geröteten Nasenspitze. Sie tat ihm leid.

»Elise geht es gut«, versuchte er sie zu trösten. »Dieser Konrad scheint am Ende doch ganz patent zu sein.« Zu seiner eigenen Überraschung merkte er, dass er ihr nichts vorflunkern musste. Der Bierbrauer hatte ihm imponiert. Tante Käthchen, ein Strickzeug in der Hand, sah mit glasigen Augen durch ihn hindurch.

Eigentlich hatte Carl angenommen, dass es mit den Überraschungen in seiner Familie nun genug sei, doch am Dienstag, einen Tag vor ihrer Rückreise, wurde er eines Besseren belehrt. Der Hausherr und die beiden Söhne der Meyers waren abwesend, und so saßen sie nur zu siebt beim Nachmittagskaffee im Garten, Minchen, Tante Käthchen, die Gastgeberin Frau Meyer und ihre beiden Töchter sowie Mahlstedt und Carl selbst, als das Dienstmädchen die Außentreppe herunterkam und ihrer Herrin etwas ins Ohr flüsterte.

Carl sah, wie Frau Meyers Blick flackerte. Sie wirkte plötzlich nervös. Dann ging sie ins Haus, kam ein paar Minuten später wieder heraus, legte eine Hand auf Tante Käthchens Arm und bedeutete ihr, mitzukommen. Carl blickte den beiden Frauen hinterher, wie sie im Speisezimmer verschwanden, das an die Terrasse grenzte. Frau Meyer musste Tante Käthchen stützen, damit sie nicht stolperte.

Ihm war plötzlich komisch zumute. Vergeblich wartete er darauf, dass die Frauen zurückkämen. Nach einer Weile entschuldigte er sich und ging selbst unter einem Vorwand hinein. Als er ins Haus trat, hörte er in einiger Entfernung Frau Meyers erregte Stimme, verstand aber nicht, was sie sagte. In der Diele blieb er stehen, die Tür zum Salon war nur angelehnt. »Lina«, hörte er Frau Meyer nach ihrem Mädchen rufen, dann kam die Hausherrin selbst durch die Tür. Sie wirkte aufgewühlt, und Carl hatte sofort den Verdacht, dass sie geweint hatte. »Carl!«, sagte sie überrascht und tupfte sich mit einem Taschentuch die Nase. »Da sind Sie ja schon, ich wollte eben nach Ihnen schicken lassen. Ihre Tante möchte mit Ihnen reden. Ich lasse Sie allein.« Mit raschelnden Röcken eilte sie an ihm vorüber und war verschwunden.

Unangenehm berührt blieb er im Türrahmen des Salons stehen und betrachtete seine Tante, die auf einem der Sofas lag. Sie sah krank aus, und Krankenbesuche waren nicht seine große Stärke. Sie bemerkte seine Anwesenheit und winkte ihn zu sich. Ein wenig widerstrebend setzte er sich neben sie. Sie griff nach seiner Hand, ihre fühlte sich kalt und feucht an. Carls erster Impuls war es, seine Hand gleich wieder wegzuziehen, doch dann überwand er sich und hielt die seiner Tante fest. Um ihren Mund herum leuchtete ein weißes Dreieck, während die Wangen unnatürlich gerötet waren. Eine Weile schwiegen sie beide. Carl wartete, aber Tante Käthchen machte keine Anstalten, das Gespräch zu beginnen.

»Was ist denn passiert?«, fragte Carl schließlich mit möglichst sanfter Stimme.

Ein leiser Schluchzer war die einzige Antwort. Carl wurde immer ungemütlicher zumute. Er wollte ihr eben seine Hand entziehen, da hielt sie ihn fest. »Bitte bleib. Ich muss dir etwas sagen.«

Ergeben blieb er sitzen und wartete darauf, dass sie weitersprach.

Doch statt eine Erklärung zu liefern, stellte sie ihm eine Frage: »Hast du Ambrosius kennengelernt?«

»Meinst du den Jüngsten der Meyers?«, fragte er irritiert.

Sie nickte und sah ihn mit fiebrig glänzenden Augen an.

»Natürlich. Er saß doch mit bei Tisch. Und am Sonntag haben wir zusammen Federball gespielt.«

Seine Tante nickte, als warte sie darauf, dass er weitersprach.

»Mama hat erwähnt, dass einer der Meyers im nächsten Jahr zu uns in die Lehre kommen soll. Damit war doch er gemeint, nicht wahr? Er ist dein Patenkind.«

Wieder nickte sie.

Carl wurde die Situation langsam mehr als unangenehm. »Worauf willst du denn hinaus, Tante? Frau Meyer sagte, du wolltest mit mir reden. Aber du sagst ja nichts«, rief er ungeduldig aus.

»Er ist dein Cousin.«

Sie hatte ganz leise gesprochen, und im ersten Moment glaubte Carl, sich verhört zu haben. »Er ist was?«

»Er ist dein Cousin«, wiederholte seine Tante.

Also hatte er richtig verstanden. Doch er begriff immer noch nicht.

»Aber du darfst ihm nichts davon sagen. Er weiß es nicht«, fügte sie mit Panik im Blick hinzu.

Sagen, was denn sagen? Es konnte doch nicht sein … Die Vorstellung war so ungeheuerlich, dass er gar nicht weiterdenken wollte.

»Ambrosius ist seit seiner Geburt hier in diesem Haus bei den Meyers. Er denkt, seine Eltern seien beide tot«, fuhr seine Tante mit seltsam heiserer Stimme fort. Auf ihren Wangen brannten zwei kreisrunde rote Flecken.

»Er ist mein Cousin, sagst du. Soll das etwa heißen, dass du …« Er sprach den Satz nicht zu Ende. Er konnte nicht.

Tante Käthchen nickte. »Ich bin seine Mutter.«

Sekunden vergingen. Carl versuchte immer noch zu begreifen, was er gerade gehört hatte. Seine Tante hatte sich mit einem Mann versündigt. Ausgerechnet Tante Käthchen!

»Was ist mit dem Vater?«, fragte er schließlich.

»Sein Vater ist tot. Er starb noch vor der Geburt seines Sohnes. Er war mein ...«, sie suchte nach dem richtigen Wort, »... er war mein bester Freund. Er hatte einen Unfall auf dem Gut seines Vaters. Er stürzte vom Pferd, wurde bewusstlos und ist nie wieder aufgewacht.«

Mit jedem Wort, das sie sprach, versteifte sich Carls Inneres immer mehr. Ein Abgrund tat sich vor ihm auf, und er hatte Angst, hineinzustürzen. Ihm graute jetzt davor, zu erfahren, was seine Tante von ihm wollte.

»Ich habe seinem Großvater, dem Großvater meines Sohnes, einen Brief geschrieben. Ich habe ihm geschrieben, dass er einen Enkel hat. Und jetzt ist er hier.«

Carl saß bewegungslos da. Er schwitzte und hielt unwillkürlich den Atem an.

Tante Käthchen traten Tränen in die Augen, doch nun, da er am liebsten fortgelaufen wäre, war sie offenbar bereit zu reden. Sie erzählte ihm von ihrem Liebhaber, der ebenfalls Ambrosius geheißen hatte. »Ich denke, dass sein Vater, Herr Körner, ein Recht hat, es zu erfahren«, schloss seine Tante mit zittriger Stimme. »Aber ich habe nicht die Kraft, mit ihm zu reden. Ich konnte doch nicht ahnen, dass er einfach herkommt, ohne zuvor eine Nachricht zu schicken. Ich dachte schon, mein Brief habe ihn gar nicht erreicht. Und als Caroline davon erfuhr ... Sie ist mir böse, weil ich ihr verschwiegen habe, dass ich den Brief abgeschickt habe. Sie weigert sich, mir zu helfen. Darum wollte ich dich bitten, mit Herrn Körner zu sprechen und ihm alles zu erklären.« Sie schluchzte in ihr Taschentuch.

Starr saß Carl neben ihr, den Kopf in beide Hände gestützt. Er verstand nicht, wie er in diese Situation geraten war.

»Ich dachte doch, er hätte ein Recht, es zu erfahren«, wiederholte sie. »Und Ambrosius – dein Cousin –, er kann doch nichts dafür.«

Carl hielt es nicht mehr auf seinem Sessel. Er sprang auf und ging nervös auf und ab.

»Bitte, Carl«, sagte seine Tante nach einer Weile mit ersterbender Stimme. »Hilf mir.«

Er blieb stehen. »Was erwartest du von mir? Und was erwartest du von diesem Mann?«

Sie sah ihn flehend an. »Ich wünsche mir doch nur, dass er weiß, dass er einen Enkel hat. Er ist sehr wohlhabend, und ich will doch nur das Beste für meinen Sohn. Ein gutes Auskommen. Etwas Geld, damit er was aus seinem Leben machen kann. Ist das denn zu viel verlangt?«

Carl rieb sich vor Nervosität mit beiden Händen die Stirn. Womit hatte er das verdient? Wieso wurde er nun schon zum zweiten Mal innerhalb kurzer Zeit dazu gezwungen, sich mit dem moralischen Fehltritt eines Familienmitglieds zu befassen? Seit dem Moment, in dem Charlotte ihm den Laufpass gegeben hatte, schien das Unheil ihn zu verfolgen.

»Gut, ich mach's«, sagte er schließlich und richtete sich auf. »Aber nicht allein. Du musst mitkommen, Tante Käthchen.«

»Nein!« Sie schüttelte den Kopf.

»Du musst!«

Tante Käthchen schwieg, schließlich setzte sie sich auf, atmete tief ein und nickte. Nachdem seine Tante nach oben gegangen war, um sich frisch zu machen, tauchte Frau Meyer wieder auf.

»Danke, Carl, für deine Unterstützung. Die Herren warten im Arbeitszimmer meines Mannes.«

»Die Herren?«, fragte Carl. Es war immer nur von einem Mann die Rede gewesen.

»Herr Körner hat einen Pfarrer dabei.«

Mit diesen Worten ließ sie ihn wieder allein, um nach Tante Käthchen zu sehen. Carl wartete nervös in der Diele vor Herrn Meyers Arbeitszimmer.

Endlich erschien Tante Käthchen oben auf der Treppe. Sie sah nicht viel besser aus als zuvor, doch Carl wollte ihr und sich keine Zeit mehr für Fragen oder zum Nachdenken lassen und öffnete die Tür zu Meyers Büro.

Bei ihrem Eintreten erhob sich aus einem Sessel mühsam ein hageres Männlein. Das musste Herr Körner sein. Vielleicht war er früher ein stattlicher Mann gewesen, jetzt bestand er nur noch aus Haut und Knochen. Er stützte sich mit der Rechten auf einen Stock und mit der Linken auf den Arm eines alten Dieners mit weiß gepuderter Perücke. In einiger Entfernung stand ein Mann in der Soutane eines katholischen Pfarrers, auch er deutlich jenseits der siebzig.

»Carl Ronnefeldt mein Name. Guten Tag, Herr Körner. Meine Tante, Fräulein Käthe Kluge.«

Der Alte nickte kaum merklich, sagte nichts und stellte auch seinen Begleiter nicht vor. Carl musste seinen Blick regelrecht von der unheimlichen Gestalt des Pfarrers losreißen. Herr Körner ging gebeugt und war einen Kopf kleiner als er selbst. Sein Blick, der trotz seiner Gebrechlichkeit aufmerksam und intelligent wirkte, konzentrierte sich nach kurzem Herumirren auf seine Tante.

»Sind Sie die Weibsperson, die den Brief geschrieben hat?«

Das Sprechen bereitete ihm Mühe.

Tante Käthchen nickte. »Ich bin Käthe Kluge«, flüsterte sie.

Der Diener nahm seinen Herrn am Arm und bedeutete ihm, sich wieder hinzusetzen, doch der Alte machte sich unwillig los. Leicht schwankend kam er ein bisschen näher und stierte Tante Käthchen aus wässrigen Augen an. Carl nahm den sauren Geruch wahr, der aus seinen Kleidern aufstieg. Er räusperte sich. »Sind Sie gekommen, um Ihren Enkel kennenzulernen, Herr Körner?«

»Nein«, bellte der.

»Nein? Ja, dann …« Carl sah zu Tante Käthchen. Von ihr war keine Hilfe zu erwarten. Sie war kreideweiß.

»Weshalb sind Sie dann gekommen?«, fragte Carl.

»Um sie kennenzulernen.« Herr Körner zeigte mit dem Kinn auf seine Tante. »Vierzehn Jahre lang habe ich mich gefragt, welche Person es war, die meinen Sohn verführt und ins Unglück gestürzt hat. Sie haben sich versündigt, Fräulein Kluge. Sie sind schuldig. Sie haben meinen Sohn auf dem Gewissen.«

Die Stimme des alten Mannes klang jetzt nicht mehr schwach, sondern wie Donnergrollen.

Carl merkte, dass seine Tante ins Wanken geriet, und beeilte sich, sie zu stützen. »Warum sagen Sie so etwas? Meine Tante hat doch keine Schuld am Tod Ihres Sohnes.«

»Es war ein Unfall«, sagte Tante Käthchen mit vor Schreck geweiteten Augen.

Der Alte machte eine herrische Geste, woraufhin Bewegung in den Pfarrer kam. Der zog ein Papier aus seiner Soutane hervor und reichte das Blatt Herrn Körner, der es Tante Käthe direkt vor die Nase hielt. Es war ein handgeschriebener Brief mit bräunlich-verblasster Schrift.

»Erkennen Sie das wieder?«

Seine Tante schlug sich entsetzt die Hand vor den Mund und nickte schluchzend.

»Diesen Brief hatte mein Sohn bei sich, als er verunglückte. Es war außer sich deswegen. Er hat in der Kapelle randaliert. Er hat eine geweihte Madonna zerstört. Das hätte er niemals getan, wenn

Sie ihn nicht dazu gebracht hätten, Fräulein Kluge. Sie haben ihn ins Unglück gestürzt! Sie sind schuld an seinem Tod!«

»Jetzt hören Sie schon auf! Das ist doch überhaupt nicht wahr«, empörte sich Carl. Er legte seinen Arm um die zuckenden Schultern seiner Tante und half ihr, sich auf einen Stuhl zu setzen. Dann wandte er sich wieder Herrn Körner zu. »Was erlauben Sie sich, solche Anschuldigungen zu erheben? Es war sehr mutig von meiner Tante, Ihnen zu schreiben. Sie hat dabei nicht an sich gedacht. Sie wollte nur das Beste für das Wohl ihres Kindes. Und was tun Sie? Sie treten die Ehre Ihres Sohnes in den Schmutz, indem Sie der Frau, die er geliebt hat, den Respekt verweigern. Ihr Enkel ist ein wunderbarer Junge. Und Gott weiß das, da bin ich sicher. In unserer Familie ist er jedenfalls willkommen. Wir brauchen Sie nicht, Herr Körner. Im Gegenteil. Was mich betrifft, so bin ich sogar froh, dass Sie sich für Ihr Enkelkind nicht interessieren und dass mein Cousin Sie herzlosen Menschen nicht kennenzulernen braucht. Sie finden ja gewiss alleine hinaus.«

Nach dieser flammenden Rede fühlte Carl sich besser. Er wandte sich seiner Tante zu. »Komm, wir gehen.«

Er führte Tante Käthchen zurück in den Salon und half ihr, sich hinzulegen. Von draußen hörte man die Räder einer Kutsche, und kurz darauf kam Frau Meyer in den Salon.

»Sie sind fort«, sagte sie.

Carl nickte. Erleichtert sah er zu, wie Frau Meyer ihrer Freundin ein Glas Wasser reichte und ein Kissen in den Rücken schob.

»Wie hat er reagiert?«, fragte Frau Meyer ihn eine Weile später mit leiser Stimme. Seine Tante schien eingeschlafen zu sein. Carl konnte es verstehen, auch an ihm zerrte plötzlich eine bleierne Müdigkeit.

»Er ist ein abscheulicher Mensch. Er hat meine Tante auf das Übelste beschimpft und sie für den Tod seines Sohnes verantwortlich gemacht«, antwortete Carl und spürte, wie aufgewühlt er immer noch deswegen war.

»Mein Gott.« Frau Meyer blickte mitleidig in Tante Käthchens Richtung, die mit geschlossenen Augen dalag. »Wie furchtbar. Ich habe so etwas geahnt. Darum hatte ich auch versucht, es ihr auszureden.«

»Das hast du, und es tut mir leid, dass ich dich hintergangen habe.«

Beide bemerkten erschrocken, dass Käthchen offenbar jedes Wort verstanden hatte.

»Aber ich bin trotzdem froh, dass er es jetzt weiß. Es hätte mir keine Ruhe gelassen. Du warst großartig, Carl. Ich danke dir.«

Sie streckte die Hand nach ihm aus, und er trat zu ihr. Mit einem Mal war er sehr gerührt. »Ambrosius wird es gut haben bei uns, Tante Käthchen«, sagte er, um sie zu trösten. Sein Entsetzen über das unmoralische Verhalten seiner Tante, das vorhin noch so stark in ihm gelodert hatte, war nicht völlig verschwunden, aber es war überdeckt von dem, was er eben erlebt hatte. Er würde nicht zulassen, dass dieser fürchterliche alte Mann sich in das Leben seiner Familie einmischte. Herr Körner würde nicht das letzte Wort behalten. Er würde weder über das Schicksal seines Cousins noch über das seiner Tante bestimmen. Komme, was wolle, sie waren eine Familie und würden einander beistehen!

Ich traue dir alles zu

Irgendwo auf dem Atlantik, Anfang Juni 1854

Konrad hing in den Seilen. Kurz zuvor hatte einer der Offiziere alle jungen Männer aufgefordert, nach oben zu kommen, um den Matrosen zu helfen, die Segel einzuholen. Der Sturm war plötzlich aufgezogen und hatte auch den Kapitän überrascht. Der Wind toste so laut, dass Konrad kaum die Befehle hören konnte, die an Bord geschrien wurden. Die Wellen schaukelten sich auf und wurden immer höher. Meerwasser klatschte ihm ins Gesicht. Ein junger Kerl, der neben ihm am Seil hing, kaum sechzehn Jahre alt und ein ziemlicher Hänfling, bibberte vor Kälte und Angst. Seine Augäpfel, die ohnehin schon unnatürlich weit hervorstanden, schienen ihm beinahe aus dem Kopf zu springen. Bei jeder Böe und jeder Welle, die sie erwischte, hatte Konrad Sorge, dass er sich nicht mehr halten konnte.

»Geh unter Deck, na los, hau ab!«, brüllte Konrad ihm in einem etwas ruhigeren Moment zu, doch der Junge hatte zu viel Angst, das Seil loszulassen.

»Zieh, zieh, zieh!«, brüllten die Matrosen im Takt, dann kam eine Welle, größer als alle bisherigen zuvor – und als Konrad wieder etwas sehen konnte, war der Junge fort.

»Verdammt!« Konrad glitschte übers Deck, in die Richtung, in der er den Jungen vermutete, konnte ihn jedoch nicht finden. Entsetzt starrte er ins tosende Wasser. Gerade als er sich abwenden wollte, bemerkte er in einiger Entfernung etwas Dunkles. Er hangelte sich an der Reling entlang, die sich bedrohlich mit dem Schiff hob und senkte. Es war tatsächlich der Junge. Er war bewusstlos und blutete an der Schläfe, aber er lebte. Konrad sah sich nach Hilfe um, konnte jedoch durch die Wasserschleier hindurch, die inzwischen unaufhörlich über das Deck peitschten, kaum etwas sehen.

»Zieh, zieh, zieh!«, hörte er die Stimmen der Seeleute rufen. Er sah nach oben. Langsam bekamen sie die Lage offenbar in den Griff. Die Segel boten dem Wind immer weniger Angriffsfläche. Konrad packte den Jungen unter den Achseln und schleppte ihn zur Luke. Nun kamen zum Glück auch andere dazu und halfen ihm, den Verletzten unter Deck zu tragen. Seine Mutter schlug entsetzt die Hände vors Gesicht und fing zu jammern an, als sie ihn sah. Sie war Witwe, und er war das einzige Kind, das ihr geblieben war. Die Hoffnung auf eine bessere Zukunft für ihren Sohn hatte sie zu diesem Schritt getrieben. Wenn sie ihn verlor, würde sie vermutlich vor lauter Kummer auch nicht überleben.

Der Knabe hatte das Bewusstsein noch nicht wiedererlangt. Sie betteten ihn auf ein Lager. »Es ist bestimmt nur eine Beule«, versuchte Konrad die verzweifelte Frau zu beruhigen. Mehr konnte er nicht für sie tun.

Konrad rieb sich notdürftig trocken und kauerte sich erschöpft auf den Boden, an die Bretterwand ihrer Kabine gelehnt, sofern der Verschlag diese Bezeichnung überhaupt verdiente. Elise lächelte ihm erleichtert zu, als sie ihn bemerkte. Sie saß auf der Kante einer Pritsche, ein Kleinkind auf dem Schoß, das sie zu beruhigen versuchte. Sie teilten sich den Raum mit den zehn übereinander angebrachten schmalen Betten mit zwei Familien aus dem Westerwald. Die genaue Anzahl der Kinder zu ermitteln, die an den Rockschößen ihrer Mütter hingen oder krank daniederlagen, war Konrad immer noch nicht gelungen. Acht dieser grob gezimmerten Verschläge gab es im Zwischendeck der *Leander*. Die Decke war niedrig, Konrad konnte gerade eben so stehen. Für die Rückreise würden all diese

Einbauten herausgerissen und statt Menschen Waren aus der Neuen Welt nach Europa transportiert werden.

Das Schiff schlingerte heftig, und Konrad hielt sich den Bauch. Der größte Teil der Frauen, Männer und Kinder war inzwischen seekrank. Von allen Seiten hörte man über das Tosen des Sturms und das Knarzen des Schiffsrumpfs hinweg ein Jammern, Würgen und Schreien. Koffer und Kisten hatten sich aus ihrer Befestigung gelöst und rutschten auf den Planken umher.

Elise blickte auf. Die Müdigkeit stand ihr ins Gesicht geschrieben, aber sie hielt sich tapfer. Dabei hatten sie die Schicksale der Menschen, mit denen sie für insgesamt fünf bis sechs Wochen eingesperrt sein würden, ziemlich erschüttert. Ein knappes Dutzend Familien, die fast alle aus einem einzigen Dorf stammten, war mit ihnen an Bord. Es waren ehemalige Korbflechter, Kesselflicker und Schnallenmacher, die ihre Berufe nicht mehr ernährt hatten. Sie hatten ihr gesamtes Hab und Gut und ihr spärliches Land an die Nachbargemeinde verkauft, ihre Heimat existierte nicht mehr. Die wenigsten konnten lesen und schreiben. Letzteres fand Elise besonders schrecklich. Sie hatte angefangen, der Witwe mit dem schmächtigen Sohn das Alphabet beizubringen. Inzwischen waren schon zwei weitere Frauen hinzugestoßen, misstrauisch beäugt von ihren Ehemännern.

Die Mutter des Kindes, das auf Elises Arm eingeschlafen war, übernahm ihren Sprössling nun selbst, und Elise ließ sich neben Konrad an der Holzwand nieder.

»Steht dir gut«, sagte er lächelnd und machte eine Kopfbewegung in die Richtung des Kindes. Er nahm ihre Hand, und dann berichtete er ihr leise, was oben geschehen war.

»Mein Gott. Ich wusste ja nicht, dass ihr euch in solche Gefahr begebt. Auch dir hätte etwas passieren können.« Ihre Stimme klang heiser vor Entsetzen.

»Mir ist aber nichts geschehen.«

»Ich werde mal nach ihm sehen. Vielleicht kann ich helfen.« Elise zog sich hoch und verschwand hinter der Bretterwand.

Konrad schloss die Augen. Während er versuchte, die Übelkeit zu unterdrücken, wanderten seine Gedanken zu ihrer ersten und bisher einzigen gemeinsamen Nacht, die sie in Zweisamkeit miteinander hatten verbringen können. Ihre Hochzeitsnacht. Sein Begehren war so übermächtig gewesen, dass es ihm schwergefallen war, sich zu beherrschen. Er hatte sich vorgenommen, behutsam zu sein, doch wie sollte das gehen, wenn die Lust so groß wurde, dass sie einem Schmerzen bereitete? Elise war ihm so kostbar – ein Schatz, den es zu behüten galt. Seine Wollust wollte nicht recht dazu passen, und so hatte er sich selbst im Weg gestanden und hatte kaum gewagt, sie zu berühren. Doch irgendwie hatte Elise erkannt, worin sein Problem bestand – und so hatte wunderbarerweise sie ihn geführt und nicht er sie, wie er es sich zuvor ausgemalt hatte.

Später in der Nacht, dicht an ihn geschmiegt, hatte Elise ihm die griechische Sage erzählt, auf die der Name des Schiffes, *Leander*, zurückging. Eine Liebesgeschichte, die mit Tod und Selbstmord endete. Der Mann, Leander, habe sich im Sturm verirrt und sei ertrunken, seine Geliebte, Hero, habe sich daraufhin das Leben genommen.

Konrad hatte gespürt, wie sein Herz heftiger schlug. Er hatte Angst. Er war nun für Elise verantwortlich, und nie hatte er dies so deutlich gefühlt wie in diesem Moment. »Bist du auch wirklich bereit, Deutschland zu verlassen?«, hatte er nach einer langen Pause gefragt.

»Ich gehe mit dir, egal wohin«, hatte Elise geantwortet.

Er hatte sie noch ein wenig enger an sich gezogen, doch er hatte kaum geschlafen in jener Nacht. Neben der Sorge um ihre Zukunft trieb ihn die Furcht um, dass die Polizei immer noch nach ihm suchte, auch wenn es seinen Verfolgern doch eigentlich nur recht sein konnte, wenn er Deutschland verließ. Zu seiner großen Erleichterung hatten sie dann unbehelligt die Boote bestiegen, die sie zum Schiff brachten, und nachdem die *Leander* im Morgengrauen die Segel gehisst und abgelegt hatte, hatte er endlich daran glauben können, dass die Gefahr gebannt war.

Elise kam zurück. Konrad hob ruckartig den Kopf, als sie sich neben ihm niederließ. Er war zu seiner eigenen Überraschung eingenickt. »Wie geht es ihm?«

»Er ist wieder bei Bewusstsein.«

»Gott sei Dank.«

Er legte den Arm um Elise, und sie bettete ihren Kopf an seiner Brust. »Ich habe der Mutter versprochen, sie in der Nacht abzulösen. Es sollte immer jemand bei ihm sein.«

»Dann versuche lieber jetzt, ein bisschen zu schlafen.«

Das Kind, um das sie sich gekümmert hatte, wachte auf und wimmerte vor sich hin. Elise wollte sich schon wieder erheben, um nach ihm zu sehen, aber Konrad hielt sie sanft fest. »Du musst auch mal eine Pause machen, Elise.«

Sie blinzelte müde. »Die Kleinen tun mir so leid. Nicht nur wegen dem hier. Wegen allem, was ihnen bevorsteht.«

»Sie haben ihre Eltern und ihre Geschwister bei sich. Sie werden es gut haben.«

»Aber sie können kein Wort Englisch, und überhaupt, wer soll den Kindern etwas beibringen? Die Eltern können ja selbst kaum lesen und schreiben.«

»Wo werden sie sich niederlassen?«

»In einem Staat, der Missouri heißt. Man hat ihnen dort Land versprochen. Es soll fruchtbar sein, dort wächst sogar Wein.«

»Wir könnten ja auch nach Missouri gehen.«

»Meinst du wirklich?«

Konrad lächelte und nickte. Wo es Wein gab, würde auch Hopfen gedeihen. »Du könntest eine Schule gründen.«

Elise richtete sich auf und sah ihn an. »Traust du mir das zu?«

Das Herz wollte ihm übergehen vor Glück, sie so zu sehen. »Ich traue dir alles zu«, sagte er und streichelte ihr die Wange.

»Eine Schule«, wiederholte sie nachdenklich. »Ich müsste die Eltern überzeugen, ihre Kinder dorthin zu schicken.«

»Auch das würdest du schaffen. Doch zuerst suche ich mir in der Stadt eine Anstellung, um etwas Geld zu verdienen. Aber vielleicht könnten wir schon bald aufs Land ziehen.« Plötzlich erfasste ihn eine unverhoffte Heiterkeit. Die Welt stand ihnen offen. Niemand mehr, der ihm auf den Fersen war, und er hatte eine Frau an seiner Seite, die er über alles liebte.

Später in der Nacht wurde Konrad von Elise geweckt. Er schrak hoch und brauchte einen Moment, um zu begreifen, wo er sich befand. Sie beugte sich über ihn, den Zeigefinger auf die Lippen gelegt. Alles war ruhig. Geradezu unnatürlich ruhig.

»Ist etwas passiert?«, fragte er.

»Nein, es ist alles in Ordnung. Der Sturm ist vorbei, und der Junge schläft«, wisperte sie. »Komm mit, ich muss dir etwas zeigen.«

Sie stieg vor ihm die Leiter zur Luke hinauf. Oben angekommen hielt er staunend inne. Der Wind hatte sich gelegt, und die Wolken hatten sich verzogen. Schlafende Matrosen lagen an Deck. Der Mond stand als schmale Sichel dicht über dem Horizont, ein Streifen Licht brach sich funkelnd in den Wellen. Elise zog ihn zur anderen Seite des Schiffs. Mit dem Mond im Rücken sah man nichts als Sterne. Große und kleine Lichtpunkte, unterschiedlich hell, bis zum Horizont.

»Ist es nicht wunderschön?«, sagte Elise leise.

»Das ist es. Ich danke dir dafür.« Ergriffen sah Konrad sie an.

Trotz der Dunkelheit funkelten ihre Augen wie zwei weitere Sterne, und ihre Haut sah im matten Mondlicht samtig und weich aus. Zart zog er mit den Fingern die Konturen ihrer Lippen nach – und dann vergrub er, von Rührung übermannt, sein Gesicht in ihrem Haar. Elise schmiegte sich an ihn, und als er ihren schlanken, biegsamen Körper fühlte, der sich gegen seinen presste, da wusste er, dass sein Glück vollkommen war.

Immer noch keine Post von Elise?

Frankfurt, 16. August 1854

Friederike stand auf der Neuen Kräme und sah in das Schaufenster ihres Ladens. »Ein bisschen weiter nach links«, rief sie durch die geöffnete Ladentür ins Innere, wo Wilhelm und Herr Krebs gerade dabei waren, ein großformatiges Bild in der Auslage aufzuhängen. Es zeigte eine chinesische Dorfszene mit Häusern und Menschen, die ihr Tagwerk verrichteten, eingerahmt von Blumen und Bambus. Zwei sorgfältig gedrechselte und polierte Kirschholzstäbe an der oberen und unteren Kante stabilisierten das Aquarell und hielten es in Form. Es sah edel aus – schlicht und exotisch zugleich. Peter Krebs, der auf einer Leiter stand, zückte den Hammer, um oberhalb des Fensters Nägel ins Holz zu schlagen.

Friederike trat in die Mitte der Straße und kontrollierte das Ergebnis. Jetzt war es perfekt ausgerichtet – und das Bild wirklich ein Hingucker. Schon blieben die ersten Passanten stehen.

»Kommt das aus China, Frau Ronnefeldt?«, fragte jemand.

»Nein, ausnahmsweise nicht. Wilhelm hat es für unser Schaufenster gemalt.«

»Er ist ja ein richtiger Künstler.«

»Das ist er«, sagte Friederike stolz. Sie dachte an die Entwürfe, die Wilhelm für ihr Tee-Brevier gemacht hatte, zauberhafte Illustrationen von Teepflanzen, Teegeschirr, Blumen, Früchten und chinesischen Landschaften. Es war nach dem Schaufenster seine zweite große Überraschung gewesen. Jetzt musste sie nur noch die Namen und Beschreibungen der Tees aus ihrem aktuellen Sortiment einfügen, und dann hatten sie ein wunderbar anschauliches kleines Werk, das sie drucken lassen konnten. Vielleicht ließe sich ja sogar Geld damit verdienen.

Herr Besthorn kam zu ihr heraus und stellte sich mit verschränkten Armen neben sie. »Das ist wirklich gelungen, Frau Ronnefeldt«, sagte er und wiegte wohlwollend seinen Kopf.

»Wilhelm wird sich freuen, das aus Ihrem Munde zu hören«, sagte Friederike, die ja wusste, wie knauserig der Prokurist mit Lob war. Sie beschloss, die Gelegenheit zum Gespräch zu nutzen. Peter Krebs war jetzt seit einer Woche bei ihnen. Natürlich noch zu kurz, um ein umfassendes Urteil fällen zu können, aber lang genug für einen ersten Eindruck.

»Und was sagen Sie zu unserem Herrn Krebs?«, fragte sie.

»Patent, wie mir scheint. Und er verfügt über ausgezeichnete Kontakte, wie ich bereits feststellen durfte.« Besthorn schien tatsächlich angetan.

»Ja, die hat er sich in den letzten zehn Jahren hart erarbeitet. Es hat sich schon herumgesprochen, dass er wieder da ist. Viele unserer Kunden haben sich sehr gefreut, ihn zu sehen.«

»Hauptsache, er vertändelt seine Zeit nicht mit Plaudereien.«

Friederike hielt kurz die Luft an bei dieser Bemerkung. »Die gehören auch dazu, Herr Besthorn«, sagte sie dann möglichst höflich. »Jedenfalls hat er seine frühere Schüchternheit abgelegt, und das ist sehr schön.« Friederike erinnerte sich nur zu gut daran, dass Peter Krebs häufig rot angelaufen war, sobald eine Kundin das Geschäft betreten hatte.

»Viel Zeit, sich einzugewöhnen, bleibt ihm nicht. Die Herbstmesse steht bevor. Da muss er sich bewähren.«

»Das ist wahr. Ich bin sicher, er wird sein Bestes geben«, erwiderte Friederike, die diese Bemerkung ein wenig beruhigte. Es hörte sich so an, als wäre Besthorn bereit, von seiner Verantwortung doch etwas abzugeben.

Er räusperte sich. »Ich muss wieder an die Arbeit.«

Sie sah ihm hinterher, wie er gemessenen Schrittes im Laden verschwand, dann ging auch sie hinein. Wilhelm und Peter, den sie nun freilich nicht mehr wie früher duzte, waren mittlerweile dabei, Waren ins Schaufenster zu stellen. Wilhelm hatte ein paar unterschiedlich hohe Regale im chinesischen Stil entworfen und in Nicolaus' Werkstatt selbst geschreinert, die sie nun mit Teekannen, Tässchen und anderen chinesischen Artikeln bestückten. So ließ sich das Schaufenster viel besser nutzen. Er habe sich von den neuen Läden auf der Zeil inspirieren lassen, hatte Wilhelm ihr erklärt, als er ihr zum ersten Mal von seiner Idee erzählte, nachdem sie gemeinsam mit Minchen aus Bonn zurückgekehrt war. Wie zum Beweis seines guten Willens hatte er während ihrer Abwesenheit sogar die Buchstaben der Schaufensterbeschriftung mit Goldfarbe nachgezogen, so dass sie glänzten wie neu. War das wirklich noch ihr oftmals ein wenig zu bequemer, um nicht zu sagen fauler Sohn? Friederike erkannte ihn kaum wieder. Mit diesem großen Schaufensterbild, dessen Motiv er sich bei den Reiseskizzen seines Vaters und von einer chinesischen Vase abgeschaut hatte, hatte er sich selbst übertroffen. »Wann hast du nur gelernt, so zu malen?«, fragte sie ein ums andere Mal, und Wilhelm strahlte. Er war zu Recht sehr stolz auf sich.

Friederike überließ den beiden jungen Männern die Aufsicht über den Laden und ging hinauf ins Wohnzimmer. Sie pflegte hier an ihrem Sekretär zu arbeiten statt unten im Kontor. Es wäre ihr unpassend erschienen, zwischen Besthorn und den Gehilfen am Schreibtisch zu sitzen oder am Pult zu stehen. Die Männer konnten zwar akzeptieren, dass sie als Inhaberin der Firma J. T. Ronnefeldt im Laden die Kunden bediente, aber für die kaufmännischen Arbeiten zog sie sich lieber in ihre privaten Räume zurück.

Sie musste in letzter Zeit wieder oft daran denken, was ihr ihre Freundin Clotilde Koch einst erzählt hatte. Eine ihrer Tanten, Cäcilie Gontard, hatte von ihrem verstorbenen Ehemann einen Tuchhandel übernommen und über viele Jahre erfolgreich weitergeführt. Sie war dabei ähnlich vorgegangen wie Friederike heute. Man wusste zwar, dass die Firma ihr gehörte, doch man konnte es leicht vergessen, da sie einen Prokuristen hatte, der nach außen hin die Geschäfte vertrat. Friederike hatte sie vor ein paar Jahren selbst kennengelernt und gehofft, von ihr persönlich mehr darüber zu erfahren. Doch Madame Gontard hatte sich bedauerlicherweise sehr verschlossen gegeben. Aber vielleicht war ja genau diese Verschwiegenheit ihr Erfolgsgeheimnis gewesen. Sie würde sie nicht mehr fragen können, denn leider war Madame Gontard in diesem Frühjahr gestorben. Die Firma gehörte inzwischen ihrem Schwiegersohn, der die Geschäfte, wie es schien, in ihrem Sinne weiterführte.

Welch ein Glück, dass sie ihre Söhne hatte, die Tobias' Lebenswerk fortführen würden, dachte Friederike, während sie sich in der Küche ein Kännchen ihres geliebten Jasmintees zubereitete, den sie stets zum zweiten Frühstück trank. Genießerisch den tröstlich vertrauten Duft einatmend, goss sie den fertigen Tee durch ein Sieb in ein chinesisches Kännchen um, stellte den Tee und eine Tasse auf ein Tablett und nahm beides mit zu ihrem Sekretär. Sie musste sich endlich daran machen, das Budget für das kommende Geschäftsjahr zu überprüfen, das Herr Besthorn erstellt hatte. Sie hatte so eine Ahnung, dass sie nicht mit allem einverstanden sein würde. Doch noch bevor sie die Kladde aufgeschlagen hatte, hörte sie Schritte in der Diele, und gleich darauf riss Minchen die Tür zur Wohnstube auf.

»Mama, kann ich mir bei Pfaff am Rossmarkt einen schönen Stoff aussuchen? Ich möchte mir ein neues Kleid nähen lassen.«

Friederike seufzte. Es hatte auch Nachteile, wenn man im Wohnzimmer arbeitete. »Musst du so hereinpoltern, Minchen?«

»Verzeih, Mama.« Minchen blickte betreten zu Boden, ging wieder hinaus und öffnete die Tür ein zweites Mal, diesmal deutlich leiser.

Friederike schmunzelte. Ihre Jüngste war zwar nach eigenem Bekunden als Dame aus Friedrichstadt zurückgekehrt, doch sie erinnerte immer noch an den Backfisch, den sie vergangenes Jahr fortgeschickt hatte.

»Also darf ich?«

»Du darfst dir bei Herrn Besthorn einen Stoff aussuchen, und dann wirst du ihn mir zeigen. Ich werde dir dann sagen, ob du ihn verwenden kannst. Du kannst dir selbst ein Kleid nähen. Tante Käthchen sagte neulich, sie habe aus Bonn neue Schnitte mitgebracht«, sagte Friederike und musterte ihre Tochter über den Rand ihrer Lesebrille hinweg.

»Aber Pfaff führt so herrliche Seide aus Frankreich. Und Madame Lasalle macht wunderbare Kleider nach Vorlagen aus Paris.«

»Wer ist Madame Lasalle?«

»Die neue Schneiderin mit dem Atelier auf der Zeil.«

Friederike schüttelte den Kopf. »Liebes Kind. Hast du denn noch immer keine Vorstellungen davon, wie wichtig es ist, das Geld zusammenzuhalten? Französische Seide und eine Pariser Schneiderin, beides ist überflüssiger Luxus.«

»Aber ich dachte, du hast geerbt.«

Friederike musste wider Willen lachen. »Ich habe zwar geerbt, aber das Geld ist verplant. Es wird in die Firma gesteckt, und der Rest wird angelegt. Unter anderem für deine Mitgift.«

»Aber ich habe für den Herbst nichts anzuziehen. Mir ist einfach alles zu eng geworden.«

Nun wurde Friederike doch ernsthaft ungehalten. »Ich habe ja auch gar nicht nein gesagt. Du kannst dir selbst ein Kleid nähen, und zwar mit einem Stoff aus unserem Lager. Die Auswahl ist groß, und du hast mehr als genug Zeit. Du hast dich doch erst kürzlich beklagt, dass dir langweilig sei. Wann war das? Ach ja, gestern.« Sie zog mahnend die Augenbrauen hoch.

Minchen verstand. »Schade.« Sie ließ sich in einen Sessel fallen, griff nach der *Didaskalia*, der Unterhaltungsbeilage des *Frankfurter Journals*, und begann, darin zu blättern.

Friederike trank einen Schluck Tee und wandte sich Herrn Besthorns Berechnungen zu. Doch ihre Gedanken schweiften ab. Sie musste darüber nachdenken, ob ihre Jüngste in dem Jahr im Norden vernünftiger geworden war oder nicht. Von diesem Heinrich Kühne, der die Stadt längst verlassen hatte, wollte Minchen glücklicherweise nichts mehr wissen. Vielmehr sprach sie voller Abscheu von ihm. Dafür schwärmte sie ihr nun von Carls Freund Richard von Mahlstedt vor, den sie auf der Reise nach Bonn kennengelernt hatte. Bestimmt war er eine gute Partie, aber sie konnte sich kaum vorstellen, dass er sich für Minchen interessierte.

Und wenn doch nur endlich Elise von sich hören lassen würde! Friederike hatte guten Grund anzunehmen, dass die *Leander* sicher in Amerika eingetroffen war. Meldungen von Schiffsunglücken verbreiteten sich nämlich schneller als die meisten anderen Nachrichten. Doch einen Brief, der ihr die Gewissheit gegeben hätte, hatte sie bisher noch nicht erhalten.

Minchen raschelte vernehmlich mit der Zeitschrift und warf sie gelangweilt zurück auf das Tischchen. »Immer noch keine Post von Elise?«, fragte sie, als hätte sie ihre Gedanken erraten.

»Nein, leider nicht. Aber die Morgenpost ist auch noch nicht da.«

Minchen stand auf und trat ans Fenster. »Da kommt der Briefträger gerade. Ich schau rasch nach, ob ein Brief von Elise dabei ist«, rief sie und war verschwunden.

Friederike lehnte sich in ihrem Stuhl zurück und spürte, wie die dumpfen Sorgen um ihre Älteste sich wieder in ihrem Magen bemerkbar machten. Sie vermisste Elise viel mehr, als sie geahnt hätte, und das Warten auf Post barg zudem einen ganz eigenen Schrecken. Es erinnerte sie an die Zeit, als Tobias auf seiner Chinareise gewesen war. Monatelang hatte sie nichts von ihm gehört, wie auch, wo die Reise ans andere Ende der Welt mehr als ein halbes Jahr in Anspruch nahm und jede Nachricht genauso lang brauchte. Die Überfahrt nach Amerika dauerte wenigstens nur vier bis sechs Wochen, und viele Menschen unternahmen sie mehrmals in ihrem Leben, ohne einen Schaden davonzutragen – damit versuchte Friederike sich zu beruhigen.

Sie hörte Schritte auf der Außentreppe, und dann wurde die Zimmertür schon wieder aufgerissen. »Post aus Amerika«, rief Minchen und hob triumphierend einen Brief in die Höhe. Friederike betrachtete den Umschlag, der mit Briefmarken und Stempeln bedeckt war. »Frankfurt via Liverpool« stand darauf. Adressiert war er in großen, schwungvollen Buchstaben an »Mrs. Friederike Ronnefeldt, Neu Krame«. Doch es war nicht Elises Handschrift, und im ersten Moment durchfuhr sie ein Schreck, bis ihr klarwurde, dass das ein Postbeamter geschrieben haben musste.

»Jetzt mach doch endlich auf«, sagte Minchen ungeduldig und hielt ihr den Brieföffner hin.

Auch Wilhelm kam ins Zimmer. »Was schreibt sie?«

Friederike schlitzte den Umschlag auf. Drei beidseitig eng beschriebene Briefbögen waren darin.

»Das ist Elises Schrift«, sagte sie erleichtert.

»Lies vor.« Minchen setzte sich erwartungsvoll in einen Sessel und Wilhelm auf die Sessellehne.

NY, 29. Juni 1854
c/o Gustav Struve 231, Canal Street, Lower Manhattan, New York

Liebste Mama,
endlich schreibe ich dir aus New York, wohin uns die Leander nach sechsundzwanzig Tagen gesund und wohlbehalten gebracht hat. Die Überfahrt war zwar beschwerlich, hatte aber auch ein paar schöne Momente. Den Zwischendeckpassagieren ist der Aufenthalt auf Deck immer nur kurz erlaubt. Daher verbrachten wir die meiste Zeit in unseren hölzernen Zellen zusammen mit ein paar Westerwälder Familien, mit denen wir uns angefreundet haben. Die Verpflegung war zu Beginn noch gut, zumindest wenn man Zähne im Mund hat, um Pökelfleisch zu kauen. Aber gegen Ende war das Brot schimmelig. Konrad hatte zum Glück für uns ein paar extra Nahrungsmittel dabei, und Carl gab mir kurz vor der Abreise einen Beutel mit Zwieback und Trockenfrüchten, die unsere letzte Woche an Bord erträglich machten. Wir konnten einiges davon an die Kinder an Bord abgeben. Weil ich nicht weiß, wann ich dazu komme, Carl nach Hamburg zu schreiben, sag du ihm bitte, welch wertvolles Geschenk er mir gemacht hat.
Die Einreise ging problemlos vonstatten. Das Aufregendste, als ich vor den amerikanischen Beamten stand, war für mich, dass ich nun offiziell Elise Fritsch heiße und verheiratet bin. Wir sind fürs Erste bei den Struves untergekommen, die Konrad noch aus Deutschland kennt. Ich wünschte, du könntest sie kennenlernen, dann würdest du dir gar keine Sorgen um mich machen. Amalie kümmert sich um mich wie eine große Schwester. Sie hat ihren alten Vater vor ein paar Wochen zu sich nach Amerika geholt, und so ist die Wohnung ein bisschen eng für uns alle. Doch es soll ja nur vorübergehend sein, und Gustav und Amalie lassen es uns nicht spüren. Im Gegenteil. Amalie sagt mir jeden Tag, wie froh sie ist, dass ich da bin und ihr mit dem Haushalt helfe und natürlich, den alten Herrn zu versorgen, denn sie schreibt gerade

an einem Buch über die Revolutionsjahre in Deutschland und war ein bisschen verzweifelt, weil sie es schon so lange liegen lassen musste.
Mein Englisch brauche ich hier den ganzen Tag nicht. Konrad hat Arbeit in einer Brauerei gefunden und verlässt das Haus um sechs Uhr in der Frühe. Aber abends sitzen wir alle zusammen und reden.
Gustav Struve ist ein richtiger Intellektueller, und Amalie steht ihm in nichts nach, wenn sie ihm auch oft den Vortritt lässt. Ich weiß es, weil ich schon viel von ihr gelernt habe. Wir haben Gustav natürlich auch gefragt, was er uns für die Zukunft rät. Er glaubt, dass wir auf dem Land besser dran sind als in der Stadt. Die Familien, die wir an Bord kennengelernt haben, wollten in den Südwesten. Wir denken darüber nach, dorthin zu gehen, sobald wir ein bisschen Geld gespart haben. Konrad will am liebsten sehr bald was Eigenes haben, und ich glaube auch, dass es das Beste wäre. Ich könnte dort unterrichten. Gerade auf dem Land gibt es viele deutsche Familien, und du machst dir kein Bild davon, wie schlecht sie lesen und schreiben können, und zwar nicht nur die Kinder, sondern auch die Eltern. Ich habe für ein paar von ihnen Briefe in die Heimat geschrieben, damit sie den Verwandten Mitteilung machen können, dass sie gut angekommen sind. Selbst brächten sie keine einzige Zeile zu Papier.
Wenn du mir ein wenig Geld schicken könntest, wäre ich sehr dankbar, aber nur, wenn du es entbehren kannst und es mir sowieso zusteht. Ich lege einen Zettel bei mit Instruktionen, wie und wohin. Die Struves werden immer wissen, wo wir sind, schreib also erst einmal an diese Adresse, das kommt dann auf jeden Fall an.
Es gäbe noch viel zu erzählen, aber die Pflicht ruft. Weil wir mietfrei wohnen, nehme ich Amalie so viel ab wie nur irgend möglich. Ich denke viel an zu Hause und vermisse euch alle sehr, sehr, sehr und natürlich mein Frankfurt. Der erste Frankfurter, der mir hier in Amerika begegnet, wird sich wundern, was ich ihn alles zu fragen und was ich ihm alles zu sagen habe. Es wird dauern, bis es sich hier

nach Heimat anfühlt. Aber ich bereue trotzdem nichts. Konrad und ich danken einander jeden Tag, dass wir uns gefunden haben und zusammen sind. Er lässt herzlich grüßen. Er hat ein schlechtes Gewissen, wie alles gekommen ist, aber ich sage ihm immer, dass du nicht böse mit ihm sein wirst, wenn wir uns eines Tages wiedersehen. Denn daran glaube ich fest, liebste Mama, du wirst mit deinem Schwiegersohn einverstanden sein.
Tausend Umarmungen und Küsse auch für Onkel Nicolaus und die lieben Tanten und Wilhelm, Carlchen, Fritz und Minchen, die vielleicht nun auch schon wieder zu Hause ist. Ich bete jeden Tag für euch und denke ganz fest an euch.
Für immer deine und eure
Elise

Nachdem Friederike geendet hatte, war es für einen Moment ganz still. Nur die Geräusche des Tages drangen von der Straße her gedämpft ins Wohnzimmer und erfüllten Friederike mit einer gewissen Melancholie, weil die Welt sich einfach weiterdrehte und es sie nicht zu kümmern schien, wie sehr sie sich nach ihrer Tochter sehnte.

»Gott sei Dank, es geht ihnen gut«, sagte Wilhelm und unterbrach damit als Erster die Stille. Seine Stimme klang belegt.

Friederike, die noch immer die Briefbögen in der Hand hielt, nickte bewegt. »Ja. Wie es scheint, sind sie gesund und munter.«

»Und Konrad hat sofort Arbeit gefunden«, fuhr Wilhelm fort.

»Ich finde es trotzdem schade, dass sie fort ist«, sagte Minchen, schniefte ungeniert und rieb sich mit dem Handrücken über die Augen. »Irgendwie habe ich jetzt erst so richtig verstanden, dass sie nicht mehr wiederkommt.«

Friederike schob bedrückt die Briefbögen zurück in den Umschlag. »Es ist, wie es ist. Wir können es uns eben nicht immer aussuchen.«

»Ich will hinfahren und sie besuchen.«

»Du immer mit deinen Einfällen! Du träumst ja schon wieder!«

»Ich würde liebend gerne Amerika sehen. Und eine so große Stadt. Schade, dass Elise gar nichts von New York schreibt. Doktor Birkholz ist doch inzwischen auch dort.« Die Stimme ihrer Jüngsten klang mit einem Mal gar nicht mehr so betrübt, sondern begeistert.

»Aber doch nicht, um Ferien zu machen«, sagte Friederike kopfschüttelnd.

»Das weiß ich ja.« Plötzlich sprang Minchen auf und schlang impulsiv beide Arme um ihre Mutter. »Ich mache nur Spaß, Mamachen. Ich bin viel zu froh, wieder hier in Frankfurt zu sein. Bei dir.« Friederike fühlte ihre warme, weiche Wange an der ihren, und der Kloß, der zuvor schon in ihrer Kehle gesessen hatte, wurde noch größer.

Wilhelm räusperte sich. »Ich muss wieder in den Laden«, sagte er, doch dann kam er noch einmal zurück, beugte sich ebenfalls zu Friederike hinunter und drückte ihr einen Kuss auf die andere Wange.

Wann gibt's Essen?

Frankfurt, 25. Dezember 1854

Das ganze Haus war still und leer. Carl hatte Briefe schreiben wollen und war darum nicht mitgekommen, als alle anderen zum Spaziergang in die Winterkälte aufgebrochen waren, um an diesem ersten Weihnachtsfeiertag auf dem Rossmarkt ein Glas Glühwein zu trinken und den großen Christbaum zu bewundern, der am Nachmittag illuminiert werden sollte. Sogar das Mädchen war mitgegangen. Dank der tagelangen Vorbereitungen – die Suppe war gekocht, Pasteten und Kuchen gebacken, der Rotkohl war fertig und musste nur aufgewärmt werden, dazu würde es einen Braten geben, der ebenfalls schon bereit war – konnten sie sich das leisten. Carl war also wirklich ganz allein im Haus. Kurz hatte er auch tatsächlich am Schreibtisch gesessen, um ein paar Zeilen an Anton und Mahlstedt zu verfassen, doch dann hatte er nicht gewusst, was schreiben. Mitte Januar würde er beide wiedersehen. Trotzdem war ihm, als er die Feder beiseitelegte, merkwürdig wehmütig ums Herz, als ginge etwas zu Ende.

Gedankenverloren wanderte er durch die dämmrigen Räume und trat ins festlich geschmückte Speisezimmer. In der Mitte des Raums stand die lange Tafel aus zwei zusammengeschobenen Tischen mit großen weißen Leintüchern, darauf zwei silberne Kandelaber, die Minchen erstaunlich hingebungsvoll poliert hatte. Carl zündete die Lampe auf dem Klavier an und wanderte an den Plätzen mit den blau-weißen chinesischen Tellern entlang, vor denen wunderschöne mit weihnachtlichen Motiven dekorierte Tischkarten standen, die Wilhelm gezeichnet hatte.

Seine Mutter hatte zum Weihnachtsessen Herrn Besthorn und Herrn Krebs eingeladen und außerdem Christian Held aus der Töngesgasse, der en gros mit Spezereien und Kolonialwaren handelte und in diesem Jahr Witwer geworden war, sowie dessen Tochter Emilie. Es waren genau zwölf Personen, und darum blieb das Kopfende der langen Tafel frei. Früher, als sein Vater noch lebte, hatte er bei solchen Gelegenheiten immer dort gesessen und später häufig seine Mutter, gelegentlich auch Onkel Nicolaus. Er selbst jedoch nie.

Ihn fröstelte plötzlich. Auch wenn das Feuer im Ofen munter brannte, legte er trotzdem ein Scheit nach. Dann nahm er seine Wanderung um den Tisch herum wieder auf, entdeckte seinen Platz zur Rechten von Emilie Held und erinnerte sich schmunzelnd an die scheinbar beiläufige Bemerkung seiner Mutter, dass das Mädchen außerordentlich hübsch und klug sei. Zu Emilies Linken hatte sie Wilhelm platziert. Jetzt musste Carl erst recht grinsen. Dabei wusste seine Mutter ziemlich genau, dass es für sie beide ein ungünstiger Zeitpunkt wäre, einem Mädchen in Frankfurt den Hof zu machen. Wilhelm fing nächstes Jahr in Hamburg mit seiner Lehre an, und er selbst würde für weitere zwei Jahre nach Paris gehen. Die Firma Ronnefeldt musste noch für eine ganze Weile ohne sie beide auskommen.

Vor dem Kärtchen, auf das Wilhelm in seiner eleganten Schrift »Tante Käthchen« geschrieben hatte, blieb er wieder stehen. Er hatte dem Wiedersehen mit seiner Tante mit Unbehagen entgegengeblickt. Doch als es dann so weit gewesen war, zwei Tage vor Heiligabend beim nachmittäglichen Tee, war es gar nicht schlimm gewesen. Käthchen war wie immer ganz in Schwarz gekleidet, und ihr Ausdruck hatte etwas von einer italienischen Madonna – sanft und ergeben. Sie sprachen über die Meyers in Bonn und über Ambrosius. Ihr verhaltener Stolz rührte ihn und ihr Glück, dass ihr Bemühen nicht umsonst gewesen war. Herr Körner hatte nämlich doch noch ein Einsehen gehabt, zumindest in gewisser Weise. Ein paar Tage nach dem Zwischenfall hatte er einen Brief nach Bonn geschrieben. Er würde Ambrosius von nun an und bis zum fünfundzwanzigsten Lebensjahr monatlich eine bestimmte Summe auszahlen, wollte aber anonym bleiben und stellte die Bedingung, dass das Geheimnis um Ambrosius' Herkunft weiter gewahrt würde.

Seine Tante war damit zufrieden, und Carl bewunderte sie insgeheim sowohl für ihre Bescheidenheit als auch für ihre Hartnäckigkeit. Er hatte lange mit ihr gesprochen, ohne die Scham zu fühlen, welche sein vorherrschendes Empfinden nach jener schrecklichen Szene in Bonn gewesen war, eine Art Mitleid gemischt mit peinlichem Schauder.

Erst als Carl an diesem Vorweihnachtsabend unter seinem riesigen Federbett im frostig kalten Zimmer gelegen hatte, einen heißen Backstein an den Füßen, hatte er die Muße gehabt, seinen Empfindungen nachzuspüren. Er hatte eine neue Milde in sich gefühlt. Die latente Unzufriedenheit, die ihn sonst stets begleitete, war zumindest für den Moment in den Hintergrund getreten. Und dann hatte er festgestellt, dass er ohne Verbitterung und Neid an Elise und Konrad dachte, den er insgeheim wegen seines Muts bewunderte. Und dass er Wilhelm zugestand, dass aus ihm doch noch ein guter Kaufmann werden konnte. Sein neues Schaufenster war Stadtgespräch, und im Umgang mit den Kunden im Laden hatte Wilhelm schon immer ein gutes Händchen gehabt.

Jetzt setzte Carl seinen Weg rund um den Tisch fort, die Hände wie ein Lehrer auf dem Rücken verschränkt, und blieb am Kopfende der Tafel stehen. Er hatte noch zweieinhalb Jahre vor sich, in denen er sein kaufmännisches Wissen und seine Kenntnisse von der Welt vervollkommnen konnte. Danach würde er nach Frankfurt zurückkehren, den Bürgereid ablegen und das Geschäft offiziell übernehmen. Er fühlte eine gewisse freudige Erregung, wenn er daran dachte, und konnte überhaupt nicht mehr verstehen, dass er in Erwägung gezogen hatte, sich vom elterlichen Betrieb loszusagen. Er erinnerte sich daran, dass er davon geträumt hatte, Gutsverwalter zu werden. Wie albern und kindisch ihm das nun erschien. Die Liebe zu Charlotte hatte er sich am Ende nicht, wie befürchtet, aus dem Herzen reißen müssen. Sie war nach seinem Erlebnis in Bonn nach und nach wie eine schlecht genährte Flamme erloschen. Er schämte sich jetzt ob seiner albernen Schwärmerei und musste die neue Nachsicht, die er in sich spürte, auch gegen sich selbst verwenden.

Umso lieber dachte er darum ans Geschäft. Einfach würde es nicht werden. Im Gegenteil. Die Schwierigkeiten beim Handel mit China erinnerten an die Zeiten vor dem Ersten Opiumkrieg, sagten die Hamburger Kaufleute. Er war natürlich zu jung, um sich daran zu erinnern, aber er wusste, dass die Auswirkungen jahrelang spürbar gewesen waren. Man sprach sogar schon davon, dass ein weiterer Krieg nicht ausgeschlossen war. Auf jeden Fall standen ihnen eher schwierige als leichte Zeiten bevor.

Die Glocke der Standuhr schlug vier. Es war nun beinahe dunkel im Zimmer. Er zündete eine weitere Lampe an und nahm Elises letzten Brief zur Hand, den seine Mutter auf ihren Sekretär gelegt hatte. Und während er ihn zum wiederholten Male las, tasteten seine Finger unwillkürlich nach dem silbernen Kreuz, das immer noch in seiner Westentasche steckte. Elise und Konrad waren noch in New York und wollten im Frühjahr, wenn es etwas wärmer wurde, gen Westen aufbrechen. Elises Mitgift, die seine Mutter ihr inzwischen in voller Höhe hatte zukommen lassen, sollte als Grundstock dienen. Damit wollten sie eine Brauerei in Missouri gründen. Konrad würde für diesen Traum seine Stellung in New

York wieder aufgeben. Aus dem Brief sprachen Zuversicht und Hoffnung, aber zwischen den Zeilen las er auch von Heimweh, und er fragte sich, ob Elise wohl jemals nach Frankfurt zurückkommen würde.

Nachdenklich legte er den Brief nieder und trat ans Fenster. Es hatte den ganzen Tag zuvor geschneit. Schneehaufen lagen an den Häuserwänden der Neuen Kräme, und nun wurden wieder dicke weiße Flocken im Licht der Gaslaternen sichtbar. Und dann sah er eine Gruppe Menschen aus der Richtung des Liebfrauenbergs kommen. Seine Familie. Mama und Tante Käthchen gingen untergehakt, ebenso Minchen und Emilie Held. Onkel Nicolaus sprach mit deren Vater, Herrn Held, Tante Mina ging am Arm von Herrn Besthorn – oder er an ihrem, denn er war nicht mehr so gut zu Fuß. Und ein bisschen hinterdrein kamen Herr Krebs und seine beiden Brüder, die einander neckten und lachend mit Schnee bewarfen. Carls Mundwinkel hoben sich zu einem Lächeln, und er überlegte kurz, sich anzuziehen, um bei der Schneeballschlacht mitzumachen. Doch dann begann er, die Kerzen am Christbaum anzuzünden, den Wilhelm nach dem Mittagessen mit neuen Lichtern bestückt hatte, setzte sich ans Klavier, das er seit seiner Rückkehr noch nicht angerührt hatte, und klappte den Deckel über der Tastatur hoch. Klaviernoten lagen bereit, Weihnachtslieder natürlich, und er stimmte die ersten Noten an: »Vom Himmel hoch, da komm ich her«, sang er leise mit. Dann folgte *Es ist ein Ros entsprungen*, und als er *Tochter Zion* anstimmte und seine Finger von allein die richtigen Tasten fanden, hörte er von draußen Stimmen und Schritte. Kurz darauf drängte sich ein Familienmitglied nach dem anderen ins Zimmer und mit ihnen der Geruch nach nasser Wolle und Schnee. Die Stiefel und Schuhe hatten sie draußen ausgezogen, und nun schälten sie sich aus den Winterjacken, Hüten, Mützen und Schals. Er spielte einfach weiter, bis alle um ihn herumstanden und sangen, ein Lied nach dem anderen, *Zu Betlehem geboren* und zum Abschluss *Stille Nacht, heilige Nacht*.

Der letzte Ton verklang. Seine Mutter legte ihm eine Hand auf die Schulter, von Minchen kam ein hingebungsvoller Seufzer – und nach einem Moment der Stille fragte Fritz:

»Wann gibt's Essen?«

Epilog

Fünfunddreißig Jahre später

15. Oktober 1889

Carl hatte sich nie für einen Nostalgiker gehalten, aber an diesem Sonntagvormittag wurde er dann doch sentimental. Er war auf der Suche nach einem Dokument hinauf in den Dachboden seines Hauses in der Friedberger Landstraße gestiegen. Als sie vor vier Jahren mit dem Geschäft von der Neuen Kräme auf die Zeil gezogen waren, hatten sie hier oben einige Schachteln und Kisten zwischengelagert, an die er kaum noch gedacht hatte – alte Akten, die aus den Schränken des ehemaligen Kontors stammten. Und da er die von ihm so dringend benötigte Urkunde sonst nirgendwo hatte finden können, hoffte er nun, sie hier zu finden. Schon seit einer Stunde wühlte er sich jetzt durch die Geschäftskorrespondenz aus der Frühzeit von J. T. Ronnefeldt – Tee- und Manufakturwaren, stöberte durch dreißig oder vierzig Jahre alte Rechnungsbücher und Bilanzen. Dann stieß er auf ein ganzes Bündel privater Korrespondenz und las sich fest. Sein Vater Tobias hatte die Briefe an seine Mutter verfasst, und zwar noch vor seiner großen Chinareise. Er schrieb von unterwegs, aus London oder Rotterdam, Aachen oder Köln, und berichtete von seiner Reiseroute, seinen Beschwernissen, den Geschäftsabschlüssen und Begegnungen mit anderen Menschen. Er erkundigte sich nach dem Wohlbefinden seiner geliebten Frau, nach der Familie und nach den Kindern. Und mit den Kindern waren natürlich er selbst und seine vier Geschwister gemeint.

Gerührt las Carl mehrere dieser Briefe, wobei es ihm erstaunlich leichtfiel, die Handschrift zu entziffern, die ihn an seine eigene erinnerte. Die Antwortbriefe seiner Mutter waren nicht dabei. Carl überlegte, ob er sie danach fragen sollte. Jedenfalls würde sie sich bestimmt darüber freuen, die alten Briefe wiederzusehen. Sie war nun schon seit über vierzig Jahren Witwe. Carl hatte mit seinen sechsundfünfzig Jahren seinen Vater an Lebenszeit längst überholt.

Er legte die Briefe beiseite, holte das nächste Bündel hervor und löste die Schnur, um es durchzusehen. Er hielt jetzt die Korrespondenz des damaligen Prokuristen Besthorn in den Händen, an den Carl noch deutliche Erinnerungen hatte. Der etwas hölzern wirkende, aber alles in allem gutmütige Besthorn war am Ende seiner Zeit ziemlich schwerhörig gewesen. Man hatte ihn immer anschreien müssen. Peter Krebs hatte ihn abgelöst und war viele Jahre geblieben. Herr Engelhardt, der nach ihm gekommen war, war nun auch schon seit fünfzehn Jahren dabei.

»Papa?« Die ungeduldige Stimme seines Sohnes Rolf holte ihn in die Gegenwart zurück. »Wo steckst du denn?«

»Hier oben. Auf dem Dachboden«, rief Carl.

Er hörte Schritte unten auf dem Flur und kurz darauf tauchten Rolfs Kopf und seine breiten Schultern in der Luke zum Spitzboden auf. »Mama sucht dich. In einer halben Stunde wollen wir los«, sagte er, kletterte über den Rand und gesellte sich zu ihm.

»Ist es schon so spät?«, fragte Carl, während er weiter durch die Unterlagen blätterte.

»Was machst du denn da?« Rolf sah sich um und schüttelte den Kopf, als er das Durcheinander sah. »Sind das alte Briefe?«

»Uralte Briefe.« Im selben Moment fiel Carls Blick auf eine braune Mappe, die ihm bekannt vorkam. Er zog sie zwischen anderen Unterlagen hervor und las das Etikett. »Hamburg, Paris«, stand darauf. Er schlug sie auf. »Die habe ich gesucht«, sagte er erleichtert.

»Das ist doch deine eigene Schrift.«

Carl nickte. »Das sind Briefe, die ich damals während meiner Lehrzeit nach Hause geschickte habe«, erklärte er. »Und ich glaube, hier müsste auch …« Er murmelte in sich hinein und blätterte durch die Seiten. »Gott sei Dank. Hier ist sie ja.« Er zog ein offiziell aussehendes Dokument zwischen den Briefen hervor und hielt es erleichtert in die Höhe. Sein Sohn nahm es an sich, während Carl die Mappe wieder in der Kiste verstaute, sich erhob und die Beine streckte. Er hatte die ganze Zeit über auf einem niedrigen Hocker gesessen und fühlte sich ganz steif.

»Das ist eine Besitzurkunde über ein Grundstück in Amerika«, stellte Rolf fest, nachdem er das Blatt studiert hatte, und sah überrascht auf. »Dir gehört Land in den USA?«

»Allerdings«, sagte Carl mit einem nachdenklichen Lächeln. »Es liegt irgendwo an der Ostküste in der Nähe von New York. Aber ich habe es nie gesehen. Es ist nicht viel wert, denn es besteht hauptsächlich aus Schlamm und Sand. Als Bauland ungeeignet.«

»Und von wem ist diese Unterschrift?« Rolf wies auf die unleserlichen Kringel am unteren Rand des Dokuments.

»Die ist von Richard von Mahlstedt. Er hat mir das Grundstück damals überschrieben.«

»Mahlstedt? Das ist doch dein stinkreicher Freund aus Bremen. Aber wieso …«

Carl unterbrach ihn. »Das ist eine lange Geschichte. Die erzähle ich dir ein anderes Mal.«

Rolf wollte ihm die Urkunde zurückreichen, aber er hob abwehrend die Hand. »Behalte sie. Die habe ich für dich herausgesucht.«

»Und was soll ich damit?«, fragte Rolf stirnrunzelnd.

»Das Grundstück verkaufen. Du bist doch nächstes Jahr in Amerika.«

Sein Sohn schüttelte den Kopf. »Ich weiß nicht, Papa. Das ist bestimmt nicht so schnell gemacht, und ich glaube nicht, dass ich die Zeit dafür haben werde. Ich wollte Tante Elise in Kalifornien besuchen. Sie rechnet fest damit, dass ich ein paar Tage bleibe.«

»Du reist doch ohnehin über New York zurück nach Europa.«

»Aber Papa! So ein Verkauf geht doch unmöglich in ein oder zwei Tagen über die Bühne. Das Grundstück gehört dir seit …«, Rolf warf einen Blick auf das Datum der Urkunde, »… seit fünfunddreißig Jahren. Warum willst du es jetzt loswerden?«

»Ich habe vor zwanzig Jahren schon einmal daran gedacht, es zu verkaufen, und drüben ein Notariat kontaktiert. Doch aus meiner Reise, die ich damals geplant hatte, wurde nichts, und es wäre nicht einmal genug herausgesprungen, um die Fahrtkosten zu decken. Doch jetzt, wo du ohnehin dort bist, sollten wir das Grundstück endlich veräußern. Das Notariat wird es hoffentlich noch geben. Ich werde ihnen schreiben. Sie sollen alles für den Verkauf vorbereiten. Du müsstest dann nur noch eine Unterschrift leisten, das nimmt höchstens einen Tag deiner kostbaren Zeit in Anspruch. Und das Geld aus dem Verkauf kannst du behalten. Bestimmt ist es genug, damit du dir ein schönes Hotel in New York leisten kannst.«

Rolf verdrehte die Augen, doch dann gab er nach. »Also gut. Wenn ich nur noch unterschreiben muss, soll es mir recht sein.«

Eine halbe Stunde später saßen Carl und seine Frau Emilie zusammen mit ihren Söhnen Rolf, Friedrich und dem fünfzehnjährigen Joost in einer Droschke, die sie zum Zoologischen Garten brachte. Der zwanzigjährige Willy absolvierte gerade seinen Militärdienst und war deshalb nicht dabei.

»Heute früh habe ich eine kleine Zeitreise gemacht«, sagte Carl und griff nach der Hand seiner Frau. Emilie sah jünger aus, als sie war. Ihr braunes Haar war immer noch voll und zeigte keine Anzeichen von Grau, anders als sein eigenes, das längst von weißen Strähnen durchzogen war. Doch sie wirkte abgespannt, und er wusste, dass sie eigentlich am liebsten zu Hause geblieben wäre. Nach ihrer Silberhochzeit im Sommer des vergangenen Jahres war sie lange krank gewesen. Niedergeschlagenheit und eine große Erschöpfung bis hin zur Beinlähmung hatten sie monatelang ans Haus oder sogar ans Bett gefesselt. Doch auch wenn sie sich ein wenig gegen diesen Sonntagsausflug sträubte, wusste Carl genau, dass es ihr am Ende guttun würde, dabei zu sein. Er drückte ihre Hand und suchte ihren Blick. Sie lächelte und nickte ihm leicht zu, als wolle sie sagen: »Es geht mir gut, mein Lieber, mach dir keine Sorgen um mich.«

Carl griff in die Innentasche seiner Weste und holte etwas daraus hervor. »Schau nur, was ich gefunden habe«, sagte er und reichte Emilie ein paar schmale, bereits etwas vergilbte Kartonstreifen. Sie waren bemalt und beschriftet.

Joost beugte sich zu ihnen vor. »Das sind Tischkärtchen«, stellte er fest.

»Sehr schlau, unser Kleiner.« Friedrich gab seinem jüngeren Bruder spielerisch eine Kopfnuss.

»Die müssen für irgendein Weihnachtsessen gewesen sein«, fuhr Joost ungerührt fort, die Motive betrachtend.

»Die sind besonders hübsch gezeichnet. Die hat bestimmt Onkel Wilhelm gemacht«, sagte Rolf, der ebenfalls in Augenschein nahm, was seine Mutter in der Hand hielt.

»Wo hast du die nur her?« Emilie blickte gerührt zu Carl. Es handelte sich tatsächlich um Tischkärtchen, auf denen inmitten von weihnachtlichen Motiven in schwungvollen Buchstaben die Namen der Familie geschrieben standen, Carl und Emilie, Wilhelm und Friedrich – nur dass es sich um eine andere Generation handelte. Seine Brüder, nach denen er seine Söhne benannt hatte, lebten schon seit Jahren nicht mehr. Ihr Verlust schmerzte ihn nach wie vor sehr und führte ihm die Vergänglichkeit des eigenen Lebens nur allzu deutlich vor Augen. Wilhelm war nur fünfundvierzig Jahre alt geworden und Friedrich nicht einmal vierzig.

»Hast du die auch auf dem Speicher gefunden, Papa?«, fragte Rolf und streckte die Hand nach den Karten aus. »Zeig mal, Mama. Onkel Wilhelm war wirklich ein Künstler.« Sie reichte ihm die Kartonstreifen, und er fächerte sie auf und betrachtete die Namen. »Wie alt die wohl sind?«

»Ich weiß es zufällig genau. Die stammen von 1854, sind also 35 Jahre alt. Damals bin ich aus Hamburg, wo ich gerade ein Volontariat machte, nach Hause gekommen – und ich habe bei diesem Weihnachtsessen eure Mutter kennengelernt.« Er drückte noch einmal Emilies Hand. »Du warst fünfzehn und Klassenbeste. Das war, was ich von dir wusste.«

»Nein, mein Lieber, du täuschst dich. Ich war vierzehn«, sagte Emilie lächelnd. »Meine Mutter ist in dem Jahr gestorben. Oh, wie gut ich mich daran erinnere. Du hast großen Eindruck auf mich gemacht, genau wie Wilhelm im Übrigen.«

»Onkel Wilhelm?«, fragte Friedrich amüsiert. »Soll das heißen, du hättest auch ihn nehmen können?«

»Ich habe niemanden genommen. Wie redest du nur?«, sagte sie tadelnd, lächelte aber dabei. »Das hätte ich auch gar nicht gekonnt. Ich war unglaublich schüchtern.«

»Oh ja, das warst du. Du hast kaum den Mund aufbekommen«, bestätigte Carl lachend. »Es dauerte noch ein paar Jahre, bis wir schließlich zusammengekommen sind.«

»Die Kärtchen könntet ihr doch fürs diesjährige Weihnachtsessen verwenden«, sagte Rolf und seufzte. »Wie schade, dass ich dann schon unterwegs sein werde.«

»Da haben wir aber alle sehr großes Mitleid mit dir, dass du noch vor Weihnachten nach Ägypten fahren musst«, frotzelte Friedrich. Er war fünfundzwanzig, also ein Jahr älter als sein Bruder, und längst nicht so weit herumgekommen wie dieser. Er hatte in Berlin Architektur studiert, was ihm nicht viel Gelegenheit zum Reisen gegeben hatte. Wer Kaufmann wurde, und das hatte schon zu den Zeiten von Carls Vater und für die Generationen davor gegolten, für den gehörte das Reisen zum Beruf dazu. Eine Weltreise, wie Rolf sie nun plante, war allerdings dennoch etwas Besonderes.

»Aber eigentlich ist es gut, dass du fort bist. Der Name Rolf ist nämlich eh nicht dabei«, spöttelte Friedrich weiter und wies auf die Kärtchen.

»Genau wie der Name Joost«, sagte Joost, sah aber gar nicht unzufrieden dabei aus. Carl lächelte. Sein Jüngster war sehr stolz auf seinen ungewöhnlichen Namen, den er seinem Patenonkel Joost Thooft verdankte.

Die Kutsche stoppte. Carl blickte am Rücken des Kutschers vorbei auf die große Kreuzung, wo sich Sandweg, Zeil, Friedberger Straße und Obermainanlage begegneten. Hier verkehrten nicht nur Droschken, sondern auch die Wagen der Pferdetram, die für sich in Anspruch nahmen, immer Vorfahrt zu haben. Geschickt manövrierte der Kutscher das Gefährt zwischen den kreuzenden Fahrzeugen hindurch, und dann rollten sie auf den Eingang des Zoos zu. Wenn Emilie sich nicht hätte schonen müssen, hätten sie den Weg auch zu Fuß gehen können. Es war höchstens eine Viertelstunde von ihrer Villa in der Friedberger Landstraße 13 bis hierher zu laufen.

»Wir sind gleich da. Hier, steck sie bitte wieder ein«, bat Emilie und reichte Carl die Tischkärtchen zurück.

Sie trafen auf die Minute pünktlich am Gesellschaftshaus ein, doch von seiner Mutter, seiner Schwester und seiner Tante – den beiden Wilhelmines – war weit und breit nichts zu sehen. Seine Nichte Lisa und ihr Ehemann Carl Lautz, ein Staatsanwalt, waren heute ohnehin nicht dabei. Sie waren zur Erholung auf Sizilien. Die beiden führten ein vergleichsweise mondänes Leben, und zwar, wie es schien, ohne allzu viel dafür tun zu müssen. Doch Carl beneidete sie nicht wirklich darum. Er liebte die Arbeit im Teekontor und hätte nicht tauschen mögen. Müßiggang war ihm vollkommen fremd. Einzig seine Gesundheit oder die Familie zwangen ihn gelegentlich dazu, kürzerzutreten.

Er wollte gerade anfangen, sich über die Unpünktlichkeit seiner Mutter zu ärgern, als er drei ihm gut bekannte Herren am Brunnen vor dem Gesellschaftshaus rauchend und redend beieinanderstehen sah. Sie sahen zu ihnen herüber und hoben grüßend die Hände. Carl warf Rolf einen fragenden Blick zu, der genau wie er ein großer Raucher war. Sein Sohn nickte. »Entschuldigt uns für einen Moment«, sagte Carl zu seiner Frau und zu Friedrich, der Zigarrenqualm verabscheute. Rolf und er gesellten sich zu der Herrenrunde.

»Ronnefeldt senior und junior! Guten Tag! Gerade haben wir über Sie gesprochen«, wurden sie begrüßt. Sie schüttelten die ihnen entgegengestreckten Hände, und der dicke Kunkel, seines Zeichens Kolonialwarenhändler, ein guter Freund, mit dem Carl sich regelmäßig auf ein Glas Wein traf, klopfte ihm auf die Schulter.

»Ach wirklich?« Carl setzte in aller Ruhe seine Zigarre in Brand. In Kaufmannskreisen wurde viel geredet, und dabei hörte man auch viel nebensächliches Geschwätz. Wenn es etwas Wichtiges gab, würde er es schon noch erfahren.

»Allerdings«, erwiderte Born, der ein Transportunternehmen sein Eigen nannte. Die Art, wie er die Augenbrauen hochzog, machte Carl nun doch neugierig.

»Worum ging's denn?«, fragte er betont beiläufig.

»Um Otto Messmer.« Born, der genau wusste, wie wenig Carl den Teehändler aus Baden-Baden leiden konnte, antwortete wie aus der Pistole geschossen. Er hatte sich offenbar schon auf den Moment gefreut, das Funkeln in seinen Augen verriet ihn. Doch Carl blieb ruhig und tat ihm nicht den Gefallen, sofort auf den Namen anzuspringen.

»Also haben Sie es noch nicht gehört?«, sagte Heimann, der dritte der drei Herren. Er war ein Angestellter der Vereinsbank.

»Was soll ich denn gehört haben?«

»Die Sache mit Münch.«

»Benjamin Münch, der Teehändler?«, fragte Rolf. Die drei Männer nickten. Eine kleine Pause entstand. »Du warst doch im Begriff, sein Lager und sein Haus am Holzgraben zu kaufen«, sagte Rolf jetzt an seinen Vater gewandt.

Carl zuckte leicht zusammen. Er hatte gehofft, sein Sohn würde es nicht erwähnen. »Münch hat es mir angeboten, aber wir sind bis jetzt nicht zusammengekommen. Der Preis war mir zu hoch, dafür, dass alles renoviert werden muss und der Laden nichts Rechtes taugt.«

Der dicke Kunkel nickte. »Dann ist es ja gut. Ich dachte schon, das Haus sei interessant für dich. Wo es ja nur drei Häuser von eurem Laden auf der Zeil entfernt …« Er ließ den Satz im Ungewissen enden.

Carl sog an seiner Zigarre und musterte seinen Freund. »Also hat Messmer das Haus gekauft?«

Kunkel nickte. »Messmer hat offenbar ein Angebot gemacht, dem der alte Münch nicht widerstehen konnte. Er hat es mir gestern Abend erzählt.«

»Messmer kommt in den Holzgraben? Will er dort einen Laden aufmachen?« Rolf lachte leise. »Was für ein Fuchs. Dabei dachte ich, er handelt nur en gros.«

Carl warf ihm einen ärgerlichen Blick zu. »Keine Ahnung, was das soll.« Seine Laune sank immer weiter. Er hatte nicht geglaubt, dass ihm von dieser Seite Ungemach drohte. Die Verhandlungen mit Münch waren keineswegs abgeschlossen gewesen. Er hatte eigentlich damit gerechnet, früher oder später den Zuschlag zu bekommen. Ausgerechnet an Messmer verkaufte er? Der Alte konnte ihn doch genauso wenig leiden wie er – und wie im Übrigen alle anderen Teehändler der Stadt. Aber womöglich wendete sich ja nun das Blatt.

Messmer war nicht dumm. Er hatte sich gewiss dieselben Gedanken gemacht wie er. Die paar übrig gebliebenen Teekisten waren nicht der Rede wert. Aber man konnte die bestehenden Lagerflächen ausbauen – und Messmer hatte Münchs Haus vermutlich genau aus diesem Grund gekauft. Oder er hatte es gekauft, damit er, Carl, es nicht bekam. Für J. T. Ronnefeldt war die Lage perfekt. Für Messmer, der sein Kontor in der Hochstraße hatte, hingegen nicht unbedingt.

Carl schluckte trocken, hüllte sich in den Qualm seiner Zigarre und versuchte, seine Enttäuschung nicht zu sehr zu zeigen, um sich keine Blöße zu geben. Seit der Sohn des Baden-Badener Händlers in Frankfurt aufgekreuzt war, gab es mit ihm nichts als Ärger. Messmer schimpfte sich »Kaiserlicher Hoflieferant«, und das allein war schon eine Unverschämtheit. Carl erinnerte sich noch zu gut daran, wie er vor vielen Jahren, damals war er noch Volontär bei Overweg in Hamburg gewesen, russische Teesorten für Eduard Messmer, den Vater von Otto Messmer, aufgespürt hatte. Der hatte damals um die Hand seiner Schwester Elise angehalten – und sie hatte ihn abgewiesen. War es etwa diese alte Geschichte, die sich nun, eine Generation später, rächte?

»Vater, hörst du?«

»Wie bitte?« Carl räusperte sich.

»Großmutter ist da. Kommst du?«

»Natürlich … natürlich.«

Seine Mutter erwartete sie vor dem Eingang zum Gesellschaftshaus auf ihren Stock gestützt und dennoch aufrecht. Sie war in diesem Jahr 82 geworden und hatte anlässlich des Heißluftballonaufstiegs von Hermann Lattemann zu einem verspäteten Geburtstagsessen ins Gesellschaftshaus des Zoos eingeladen. Sie war im Juni an ihrem Jubeltag ziemlich krank gewesen und hatte sich nur langsam erholt, weswegen es nun Oktober geworden war. Sie befand sich in Begleitung von seiner Tante Mina und seiner Schwester Wilhelmine, genannt Minchen. Seine Patentante Käthchen lebte nicht mehr. Aber auch sie war immerhin neunundsiebzig Jahre alt geworden – die Frauen in der Familie waren, anders als die Männer, langlebig. Auch seine Schwester war schon Witwe. Ihr Ehemann Rudolf, ein Spitzen- und Weißwarenhändler und der Patenonkel seines Zweitältesten, war vor ein paar Jahren in der Schwimmanstalt am Main einem Herzinfarkt erlegen.

Carl fühlte sich plötzlich schrecklich unwohl. Er hüstelte und klopfte sich verstohlen auf den Brustkorb. Manchmal schmerzten ihn seine Lungen, doch der Arzt konnte keine organischen Gründe für sein Leiden finden.

»Mama, da seid ihr ja. Wie geht es dir? Wir sind pünktlich, wie du siehst.«

»Da danke ich auch schön«, sagte seine Mutter in ihrer trockenen Art. »Den Tisch habe ich vor vier Wochen reserviert. Nicht auszudenken, wenn ich allein dastünde. Ich habe schließlich einen Ruf zu verlieren.« Sie zwinkerte ihm zu und hängte sich bei ihm ein. »Gut, dass ihr da seid«, fuhr sie leiser fort, so dass nur er ihre Worte hören konnte. »Deine Tante ist schrecklich unleidlich, weil sie es wegen unseres Ausflugs nicht in die Kirche geschafft hat. Und deine Schwester hadert damit, dass die Lautzens ihren Aufenthalt auf Sizilien noch einmal verlängert haben. Du merkst, ich kann ein freundliches Gesicht gut gebrauchen.«

»Fein«, sagte er, rang sich ein Lächeln ab und versuchte, die unschönen Gedanken in Zusammenhang mit dem Gespräch von eben möglichst weit von sich zu schieben. Er mochte auch nicht zugeben, dass er nicht nur seine Frau, sondern auch seine Söhne dazu hatte überreden müssen, heute herzukommen. Ein Fesselballon war längst keine große Sensation mehr, und Friedrich und Rolf verbrachten ihre Zeit inzwischen lieber mit Freunden als mit der Familie. Nur Joost hatte unverhohlene Begeisterung über den Familienausflug gezeigt.

»Deiner Frau tut es gut, mal rauszukommen. Und Lattemanns Fallschirmabsprung wird auch den Jungs gefallen«, erwiderte seine Mutter.

Erstaunt sah Carl sie von der Seite an und merkte, wie sie in sich hinein schmunzelte. Die Fähigkeit seiner Mutter, seine Gedanken zu lesen, überraschte ihn immer wieder. Aber vielleicht zeichnete das ja Mütter aus. Auch Emilie wusste oft erstaunlich genau, wie es ihren Kindern ging – zumindest dann, wenn sie selbst nicht leidend war.

Im Gesellschaftshaus füllten sich die Tische rasch mit den Gästen. Es war erstaunlich warm für einen Oktobertag, eigentlich warm genug, um draußen auf der Terrasse zu sitzen, aber seine Mutter hatte natürlich drinnen reserviert. Durch die großen Fenster sah man in einiger Entfernung den Startplatz des Ballons. Der »Rotateur-Miniatur-Ballon«, als solcher war er in der Zeitung angekündigt worden, war zu etwa zwei Dritteln gefüllt. Die rot-weiß gestreifte Ballonhaut lag wie ein riesiger wabernder Vanillepudding mit Beerensoße in der Sonne. Auf einer kleinen Bühne am Rand des Rasens machten sich ein paar Musiker bereit, das Vorprogramm zu bestreiten. Am Ende des Konzerts sollte der Ballon bereit zum Aufstieg sein.

Carl schob seiner Frau und seiner Schwester die Stühle zurecht, während Rolf dafür sorgte, dass seine Großmutter den Platz mit der besten Sicht und ein extra Kissen bekam. Draußen strömten gut gelaunte Menschen vorbei, das herrliche Wetter lockte ins Freie, doch es blieb keine Zeit zu bedauern, dass sie hier beim bestellten Mittagsmenü festsaßen, denn die Kellner hatten es offenbar sehr eilig. Kaum dass alle saßen, wurde bereits die Suppe aufgetragen, dann folgten in rascher Abfolge ein Salat, ein Soufflé, passend zum »luftigen« Anlass, und der Hauptgang – natürlich Geflügel. Erst danach entstand eine Pause. Im großen Saal war mittlerweile auch der letzte Stuhl besetzt. Stetiges Stimmengewirr und das Klappern von Geschirr und Besteck erfüllten den Raum, und die vornehm gekleideten Kellner schwirrten herum wie eifrige schwarz-weiße Bienen.

Draußen hatte der Ballon eine erkennbare Form angenommen. Der Rotateur war walzenförmig und nicht rund. Das konnte man inzwischen deutlich sehen. Die Klänge des Konzerts drangen zu ihnen herein.

»Nun geht schon«, sagte Friederike zu ihren drei Enkeln gewandt. »Wir Alten kommen bestens ohne euch zurecht, nicht wahr?«

Rolf ließ sich das nicht zweimal sagen. Er nickte, klopfte, wie es seine Gewohnheit war, auf die Brusttasche mit der Zigarre, und auch Friedrich folgte der Aufforderung. Joost blieb allerdings sitzen. Carls jüngster Sohn war immer hungrig und würde sich gewiss nicht der Gefahr aussetzen, das Dessert zu verpassen.

*

Rolf trat zusammen mit Friedrich auf die Terrasse des Gesellschaftshauses, wo sein Bruder sofort auf einen Bekannten traf, ein Architekt wie er. Rolf blieb noch einen Moment bei den beiden stehen, doch da ihn die Konversation schnell langweilte, schlenderte er kurz darauf in Richtung des in einiger Entfernung rot-weiß wabernden Ballons davon.

Er war im Grunde ganz froh darüber, einen Moment für sich zu haben. Die Spurensuche seines Vaters auf dem Dachboden und das Gespräch über Herrn Messmer hatten ihn in eine nachdenkliche Stimmung versetzt. Immerhin war er nun kurz davor, in die Firma einzusteigen und Verantwortung zu übernehmen. Nur noch seine Weltreise, die ihn über Ägypten und den Nahen Osten nach Indien, China und Japan führen würde und von dort in die USA, trennte ihn noch von der Aufgabe, die ihn erwartete.

Sein Vater war einst in der gleichen Lage gewesen wie er. Auch er hatte ein Geschäft übernommen, das wiederum dessen Vater gegründet hatte. Sein Bruder Friedrich hingegen, der Architekt, war fein raus, und das, obwohl er der Ältere war. Von ihm erwartete niemand etwas Bestimmtes. Er konnte in Frankfurt bleiben oder auch woanders hingehen, es war gleich, und wenn er scheiterte, betraf es nur ihn selbst. Er hatte für niemanden sonst Verantwortung. Doch wenn er, Rolf, Fehler machte, dann würde er eine alteingesessene, mittlerweile über fünfundsechzigjährige Firma ruinieren. Aber konnte er es schaffen? Würde er erfolgreich weiterführen können, was sein Vater und sein Großvater aufgebaut hatten?

Wieder dachte er an Otto Messmer. Er wusste, dass sein Vater nicht gut auf ihn zu sprechen war. Er hingegen bewunderte insgeheim den jungen Kaufmann, der Anfang dreißig war, also deutlich näher an seiner Generation als an der seines Vaters, für seine neuartigen Ideen. Im Moment war Ronnefeldt in Frankfurt die unangefochtene Nummer eins. Der repräsentative Laden auf der Zeil, mit dem sein Vater sich vor fünf Jahren einen großen Traum erfüllt hatte, war eine wichtige Einnahmequelle, aber bei weitem nicht die einzige. Das gesamte Rhein-Main-Gebiet, der Süden Deutschlands, die Schweiz und sogar Italien wurden von Ronnefeldt beliefert. Doch Messmer ging sehr geschickt vor. Obwohl er in Frankfurt nicht einmal einen Laden besaß, schaffte er es, sich bekannt zu machen, indem er dafür sorgte, dass Tee unter seinem Namen in allen möglichen Lebensmittelläden in der ganzen Region verkauft wurde. Und er schaltete weit über die Region hinaus Anzeigen für »Messmer-Tee« in der Tageszeitung. Sein Vater hingegen machte außer im Frankfurter Adressbuch und ein- oder höchstens zweimal im Jahr im *Frankfurter Journal* keine Werbung für sein Geschäft. »Qualität setzt sich durch«, sagte er immer und fand ein »marktschreierisches Gebaren«, wie er es nannte, unter seiner Würde.

Rolf sah einige Probleme auf sich zukommen, wenn er daran dachte. Bisher war er Auseinandersetzungen über die Geschäftsführung eher aus dem Weg gegangen und hatte seinem Vater meistens in allem recht gegeben. Doch mittlerweile hatte er so einiges an Erfahrung vorzuweisen. Nach einer kaufmännischen Lehre bei einem Frankfurter Unternehmen und seinem Militärdienst hatte er ein mehrjähriges Volontariat in Hamburg und anschließend in London absolviert. Er fühlte sich nicht nur weltmännisch, er war es auch, und zwar nachgewiesenermaßen. Seine Reise einmal rund um die Welt würde ihr Übriges dazu beitragen. Er war kein kleiner Junge mehr, über den der Vater bestimmen konnte. Seine Aufgabe würde darin bestehen, sich durchzusetzen.

Er kickte mit der Fußspitze gegen einen Stein, der am Wegrand lag. Für einen Moment hatte er den Trubel um sich herum vollkommen ausgeblendet, war jedoch weitergegangen, und nun näherte er sich dem Bereich, wo die Gehilfen des Luftakrobaten dabei waren, den Ballon mit Gas zu befüllen. Der Startplatz war mit einem Zaun gesichert, und davor befand sich ein etwa zwanzig Meter breiter, ebenfalls mit einer Absperrung versehener Bereich. Für den direkten Blick auf die Arbeiten am Ballon musste ein separater Eintritt bezahlt werden. Das Geld zu zahlen, hätte Rolf nicht gestört, die vielen Menschen, die sich dort drängten, schreckten ihn allerdings ab. Je näher er dem Spektakel kam, desto unwohler fühlte er sich, und schließlich blieb er stehen. Seit er vor einigen Jahren aus allernächster Nähe auf einem anderen Festplatz ein schweres Unglück miterlebt hatte, mied er Menschenansammlungen dieser Art. Es war beim Turnfest im Jahr 1880 gewesen. Ein paar Feuerwerkskörper, die für das Abschlussfeuerwerk am Abend gedacht gewesen waren, hatten sich entzündet und waren unkontrolliert explodiert. Rolf hatte den Anblick der schreienden und brennenden Menschen nie vergessen und wurde von den Bildern immer noch eingeholt. Sein Vater hatte beherzt eingegriffen und mitgeholfen, die Flammen zu löschen, ohne an seine eigene Sicherheit zu denken. Er selbst, obschon immerhin ein junger Mann von fünfzehn Jahren, war wie erstarrt gewesen und hatte sich nicht rühren können, weswegen er sich stets mit einer Mischung aus Scham und Angst daran erinnerte.

Er war jetzt in einigem Abstand von der Absperrung stehen geblieben, als ihn plötzlich jemand von der Seite ansprach:

»Das würde ich nicht tun.«

Rolf sah sich überrascht um. Neben ihm stand ein Mädchen, nein, eher eine junge Frau. Sie hatte dunkelbraunes Haar mit einem leichten Stich ins Rötliche und einen sehr hellen Teint. Fragend blickte er ihr in die tiefliegenden Augen.

»Das würde ich nicht tun«, wiederholte sie und wies auf etwas, das er in der Hand hielt – und jetzt erst merkte er, dass er die Zigarre aus seiner Westentasche hervorgeholt hatte. »Rauchen ist hier verboten.«

»Natürlich. Verzeihung. Ich war in Gedanken«, erwiderte Rolf und merkte, wie ihm die Hitze ins Gesicht stieg. Rasch steckte er die Zigarre weg. »Ich hätte sie nicht angezündet, wie gesagt, ich war in Gedanken, ich …« Er stockte. Er konnte der jungen Dame ja schlecht erklären, dass er an Feuer und Explosionen gedacht hatte. Damit würde er es nicht besser machen.

Sie lächelte ihn freundlich an. »Gewiss. Ich glaube Ihnen«, sagte sie und sah in die Richtung des Ballons, der gerade dabei war, vom Boden abzuheben. »Wasserstoff wäre weniger gefährlich, aber der Ballon wird mit Leuchtgas befüllt.«

»Ich bin mir dessen durchaus bewusst«, sagte Rolf, nun doch leicht verstimmt über den belehrenden Tonfall. Trotzdem faszinierte ihn die junge Frau, die sich offenbar für physikalische Phänomene interessierte. Er versuchte, ihr Alter zu schätzen – sie mochte vielleicht siebzehn oder achtzehn Jahre alt sein –, und blickte sich verstohlen nach ihrer Begleitung um. War sie etwa ganz allein hier? Ihre Kleidung war nicht billig. Sie trug einen leichten Mantel aus feinem Wollstoff, der ein wenig an einen Herrenrock erinnerte. Das Auffälligste war der modische Hut, ein kleiner, mit einer einzelnen Stoffblume dekorierter schief aufgesetzter Zylinder. Einen Schirm hatte sie nicht dabei. Sie wirkte unkonventionell, dachte er.

Fieberhaft überlegte er, was er sagen könnte, aber sie nahm ihm die Wahl des Gesprächsthemas ab. »Wasserstoffgas ist viel leichter und sorgt im Vergleich zu Leuchtgas für einen anderthalbfachen bis doppelten Auftrieb. Damit wäre der Ballon schon seit einer Stunde in der Luft.«

»Und warum nimmt man dann keinen Wasserstoff?«, hörte er sich fragen.

»Für die Herstellung braucht man viel mehr Energie. Die Kosten bekäme Herr Lattemann mit seinen Eintrittsgeldern vermutlich nicht so schnell wieder herein.«

»Verstehe. Das klingt logisch.«

»Und darum ist ein so kleiner Ballon auch viel rentabler als ein großer. Für einen einzelnen Menschen und ohne Korb ist der Auftrieb ausreichend. Das Halteseil hat allerdings auch noch ein gewisses Gewicht, das einberechnet werden muss.«

»Ohne Korb, wirklich?«, fragte Rolf und warf wieder einen Blick auf den Ballon, der inzwischen von vier Seilen gehalten ein klein wenig über dem Platz schwebte. »Aber wie kann das gehen ohne Korb? Dieser Herr Lattemann steigt doch mit auf.«

»Er steht auf einem Steigbügel.«

»Puh, das wäre nichts für mich«, gab Rolf lachend zu und musterte sie mit wachsender Neugierde. »Wie kommt es, dass Sie so viel darüber wissen?«

»Mein Bruder Philipp ist ein begeisterter Anhänger der Luftfahrt. Seit Tagen geht es bei uns daheim um nichts anderes mehr. Er ist da drin«, sie nickte mit dem Kopf in die Richtung der Absperrung, wo sich die Menschen umeinander drängten, »aber mir war es zu voll.«

»Geht mir genauso. Abgesehen davon ist es hier bei Ihnen viel interessanter.« Er fühlte, dass er wieder rot wurde, und auch sie schien plötzlich verlegen.

Sie senkte den Blick. »Verzeihen Sie. Es war sehr unhöflich von mir, mit meinem Wissen zu prahlen.«

»Nein, nein, ich meinte es ehrlich. Es ist wirklich sehr spannend, was Sie über Ballons und Steigbügel und über das Gewicht von Gasen zu sagen haben«, versicherte Rolf.

Sie zuckte mit den Schultern. »Mein Vater ist Chemiker, und mein Bruder studiert Chemie. Solche Themen kommen bei uns ständig zur Sprache. Und sie interessieren mich.«

»Der Auftrieb von Gasen wird bei Ihnen am Frühstückstisch diskutiert?«

»Nicht nur. Manchmal geht es auch um die Abluftprobleme bei der Schwefelsäurescheidung. Oder darum, wie man einen Ofen dazu bringt, heißer zu brennen«, erwiderte sie vollkommen nüchtern, doch dann lachte sie, und er stimmte mit ein.

»Ihr Vater ist also ein Fabrikant?«, fragte er.

Sie nickte. »Mein Vater ist Georg Reither. Direktor der Edelmetall-Scheideanstalt.«

»Der Name ist mir natürlich ein Begriff. Verzeihung, ich habe mich noch gar nicht vorgestellt. Rolf Ronnefeldt. Sehr erfreut.« Er reichte ihr die Hand.

»Anna Reither«, sagte sie. Ihre kleine behandschuhte Hand ruhte kurz in seiner. »Haben Sie etwas mit dem Teegeschäft auf der Zeil zu tun, Herr Ronnefeldt?«

Er nickte und fand es bezaubernd, dass sie sofort gewusst hatte, wer er war. »Es gehört meinem Vater. Und davor meinen Großeltern. Mein Großvater hat den Teehandel gegründet.« Rolf räusperte sich und wusste plötzlich nicht mehr, was er sagen sollte. »Mögen Sie Tee?«, fragte er und hätte sich im nächsten Augenblick am liebsten dafür geohrfeigt, dass ihm nichts Besseres eingefallen war. Doch falls er sie langweilte, ließ sie es ihn jedenfalls nicht spüren.

»Ich liebe Tee«, antwortete sie mit einem herzerwärmenden Lächeln. »Aber leider bin ich die Einzige in meiner Familie, die ausschließlich Tee und keinen Kaffee trinkt. Zu meinem Leidwesen haben wir darum immer nur ein und dieselbe Sorte im Haus. Was trinkt man denn heutzutage, wenn man etwas davon versteht? Ich könnte einen guten Rat gebrauchen.«

Wieder räusperte er sich, doch bevor er sich weiter mit ihr unterhalten konnte, trat ein junger Mann zu ihnen, bei dem es sich um den verschollenen Bruder handeln musste. Die beiden sahen sich ähnlich, besaßen dieselbe sommersprossige Nase, nur dass sein Haar deutlich heller war. »Sie sind fertig. Es ist vollkommen windstill, beste Bedingungen. Gleich geht's los«, sagte er zu seiner Schwester, wies auf den Ballon und rieb sich voller Vorfreude die Hände. Dann nickte er Rolf zu. »Mit wem habe ich das Vergnügen?«

Anna Reither übernahm es, sie einander vorzustellen. »Das ist mein Bruder Philipp Reither. Philipp, das ist Herr Ronnefeldt«, sagte sie. Ihr Bruder schien kein Problem damit zu haben, dass er seine Pflichten als Begleiter sträflich vernachlässigt hatte. Er verwickelte ihn in ein Gespräch über Heißluftballons und Luftschiffe. Rolf bedauerte es zwar, dass das nette Fräulein Reither neben ihrem redseligen Bruder verstummte und ihm nur noch gelegentlich ein kleines Lächeln zuwarf, fand die Konversation aber durchaus sehr interessant. Bisher hatte er Vorführungen dieser Art eher als eine Art Spektakel betrachtet, doch der wissenschaftliche Blick des jungen Philipp Reither auf diese Technologie eröffnete ihm eine neue Sichtweise. Reithers Prophezeiung, dass steuerbare Luftschiffe schon in wenigen Jahren den Himmel bevölkern würden, schien ihm dann aber doch ein wenig sehr weit hergeholt, und er hätte nur zu gerne auch die Ansicht des Fräulein Reither zu dieser kuriosen Annahme erfahren. Doch bevor er das Wort an sie richten konnte, wurden sie durch die Ankunft von Hermann Lattemann abgelenkt. Man merkte zunächst nur am aufbrandenden Beifall, dass er eingetroffen war. Kurz darauf sahen sie ihn, als er sich wie an einer Reckstange zum Ballon hinaufzog und oben in Position stellte. Er trug ein elegantes Jockeykostüm. Mit der einen Hand umfasste der Luftakrobat die Strebe seiner Schaukel – denn darum handelte es sich letztlich, um eine relativ kleine Schaukel –, die unter dem Ballon hing, und mit der anderen Hand nestelte er ein paar dünne Seile hervor, die an seinem Gürtel befestigt waren. Er sicherte sich am Ballon und nahm dann ein Paket in Empfang, das die Gehilfen zu ihm hinaufreichten.

»Das muss der Fallschirm sein«, sagte Philipp Reither atemlos.

Nach einer Weile hob Lattemann die Hand zum Zeichen, dass die Vorbereitungen abgeschlossen waren. Ein Raunen ging durchs Publikum und steigerte sich zu Beifall, als die vier Gehilfen gleichzeitig die vier Seile lösten, die den Ballon am Boden festgehalten hatten, und dieser rasch seinen Aufstieg begann. Dabei zog er ein fünftes und, wie Rolf fand, ziemlich dünnes Seil mit nach oben. Es rollte sich rasch ab, aber der Menge an Tau zu urteilen, die dort lag, war es sehr lang. Rolf warf einen Blick zu Fräulein Reither, die mit in den Nacken gelegtem Kopf dastand, Begeisterung im Gesicht.

»Haben Sie denn gar keine Angst, dass er abstürzt?«, fragte er leise.

»Das wird er. Aber er hat ja den Fallschirm«, sagte sie, ohne die Augen von dem Luftakrobaten zu lösen.

Rolf folgte ihrem Blick, von einer inneren Erregung erfasst, die nicht nur mit der Waghalsigkeit des Luftakrobaten zusammenhing. Tausend Dinge gingen ihm durch den Kopf, seine bevorstehende Reise, Messmer, die Zukunft der Firma … Wo war eigentlich sein Fallschirm, falls er abstürzen sollte, fragte er sich plötzlich. Und während er überlegte, ob er Lattemann, dessen winzige Gestalt unter dem rot-weißen Ballon kaum noch zu erkennen war, mutig oder leichtsinnig fand, dachte er gleichzeitig darüber nach, wie er es schaffen sollte, das Fräulein Reither wiederzusehen. Der Ballon setzte seinen Aufstieg fort, schließlich war das Seil zu Ende und spannte sich über einem mächtigen Anker, der es am Boden festhielt. Eine Weile geschah gar nichts, bis wieder ein Raunen durch die Menge ging. Irgendwo ertönte ein Schrei.

»Er fällt«, rief jemand. »Er stürzt ab.«

Alle Blicke waren nach oben gerichtet. Die Gestalt Lattemanns, zunächst nur ein Punkt am Himmel, wurde größer – und dann sah man, dass der Fallschirm sich geöffnet hatte. Darunter hing der Luftakrobat mit gereckten Armen. Seine Hände umklammerten einen Ring, der mit Seilen am Fallschirm befestigt war. Wie ein Blatt, das vom Baum fällt, dachte Rolf. Als Lattemann seinem Publikum näher kam, sah man, dass er dort oben Übungen machte, mal die eine, mal die andere Hand vom Ring löste. Er drehte sich um die eigene Achse, winkte. Beifall brandete auf, die Menge wogte, als immer klarer wurde, wo er landen würde, nämlich ganz in der Nähe des Startplatzes. Es war eine perfekte Vorführung. Rolfs Blick wanderte über die Menge und blieb wieder an dem vor Aufregung leuchtenden Gesicht von Anna Reither hängen. Sie schwieg, doch ihre Lippen bewegten sich, tonlos vor Staunen. Als sie bemerkte, dass er sie betrachtete, lächelte sie ihm kurz zu. »Ist es nicht wunderbar?«, sagte sie, legte den Kopf erneut weit in den Nacken, beschattete die Augen mit der Hand, entblößte ihren zarten weißen Hals, um den sich der gekräuselte Kragen ihrer Bluse schloss. Ihr Mund stand leicht offen, die Zungenspitze stahl sich hervor.

Unmöglich, nicht zu ihr hinzusehen.

»Ja, das ist es. Ganz wunderbar.«

Nachwort

Rolf Ronnefeldt, dessen Geschichte an die Biographie von Rudolf Ronnefeldt angelehnt ist, repräsentiert die nachfolgende Generation der Teefamilie Ronnefeldt. Er lebte in einer Zeit, in der sich der Teehandel durch die Entdeckung Indiens als Teeland grundlegend veränderte, und seine Weltreise, die im Epilog zur Sprache kommt, hat er in einem Tagebuch dokumentiert.

Sein Vater Carl Adolf hatte den Teehandel noch so erlebt, wie Tobias und Friederike Ronnefeldt ihn kannten, als ein Geschäft nahezu ausschließlich mit China. Aus seiner Jugendzeit stehen ebenfalls Originaltexte zur Verfügung, die wertvolle Einblicke geben. So ist unter anderem die Zusammenfassung von ein paar Briefen erhalten geblieben, die Friederike Ronnefeldt an ihren ältesten Sohn Carl Adolf in Hamburg schrieb. Darin ermahnt sie beispielsweise den Sohn, »den Frankfurter Maßstab nicht aus dem Auge zu verlieren«, oder sie stellt fest: »Du wirst mir wohl ganz üppig und vornehm in Deiner neuen Umgebung? Lass mir ja noch ein Restchen vom alten Adolf übrig, den möchte ich auf keinen Fall missen.« Offenbar ließ sich seinen Briefen entnehmen, dass er das Leben in der Hansestadt zu genießen verstand.

In anderer Hinsicht war der Älteste für sie ein Ansprechpartner auf Augenhöhe, dem sie auch ihre Sorgen anvertraute. Sogar das Thema Mädchenerziehung kommt zur Sprache, wenn sie sich darüber beklagt, dass »der größte Teil der jungen Mädchen beständig in Jagen nach Amüsement begriffen, voll überspannter Begriffe und Forderungen« sei. In dieser Hinsicht machte ihr Mina – im Roman Minchen genannt – die größten Sorgen. Auch finanzielle Probleme bleiben nicht außen vor, beispielsweise macht sie sich Gedanken um Carl Adolfs Position und Bezahlung: »Es wäre mir freilich schon um Deiner selbst willen lieb, wenn Du Deine Bemühungen um ein Salaire gekrönt sehen könntest; allein ich erwarte auch dann, wenn es der Fall sein sollte, doch nicht, dass Du für den Anfang so viel verdienen kannst, wie Du für Deinen Unterhalt brauchst.«

Das Geschäft in Frankfurt wird ebenfalls gelegentlich zum Thema gemacht, wenn auch nicht so detailliert, wie ich es mir als Autorin gewünscht hätte. Eindrücklich beschreibt sie im Februar 1855 das »Aufgehen des Mains«, das Ausräumen des »Teegewölbes« und die in der Stadt durch das Hochwasser angerichteten Verwüstungen, ein Ereignis, das ich ins Jahr 1853 vorverlegt habe.

Die Hamburger Firmen Westphal und Overweg gab es wirklich, wenn ich auch zu Overweg außer einem Eintrag im Adressbuch nicht viel in Erfahrung bringen konnte. Eine Idee davon, wie man sich den Betrieb in einem Kaufmannskontor, damals »Comptoir« genannt, in der Mitte des vorletzten Jahrhunderts vorzustellen hat, gibt unter anderem der Roman *Soll und Haben* von Gustav Freytag, erschienen 1855. Der echte Carl Adolf Ronnefeldt wohnte zur Untermiete bei einer Witwe, doch aus erzählerischen Gründen lasse ich die Mitarbeiter des Kontors zusammen im Hinterhaus wohnen.

In anderer Hinsicht habe ich durchaus stärker in die reale Familiengeschichte eingegriffen, als nur die Wohnsituation zu verändern. Friederikes Mutter Wilhelmine starb in Wirklichkeit erst ein paar Jahre später, und ihre Schwester, Käthchen Kluge, hatte keinen unehelichen Sohn. Außerdem war es in Wahrheit die jüngere Tochter, Wilhelmine Ronnefeldt, die mit ihrem Ehemann nach Amerika auswanderte. Die echte Elise Ronnefeldt heiratete im Juni 1853, mit knapp zwanzig Jahren, einen Frankfurter Kaufmann. Ich habe die Rollen der Schwestern vertauscht, weil mir Minchen zu jung erschien, um in eine etwas abenteuerliche Liebesgeschichte verstrickt zu werden, wie sie für einen solchen Roman beinahe unabdingbar ist.

Konrad Fritsch ist eine fiktive Figur. Seine Biographie ist von der realen Geschichte des Ehepaars Struve inspiriert. Der sogenannte badische Heckerzug, der Gefängnisaufenthalt von Amalie und Gustav Struve, die Befreiung durch Revolutionäre bis hin zur Flucht nach Amerika entsprechen den historischen Tatsachen, nachzulesen beispielsweise in Amalie Struves *Erinnerungen aus den badischen Freiheitskämpfen. Den deutschen Frauen gewidmet*, die 1850 erstmals im Verlag Hoffmann und Campe in Hamburg erschienen. Ein anderes im Roman erwähntes Werk, die *Memoiren einer Idealistin* von Malwida von Meysenbug, wurde zwar eigentlich erst einige Jahre später veröffentlicht, ich habe mir trotzdem erlaubt, es Elise bereits zur Lektüre an die Hand zu geben.

Einige der Nebenfiguren beruhen ebenfalls auf historischen Vorbildern. Die Kopien der Panoramen des Reisemalers Karl Georg Enslen, die im Historischen Museum Frankfurt ausgestellt sind, haben mich so beeindruckt, dass ich den Künstler selbst kurzerhand in meinen Roman eingebaut habe. Leopold Sonnemann ist sicherlich vielen Frankfurtern ein Begriff. Im Jahr 1853, als Wilhelm ihn kennenlernt, steht er noch ganz am Anfang seiner bemerkenswerten Karriere als Bankier, Verleger und Politiker. Die Herren Johann, Eduard und Otto Messmer haben ebenfalls wirklich gelebt, wenn auch nicht überliefert ist, ob die Familien Ronnefeldt und Messmer sich kannten. Sämtliche Geschehnisse in diesem Zusammenhang sind frei erfunden. Das Hotel *Maison Messmer* und die Teemarke Meßmer, die aus dem Kolonialwarenladen in Baden-Baden hervorging, existieren beide heute noch.

Danksagung

Ein herzliches Dankeschön geht an Herrn Dr. Christian Ronnefeldt, der mir Dokumente zur Familiengeschichte überlassen hat. Nicht nur, dass er großzügig darüber hinwegsieht, dass ich die Geschichte seiner Vorfahren ein Stück weit neu erfinde, er trägt auch mit historischem Sachverstand dazu bei, geschichtliche Fehler aufzuspüren und zu vermeiden.

Die Kooperation mit der Firma J. T. Ronnefeldt KG, die im Jahr 2023 ihr 200-jähriges Bestehen feiert, geht mit diesem Buch in die zweite Runde, und hier gebührt mein Dank insbesondere Jan-Berend Holzapfel und Jutta Tarlan. Mittlerweile durfte ich auch viele weitere Mitarbeiter der Firma persönlich kennenlernen und genieße sehr den feinen Tee, beispielsweise den »Friederike-Tee«, wie ich ihn für mich nenne, eine Weißer-Tee-Kreation die parallel zum Buch entstanden ist. Es freut mich ganz besonders, dass Friederikes Porträt nun gleichberechtigt neben dem ihres Mannes in der Frankfurter Firmenzentrale hängt.

Ein weiteres großes Dankeschön geht natürlich an die S. Fischer Verlage, wo ich mich als Autorin bestens aufgehoben fühle und die einen wesentlichen Anteil daran haben, dass der erste Band der Saga zu einem Erfolg werden konnte. Das ist wahrlich die allerbeste Motivation, einen zweiten und dritten Band zu schreiben! Lieben Dank insbesondere an Carla Grosch, die mir jederzeit mit Rat und Tat zur Seite steht, an Verena Wälscher für die kreative Gestaltung und das Marketing und an Silke Reutler, die die Fortsetzung, wie schon den ersten Band, mit viel Feingefühl lektoriert hat.

Herzlichen Dank auch meiner Agentin Dorothee Schmidt, die

die Ronnefeldt-Saga gewissermaßen aufgespürt hat und mir gerade zu Beginn eines jeden neuen Romans mit ihrem hilfreichen Feedback immer sehr auf die Sprünge hilft. Ich freue mich schon jetzt auf weitere spannende Projekte und Ideen. Und ein ganz besonders großes Dankeschön gilt meinem lieben Mann, der nie müde wird, Romancharaktere, Handlung und die Notwendigkeit von Adjektiven mit mir zu diskutieren.

Eva Neiss

Das Leben in unseren Händen

1939: Mit einem der letzten Schiffe gelingt Hannah und Ada Rosenbaum die Ausreise aus Deutschland nach New York. Während Hannah davon träumt, Ärztin zu werden, kommt Adas Tochter zur Welt – viel zu früh. Hannah kann ihre Nichte retten, weil sie diese in die Obhut des berühmten Martin A. Couney übergibt, der es sich zur Aufgabe gemacht hat, Frühgeborene zu versorgen. Hannah bangt wochenlang um das Leben ihrer Nichte, dabei kann sie nicht umhin, die Arbeit von Mr. Couney zu bewundern. Als er ihr anbietet, in seiner Klinik zu arbeiten, ergreift sie die Chance – und kommt ihrem Traum Stück für Stück näher …

416 Seiten, broschiert